Dom Quixote de la Mancha

Miguel de Cervantes

TEXTO INTEGRAL

Volume I

3ª Edição

Tradução: Conde de Azevedo e Visconde de Castilho

Ilustração: Gustave Doré

Dados Internacionais de Catalogação na Publicação (CIP)
(Câmara Brasileira do Livro, SP, Brasil)

Cervantes Saavedra, Miguel de, 1547-1616.
Dom Quixote de la Mancha : texto integral / Miguel de Cervantes ; tradução Conde de Azevedo e Visconde de Castilho ; ilustração Gustave Doré. -- São Paulo : Martin Claret, 2007. -- (Coleção a obra-prima de cada autor. Série ouro)

Título original : El ingenioso hidalgo Don Quijote de la Mancha.
Obra em 2 v.
ISBN 978-85-7232-726-8 (v. 1)
ISBN 978-85-7232-727-5 (v. 2)

1. Romance espanhol. I. Doré, Gustave. II. Título. III. Série.

07-0658 CDD-863

Índices para catálogo sistemático:

1. Romances : Literatura espanhola 863

COLEÇÃO A OBRA-PRIMA DE CADA AUTOR

Série Ouro

DOM QUIXOTE DE LA MANCHA

Miguel de Cervantes

TEXTO INTEGRAL

VOLUME I

MARTIN CLARET

CRÉDITOS

Tradução: Conde de Azevedo (Francisco Lopes de Azevedo Velho de Fonseca Barbosa Pinheiro Pereira e Sá Coelho, 1809-1876) e Visconde de Castilho (Antônio Feliciano de Castilho, 1800-1875).

Título original: *El ingenioso hidalgo Don Quijote de la Mancha* (1605 a primeira parte, e 1615 a segunda parte).

IDEALIZAÇÃO E COORDENAÇÃO
Martin Claret

ASSISTENTE EDITORIAL
Rosana Gilioli Citino

CAPA
Ilustração
Marcellin Talbot

MIOLO
Revisão
Lucia Brandão
Marina Brandão Saft

Tradução
Viscondes de Castilho e Azevedo

Projeto Gráfico
José Duarte T. de Castro

Direção de Arte
José Duarte T. de Castro

Papel
Off-Set, 70g/m²

Impressão e Acabamento
Paulus Gráfica

Editora Martin Claret Ltda. – Rua Alegrete, 62 – Bairro Sumaré
CEP: 01254-010 – São Paulo – SP
Tel.: (11) 3672-8144 – Fax: (11) 3673-7146

www.martinclaret.com.br / editorial@martinclaret.com.br

Agradecemos a todos os nossos amigos e colaboradores — pessoas físicas e jurídicas — que deram as condições para que fosse possível a publicação deste livro.

7ª REIMPRESSÃO - 2019

UM ESTUDO

Dom Quixote*

Depois da Bíblia, *El ingenioso hidalgo Don Quijote de la Mancha*, romance publicado por Cervantes em 1605, é um dos livros mais traduzidos da literatura universal. Sua segunda parte, lançada em 1615, não respondia apenas ao enorme sucesso: veio desmascarar também a falsa continuação publicada por um impostor, de pseudônimo Alonso Fernández Avellaneda.

Ao escrever o *Dom Quixote*, Cervantes se propunha ridicularizar os livros de cavalaria, que gozavam de imensa popularidade na época. É o primeiro triunfo de um idealismo sóbrio na literatura ocidental moderna e, por isso mesmo, impressiona pelo pioneirismo de sua feição realista: a paisagem da Mancha, assim como Cervantes a descreve, é até hoje reconhecível na realidade. No todo ou em parte, a obra foi traduzida para mais de sessenta línguas.

A ação principal do romance gira em torno das três incursões feitas pelo protagonista por terras da Mancha, de Aragão e de Catalunha. O personagem principal da obra é um louco: um pequeno fidalgo castelhano, que perdeu a razão pela leitura assídua dos romances de cavalaria e pretende imitar seus heróis prediletos. Envolve-se numa série de aventuras, mas suas fantasias são sempre desmentidas pela dura realidade. O efeito é altamente humorístico.

O pobre fidalgo chama-se na verdade Alonso Quijano (Quixano),

---

* Fonte: *Nova Enciclopédia Barsa*, vol. 12, Encyclopaedia Britannica do Brasil Publicações, São Paulo, 1997.

chamado pelos vizinhos de o Bom. Sua loucura começa quando toma por realidades indiscutíveis as façanhas de dois cavaleiros (nada mais que o cura e o barbeiro do lugar), as quais comenta com os amigos. Quijano investe-se dos ideais cavalheirescos de amor, de paz e de justiça, e prepara-se para sair pelo mundo, em luta por tais valores. Escolhe um título para si mesmo, o de Dom Quixote de la Mancha, apelida um cavalo velho e descarnado com o nome de Rocinante e elege como dama ideal de seus sentimentos uma simples camponesa a quem dá o nome de Dulcinea del Toboso, suposta dama de alta nobreza.

Na primeira série de suas aventuras imaginárias, Dom Quixote fez-se armar cavaleiro pelo proprietário de um albergue, que naturalmente tomou por um imponente castelo. Após breve período de retorno à sua casa, Dom Quixote decidiu voltar à vida de cavaleiro errante que se bate pela justiça. Dessa vez levou consigo seu escudeiro, o pobre camponês Sancho Pança, que se deixara atrair pelas miragens do cavaleiro. A primeira das aventuras de Dom Quixote em companhia de seu escudeiro é o episódio mais célebre de todo o livro: o cavaleiro arremete contra os moinhos de vento que encontra à sua frente, convencido de que são gigantes malfeitores. A imagem clássica de Cervantes tornou-se símbolo de todas as lutas inglórias, puramente subjetivas e sem sentido, assim como passaram a ser qualificados de "quixotescos" os homens que se devotam a proezas mirabolantes e fantasiosas.

Todos os acontecimentos em que se envolve Dom Quixote têm um lado real e outro imaginário, sendo o equívoco a base das ações do cavaleiro, que confunde alguns monges beneditinos com feiticeiros diabólicos e uma simples bacia de barbeiro com o elmo rutilante de Mambrino. Assim, a trama do romance se desenvolve em dois planos paralelos: o do imaginário é ao mesmo tempo o plano simbólico da obra, e o realista enfoca a vida cotidiana do povo espanhol. O romance pode pois ser lido como obra realista, que se serve do humor como arma de crítica, e como romance de cavalaria, ou antes, de aventuras, ainda que imaginárias.

Paralelamente à trama que se movimenta com os dois heróis, existem também no livro curiosas interpolações, em que se destacam a narrativa "O impertinente curioso e histórias de amor", descritas realisticamente por Cervantes, que se desenrolam ao lado do amor cavalheiresco de Dom Quixote por sua dama Dulcinea del Toboso.

Embora se desenvolva em torno desse contraponto entre o real e o imaginário, o livro possui episódios em que os dois planos se confundem e em que o imaginário se torna, enfim, a própria realidade, como no episódio em que Sancho é nomeado, por zombaria, governador da ilha de Concusión, e desempenha suas funções com tal senso de realismo prático que termina por conquistar a admiração dos próprios zombadores.

No retorno à aldeia, quando Dom Quixote, já moribundo, recupera a razão e se transforma de novo no pequeno fidalgo Alonso Quijano, é o próprio Sancho, seu oposto no plano simbólico, quem o anima a partir em busca de novas façanhas heróicas. Conclui-se daí que Cervantes não toma o partido de nenhum dos dois mundos, o da realidade e o da idealidade, deixando em suspenso o símbolo do Quixote.

Interpretações

Durante muito tempo, o sucesso extraordinário do *Dom Quixote* foi o de um romance irresistivelmente cômico. A sátira vitoriosa do autor, ao destruir um gênero já então obsoleto, o romance de cavalaria, não explica, contudo, o lugar da obra na literatura universal. A sátira contra o falso romantismo pode ter sido a primeira intenção de Cervantes, mas a leitura revela a presença, no romance, de muitos símbolos de alcance maior, embora o autor não facilite a compreensão exata do sentido de suas alusões e segundas intenções. O *Dom Quixote* tornou-se, por isso, um dos livros mais assiduamente interpretados de todos os tempos. Qualquer que seja seu verdadeiro sentido, o romance confere a seu autor um lugar ao lado dos maiores criadores da literatura universal de todos os tempos.

No passado, as melhores interpretações foram as de August Wilhelm Schlegel, Heinrich Heine e Ivan Turguêniev, que consideram como tema da obra o choque entre a ilusão e a realidade, entre a poesia e a prosa da vida. Como esse conflito é uma característica fundamental do romance moderno em geral, explica-se a influência do livro sobre autores tão diferentes como Henry Fielding e Goethe, Stendhal e Flaubert, Gógol e Dostoiévski, entre outros. Nenhum desses grandes sucessores, no entanto, expressou tão claramente como Cervantes o humorismo que sobressai como conclusão suprema de tal conflito.

Correspondem também aos dois lados da dicotomia as reações

antagônicas dos dois personagens principais, Dom Quixote e Sancho Pança, que representam dois tipos perenes da humanidade e, ao mesmo tempo, os dois aspectos mais conflitantes de cada personalidade humana. O contraste é, outra vez, humorístico. Cervantes faz rir dos dois, mas com inconfundível melancolia e ceticismo. A liberdade espiritual do autor é tão grande, tão acima de todas as convenções e dogmas, no meio da Espanha da Inquisição, que o filólogo, historiador e crítico literário espanhol Américo Castro só acreditou poder explicá-la a partir da secreta sobrevivência do erasmismo na mente de Cervantes.

A essa teoria se opõe o fato de Dom Quixote, evidentemente, ser apresentado como louco. Restaria, como saída do impasse, a solução de aprovar a loucura de Dom Quixote como manifestação de uma sabedoria superior, o que foi feito por Miguel de Unamuno.

A obra de Cervantes constituiu também uma extraordinária fonte de inspiração para criadores de outros gêneros artísticos e meios de expressão. Do século XVII em diante, adaptações para o teatro, versões operísticas, balés e composições musicais foram feitas em profusão. No século XX, surgiram ainda versões para cinema, televisão e desenho animado. *Dom Quixote* também inspirou artistas como Hogarth, Goya, Daumier e Picasso. As ilustrações de Gustave Doré para o romance são talvez as mais famosas.

O engenhoso fidalgo Dom Quixote de La Mancha

Volume I

Dedicatória

Ao Duque de Béjar[1]

Marquês de Gibraleão, Conde de Benalcázar y Banhares, Visconde de Puebla de Alcocer, Senhor das Vilas de Capilha, Curiel e Burguilhos

Em fé do bom acolhimento e honra que faz Vossa Excelência a toda sorte de livros, como príncipe tão inclinado a favorecer as boas artes, maiormente as que por sua nobreza não se abatem ao serviço e produtos do vulgo, tenho determinado de trazer à luz ao Engenhoso fidalgo Dom Quixote de la Mancha, ao abrigo do claríssimo nome de Vossa Excelência, a quem, com o acatamento que devo a tanta grandeza, suplico o receba agradavelmente em sua proteção, para que à sua sombra, conquanto despido daquele precioso ornamento de elegância e erudição de que costumam andar vestidas as obras que se compõem nas casas dos homens que sabem, ouse surgir seguramente no juízo de alguns que, não se contendo nos limites de sua ignorância, costumem condenar com mais rigor e menos justiça os trabalhos alheios; que, pondo os olhos a prudência de Vossa Excelência em meu bom desejo, fio em que não desdenhará a cortesia de tão humilde serviço.

Miguel de Cervantes Saavedra

---

[1] Dom Alonso Diego López de Zúfliga y Soutomayor, Duque de Béjar, não se distinguiu no mundo das letras, talvez nem sequer pelo mecenato, já que Cervantes não voltou a mencioná-lo, e nesta dedicatória copia diversas frases da feita por Fernando de Herrera ao Marquês de Ayamonte, na edição de *Obras de Garcilaso com anotações* (1580).

H. PISAN

Prólogo

Desocupado leitor, não preciso de prestar aqui um juramento para que creias que com toda a minha vontade quisera que este livro, como filho do entendimento, fosse o mais formoso, o mais galhardo e discreto[1] que se pudesse imaginar, porém não esteve na minha mão contravir à ordem da natureza, na qual cada coisa gera outra que lhe seja semelhante; que podia portanto o meu engenho, estéril e mal cultivado, produzir neste mundo, senão a história de um filho magro, seco e enrugado, caprichoso e cheio de pensamentos vários, e nunca imaginados de outra alguma pessoa? Bem como quem foi gerado em um cárcere, onde toda a incomodidade tem seu assento, e onde todo o triste ruído faz a sua habitação?[2] O descanso, o lugar aprazível, a amenidade dos campos, a serenidade dos céus, o murmurar das fontes e a tranqüilidade do espírito entram sempre em grande parte, quando as musas estéreis se mostram fecundas, e oferecem ao mundo partos, que o enchem de admiração e de contentamento. Acontece muitas vezes ter um pai um filho feio e extremamente desengraçado, mas o amor paternal lhe põe uma venda nos olhos para que não veja as próprias deficiências; antes as julga como discrições e lindezas, e está sempre a contá-las aos seus amigos, como agudezas e donaires. Porém eu, que, ainda

---

[1] Na acepção de sensato, inteligente. Ao longo do texto, a palavra será empregada muitas vezes neste sentido.

[2] Cervantes alude, sem dúvida, à sua prisão em Sevilha, em 1602.

que pareço pai, não sou contudo senão padrasto de Dom Quixote, não quero deixar-me ir com a corrente do uso, nem pedir-te, quase com as lágrimas nos olhos, como por aí fazem muitos, que tu, leitor caríssimo, me perdoes ou desculpes as faltas que encontrares e descobrires neste meu filho; e porque não és seu parente nem seu amigo, e tens a tua alma no teu corpo, e a tua liberdade de julgar muito à larga e a teu gosto, e estás em tua casa, onde és senhor dela como el-rei das suas alcavalas, e sabes o que comumente se diz "que debaixo do meu manto ao rei mato". Isto tudo te isenta de todo o respeito e obrigação e podes do mesmo modo dizer desta história tudo quanto te lembrar sem teres medo de que te caluniem pelo mal, nem te premiem pelo bem que dela disseres.

O que eu somente muito desejava era dar-ta lisa e despida, sem os ornatos de prólogo nem do inumerável catálogo dos costumados sonetos, epigramas, e elogios, que no princípio dos livros por aí é uso pôr-se. Não tenho pois remédio senão dizer-te que, apesar de me haver custado algum trabalho a composição desta história, foi contudo o maior de todos fazer esta prefação, que vais agora lendo. Muitas vezes peguei na pena para escrevê-la, e muitas a tornei a largar por não saber o que escreveria; e estando em uma das ditas vezes suspenso, com o papel diante de mim, a pena engastada na orelha, o cotovelo sobre a banca, e a mão debaixo do queixo, pensando no que diria, entrou por acaso um meu amigo, homem bem entendido, e espirituoso, o qual, vendo-me tão imaginativo, me perguntou a causa, e eu, não lha encobrindo, lhe disse que estava pensando no prólogo que havia de fazer para a história de Dom Quixote, e que me via tão atrapalhado e aflito com este empenho que nem queria fazer tal prólogo, nem dar à luz as façanhas de um tão nobre cavaleiro. Porque como quereis vós que me não encha de confusão o antigo legislador, chamado Vulgo, quando ele vir que no cabo de tantos anos, como há que durmo no silêncio do esquecimento, me saio agora, tendo já tão grande carga de anos às costas[3], com uma legenda seca como as palhas, falta de invenção, minguada de estilo, pobre de conceitos, e alheia a toda a erudição e doutrina, sem notas às margens, nem comentários no fim do livro, como vejo que estão por aí muitos outros livros (ainda que sejam fabulosos e

---

[3] Ao publicar a primeira parte do *Quixote*, tinha Cervantes cinqüenta e oito anos de idade.

profanos) tão cheios de sentenças de Aristóteles, de Platão, e de toda a caterva de filósofos que levam a admiração ao ânimo dos leitores, e fazem que estes julguem os autores dos tais livros como homens lidos, eruditos e eloqüentes? Pois que, quando citam a Divina Escritura, se dirá que são uns Santos Tomases, e outros doutores da Igreja, guardando nisto um decoro tão engenhoso, que em uma linha pintam um namorado distraído, e em outra fazem um sermãozinho tão cristão, que é mesmo um regalo lê-lo ou ouvi-lo[4]. De tudo isto há de carecer o meu livro, porque nem tenho que notar nele à margem, nem que comentar no fim, e ainda menos sei os autores que sigo nele para pô-los em um catálogo pelas letras do alfabeto, como se usa, começando em Aristóteles, e acabando em Xenofonte, em Zoilo ou em Zêuxis, ainda que foi maldizente um destes e pintor o outro. Também há de o meu livro carecer de sonetos no princípio, pelo menos de sonetos cujos autores sejam duques, marqueses, condes, bispos, damas, ou poetas celebérrimos, bem que, se eu os pedisse a dois ou três amigos meus que entendem da matéria, sei que mos dariam tais, que não os igualassem os daqueles que têm mais nome na nossa Espanha. Enfim, meu bom e querido amigo, continuei eu, tenho assentado comigo em que o Senhor Dom Quixote continue a jazer sepultado nos arquivos da Mancha até que o céu lhe depare pessoa competente que o adorne de todas estas coisas que lhe faltam, porque eu me sinto incapaz de remediá-las em razão das minhas poucas letras e natural insuficiência, e, ainda de mais a mais, porque sou muito preguiçoso e custa-me muito a andar procurando autores que me digam aquilo que eu muito bem me sei dizer sem eles. Daqui nasce o embaraço e suspensão em que me achastes submerso: bastante causa me parece ser esta que tendes ouvido para produzir em mim os efeitos que presenciais.

Quando o meu amigo acabou de ouvir tudo o que eu lhe disse, deu uma grande palmada na testa, e em seguida, depois de uma longa e estrondosa gargalhada, me respondeu:

— Por Deus, meu amigo, que ainda agora acabo de sair de um engano em que tenho estado desde todo o muito tempo em que vos hei conhecido, no qual sempre vos julguei homem discreto e prudente em todas as vossas ações. Agora, porém, conheço o erro

---

[4] Esta irônica enumeração de autores é dirigida a Lope de Vega, com quem Cervantes esteve inimizado.

em que caí e o quanto estais longe de serdes o que eu pensava, que me parece ser maior a distância do que é do céu à terra. Como?! Pois é possível que coisas de tão insignificante importância e tão fáceis de remediar possam ter força de confundir e suspender um engenho tão maduro como o vosso, e tão afeito a romper e passar triunfantemente por cima de outras dificuldades muito maiores? À fé que isto não vem de falta de habilidade, mas sim de sobejo de preguiça e penúria de reflexão. Quereis convencer-vos da verdade que vos digo? Estai atento ao que vou dizer-vos, e em um abrir e fechar de olhos achareis desfeitas e destruídas todas as vossas dificuldades, e remediadas todas as faltas que vos assustam e acobardam para deixardes de apresentar à luz do mundo a história do vosso famoso Dom Quixote, espelho e brilho de toda a cavalaria andante.

Aqui lhe atalhei eu com a seguinte pergunta:

— Dizei-me: qual é o modo por que pensais que hei de encher o vazio do meu temor, e trazer a lúcida claridade ao escuro caos da minha confusão?

A isto me replicou ele:

— O reparo que fazeis sobre os tais sonetos, epigramas e elogios que faltam para o princípio do vosso livro, e que sejam de personagens graves e de título, se pode remediar, uma vez que vós mesmo queirais ter o trabalho de os compor, e depois batizá-los, pondo-lhes o nome da pessoa que for mais do vosso agrado, podendo mesmo atribuí-los ao Preste João das Índias, ou ao Imperador de Trapisonda[5] dos quais eu por notícias certas sei que foram famosos poetas; mas, ainda quando isto seja patranha e não o tenham sido, e apareçam porventura alguns pedantes palradores, que vos mordam por detrás, e murmurem desta peta, não se vos dê dez-réis de mel coado desses falatórios, porque, ainda quando averiguem a vossa velhacaria a respeito da paternidade dos tais versos, nem por isso vos hão de cortar a mão com que os escrevestes.

"Enquanto ao negócio de citar nas margens do livro os nomes dos autores dos quais vos aproveitastes para inserirdes na vossa história os seus ditos e sentenças, não tendes mais que arranjar-vos de maneira que venham a ponto algumas dessas sentenças, as quais vós saibais de memória, ou pelo menos que vos dê o procurá-las

---

[5] Trebizonda, cidade situada na costa meridional do mar Negro, e capital de uma das quatro partes em que se dividiu o império grego, por volta de 1220; as outras três eram: Constantinopla, Tessalonica e Nicéia.

muito pouco trabalho, como será, tratando por exemplo de liberdade e escravidão, citar a seguinte:

Non bene pro toto libertas venditur auro[6].

"E logo à margem citar Horácio, ou quem foi que o disse. Se tratardes do poder da morte, acudi logo com:

Pallida mors aequo pulsat pede pauperum tabernas,
regumque turres[7].

"Se da amizade e amor que Deus manda ter para com os inimigos, entrai-vos logo sem demora pela Escritura Divina, o que podeis fazer com uma pouca de curiosidade, e dizer depois as palavras pelo menos do próprio Deus: *Ego autem dico vobis: diligite inimicos vestros*[8]. Se tratardes de maus pensamentos, vinde com o Evangelho, quando este diz: *De corde exeunt cogitationes malae*[9], se da instabilidade dos amigos, aí está Catão que vos dará o seu dístico:

Donec eris felix, multo numerabis amicos,
Tempora si fuerint nubila, solus eris[10].

"Com estes latins, e com outros que tais, vos terão sequer por gramático, que já o sê-lo não é pouco honroso, e às vezes também proveitoso nos tempos de agora.

"Pelo que toca a fazer anotações ou comentários no fim do livro, podeis fazê-lo com segurança da maneira seguinte: se nomeardes no vosso livro algum gigante, não vos esqueçais de que

---

[6] Verso do autor anônimo das chamadas fábulas esópicas. "Liberdade e soltura não é por ouro comprado." Embora Cervantes se equivoque ao atribuí-lo a Horácio, desfaz-se o equívoco com "ou quem foi que o disse".

[7] Horácio, Carminun, I, ode 4. "Que a morte amarela vá igualmente à choça do pobre desvalido e ao alcácer do rei potente."

[8] São Mateus, V, 44. "E eu vos digo: amai aos vossos inimigos."

[9] São Mateus, XV,19. "Do coração procedemos maus pensamentos."

[10] Não são de Catão, mas de Ovídio, Tristia, I, 9, S-6. "Quando és feliz tens muitos amigos; em tempos nublados, ficas só."

este seja o gigante Golias, e somente com este nome, que vos custará muito pouco a escrever, tendes já um grande comentário a fazer, porque podeis dizer, pouco mais ou menos, isto: 'O gigante Golias, ou Goliat, foi um filisteu, a quem o pastor Davi matou com uma grande pedrada que lhe deu no vale de Terebinto, segundo se conta no Livro dos Reis'[11], no capítulo onde achardes que esta história se acha escrita.

"Em seguida a esta anotação, para mostrar-vos homem erudito em letras humanas e ao mesmo tempo um bom cosmógrafo, fazei de modo que no livro se comemore o rio Tejo, e vireis logo com um magnífico comentário, dizendo: 'O rio Tejo foi assim chamado em memória de um antigo rei das Espanhas; tem o seu nascimento em tal lugar e vai morrer no mar oceano, beijando os muros da famosa cidade de Lisboa, e é opinião de muita gente que traz areias de ouro', etc. Se tratardes de ladrões, dar-vos-ei a história de Caco, a qual eu sei de cor; se de mulheres namoradeiras, aí está o bispo de Mondonedo que vos emprestará Lâmia, Laís e Flora, cujo comentário vos granjeará grande crédito[12]; se de mulheres cruéis, Ovídio porá Medéia à vossa disposição; se de feiticeiras e encantadoras, lá tendes Calipso em Homero, e Circe em Virgílio[13]; se de capitães valerosos, Júlio César se vos dá a si próprio nos seus *Comentários*, e Plutarco vos dará mil Alexandres[14]. Se vos meterdes em negócios de amores, com duas onças que saibais da língua toscana topareis em Leão Hebreu, que vos encherá as medidas[15], e, se não quereis viajar por terras estranhas, em vossa casa achareis Fonseca e seu *Amor de Deus*[16], no qual se cifra tudo quanto vós e qualquer dos mais engenhosos escritores possa acertar a dizer em tal matéria.

---

[11] Reis, I, capítulo XVII.

[12] Com efeito, numa das suas Epístolas familiares, trata das três mulheres citadas. A alusão de Cervantes é irônica, tanto pela forma em que é feita como pelos muitos enganos e fraudes que contêm os livros de Frei Antônio de Guevara, bispo de Mondonedo.

[13] De Calipso trata Homero no livro X da *Odisséia* e Virgílio no VII da *Eneida*.

[14] Alusão às *Vidas paralelas*.

[15] Os *Dialoghi d'amore*, de Leão Hebreu, eram muito difundidos no tempo de Cervantes.

[16] É o *Tratado do amor de Deus* (1592), de Frei Cristóvão de Fonseca.

Em conclusão, nada mais há senão que vós procureis meter no livro estes nomes, ou tocar nele estas histórias, que vos apontei, e depois deixai ao meu cuidado o pôr as notas marginais, e as anotações e comentários finais, e vos dou a minha palavra de honra de vos atestar as margens de notas, e de encher ao fim do livro uma resma de papel toda cheia de comentários.

"Vamos agora à citação dos autores que por aí costumam trazer os outros livros, mas que falta no vosso. O remédio desta míngua é muito fácil, porque nada mais tendes a fazer do que pegar em um catálogo, que contenha todos os autores conhecidos por ordem alfabética[17], como há pouco dissestes. Depois pegareis nesse mesmo catálogo e o inserireis no vosso livro, porque, apesar de ficar a mentira totalmente calva por não terdes necessidade de incomodar a tanta gente, isso pouco importa; e porventura encontrareis leitores tão bons e tão ingênuos que acreditem na verdade do vosso catálogo e se persuadam de que a vossa história, tão simples e tão singela, todavia precisava muito daquelas imensas citações, e, quando não sirva isto de outra coisa, servirá contudo por certo de dar ao vosso livro uma grande autoridade. Além de que ninguém quererá dar-se ao trabalho de averiguar, se todos aqueles autores foram consultados e seguidos por vós, ou não o foram, porque daí não tira proveito algum. E de mais a mais, se me não iludo, este vosso livro não carece de alguma dessas coisas que dizeis lhe falta, pois todo ele é uma invectiva contra os livros de cavalarias, dos quais nunca se lembrou Aristóteles nem vieram à idéia de Cícero, e mesmo São Basílio guardou profundo silêncio a respeito deles; o livro que escreveis há de conter disparates fabulosos, com os quais nada têm que ver as pontualidades da verdade, nem as observações da astrologia; nem lhe servem de coisa alguma as medidas geométricas, nem a confutação dos argumentos usados pela retórica; nem tem necessidade de fazer sermões aos leitores misturando o humano com o divino, mistura esta que não deve sair de algum cristão entendimento. No vosso livro o que muito convém é uma feliz imitação dos bons modelos, a qual, quanto mais perfeita for, tanto melhor será o que se escrever. E, pois que a vossa escritura tem por único

---

[17] Crítica a Lope de Vega, como demonstrou Clemencín ao recordar que em *O peregrino*, assim como em *O Isidro*, colocou aquele um índice de autores em ordem alfabética.

fim desfazer a autoridade que por esse mundo e entre o vulgo ganharam os livros de cavalarias, não careceis de andar mendigando sentenças de filósofos, conselhos da Divina Escritura, fábulas de poetas, orações de retóricos, e milagres de santos; o de que precisais é de procurar que a vossa história se apresente em público escrita em estilo significativo, com palavras honestas e bem colocadas, sonoras e festivas em grande abastança, pintando em tudo quanto for possível a vossa intenção, fazendo entender os vossos conceitos sem os tornar intrincados, nem obscuros. Procurai também que, quando ler o vosso livro, o melancólico se alegre e solte uma risada, que o risonho quase endoideça de prazer, o simples se não enfade, o discreto se admire da vossa intenção, o grave a não despreze, nem o prudente deixe de gabá-la. Finalmente, tende sempre posta a mira em derrubar a mal fundada máquina destes cavaleirescos livros aborrecidos de muita gente, e louvados e queridos de muita mais; se conseguirdes fazer quanto vos digo, não tereis feito pouco."

Com grande silêncio estive eu escutando o que o meu amigo me dizia, e com tal força se imprimiram em mim as suas razões, que sem mais discussão alguma as aprovei por boas, e delas mesmas quis compor este prólogo; aqui verás, leitor suave, a descrição do meu amigo, a minha boa ventura de encontrar um tal conselheiro em tempo de tão apertada necessidade, e a tua consolação em poderes ler a história tão sincera e tão verdadeira do famoso Dom Quixote de la Mancha, do qual a opinião mais geral dos habitantes do campo de Montiel é haver sido o mais casto enamorado, e o mais valente cavaleiro que desde muitos anos a esta parte apareceu por aqueles sítios. Não quero encarecer-te o serviço que te presto em dar-te a conhecer tão honrado e notável cavaleiro; mas sempre quero que me agradeças o conhecimento que virás a ter do grande Sancho Pança, seu escudeiro, no qual, segundo o meu parecer, te dou enfeixadas todas as graças escudeirais que pela caterva dos livros ocos de cavalaria se encontram espalhadas e dispersas. E, com isto, Deus te dê saúde, e se não esqueça de mim.

Vale[18].

---

[18] Fórmula latina de despedida, comum nas cartas familiares. (N. do E.)

Versos preliminares

Ao livro de Dom Quixote de la Mancha Urganda, a desconhecida[1]

Si de llegarte a los bue-[2],
Libro, fueres con letu-,
No te dirá el boquirru-
Que no pones bien los de-
Mas si el pan no se te cue-
Por ir a manos de idio-,
Verás de manos a bo-,
Aun no dar una el cla-,
Si bien se comeu las ma-
Por mostrar que sou curio-.

Y pues la experiencia ense-
Que el que a buen árbol se arri-
Buena sombra le cobi-,
En Béjar tu buena estre-

---

[1] A encantadora Urganda; diz Clemencín, "foi singularmente amiga de Amadis de Gaula. O motivo de chamar-se desconhecida se explica no capítulo XI do livro de Amadis, onde o gigante Gandalac, que havia educado a Galaor e o levava a armar-se cavaleiro, disse-lhe, falando de Urganda, que se chamava 'desconhecida' pelas muitas vezes que se transformava em 'desconhecida.'"

[2] O criador deste tipo de versos (em que falta o final) parece ter sido Alfonso Alvarez de Soria.

Un árbol real te ofre-
Que da príncipes por fru-,
En el cual floreció un du-
Que es nuevo Alejandro Ma-:
Llega a su sombra; que a osa-
Favorece la fortu-.

De un noble hidalgo manche-
Contarás las aventu-,
A quien ociosas letu-
Transtornaron la cabe-:
Damas, armas, caballe-,
Le provocaron de mo-,
Que, cual Orlando Furio-,
Templado a lo enamora-,
Alcanzó a fuerza de bra-
A Dulcinea del Tobo-.

No indiscretos hieroglí-
Estampes en el escu-;
Que cuando es todo figu-,
Con ruines puntos se envi-.
Si en lá dirección te humi-,
No dirá mofante algo-:
" ¡Qué don Alvaro de Lu-,
Qué Aníbal el de Carta-,
Qué Rey Francisco en Espa-
Se queja de la fortu-!"

Pues al cielo no le plu-
Que salieses tan ladi-
Como el negro Juan Lati-,
Hablar latines rehu-.
No me despuntes de agu-,
Ni me alegues con filó-;
Porque, torciendo la bo-,
Dirá el que entiende la le-,
No um palmo de las ore-:
"¿Para qué conmigo flo-?"

No te metas en dibu-,
Ni en saber vidas aje-;
Que en lo que no va ni vie-,
Pasar de largo es cordu-.
Que suelen en caperu-
Darles a los que grace-;
Mas tu quémate las ce-
Sólo en cobrar buena fa-,
Que el que imprime neceda-
Dalas a censo perpe-.
Advierte que es desati-,
Siendo de vidrio el teja-,
Tomar piedras en las ma-
Para tirar al veci-.
Deja que el hombre de jui-
En las obras que compo-
Se vaya con pies de plo-;
Que el que saca a luz pape-
Para entretener donce-
Escribe a tontas y a lo-.

Tradução:

Se de chegar-te aos [bons],
Livro, fosses com leitu[ra][3],
Não te dirá o boquirro[to]
Que não pões bem os de[dos][4].
Mas se o pão não se te co[ze][5]
Por ir a mãos de idio[tas]
Verás de mãos a bo[ca],
Ainda não dar uma no cra[vo]
Se bem se comem as mã[os]
Por mostrar que são curio[sas][6].

---

[3] Proceder com atenção e cuidado, segundo Cortejón.

[4] Que não tocas bem um instrumento.

[5] Expressão figurada equivalente a inquieto e desassossegado.

[6] Note-se que, ainda que sejam expressões familiares, têm um sentido figurado e irônico.

E pois a experiência ensi[na]
Que o que a boa árvore se arri[ma]
Boa sombra o aco[lhe],
Em Béjar tua boa estre[la]
Uma árvore real te ofere[ce]
Que dá príncipes por fru[to],
Na qual floresceu um du[que]
Que é novo Alexandre Mag[no]:
Chega a sua sombra; que a ousa[dos]
Favorece a Fortu[na][7].

De um nobre fidalgo manche[go]
Contarás as aventu[ras],
A quem ociosas leitu[ras]
Transtornaram a cabe[ça]:
Damas, armas, cavalei[ros]
O provocaram de mo[do]
Que, qual Orlando Furio[so][8]
Dosado ao namora[do],
Alcançou à força de bra[ço]
A Dulcinéia del Tobo[so].

Não indiscretos hierógli[fos]
Estampes no escu[do][9];
Que quando é tudo figu[ra],
Com ruins pontos se apos[ta].
Se na direção[10] te humi[lhas],
Não dirá trocista algum:
"Que Dom Álvaro de Lu[na],
Que Aníbal o de Carta[go],

---

[7] Alusão ao Duque de Béjar.

[8] Alusão ao *Orlando furioso*, de Ludovico Ariosto, cujo começo: "Le donne i cavalier, l'arme, gli amori", parece traduzir Cervantes.

[9] Alusão irônica ao escudo de armas colocado por Lope de Vega na sua *Arcádia* (1599) e no *Isidro* (1602), pretendendo ser descendente de Bernardo del Carpio. Por isso, dedicou Gôngora a Lope o mordente soneto: "Por caridade, Lopelho, apaga-me as dez e nove torres do teu escudo".

[10] Direção: dedicatória.

Que Rei Francisco na Espa[nha]
Se queixa da Fortu[na]!"

Pois aos céus não aprou[ve]
Que saísses tão ladi[no],
Como o negro João Lati[no],
Falar latim se recu[sa].
Não me espetes com agu[lha],
Nem me alegues com filóso[fo];
Porque, torcendo a bo[ca],
Dirá o que entende a le[tra],
Não um palmo das ore[lhas]:
"Para que comigo flore[ar]?"

Não te metas em dese[nhos]
Nem em saber vidas alhei[as];
Que ao que não vai nem [vem]
Passar ao largo é cordu[ra].
Que costumam em caperu[ça][11]
Dá-los aos que grace[jam];
Mas queima-te as pesta[nas]
Só em cobrar boa fa[ma];
Que o que imprime toli[ces]
Dá-as a censo perpé[tuo].

Adverte que é desati[no],
Sendo de vidro o telha[do],
Apanhar pedras na[mão]
Para atirar ao vizi[nho]
Deixa que o homem de juí[zo]
Nas obras que com[põe]
Se vá com pés de chum[bo];
Que o que tira à luz pa[péis]
Para entreter donze[las]
Escreve às tontas e às lou[cas].

[11] "Dar em caperuça": frustrar os desígnios de alguém.

Amadis de Gaula
A Dom Quixote de la Mancha

Soneto

Tú que imitaste la llorosa vida
Que tuve, ausente y desdeñado, sobre
El gran ribazo de la Peña Pobre,
De alegre a penitencia reducida.

Tú, a quién los ojos dieron la bebida
De abundante licor, aunque salobre,
Y alzándote la plata, estaño y cobre,
Te dió la tierra en tierra la comida,

Vive seguro de que eternamente,
En tanto, al menos, que en la cuarta esfera
Sus caballos aguije el rubio Apolo,

Tendrás claro renombre de valiente;
Tu patria será en todas la primera;
Tu sábio autor, al mundo único y solo.

Tradução:

Tu, que imitaste a chorosa vida
Que levei ausente e desdenhado sobre
O grande penhasco da Penha Pobre,
De alegre a penitência reduzida.

Tu, a quem os olhos deram a bebida
De abundante licor, embora salobra,
E erguendo-te de prata, estanho e cobre,
Te deu a terra em terra a comida,

Vive seguro de que eternamente,
Em tanto, ao menos, que na quarta esfera
Seus cavalos excite o ruivo Apolo,

Terás claro renome de valente;
Tua pátria será dentre todas a primeira;
Teu sábio autor, ao mundo único e só.

Dom Belianis de Grécia
A Dom Quixote de la Mancha

Soneto

Rompí, corté, abollé, y dije y hice
Más que en el orbe cabalero andante;
Fui diestro, fui valiente, fui arrogante;
Mil agravios vengué, cien mil deshice.

Hazañas di a la Fama que eternice;
Fue comedido y regalado amante;
Fue enano para mi todo gigante
Y al duelo en cualquier punto satisfice.

Tuve a mis pies postrada la Fortuna,
Y trajo del copete mi cordura
A la calva Ocasión del estricote.

Mas, aunque sobre el cuerno de la luna
Siempre se vio encumbrada mi ventura,
Tus proezas envidio, ¡oh gran Quijote!

Tradução:

Rompi, cortei, amolguei, disse e fiz
Mais que no orbe cavaleiro andante;
Fui destro, valente, arrogante;
Mil agravos vinguei, cem mil desfiz.

Façanhas dei à Fama que eternize;
Comedido e regalado amante;
Foi anão para mim todo gigante
E ao duelo em qualquer ponto satisfiz.

Tive a meus pés prostrada a Fortuna,
E trouxe do copete minha cordura
À calva Ocasião ao estricote[12].

Mas, ainda sobre os cornos da lua
Sempre se viu no cume minha ventura,
Tuas proezas invejo, ó grão Quixote!

---

[12] Calva a Ocasião, como é costume pintá-la, referência ao "copete"; corte de cabelo usado pelos cavalheiros do século XVII, para alargar a proporção do rosto. O teatro espanhol desse século oferece algumas alusões sobre essa moda masculina. "Ao estricote" – aos maus-tratos.

A senhora Oriana a Dulcinéia del Toboso

SONETO

¡Oh, quién tuviera, hermosa Dulcinea,
Por más comodidad y más reposo,
A Miraflores puesto en el Toboso,
Y trocara sus Londres con tu aldea!

¡Oh, quién de tus deseos y librea
Alma y cuerpo adornara, y del famoso
Caballero que hiciste venturoso
Mirara alguna desigual pelea!

¡Oh, quién tan castamente se escapara
Del señor Amadís como tú hiciste
Del comedido hidalgo Don Quijote!

Que así envidiada fuera, y no envidiara,
Y fuera alegre el tiempo que fue triste.
Y gozara los gustos sin escote.

Tradução:

Oh, quem tivera, formosa Dulcinéia,
Por mais comodidade e mais repouso,
A Miraflores[13] posto em El Toboso,
E trocara seus Londres[14] com tua aldeia!

---

[13] Miraflores era um castelo próximo a Londres, residência de Oriana, filha do Rei Lisvarte e amada de Amadis de Gaula.

[14] "Seus Londres", assim, no plural, como se costumava usar com os nomes das cidades.

Oh, quem de teus desejos e libré
Alma e corpo adornara e do famoso
Cavaleiro que fizeste venturoso
Mirara alguma desigual peleja!

Oh, quem tão castamente se escapara
Do Senhor Amadis, como fizeste
Do comedido fidalgo Dom Quixote!

Que, assim, invejada fora e não invejara,
E fora alegre o tempo que foi triste,
E gozara os prazeres sem limite.

Gandalim, escudeiro de Amadis de Gaula, a Sancho Pança, escudeiro de Dom Quixote

SONETO

Salve, varón famoso, a quien Fortuna,
Cuando en el trato escuderil te puso,
Tan blanda y cuerdamente lo dispuso,
Que lo pasaste sin desgracia alguna.

Ya la azada o la hoz poco repugna
Al andante ejercicio; ya está en uso
La llaneza escudera, con que acuso
Al soberbio que intenta hollar la luna.

Envidio a tu jumento y a tu nombre,
Y a tus alforjas igualmente envidio,
Que mostraron tu cuerda providencia.

Salve otra vez, ¡oh Sancho! tan buen hombre,
Que a solo tú nuestro español Ovidio
Con buzcorona te hace reverencia.

Tradução

Salve, varão famoso, a quem Fortuna
Quando no trato escuderil te pôs,
Tão pacata e brandamente o dispôs,
Que o passaste sem desgraça alguma.

Já a enxada ou a foice pouco repugna
Ao andante exercício; já está em uso

A lhaneza escudeira, com que acuso
Ao soberbo que intenta pisar a lua.

Invejo teu jumento e teu nome,
E a teus alforjes igualmente invejo,
Que mostraram tua pacata providência.

Salve outra vez, ó Sancho! tão bom homem,
Que a ti só nosso espanhol Ovídio[15]
Com um cascudo te faz reverência.

---

[15] Ovídio espanhol não é o próprio Cervantes dando esse nome a si mesmo, como afirmou Clemencin, porém, antes, um dos poetas que o chamaram dessa forma.

Del donoso, poeta entreverado, a Sancho Pança e Rocinante

A Sancho Pança

Soy Sancho Panza, escude-
Del manchego Don Quijo-;
Puse pies en polvoro-,
Por viver a lo discre-;
Que el tácito Villadie-
Toda su razón de esta-
Cifró en una retira-,
Según siente Celesti-,
Libro, en mi opinión, divi-,
Si encubriera más lo huma-.

A Rocinante

Soy Rocinante el famo-,
Biznieto del gran Babie-;
Por pecados de flaque-
Fui a poder de un Don Quijo-,
Parejas corrí a lo flo-;
Mas por uña de caba-
No se me escapó ceba-;
Que esto saqué a Lazari-
Cuando, para hurtar el vi-
Al ciego, le di la pa-.

Tradução

Sou Sancho Pança, escudei [ro]
Do manchego Dom Quixo[te],
Pus pés em polvoro[sa)
Para viver ao discre[to];
Que o tácito Vila-Dio[go][16]
Toda sua razão de Esta[do]
Cifrou numa retira[da],
Segundo sente Celesti[na][17]
Livro, ao meu ver, divi[no],
Se encobrisse mais o huma[no].

Sou Rocinante, o famo[so],
Bisneto do grande Babie[ca][18]
Por pecados de fraque[za]
Fui a poder dum Dom Quixote];
Parelhas corri ao frou[xo];
Mas por unha de cava[lo][19]
Não me escapou ceva[da];
Que isto tirei a Lazari[lho][20]
Quando, para furtar o vi[nho]
Ao cego, lhe dei a pa[lhal].

---

[16] "Tomar as de Vila-Diogo": fugir apressadamente. "Note-se"; observa Rodríguez Marín, "que aqui se supõe que Vila-Diogo foi um homem chamado assim, e não um lugar com esse nome como geralmente se crê".

[17] A Tragicomédia de Calisto e Melibéia, obra de Fernando de Rejas; Cervantes, ao afirmar que em sua opinião esse livro seria divino se encobrisse mais o humano, refere-se ao cru realismo da obra.

[18] Babieca, cavalo do Cid.

[19] "Por unha de cavalo": escapar depressa.

[20] Alusão a uma das passagens mais conhecidas do Lazarilho de Tormes: o cego segura uma vasilha de vinho, e Lazarilho a bebe sem que seu amo o perceba.

Orlando furioso
A Dom Quixote de la Mancha

Soneto

Si no eres par, tampoco le has tenido;
Que par pudieras ser entre mil pares,
Ni puede haberle donde tú te hallares,
Invicto vencedor, jamás vencido.

Orlando soy, Quijote, que perdido
Por Angélica, vi remotos mares,
Ofreciendo a la Fama en sus altares
Aquel valor que respetó el olvido.

No puedo ser tu igual; que este decoro
Se debe a tus proezas y a tu fama,
Puesto que, como yo, perdeste el seso.

Mas serlo has mio, si al soberbio Moro
Y Cita fiero domas, que hoy nos llama
Iguales en amor con mal suceso.

Tradução:

Se não és par, tampouco o tiveste;
Que par puderas ser entre mil pares,
Nem pode havê-lo onde tu te achares,
Invicto vencedor, jamais vencido.

Orlando sou, Quixote, que perdido
Por Angélica, vi remotos mares,
Oferecendo à Fama em seus altares
Aquele valor que respeitou o olvido.

Não posso ser teu igual, que este decoro
Se deve a tuas proezas e à tua fama,
Posto que, como eu, perdeste o siso.

Mas sê-lo-ás meu, se ao soberbo mouro
E cita fero domas, que hoje nos chama
Iguais em amor com mau sucesso.

O cavaleiro do Febo a Dom Quixote de la Mancha

SONETO

A vuestra espada no igualó la mía,
Febo español, curioso cortesano,
Ni a la alta gloria de valor mi mano,
Que rayo fue do nace y muere el día.

Impérios desprecié: la monarquía
Que me ofreció el Oriente rojo en vano
Dejé, por ver el rostro soberano
De Claridiana, aurora hermosa mía.

Améla por milagro único y raro,
Y, ausente en su desgracia, el propio infierno
Temió mi brazo, que domó su rabia.

Mas vos, godo Quijote, ilustre y claro,
Por Dulcinea sois al mundo eterno,
Y ella por vos, famosa, honesta y sabia.

Tradução:

A vossa espada não igualou a minha,
Febo espanhol, curioso cortesão,
Nem à alta glória de valor minha mão,
Que raio foi donde nasce e morre o dia.

Impérios desprezei: a monarquia
Que me ofereceu o Oriente vermelho em vão
Deixei, para ver o rosto soberano

De Claridiana[21], aurora bela minha.

Amei-a por milagre único e raro,
E, ausente em sua desgraça, o próprio inferno
Temeu meu braço que domou sua raiva.

Mas vós, godo Quixote, ilustre e claro,
Por Dulcinéia sois ao mundo eterno,
E ela por vós, famosa, honesta e sábia.

---

[21] Claridiana, filha do imperador da Trapizonda e da rainha das amazonas, como está na *História* do cavaleiro Febo.

De Solisdão a Dom Quixote de La Mancha

Soneto

Maguer, señor Quijote, que sandeces
Vos tengan el cerbelo derrumbado,
Nunca seréis de alguno reprochado
Por home de obras viles y soeces.

Serán vuesas fazañas los joeces,
Pues tuertos desfaciendo habéis andado,
Siendo vegadas mil apaleado
Por follones cautivos y raheces.

Y si la vuesa linda Dulcinea
Desaguisado contra vos comete,
Ni a vuesas cuitas muestra buen talante,

En tal desmán, vueso conorte sea
Que Sancho Panza fue mal alcagüete,
Necio él, dura ella, y vos no amante.

Tradução

Embora, Senhor Quixote, as sandices
Vos tenham transtornado o cérebro,
Nunca sereis de alguém repreendido
Por homem de obras vis e soezes.

Serão vossas façanhas os juízes,
Pois andastes desfazendo erros,
Sendo surrado vezes mil
Por vagabundos cativos e desprezíveis.

E se a vossa linda Dulcinéia
Desaguisado contra vós comete,
Nem a vossas penas mostra bom talante,

Nesse desmando, vosso consolo seja
Que Sancho Pança foi mau alcoviteiro,
Néscio ele, dura ela, e vós não amante.

Diálogo entre Babieca e Rocinante

Soneto

B. *¿Como estáis, Rocinante, tan delgado?*
R. *Porque nunca se come, y se trabaja.*
B. *Pues ¿qué es de la cevada y de la paja?*
R. *No me deja mi amo ni un bocado.*

B. *Andá, señor, que estáis muy mal criado,*
Pues vuestra lengua de asno al amo ultraja.
R. *Asno se es de la cuna a la mortaja,*
¿Queréislo ver? Miraldo enamorado.

B. *¿Es necedad amar? R. No es gran prudencia.*
B. *Metafísico estáis. R. Es que no como.*
B. *Quejaos del escudero. R. No es bastante.*

¿Cómo me he de quejar em mi dolencia
Si el amo y escudero o mayordomo
Son tan rocines como Rocinante?

Tradução:

B. Como estás, Rocinante, tão delgado?
R. Porque nunca se come, e se trabalha.
B. Onde a tua cevada e a tua palha?
R. Meu amo não me deixa nem um bocado.

B. Vai, senhor, que tagarela,
Teu amo ultrajando frente a mim.
R. E tu, que asno serás até o fim,
Se de amor caiste na esparrela?

B. É burrice amar? R. Acho imprudente.
B. Andas filósofo. R. Ando com fome.
B. Mágoa do escudeiro. R. Não será bastante.

E vou eu queixar-me a toda gente
Se o amo e escudeiro ou o mordomo
São tão rocins como eu Rocinante?

H. PISAN

CAPÍTULO I

Que trata da condição e exercício do famoso fidalgo Dom Quixote de la Mancha

Num lugar de La Mancha[1], de cujo nome não quero lembrar-me, vivia, não há muito, um fidalgo, dos de lança em cabido, adarga antiga, rocim fraco, e galgo corredor. Passadio, olha seu tanto mais de vaca do que de carneiro[2], as mais das ceias restos da carne picados com sua cebola e vinagre, aos sábados outros sobejos ainda somenos, lentilhas às sextas-feiras, algum pombito de crescença aos domingos, consumiam três quartos do seu haver. O remanescente, levavam-no saio de *velarte*[3], calças de veludo para as festas, com seus pantufos do mesmo; e para os dias de semana o seu *vellorí*[4] do mais fino. Tinha em casa uma ama que passava dos quarenta, uma sobrinha que não chegava aos vinte, e um moço da poisada e de porta afora, tanto para o trato do rocim, como para o da fazenda. Orçava na idade o nosso fidalgo pelos cinqüenta anos. Era rijo de compleição, seco de carnes, enxuto de rosto, madrugador,

[1] A alusão de Cervantes pode referir-se a um dos sete povoados: Miguel Esteban, Villaverde, Esquivias, Tisteafuera, Quintanar de La Orden, Argamasilla de Calatrava, Argamasilla de Alba; alguns com forte tradição cervantina.

[2] A carne de carneiro era mais apreciada que a de vaca. Em toda esta passagem pinta Cervantes a vida pacífica e medíocre do fidalgo.

[3] Pano negro e lustroso, usado como agasalho.

[4] Pano de espessura média, da cor da lã, embora inferior ao *velarte*.

e amigo da caça. Querem dizer que tinha o sobrenome de Quijada ou Quesada, que nisto discrepam algum tanto os autores que tratam na matéria; ainda que por conjeturas verossímeis se deixa entender que se chamava Quijana. Isto, porém, pouco faz para a nossa história; basta que, no que tivermos de contar, não nos desviemos da verdade nem um til.

É pois de saber que este fidalgo, nos intervalos que tinha de ócio (que eram os mais do ano), se dava a ler livros de cavalarias, com tanta afeição e gosto, que se esqueceu quase de todo do exercício da caça, e até da administração dos seus bens; e a tanto chegou a sua curiosidade e desatino neste ponto, que vendeu muitos trechos de terra de semeadura para comprar livros de cavalarias que ler, com o que juntou em casa quantos pôde apanhar daquele gênero. Dentre todos eles, nenhuns lhe pareciam tão bem como os compostos pelo famoso Feliciano de Silva[5], porque a clareza da sua prosa e aquelas intrincadas razões suas lhe pareciam de pérolas, e mais, quando chegava a ler aqueles requebros e cartas de desafio, onde em muitas partes achava escrito: "A razão da sem-razão que à minha razão se faz, de tal maneira a minha razão enfraquece, que com razão me queixo da vossa formosura". E também quando lia: "...os altos céus que de vossa divindade divinamente com as estrelas vos fortificam, e vos fazem merecedora do merecimento que merece a vossa grandeza"[6].

Com estas razões perdia o pobre cavaleiro o juízo, e desvelava-se por entendê-las, e desentranhar-lhes o sentido, que nem o próprio Aristóteles o lograria, ainda que só para isso ressuscitara. Não se entendia lá muito bem com as feridas que Dom Belianis dava e recebia, por imaginar que, por grandes facultativos que o tivessem curado, não deixaria de ter o rosto e todo o corpo cheio de cicatrizes e costuras. Porém, louvava no autor aquele acabar o seu livro com a promessa daquela inacabável aventura, e muitas vezes lhe veio desejo de pegar na pena, e finalizar ele a coisa ao pé da letra, como ali se promete; e sem dúvida alguma o fizera, e até o sacara à luz, se

---

[5] Autor da *Segunda comédia de Calixto* e de vários livros de cavalaria, entre os quais *Lisuarte de Grécia*, *Amadis de Grécia*, *Florisel de Niquéia* e *Rogel de Grécia*.

[6] Este trecho é um exemplo das degenerações da linguagem cavaleiresca.

outros maiores e contínuos pensamentos lho não estorvaram. Teve muitas vezes testilhas com o cura do seu lugar (que era homem douto, graduado em Sigüenza[7]) sobre qual tinha sido melhor cavaleiro: se Palmeirim de Inglaterra, ou Amadis de Gaula; Mestre Nicolau, barbeiro do mesmo povo, dizia que nenhum chegava ao Cavaleiro do Febo; e que, se algum se lhe podia comparar, era Dom Galaor, irmão do Amadis de Gaula, o qual era para tudo, e não cavaleiro melindroso nem tão chorão como seu irmão, e que em pontos de valentia lhe não ficava atrás.

Em suma, tanto naquelas leituras se enfrascou, que passava as noites de claro em claro e os dias de escuro em escuro, e assim, do pouco dormir e do muito ler, se lhe secou o cérebro, de maneira que chegou a perder o juízo. Encheu-se-lhe a fantasia de tudo que achava nos livros, assim de encantamentos, como pendências, batalhas, desafios, feridas, requebros, amores, tormentas, e disparates impossíveis; e assentou-se-lhe de tal modo na imaginação ser verdade toda aquela máquina de sonhadas invenções que lia, que para ele não havia história mais certa no mundo. Dizia ele que Cid Rui Díaz fora mui bom cavaleiro, porém que não tinha que ver com o Cavaleiro da Ardente Espada[8], que de um só revés tinha partido pelo meio a dois feros e descomunais gigantes. Melhor estava com Bernardo del Carpio, porque em Roncesvalles havia morto a Roldão, o Encantado, valendo-se da indústria de Hércules, quando afogou entre os braços a Anteu[9], filho da Terra. Dizia muito bem do gigante Morgante, porque, com ser daquela geração dos gigantes, que todos são soberbos e descomedidos, só ele era afável e bem criado. Porém sobre todos estava bem com Reinaldo de Montalvão[10], especialmente quando o via sair do seu castelo, e roubar quantos topava, e quando em além de[11] se apossou daquele ídolo de Mafoma[12], que era de ouro maciço, segundo refere a sua história.

---

[7] Sigüenza e Osuna eram universidades menores, citadas freqüentemente nos clássicos espanhóis. Aqui, Sigüenza é citada ironicamente.

[8] Amadis de Gaula tinha, estampada no peito, uma espada vermelha.

[9] Anteu perdia a força ao ser separado da terra.

[10] Personagem dos cantos de gesta franceses; em algumas versões, é indicado como participante da Batalha de Roncesvalles.

[11] Além do mar, em terra de mouros.

[12] Maomé.

Para poder pregar um bom par de pontapés no traidor Galalão[13], dera ele a ama, e de crescenças a sobrinha.

Afinal, rematado já de todo o juízo, deu no mais estranho pensamento em que nunca jamais caiu louco algum do mundo, e foi parecer-lhe convinhável e necessário, assim para aumento de sua honra própria, como para proveito da república, fazer-se cavaleiro andante, e ir-se por todo o mundo, com as suas armas e cavalo, à cata de aventuras, e exercitar-se em tudo em que tinha lido se exercitavam os da andante cavalaria, desfazendo todo o gênero de agravos, e pondo-se em ocasiões e perigos, donde, levando-os a cabo, cobrasse perpétuo nome e fama. Já o coitado se imaginava coroado pelo valor do seu braço, pelo menos com o império de Trapisonda; e assim, com estes pensamentos de tanto gosto, levado do enlevo que neles trazia, se deu pressa a pôr por obra o que desejava. E a primeira coisa que fez foi limpar umas armas que tinham sido dos seus bisavós, e que, desgastadas de ferrugem, jaziam para um canto esquecidas havia séculos. Limpou-as e consertou-as o melhor que pôde; porém viu que tinham uma grande falta, que era não terem celada de encaixe, senão só morrião simples[14]; a isto porém remediou a sua habilidade: arranjou com papelões uma espécie de meia celada, que encaixava com o morrião, representando celada inteira. Verdade é que, para experimentar se lhe saíra forte e poderia com uma cutilada, sacou da espada e lhe atirou duas, e com a primeira para logo desfez o que lhe tinha levado uma semana a arranjar; não deixou de parecer-lhe mal a facilidade com que dera cabo dela, e, para forrar-se a outra que tal, tornou a corregê-la, metendo-lhe por dentro umas barras de ferro, por modo que se deu por satisfeito com a sua fortaleza; e, sem querer aventurar-se a mais experiências, a despachou e teve por celada de encaixe das mais finas.

Foi-se logo a ver o seu rocim; e dado tivesse mais quartos[15] que

---

[13] Galalão foi o traidor que causou a derrota dos franceses em Roncesvalles.

[14] O morrião simples cobria a parte superior da cabeça; a celada de encaixe levava uma peça grande e circular que se encaixava sobre a couraça.

[15] "Quarto": moeda; e também nome de enfermidade nas patas dos cavalos.

um real, e mais tachas que o próprio cavalo de Gonela[16], que *tantum pellis et ossa fuit*[17], pareceu-lhe que nem o Bucéfalo de Alexandre nem o Babieca do Cid tinham que ver com ele. Quatro dias levou a cismar que nome lhe poria; porque (segundo ele a si próprio se dizia) não era razão que um cavalo de tão famoso cavaleiro, e ele mesmo de si tão bom, ficasse sem nome aparatoso; barafustava por lhe dar um, que declarasse o que fora antes de pertencer a cavaleiro andante; pois era coisa muito de razão que, mudando o seu senhor de estado, mudasse ele também de nome, e o cobrasse famoso e de estrondo, como convinha à nova ordem e ao exercício que já professava; e assim, depois de escrever, riscar, e trocar muitos nomes, ajuntou, desfez, e refez na própria lembrança outros, até que acertou em o apelidar "Rocinante", nome, em seu conceito, alto, sonoro, e significativo do que havia sido quando não passava de rocim, antes do que ao presente era, como quem dissera que era o primeiro de todos os rocins do mundo[18].

Posto a seu cavalo nome tanto a contento, quis também arranjar outro para si; nisso gastou mais oito dias; e ao cabo disparou em chamar-se Dom Quixote[19]; do que, segundo dito fica, tomaram ocasião alguns autores desta verdadeira história para assentarem que se devia chamar Quijada, e não Quesada, como outros quiseram dizer. Recordando-se, porém, de que o valoroso Amadis, não contente com chamar-se Amadis sem mais nada, acrescentou o nome com o do seu reino e pátria, para a tornar famosa, e se nomeou Amadis de Gaula, assim quis também ele, como bom cavaleiro, acrescentar ao seu nome o da sua terra, e chamar-se "Dom Quixote de la Mancha", com o que, a seu parecer, declarava muito ao vivo sua linhagem e pátria, a quem dava honra com tomar dela o sobrenome. Assim, limpas as suas armas, feita do morrião celada, posto o nome ao rocim, e confirmando-se a si próprio, julgou-se inteirado de que nada mais lhe faltava, senão buscar uma dama de quem se enamorar; que andante cavaleiro sem amores era árvore

---

[16] O cavalo de Gonela, bufo do Duque de Ferrara, foi famoso por sua fraqueza e extenuação.

[17] Frase da comédia de Plauto, *Aululária*. "Só pele e ossos foi."

[18] O sentido é bem claro; o ante-rocim, o primeiro rocim do mundo.

[19] "Quixote"é o nome da parte da armadura que cobria a coxa.

sem folhas nem frutos, e corpo sem alma. Dizia ele entre si: "Demos que, por mal dos meus pecados, ou por minha boa sorte, me encontro por aí com algum gigante como de ordinário acontece aos cavaleiros andantes, e o derribo de um recontro, ou o parto em dois, ou finalmente o venço e rendo; não será bem ter a quem mandá-lo apresentar, para que ele entre, e se lance de joelhos aos pés da minha preciosa senhora e lhe diga com voz humilde e rendida: Eu, senhora, sou o gigante Caraculiambro, senhor da ilha Malindrânia[20], a quem venceu em singular batalha o jamais dignamente louvado cavaleiro Dom Quixote de la Mancha, o qual me ordenou me apresentasse perante Vossa Mercê, para que a vossa grandeza disponha de mim como for servida?" Como se alegrou o nosso bom cavaleiro de ter engenhado este discurso, e especialmente quando atinou com quem pudesse chamar a sua dama! Foi o caso, conforme se crê, que, num lugar perto do seu, havia certa moça lavradora de muito bom parecer, de quem ele em tempos andara enamorado, ainda que, segundo se entende, ela nunca o soube, nem de tal desconfiou. Chamava-se Aldonça[21] Lourenço; a esta é que a ele pareceu bem dar o título de senhora dos seus pensamentos; e, buscando-lhe nome que não desdissesse muito do que tinha ela, e ao mesmo tempo desse seus ares de princesa e grã-senhora, veio a chamá-la "Dulcinéia del Toboso", por ser El Toboso[22] a aldeia de sua naturalidade; nome este, em seu entender, musical, peregrino, e significativo, como todos os mais que a si e às suas coisas já havia posto.

---

[20] Caraculiambro, Malindrânia: nomes imaginários e depreciativos.

[21] Aldonça, nome considerado muito vulgar na época.

[22] Vila manchega, assim chamada por suas pedras muito porosas e leves, ou "tobas". Famosa também pelas suas grandes vasilhas de barro cozido.

CAPÍTULO II

Que trata da primeira saída que de sua terra fez o engenhoso Dom Quixote

Concluídos, pois, todos estes arranjos, não quis retardar mais o pôr em efeito o seu pensamento, estimulando-o a lembrança da falta que estava já fazendo ao mundo a sua tardança, segundo eram os agravos que pensava desfazer, sem-razões que endireitar, injustiças que reprimir, abusos que melhorar, e dívidas que satisfazer. E assim, sem a ninguém dar parte de sua intenção, e sem que ninguém o visse, uma manhã antes do dia, que era um dos encalmados de julho, apercebeu-se de todas as suas armas, montou-se no Rocinante, posta a sua celada feita à pressa, embraçou a sua adarga, empunhou a lança, e pela porta furtada de um pátio se lançou ao campo, com grandíssimo contentamento e alvoroço, de ver com que felicidade dava princípio ao seu bom desejo. Mas, apenas se viu no campo, quando o assaltou um terrível pensamento, e tal, que por pouco o não fez desistir da começada empresa: lembrou-lhe não ter sido ainda armado cavaleiro, e que, segundo a lei da cavalaria, não podia nem devia tomar armas com algum cavaleiro; e ainda que as tomara, havia de levá-las brancas[1], como cavaleiro donzel, sem empresa no escudo enquanto por seu esforço a não ganhasse. Estes pensamentos não deixaram de lhe abalar os propósitos; mas, podendo nele mais a loucura do que outra qualquer

---

[1] "Armas brancas"; as que não tinham nenhuma divisa ou insígnia, próprias de cavaleiro que ainda não realizou alguma proeza.

razão, assentou em que se faria armar cavaleiro por algum que topasse, à imitação de muitos que também assim o fizeram, segundo ele tinha lido nos livros do seu uso. E, quanto a armas brancas, limparia as suas por modo, logo que para isso tivesse lugar, que nem um arminho lhes ganhasse; com isto serenou, e seguiu jornada por onde o cavalo apetecia, por acreditar que nisso consistia a melhor venida para as aventuras.

Indo, pois, caminhando o nosso flamante aventureiro, conversava consigo mesmo e dizia: "Quem duvida de que lá para o futuro, quando sair à luz a verdadeira história dos meus famosos feitos, o sábio que os escrever há de pôr, quando chegar à narração desta minha primeira aventura tão de madrugada, as seguintes frases: 'Apenas tinha o rubicundo Apolo estendido pela face da ampla e espaçosa terra as doiradas melanias dos seus formosos cabelos, e apenas os pequenos e pintados passarinhos, com as suas farpadas línguas, tinham saudado, com doce e melíflua harmonia, a vinda da rosada Aurora, que, deixando a branda cama do zeloso marido, pelas portas e varandas do horizonte manchego aos mortais se mostrava, quando o famoso cavaleiro Dom Quixote de la Mancha, deixando as ociosas penas[2], se montou no seu famoso cavalo Rocinante e começou a caminhar pelo antigo e conhecido campo de Montiel[3]'?"

E era verdade, que por esse mesmo campo é que ele ia. E continuou dizendo: "Ditosa idade e século ditoso, aquele em que hão de sair à luz as minhas famigeradas façanhas dignas de gravar-se em bronze, esculpir-se em mármores, e pintar-se em painéis para lembrança de todas as idades! Ó tu, sábio encantador, quem quer que sejas, a quem há de tocar ser o cronista desta história, peço-te que te não esqueças do meu bom Rocinante, meu eterno companheiro em todos os caminhos e carreiras". E logo passava a dizer, como se verdadeiramente fora enamorado: "Ó Princesa Dulcinéia, senhora deste cativo coração, muito agravo me fizestes em despedir-me e vedar-me com tão cruel rigor que aparecesse na vossa presença. Apraza-vos, senhora, lembrar-vos deste coração tão rendidamente vosso, que tantas mágoas padece por amor de vós".

---

[2] Colchões de penas.

[3] Montiel, distrito de La Mancha. Este parágrafo é uma paródia do estilo pomposo usado nos livros de cavalarias.

E com estes ia tecendo outros disparates, todos pelo teor dos que havia aprendido nos seus livros, imitando, conforme podia, o próprio falar deles. E com isto caminhava tão vagaroso, e o sol caía tão rijo, que de todo lhe derretera os miolos se alguns tivera.

Caminhou quase todo o dia sem lhe acontecer coisa merecedora de ser contada; com o que ele se amofinava, pois era todo o seu empenho topar logo logo onde provar o valor do seu forte braço. Dizem alguns autores que a sua primeira aventura foi a de Porto Lápice; outros, que foi a dos moinhos de vento; mas o que eu pude averiguar, e o que achei escrito nos anais da Mancha, é que ele andou todo aquele dia, e, ao anoitecer, ele com o seu rocim se achava estafado e morto de fome; e que, olhando para todas as partes, a ver se lhe descobriria algum castelo, ou alguma barraca de pastores, onde se recolher, e remediar sua muita necessidade, viu não longe do caminho uma venda, que foi como aparecer-lhe uma estrela que o encaminhava, se não ao alcáçar, pelo menos aos portais da sua redenção. Deu-se pressa em caminhar, e chegou a tempo, que já a noite se ia cerrando. Achavam-se acaso à porta duas mulheres moças, destas que chamam "de vida fácil", as quais se iam a Sevilha com uns arrieiros, que nessa noite acertaram de pousar na estalagem; e como ao nosso aventureiro tudo quanto pensava, via, ou imaginava, lhe parecia real, e conforme ao que tinha lido, logo que viu a locanda se lhe representou ser um castelo com suas quatro torres, e coruchéus feitos de luzente prata, sem lhe faltar sua ponte levadiça, e cava profunda, e mais acessórios que em semelhantes castelos se debuxam. Foi-se chegando à pousada ou castelo, pelo que se lhe representava, e a pequena distância colheu as rédeas a Rocinante, esperando que algum anão surdiria entre as ameias a dar sinal de trombeta por ser chegado cavaleiro ao castelo. Vendo porém que tardava, e que Rocinante mostrava pressa em chegar à estrebaria, achegou-se à porta da venda, e avistou as duas divertidas moças que ali estavam, que a ele lhe pareceram duas formosas donzelas, ou duas graciosas damas, que diante das portas do castelo se espaireciam. Sucedeu acaso que um porqueiro, que andava recolhendo de uns restolhos a sua manada de porcos (que este, sem faltar à cortesia, é que é o nome deles[4]), tocou uma buzina a recolher. No mesmo instante se figurou a Dom Quixote o

[4] Alude ao costume de pedir perdão ao nomear coisa imunda.

que desejava; a saber: que lá estava algum anão dando sinal da sua vinda. E assim, com estranho contentamento, chegou à venda e às damas. Elas, vendo acercar-se um homem daquele feitio, e com lança e adarga, cheias de susto já se iam acolhendo à venda, quando Dom Quixote, conhecendo o medo que as tomara, levantando a viseira de papelão, e descobrindo o semblante seco e empoeirado, com o tom mais ameno e voz mais repousada lhes disse:

— Não fujam Vossas Mercês, nem temam desaguisado algum, porquanto a ordem de cavalaria que professo a ninguém permite que ofendamos, quanto mais a tão altas donzelas, como se está vendo que ambas sois.

Miravam-no as moças, e andavam-lhe com os olhos procurando o rosto, que a desastrada viseira em parte lhe encobria; mas como se ouviram chamar donzelas, coisa tão alheia ao seu modo de vida, não puderam conter o riso; e foi tanto, que Dom Quixote chegou a envergonhar-se e dizer-lhes:

— Comedimento é azul sobre o ouro da formosura; e, demais, o rir sem causa grave denuncia sandice. Não vos digo isto para que vos estomagueis, que a minha vontade outra não é senão servir-vos.

A linguagem, que as tais fidalgas não entendiam, e o desajeitado do nosso cavaleiro ainda acrescentavam nelas as risadas, e estas nele a zanga; e diante passara, se a ponto não saísse o vendeiro, sujeito que por muito gordo era muito pacífico de gênio. Este, vendo aquela despropositada figura, com arranjos tão disparatados como eram os aparelhos, as armas, lança, adarga, e corselete, esteve para fazer coro com as donzelas nas mostras de hilaridade. Mas, reparando melhor naquela quantia de petrechos, teve mão em si, assentou em lhe falar comedidamente, e disse-lhe desta maneira:

— Se Vossa Mercê, senhor cavaleiro, busca pousada, excetuando o leito (porque nesta venda nenhum há), tudo mais achará nela de sobejo.

Vendo Dom Quixote a humildade do alcaide da fortaleza, que tal lhe pareceram o vendeiro e a venda, falou:

— Para mim, senhor castelão, qualquer coisa basta porque:

Minhas pompas são as armas,
Meu descanso o pelejar, etc.[5]

---

[5] São versos de um conhecido romance. Dom Quixote diz apenas os

Figurou-se ao locandeiro que o nome de "castelão" seria troca de "castelhano"; ainda que ele andaluz, e dos das praias de Sanlúcar, que em tunantes não lhe ficam atrás, e são mais ladrões que o próprio Caco, e burlões como estudante ou pajem; e respondeu:

— Segundo isso (como também lá reza a trova),

Colchões lhe serão as penhas,
E o dormir sempre velar,

e sendo assim, pode muito bem apear-se, com a certeza de achar nesta choça ocasião e ocasiões para não dormir em todo um ano, quanto mais uma noite.

E dito isto, foi segurar no estribo a Dom Quixote, o qual se apeou com muita dificuldade e trabalho, como homem que em todo o dia nem migalha tinha provado.

Disse logo ao hospedeiro que tivesse muito cuidado naquele cavalo, porque era a melhor peça de quantas consumiam pão neste mundo. Reparou nele o vendeiro, e nem por isso lhe pareceu tão bom como Dom Quixote lhe dizia, e nem metade; acomodou-o na cavalariça, e voltou a saber o que o seu hóspede mandava; achou-o já às boas com as "donzelas", que o estavam desarmando. Do peito de armas e couraça bem o tinham elas desquitado; mas o que nunca puderam foi desencaixar-lhe a gola, nem tirar-lhe a composta celada, que trazia atada, com umas fitas verdes, com tão cegos nós, que só cortando-as; no que ele de modo nenhum consentiu. E assim passou a noite com a celada posta, que era a mais extravagante e graciosa[6] figura que se podia imaginar. Enquanto o estiveram desarmando, ele, que imaginava serem damas e senhoras, das principais do castelo, aquelas duas safadas firmas, com muito donaire lhes repetia:

— Nunca fora cavaleiro
De damas tão bem servido,
Como ao vir de sua aldeia
Dom Quixote o esclarecido:

---

dois primeiros versos, mas o estalajadeiro, na sua resposta, demonstra conhecê-los.

[6] Na acepção de cômica. Ao longo do texto, muitas vezes será usada a palavra nesse sentido.

Donzelas tratavam dele;
Princesas, do seu rocim[7].

Ou Rocinante, que este é o nome do meu cavalo, senhoras minhas, e Dom Quixote de la Mancha o meu. Não quisera eu descobrir-me, até que as façanhas, obradas em vosso serviço e prol, por si me proclamassem; mas a necessidade de acomodar ao lance presente este romance antigo de Lançarote ocasionou que viésseis a saber o meu nome antes de tempo; dia porém virá em que Vossas Senhorias me intimem suas ordens, e eu lhas cumpra, mostrando com o valor do meu braço o meu grande desejo de servir-vos.

As moças, que não andavam correntes em semelhantes retóricas, não respondiam palavra; unicamente lhe perguntaram se queria comer alguma coisa.

— Da melhor vontade, e seja o que for — respondeu Dom Quixote —, porque, segundo entendo, bom prol me faria.

Quis logo a mofina que fosse aquele dia uma sexta-feira, não havendo na locanda senão umas postas de um pescado, que em Castela se chama "abadejo"; e em Andaluzia "bacallao" noutras partes "curadillo" e noutras "truchuela". Perguntaram-lhe se porventura comeria Sua Mercê truchuela, atendendo a não haver por então outro peixe para comer.

— Muitas truchuelas[8] — respondeu Dom Quixote —, que são diminutivos, somarão uma truta; tanto me vale que me dêem oito reais pegados, como em miúdos. E quem sabe se as tais truchuelas não serão como a vitela, que é melhor do que a vaca, como o cabrito é mais saboroso que o bode? Seja porém o que for, venha logo, que o trabalho e peso das armas não se pode levar sem o governo das tripas.

Puseram-lhe a mesa à porta da venda para estar mais à fresca, e trouxe-lhe o hospedeiro uma porção do mal remolhado e pior cozido bacalhau, e um pão tão negro e de tão má cara, como as armas de Dom Quixote. Pratinho para boa risota era vê-lo comer;

---

[7] O romance de Lançarote diz assim: "Nunca fora cavaleiro / De damas tão bem servido, / Como ao vir da Bretanha / Lançarote o esclarecido: // Mulheres tratavam dele; / Donzelas, do seu rocim".

[8] Dom Quixote confunde a truchuela com a truta. "Truchuela", como demonstrou Rodríguez Marín, deriva de "trecha", abrir e salgar sardinhas.

porque, como tinha posta a celada e a viseira alçada, não podia meter nada para a boca por suas próprias mãos; e por isso uma daquelas senhoras o ajudava em tal serviço. Agora o dar-lhe de beber é que não foi possível, nem jamais o seria, se o vendeiro não furara os nós de uma cana, e, metendo-lhe na boca uma das extremidades dela, lhe não vazasse pela outra o vinho. Com tudo aquilo se conformava o sofrido fidalgo, só por se lhe não cortarem os atilhos da celada. Nisto estavam, quando à venda chegou um capador de porcos e deu sinal de si correndo a sua gaita de canas quatro ou cinco vezes; com o que se acabou de capacitar Dom Quixote de que estava em algum famoso castelo, e o serviam com música, e que o abadejo eram trutas, o pão candial, as duas mulherinhas damas, e o vendeiro castelão do castelo; e com isto dava por bem empregada a sua determinação e saída. O que porém sobretudo o desassossegava era não se ver ainda armado cavaleiro, por lhe parecer que antes disso não lhe era dado entrar legitimamente em aventura alguma.

CAPÍTULO III

No qual se conta a graciosa maneira que teve Dom Quixote em armar-se cavaleiro

Ralado com este pensamento, apressou Dom Quixote a sua parca ceia, e ao cabo dela chamou a sós o vendeiro, e, fechando-se com ele na cavalariça, se lhe ajoelhou diante, dizendo-lhe:

— Nunca donde estou me levantarei, valoroso cavaleiro, enquanto vossa cortesia me não outorgar um dom que lhe peço, o qual redundará em vosso louvor, e proveito do gênero humano.

O vendeiro, que viu o hóspede aos seus pés, e ouviu semelhantes razões, estava enleado a olhar para ele, sem atinar no que fizesse ou lhe respondesse, e teimava com ele que se levantasse. Não havia convencê-lo, enquanto por fim lhe não disse que lhe outorgava o que pedia.

— Não esperava eu menos da vossa grande magnificência, senhor meu — respondeu Dom Quixote; — e assim vos digo que a mercê que vos hei pedido, e que a vossa liberalidade me afiança, é que amanhã mesmo me hajais de armar cavaleiro. Esta noite na capela deste vosso castelo velarei as armas, e amanhã, como digo, se cumprirá o que tanto desejo, para poder, como se deve, ir por todas as quatro partes do mundo buscar aventuras em proveito dos necessitados, como incumbe à cavalaria e aos cavaleiros andantes, qual eu sou, por inclinação de minha índole.

O vendeiro, que era, como já se disse, folgazão, e já tinha suas desconfianças da falta de juízo do hóspede, acabou de o reconhecer quando tal lhe ouviu; e para levar a noite de risota, determinou fazer-lhe a vontade; pelo que lhe disse que andava mui acertado no que desejava, e que tal deliberação era própria de senhor tão principal

G. Doré
H. PISAN

como ele lhe parecia ser, e como sua galharda presença o inculcava; e que também ele que lhe falava, quando ainda mancebo, se havia dado àquele honroso exercício, andando por diversas partes do mundo à busca de suas aventuras, sem lhe escapar recanto nos Arrabaldes de Málaga, Ilhas de Riarã, Compasso de Sevilha, Mercados de Segóvia, Oliveira de Valência, Praça de Granada, Praia de Sanlúcar, Potro de Córdova, Vendas de Toledo[1], e outras diversas partes, onde tinha provado a ligeireza dos pés, a sutileza das mãos, fazendo muitos desmandos, requestando a muitas viúvas, enxovalhando algumas donzelas, enganando menores, e, finalmente, dando-se a conhecer por quantos auditórios e tribunais há, por quase toda a Espanha. Por derradeiro, tinha vindo recolher-se àquele seu castelo, onde vivia dos seus teres e dos alheios, recebendo nele a todos os cavaleiros andantes, de qualquer qualidade e condição que fossem, só pela muita afeição que lhes tinha, e para que repartissem com ele os seus haveres, a troco dos seus bons desejos. Disse-lhe, também, que naquele seu castelo não havia capela em que pudesse velar as armas, porque a tinham demolido para a reconstrução; porém, que ele sabia poderem-se as armas velar onde quer que fosse, em caso de necessidade; e que naquela noite as velaria num pátio do castelo, e pela manhã, prazendo a Nosso Senhor, se fariam as devidas cerimônias, de maneira que ficasse armado cavaleiro, e tão cavaleiro como os mais cavaleiros do mundo.

Perguntou-lhe se trazia dinheiros. Respondeu-lhe Dom Quixote que não tinha prata porque nunca tinha lido nas histórias dos cavaleiros andantes que nenhum os tivesse trazido. A isto disse o vendeiro que se enganava: que, posto nas histórias se não achasse tal menção, por terem entendido os autores delas não ser necessário especificar uma coisa tão clara e indispensável, como eram o dinheiro e camisas lavadas, nem por isso se havia de acreditar que não trouxessem tal; e assim tivesse por certo e averiguado que todos os cavaleiros andantes, de que tantos livros andam cheios e rasos, levavam bem petrechadas as bolsas para o que desse e viesse, e que igualmente levavam camisas, e uma caixinha pequena cheia de ungüentos, para se guarecerem das feridas que apanhassem, porque nem sempre se lhes depararia quem os curasse nos

[1] Lugares da picaresca.

campos e desertos onde combatessem, e donde saíssem escalavrados; a não ser que tivessem por si algum sábio encantador, que para logo os socorresse, trazendo-lhes pelo ar nalguma nuvem alguma donzela ou anão, com redoma de água de tal virtude, que, em provando dela uma só gota, sarassem logo de qualquer lanho ou chaga, como se nada fora. Que os passados cavaleiros sempre tiveram por bom acerto que os seus escudeiros fossem prevenidos de dinheiro e outras coisas necessárias, como *hilas*[2] e ungüentos. E quando acontecia não terem escudeiros (o que era raríssimo), eles próprios em pessoa levavam tudo aquilo ao disfarce nuns alforjes muito leves, que quase não se viam sobre o cavalo, figurando ser coisa de mais tomo; porque, a não ser por semelhante motivo, isso de levar alforjes não era muito admitido entre os cavaleiros andantes. Por isso lhe dava de conselho, ainda que por enquanto bem lho pudera ordenar como a afilhado, que brevemente o seria, que daí em diante não tornasse a caminhar assim, espúrio de dinheiros e mais adminículos necessários; e, quando menos o pensasse, lá veria quanto lhe aproveitavam.

Prometeu Dom Quixote executar com toda a pontualidade o bom conselho. Deu-se logo ordem a serem veladas as armas num pátio grande pegado com a venda; e, juntando todas as suas, Dom Quixote as empilhou para cima de uma pia ao pé de um poço. Embraçando a sua adarga, empunhou a lança, e com gentil donaire começou a passear diante da pia, quando já de todo se acabava de cerrar a noite.

Contou o vendeiro a todos que na venda estavam a mania do seu hóspede, a vela das armas, e a cerimônia que se preparava para lhas vestir. Admirados de tão estranho desatino, foram-se todos espreitar de longe, e viram o homem andar umas vezes com sossegada compostura passeando, outras parar arrimado à sua lança, de olhos fitos nas armas. Com ser noite bem fechada, tão clara era a lua, que podia competir com o próprio astro que lhe emprestava a luz; por maneira que tudo quanto o novel cavaleiro fazia era de todos desfrutado. Lembrou-se neste comenos um dos arrieiros que na pousada se achavam de ir dar de beber às suas cavalgaduras, para o que lhe foi necessário tirar de cima da pia as armas de Dom Quixote. Este, vendo-o acercar-se, lhe disse em alta voz:

---

[2] Espécie de gaze ou algodão, usado como curativo.

— Ó tu, quem quer que sejas, atrevido cavaleiro, que vens tocar nas armas do mais valoroso andante que jamais cingiu espada, olha o que fazes, e não lhes toques, se não queres deixar a vida em paga do teu atrevimento!

Não curou destas bravatas o arrieiro (e antes curara delas, que fora curar-se em saúde)[3]; lançou mão daquelas trapalhadas, e arremessou-as para longe. Vendo aquilo Dom Quixote, levantou os olhos aos céus, e posto o pensamento (como se deixa entender) em sua Senhora Dulcinéia, disse:

— Assisti-me[4], senhora minha, na primeira afronta que a este vosso avassalado peito se apresenta: não me faltem neste primeiro transe o vosso favor e amparo.

E dizendo estas e outras semelhantes razões, largando a adarga, alçou a lança às mãos ambas e com ela descarregou tamanho golpe na cabeça ao arrieiro, que o derrubou no chão tão maltratado, que, a pregar-lhe segundo, não houvera que chamar cirurgião para o despenar. Feito o quê, apanhou e repôs no seu lugar as suas armas, e tornou-se ao passeio com a mesma serenidade do princípio. Dali a pouco, sem se saber o que era passado (porque o arrieiro estava ainda sem acordo), chegou outro com igual intenção de dar água aos seus machos, e tanto como buliu nas armas para desempachar a pia, Dom Quixote, sem dizer palavra, e sem pedir auxílio a ninguém, largou outra vez a adarga, e alçou de novo a lança, e, sem fazê-la pedaços, escangalhou em mais de três a cabeça deste segundo arrieiro, porque lha abriu em quatro. Ao ruído, acudiu toda a gente, e o próprio vendeiro. Vendo isto Dom Quixote, embraçou a sua adarga, e, metendo a mão à espada, disse:

— Ó senhora da formosura, esforço e vigor do meu debilitado coração, lance é este para pordes os olhos da vossa grandeza neste cativo cavaleiro, que a tamanha aventura é chegado!

Com isto recobrou, a seu parecer, tanto ânimo, que nem que o acometessem todos os arrieiros do mundo fizera pé atrás. Os companheiros dos feridos, vendo-os naquele estado, começaram de longe a chover pedras sobre Dom Quixote, o qual, o melhor que podia, se ia delas anteparando com a sua adarga, e não ousava

---

[3] Não se preocupou; portanto, interpretação irônica de curar-se as chagas.

[4] "Socorrei-me."

apartar-se da pia, para não desamparar as suas armas. Vozeava o vendeiro para que deixassem o homem, porque já lhes tinha dito que era doido, e por doido se livraria, ainda que os matasse a todos. Mais alto, porém, bradava Dom Quixote, chamando-lhes aleivosos e traidores, e acrescentava que o senhor do castelo era um covarde, e malnascido cavaleiro, por consentir que assim se tratassem cavaleiros andantes; e que a ter já recebido a ordem de cavalaria, ele o ensinara.

— De vós outros, canzoada baixa e soez, nenhum caso faço. Atirai-me, chegai, vinde e ofendei-me enquanto puderdes, que vereis o pago que levais da sandice e demasia.

Dizia aquilo com tanto brio e denodo, que infundiu pavor nos que o acometiam, e tanto por isto, como pelas persuasões do locandeiro, deixaram de o apedrejar, e ele deu azo para levarem os feridos, e continuou na vela das armas com a mesma quietação e sossego que em princípio.

Não pareceram bem ao dono da casa os brincos do hóspede, e determinou abreviar, e dar-lhe a negregada ordem de cavalaria, sem perda de tempo, antes que mais alguma desgraça sucedesse. E assim, aproximando-se-lhe, se lhe desculpou da insolência que aquela gente baixa com ele havia usado sem ele saber de tal, mas que bem castigados ficavam do seu atrevimento. Repetiu-lhe o que já lhe tinha dito, que naquele castelo não havia capela, e para o poucochito que faltava, bem podia isso dispensar-se; que o essencial para ficar armado cavaleiro consistia no pescoção e na espadeirada, segundo ele sabia pelo cerimonial da ordem, e que isto até no meio de um campo se podia fazer; que, pelo que tocava ao velar as armas, já o tinha cumprido, sendo bastante duas horas de vela, e tendo ele estado nisso mais de quatro. Tudo lhe acreditou Dom Quixote, e respondeu que estava ali pronto para lhe obedecer, e que finalizasse com a maior brevidade que pudesse, porque, se tornasse a ser acometido, depois de armado cavaleiro, não deixaria pessoa viva no castelo, exceto as que o senhor castelão lhe mandasse, que a essas, por seu respeito, perdoaria.

Avisado e medroso, o castelão trouxe logo um livro, em que assentava a palha e cevada que dava aos arrieiros, e com um coto de vela de sebo que um muchacho lhe trouxe aceso, e, com as duas sobreditas donzelas, voltou para o pé de Dom Quixote, mandou-o pôr de joelhos, e lendo no seu manual (em tom de quem recitava alguma oração devota), no meio da leitura levantou a mão, e lhe

descarregou no cachaço um bom pescoção, e logo depois com a sua mesma espada uma gentil pranchada, sempre rosnando entre os dentes, como quem rezava. Feito isso, mandou a uma das donzelas que lhe cingisse a espada, o que ela fez com muito desembaraço e discrição; e não era necessária pouca para não rebentar de riso em cada circunstância da cerimônia; porém as proezas que já tinham visto do novo cavaleiro lhes davam mate à hilaridade. Ao cingir-lhe a espada, disse-lhe a boa senhora:

— Deus faça a Vossa Mercê muito bom cavaleiro, e lhe dê ventura em lides.

Perguntou-lhe Dom Quixote como se chamava, para ele saber dali avante a quem ficava devedor pela mercê recebida, porque era sua tenção repartir com ela da honra que viesse a alcançar pelo valor do seu braço. Respondeu ela com muita humildade que se chamava a Tolosa, e que era filha de um remendão natural de Toledo, que vivia nas lojitas de Sancho Bienaya, e onde quer que ela estivesse o serviria como a seu senhor. Dom Quixote lhe replicou que, por amor dele, lhe fizesse mercê daí em diante de se tratar por "dom", e se chamasse Dona Tolosa, o que ela lhe prometeu. A outra calçou-lhe a espora, e com esta se passou quase o mesmo colóquio. Perguntou-lhe ele o nome; ao que ela lhe respondeu que se chamava a Moleira, e que era filha de um honrado moleiro de Antequera. A esta também Dom Quixote pediu que usasse "dom"[5], e se chamasse Dona Moleira, oferecendo-lhe novos serviços e mercês.

Feitas pois a galope as até ali nunca vistas cerimônias, já tardava a Dom Quixote a hora de se ver encavalgado e sair, farejando aventuras. Aparelhando sem mais detença o seu Rocinante, montou-se nele, e, abraçando o seu hospedeiro, lhe disse coisas tão arrevesadas, em agradecimento a havê-lo armado cavaleiro, que não há quem acerte referi-las. O vendeiro, para o ver já fora da venda, respondeu às suas palavras com outras não menos retóricas, porém muito mais breves; e, sem lhe pedir a paga da pousada, o deixou ir em boa hora.

---

[5] Ridiculariza aqui Cervantes o uso indevido do "dom'; na época.

CAPÍTULO IV

Do que sucedeu ao nosso cavaleiro quando saiu da venda

A da alva seria[1], quando Dom Quixote saiu da venda, tão contente e bizarro, e com tanto alvoroço por se ver armado cavaleiro, que a alegria lhe rebentava até pelas cilhas do cavalo. Mas, recordando-se do conselho do hospedeiro acerca das prevenções tão necessárias que devia levar consigo, especialmente no artigo dinheiro e camisas, determinou voltar a casa, para se prover de tudo aquilo, e de um escudeiro, deitando logo o sentido à pessoa de um lavrador seu vizinho, que era pobre e com filhos, mas de molde para o ofício de escudeiro de cavalaria. Com este pensamento, dirigiu o Rocinante para a sua aldeia. O animal, como se adivinhara a vontade do dono, começou a caminhar com tamanha ânsia, que nem quase assentava os pés no chão.

Pouco tinham andado, quando ao cavaleiro se figurou que, à mão direita do caminho, e de dentro de um bosque, saíam umas vozes delicadas, como de pessoa que se lastimava; e, apenas as ouviu, disse:

— Graças rendo ao céu pela mercê que me faz, pois tão depressa me põe diante ocasião de eu cumprir o que devo à minha profissão, e realizar os meus bons desejos. Estas vozes solta-as, sem dúvida, algum necessitado ou alguma necessitada, que está carecendo do meu favor e ajuda.

---

[1] A hora da alva, enlaçando-se com a última linha do capítulo anterior à narração que começa neste.

E torcendo as rédeas, encaminhou o Rocinante para donde vinham os gritos. Aos primeiros passos que deu no bosque, viu uma égua presa a uma azinheira, e atado a outra um rapazito nu da cinta para cima, e de seus quinze anos; era o que se lastimava, e não sem causa, porque o estava com uma correia açoitando um lavrador de estatura alentada, acompanhando cada açoite com uma repreensão e conselho, dizendo:

— Boca fechada, e olho vivo!

Ao que o rapaz respondia:

— Não tornarei mais, meu amo, pelas chagas de Cristo, prometo não tornar! Prometo daqui em diante tomar mais sentido no gado!

Vendo Dom Quixote aquilo, exclamou furioso:

— Descortês cavaleiro, mal parece haverdes-vos com quem vos não pode resistir; subi ao vosso cavalo, e tomai a lança — que arrumada à azinheira estava de feito uma; — eu vos farei conhecer que isso que estais praticando é de covarde.

O lavrador, que viu iminente aquela figura carregada de armas, brandindo-lhe a lança ao rosto, deu-se por morto, e com reverentes palavras lhe respondeu:

— Senhor cavaleiro, este rapaz que estou castigando é meu criado; serve-me de guardar um bando de ovelhas, que trago por estes contornos; mas é tão descuidado, que de dia a dia me falta uma; e, por eu castigar o seu descuido ou velhacaria, diz que o faço por forreta, para não lhe pagar por inteiro a soldada; por Deus, e em minha consciência, que mente.

— Mente na minha presença, vilão ruim?! — disse Dom Quixote. — Voto ao sol que nos alumia, que estou, vai não vai, para atravessar-vos com esta lança. Pagai-lhe logo sem mais réplica; quando não, por Deus que nos governa, como neste próprio instante dou cabo de vós. Desatai-o de repente.

O lavrador abaixou a cabeça, e sem dizer mais palavra desatou o ovelheiro. Perguntou-lhe Dom Quixote quanto seu amo lhe devia; respondeu ele que nove meses, à razão de sete reales cada mês. Fez Dom Quixote a conta, e viu que somava sessenta e três reales, e disse ao lavrador que lhos contasse logo logo, se não queria pagar com a vida. Respondeu o camponês, aterrado em tão estreito lance, que já lhe havia jurado — e não tinha ainda jurado coisa alguma, que não eram tantos, porque havia para abater três pares de sapatos que lhe havia mercado, e mais um real de duas sangrias que lhe tinham dado estando enfermo.

— Tudo isso está muito bem — respondeu Dom Quixote —; mas os sapatos e as sangrias fiquem em desconto dos açoites que sem culpa lhe destes; porquanto, se ele rompeu o couro dos sapatos que vós pagastes, vós rompestes-lhe o do seu corpo; e se o barbeiro lhe tirou sangue, estando doente, também vós lho tirastes estando ele são; portanto nesse particular não há mais que ver, estamos com as contas justas.

— Pior é, senhor cavaleiro, que não tenho aqui dinheiro comigo; acompanha-me tu a casa, André, que eu lá te pagarei de contado.

— Eu ir com ele — disse o rapaz — outra vez? Mau pesar viesse por mim! Não senhor; nem pensar em tal. Se se tornasse a ver comigo a sós, esfolava-me que nem um São Bartolomeu.

— Tal não fará — respondeu Dom Quixote —: basta que eu mande, para ele me catar respeito. Jure-mo ele pela lei da cavalaria que recebi, deixá-lo-ei ir livre, e dou-te o pagamento por seguro.

— Veja Vossa Mercê, senhor, o que diz — replicou o rapazito —: que este meu amo não é cavaleiro, nem recebeu ordem nenhuma de cavalarias; é João Haldudo, o rico, vizinho de Quintanar.

— Pouco importa isso — obtemperou Dom Quixote —; que em Haldudos também pode haver cavaleiros; e demais, cada um é filho das suas obras.

— Isso é verdade — acudiu André —; mas este meu amo, de que obras há de ser filho, pois me nega a paga do meu suor e trabalhos?

— Não nego tal, irmão André — respondeu o lavrador —; dá-me o gosto de vir comigo, que eu juro por quantas castas de cavalaria haja no mundo, de pagar, como tenho dito, até a última, e em moedinha defumada[2].

— Dos defumados vos dispenso eu — disse Dom Quixote —; dai-lhe os reales, sejam como forem, e sou contente; e olhai lá se o cumpris, segundo jurastes; quando não, pelo mesmo juramento vos rejuro eu que voltarei a buscar-vos e castigar-vos, e que de força vos hei de achar, ainda que vos escondais mais fundo que uma lagartixa; e se quereis saber quem isto vos intima, para ficardes mais deveras obrigado a cumprir, sabeis que sou o valoroso Dom Quixote de la Mancha, o desfazedor de agravos e sem-razões. Ficai-vos com Deus, e não esqueçais o prometido e jurado, sob pena do que já vos disse.

---

[2] Dada com boa vontade.

Com o quê, meteu esporas ao Rocinante, e em breve espaço se apartou deles. Seguiu-o com os olhos o lavrador, e, quando o viu já fora do bosque, e do alcance, voltou-se para o seu criado André, e lhe disse:

— Vinde cá, meu filho, que vos quero pagar o que vos devo, como aquele desfazedor de agravos me ordenou.

— Juro — respondeu André — que muito bem fará Vossa Mercê em cumprir o mandamento daquele bom cavaleiro, que mil anos viva, que, segundo é valoroso e bom juiz, vive Roque[3], como se me não paga, voltará, e há de executar o que disse!

— Também eu o juro — disse o lavrador —; mas, pelo muito que te quero, vou primeiramente acrescentar a dívida, para ficar sendo maior a paga.

E travando-lhe do braço, o tornou a atar na azinheira, onde lhe deu tantos açoites, que o deixou por morto.

— Chamai agora, senhor André, pelo desfazedor de agravos — dizia o lavrador —; e vereis como não desfaz este, ainda que, segundo entendo, por enquanto ainda ele não está acabado de fazer, porque me estão vindo ondas de te esfolar vivo, como tu receavas.

Mas afinal desatou-o, e lhe deu licença para ir buscar o seu juiz, que lhe executasse a sentença que dera. Partiu André algum tanto trombudo; prometendo que se ia à busca do valoroso Dom Quixote de la Mancha, para lhe contar ponto por ponto o que era passado, e dizendo que o amo desta vez lhe havia de pagar setenas[4]. Assim mesmo porém foi-se a chorar, e o amo se ficou a rir. Ora aqui está como desfez aquele agravo o valoroso Dom Quixote, o qual, contentíssimo do sucedido, por lhe parecer que dera alto e felicíssimo começo às suas cavalarias, ia todo cheio de si, caminhando para a sua aldeia e dizendo a meia voz:

— Bem te podes aclamar ditosa sobre quantas hoje existem na terra, ó das belas belíssima Dulcinéia del Toboso! Pois te coube em sorte haveres sujeito e rendido ao teu querer tão valente e nomeado cavaleiro, qual é e será Dom Quixote de la Mancha, o qual, segundo sabe todo o mundo, ontem recebeu a ordem da cavalaria, e já hoje desfez a maior violência e o pior agravo que a sem-razão formou, e a crueldade cometeu! Sim, hoje tirou das mãos o tagante àquele

---

[3] Fórmula popular de juramento, repetida várias vezes em Cervantes.

[4] Multa que consistia em pagar o sétuplo do valor devido.

desapiedado inimigo, que tanto sem causa estava açoitando um melindroso infante.

Nisto chegou a um caminho em cruz, e para logo lhe vieram à lembrança as encruzilhadas em que os cavaleiros andantes se detinham a pensar por onde tomariam. Para os imitar, se conservou quieto por algum espaço e, depois de ter muito bem cogitado, deixou-o a escolha do Rocinante, o qual seguiu o seu primeiro intuito, que foi correr para a cavalariça. Como houve andado obra de duas milhas descobriu Dom Quixote um grande tropel de gente, que eram, como depois se veio a saber, uns mercadores de Toledo, que se iam a Múrcia à compra de seda. Seis eram eles, e vinham com seus guarda-sóis, com mais quatro criados a cavalo, e três moços de mulas a pé. Apenas Dom Quixote avistou todo aquele gentio, teve logo para si ser coisa de aventura nova; e para imitar em tudo que lhe parecia possível os passos que lera, entendeu vir de molde para o caso uma coisa que lhe veio à idéia; e assim, com gentil portamento e denodo, firmando-se bem nos estribos, apertou a lança, conchegou a adarga ao peito, e posto no meio do caminho se deteve à espera de que chegassem aqueles cavaleiros andantes, que já por tais os julgava. Quando chegaram a distância de se poderem ver e ouvir, alçou a voz, e com gesto arrogante disse:

— Todo o mundo se detenha, se todo o mundo não confessa que não há no mundo donzela mais formosa que a imperatriz da Mancha, a sem-par Dulcinéia del Toboso.

Estacaram os mercadores, ouvindo aquelas vozes, e mais, vendo a estranha figura que as proferia; e por uma e outra causa logo entenderam estarem metidos com um orate; mas sempre quiseram ver mais devagar em que pararia aquela intimação. Um deles, que era seu tanto brincalhão, e discreto que farte, respondeu:

— Senhor cavaleiro, nós outros não conhecemos quem seja essa boa senhora que dizeis; deixai-no-la ver, que, a ser ela de tanta formosura como encarecestes, de boa vontade e sem recompensa alguma confessaremos a verdade que exigis de nós.

— Se a vísseis — replicou Dom Quixote —, que avaria fora confessardes evidência tão notória? O que importa é que sem a ver o acrediteis, confesseis, afirmeis, jureis e defendais; quando não, entrareis comigo em batalha, gente descomunal e soberba; que, ou venhais um por cada vez, como pede a ordem de cavalaria, ou todos de rondão, como é costume nos da vossa ralé, aqui vos aguardo, confiado na razão que por mim tenho.

— Senhor cavaleiro — respondeu o mercador —, suplico a Vossa Mercê, em nome de todos estes príncipes que presentes somos, que, para não encarregarmos as consciências, confessando uma coisa que nunca vimos nem ouvimos, e mais, sendo tanto em menoscabo de todas as imperatrizes e rainhas da Alcarria e Estremadura, que seja Vossa Mercê servido de nos mostrar algum retrato dessa senhora, ainda que não seja maior do que um grão de trigo; que pelo dedo se conhece o gigante, e só com isso ficaremos satisfeitos e seguros, e Vossa Mercê obedecido e contente. E até creio que já vamos estando tanto em favor dela, que ainda que o seu retrato nos mostre ser torta de um olho, e do outro destilar vermelhão e enxofre, apesar disso, por comprazermos a Vossa Mercê, diremos em seu abono quanto se quiser.

— Não destila, canalha infame, isso que dizeis — respondeu Dom Quixote aceso em cólera —; destila âmbar e algália entre algodões, e não é torta nem corcovada, senão mais direita que um fuso de Guadarrama. Vós outros ides pagar a grande blasfêmia que proferistes contra tamanha beldade, como é a minha senhora!

E nisto arremeteu logo com a lança em riste contra o que lhe falara; e com tanta fúria, que, se a boa sorte não permitira que no meio do caminho esbarrasse e caísse o Rocinante, mal passaria o atrevido mercador. Com o estender-se do cavalo, foi Dom Quixote rodando um bom pedaço pelo campo, sem lograr levantar-se, por mais que fizesse, tanto era o empacho da lança, adarga, esporas e celada, e o peso da armadura velha. Enquanto barafustava para se erguer sem o conseguir, dizia:

— Não fujais, gente covarde, gente infame! reparai; que, se estou aqui estendido, não é por culpa minha, senão do meu cavalo.

Um moço de mulas, dos que ali vinham, e que não devia ser dos mais bem-intencionados, ouvindo ao pobre estirado tantas arrogâncias, não o pôde levar à paciência sem lhe apresentar o troco pelas costelas; e, chegando-se a ele, tomou a lança, desfê-la em pedaços, e com um dos troços dela começou a dar ao nosso Dom Quixote pancadaria tão basta, que, a despeito e pesar de suas armas, o moeu como bagaço. Bradavam-lhe os amos que lhe não desse tanto, e o deixasse. Mas o moço, que estava já fora de si, não quis acomodar-se antes de desafogar de todo a sua ira; e, agarrando nos mais troços da lança, os acabou de desfazer sobre o miserável caído, que, debaixo daquele temporal de pancadaria, não deixava de vociferar ameaças contra céu e terra, e os que lhe pareciam malandrins.

Cansou-se o moço, e os mercadores seguiram sua jornada, levando para toda ela matéria de comentários à custa do pobre acabrunhado. Este, depois que se viu só, tornou a fazer diligências para se erguer; mas se, quando são e bom, o não tinha podido, como o poderia agora, moído e quase desfeito? E ainda se tinha por ditoso, imaginando que enfim era desgraça própria de cavaleiros andantes, e toda a atribuía a faltas do seu cavalo. Em suma, nem mover-se podia, de derreado que estava de todo o corpo.

CAPÍTULO V

Em que prossegue a narrativa da desgraça do nosso cavaleiro[1]

Vendo-se naquele estado, lembrou-se de recorrer ao seu ordinário remédio, que era pensar em algum passo dos seus livros; e trouxe-lhe a sua loucura à lembrança o caso de Valdovinos e do Marquês de Mântua, quando Carloto o deixou ferido no monte, história sabida das crianças, não ignorada dos moços, celebrada e até crida dos velhos, e nem por isso mais verdadeira que os milagres de Mafoma[2]. Esta pois lhe pareceu a ele que vinha de molde para a conjuntura presente; e assim, com mostras de grande sentimento, começou a rebolcar-se pela terra, e a dizer, com debilitado alento, o mesmo que, segundo se refere, dizia o ferido cavaleiro do bosque:

— Onde estás, senhora minha,
Que te não dói o meu mal?
Ou não nos sabes, senhora,
Ou és falsa e desleal.

E desta maneira foi enfiando o romance, até aqueles versos que dizem:

---

[1] Este capítulo parece imitação do *Entremez* dos romances, segundo o qual um lavrador enlouquece de tanto ler livros de cavalarias.

[2] Ou seja, é falsa.

O nobre Marquês de Mântua,
meu tio e senhor carnal!

Quis o acaso que, quando chegou a este verso, acertou de passar por ali um lavrador do seu mesmo lugar, e vizinho seu, que vinha de levar, uma carga de trigo ao moinho, o qual, vendo aquele homem ali estendido, se achegou dele, e lhe perguntou quem era, e que mal sentia, que tão tristemente se queixava. Dom Quixote julgou sem dúvida ser aquele o Marquês de Mântua, seu tio, e assim a resposta que deu foi prosseguir o seu romance, em que lhe dava conta do seu desastre, e dos amores do filho do imperador com sua esposa, tudo pontualmente como no romance vem contado.

Estava o lavrador pasmado de ouvir todos aqueles disparates, e, tirando-lhe a viseira, que já estava espedaçada das bordoadas, limpou-lhe o rosto da poeira que o cobria. Apenas concluiu a limpeza, reconheceu-o e lhe disse:

— Senhor Quixana — que assim se devia chamar quando estava em seu juízo, e não tinha passado de fidalgo sossegado a cavaleiro andante —, quem o pôs a Vossa Mercê nesta lástima?

Dom Quixote teimava com o seu romance a todas as perguntas. Vendo isto o bom do homem, lhe tirou, o melhor que pôde, o peito e o espaldar, para examinar se tinha alguma ferida; porém não viu sangue nem sinal algum. Procurou levantá-lo do chão, e, com trabalho grande, o pôs para cima do seu jumento, por lhe parecer cavalaria mais sossegada. Recolheu as armas, e até os troços da lança, e amarrou tudo às costas de Rocinante, tomou-o pela rédea, e ao asno pelo cabresto, e marchou para o seu povo, cismando bastante nas tontarias que Dom Quixote dizia. Não menos pensativo ia este que, de puro moído e quebrantado, se não podia suster sobre o burrico, e de quando em quando dava uns suspiros, que chegavam ao céu; tanto, que obrigou o lavrador a perguntar-lhe de novo o que sentia. Parecia que o Demônio lhe não trazia à memória senão os contos acomodáveis aos seus sucessos, porque, deslembrando-se então de Valdovinos, se recordou do mouro Abindarrais, quando o alcaide de Antequera, Rodrigo de Narváez[3], o prendeu, e preso o levou à sua alcaidaria. E assim, quando o lavrador lhe tornou a

[3] O primeiro alcaide de Antequera, depois de conquistada aos mouros pelo Infante Dom Fernando.

perguntar como estava e o que sentia, lhe respondeu as mesmas palavras e razões que o abencerrage cativo respondia a Rodrigo de Narváez, do mesmo modo que ele tinha lido a história na *Diana* de Jorge de Montemayor[4] onde ela vem descrita; aproveitando-se dela tão a propósito, que o lavrador se ia dando ao Diabo de ouvir tamanha barafunda de sandices; por onde acabou de conhecer que o vizinho estava doido, e apressava-se em chegar ao povo para se forrar ao enfado que Dom Quixote lhe dava com a sua comprida arenga. Rematou-a ele nestas palavras:

— Saiba Vossa Mercê, Senhor Dom Rodrigo de Narváez, que esta formosa xarifa que digo é agora a linda Dulcinéia del Toboso, por quem eu tenho feito, faço e hei de fazer as mais famosas façanhas de cavalaria que jamais se viram, vêem, ou hão de ver no mundo.

A isto respondeu o lavrador:

— Pecados meus! Olhe Vossa Mercê, senhor, que eu não sou Dom Rodrigo de Narváez, nem o Marquês de Mântua; sou Pedro Alonso, seu vizinho; nem Vossa Mercê é Valdovinos, nem Abindarrais, mas um honrado fidalgo, o Senhor Quixana.

— Quem eu sou, sei eu — respondeu Dom Quixote —, e sei que posso ser não só os que já disse, senão todos os doze pares de França[5], e até todos os nove da fama, pois a todas as façanhas que eles por junto fizeram e cada um por si se avantajarão as minhas[6].

Com estas e outras semelhantes práticas, chegaram ao lugar, quando já anoitecia; porém o lavrador aguardou que fosse mais escuro, para que não vissem ao moído fidalgo tão mau cavaleiro. Quando lhe pareceu que era já tempo, entrou no povoado, e em casa de Dom Quixote. Acharam-na toda em rebuliço, estando lá o cura e o barbeiro do lugar, que eram grandes amigos de Dom Quixote, aos quais a ama estava dizendo em altas vozes:

---

[4] No livro IV.

[5] Os doze pares foram cavaleiros escolhidos pelos reis de França, a quem chamaram pares por serem todos iguais em valor, em fidalguia; diz, pela boca do cônego de Toledo, Cervantes (primeira parte, XLIX).

[6] Os nove da fama foram três judeus: Josué, Davi e Judas Macabeu; três gentios: Alexandre, Heitor e Júlio César; e três cristãos: o Rei Artur, Carlos Magno e Godofredo de Bulhões.

— Que lhe parece a Vossa Mercê, Senhor Licenciado Pedro Pérez — que assim se chamava o cura —, a desgraça de meu amo? Há já três dias que não aparecem, nem ele, nem o rocim, nem a adarga, nem a lança, nem as armas. Desgraçada de mim, que já vou desconfiando e há de ser certo, tão certo como nasci para morrer, que estes malditos livros de cavalarias que ele tem, e que anda a ler tão continuado, lhe viraram o juízo; e agora me recordo de ter-lhe ouvido muitas vezes, falando entre si, que se havia de fazer cavaleiro andante, e ir-se buscar aventuras por esses mundos. Satanás e Barrabás que levem consigo toda essa livraria, que assim deitaram a perder o mais sutil entendimento que havia em toda a Mancha!

A sobrinha dizia o mesmo, e ainda passava adiante:

— Saiba, Senhor Mestre Nicolau — era o nome do barbeiro —, que muitas vezes sucedeu o senhor meu tio estar lendo nestes desalmados livros de desventuras, dois dias com duas noites a fio, até que por fim arrojava o livro, metia a mão à espada, e andava às cutiladas com as paredes; e, quando estava estafado, dizia que tinha morto a quatro gigantes como quatro torres; e o suor que lhe escorria do cansaço dizia que era sangue das feridas que recebera na batalha; e emborcava logo um grande jarro de água fria, e ficava são e sossegado, dizendo que aquela água era uma preciosíssima bebida, que lhe tinha trazido o sábio Esquife[7], grande encantador e amigo seu. Mas quem tem a culpa toda sou eu, que não avisei com tempo a Vossas Mercês dos disparates do senhor meu tio, para acudirem com remédio antes das coisas chegarem, ao que chegaram, e queimarem todos estes excomungados alfarrábios, que tem muitos que bem merecem ser abrasados como se fossem os hereges.

— Isso também eu digo — acudiu o cura —, e à fé que não há de passar de amanhã, sem que deles se faça auto-de-fé, e sejam condenados ao fogo, para não tornarem a dar ocasião, a quem os ler, de fazer o que o meu bom amigo terá feito.

Tudo aquilo estavam ouvindo da parte de fora o lavrador e Dom Quixote; com o que acabou de entender a enfermidade do vizinho e começou a dizer em altas vozes:

— Abram Vossas Mercês ao Senhor Valdovinos e ao Senhor Marquês de Mântua, que vem malferido, e ao senhor mouro

[7] Equívoco da sobrinha: Alquife, marido de Urganda, a Desconhecida.

Abindarrais, que traz cativo o valoroso Rodrigo de Narváez, alcaide de Antequera.

A estas vozes acorreram todos; e, como conheceram, uns o amigo, as outras o tio e o amo, que ainda se não tinha apeado do jumento por não poder, se lançaram a ele aos abraços. Ele disse:

— Parem todos que venho malferido por culpa do meu cavalo, levem-me para a cama, e chame-se, podendo ser, a sábia Urganda, que me procure as feridas e as cure.

— Olhai, má hora! — disse neste ponto a ama — se me não dizia bem o coração de que pé coxeava meu amo! Suba Vossa Mercê em boa hora, que mesmo sem a tal Urganda nós cá o curaremos como soubermos. Malditos sejam outra vez, e cem vezes, estes livros das cavalarias, que tal o puseram a Vossa Mercê.

Levaram-no logo à cama, e, procurando-lhe as feridas, nenhuma lhe acharam. Disse ele, então, que todo o seu mal era moedeira, por ter dado uma grande queda com o seu cavalo Rocinante, combatendo-se com dez gigantes, os mais desaforados e atrevidos que quantos consta que no mundo haja.

— Bom, bom — disse o cura —, entram gigantes na dança! Pelo sinal da santa cruz juro que amanhã hão de ser queimados, antes que chegue a noite.

Fizeram a Dom Quixote mil perguntas, sem que ele respondesse a nenhuma, senão que lhe dessem de comer, e o deixassem dormir, que era o que mais lhe importava. Assim se fez. O cura então inquiriu muito detidamente do lavrador sobre o modo como encontrara a Dom Quixote. Contou-lhe ele tudo, miudeando-lhe os disparates que ouvira quando dera com ele, e quando o trazia. Tudo isto foi aumentar no licenciado o desejo de fazer o que de feito executou no dia seguinte, que foi chamar o seu amigo barbeiro Mestre Nicolau, com o qual voltou à casa de Dom Quixote.

CAPÍTULO VI

Do curioso e grande expurgo que o padre-cura e o barbeiro fizeram na livraria do nosso engenhoso fidalgo

O qual ainda dormia[1]. Pediu à sobrinha a chave do quarto em que estavam os livros ocasionadores do prejuízo; e ela a deu de muito boa vontade. Entraram todos, e com eles a ama; e acharam mais de cem grossos e grandes volumes, bem encadernados, e outros pequenos. A ama, assim que deu com os olhos neles, saiu muito à pressa do aposento, e voltou logo com uma tigela de água benta e um hissope, e disse:

— Tome Vossa Mercê, senhor licenciado, regue esta casa toda com água benta, não ande por aí algum encantador, dos muitos que moram por estes livros, e nos encante a nós, em troca do que nós lhes queremos fazer a eles desterrando-os do mundo.

Riu-se da simplicidade da ama o licenciado, e disse para o barbeiro que lhe fosse dando os livros a um e um, para ver de que tratavam, pois alguns poderia haver que não merecessem castigo de fogo.

— Nada, nada — disse a sobrinha —; não se deve perdoar a nenhum; todos concorreram para o mal. O melhor será atirá-los todos juntos pelas janelas ao pátio, empilhá-los em meda, e pegar-lhes fogo; e senão, carregaremos com eles para o quintal e ali se fará a fogueira, e o fumo não incomodará.

---

[1] Também o começo deste capítulo deve ser lido como se não houvesse epígrafe, e assim terá sentido lógico e gramatical.

Outro tanto disse a ama; tal era a gana com que ambas estavam aos pobres alfarrábios; mas o cura é que não esteve pelos autos, sem primeiro ler os títulos. O que Mestre Nicolau primeiro lhe pôs nas mãos foram os quatro de Amadis de Gaula. E disse o cura:

— Parece coisa de mistérios esta porque, segundo tenho ouvido dizer, este livro foi o primeiro de cavalarias que em Espanha se imprimiu, e dele procederam todos os mais; por isso entendo que, por dogmatizador de tão má seita, sem remissão o devemos condenar ao fogo.

— Não senhor — disse o barbeiro —; também eu tenho ouvido dizer que é o melhor de quantos livros neste gênero se têm composto; e por isso, por ser único em sua arte, se lhe deve perdoar.

— Verdade é — disse o cura —; por essa razão deixemo-lo viver por enquanto. Vejamos esse outro que está ao pé dele.

— É — disse o barbeiro — *As sergas* (ou "façanhas") *de Esplandião*, filho legítimo de Amadis de Gaula.

— Pois é verdade — disse o cura — que não há de valer ao filho a bondade do pai. Tomai, senhora ama, abri essa janela, e atirai-o ao pátio; dai princípio ao monte para a fogueira que se há de fazer.

Ao que a ama obedeceu toda alegre, e lá se foi o bom do *Esplandião* voando para o pátio, esperando com toda a paciência as chamas que o ameaçavam.

— Adiante — disse o cura.

— Este que se segue — disse o barbeiro — é *Amadis de Grécia*, e todos os deste lado, segundo julgo, são da mesma raça de *Amadis*.

— Pois ao pátio com todos eles — disse o cura —, que só por queimar a Rainha Pintiquinestra[2], e o pastor Darinel[3] e as suas églogas, e as endiabradas e confusas razões do autor, queimara juntamente ao pai que me gerou, se andasse em figura de cavaleiro andante.

— Também assim o entendo — replicou o barbeiro. — Também eu — acrescentou a sobrinha.

— Pois venham, e pátio com eles — acudiu a ama.

---

[2] Duas rainhas com o nome de Pintiquinestra aparecem nos livros de cavalarias: uma em *Amadis* e outra em *Lisuarte de Grécia*.

[3] Darinel, pastor da segunda parte de *Amadis de Grécia* que pronunciava longos discursos, umas vezes a sós, outras com suas pastoras, às aves e às flores.

Deram-lhos, que eram muitos, e ela, para não descer a escada, baldeou-os da janela abaixo.

— Quem é agora esse tonel? — perguntou o cura.

— Este é — respondeu o mestre — *Dom Olivante de Laura*[4].

— O autor desse livro — disse o cura — foi o que também compôs o *Jardim de flores*[5]; e em verdade que não sei determinar qual das duas obras é mais verdadeira, ou, por melhor dizer, menos mentirosa. O que sei é que esta há de ir já ao pátio por disparatada e arrogante.

— Este que segue é *Florismarte de Hircânia*[6] — disse o barbeiro.

— Oh! temos aí o Senhor Florismarte? — replicou o cura. — Pois à fé que há de ir já ao pátio, apesar do seu estranho nascimento, e sonhadas aventuras; não merece outra coisa pela dureza e secura do estilo. Ao pátio com ele, e mais com este, senhora ama.

— Belo! — falou ela, que executava as ordens com grande alegria. — Este é o *Cavaleiro Platir*[7] — disse o barbeiro.

— Antigo livro é esse — disse o cura —, e não acho nele coisa por onde mereça perdão. Acompanhe aos demais sem réplica.

E assim se fez. Abriu-se outro, e viram o título: *Cavaleiro da Cruz*[8].

— Por ter nome tão santo, lá se poderia perdoar a este livro a sua ignorância; mas também se costuma dizer que "por trás da cruz está o Diabo". Vá para o fogo.

Tomando o barbeiro outro livro, disse: Este é *Espelho de cavalarias*[9].

---

[4] Obra de Antônio Torquemada, editada em Barcelona, em 1564.

[5] Impressão salmantina do ano de 1570.

[6] Obra de Melchor Ortega, cavaleiro de Ubeda, publicada em Valladolid, em 1556. Para dar uma idéia de seu caráter disparatado, basta dizer que seu autor, protagonista, combate contra um exército de mais de um milhão de homens.

[7] Crônica do mui valente e esforçado cavaleiro Platir, filho do Imperador Primaleão, anônima, editada em Valladolid, em 1533.

[8] Consta de duas partes: a primeira é a Crônica de Lepolemo, chamado Cavaleiro da Cruz, filho do imperador da Alemanha, composta em árabe por Xarton e trasladada ao castelhano por Alonso de Salazar, Valência, 1521; a segunda foi editada em Toledo, em 1526.

[9] *Espelho de cavalarias* é uma obra em três partes: a primeira trata de

— Já conheço a Sua Mercê — disse o cura. — Aí anda o Senhor Reinaldo de Montalbán com os seus amigos e companheiros, mais ladrões que Caco, e os doze pares com o verídico historiador Turpim[10]. A falar a verdade, estou em os condenar, pelo menos a desterro perpétuo, por terem parte na invenção do famoso Mateus Boiardo[11], donde também teceu a sua teia o cristão poeta Ludovico Ariosto. Este, se por aqui o apanho a falar-me língua que não seja a sua, não lhe hei de guardar respeito algum; falando porém no seu próprio idioma, colocá-lo-ei sobre a cabeça[12].

— Em italiano tenho-o eu — disse o barbeiro —, mas não o entendo.

— Nem era preciso que o entendêsseis — respondeu o cura —; de boa vontade perdoáramos ao senhor capitão que se tivesse deixado de o trazer à Espanha[13], pois lhe tirou muito de sua valia original; e o mesmo sucederá a todos quantos quiserem traduzir para os seus idiomas livros de versos, que, por muito cuidado que nisso ponham, e por mais habilidade que mostrem, nunca hão de igualar ao que eles valem no original. O que eu digo é que este livro, e todos os mais que se acharem tratando destas coisas de França, se lancem e guardem num poço seco, até que mais repousadamente se veja o que se há de fazer deles, excetuando a um *Bernardo del Carpio*[14] que por aí anda, e a outro chamado *Roncesvalles*[15],

---

Dom Roldão e Dom Reinaldo, e foi impressa em Sevilha, em 1533; a segunda, impressa em 1536, trata dos amores de Roldão com Angélica, a Formosa; a terceira, publicada também em Sevilha, em 1550, trata dos feitos do Infante Dom Roserim e o fim que teve com a Princesa Florimena.

[10] João Turpim, arcebispo de Reims, é o suposto autor de uma história de Carlos Magno, repleta de erros. Cervantes o cita aqui ironicamente, ao considerá-lo como bom historiador.

[11] Mateus Boiardo, Conde de Escandiano, é o autor do poema cavaleiresco *Orlando enamorado*, continuado depois por Ariosto em seu *Orlando furioso*.

[12] "Colocar sobre a cabeça": sinal de consideração e de respeito, que se fazia com os documentos e diplomas dos reis ou dos papas nas solenidades.

[13] Alude à tradução do *Orlando* feita por Jerônimo de Urrea, bastante fraca e descuidada, com muitas supressões.

[14] História das façanhas e feitos do invencível cavaleiro Bernardo del Carpio, de Agostinho Alonso, Toledo, 1585.

[15] O que realmente ocorreu na famosa Batalha de Roncesvalles, com a morte dos doze pares de França, por Francisco Garrido de Villena, Valência, 1555.

que esses, em me chegando às mãos, vão diretos para as da ama, e delas para o fogo, sem remissão.

Tudo o barbeiro confirmou, e teve por coisa muito acertada, por entender que o padre, por tão bom cristão que era, e tão amigo da verdade, não faltaria a ela por quanto houvesse no mundo. Abrindo outro livro, viu que era *Palmeirim de Oliva*[16] e; e ao pé dele estava outro, que se chamava *Palmeirim de Inglaterra*[17]. Tanto que os viu, disse o licenciado:

— De semelhante "oliva", ou oliveira, façam-se logo achas, e se queimem, que nem cinzas delas fiquem, e essa "palma" de Inglaterra se guarde e conserve como coisa única, e se faça para ela outro cofre, como o que achou Alexandre nos despojos de Dario, que o destinou para nele se guardarem as obras do poeta Homero[18]. Este livro, senhor compadre, tem autoridade por duas coisas: primeiro, porque é de si muito bom; segundo, por ter sido seu autor um discreto rei de Portugal. Todas as aventuras do Castelo de Miraguarda são boníssimas, e de grande artifício; as razões, cortesãs e claras, conformes sempre ao decoro de quem fala; tudo com muita propriedade e entendimento. Digo pois, salvo o vosso bom juízo, Mestre Nicolau, que este e *Amadis de Gaula* fiquem salvos da queima; e todos os restantes, sem mais pesquisas nem reparos, pereçam.

— Alto, senhor compadre — replicou o barbeiro —, que este que tenho aqui é o afamado *Dom Belianis*[19].

— Pois esse — respondeu o cura —, com a segunda, terceira, e quarta parte, tem necessidade de um pouco de ruibarbo, para purgar a sua demasiada cólera; e é preciso tirar-lhe tudo aquilo do Castelo da Fama e outras impertinências de mais fundamento, para o que se

---

[16] Livro do famoso cavaleiro Palmeirim de Oliva, Salamanca,1511.

[17] Livro do mui esforçado cavaleiro Palmeirim de Inglaterra, Toledo, 1547.

[18] Alusão à caixa de ouro e pedras preciosas achada entre os despojos do Rei Dario por Alexandre, o Grande, e destinada a guardar as obras de Homero, segundo a tradição contada por Plutarco e Plínio.

[19] Livro primeiro do valoroso e invencível Príncipe Dom Belianis de Grécia.

lhes concede termo ultramarino[20]; e, segundo se emendarem, assim se usará com eles de misericórdia ou justiça; e daqui até lá tende-os vós em vossa casa, compadre, mas não os deixeis ler a ninguém.

— Estou contente — respondeu o barbeiro.

E sem querer cansar-se mais em ler livros de cavalarias, mandou à ama que tomasse todos os grandes, e arrumasse com eles para o pátio. Não o disse a nenhuma tonta nem surda, que mais vontade tinha ela própria de os ver queimados que de botar ao tear uma teia, por grande fina que fosse; e, abraçando alguns oito de uma vez, os lançou pela janela fora. Como eram muitos caiu-lhe um aos pés do barbeiro. Este teve apetite de ver o que seria, e viu que dizia: *História do famoso Cavaleiro Tirante o Branco*[21].

— Valha-nos Deus! — disse o cura em alta voz. — Pois temos aqui *Tirante o Branco*? Dai-mo cá, senhor compadre, que faço de conta que nele achei um tesouro de contentamento, e mina para passatempos. Aqui está Dom Quirieleisão de Montalbán, valoroso cavaleiro, e seu irmão Tomás Montalbán, e o cavaleiro Fonseca, e a batalha que o valoroso Tirante fez com o alão e as agudezas da donzela Prazer-da-Minha-Vida, com os amores e embustes da viúva Repousada, é a senhora imperatriz enamorada de Hipólito, seu escudeiro. A verdade vos digo, senhor compadre, que em razão de estilo não há no mundo livro melhor. Aqui comem e dormem os cavaleiros, morrem nas suas camas, e antes de morrer fazem testamento, com outras coisas mais que faltam nos livros deste gênero. Com tudo isto vos digo que quem o fez merecia (pois não praticou tantos destemperos por indústria) ser metido nas galés por toda a vida. Levai-o para casa, e lá vereis se não é certo o que vos digo[22].

— Assim será — respondeu o barbeiro —; mas que se há de fazer destes livrecos que ainda aqui estão?

---

[20] Significa "prazo dilatado"; em sua origem, é uma frase forense.

[21] Publicado na forma original em Valência, em 1490, e em Barcelona, em 1497. A tradução anônima castelhana é de Valladolid, de 1511. Foi publicado em Barcelona novamente em 1947-49. Seus autores são Johanot Mastorell e Martí Johan de Galba.

[22] Sobre esta passagem, que passa por ser uma das mais obscuras do Quixote, cremos oportuno lembrar a opinião de M. de Riquer, na sua segunda edição, de 1955, pp. 72 e 73: "Acrescentaremos uma teoria mais às muitas que se fizeram para explicá-la. De imediato fica evidente que

— Estes — disse o cura — não hão de ser de cavalarias, mas sim de poesia.

E, abrindo um, viu que era a *Diana*[23] de Jorge de Montemayor, e disse, crendo que todos os mais eram do mesmo gênero:

— Estes não merecem ser queimados como todos os mais, porque não fazem, nem farão, os danos que os de cavalaria têm feito; são obras de entretenimento, sem prejuízo de terceiro.

— Ai, senhor! — disse a sobrinha. — Bem os pode Vossa Mercê mandar queimar como aos outros, porque não admiraria que, depois de curado o senhor meu tio da mania dos cavaleiros, lendo agora estes se lhe metesse em cabeça fazer-se pastor, e andar-se pelos bosques e prados, cantando e tangendo; e pior fora ainda o perigo de se fazer poeta, que, segundo dizem, é enfermidade incurável e pegadiça.

— É certo o que diz esta donzela — observou o cura —, e bom será tirarmos diante do nosso amigo este tropeço e azo. Começamos

---

Cervantes faz um leal panegírico do livro de cavalaria catalão, cuja posição ante a realidade representa um passo anterior ao da obra cervantina. Por outro lado, o autor do *Tirant lo Blanch* não morreu em galeras nem esteve nunca nelas como forçado, o que desautoriza a teoria de que é preciso ler a passagem subentendendo uma negação: 'que quem o fez não merecia'. Está demonstrado, ademais, que 'por indústria' significa 'de propósito'. A respeito da frase 'ser metido nas galés' (no original: 'echar a galeras'), é extremamente interessante o seguinte trecho do Quixote de Avellaneda: 'Não faltava mais para que, sabendo-o a justiça, me castigara; pois, sem dúvida, me echaram, a provar-se-me tal delito, tão a galeras como às Trezentas de João de Mena' (cap. 25). Nesta frase há um evidente jogo de palavras e 'echar a galeras' tem seu sentido literal, ou seja, o de condenar a remar em galeras como forçado, e 'echar a galeras' no sentido de imprimir uma obra (ou seja, colocá-la na galera, base sobre a qual se põem as linhas compostas de um livro). Aplicando este segundo sentido à presente passagem do Quixote, nos dá a seguinte interpretação, perfeitamente admissível: 'Já que o autor deste livro não escreveu tantas necedades com propósito deliberado, a não ser o de divertir e satisfazer, merecia que o *Tirant lo Blanch* se imprimisse de novo e se fizesse dele uma tiragem que demorasse muito a esgotar-se'". O que vem apoiado pelo fato de que no tempo de Cervantes já era rara a hoje raríssima edição do *Tirant lo Blanch*, em castelhano, de Valladolid, 1511.

[23] Novela pastoril publicada em Valência, em 1559.

pela *Diana* de Montemayor. Esta sou de parecer que se não queime, bastando tirar-se-lhe tudo que trata da sábia Felícia, e da água encantada, e quase todos os versos maiores, e fique-lhe muito em paz a prosa, e a honra de ser primeiro em semelhantes livros.

— Este que segue — disse o barbeiro — é a *Diana* chamada *segunda do salmantino*[24]; estoutro tem o mesmo nome, e o autor é Gil Polo.

— Pois a do salmantino — respondeu o cura — acompanhe e acrescente o número dos condenados ao pátio; e a de Gil Polo guarde-se como se fora do mesmo Apolo; e passe adiante, senhor compadre; aviemo-nos, que se vai fazendo tarde.

— Esta obra é — disse o barbeiro, abrindo outra — *Os dez livros de fortuna de amor*, compostos por Antônio de Lofraso, poeta sardo[25].

— Pelas ordens que recebi — disse o cura — desde que Apolo foi Apolo, as musas musas, e os poetas poetas, tão gracioso nem tão disparatado livro como esse jamais se compôs. Pelo seu andamento, é o melhor e o mais fênix de quantos têm saído à luz do mundo. Quem nunca o leu pode fazer de conta que nunca leu coisa de gosto. Passai-mo para cá depressa, compadre, que mais estimo tê-lo achado, que se me dessem uma sotaina de raja de Florença[26].

Pô-lo de parte com grande gosto e o barbeiro prosseguiu:

— Estes agora são: *O pastor da Ibéria*, *Ninfas de Henares*, e *Desengano de zelos*[27].

— Pois é entregá-los sem mais ao braço secular da ama — disse o padre —, e não se me pergunte o porquê; seria não acabar nunca.

— Este é o *Pastor de Fílida*[28].

---

[24] Assim chamada por ser do médico salmantino Alonso Pérez. É continuação da de Jorge de Montemayor. Foi publicada em Alcalá, em 1564.

[25] É ironia citá-lo aqui, já que se trata de um poeta de escasso valor, como se pode confirmar pelo que diz Cervantes em *Viagem do parnaso*.

[26] Tecido luxuoso e caro, usado somente pelas pessoas muito importantes.

[27] *O pastor da Ibéria*, de Bernardo de La Vega, Sevilha, 1591; *Primeira parte das ninfas e pastores de Henares*, de Bernardo González de Bobabilla, Alcalá, 1587; *Desengano de zelos*, de Bartolomeu López de Enciso, Madri, 1586.

— Este não é pastor — disse o cura —, senão cortesão muito discreto; guarde-se como jóia preciosa.

— Este grande que vem agora — disse o mestre — intitula-se *Tesouro de várias poesias*[29].

— Se não fossem tantas — disse o cura —, mais estimadas seriam. É mister que este livro se descarte de algumas baixezas que tem à mistura com as suas grandiosidades; e guarde-se, porque o autor é meu amigo, e em atenção a outras obras que fez mais heróicas e alevantadas[30].

— Este é — prosseguiu o barbeiro — o *Cancioneiro de López de Maldonado*[31].

— Também o autor desse livro — replicou o cura — é grande amigo meu, e os seus versos, recitados por ele, admiram a quem os ouve, e tal é a suavidade da voz com que os canta, que encanta. Nas églogas é algum tanto extenso, mas o bom nunca é demasiado. Guarde-se com os escolhidos. Porém que livro é esse que está ao pé dele?

— *A Galatéia*[32] de Miguel de Cervantes — disse o barbeiro.

— Muitos anos há que esse Miguel de Cervantes é meu amigo; e sei que é mais versado em desdita que em versos. O seu livro alguma coisa tem de boa invenção; alguma coisa promete, mas nada conclui; é necessário esperar pela segunda parte que ele já nos anunciou. Talvez com a emenda alcance em cheio a misericórdia que se lhe nega; daqui até lá tende-mo fechado em casa, senhor compadre.

— Com muito gosto — respondeu o barbeiro —; e aqui vêm mais três de cambulhada; *A Araucana* de Dom Alonso de Ercilla, *A Austríada* de João Rufo, jurado de Córdova, e *O Monserrate* de Cristóvão de Virués, poeta valenciano[33].

---

[28] De Luís Gálvez de Montalvo, Madri, 1582.

[29] De Frei Pedro de Padilla (natural de Linares), Madri, 1580.

[30] Cervantes se refere às suas *Églogas pastoris*, ao seu *Romanceiro*, ao seu *Jardim espiritual*, às *Grandezas e excelências da Virgem Nossa Senhora*.

[31] Publicado em Madri, em 1586.

[32] Primeira parte da *Galatéia*, publicada em Alcalá, em 1585.

[33] *A Araucana* foi impressa em Madri, em 1569; *A Austríada*, em 1584; *O Monserrate*, em 1588.

— Todos estes três livros disse o cura — são os melhores que em verso heróico de língua castelhana se tem escrito, e podem competir com os mais famosos de Itália; guardem-se como as mais ricas prendas de poesia que possui Espanha.

Cansou-se o cura de ver mais livros; e assim, à carga cerrada, quis que todos os mais se queimassem; mas o barbeiro já tinha um aberto; chamava-se *As lágrimas de Angélica*[34].

— Chorara-as eu ouvindo esse nome — disse o cura —, se tal livro houvera mandado queimar, porque o seu autor foi um dos famosos poetas do mundo, não só de Espanha; e foi felicíssimo na tradução de algumas fábulas de Ovídio.

---

[34] De Dom Luís Barahona de Souto, Granada, 1586.

CAPÍTULO VII

Da segunda saída do nosso bom cavaleiro Dom Quixote de la Mancha

Naquilo se estava, quando principiou a dar brados Dom Quixote, dizendo:

— Aqui, aqui, valorosos cavaleiros! Aqui é mister mostrar a possança dos vossos valorosos braços, que os cortesãos levam a melhoria no torneio!

Para acudir àqueles gritos, não se passou adiante com o exame dos livros que ainda faltavam; e assim se crê que não deixariam de ir ao lume, sem serem vistos nem ouvidos, *A caroléia* e *Leão de Espanha*, com os feitos do imperador, compostos por Dom Luís de Avila[1], que sem dúvida deviam estar entre os remanescentes; e talvez, se o cura os visse, não padecessem tão rigorosa sentença.

Quando chegaram a Dom Quixote, já ele estava levantado da cama, e prosseguia nas vozes e desatinos, dando cutiladas e reveses para todas as partes, estando tão acordado como se nunca tivera dormido. Arcaram com ele, e à força o deitaram no leito; e, depois que serenou um tanto mais, tornando-se a falar com o cura, lhe disse:

— Senhor Arcebispo Turpim, não há dúvida que é grande

---

[1] Das duas obras com o mesmo título: *A caroléia*, uma de Jerônimo Sampere, Valência, 1560, e a outra de João Ochoa, seguramente Cervantes alude à primeira. A alusão da obra de Dom Luís de Avila é bem possível que se refira ao *Carlo famoso*, Valência, 1566.

pesar, para os que nós chamamos doze pares, deixarmos sem mais nem menos levar a vitória deste torneio aos cavaleiros cortesãos, tendo nós outros, os aventureiros, ganhado o prêmio três dias antes.

— Cale Vossa Mercê a boca, senhor compadre — disse o cura —, que Deus há de ser servido de que a sorte se mude, e o que hoje se perde amanhã se ganhe. Por agora o que importa é tratar da saúde, que, segundo me parece, deve estar muitíssimo cansado, a não ser que esteja até malferido.

— Ferido não — interrompeu Dom Quixote —, porém moído e quebrantado, sem dúvida que o estou, porque aquele filho da mãe de Dom Roldão me moeu à bordoada com o tronco de uma azinheira; e tudo por inveja: por ver que eu só à minha banda contrapeso todas as suas valentias. Mas Reinaldo de Montalbán me não torne eu a chamar, se em me levantando deste leito mo não pagar, a despeito de todos os seus encantamentos; e por agora tragam-me de jantar, que sei que é o mais preciso, e o vingar-me fica a meu cuidado.

Assim se fez. Deram-lhe de comer, e recaiu no sono, deixando a todos admirados de tamanho desorientamento.

Naquela noite incendiou e destruiu a ama quantos livros havia no pátio e em toda a casa; e alguns arderiam que merecessem ser guardados em perpétuos arquivos. Mas não o quis assim a mofina e a pressa do seletor; cumpriu-se o rifão que diz que às vezes paga o justo pelo pecador.

Um dos remédios que o barbeiro e o cura por então idearam foi que se condenasse e emparedasse a sala dos livros, para que ao levantar-se o amigo não pudesse dar com ela (tirada a causa, talvez cessasse o efeito). Dir-lhe-iam que um encantador os tinha levado com o aposento e tudo, e assim se executou com a maior presteza. A dois dias passados, ergueu-se Dom Quixote, e o que primeiro fez foi ir-se ver os seus livros, e, como não achava o quarto em que os tinha deixado, corria de uma parte para outra a procurá-lo. Chegava onde costumava estar a porta, e tenteava-a às apalpadelas, e volvia e revolvia os olhos por todos os lados, sem proferir palavra. Porém, depois de um grande espaço, perguntou à ama a que parte ficava o aposento dos seus livros. A ama, que já estava bem precavida do que havia de responder, lhe disse:

— Que aposento ou que história busca Vossa Mercê? Já não há aposento nem livros nesta casa, carregou com tudo o mesmo diabo.

— Não era diabo — acudiu a sobrinha —, era um encantador que veio numa nuvem, numa noite depois daquele dia em que Vossa

Mercê se abalou daqui, e, apeando-se de uma serpe em que vinha encavalgado, entrou no aposento. Não sei o que fez lá dentro; ao cabo de um breve espaço, saiu voando pelo telhado, deixando a casa cheia de fumarada, e, quando tornamos em nós, e fomos ver o que tinha feito, não vimos nem livros, nem aposento algum. Só nos lembra muito bem a mim e à ama que, ao tempo de partir-se, aquele malvado velho proferiu em altas vozes que, por inimizade secreta, que tinha com o dono daquela livraria e estância, deixava feito o dano que depois se veria. Disse também que se chamava o sábio Munhatão.

— Frestão[2] é que havia de dizer — acudiu Dom Quixote.

— Não sei — interrompeu a ama — se era Frestão ou Fritão; só sei que o nome acaba em "tão".

— Isso mesmo — disse Dom Quixote —, é esse um sábio encantador grande inimigo meu, e que me tem ojeriza porque sabe por suas artes e letras que, pelo andar dos tempos, tenho de pelejar em singular batalha com um cavaleiro a quem ele favorece, e o hei de vencer sem que ele mo possa estorvar; por isso procura fazer-me quantas sensaborias pode, e eu digo-lhe que mal poderá ele evitar o que do céu nos está determinado.

— Disso ninguém duvida — disse a sobrinha —, mas quem o mete, senhor tio, a Vossa Mercê nessas pendências? Não será o melhor estar-se manso e pacífico em sua casa, em vez de se ir pelo mundo procurar pão de trastrigo[3], sem se lembrar de que muitos vão buscar lã e vêm tosquiados?

— Ai, sobrinha, sobrinha! — respondeu Dom Quixote. — Como andas fora da conta! Primeiro que a mim me tosquiem, terei peladas e arrancadas as barbas a quantos imaginarem tocar-me na ponta de um só cabelo.

Não quiseram as duas replicar-lhe mais nada, vendo que o agastamento lhe queria ir a mais. O caso é que teve o nosso herói de passar em casa quinze dias mui quedo, sem dar mostras de querer recair nos seus primeiros devaneios; quinze dias em que passou[4] graciosíssimos contos com os seus dois compadres, o cura e o

---

[2] Fristão é o sábio encantador, fingido autor de *Dom Belianis de Grécia*, como Cide Hamete Benengeli o é do *Quixote*.

[3] Coisa melhor que trigo.

[4] Teve, susteve.

barbeiro. Éra sempre a sua teima, que nada precisava tanto o mundo como de cavaleiros andantes; e oxalá essa cavalaria andante cá ressuscitara! O cura algumas vezes o contradizia, e outras ia com ele, porque, sem essa velhacaria, como se haviam de entender?

Neste meio tempo, solicitou Dom Quixote a um lavrador seu vizinho, homem de bem (se tal título se pode dar a um pobre), e de pouco sal na moleira; tanto em suma lhe disse, tanto lhe martelou, que o pobre rústico se determinou em sair com ele, servindo-lhe de escudeiro. Dizia-lhe entre outras coisas Dom Quixote que se dispusesse a acompanhá-lo de boa vontade, porque bem podia dar o acaso que do pé para a mão ganhasse alguma ilha, e o deixasse por governador dela. Com estas promessas e outras quejandas, Sancho Pança, que assim se chamava o lavrador, deixou mulher e filhos, e se assoldadou por escudeiro do fidalgo.

Deu logo ordem Dom Quixote a buscar dinheiros; e, vendendo umas coisas, empenhando outras, e malbaratando-as todas, juntou uma quantia razoável. Apetrechou-se com uma rodela, que pediu emprestada a um amigo; e, consertando a sua celada o melhor que pôde, notificou ao seu escudeiro Sancho o dia e a hora em que tencionava porem-se a caminho, para que ele se arranjasse do que lhe fosse mais preciso; sobretudo lhe recomendou que levasse alforjes. Respondeu ele que os levaria, e que também pensava em levar um asno que tinha muito bom, porque não estava costumado a andar muito a pé. Naquilo do asno é que Dom Quixote não deixou de refletir o seu tanto, cismando se lhe lembraria que algum cavaleiro andante teria trazido escudeiro montado asnalmente; mas nenhum lhe veio à memória. Apesar disso, decidiu que podia levar o burro, com o propósito de lhe arranjar cavalgadura de maior foro apenas se lhe deparasse ocasião, que seria tirar o cavalo ao primeiro cavaleiro descortês que topasse. Preveniu-se de camisas, e das mais coisas que pôde, conforme o conselho que o vendeiro lhe havia dado. Feito e cumprido tudo, sem se despedir Pança dos filhos e mulher, nem Dom Quixote da ama e da sobrinha, saíram uma noite do lugar sem os ver alma viva, e tão de levada se foram, que ao amanhecer já se iam seguros de que os não encontrariam, por mais que os rastejassem.

Ia Sancho Pança sobre o seu jumento como um patriarca, com os seus alforjes e a sua borracha, e com muita ânsia de se ver já governador da ilha que o amo lhe havia prometido. Acertou Dom Quixote de seguir a mesma direção que levara na primeira jornada,

que foi pelo campo de Montiel, por onde caminhava mais satisfeito que da primeira vez, por ser ainda de manhã e dar-lhes de escape o sol, o que sempre importunava menos. Disse então Sancho Pança a seu amo:

— Olhe Vossa Mercê, senhor cavaleiro andante, não se esqueça do que prometeu a respeito da ilha, que lá o governá-la bem, por grande que seja, fica por minha conta.

— Hás de saber, amigo Sancho Pança — disse Dom Quixote —, que foi costume muito usado dos antigos cavaleiros andantes fazerem governadores aos seus escudeiros das ilhas ou reinos que ganhavam; e eu tenho assentado em que, por minha parte, se não dê quebra a esta usança de agradecido, antes nela me desejo avantajar; porque os outros, algumas vezes, e as mais delas, estavam à espera de que os seus escudeiros chegassem a velhos, e já depois de fartos de servir, e de levar maus dias e piores noites, é que lhes davam algum título de conde, ou pelo menos de marquês de algum vale ou província de pouco mais ou menos; e tu, se viveres, e mais eu, bem poderá ser que antes de seis dias andados eu ganhe um reino com outros seus dependentes que venham mesmo ao pintar para eu te coroar a ti por seu rei. E não te admires do que te digo, pois coisas e casos acontecem aos tais cavaleiros, por modos tão nunca vistos e pensados, que facilmente eu te poderia dar até mais do que te prometo.

— Desse modo — respondeu Sancho Pança —, se eu fosse rei por algum milagre dos que Vossa Mercê diz, pelo menos Joana Gutiérrez[5], meu conchego, chegaria a ser rainha, e os meus filhos infantes.

— Quem o duvida? — respondeu Dom Quixote.

— Duvido eu — replicou Sancho Pança —, porque tenho para mim que, ainda que Deus chovera reinos sobre a terra, nenhum assentaria bem na Maria Gutiérrez. Saiba, senhor meu, que ela para rainha não vale dois maravedis; lá condessa muito melhor acertara, e assim mesmo com a ajuda de Deus.

---

[5] Note-se que o nome de Joana Gutiérrez, é substituído depois por Maria Gutiérrez e mais tarde, no capítulo V da segunda parte, pelo de Teresa Pança, e se adverte que o seu sobrenome paterno era Cascajo. Isso poderia explicar-se considerando os nove anos transcorridos entre a primeira e a segunda parte.

— A Nosso Senhor encomenda tu, meu Sancho, o negócio, que ele lhe dará o que mais lhe acerte; mas não apouques tanto os teus espíritos, que venhas a contentar-me com menos que ser adiantado[6].

— Esteja descansado, senhor meu — respondeu Sancho —, tenho ânimo, tenho, e mais servindo a um amo tão principal como é Vossa Mercê, que me há de saber dar tudo que me esteja bem, e me couber nas forças.

[6] Autoridade superior numa província.

CAPÍTULO VIII

Do bom sucesso que teve o valoroso Dom Quixote na espantosa e jamais imaginada aventura dos moinhos de vento, com outros sucessos dignos de feliz recordação

Quando nisto iam, descobriram trinta ou quarenta moinhos de vento, que há naquele campo. Assim que Dom Quixote os viu, disse para o escudeiro:

— A aventura vai encaminhando os nossos negócios melhor do que o soubemos desejar; porque, vês ali, amigo Sancho Pança, onde se descobrem trinta ou mais desaforados gigantes, com quem penso fazer batalha, e tirar-lhes a todos as vidas, e com cujos despojos começaremos a enriquecer; que esta é boa guerra e bom serviço faz a Deus quem tira tão má raça da face da terra.

— Quais gigantes? — disse Sancho Pança.

— Aqueles que ali vês respondeu o amo —, de braços tão compridos, que alguns os têm de quase duas léguas.

— Olhe bem Vossa Mercê — disse o escudeiro —, que aquilo não são gigantes, são moinhos de vento; e o que parccem braços não são senão as velas, que tocadas do vento fazem trabalhar as mós.

— Bem se vê — respondeu Dom Quixote — que não andas corrente nisto das aventuras; são gigantes, são; e, se tens medo, tira-te daí, e põe-te em oração enquanto eu vou entrar com eles em fera e desigual batalha.

Dizendo isto, meteu esporas ao cavalo Rocinante, sem atender aos gritos do escudeiro, que lhe repetia serem sem dúvida alguma moinhos de vento, e não gigantes, os que ia acometer. Mas tão cego ia ele em que eram gigantes, que nem ouvia as vozes de Sancho nem reconhecia, com o estar já muito perto, o que era; antes ia dizendo a brado:

— Não fujais, covardes e vis criaturas; é um só cavaleiro o que vos investe.

Levantou-se neste comenos um pouco de vento, e começaram as velas a mover-se; vendo isto Dom Quixote, disse:

— Ainda que movais mais braços do que os do gigante Briareu[1], heis de mo pagar.

E dizendo isto, encomendando-se de todo o coração à sua Senhora Dulcinéia, pedindo-lhe que em tamanho transe o socorresse, bem coberto da sua rodela, com a lança em riste, arremeteu a todo o galope do Rocinante, e se aviou contra o primeiro moinho que estava diante, e dando-lhe uma lançada na vela, o vento a volveu com tanta fúria, que fez a lança em pedaços, levando desastradamente cavalo e cavaleiro, que foi rodando miseravelmente pelo campo fora. Acudiu Sancho Pança a socorrê-lo, a todo o correr do seu asno; e quando chegou ao amo, reconheceu que não se podia menear, tal fora o trambolhão que dera com o cavalo.

— Valha-me Deus! — exclamou Sancho. — Não lhe disse eu a Vossa Mercê que reparasse no que fazia, que não eram senão moinhos de vento, e que só o podia desconhecer quem dentro na cabeça tivesse outros?

— Cala a boca, amigo Sancho — respondeu Dom Quixote —; as coisas da guerra são de todas as mais sujeitas a contínuas mudanças; o que eu mais creio, e deve ser verdade, é que aquele sábio Frestão, que me roubou o aposento e os livros, transformou estes gigantes em moinhos, para me falsear a glória de os vencer, tamanha é a inimizade que me tem; mas ao cabo das contas, pouco lhe hão de valer as suas más artes contra a bondade da minha espada.

— Valha-o Deus, que o pode! — respondeu Pança.

E, ajudando-o a levantar, o tornou a subir para cima do Rocinante, que estava também meio desazado. Conversando no passado sucesso, continuaram caminho para Porto Lápice, porque por ali, dizia Dom Quixote, não era possível que se não achassem muitas e

---

[1] Um dos gigantes que lutaram contra os deuses, que tinha cem braços, segundo a mitologia.

diversas aventuras, por ser sítio de grande passagem. Que pesar o ver-se então sem lança! (como ele dizia ao escudeiro). Mas dizia-lhe também logo:

— Recordo-me ter lido que outro cavaleiro espanhol, por nome Diogo Pérez de Vargas, tendo-se-lhe numa batalha quebrado a espada, arrancou de uma azinheira um pesado galho e só com ele fez tais coisas naquele dia, e a tantos mouros machucou, que lhe ficou de apelido "o Machuca"; e assim ele com os seus descendentes se ficaram nomeando desde aquele dia Vargas e Machuca[2]. Refiro-te isto, porque a primeira azinheira ou carvalho que se me depare, tenciono sacar-lhe outro pau tão bom como aquele, e fazer com ele tais façanhas, que te julgues bem-afortunado por teres chegado a presenciá-las, e poderes ser testemunha de coisas tão convizinhas do impossível.

— Por Deus, Senhor Dom Quixote — disse Sancho —, creio tudo que Vossa Mercê me diz; mas olhe se se endireita um poucochinho, que parece ir descaindo para a banda; há de ser do trambolhão que apanhou.

— E é verdade — respondeu Dom Quixote —; e se me não queixo com a dor, é porque aos cavaleiros andantes não é dado lastimarem-se de feridas, ainda que por elas lhes saiam as tripas.

— Sendo assim, já estou calado — respondeu Sancho —, mas sabe Deus se eu não achava melhor que Vossa Mercê se queixara quando lhe doesse alguma coisa. De mim sei eu, que, em me doendo seja o que for, hei de por força berrar, se é que a tal regra, de não dar mostras de sentir, não chega também aos escudeiros da cavalaria andante.

Não deixou de se rir Dom Quixote da simpleza do seu pajem; e declarou-lhe que podia queixar-se quantas vezes quisesse, com vontade ou sem ela, que até aquela data nunca lera proibição disso nos livros de cavalaria. Advertiu-lhe Sancho que reparasse em que eram horas de comer. Respondeu-lhe o amo que por enquanto lhe não era necessário; que comesse ele, se bem lhe parecia. Com esta licença, ajeitou-se Pança o melhor que pôde sobre o seu jumento e tirando dos alforjes o que para eles tinha metido, ia caminhando e comendo atrás do amo com todo o seu descanso; e de quando em quando empinava a borracha com tanto gosto, que faria inveja ao

---

[2] Esse fato ocorreu no reinado de Dom Fernando III, o Santo.

H PISAN

mais refestelado bodegueiro de Málaga. E enquanto ia assim amiudando os tragos, não se lembrava de nenhuma promessa que o amo lhe tivesse feito; nem tinha por trabalho, antes por vida mui regalada, o andar buscando as aventuras, por perigosas que fossem.

Em suma, aquela noite passaram-na entre umas árvores; de uma delas arrancou Dom Quixote um dos galhos secos, que lhe podia pouco mais ou menos suprir a lança, e nele pôs o ferro da que se lhe tinha quebrado. Em toda a noite não pregou olho, pensando na sua Senhora Dulcinéia, para se conformar com o que tinha lido nos seus livros, quando os cavaleiros passavam sem dormir muitas noites nas florestas e despovoados, enlevados na lembrança de suas amadas. Já Sancho Pança a não passou do mesmo modo; como levava a barriga cheia, e não de água de chicória, levou-a toda de um sono, e se o amo o não chamara, não bastariam para acordá-lo os raios do sol que lhe vieram dar na cara, nem as cantorias das aves, que em grande número saudavam com alvoroço a vinda do novo dia. Ao erguer-se, deu mais um beijo na borracha, e achou-a seu tanto mais chata que a noite de antes; com o que se lhe apertou o coração, pensando em que não levavam caminho de se remediar tão depressa aquela falta. Não quis Dom Quixote desjejuar-se, porque, segundo já dissemos, lhe deu em sustentar-se de saborosas memórias. Prosseguiram no seu começado caminho de Porto Lápice, e pela volta das três do dia deram vista dele.

— Aqui — disse Dom Quixote — podemos, Sancho Pança amigo, meter os braços até os cotovelos no que chamam aventuras; mas adverte que, ainda que me vejas nos maiores perigo do mundo, não hás de meter mão à espada para me defender, salvo se vires que os que me agravam são canalha e gente baixa, que nesse caso podes ajudar-me; porém, se forem cavaleiros, de modo nenhum te é lícito, nem concedido nas leis da cavalaria, que me socorras, enquanto não fores armado cavaleiro.

— Decerto — respondeu Sancho — que nessa parte há de Vossa Mercê ser pontualmente obedecido, e mais, que eu sou de meu natural pacífico, e inimigo de intrometer-me em arruídos e pendências. É verdade que, no que tocar em defender cá a pessoa, não hei de fazer muito caso dessas leis, porque as divinas e humanas permitem defender-se cada um de quem lhe queira mal.

— Não digo menos disso — respondeu Dom Quixote —, porém no ajudar-me contra cavaleiros hás de ter mãos nos teus ímpetos naturais.

— Afirmo-lhe que assim o farei — respondeu Sancho —; esse preceito hei de o guardar como os dias santos e os domingos.

Estando nestas práticas, viram vir pelo caminho dois frades da ordem de São Bento, cavalgando sobre dois dromedários, que não eram menores as mulas em que vinham. Traziam seus óculos de estrada[3], e seus guarda-sóis. Atrás seguia um coche com quatro ou cinco homens de cavalo, que o acompanhavam, e dois moços de mulas a pé. Vinha no coche, como depois se veio a saber, uma senhora biscainha que ia a Sevilha, onde estava seu marido que passava às Índias com um mui honroso cargo. Não vinham os frades com ela, ainda que percorriam o mesmo caminho; mas apenas Dom Quixote os divisou, disse para o escudeiro:

— Ou me engano, ou esta têm de ser a mais afamada aventura que nunca se viu, porque aqueles vultos negros, que ali aparecem, devem ser alguns encantadores, que levam naquele coche alguma princesa raptada; e é forçoso que, a todo o poder que eu possa, desfaça esta violência.

— Pior será esta que a dos moinhos de vento — disse Sancho —; repare, meu amo, que são frades de São Bento, e o coche deve ser de alguma gente de passagem; veja, veja bem o que faz, não seja o Diabo que o engane.

— Já te disse, Sancho — respondeu Dom Quixote —, que sabes pouco das maranhas que muitas vezes se dão nas aventuras. O que eu digo é verdade e agora o verás.

Dizendo isto, adiantou-se e pôs-se no meio do caminho por onde vinham os frades; e, chegando a distância que a ele lhe pareceu o poderiam ouvir, disse em alta voz:

— Gente endiabrada e descomunal, deixai logo no mesmo instante as altas princesas que nesse coche levais furtadas; quando não, aparelhai-vos para receber depressa a morte, por justo castigo das vossas malfeitorias.

Detiveram os frades as rédeas, admirados tanto da figura como dos ditos de Dom Quixote, e responderam:

— Senhor cavaleiro, nós não somos nem endiabrados nem descomunais; somos dois religiosos beneditinos, que vamos nessa jornada; e não sabemos se nesse coche vêm, ou não, algumas princesas violentadas.

---

[3] Máscaras com cristais, para resguardar os olhos e o rosto da poeira.

— Falas mansas cá para mim não pegam — disse Dom Quixote —, que já vos conheço, fementida canalha.

E, sem aguardar mais resposta, picou o Rocinante, e de lança baixa arremeteu contra o primeiro frade com tanta fúria e denodo, que, se o frade se não deixasse cair da mula, ele o faria ir a terra contra vontade, e até malferido, se não morto. O segundo religioso, que viu o que se tinha feito ao companheiro, meteu pernas à sua acastelada mula, e desatou a correr por aquele campo, mais ligeiro que o próprio vento.

Sancho Pança, que viu por terra o frade, apeou-se do burro com a maior pressa, arremeteu a ele, e começou-lhe a tirar os hábitos. Acudiram dois moços dos frades, e perguntaram-lhe por que o despia. Respondeu-lhes Sancho Pança que a fatiota lhe pertencia a ele legitimamente, como despojos da batalha que seu amo Dom Quixote havia ganhado. Os moços, que não entendiam de xácaras, nem percebiam aquilo de despojos e batalhas, vendo já afastado dali Dom Quixote em conversação com as damas do coche, investiram contra Sancho, e deram com ele em terra, arrancaram-lhe as barbas, moeram-no a coices, e o deixaram estendido como morto. O frade caído não se demorou um instante; todo temeroso e acovardado, ergueu-se, montou, e, logo que se viu a cavalo, picou atrás do companheiro, que a bom pedaço dali estava esperando em que pararia aquele ataque. Não quiseram esperar mais pelo desfecho, e seguiram o seu caminho, fazendo mais cruzes que se levassem o Diabo atrás de si.

Estava Dom Quixote, como já se disse, falando com a senhora do coche, dizendo-lhe:

— A vossa formosura, senhora minha, pode fazer da vossa pessoa o que mais lhe apeteça, porque já a soberba de vossos roubadores jaz derribada em terra por este meu forte braço; e, para que vos não raleis de não saber o nome do vosso libertador, chamome Dom Quixote de la Mancha, cavaleiro andante, e cativo da sem-par em formosura Dona Dulcinéia del Toboso; e em paga do benefício que de mim haveis recebido, nada mais quero senão que volteis a Toboso, e que da minha parte vos apresenteis a ela, e lhe digais o que fiz para vos libertar.

Tudo que Dom Quixote dizia, estava-o escutando um escudeiro dos que acompanhavam o coche, e que era biscainho, o qual, vendo que o cavaleiro não queria deixar ir o coche para diante, mais teimava que havia de desandar logo para El Toboso, fez frente a

Dom Quixote, e, agarrando-lhe na lança, lhe disse em mau castelhano e pior biscainho o que pouco mais ou menos vinha a parar nisto:

— Anda, cavaleiro, que mal andas; pelo Deus que me criou, que, se não deixas o coche, morres tão certo como ser eu biscainho.

Entendeu-o muito bem Dom Quixote, e com muito sossego lhe respondeu:

— Se foras cavaleiro, assim como o não és, já eu teria castigado a tua sandice e atrevimento, criatura reles.

Ao que respondeu o biscainho lá pelo seu dialeto:

— Não sou cavaleiro eu? Juro a Deus que mentes, tão certo como ser eu cristão; se arrojas lança ou arrancas espada, cedo verás quem leva o gato à água; biscainho por terra, fidalgo por mar, fidalgo com os diabos; e, se o negares, mentiste[4].

— Agora o veremos, como dizia Agrajes[5]! — respondeu Dom Quixote.

E, atirando a lança ao chão, desembainhou a espada, embraçou a rodela, e arremeteu ao biscainho, de estômago feito para lhe arrancar a vida. O biscainho, que assim o viu sobrevir-lhe, ainda que se quisesse apear da mula, que, por ser das de aluguer, não era das boas, nem havia que fiar nela, o mais que pôde foi sacar da espada; e foi-lhe dita achar-se junto ao coche, donde pode tomar uma almofada que lhe serviu de escudo; e logo se foram um para o outro como dois mortais inimigos. A demais gente bem quisera pô-los em paz, mas não pôde, porque dizia o biscainho nas suas descosidas razões que, se o não deixassem acabar a batalha, ele próprio mataria a sua ama e a quantos lho estorvassem. A senhora do coche, pasmada e temerosa do que via, disse ao cocheiro que se desviasse algum tanto dali, e se pôs de longe a observar a pavorosa contenda. No decurso dela, deu o biscainho uma grande cutilada em Dom Quixote, acima de um ombro por sobre a rodela, de tal modo que, não fora a defesa, o abrira até a cintura. Dom Quixote, que sentiu o peso daquele desaforado golpe, deu um grande berro, dizendo:

— Ó senhora da minha alma, Dulcinéia, flor da formosura, socorrei

---

[4] "Cuida o que dizes, porque veremos quem ganha no fim."

[5] Personagem do Amadis, que ameaçava com essa frase, quando ia entrar em combate.

a este vosso cavaleiro, que, para satisfazer a vossa muita bondade, se acha em tão rigoroso transe.

O dizer isto, apertar a espada, cobrir-se bem com a rodela e arremeter ao biscainho foi tudo um, indo determinado de aventurar tudo num só golpe.

O biscainho, vendo-o vir assim contra ele, bem entendeu por aquele denodo a coragem do inimigo, e determinou fazer o mesmo que ele; pelo que se deteve a esperá-lo bem coberto com a almofada, sem poder rodear a mula, nem a uma nem a outra parte, porque a alimária, já de puro cansaço, e não afeita a semelhantes brinquedos, não podia dar um passo. Vinha, pois, como dito é, Dom Quixote contra o acautelado biscainho, com a espada em alto, determinado a abri-lo em dois; e o biscainho o aguardava de igual intenção, com a espada erguida, e escudado com a sua almofada. Todos os circunstantes estavam temerosos e transidos à espera do que se poderia seguir de golpes tamanhos, com que de parte a parte se ameaçavam. A senhora do coche e as suas criadas faziam mil votos e promessas a todas as imagens e igrejas de Espanha, para que Deus livrasse ao seu escudeiro e a elas daquele tão grande perigo. O pior que tudo é que, neste ponto exatamente, interrompe o autor da história esta batalha, dando por desculpa não ter achado mais notícia desta façanha de Dom Quixote, além das já referidas. Verdade é que o segundo autor desta obra não quis crer que tão curiosa história estivesse enterrada no esquecimento, nem que houvessem sido tão pouco curiosos os engenhos da Mancha, que não tivessem em seus arquivos ou escritórios alguns papéis que deste famoso cavaleiro tratassem; e assim, com esta persuasão, não perdeu a esperança de vir a achar o final desta aprazível narrativa, o qual por favor do céu se lhe deparou como ao diante se contará.

CAPÍTULO IX

Em que se conclui a estupenda batalha que o Galhardo Biscainho e o valente Manchego tiveram

Deixamos na primeira parte[1] o valente biscainho e o famoso Dom Quixote com as espadas altas e nuas, ameaçando descarregar dois furibundos fendentes[2], e tais, que, se em cheio acertassem pelo menos os rachariam de alto a baixo como duas romãs. Naquele ponto tão duvidoso parou, ficando-nos truncada tão saborida história, sem nos dar notícia o autor donde se poderia achar o que nela faltava.

Causou-me isto grande pena, porque o gosto de ter lido aquele pouco se me devolvia em desgosto, pensando no mau caminho que se oferecia para se achar o muito que em meu entender faltava ainda a tão saboroso conto. Parecia-me coisa impossível, e fora de todo o bom costume que a tão bom cavaleiro tivesse faltado algum sábio, que tomasse a cargo o escrever as suas nunca vistas façanhas; coisa que não minguou a nenhum dos cavaleiros andantes,

> Dos que as gentes dizem
> Que vão às suas aventuras[3],

---

[1] No capítulo anterior conclui-se a primeira das quatro partes em que Cervantes dividiu a obra.

[2] Um dos lances da esgrima: golpe dado de cima para baixo.

[3] Versos de Alvar Gómez de Ciudad Real em sua tradução de Petrarca.

pois cada um deles tinha um ou dois sábios que pareciam talhados para isso mesmo, os quais não somente escreviam os seus feitos, senão que pintavam até os seus mínimos pensamentos e ninharias, por mais ocultas que fossem. Como havia de ser tão desditado um cavaleiro tão excelente, que a ele lhe faltasse o que sobrou a Platir[4] e outros tais? Assim, não podia inclinar-me a crer que tão galharda história tivesse ficado manca, e já atirava a culpa à malignidade do tempo devorador e consumidor de todas as coisas, que ou tinha aquilo oculto, ou o desbaratara e perdera.

Por outra parte me parecia que, pois entre os seus livros se tinham achado alguns tão modernos como *Desengano de zelos*, e *Ninfas e pastores de Henares*[5], também a sua história devia ser moderna e, se não estivesse escrita, estaria na memória da gente da sua aldeia, e das aldeias circunvizinhas. Estas fantasias me traziam confuso e desejoso de saber real e verdadeiramente toda a vida e milagres do nosso famigerado espanhol Dom Quixote de la Mancha, luz e espelho da cavalaria manchega, e o primeiro que, em nossa idade e nestes tão calamitosos tempos, se pós ao trabalho e exercício das andantes armas, e ao de desfazer agravos, socorrer viúvas, amparar donzelas, daquelas que andavam de açoite em punho, montadas em seus palafréns, e com toda a sua virgindade à sua conta, de monte em monte, e de vale em vale, que, a não ser forçá-las alguns valdevinos, ou algum vilão de machada e capelinha[6], ou algum descomunal gigante, donzela houve nos passados tempos, que, ao cabo de oitenta anos, sem ter dormido uma só vez debaixo de telha, se foi tão inteira à sepultura, como a mãe a parira. Digo, pois, que, por estes e outros muitos respeitos, é merecedor o nosso galhardo Dom Quixote de contínuos e memoráveis louvores; a mim não se devem eles negar pelo trabalho e diligência que pus em buscar o fim desta agradável história, ainda que sei bem que, se o céu, o acaso e a fortuna me não ajudassem, o mundo ficaria falto do passatempo e gosto que poderá ter por quase duas horas[7] a pessoa que atentamente a ler. O modo da achada foi o seguinte:

---

[4] O sábio Galtenor é o fingido recopilador das danças do cavaleiro Platir.

[5] Publicados em 1586 e 1587.

[6] Capuz usado pela gente vulgar e de baixa categoria.

[7] Duas horas não são tempo suficiente para a leitura do livro; quer dizer que, entre todas, duas serão as melhores.

Estando eu um dia no Alcaná de Toledo[8], apareceu ali um muchacho a vender uns alfarrábios e papéis velhos a um mercador de sedas. Como eu sou amigo de ler até os papéis esfarrapados das ruas, levado da inclinação natural, tomei um daqueles cartapácios, e pela escrita reconheci ser árabe, posto o não soubesse decifrar. Espalhei os olhos à procura de algum mourisco alfamiado[9], que mo deletreasse. Depressa me apareceu intérprete, pois de melhor e mais antiga língua[10] eu o necessitasse, facilmente por ali se me depararia. Enfim atinei com um que, ouvindo o que eu desejava, pegando no livro o abriu pelo meio, e, lendo nele um pouco, se começou a rir. Perguntei-lhe de que se ria, e respondeu que de uma coisa que ali vinha escrita na margem como anotação. Pedi-lhe que ma decifrasse, e ele, sem interromper o riso, continuou:

— O que se lê aqui nesta margem, ao pé da letra, é o seguinte: "Esta Dulcinéia del Toboso, tantas vezes mencionada na presente crônica, dizem que para a salga dos porcos era a primeira mão de toda a Mancha".

Quando eu ouvi falar de Dulcinéia del Toboso, fiquei atônito e suspenso, porque logo se me representou que no alfarrábio se conteria a história de Dom Quixote. Neste pressuposto, roguei-lhe que me lesse o princípio do livro em linguagem cristã, o que ele fez, traduzindo de repente o título arábigo em castelhano deste modo: *História de Dom Quixote de la Mancha*, escrita por Cide Hamete Benengeli, historiador arábigo[11]. Muita prudência me foi mister para dissimular o contentamento que me tomou, quando semelhante título me chegou aos ouvidos; e, antes que o rapaz apresentasse o livro ao homem das sedas, lhe comprei toda a papelada e os alfarrábios por uns reles cobres, que, se ele fora mais previsto, e soubesse a grande melgueira que me trazia ali, bem

---

[8] Rua de mercadores.

[9] Que fala castelhano e o escreve em caracteres arábicos.

[10] A hebraica.

[11] "Cide" significa "senhor"; "Hamete", nome de Hamid; "Benengeli", se pensou que poderia significar filho de cervo, cervatilho, relacionado, por conseguinte, com Cervantes; mas logo se viu que equivale a Benegeli, aberenjenado (toledano). Assim o diz o próprio Bacharel Carrasco, segundo Sancho Pança, II, II.

podia ter feito comigo veniaga para mais de seis reales. Retirei-me logo com o mourisco para o claustro da igreja maior, e lhe pedi me trocasse em língua castelhana todos aqueles alfarrábios, que tratavam de Dom Quixote, sem omitir nem acrescentar nada, oferecendo-lhe a paga que ele quisesse. Contentou-se com duas arrobas de passas[12], e duas fangas de trigo, e prometeu traduzi-los bem e fielmente com muita brevidade. Mas eu, para facilitar mais o negócio, e não largar da mão tão bom achado, o trouxe para minha casa, onde em pouco mais de mês e meio traduziu tudo exatamente como aqui se refere.

Estava no primeiro cartapácio debuxada mui ao natural a batalha de Dom Quixote com o biscainho, na mesma postura em que os descreve a história, de espadas altas, um coberto da sua rodela, o outro da almofada, e a mula do biscainho tão ao vivo, que a distância de tiro de besta se conhecia ser de aluguer. Tinha o biscainho por baixo uma inscrição que dizia: "Dom Sancho de Azpeitia", que sem dúvida devia ser o seu nome, e aos pés do Rocinante estava outra que dizia: "Dom Quixote". Vinha o Rocinante maravilhosamente pintado, tão delgado e comprido, tão descarnado e fraco, com arcabouço tão ressaído, e tão desenganado hético, que bem mostrava quanto à própria se lhe tinha posto o nome de "Rocinante". Ao pé dele estava Sancho Pança com o burro pelo cabresto, com outro letreiro que dizia: "Sancho Zancas", o que havia de ser, pelo que a pintura mostrava, por ter a barriga bojuda, a estatura baixa, e as ancas largas, do que lhe viria o nome de "Pança" e "Zancas", que por ambas estas alcunhas o designa algumas vezes a história. Algumas outras miudezas se poderiam notar, mas são todas de pouca importância, e não fazem ao caso para a verdade da narrativa, que no ser verdadeira é que cifra a sua bondade.

Se daqui se pode pôr alguma dúvida por parte da veracidade, será só o ter sido o autor arábigo, por ser mui próprio dos daquela nação serem mentirosos, ainda que, por outra parte, em razão de serem tão nossos inimigos, antes se pode entender que mais seriam apoucados que sobejos nos louvores de um cavaleiro batizado. A mim assim me parece, pois, podendo deixar correr à larga a pena no encarecer os merecimentos de tão bom fidalgo, parece que de

---

[12] "Acudir como mouros a passas" diz o refrão, já que eram muito apreciadas por eles.

propósito os remete ao escuro; coisa malfeita e piormente pensada, por deverem ser os historiadores muito pontuais, verdadeiros, e nada apaixonados, sem que nem interesse, nem temor, nem ódio, nem afeição, os desviem do caminho direito da verdade, que é a filha legítima de quem historia, êmula do tempo, depósito dos feitos, testemunha do passado, exemplo e conselho do presente, e ensino do futuro. Nesta sei eu que se achará tudo que porventura se deseje na mais aprazível; e se alguma coisa boa lhe falecer, para mim tenho que foi culpa do galgo[13] do autor, antes que por míngua da matéria. Enfim, a sua segunda parte, prosseguindo na tradução, começava desta maneira:

Postas e levantadas em alto as cortadoras espadas dos dois valorosos e enfuriados combatentes, não parecia senão que estavam ameaçando céu, terra, e abismo; tal era o seu denodo e aspecto! O primeiro que descarregou o golpe foi o colérico biscainho; e com tal força e fúria o descarregou, que, a não se voltar nos ares o ferro, bastara aquela cutilada para dar fim à sua rigorosa contenda, e a todas as aventuras do nosso cavaleiro. Mas a boa sorte, que para maiores coisas o guardava, torceu a espada do inimigo, por modo que, posto lhe acertasse no ombro esquerdo, lhe não fez outro dano senão desarmá-lo daquela banda, levando-lhe de caminho grande parte da celada, com a metade da orelha, que tudo aquilo veio a terra com espantosa ruína, deixando-o muito maltratado.

Valha-me Deus! quem haverá aí que bem possa contar agora a raiva que entrou no coração do nosso manchego, vendo-se posto naquela miséria? Bastará dizer que se aprumou de novo nos estribos; e, apertando mais a espada nas mãos, com tamanho ímpeto descarregou sobre o biscainho, acertando-a em cheio na almofada e cabeça, que, não lhe valendo tão seguro reparo, foi como se lhe caíra em cima uma montanha; começou logo a deitar sangue pelo nariz, pela boca, e pelos ouvidos, e a dar mostras de cair da mula abaixo; e sem falta cairia, a se não abraçar ao pescoço do animal. Mas, apesar de tudo, desentralhou os pés dos estribos, soltou os braços, e a mula, espantada com o tremendo golpe, deu a correr pelo campo; e a poucos corcovos pregou com o seu dono em terra.

Contemplava Dom Quixote tudo com muito sossego; e, logo que o viu caído, saltou do seu cavalo, e com muita ligeireza se

[13] "Cachorro": é como eram chamados os mouros.

chegou; e, metendo-lhe aos olhos a ponta da espada, lhe disse que se rendesse, ou lhe cortaria a cabeça. Estava o biscainho tão fora de si, que não podia responder palavra; e mal passaria à vista da cegueira de Dom Quixote, se as damas do coche, que até então tinham com grande desacordo presenciado a pendência, não corressem para onde ele estava, pedindo-lhe com as maiores instâncias lhes fizesse a infinita mercê de perdoar a morte àquele seu escudeiro; ao que Dom Quixote respondeu com o maior entono e gravidade:

— À fé, formosas senhoras, que sou mui contente de fazer o que me pedis; mas há de ser com uma condição, a saber, que este cavaleiro me há de prometer que irá ao lugar de El Toboso, e se há de apresentar da minha parte à sem-par Dona Dulcinéia, para que faça dele o que for mais de sua vontade.

As medrosas e desconsoladas, sem entrar em explicações do que Dom Quixote exigia, e sem perguntarem quem vinha a ser Dona Dulcinéia, lhe prometeram que o escudeiro executaria quanto de sua parte lhe fosse mandado.

— Pois, fiado nessa promessa, não lhe farei mais prejuízo, ainda que bem o tenha merecido.

CAPÍTULO X

Dos graciosos arrazoados que passaram entre Dom Quixote e seu escudeiro Sancho Pança[1]

Já então se havia levantado Sancho Pança, algum tanto maltratado[2] pelos moços dos frades, e tinha assistido atento à batalha de seu amo Dom Quixote, rogando no coração a Deus fosse servido de lhe dar vitória, e com ela o ganho de alguma ilha, e que o fizesse governador, segundo o prometido. Vendo pois concluída já a pendência, e que seu amo tornava a encavalgar-se no Rocinante, chegou-se a pegar-lhe no estribo, e, antes que ele subisse, se pôs de joelhos diante dele, pegou-lhe a mão, beijou-a, e disse-lhe:

— Seja Vossa Mercê servido, meu Senhor Dom Quixote da minha alma, de me dar o governo da ilha que nesta rigorosa pendência ganhou, que, por grande que ela seja, sinto-me com forças de a saber governar, tal e tão bem como qualquer que tenha governado ilhas deste mundo.

— Adverti, Sancho amigo — respondeu Dom Quixote —,

---

[1] Na primeira edição e nas seguintes, é assim o título deste capítulo: "De como se pôs de acordo Dom Quixote com o biscainho e o perigo em que se viu com uma turba de iangüeses". O que só se pode justificar pensando na precipitação e desordem com que Cervantes ia redigindo a obra.

[2] "Algum tanto maltratado" parece interpretação irônica do que lhe fizeram os "moços dos frades".

que esta aventura, e outras semelhantes a esta, não são aventuras de ilhas, senão só encruzilhadas, em que se não ganha outra coisa senão cabeça quebrada, ou orelha de menos. Tende paciência; não vos hão de faltar aventuras, em que não somente eu vos possa fazer governador, mas alguma coisa mais.

Agradeceu-lhe muito Sancho; e, beijando-lhe outra vez a mão e a orla da cota de armas, o ajudou a subir para o Rocinante. Escarranchou-se no seu asno, e começou a apajear o fidalgo, que, a passo largo, sem se despedir das do coche, nem lhes dizer mais nada, se meteu por um bosque perto dali. Seguia-o Sancho a todo trote do burro; mas tão levado na carreira ia Rocinante, que, vendo-se ir ficando para trás, não teve remédio senão gritar ao amo que esperasse por ele. Assim o fez Dom Quixote, colhendo as rédeas a Rocinante, até que se acercasse o seu cansado escudeiro, que, apenas chegou, lhe disse:

— Parece-me, senhor, que seria acertado refugiarmo-nos em alguma igreja, porque, à vista do estado em que pusestes aquele inimigo, não admirará quc, chegando a coisa ao conhecimento da Santa Irmandade[3], nos mandem prender; e à fé que se o fazem, não sairemos da cadeia sem primeiro nos suar o topete.

— Cala-te aí — respondeu Dom Quixote —; onde viste ou leste jamais que algum cavaleiro andante fosse posto em juízo, por mais homicídios que fizesse?

— De homicídios nada entendo — respondeu Sancho —, nem me intrometi em nenhum em dias de vida; o que sei é que a Santa Irmandade tem lá suas contas que ajustar com os que pelejam em campo; no mais não me meto.

— Não tenhas cuidado, amigo — respondeu Dom Quixote —; das mãos dos caldeus[4] te livraria eu, quanto mais da Irmandade. Mas dize-me, por vida tua: viste nunca mais valoroso cavaleiro que eu em todo mundo descoberto? Lê-se em histórias algum que tenha ou haja tido mais brio em acometer, mais alento no perseverar, mais destreza no ferir, nem mais arte em dar com o inimigo em terra?

— Valha a verdade — respondeu Sancho —, eu nunca li histórias, porque não sei ler nem escrever; mas o que me atrevo a apostar é

---

[3] Instituição armada dedicada a perseguir os malfeitores.

[4] Alusão ao capítulo XXXII de Jeremias: "Entregarei esta cidade às mãos dos caldeus e às mãos do rei de Babilônia, e a tomarão".

que mais atrevido amo do que é Vossa Mercê, nunca o eu servi em dias de minha vida; e queira Deus que estes atrevimentos se não venham a pagar onde já disse. O que a Vossa Mercê peço é que se cure dessa orelha, que se lhe vai esvaindo em sangue; eu aqui trago nos alforjes fios, e um pouco de ungüento branco.

— Bem escusado fora tudo isso — respondeu Dom Quixote — se eu me tivesse lembrado de preparar uma redoma de bálsamo de Ferrabrás[5], que uma só gota dele nos pouparia mais tempo e curativos.

— Que redoma e que bálsamo vem a ser esse? — disse Sancho.

— É um bálsamo — respondeu Dom Quixote — de que eu tenho a receita na memória, com o qual ninguém pode ter medo da morte, nem se morre de ferida alguma; e assim, quando eu o tiver feito e to entregar, não tens mais nada que fazer: em vendo que nalguma batalha me partem por meio corpo, como muitas vezes acontece, a parte do corpo que tiver caído no chão tomá-la-ás com muito jeito e com muita sutileza[6], e antes que o sangue se gele a porás sobre a outra metade que tiver ficado na sela, por modo que acerte bem à justa[7]; e dar-me-ás a beber apenas dois tragos do dito bálsamo, e ver-me-ás ficar mais são que um perro.

— Sendo isso verdadeiro — disse Pança —, já daqui dispenso o governo da prometida ilha, e nada mais quero em paga dos meus muitos e bons serviços, senão que Vossa Mercê me dê a receita dessa milagrosa bebida, que tenho para mim se poderá vender a olhos fechados cada onça dela por mais de quatro vinténs. Não preciso mais para passar o resto da vida honradamente e com todo o descanso. O que falta saber é se não será muito custoso arranjá-la.

— Com menos de três reales se podem fazer três azumbres[8] — respondeu Dom Quixote.

— Valha-me Deus! — replicou Sancho — por que tarda Vossa Mercê em fazer isso, e em ensinar-me a receita?

---

[5] O bálsamo desse gigante, personagem da gesta francesa; segundo a tradição, roubou em Jerusalém dois barriletes desse medicamento, feito com os perfumes com que foi embalsamado o corpo de Jesus, e que tinha a propriedade milagrosa de curar qualquer ferimento instantaneamente.

[6] Delicadeza, arte.

[7] Com exatidão.

[8] O azumbre equivalia a dois litros aproximadamente.

— Cala-te, amigo — respondeu o cavaleiro —, que maiores segredos tenciono eu ensinar-te, e fazer-te mercês ainda maiores; e por agora curemo-nos, porque a orelha me está doendo mais do que eu quisera.

Tirou Sancho dos alforjes os fios e o ungüento; mas, quando Dom Quixote reparou no estrago da celada, pensou endoidecer; e, posta a mão na espada, e levantando os olhos ao céu, disse:

— Faço juramento ao Criador de todas as coisas, e aos quatro Santos Evangelhos[9], onde mais por extenso eles estejam escritos, de fazer a vida que fez o grande Marquês de Mântua, quando jurou de vingar a morte de seu sobrinho Valdovinos, que foi de não comer pão em toalha, nem com sua mulher folgar, e outras coisas, que ainda que me não lembram, as dou aqui por expressadas, enquanto não tomar inteira vingança de quem tal descortesia me fez.

Ouvindo aquilo Sancho lhe respondeu:

— Advirta Vossa Mercê, Senhor Dom Quixote, que, se o cavaleiro cumpriu o que lhe foi ordenado, de ir-se apresentar à minha Senhora Dulcinéia del Toboso, já terá cumprido com o que devia, e não merece mais castigo, se não cometer novo delito.

— Falaste e recordaste mui bem — respondeu Dom Quixote —, e portanto anulo o juramento na parte que toca a tomar dele nova vingança; mas reitero e confirmo o voto de levar a vida que já disse, até que tire a algum cavaleiro outra celada tal e tão boa como esta era; e não cuides tu, Sancho, que faço isto assim a lume de palhas, pois não me faltam bons exemplos a quem imite neste particular, que outro tanto ao pé da letra se passou sobre o elmo de Mambrino, que tão caro custou a Sacripante[10].

— Dê Vossa Mercê ao Diabo tais juramentos, senhor meu — replicou Sancho —, que redundam em grave dano para a saúde, e prejuízo para a consciência. Quando não, que me diga: se por acaso em muitos dias não encontrarmos homem armado com celada, que havemos de fazer? Há-se de cumprir o juramento a despeito de

---

[9] Fórmula usual nos juramentos.

[10] Não foi a Sacripante, mas a Dardinel de Almonte, que Reinaldo de Montalbán tirou a vida e o famoso elmo encantado que este havia conquistado ao rei mouro Mambrino, segundo se conta no canto XVIII do *Orlando furioso* de Ariosto.

tantas desconveniências e incomodidades, como são o dormir vestido e sempre fora de povoado, e outras mil penitências, como continha o voto daquele doido velho Marquês de Mântua, a quem Vossa Mercê agora pretende imitar? Olhe Vossa Mercê bem, que por todos estes caminhos não andam homens armados[11], senão só arrieiros e carreiros, que não só não trazem celadas, mas talvez nunca em dias de vida ouvissem falar delas.

— Enganas-te nisso — disse Dom Quixote —; nem duas horas se nos hão de passar por estas encruzilhadas, sem vermos mais homens armados que os que foram sobre Albraca para a conquista de Angélica, a Formosa[12].

— Basta, seja assim — disse Sancho —; e a Deus praza que nos suceda bem, e que chegue já o tempo de se ganhar essa ilha que tão cara me custa, e embora eu morra logo[13].

— Já te disse, Sancho, que te não dê isso cuidado algum; quando falte ilha, aí estão o reino de Dinamarca ou o de Sobradisa[14], que te servirão como o anel em dedo; e mais deves tu folgar com estes, por serem em terra firme. Mas deixemos isto para quando for tempo; e vê se trazes aí nos alforjes coisa que se coma, para irmos logo em busca de algum castelo, em que nos alojemos esta noite, e onde faça o bálsamo que te disse, porque te juro que a orelha me vai já doendo, que não posso parar.

— O que nos alforjes trago — respondeu Sancho — é uma cebola, um pedaço de queijo, e não sei quantas fatias de pão; mas isto não são manjares próprios para tão valente cavaleiro como é Vossa Mercê.

— Como pensas mal! — respondeu Dom Quixote. — Faço-te saber, Sancho, que é timbre dos cavaleiros andantes não comerem um mês a fio, ou comerem só do que se acha mais à mão; o que tu saberias, se tiveras lido tantas histórias como eu; li muitíssimas, e

---

[11] "Por todos estes caminhos não andam homens armados, senão só gente ruim."

[12] Albraca, castelo sobre rochas, segundo o *Orlando enamorado* de Boiardo, ao qual acudiram mais de dois milhões de soldados para libertar Angélica.

[13] " Expressão indicadora da ânsia de alcançar o que se deseja.

[14] Reino de Dinamarca e reino da Infanta Soliadisa, filha do Príncipe Marcaditas da Sardenha, segundo *Clamades e Clarmonda*, impresso em 1562.

em nenhuma achei terem cavaleiros andantes comido nem migalha, salvo por casualidade, ou em alguns suntuosos banquetes que lhes davam; e os mais dias os passavam com o cheiro das flores. E posto se deva entender que não podiam passar sem comer, e satisfazer a outras necessidades corporais, porque realmente eram gente como nós somos, deve-se entender também que, andando o mais de sua vida pelas florestas e despovoados, e sem cozinheiro, a sua comida mais usual seriam alimentos rústicos, tais como esses que aí me trazes. Portanto, amigo Sancho, não te mortifiques com o que a mim me dá gosto, nem queiras fazer mundo novo, nem tirar a cavalaria andante dos seus eixos.

— Desculpe-me Vossa Mercê — lhe disse Sancho —; como eu não sei ler nem escrever, segundo já lhe disse, não sei nem ando visto nas regras da profissão cavaleiresca; e daqui em diante eu proverei os alforjes de toda a casta de frutas secas, para Vossa Mercê, que é cavaleiro; e para mim, que o não sou, petrechá-los-ei de outras coisas que voam, e de mais substâncias.

— Eu não te digo, Sancho — replicou Dom Quixote —, que seja forçoso aos cavaleiros andantes não comer outra coisa senão essas frutas secas que dizes; afirmo só que o seu passadio mais ordinário devia ser delas, e de algumas ervas que achavam pelo campo, que eles conheciam, e que eu também conheço.

— Bom é — respondeu Sancho — conhecer essas ervas, que, segundo eu vou examinando, algum dia será necessário usar desse conhecimento.

Nisto, desenfardelando o que tinha dito que trazia, comeram ambos juntos em boa paz. Desejosos de buscar onde pernoitassem, acabaram à pressa a sua pobre e seca refeição, montaram imediatamente a cavalo, e se deram pressa para chegar a povoado antes de anoitecer; mas junto a umas choças de cabreiros pôs-se-lhes o sol, e perderam a esperança de realizar o seu desejo; pelo que determinaram passar ali a noite. A Sancho pesou-lhe ter de dormir fora de povoação; mas para o amo foi regalo o ter de levar aquelas horas ao ar livre por lhe parecer que, sempre que assim lhe sucedia, fazia um ato possessivo[15], que facilitava a prova da sua cavalaria.

[15] "Atos possessivos" são os que qualificam a nobreza.

CAPÍTULO XI

Do que a Dom Quixote sucedeu com uns cabreiros

Com boa sombra foi dos cabreiros recolhido o nosso cavaleiro. Sancho acomodou, o melhor que pôde, a Rocinante e ao jumento, e deixou-se ir atrás do cheiro que despendiam de si certos tassalhos de cabra, que estavam numa caldeira a ferver ao lume. Ainda que o seu gosto seria logo ali sem mais detença ver se estavam prontos para se trasladarem da vasilha ao estômago, absteve-se de o fazer, porque os cabreiros os tiraram da lareira e, estendendo na terra uns velos de ovelha, aparelharam azafamados a sua mesa rústica, e convidaram aos dois com mostras de muito boa vontade para o que ali havia. Seis sentaram-se à roda das peles, que era quantos se contavam na malhada, depois de haverem com grosseiras cerimônias rogado a Dom Quixote que se sentasse numa gamela que lhe puseram com o fundo para cima. Sentou-se Dom Quixote, ficando Sancho de pé para lhe ir servindo o copo, que era feito de chifre. O amo, reparando-lhe na postura, disse-lhe:

— Para que vejas, Sancho, o bem que encerra a andante cavalaria, e quão a pique[1] estão os que em qualquer ministério dela se exercitam, de virem em pouco tempo a ser nobilitados e estimados do mundo, quero que te sentes aqui ao meu lado e em companhia desta boa gente, e que estejas tal como eu, que sou teu amo e natural senhor, que comas no meu prato, e bebas por onde eu beber,

---

[1] "Arriscados."

porque da cavalaria se pode dizer o mesmo que se diz do amor: todas as condições iguala.

— Viva muitos anos — respondeu Sancho —, mas sou por dizer a Vossa Mercê que, tendo eu bem de comer, tão bem e melhor o comeria em pé e sozinho, como sentado à ilharga de um imperador; e até se hei de dizer toda a verdade, muito melhor me sabe comer no meu caminho, sem cerimônias, nem respeitos, ainda que não seja senão pão e cebola, que os perus de outras mesas com a obrigação de mastigar devagar, beber pouco, limpar-se a miúdo, não espirrar nem tossir quando me for preciso, nem fazer outras coisas, que a solidão e liberdade trazem consigo. E portanto, senhor meu, essas honras que Vossa Mercê me quer dar, por eu ser ministro e aderente da cavalaria andante, como escudeiro que sou de Vossa Mercê, troque-as noutras coisas que me sejam mais cômodas e de melhor proveito; que estas agradeço-lhas, mas dispenso-as desde já até o fim do mundo.

— Apesar disso hás de te sentar, porque quem mais se humilha mais se exalta[2].

E puxando-lhe pelo braço, o obrigou a sentar-se-lhe a par.

Não entendiam os cabreiros aquele palavreado de escudeiros e cavaleiros andantes, e não faziam senão comer e calar e olhar para os hóspedes, que, com muito garbo e gana, iam embutindo para baixo tassalhos como punhos. Acabado o serviço da carne, estenderam sobre as peles cruas grande quantidade de bolotas aveladas, e meio queijo mais duro que se fosse de argamassa. Não estava entretanto ocioso o copo; andava em roda tão a miúdo (já cheio, já vazio como alcatruz de nora), que depressa se despejou uma quartola, de duas que presentes eram. Depois que Dom Quixote se deu por bem repleto, tomou um punhado das bolotas e, considerando-as atentamente, soltou a voz dizendo:

— Ditosa idade e afortunados séculos aqueles a que os antigos puseram o nome de dourados[3], não porque nesses tempos o ouro, que nesta idade do ferro tanto se estima, se alcançasse sem fadiga alguma, mas sim porque então se ignoravam as palavras "teu" e "meu"! Tudo era comum naquela santa idade; a ninguém era necessário, para alcançar o seu ordinário sustento, mais trabalho que

---

[2] Máxima que se lê no Evangelho de São Lucas, XIV, 18: "Qui se humilliat exaltabitur".

[3] Um dos muitos elogios da idade de ouro, reminiscência do mundo clássico.

levantar a mão e apanhá-lo das robustas azinheiras, que liberalmente estavam oferecendo o seu doce e sazonado fruto. As claras nascentes e correntes rios ofereciam a todos, com magnífica abundância, as saborosas e transparentes águas. Nas abertas das penhas e no côncavo dos troncos formavam as suas repúblicas as solícitas e discretas abelhas, oferecendo a qualquer, sem interesse algum, a abundosa colheita do seu dulcíssimo trabalho. Os valentes sombreiros despegavam de si, sem mais artifícios que a sua natural cortesia, as suas amplas e leves cortiças, com que se começaram a cobrir casas sobre rústicas estacas, sustentadas só para reparo contra as inclemências do céu. Tudo então era paz, tudo amizade, tudo concórdia. Ainda se não tinha atrevido a pesada relha do curvo arado a abrir e visitar as entranhas piedosas da nossa primeira mãe, que ela, sem a obrigarem, oferecia por todas as partes do seu fértil e espaçoso seio o que pudesse fartar, sustentar, e deleitar, aos filhos que então a possuíam. Então, sim, que andavam as símplices e formosas pastorinhas de vale em vale, e de outeiro em outeiro, com singelas tranças ou em cabelo[4], sem mais vestidos que os necessários para encobrirem honestamente o que a honestidade quer, e quis sempre que se encubra. Não eram seus adornos, como os que ao presente se usam, exagerados com a púrpura de Tiro, e com a por tantos modos martirizada seda; eram folhagens de verde bardana e hera entretecidas; com o que talvez andavam tão garridas e enfeitadas como agora andam as nossas damas de corte com as raras e peregrinas invenções que a indústria ociosa lhes tem ensinado. Então expressavam-se os conceitos amorosos da alma simples, tão singelamente como os dava ela, sem se procurarem artificiosos rodeos de fraseado para os encarecer. Com a verdade e lhaneza não se tinham ainda misturado a fraude, o engano, e a malícia. A justiça continha-se nos seus limites próprios, sem que ousassem turbá-la nem ofendê-la o favor e interesse, que tanto hoje a enxovalham, perturbam e perseguem. Ainda se não tinha metido em cabeça a juiz o julgar por arbítrio, porque ainda não havia nem julgadores, nem pessoas para serem julgadas. As donzelas e a honestidade andavam, como já disse, por toda a parte desguardadas e seguras, sem medo de que a alheia desenvoltura e atrevimentos lascivos as desacatassem; se se perdiam era por seu gosto e própria

---

[4] Isto é, sem toucas.

vontade. E agora, nestes nossos detestáveis séculos, nenhuma está segura, ainda que a encerre e esconda outro labirinto de Creta, porque lá mesmo, pelas fendas ou pelo ar, com o zelo do maldito cuidado lhes entra o amoroso contágio, e as faz dar com todo o seu recato à costa. Para segurança delas, com o andar dos tempos, e crescendo mais a malícia, se instituiu a ordem dos cavaleiros andantes, defensora das donzelas, amparadora das viúvas, e socorredora dos órfãos e necessitados. Desta ordem sou eu, irmãos cabreiros, a quem agradeço o bom agasalho e trato que me dais a mim e ao meu escudeiro; pois, ainda que por lei natural todos os viventes estão obrigados a favorecer aos cavaleiros andantes, contudo sei que vós outros, ignorando esta obrigação, me acolhestes e obsequiastes; e razão é que eu vos agradeça quanto posso a vossa boa vontade.

Toda esta larga arenga (que se pudera muito bem dispensar) improvisou-a o nosso cavaleiro, em razão de lhe ter vindo à lembrança, a propósito das bolotas que lhe deram, a idade de ouro; por isso lhe pareceu fazer todo aquele inútil arrazoado aos cabreiros, que, sem lhe responderem palavra, apatetados e suspensos, o estiveram escutando. Sancho também não falava, e ia comendo bolotas, e visitando muito a miúdo a segunda quartola, que tinham pendurada num carvalho para ter o vinho mais fresco.

Mais durou a parlanda de Dom Quixote do que a ceia. Depois dela, disse um dos cabreiros:

— Para com mais verdade poder Vossa Mercê dizer, senhor cavaleiro andante, que o agasalhamos de boa mente, queremos regalá-lo dando-lhe a ouvir um companheiro nosso que está para chegar. Isso é que é pastor entendido e enamorado; até sabe ler e escrever, e toca arrabil que não há mais que desejar.

Mal acabava o cabreiro, quando se ouviu com efeito um arrabil, e pouco depois se viu entrar o arrabileiro, que era um moço dos seus vinte e dois anos, de aprazível presença. Perguntaram-lhe os companheiros se tinha ceado; e, respondendo ele que sim, tornou-lhe o que havia feito os oferecimentos:

— Visto isso, Antônio, poderás dar-nos gosto cantando um pouco, para que este senhor hóspede veja que também cá pelos montes e matas há quem saiba de música. Já lhe dissemos as tuas boas habilidades; desejamos que tu agora lhas mostres, e nos não deixes mentirosos. Por vida tua te rogo que te assentes e cantes o romance dos teus amores, como to compôs o beneficiado teu tio, e que muito bem pareceu no povo.

— De boa vontade — respondeu o moço.

E, sem fazer-se mais rogado, assentou-se num copo de azinheira; e, temperando o arrabil, dali a pouco começou de cantar com muita boa graça desta maneira:

Antônio

Sei, Olaia[5], que me adoras,
Sem nunca mo teres dito,
Nem coos olhos, línguas mudas,
Que entendem os amorios.

Sei-o sim, porque és discreta;
Por isso em tal me confirmo:
Todo o amor alcança paga,
Salvo se é desconhecido.

Verdade é que tenho, Olaia,
Em ti descoberto indícios
De teres a alma de bronze,
E o peito de gelo frio.

Mas, através das repulsas
E honestíssimos desvios,
Talvez se enxergue da esp'rança
Um vislumbre fugitivo.

O meu amor se abalança
A esperar, sem ter podido
Nem minguar por enjeitado,
Nem crescer por escolhido.

Se amores têm cortesia,
Da que tu mostras colijo
Que o fim das minhas esp'ranças
Há de ser qual imagino.

---

[5] Eulália.

E, se o bem servir consegue
Tornar um peito benigno,
Já tenho em que funde a crença
De obter os bens a que aspiro;

Porque, se nisso reparas,
Às vezes me terás visto
Vestido à segunda-feira
Com as galas do domingo.

As louçainhas e amores
Seguem o mesmo caminho;
E eu sempre quis aos teus olhos
Apresentar-me polido.

Por teu respeito não bailo;
As músicas não te cito,
Que a desoras, e acordando
Os galos, terás ouvido.

Não te encareço os louvores
Com que os teus dotes sublimo,
Que, se bem que verdadeiros,
Me fazem de outras malquisto.

Teresa do Berrocal
Já, louvando-te eu, me há dito:
— Há quem pense adorar anjos,
Estando a adorar bugiosa;

Milagre dos arrebiques
Mais dos cabelos postiços,
Hipócritas formosuras,
Que enganam até Cupido.

Desmenti-a; ela enfadou-se;
Pôs-se por ela seu primo;
Desafiou-me, e bem sabes
Qual saiu do desafio.

Nem por demais te cortejo,
Nem para mal te cobiço:
A melhor fim se endereçam
Minhas atenções contigo.

Na Igreja há prisões de seda
Para os casais bem unidos;
Mete o pescoço na canga,
Que eu sigo o mesmo caminho.

Quando não, desde aqui juro,
Pelo santo mais bendito,
Não sairei destas serras
Senão para capuchinho.

Com isto deu o cabreiro remate ao seu cantar; e, ainda que Dom Quixote lhe pediu cantasse mais alguma coisa, opôs-se Pança, que estava mais para dormir que para ouvir cantorias; e assim disse ao amo:

— Bem pode Vossa Mercê arranjar-se logo, e já onde tem de ficar esta noite, que o trabalho, em que estes bons homens levam o dia todo, não consente noitadas de cantarola.

— Bem percebo, Sancho — respondeu Dom Quixote —, as visitas à quartola pedem mais paga de cama que de músicas.

— A todos sabe ela bem, louvado seja Deus! — respondeu Sancho.

— Não digo menos — replicou Dom Quixote —, mas acomoda-te lá tu onde quiseres, que os da minha profissão melhor parecem velando, que dormindo. Mas, apesar de tudo, bom seria, Sancho, que me tornasses a curar esta orelha, que me está doendo mais do que era preciso.

Fez Sancho o que se lhe mandava. Um dos cabreiros, vendo a ferida, lhe disse que não tivesse cuidado, que ele lhe poria um remédio, com que breve sararia; e, tomando algumas pontas de rosmaninho, que por ali era muito basto, as mastigou, misturou-as com um pouco de sal, e, aplicando-as à orelha, a ligou muito bem, certificando-lhe que não havia precisão de mais nenhum curativo; e o caso é que assim sucedeu.

CAPÍTULO XII

Do que referiu um cabreiro aos que estavam com Dom Quixote

Quando estavam nisto, chegou outro moço dos que lhes traziam da aldeia os provimentos, e disse:

— Sabeis o que vai no lugar, companheiros?

— Como havemos de sabê-lo? — respondeu um deles.

— Pois sabei — prosseguiu o moço — que morreu esta manhã aquele famoso pastor estudante, chamado Crisóstomo; e rosnam que morreu de amores por aquela endiabrada moça Marcela, a filha de Guilherme, o rico, a que anda em trajo de pastora por esses andurriais.

— Por Marcela?! — disse um.

— Por essa mesma — respondeu o cabreiro —, e o interessante é que determinou no testamento que o enterrassem no campo, como se fora algum mouro, e que seja ao pé da penha, onde está a fonte do carvalho, porque, segundo é fama, e dizem que ele mesmo o declarou, ali é que ele a viu pela primeira vez, e também mandou outras coisas de tal feito, que os padres do lugar dizem não se poderem cumprir, nem é bem que cumpram, porque parecem de gentios. A tudo responde aquele seu grande amigo Ambrósio, o estudante, que também assim como ele se vestiu de pastor, que se há de cumprir tudo sem faltar nada, como o determinou Crisóstomo. Anda com isto o povo todo alvorotado; mas, pelo que se diz, sempre afinal se há de fazer como Ambrósio e todos os pastores seus amigos querem, e amanhã o hão de ir enterrar com grande pompa onde já disse. Para mim tenho que há de ser coisa mui de ver; pelo menos eu não hei de lá faltar, ainda que soubesse não tornar amanhã ao povo.

— O mesmo faremos nós todos — responderam a uma os cabreiros — e deitaremos sortes, a ver quem há de ficar guardando as cabradas todas juntas.

— Dizes bem, Pedro — disse um deles —, mas não é preciso isso; ofereço-me eu a ficar por todos, e não o atribuas a virtude, nem a menos curiosidade minha: é porque não posso andar com o graveto que noutro dia meti neste pé.

— Mesmo assim, agradecemos-to — disse Pedro.

Pediu Dom Quixote ao mesmo Pedro lhe declarasse que morto era aquele, e que pastora a tal de que se falava.

Respondeu Pedro que o que sabia era só que o morto era um fidalgo rico, morador num lugar naquelas serras, o qual tinha sido estudante muitos anos em Salamanca, e ao cabo deles se recolhera ao seu povo, com fama de mui sábio e lido. Principalmente dizia que sabia a ciência das estrelas, e do que fazem lá pelo céu o sol e a lua, porque pontualmente declarava as *crises* do sol e da lua.

— "Eclipse" se chama, e não "cris", o escurecerem-se esses dois luminares maiores — disse Dom Quixote.

Pedro, sem fazer caso de ninharias, prosseguiu o seu conto:

— Até adivinhava se o ano havia de ser sáfaro ou *estil*.

— "Estéril" quereis dizer, amigo — acudiu Dom Quixote.

— "Estéril" ou "estil", tudo vem a dar na mesma — respondeu Pedro, e digo que por aquelas coisas que ele entendia se fizeram seu pai e seus amigos, que nele se fiavam, muito ricos, porque executavam os seus conselhos, dizendo-lhes: "Este ano semeai cevada e não trigo; neste podeis semear grãos-de-bico e não cevada; o que vem será de óleo de linhaça, e nos três seguintes não haverá nem gota".

— Ciência é essa que se chama "astrologia" — disse Dom Quixote.

— Como se chama não sei — replicou Pedro —; o que sei é que tudo isto sabia ele, e muito mais ainda. Finalmente, não passaram muitos meses depois de vir de Salamanca, sem o verem um dia aparecer vestido de pastor com o seu cajado e pelico, sem a roupeta que dantes envergava como estudante. Outro, chamado Ambrósio, seu grande amigo, também juntamente se vestiu de pastor, assim como dantes havia sido seu companheiro dos estudos. Já me ia esquecendo dizer que o defunto, o Crisóstomo, foi grande homem em compor coplas; tanto assim que era ele que fazia os vilancicos para a noite de Natal, e os autos para a festa de Corpus Christi, que os representavam os rapazes do nosso povo, e todos diziam que não havia mais que desejar. Admirados ficaram os do lugar, vendo tão a súbitas vestidos de pastores os dois estudantes; e não podiam adivinhar a causa de tão estranha mudança. Já a esse tempo se era finado o pai do nosso Crisóstomo, deixando-lhe um poderio de fazenda, tanto em móveis, como em bens de raiz, e quantidade não pequena de gado miúdo e grosso, e dinheiro que farte; de tudo isso ficou o moço senhor absoluto; e em verdade o merecia ele, que era muito bom companheiro, caritativo e amigo dos bons, e tinha uma cara de abençoado. Depois é que se veio a alcançar que a mudança do trajo nenhuma outra razão tinha tido, senão o andar-se por estes despovoados atrás daquela pastora Marcela, que o nosso pegureiro já nomeou, e da qual se tinha namorado o pobre defunto do Crisóstomo. E agora vos quero dizer, porque é bem que o saibais, quem seja esta cachopa; coisa semelhante, nunca talvez em dias de vida a ouvísseis, nem ouvireis, ainda que vivais mais anos que Sarna.

— Dizei "Sara"[1] — replicou Dom Quixote, não podendo sofrer ao cabreiro a troca de palavras.

— A sarna vive por desespero — disse Pedro —; se me haveis de andar remordendo a cada passo as palavras nem num ano concluiremos.

— Perdoai, amigo — respondeu Dom Quixote —, mas tão diferentes coisas são "sarna" e "Sara", que por isso vos fui à mão; mas vós respondestes muito bem, porque mais vive no mundo a sarna do que viveu Sara. E prossegui a vossa história, que vos não tornarei a atalhar em coisa alguma.

— Digo pois, senhor meu da minha alma — continuou o cabreiro —, que houve em nossa aldeia um lavrador ainda mais rico do que o pai de Crisóstomo, e que se chamava Guilherme, e a quem Deus, ainda por cima das muitas e grandes riquezas, concedeu uma filha, que logo ao nascedouro ficou sem a mãe, que fora a mais honrada mulher que houve por todos estes arredores. Parece-me que ainda a estou vendo, com aquela cara, que de uma banda tinha o sol, e da

---

[1] Sara, a mulher de Abraão.

outra a lua; e, além de tudo mais, grande arranjadeira, e, ao mesmo tempo muito amiguinha dos pobres; pelo que entendo que a estas horas deve estar a sua alma a gozar-se de Deus no outro mundo. Com pesar da morte de tão boa mulher, morreu o marido Guilherme, deixando a filha Marcela, pequena e rica, em poder de um tio sacerdote, beneficiado no nosso lugar. Cresceu a menina tanto em formosura, que nos fazia lembrar da de sua mãe, que também nisso se extremara; e já se futurava que a herdeira a excederia. E assim sucedeu que aos catorze ou quinze anos ninguém a via, que não desse graças a Deus de ter criado tamanha lindeza. Quase todos ficavam enamorados e perdidos por ela. Guardava-a seu tio com muito recato e recolhimento; mas, apesar disso, a fama da sua muita beleza se estendeu de maneira que, assim por ela como por suas muitas riquezas, não somente pelos do nosso povo, senão até pelos de muitas léguas em redondo, e dos melhores dentre eles, era rogado, solicitado e importunado o tio para lha dar em casamento. Ele, porém, que era bom cristão às direitas, ainda que desejava casá-la cedo, não queria efetuá-lo sem consentimento dela, vendo-a na idade de acertar na escolha. Ele por si nenhum caso fazia dos interesses que poderia dar-lhe o administrar os haveres da sobrinha enquanto solteira; e à fé que assim se dizia muitas vezes em louvor do bom sacerdote nos serões da aldeia, que há de saber, senhor andante, que nisto dos lugarejos pequenos de tudo se murmura; e fazei de conta, como eu, que muitíssimo bom devia de ser o clérigo, que assim obrigava os fregueses a dizerem bem dele em terrinhas como estas.

— Isto é verdade — disse Dom Quixote —, e prossegui a narrativa, que vai muito bem; e vós, bom Pedro, a fazeis com muita graça.

— Não me falte a de Nosso Senhor, que é o que mais importa. Pelo que toca ao sucesso, heis de saber que, ainda que o tio propunha à sobrinha, e lhe dizia as qualidades de cada um dos muitos que por mulher a pediam, para ela escolher a seu gosto, nunca ela lhe respondeu senão que por então não queria casar-se, e que, por ser ainda tão nova, se não sentia com forças para a carga do matrimônio. Ouvindo estas desculpas que dava, ao parecer tão atendíveis, já o tio deixava de importuná-la, e ia esperando que fosse entrando mais em idade para bem escolher companhia do seu gosto; porque dizia ele, e dizia muito bem, que os pais não deviam dar estado aos filhos contra vontade. Mas eis que um dia, quando ninguém de tal se precatava, aparece feita pastora a mimosa Marcela; e, sem vênia do tio, nem aprovação de pessoa alguma do lugar, deu em ir-se ao campo com as mais guardadoras de gado, pastoreando também o seu. Tanto como saiu ela a público daquela maneira, e se viu a descoberto a sua formosura, não vos posso dizer à justa quantos ricos mancebos, fidalgos e lavradores tomaram o trajo de Crisóstomo, e a andam requebrando por esses campos. Um deles, como já se disse, foi o nosso defunto, de quem diziam que não lhe queria, senão que a adorava. E não se cuide que, por ela se ter posto naquela liberdade, e vida tão solta, e de tão pouco ou de nenhum recolhimento, dava indícios, nem por sombras, de coisa que desdissesse da sua honestidade e recato; antes é tanta a vigilância com que olha por sua honra, que de quantos a servem e solicitam nenhum ainda se gabou, nem com verdade se poderá jamais gabar, de haver dela obtido alguma pequena esperança de lograr os seus desejos. Não é que fuja nem se esquive da companhia e convivência dos pastores, senão que os trata cortês e amigavelmente; mas em qualquer deles chegando a descobrir-lhe a sua intenção, ainda que seja tão justa e santa como a do matrimônio, afugenta-o que nem trabuco. Com estes procederes, faz mais dano nesta terra do que se por ela entrara a peste, porque a sua afabilidade e formosura atraem os corações dos que tratam com ela a que se lhe rendam e a amem; e o seu desdém e desengano os conduzem a termos de desesperação; e assim não sabem que lhe dizer, senão chamá-la a vozes "cruel" e "desagradecida", com outros títulos semelhantes a estes, que bem manifestam qual seja a sua condição. Se aqui estivésseis algum dia ouviríeis ressoar estas serras e estes vales com os lamentos dos desprezados que a seguem. Não está muito longe daqui um sítio, onde há quase duas dúzias de faias altas, e nenhuma que deixe de ter gravado na casca o nome de Marcela, e em algumas uma coroa gravada por cima do nome, como se expressamente assim declarara o amante, que Marcela a merece e a alcança de toda a formosura humana. Aqui suspira um pastor; ali se queixa outro; acolá se ouvem amorosas canções; para outra parte desesperadas endechas. Tal há, que passa todas as horas da noite sentado ao pé de alguma azinheira ou penha; e ali, sem pregar os chorosos olhos, embevecido e transportado em seus pensamentos, o acha de manhã o sol. E tal há também que, sem dar vaga nem trégua aos seus suspiros, no meio do ardor da mais enfadosa sesta do verão, estendido sobre a ardente areia, envia suas queixas ao piedoso céu. Destes e daqueles, e daqueles e destes, livre e desenfadadamente vai triunfando a formosa Marcela. Todos nós outros, que a conhecemos, estamos à espera de ver em que virá a parar sua altiveza, e quem será o ditoso que domine ao cabo condição tão rigorosa, e se goze de lindeza tão perfeita. Por ser tudo que deixo contado verdade tão averiguada, entendo que também o é o que o nosso zagal ouviu que se dizia da causa da morte de Crisóstomo. E assim vos aconselho, senhor, não deixeis de assistir amanhã ao enterro, que há de ser muito para ver, porque os amigos de Crisóstomo são muitos, e daqui ao lugar onde ele mandou que o enterrassem não dista meia légua.

— Não hei de descuidar — disse Dom Quixote —, e agradeço-vos o gosto que me haveis dado com a narração de tão saboroso conto.

— E ainda eu não sei a metade dos casos sucedidos aos amantes de Marcela — replicou o cabreiro —, mas não era impossível encontrarmos amanhã pelo caminho algum pastor que no-los dissesse. E por agora bem será que vos vades dormir debaixo de telha, porque o sereno vos poderia fazer mal à ferida, posto que o meu remédio é tal, que não tendes muito de que vos arrecear.

Sancho Pança, que já dava ao Diabo o tão estirado falar do cabreiro, fez por sua parte diligência para que o amo fosse pernoitar na choça de Pedro. Assim o fez Dom Quixote; e o mais da noite o levou em memórias de sua Senhora Dulcinéia, à imitação dos namorados de Marcela. Sancho Pança lá se acomodou entre Rocinante e o seu jumento, e dormiu, não como amante desfavorecido, senão como homem moído a coices.

CAPÍTULO XIII

Em que se dá fim ao conto da pastora Marcela, com outros sucessos

Mal que o dia começava a aparecer nas varandas do Oriente[1], quando dos seis cabreiros cinco se levantaram, e foram despertar a Dom Quixote, e perguntar-lhe se estava ainda resolvido a ir ver o famoso enterro de Crisóstomo, que, sendo assim, eles lhes fariam companhia. Dom Quixote, que outra coisa não desejava, levantou-se e ordenou a Sancho aparelhasse o Rocinante, e albardasse o burro com presteza, o que ele fez; e assim se puseram logo todos a caminho. Não tinham andado um quarto de légua, quando, ao atravessarem uma senda, viram vir para eles obra de seis pastores vestidos com pelicos negros, e as cabeças coroadas com grinaldas de ciprestes e amargoso eloendro; e empunhava cada um sua vara grossa, vindo no mesmo rancho dois fidalgos a cavalo, para jornada muito bem vestidos, e com três moços, que a pé os acompanhavam. Logo que chegaram uns aos outros, saudaram-se cortesmente de parte a parte, e perguntando-se mutuamente para onde iam, souberam que todos eles iam para o lugar do enterro; e assim, deram em caminhar de parceria. Um dos de cavalo disse para o companheiro:

— Parece-me, Senhor Vivaldo, que havemos de dar por bem empregada a demora que tivermos em ver este famoso enterramento, que bem famoso não pode ele deixar de ser, segundo as estranhezas

---

[1] Metáfora usada no poema: "Já pela varanda do Oriente / Seu rosto Apolo mostrava".

que estes pastores nos têm contado, tanto do morto, como da pastora sua homicida.

— Assim acho eu também — respondeu Vivaldo —; não só um dia gastara eu, senão até quatro, pelo interesse de presenciar esta novidade.

Perguntou-lhes Dom Quixote o que era que tinham ouvido de Marcela e Crisóstomo. Respondeu-lhe um dos caminhantes que de madrugada se tinham encontrado com aqueles pastores e, por os terem visto em roupas de tanto desconsolo, lhes tinham perguntado a razão por que iam daquela maneira. Contara-lha um deles, encarecendo-lhes a estranha condição e formosura de uma pastora chamada Marcela, os amores de muitos que a requestavam, e a morte daquele Crisóstomo, a cujo saimento iam. Finalmente confirmou sem discrepância o mesmo que já o Pedro havia contado a Dom Quixote.

Desta prática passou-se a outra, perguntando o que se chamava Vivaldo ao nosso fidalgo por que motivo andava armado daquela maneira, por terra tão pacífica.

— O exercício que professo — respondeu Dom Quixote — não me deixa jornadear de outra maneira. O bom passadio, o regalo e o descanso inventaram-se para os cortesãos mimosos; mas o trabalho, o desassossego e as armas fizeram-se para aqueles que o mundo chama cavaleiros andantes, dos quais eu, ainda que indigno, sou um, e o mínimo de todos.

Apenas tal lhe ouviram, ficaram-no desde logo tendo por desconsertado do juízo; e para examiná-lo melhor, e reconhecer que gênero de desvario era o seu, tornou Vivaldo a perguntar-lhe que vinham a ser cavaleiros andantes.

— Nunca leram Vossas Mercês — respondeu Dom Quixote — os anais e histórias de Inglaterra, que tratam das famosas façanhas do Rei Artur, a quem geralmente em nosso romance castelhano chamamos o Rei Artus[2], e de quem é tradição, antiga e comum em todo aquele reino da Grã-Bretanha, que não morreu, mas sim que por arte de encantamento se converteu em corvo, e que, andando os tempos, há de outra vez reinar, recobrando o seu reino e cetro, sendo por esta razão que ninguém é capaz de provar que desde

---

[2] Artus, o bretão que defendeu nas montanhas a independência da sua nação.

então até hoje inglês nenhum tenha morto corvo? Pois bem; em tempo daquele bom rei foi instituída aquela famosa ordem dos cavaleiros da Távola Redonda[3], e ocorreram, como pontualmente ali se conta, os amores de Dom Lançarote do Lago com a Rainha Ginevra, sendo neles medianeira e sabedora aquela tão honrada Dona Quintanhona, donde procedeu aquele tão sabido romance, e tão decantado em nossa Espanha, de:

Nunca fora cavaleiro
De damas tão bem servido,
Como fora Lançarote
De Bretanha arribadiço[4]

com toda aquela série, tão doce e suave, das suas amorosas e fortes façanhas. Pois desde então se foi de mão em mão dilatando aquela ordem de cavalaria, por muitas e diversas partes do mundo. Nela foram famosos, e conhecidos por seus feitos, o valente Amadis de Gaula, com todos os seus filhos e netos até a quinta geração; o valoroso Felismarte de Hircânia; o nunca assaz louvado Tirante o Branco; e quase já em nossos dias vimos, ouvimos e tratamos ao invencível e generoso cavaleiro Dom Belianis de Grécia[5]. Ora aqui está, meus senhores, o que é ser cavaleiro andante; e o que referido tenho é a ordem da sua cavalaria, na qual, como também já disse, eu, ainda que pecador, fiz profissão; e o mesmo que professaram os cavaleiros mencionados professo eu também; por isso ando por estas solidões e descampados buscando as aventuras, com ânimo deliberado de oferecer o meu braço e a minha pessoa à mais perigosa que a sorte me deparar, em ajuda dos fracos e necessitados.

Por tudo isto, acabaram os ouvintes de se inteirar da falta de juízo de Dom Quixote, e da espécie de loucura que o dominava; do que os tomou a mesma admiração que a todos os que pela primeira

---

[3] Ordem cuja fundação se atribui a Artur, assim chamada porque seus cavaleiros se assentavam a uma mesa redonda, com o objetivo de que não houvesse preferências.

[4] Os amores de Lançarote, ou Lancelote, e Ginevra eram conhecidíssimos na Espanha, pelas cópias manuscritas, ainda antes de *A demanda do Santo Graal* (1515).

[5] Provável alusão aos anacronismos que contém esse livro.

vez a presenciavam. Vivaldo, que era sujeito mui discreto, e de gênio alegre, para suavizar o fastio do pouco espaço que diziam lhes restava ainda para andar até a serra da sepultura, quis dar-lhe ocasião para que levasse por diante os seus desatinos, e disse-lhe:

— Parece-me, senhor cavaleiro, que a profissão de Vossa Mercê é das mais apertadas que há no mundo; e persuado-me de que nem a dos frades cartuxos é tão rigorosa.

— Tão rigorosa talvez que o seja — respondeu o nosso Dom Quixote —, porém tão necessária, duvido muito; porque, se se há de dizer toda a verdade, não faz menos o soldado que executa o que lhe manda o capitão do que o próprio capitão que lho ordena. Venho a dizer que os religiosos, com toda a paz e sossego, pedem ao céu o bem da terra; e nós, os soldados e cavaleiros, executamos o que eles só requerem, porque a defendemos com o valor do nosso braço, e ao fio da nossa espada, não debaixo de teto mas em campo descoberto, oferecidos em alvo aos insofridos raios do sol do verão, e aos arrepiados gelos do inverno. Deste modo, somos ministros de Deus na terra, e braço pelo qual se executa no mundo a sua justiça. E como as coisas da guerra, e as concernentes a elas, não se podem pôr em execução senão suando, cansando, e trabalhando excessivamente, segue-se que os que a professam têm sem dúvida maior trabalho que os outros, que em sossegada paz estão pedindo a Deus que favoreça aos que podem pouco. Não quero eu dizer, nem pelo pensamento me passa, que é tão bom estado o de cavaleiro andante, como o de religioso na sua clausura; só quero inferir que isto que eu padeço é sem comparação mais trabalhoso e aperreado, mais faminto e sedento, miserável, roto e bichoso, pois é certíssimo que os cavaleiros andantes passados contavam muitas aventuras ruins no decurso de sua vida, e, se alguns chegavam a ser imperadores, pelo esforço do seu braço, à fé que bastante suor e sangue lhes custou: e se àqueles, que a tais graus subiram, houvessem faltado encantadores e sábios para os ajudarem, bem defraudados teriam ficado de suas esperanças.

— Desse parecer também eu sou — disse o caminhante —, mas há uma coisa, entre outras muitas, que me destoa da boa razão nos cavaleiros andantes; e é que, vendo-se em ocasião de cometerem uma grande e perigosa aventura, em que a vida lhes vai num fio, nunca nesses apurados lances se lembram de encomendar-se a Deus, como qualquer outro cristão; a quem se encomendam é às suas damas, com tanta ânsia e devoção, como se o Deus fossem elas; o que para mim cheira o seu tanto a coisas de pagão.

— Senhor meu — disse Dom Quixote —, isso é que por maneira nenhuma pode deixar de ser assim; e mal iria ao cavaleiro andante que outra coisa fizesse. Isto é já uso autorizado, e posse velha na cavalaria andantesca, a saber, que, se o cavaleiro andante, ao acometer algum grande feito de armas, tivesse a sua senhora diante, poria nela os olhos branda e amorosamente, como pedindo-lhe que o favorecesse no duvidoso transe em que se ia empenhar; e, ainda que ninguém o ouvisse, estaria obrigado a proferir palavras entre dentes, com as quais de todo o coração se lhe encomendasse; do que vemos inumeráveis exemplos nas histórias. Não se há de entender por isto que hão de deixar de encomendar-se a Deus, que tempo e lugar lhes ficam para o fazerem no decurso do conflito.

— Seja assim — respondeu o outro —, mas ainda me fica um escrúpulo. Muitas vezes tenho lido que se travam ditos entre dois andantes cavaleiros, que de palavra em palavra se lhes chega a acender a cólera, voltam os cavalos, tomam o campo, e para logo, sem mais nem menos, a todo o poder deles, tornam a encontrar-se e no meio da corrida se encomendam às suas damas. O que do recontro costuma resultar é que um cai pelas ancas do cavalo, passado de parte com a lança do outro; e ao outro sucede também que, a não se agarrar às crinas do seu, não pudera deixar de vir também à terra. Não sei como o morto poderia ter azo para se recomendar a Deus no decurso de tão acelerado feito. Melhor fora que as palavras, que na carreira gastou em se encomendar à sua cortejada, as empregasse no que estava obrigado como cristão. E demais, eu tenho para mim que nem todos os cavaleiros andantes hão de ter damas a quem se encomendem, porque nem todos serão enamorados.

— Nisso é que vai o erro — respondeu Dom Quixote —; digo que não pode existir cavaleiro andante sem dama, porque tão próprio e natural assenta nos que o são serem enamorados, como no céu ter estrelas; e onde com efeito se viu nunca história de cavaleiro andante sem amores?[6] Se os não tivesse, não fora tido por legítimo cavaleiro, senão por bastardo, e que entrou na fortaleza da dita cavalaria não pela porta, mas por alguma fresta como ladrão.

— Apesar de tudo — replicou o caminheiro —, parece-me, se

---

[6] Os estatutos da Ordem da Banda ordenavam que não houvessem cavaleiro sem dama.

bem me lembra, ter lido que Dom Galaor, irmão do valoroso Amadis de Gaula, nunca teve dama em particular, a quem pudesse encomendar-se; e nem por isso foi tido em menos conta, e foi muito valente e famoso cavaleiro.

Ao que respondeu o nosso Dom Quixote:

— Senhor meu, uma andorinha só não faz verão; quanto mais, que eu sei que esse cavaleiro estava secretamente enamorado, e, demais, aquilo de querer bem a todas quantas lhe parecia bem era gênio seu, e não lhe podia resistir. Mas, afinal de contas, averiguado está já que tinha só uma a quem fizera senhora ao seu alvedrio, e a quem se encomendava a miúdo e muito secretamente, porque timbrava de sisudo cavaleiro.

— Visto isso, sendo essencial que todo o cavaleiro há de ser por força enamorado — disse o outro —, também Vossa Mercê o é por ser da profissão; e a não ser que Vossa Mercê capriche em ser tão de segredo como Dom Galaor, com o maior empenho lhe rogo, em nome de toda a companhia, e no meu próprio, nos diga o nome, pátria, qualidade e formosura da sua dama; ditosa se julgaria ela de que o mundo todo soubera que é amada e servida por um tal cavaleiro como Vossa Mercê parece.

Aqui soltou Dom Quixote um grande suspiro, e disse:

— Não poderei afirmar se a minha doce inimiga gosta ou não de que o mundo saiba que eu a sirvo. Só posso dizer, em resposta ao que tão respeitosamente se me pede, que o seu nome é Dulcinéia, sua pátria El Toboso, em lugar da Mancha; a sua qualidade há de ser, pelo menos, princesa, pois é rainha e senhora minha; sua formosura, sobre-humana, pois nela se realizam os impossíveis e quiméricos atributos de formosura que os poetas dão às suas damas; seus cabelos são ouro; a sua testa campos elísios; suas sobrancelhas arcos celestes; seus olhos sóis; suas faces rosas; seus lábios corais; pérolas os seus dentes; alabastro o seu colo; mármore o seu peito; marfim as suas mãos; sua brancura neve; e as partes que à vista humana traz encobertas a honestidade são tais, segundo eu conjeturo, que só a discreta consideração pode encarecê-las, sem poder compará-las.

— Estimaríamos saber a sua linhagem, prosápia e nobreza — replicou Vivaldo.

Ao que Dom Quixote respondeu:

— Não é dos antigos Cúrcios, Gaios e Cipiões romanos; nem dos modernos Colonas e Ursinos; nem dos Moncadas e Requesenes, da Catalunha; nem dos Rebelhas e Vilanovas de Valencia; Palafoxes, Nuzas, Rocabertis, Corelhas, Lunas, Alagões, Urreas, Fozes e Guerras, de Aragão; Cerdas, Manriques, Mendonças e Gusmões, de Castela; Alencastres, Palhas e Meneses, de Portugal; porém descende dos de El Toboso de La Mancha, linhagem, se bem que moderna, tal, que pode dar generosa raiz às mais ilustres famílias dos vindouros séculos. E não me repliquem a isto, a não ser com as condições que pôs Cervino ao pé do troféu das armas de Orlando[7], que dizia:

> Ninguém as mova
> que entrar não possa com Roldão em prova.

— Se bem que o meu sangue é dos ínclitos Cachopins de Laredo[8] — respondeu o caminhante —, não me atreverei a confrontá-lo com o de El Toboso de La Mancha, ainda que, para dizer toda a verdade, semelhante apelido ainda até hoje não tenha chegado aos meus ouvidos.

— Apelido semelhante a este, bem o podereis dizer — replicou o cavaleiro Dom Quixote. Com grande atenção iam escutando todos os mais o diálogo dos dois; e até os mesmos cabreiros e pastores conheceram a excessiva falta de juízo de Dom Quixote. Somente Sancho é que pensava ser verdade tudo que o amo dizia, sabendo aliás quem ele era, e tendo-o conhecido de nascença; em que punha alguma dúvida era crer naquilo da linda Dulcinéia del Toboso, porque nunca tal nome nem tal princesa lhe havia chegado à notícia, com ser El Toboso tão à beira da terra dele. Nestas práticas iam, quando viram que na quebrada de dois montes altos vinham uns vinte pastores, todos com pelicos de lã preta e coroados de grinaldas, que, pelo que depois se reconheceu, eram umas de teixo, outras de cipreste. Entre seis deles traziam umas andas cobertas de muita diversidade de flores e ramos. Vendo aquilo um dos cabreiros, disse:

— Os que ali vêm são os que trazem o corpo de Crisóstomo; e ao pé daquela montanha é o lugar onde ele ordenou o sepultassem.

---

[7] Cervino, filho do rei da Escócia, libertado por Orlando.

[8] Espécie de apelido proverbial das pessoas humildes de origem que querem ostentar orgulho de linhagem, é o que interpreta Clemencín equivocadamente pois trata-se de uma linhagem de Cantábria, que já naqueles tempos se tomava como arquétipo de família ilustre.

Deram-se portanto pressa em chegar; e foi a tempo, que já os que vinham tinham posto as andas em terra e quatro deles estavam cavando a sepultura ao lado de uma penha.

Receberam-se uns aos outros cortesmente; e logo Dom Quixote e os que vinham com ele se puseram a considerar as andas, e nelas descobriram, amantilhado com flores, um defunto vestido de pastor, de idade, ao parecer, de trinta anos, que, apesar da morte, mostrava que em vida havia sido de rosto formoso e disposição galharda. À roda de si tinha nas mesmas andas alguns livros e papéis, uns abertos, e outros fechados; e tanto os que aquilo contemplavam, como os que abriam a cova, e todos os mais que ali estavam, guardavam um maravilhoso silêncio; até que um dos que trouxeram o morto disse para outro:

— Repara bem, Ambrósio, se será aqui o lugar que disse Crisóstomo, pois quereis que tão pontualmente se cumpra o que determinou.

— É este mesmo — respondeu Ambrósio —, que muitas vezes aqui me contou o meu desditoso amigo a história da sua desgraça. Aqui me disse ele que viu pela primeira vez aquela inimiga mortal da raça humana; e foi também aqui que pela primeira lhe declarou seu pensamento tão honesto como enamorado; e aqui, finalmente, foi a última vez que Marcela o acabou de desenganar com seu desdém, de modo que terminou a tragédia da sua vida miserável. Por isso aqui foi, em memória de tantas desditas, que ele determinou o depositassem nas entranhas do eterno esquecimento.

Voltando-se para Dom Quixote e para os assistentes, prosseguiu, dizendo:

— Este corpo, senhores, que estais vendo com olhos piedosos, foi depositário de uma alma em que o céu encerrou infinita parte das suas riquezas. Este é o corpo de Crisóstomo, que foi único em engenho, único em cortesia, extremo em gentileza, fênix na amizade, magnífico sem senão, grave sem presunção, alegre sem baixeza, e finalmente, primeiro em tudo que é ser bom, e sem segundo em tudo que é ser desafortunado. Quis bem, foi aborrecido; adorou, foi desprezado; rogou a uma fera, importunou a um mármore, correu atrás do vento, deu brados à solidão, serviu ao desagradecimento, e alcançou por prêmio ser despojo da morte no meio da carreira da sua vida, à qual deu fim uma pastora, a quem ele procurava eternizar para que vivesse na memória das gentes; o que bem poderiam mostrar esses papéis que estais vendo, se ele me não tivesse recomendado que os entregasse ao fogo logo que o seu corpo tivesse sido dado à terra.

— Maior rigor e crueldade usareis vós com eles — disse Vivaldo — que o seu mesmo dono, pois não é justo nem acertado se cumpra a vontade de quem ordena o que é tão fora de todo o discorrer assisado; e errado andaria Augusto César, se consentisse em que se executasse o que o divino mantuano[9] tinha recomendado no seu testamento. Portanto, Senhor Ambrósio, já que dais o corpo do vosso amigo à terra, não queirais dar também os seus escritos ao esquecimento. Ele ordenou, como agravado, o que não é bem que vós cumprais por indiscrição. Fazei antes, dando a vida a estes papéis, que fiquem para todo sempre lembrando a crueldade de Marcela, para exemplo aos que vierem, que se apartem e fujam de cair em semelhantes despenhadeiros. Eu e quantos aqui somos já sabemos a história deste vosso enamorado e atribulado amigo, assim como sabemos a vossa lealdade, a ocasião da sua morte, e a sua última vontade. De toda esta lamentável história se pode concluir quanta não foi a crueza de Marcela, o amor da sua vítima, o extremo do vosso bem-querer, e o fim a que vão dar os que à rédea solta correm pela senda que o amor desvairado lhes abre diante dos olhos. Ontem à noite soubemos a catástrofe de Crisóstomo, e que neste lugar havia de ser enterrado; e assim, por curiosidade e lástima, deixamos o caminho em que íamos, e assentamos em vir ver por nossos olhos o que tanto nos tinha consternado quando o ouvimos; e em paga desta paixão e do desejo que em nós outros nasceu de remediarmos o que pudéssemos, te rogamos, ó discreto Ambrósio (ao menos eu to suplico da minha parte), que, deixando de abrasar estes papéis, me consintas levar alguns deles.

Sem esperar resposta do pastor, estendeu a mão, e tomou alguns dos que mais perto lhe estavam. Vendo aquilo Ambrósio, disse:

— Por cortesia, senhor meu, consentirei que fiqueis com os que tomastes; mas cuidardes que hão de deixar de arder os que restam é pensamento vão.

Vivaldo, que desejava ver o que os papéis rezavam, abriu logo um deles, e viu que tinha por título: *Canção desesperada*. Ouviu-o Ambrósio, e disse:

---

[9] Virgílio.

— Esse é o último papel que o sem-ventura escreveu; e para que vejais, senhor, o extremo em que o tinham as suas desgraças, lede-o de modo que sejais ouvido; bem vos dará tempo a demora de se abrir a sepultura.

— Da melhor vontade o farei — respondeu Vivaldo. E como todos os circunstantes tinham o mesmo desejo, puseram-se-lhe em derredor, e ele, lendo em voz clara, viu que falava assim:

CAPÍTULO XIV

Onde se põem os versos desesperados do pastor defunto, com outros imprevistos sucessos

Canção de Crisóstomo

Pois desejas, cruel, que se publique
De boca em boca, e vá de gente em gente,
Do teu rigor a nunca vista força;
Farei que o mesmo inferno comunique
A este peito aflito um som veemente,
E à minha voz o usual estilo torça.
E a par do meu desejo, que se esforça
A contar minha dor e tuas façanhas,
Da voz terrível brotará o acento;
E nele envoltos por maior tormento
Pedaços destas míseras entranhas.
Escuta, pois, e presta atento ouvido,
Não a aprazíveis sons, sim ao ruído,
Que desde o abismo do meu triste peito,
Obrigado de indômito delírio,
Sai para meu martírio e teu despeito.

O rugir do leão; do lobo fero
O ulular temeroso; o silvo horrendo
Da escamosa serpente; o formidável
Som de algum negro monstro; o grasno austero
Da gralha, ave de agouro; o mar fervendo

Em luta co'um tufão incontrastável
De já vencido touro o inamansável
Bramido; os ais da lúgubre rolinha
Na viuvez; o consternado canto
Do invejado mocho[1] a par coo pranto
Do inferno todo, soem na dor minha,
E saia com esta alma exasperada
Uma explosão de música aterrada,
De confusão para os sentidos todos;
Pois a pena cruel que em mim padeço
Pede coo seu excesso estranhos modos.

De confusão tamanha ecos sentidos
Pelas praias do Tejo não ressoem;
Nem do Bétis nos ledos olivedos;
Por ali meus queixumes esparzidos
Por cavernas e penhas não ecoem
Para o mundo os terríveis meus segredos;
Vão por escuros vales, por degredos
De ermas praias a humano trato alheias,
Ou por onde jamais se enxergue dia,
Ou pela seca Líbia, onde se cria
Venenosa ralé de pragas feias;
Que inda que nesses páramos sem termo
Ninguém me escute os ais do peito enfermo,
Nem ouça o teu rigor tão sem segundo,
Por privilégio de meus curtos fados
Serão levados aos confins do mundo.

São veneno os desdéns; uma suspeita,
Ou verdadeira ou falsa, desespera;
E os zelos matam com rigor mais forte.
Ausência larga à morte nos sujeita;
Contra um temer olvido não se espera
Remédio no esperar ditosa sorte.
No fundo disso tudo há certa a morte;

---

[1] Alusão à crença de que o mocho era invejado pelas outras aves, que ansiavam por arrancar-lhe os olhos.

Mas eu (milagre nunca visto!) vivo
Zeloso, ausente, desdenhado, e certo
Das suspeitas a que anda o peito aberto,
E do olvido em que o fogo em dobro avivo.
E entre tanto tormento, ao meu desejo
Nem uma luz de alívio ao longe vejo,
Nem já sequer fingi-la em mim procuro;
Antes, para requinte de querela,
Estar sem ela eternamente juro.

Pode-se juntamente, porventura,
Esperar e temer? E onde os temores
Tem mais razão que a esp'rança, há de esperar-se?
Debalde os olhos furto à sina escura;
Pelas feridas d'alma os seus negrores
Não cessam um momento de mostrar-se.
Quem pode à desconfiança recusar-se,
Quando tão claramente se estão vendo
Os desdéns e os motivos de suspeita?
Ai verdades em fábulas desfeitas!
Ai câmbio infausto, lastimoso horrendo!
Ó do reino de amor feros tiranos
Zelos! dai-me um punhal; desdéns insanos,
Um baraço! um baraço! ai sorte crua,
Celebras tua última vitória;
Não há memória atroz igual à tua.

Eu enfim morro e, por que nunca espere
Que a morte me ressarça o mal da vida,
Persistirei na minha fantasia.
Direi que anda acertado quem prefere
A tudo o bem-querer, que a mais rendida
Alma é a que de mais livre se gloria.
Direi que a minha algoz não acho ímpia
Senão que de alma, qual de corpo, é bela,
Que eu tenho a culpa, eu só, de sua fereza;
Que os males que nos causa com certeza
Não se opõem ao tão justo império dela.
Com esta crença e um rigoroso laço,
Da morte acelerando o extremo passo,

A que me hão seus desprezos condenado.
Darei pendente ao vento corpo e alma
Sem louro ou palma de outro e melhor fado.

Com tantas sem-razões, puseste clara
A causa por que odeio e enjeito a vida
E pelas próprias mãos a lanço fora.
De tudo hoje razão se te depara:
Profunda e peçonhenta era a ferida;
De não mais a sofrer me eximo agora,
Se por dita conheces nesta hora
Que o claro céu dos olhos teus formosos
Não é razão que eu turbe, evita o pranto;
Tudo que por ti dei não vale tanto
Que mo pagues com olhos lacrimosos.
Antes a rir na ocasião funesta
Mostra que este meu fim é tua festa.
Louco é quem aclarar-to assim se atreve
Sabendo ser-te a ânsia mais querida
Que a negra vida me termine em breve.

Vinde, sedes de Tântalo; penedo
De Sísifo; ave atroz que róis a Tício;
Vem, roda de Egeu com giro eterno;
Vinde a mim, vinde a mim; não é já cedo,
Tartáreo horror do mais cruel suplício,
Urnas de ímpias irmãs, cansado inferno.
Quantos sofrem tormento mais interno,
Vejam que igual cá dentro me trabalha;
E se a suicida exéquias são devidas,
Cantem-nas em voz baixa, e bem sentidas,
Ao morto, a quem faltou até mortalha.
E o porteiro infernal dos três semblantes
Coos outros monstros mil extravagantes,
Soltem-me o *de profundis*, pois entendo
Ser esta a pompa única devida
Do amante suicida ao caso horrendo.

Canção desesperada, não te queixes
Quando a chorar na solidão me deixes;

Se a glória dela no meu mal consiste,
E o perdimento meu lhe traz ventura,
Já minha sepultura é menos triste.

Bem pareceu aos ouvintes a canção de Crisóstomo, ainda que o leitor disse que a achava dissonante do que tinha ouvido do recato e bondade de Marcela, porque nos versos o autor se queixava de zelos, suspeitas e de ausência, tudo em menoscabo do bom crédito e fama de Marcela[2]. Ao que Ambrósio respondeu como quem era sabedor dos mais escondidos pensamentos do amigo:

— Senhor, para satisfação dessa dúvida haveis de saber que, ao tempo em que o infeliz isto escreveu, estava ausente de Marcela, de quem se tinha apartado por vontade, a ver se a ausência usaria com ele o que tem por costume; e porque ao namorado ausente não há coisa que o não desassossegue, nem temor, que lhe não chegue, assim a Crisóstomo o ralavam os zelos imaginados, e as suspeitas, como se foram verdades. E com isto já fica ileso o crédito que a fama pregoa da bondade de Marcela, a quem nem a mesma inveja pode pôr pecha alguma, à exceção de ser cruel, um pouco arrogante, e muito desdenhosa.

— É verdade — respondeu Vivaldo.

E querendo ler outro papel dos que havia salvado do fogo, veio atalhá-lo uma visão maravilhosa (que tal se representava) a qual apareceu ali inopinadamente. Por cima da penha, a cujo sopé se cavava a sepultura, apareceu a pastora Marcela, tão formosa, que até a sua fama escurecia. Os que inda a não tinham visto encaravam nela com admiração e silêncio: e os que já estavam acostumados a vê-la não ficavam menos atônitos que os outros. Ambrósio, tanto como a avistou, disse num ímpeto de indignação:

— Vens experimentar, fero basilisco destes montes, se com a tua presença verterão ainda sangue as feridas[3] deste miserável, a quem a tua crueldade tirou a vida? ou vens vangloriar-te, contemplando as cruéis façanhas da tua índole? ou desejas observar dessa altura, como Nero o incêndio de Roma, os efeitos da tua barbaridade?

---

[2] Parece que esta composição foi escrita à parte e depois incluída no texto. Estas palavras parecem a justificação de sua inclusão.

[3] Refere-se a uma das provas do juízo de Deus medieval germânico, segundo a qual vertia sangue o cadáver em presença do assassino.

ou pisar arrogante este desastrado cadáver, como a ingrata filha fez ao de seu pai Tarquino[4]? Dize já a que vens, ou o que é que mais te agrada, que por eu saber que os pensamentos de Crisóstomo nunca em vida deixaram de te obedecer, farei que, ainda depois da sua morte, por ele te obedeçam os que se chamaram, e foram seus amigos.

— Não venho, Ambrósio, a nada disso que dizes — respondeu Marcela —; venho só a defender-me, e mostrar quão fora de razão andam todos os que me culpam do que penam, e da morte de Crisóstomo. Por isso, rogo a quantos aqui sois me atendais, que não será necessário muito tempo, nem muitas palavras, para persuadir de tão clara verdade os assisados. Fez-me o céu formosa, segundo vós outros encareceis; e tanto, que não está em vossa mão o resistirdes-me e, pelo amor que me mostrais, dizeis, e até supondes, que esteja eu obrigada a corresponder-vos. Com o natural entendimento que Deus me deu, conheço que toda a formosura é amável; mas não entendo que em razão de ser amada seja obrigada a amar, podendo até dar-se que seja feio o namorado da formosura. Ora, sendo o feio aborrecível, fica muito impróprio o dizer-se: "Quero-te por formosa; e tu, ainda que eu o não seja, deves também amar-me". Mas, ainda supondo que as formosuras sejam de parte iguais, nem por isso hão de correr iguais os desejos, porque nem todas as formosuras cativam; algumas alegram a vista, sem renderem as vontades. Se todas as belezas enamorassem e rendessem, seria um andarem as vontades confusas e desencaminhadas, sem saberem em que haviam de parar, porque, sendo infinitos os objetos formosos, infinitos haviam de ser os desejos; e, segundo eu tenho ouvido dizer, o verdadeiro amor não se divide, e deve ser voluntário, e não forçado. Sendo isto assim, como julgo que é, por que exigis que renda a minha vontade por força, obrigada só por dizerdes que me quereis bem? Dizei-me: se, assim como o céu me fez formosa, me fizera feia, seria justo queixar-me eu de vós por me não amardes? E demais, deveis considerar que eu não escolhi a formosura que tenho; que, tal qual é, o céu ma deu gratuitamente, sem eu a pedir nem a escolher; assim como a víbora não há de ser culpada da peçonha que tem, posto matar com ela, em razão de lhe ter sido dada pela natureza, tampouco mereço eu ser repreendida por ser formosa, que a formosura na mulher honesta é como o fogo apartado, ou como a espada

[4] Túlia, esposa, não filha de Tarquino.

aguda, que nem ele queima, nem ela corta a quem se lhes não aproxima. A honra e as virtudes são adornos da alma, sem os quais o corpo não deve parecer formoso, ainda que o seja. Pois se a honestidade é uma das virtudes que o corpo e a alma mais adornam e aformosentam, por que há de perdê-la a que é amada por formosa, para corresponder à intenção de quem, só por seu gosto, com todas as suas forças e indústrias, aspira a que a perca? Eu nasci livre; e para poder viver livre escolhi as soledades dos campos; as árvores desta montanha são a minha companhia; as claras águas destes arroios, meus espelhos; com as árvores e as águas comunico meus pensamentos e formosura. Sou fogo, mas apartado; espada, mas posta longe. Aos que tenho namorado com a vista, tenho-os com as palavras desenganado; e se os desejos se mantêm com as esperanças, não tendo eu dado nenhuma a Crisóstomo, bem se pode dizer que o matou a sua teima, e não a minha crueldade; e se me objeta que eram honestos os seus pensamentos, e que por isso estava obrigada a corresponder-lhes, digo que, quando, neste mesmo lugar onde agora se cava a sua sepultura, me descobriu a bondade dos seus intentos, eu lhe respondi e declarei que os meus eram viver em perpétua soledade, e que só a terra gozasse o fruto do meu recolhimento, e os despojos da minha formosura; e se ele, com todo este desengano, quis aporfiar contra a esperança, e navegar contra o vento, que muito que se afogasse no meio do gólfão do seu desatino!? Se eu o entretivera, seria falsa; se o contentara, desmentiria a melhor intenção e propósito. Desenganado, teimou, desesperou sem ser aborrecido. Vede agora se é razão que da sua culpa se me lance a mim a pena. Queixe-se o enganado, desespere-se aquele a quem faltaram esperanças que tanto lhe prometiam. O que eu chamar, confie-se; o que eu admitir, ufane-se; porém não me chame cruel nem homicida aquele a quem eu não prometo, nem engano, nem chamo, nem admito. O céu por ora não tem querido que eu ame por destino; e o pensar que hei de amar por eleição é escusado. Este desengano geral sirva a cada um dos que me solicitam para seu particular proveito; e fique-se entendendo daqui avante que, se algum morrer por mim, não morre de zeloso, nem desditado, porque quem a ninguém quer a ninguém deve dar ciúmes; desenganos não se devem tomar por desdéns. O que me chama fera e basilisco deixe-me como coisa prejudicial e ruim; o que me chama ingrata não me sirva; quem me julga desconhecida que me não conheça; quem, desumana, que me não siga. Esta fera, este basilisco, esta ingrata, esta cruel, e esta desconhecida, nem os há de buscar, nem servir, nem conhecer, nem seguir de modo algum. Se a Crisóstomo o matou a sua impaciência e arrojado desejo, por que se me há de culpar o meu honesto proceder e recato? Se eu conservo a minha pureza na companhia das árvores, por que hão de querer que eu a perca na companhia dos homens? Tenho riquezas próprias, como sabeis, e não cobiço as alheias; tenho livre condição, e não gosto de sujeitar-me; não quero nem tenho ódio a pessoa alguma; não engano a este, nem solicito a aquele; não me divirto com um, nem com outro me entretenho. A conversação honesta das zagalas desta aldeia e o trato das minhas cabras me entretêm; os meus desejos têm por limites estas montanhas; e, se para fora se estendem, é para contemplarem a formosura do céu. São estes os passos contados, por onde a alma caminha para sua morada primeira.

E, isto dito, sem querer ouvir resposta alguma voltou as costas, e se meteu pelo mais cerrado de um monte que lhe ficava perto, deixando a todos admirados, tanto da sua discrição, como da sua lindeza.

Alguns dos feridos com as setas dos seus belos olhos pareceram querer segui-la, sem os deter formal desengano que tinham ouvido. Visto aquilo por Dom Quixote, entendendo que para ali acertava bem a sua cavalaria, socorrendo as donzelas necessitadas; posta a mão no punho da espada, em voz alta e inteligível disse:

— Nenhuma pessoa, de qualquer estado e condição que seja, se atreva a seguir a gentil Marcela, sob pena de cair na fúria da minha indignação. Já ela mostrou, com razões claras, a pouca ou nenhuma culpa que teve na morte de Crisóstomo, e quão alheia vive de condescender com os desejos de nenhum dos seus arrojados; e por isso é justo que, em vez de ser seguida e perseguida, seja honrada e estimada de todos os bons do mundo, pois mostra que em todo ele é só ela quem vive com tenção tão honesta.

Ou fosse pelas ameaças de Dom Quixote, ou porque Ambrósio lhes disse que concluíssem que deviam ao seu amigo, nenhum dos pastores se apartou nem moveu dali, até que ultimado o sepulcro, e queimados os papéis de Crisóstomo, puseram o corpo na terra, não sem muitas lágrimas dos circunstantes. Taparam a sepultura com uma tosca lousa, à espera de que se terminasse uma campa, que Ambrósio disse tencionava fazer com um epitáfio que havia de dizer assim:

Aqui jaz de um amador
O pobre corpo gelado;
Foi ele um pastor de gado,
Perdido por desamor.

Morreu às mãos do rigor
De uma esquiva e linda ingrata,
Com quem seu reino dilata
O tirano deus Amor.

Espargiram logo por cima da sepultura muitas flores e ramos, e, dando todos os pêsames ao amigo, se despediram dele. O mesmo fizeram Vivaldo e o seu companheiro, e Dom Quixote despediu-se dos seus hospedeiros e dos caminhantes, os quais lhe rogaram fosse com eles a Sevilha, por ser lugar tão azado para aventuras[5], que em cada rua e a cada esquina se oferecem mais que em outra alguma parte. Agradeceu-lhes o cavaleiro a recomendação, e o ânimo que naquilo mostravam de lhe dar gosto; e disse que por então não queria nem devia ir a Sevilha, enquanto não tivesse limpado aquelas serras de roubadores malandrins, de que era fama andarem todas inçadas. Vendo-lhe a boa determinação, não quiseram os caminhantes importuná-lo mais; antes, despedindo-se de novo, o deixaram, e prosseguiram seu caminho, em que lhes não faltou assunto para conversação, tanto na história de Marcela e Crisóstomo, como nos tresvarios de Dom Quixote. O cavaleiro determinou ir ter com a pastora Marcela, e oferecer-lhe tudo quanto podia para a servir; mas não lhe aconteceu como fantasiava, segundo se contará no decurso desta verídica história, terminando aqui a segunda parte.

[5] Irônica alusão a uma espécie de aventuras que não eram precisamente cavalheirescas.

H. PISAN

CAPÍTULO XV

Em que se conta a desgraçada aventura que se deparou a Dom Quixote ao topar com uns desalmados iangüeses

Conta o sábio Cide Hamete Benengeli que assim que Dom Quixote se despediu dos seus hospedeiros, e de todos os que se acharam ao enterro do pastor Crisóstomo, ele e o seu escudeiro se entranharam no mesmo bosque onde tinham visto desaparecer a pastora Marcela; e, havendo andado por ele passante de duas horas a procurá-la por todos os sítios sem poderem dar com ela, chegaram a um prado cheio de viçosa erva, por onde corria um arroio fresco e deleitoso; tanto, que incitou e obrigou a passarem ali a hora da sesta, que já principiava de apertar. Apearam-se; e, deixando o jumento e Rocinante à vontade pastar da muita verdura que por ali crescia, foram-se aos alforjes, e, sem cerimônia alguma, em boa paz e sociedade, amo e servo comeram do que neles acharam.

Não tratara Sancho de pear o Rocinante, em razão de o conhecer por tão manso e pouco rinchão, que todas as éguas da devesa de Córdoba o não fariam desmandar-se. Ordenou pois a sorte, e o Diabo (que nem sempre dorme), que andasse então por aquele vale pascendo uma manada de poldras galicianas[1] de uns arrieiros iangüeses, os quais têm por costume tomarem com suas récovas a sombra no verão em sítios mimosos de erva e água; e aquele onde acertou de estar Dom Quixote era um desses. Sucedeu que o Rocinante apeteceu refocilar-se com as senhoras éguas; e, saindo,

[1] As melhores poldras que se criavam nas Astúrias.

apenas as farejou, do seu natural passo e costume, sem pedir licença ao dono, deu o seu trotezinho algum tanto picadete, e foi declarar a elas a sua necessidade. Elas, porém, que pelas mostras deviam ter mais vontade de pastar que de outra coisa, receberam-no com as ferraduras e à dentada, de modo que em breves audiências lhe rebentaram as cilhas, e o deixaram sem sela e em pêlo. O que porém mais o deveu magoar foi que, vendo os arrieiros que se lhes iam forçar as éguas, acudiram com arrochos; e tanta lambada lhe deram que o estenderam no chão numa lástima.

Já neste comenos Dom Quixote e Sancho, que tinham visto a tunda de Rocinante, chegavam esbaforidos; e disse Dom Quixote para Sancho:

— Pelo que vejo, amigo Sancho, estes não são cavaleiros; são gente soez e de baixa ralé. Digo-te, porque desta feita podes ajudar-me a tomar devida vingança do agravo, que diante dos nossos olhos se há feito a Rocinante.

— Que diabo de vingança havemos de tomar — respondeu Sancho — se eles são mais de vinte, e nós só dois, e bem pode ser que só um e meio?

— Eu valho por cem — respondeu Dom Quixote.

E, metendo logo mão à espada, arremeteu aos iangüeses, e o mesmo fez Sancho Pança, influído do exemplo do amo. Logo no primeiro rompante deu Dom Quixote uma cutilada num, que lhe abriu um saio de couro que trazia vestido, e boa parte do ombro.

Os iangüeses, que se viram investidos de dois homens sós, sendo eles tantos, ornaram-se aos bordões e, metendo aos dois no meio, começaram a malhar neles com grande afinco e veemência. A verdade é que, logo à segunda lambada, deram com Sancho embaixo, e o mesmo aconteceu a Dom Quixote, sem lhe valer sua destreza e bom ânimo; e quis a sua sorte que viesse a cair aos pés de Rocinante, que ainda se não tinha erguido; por onde se vê a fúria com que maçam bordões postos em mãos rústicas e enraivecidas. Vendo pois os iangüeses a má obra que tinham feito, tornaram a carregar a récova, e seguiram jornada, deixando aos dois aventureiros em pouco bom estado, e de estômago ainda pior.

O primeiro que deu sinal de si foi Sancho Pança, que, vendo perto o amo, lhe disse com tom de enfermo e lastimado:

— Senhor Dom Quixote! ah, Senhor Dom Quixote!...

— Que tens, Sancho mano? — respondeu Dom Quixote com o mesmo tom afeminado e dorido de Sancho.

— Queria, se pudesse ser — respondeu este —, que Vossa Mercê me desse dois goles daquela bebida do feio Brás, se a tem aí à mão; talvez seja tão boa para os ossos quebrados como para as feridas.

— Pois se eu aqui a tivesse, pobre de mim! que mais nos era preciso? — respondeu Dom Quixote. — Mas eu te juro, Sancho, palavra de cavaleiro andante, que, antes de passarem dois dias, se a fortuna não ordenar o contrário, ou a hei de ter em meu poder, ou ruins mãos serão as minhas.

— E em quantos dias lhe parece a Vossa Mercê que poderemos mover os pés? — replicou Sancho Pança.

— De mim sei eu dizer — respondeu o moído cavaleiro Dom Quixote — que não saberei acertar agora esse cômputo de dias. Mas a culpa de tudo isso tenho-a eu, que meti mão à espada contra homens que não eram armados cavaleiros como eu; pelo que entendo que, em pena de ter infringido as leis da cavalaria, é que o deus das batalhas permitiu que se me desse este castigo. Por isso, irmão Sancho, deves ter sempre, bem presente o que te vou dizer, por interessar muito à saúde de ambos nós: em vendo que semelhante canalha nos faz algum agravo, não esperes até eu pôr mão à espada contra eles, porque o não farei de sorte alguma; mas desembainha tu logo a tua e regala-te de os castigar. Se em sua ajuda e defensa acudirem cavaleiros, então eu te saberei defender e ofendê-los com todo o meu poder, que já tens visto por mil sinais e experiências até onde chega o valor deste meu forte braço.

Tal ficara de arrogante o pobre fidalgo depois da vitória do valente biscainho! Mas a Sancho é que não pareceu tão bem o conselho do amo, que deixasse de lhe replicar, dizendo:

— Senhor, eu sou homem pacífico, manso e sossegado, e sei disfarçar qualquer injúria, porque tenho mulher e filhos que manter e criar; e portanto fique a Vossa Mercê também de advertência, pois mando não pode ser, que de modo nenhum meterei mão à espada, nem contra vilão nem contra cavaleiro; e que daqui em diante Deus perdoe quantos agravos se me têm feito e se me hão de fazer, embora mos tenha feito, faça ou haja de fazer pessoa alta ou baixa, rico ou pobre, fidalgo ou mecânico, sem excetuar nenhum estado nem condição.

Ouvindo o amo aquilo, respondeu:

— Quisera ter forças para poder falar com algum descanso, e que a dor que tenho nestas costelas se me aplacasse, para te eu dar a entender, Pança, o erro em que estás. Vem cá, pecador; se o vento da fortuna, tão contrário até aqui, vira de rumo para nos favorecer, enchendo-nos as velas do desejo, para que seguramente, e sem contraste algum, aportemos em algumas das ilhas que já te prometi, que seria de ti se, ganhando-a, eu te fizesse senhor dela? Pois hás de tu mesmo impossibilitar-me de o realizar por não seres armado cavaleiro nem quereres sê-lo, nem teres valor nem tenção de vingar as tuas injúrias, e defender os teus domínios?! Porque hás de saber que nos reinos e províncias recém-conquistadas nunca os ânimos dos seus naturais estão sossegados, nem tão favoráveis ao novo senhor, que se não tema alguma novidade para se alterarem de novo as coisas, voltar, como dizem, a tentar fortuna; e assim é mister que o novo possessor tenha entendimento para se saber governar, e valor para ofender e defender-se em qualquer contingência.

— Nisto que nos agora aconteceu — tornou Sancho — quisera eu ter tido esse entendimento e esse valor que Vossa Mercê diz; mas eu lhe juro, à fé de pobre homem, que mais estou eu para emplastros que para arrazoados. Olhe Vossa Mercê se se pode, levantar, e ajudaremos ao Rocinante a pôr-se em pé, ainda que bem pouco o merece por ter sido o causador desse barulho. Nunca tal esperei de Rocinante; tinha-o por pessoa casta, e tão pacífica de si como eu próprio. Enfim, bem dizem lá que é preciso muito tempo para se acabar de conhecer os indivíduos, e que não há coisa segura nesta vida. Quem havia de dizer que atrás daquelas tão grandes cutiladas, como as que Vossa Mercê deu naquele desgraçado cavaleiro andante, nos havia de vir pela posta, e no alcance, este temporal tamanho de pauladas que nos desabou nos espinhaços?

— Ainda o teu, Sancho — replicou Dom Quixote —, deve estar acostumado a borrascas destas; porém o meu, criado entre esguiões e holandas finas, claro está que há de sentir mais a dor desta desgraça; e se não fosse por imaginar (que digo? imaginar!), por saber, que todos estes descômodos andam muito anexos ao exercício das armas, aqui me deixara morrer de pura vergonha.

Respondeu o escudeiro:

— Senhor meu, já que estas desgraças são fruto da cavalaria, diga-me Vossa Mercê se costuma haver muitas sáfaras delas, ou se têm suas estações fora das quais se não apanham; porque a mim me parece que, depois de duas colheitas assim, já nos podemos dar por dispensados para terceira, se Deus com sua infinita misericórdia nos não socorre.

— Sabe, amigo Sancho — respondeu Dom Quixote —, que a

vida dos cavaleiros andantes está sujeita a mil perigos e desventuras, assim como, nem mais nem menos, estão eles também sempre em contingências muito próximas de subirem a reis e imperadores, como a experiência o tem mostrado em diversos e muitos cavaleiros, de cujas histórias eu tenho inteira notícia. Pudera contar-te agora, se a dor me desse vaga, de alguns que, só pelo valor do seu braço, têm subido aos altos estados que te disse; e esses mesmos se viram, antes e depois, em diversas calamidades e misérias; porque o valoroso Amadis de Gaula caiu em poder do seu mortal inimigo Arcalau, o encantador, a respeito do qual se tem por averiguado que, tendo-o preso e atado numa coluna de um pátio, lhe deu para cima de duzentos açoites com as rédeas do seu cavalo; e até há um autor secreto de não pequeno crédito que diz que, tendo o Cavaleiro do Febo topado em certo alçapão que se lhe abriu debaixo dos pés em certo castelo, ao cair se achou numa profunda cova subterrânea atado de pés e mãos; e ali lhe deram um destes clisteres que chamam de água de neve e areia, que o deixou nas últimas; e se não fora socorrido naquela grande tribulação por um grande sábio seu amigo, muito mal iria ao pobre cavaleiro. Portanto, Sancho, por onde tanta gente boa tem passado, bem posso passar eu também. Maiores foram os impropérios por eles curtidos, que estes nossos agora. Hás de saber, Sancho, que as feridas que afrontam não são as que se fazem com os instrumentos que se acham à mão; o que se contém na lei dos duelos escrito por estes próprios termos: que se o sapateiro dá noutrem com a forma que na mão tem, posto que ela seja realmente de pau, nem por isso se dirá que levou paulada aquele em quem deu. Digo isto para que não cuides que, se bem saímos desta pendência moídos, ficamos por isso afrontados; porque as armas que traziam aqueles homens, e com que nos machucaram, não eram outras senão os seus bordões; e nenhum deles (se bem me lembra) continha estoque, espada, nem punhal.

— A mim não me deram vagar — respondeu Sancho — para reparar nisso, porque apenas meti mão à minha *tizona*[2], quando logo me benzeram os lombos com os paus, por modo que se me foi o lume dos olhos e a força dos pés, pregando comigo onde agora jazo; e pouco me importa saber se foram afronta, ou não, as

---

[2] Tizona era o nome da espada do Cid.

bordoadas; o que me importa são as dores delas, que hão de ficar tão impressas na memória, como no espinhaço.

— Com tudo isso, sabe, irmão Pança — replicou Dom Quixote —, que não há lembrança que se não gaste com o tempo, nem dor que por morte não desapareça.

— E pois, que desgraça pode haver maior — replicou Pança — que a que só o tempo cura, e só a morte acaba? Se este nosso contratempo fora daqueles que se curam com um par de emplastros, ainda não fora tão mau, mas vejo que nem todos os emplastros de um hospital hão de bastar para nos pôr sequer a bom caminho.

— Deixa-te disso, e faze das fraquezas forças, Sancho — respondeu Dom Quixote —, que assim farei eu também; e vejamos como está o Rocinante, que, ao que me parece, o coitado não apanhou menor quinhão que nós outros.

— Não admira — respondeu Sancho —; por isso é também andante; o que a mim me espanta é que o meu jumento escapasse com as costas inteiras donde nós outros trouxemos quebradas as costelas.

— Nas desgraças — respondeu Dom Quixote — sempre a ventura deixa uma porta aberta para remédio; e digo assim, porque esta bestiaga nos poderá agora suprir a falta de Rocinante, levando-me daqui para algum castelo, onde seja curado das feridas; e nem por isso haverei por desonra tal cavalgadura, porque me lembro de ter lido que aquele bom velho de Sileno, aio e pedagogo do alegre deus da folgança[3], quando entrou na cidade das cem portas[4], ia muito a seu gosto escarranchado num formosíssimo asno.

— Iria escarranchado como Vossa Mercê diz — respondeu Sancho —, porém é muito diferente ir escarranchado de ir atravessado como uma sacada de trapos velhos.

Ao que Dom Quixote respondeu:

— As feridas que nas batalhas se recebem antes dão honra do que a tiram; e assim, Pança amigo, não me repliques mais; e, segundo já te disse, levanta-te como puderes, e põe-me do modo

---

[3] Baco.

[4] Confunde Tebas da Beócia, pátria de Baco, com Tebas do Egito; aquela foi chamada "a das sete portas"; conforme a tragédia de Ésquilo *Os sete contra Tebas*. A confusão deve ter-se originado da leitura de João de Mena.

que melhor te parecer em cima do teu jumento. Vamo-nos daqui antes que a noite chegue e nos apanhe neste despovoado.

— Pois eu não ouvi dizer a Vossa Mercê — disse Pança — que era muito próprio de cavaleiros andantes o dormirem nos andurriais e desertos o mais do ano, e que eles o reputavam por grande ventura?

— Isso é — disse Dom Quixote — quando de outro modo se não pode, ou quando estão enamorados; e é tão verdade isto, que tem havido cavaleiro que esteve sobre uma penha ao sol, à sombra, e às inclemências do tempo, dois anos, sem que o soubesse sua senhora; e um deles foi Amadis, quando chamando-se Beltenebros[5], se alojou na Penha Pobre não sei se oito anos, ou oito meses (da conta é que não estou bem certo); basta que esteve ali fazendo penitência por não sei que desgosto que lhe deu a Senhora Oriana. Mas deixemos já isto, Sancho, e conclui antes que suceda ao jumento alguma outra desgraça como a de Rocinante.

— Essa fora do Diabo — disse Sancho.

E, despedindo trinta ais, sessenta suspiros, e cento e vinte "más horas" e "tarrenegos" contra quem ali o trouxera, lá se foi levantando, derreado e curvo como arco turquesco, sem poder acabar de endireitar-se; e com todo este trabalho aparelhou o seu asno, que também tinha andado seu tanto distraído com a demasiada liberdade daquele dia. Depois levantou a Rocinante, o qual, se tivera língua com que se queixar, à fé que nem Sancho nem seu amo seriam capazes de lhe tapar a boca. Em conclusão: Sancho acomodou ao fidalgo sobre o asno, e, prendendo-lhe o Rocinante pela arreata, e levando o asno pelo cabresto, se dirigiu por onde pouco mais ou menos lhe pareceu que devia ir a estrada real. E a sorte, que as suas coisas ia encaminhando de bem a melhor, ainda não tinha andado uma pequena légua, quando lhes deparou o caminho; nele descobriram uma venda, que, a pesar seu, e a contento de Dom Quixote, devia ser um castelo. Sancho porfiava que era venda, e seu amo que não, porém castelo; e tanto durou a teima, que antes de se acabar, lhes deu tempo de chegarem lá. Entrou Sancho, sem mais averiguação, com toda a sua récua.

---

[5] Nome que o ermitão da Penha Pobre deu a Amadis de Gaula, por sua tristeza e melancolia.

CAPÍTULO XVI

Do que sucedeu ao engenhoso fidalgo na venda que ele imaginava ser castelo

O vendeiro, que viu Dom Quixote atravessado no asno, perguntou a Sancho que mal trazia. Respondeu-lhe este que nada era, que tinha dado uma queda dum penedo abaixo, e que trazia algum tanto amolgadas as costelas. Tinha o vendeiro por mulher uma não da condição costumada nas de semelhante trato, porque naturalmente era caritativa, e se condoía das calamidades do próximo. Acudiu esta logo a curar a Dom Quixote, e fez com que uma sua filha donzela, rapariga, e de bem bom parecer, a ajudasse a tratar do hóspede. Servia também na venda uma moça asturiana, larga de cara, de cangote curto, nariz rombo, torta de um olho, e do outro pouco sã. Verdade é que a galhardia do corpo lhe descontava as outras faltas; não tinha sete palmos dos pés à cabeça; e os ombros, que algum tanto lhe carregavam, a faziam olhar para o chão mais do que quisera. Esta gentil moça pois ajudou a donzela, e entre ambas engenharam uma cama suficientemente má para Dom Quixote, num sótão, que dava visíveis mostras de ter noutro tempo servido de palheiro muitos anos, no qual se alojava também um arrieiro, que tinha a sua cama feita um pouco adiante da do nosso Dom Quixote, e ainda que era das enxergas e mantas dos machos, levava ainda assim muita vantagem à do cavaleiro, que só se compunha de quatro tábuas mal acepilhadas, sobre dois bancos desiguais, e dum colchão que em delgado mais parecia colcha, recheada de godilhões, que, se não mostrassem por alguns buracos serem de lã, ao toque e pela dureza pareciam calhaus, dois lençóis como de couro de adarga, e um cobertor cujos fios se podiam contar sem escapar um único.

Nesta amaldiçoada cama se deitou Dom Quixote, e logo a vendeira e sua filha o emplastraram de alto a baixo, alumiando-lhes Maritornes (que assim se chamava a asturiana); e vendo a vendeira o corpo de Dom Quixote tão pisado em muitas partes, disse que mais pareciam aquilo pancadas, que só queda.

— Não foram pancadas — acudiu Sancho —, é que o penedo tinha muitos bicos, e cada um deles lhe fez sua pisadura — e ajuntou logo: — Olhe, senhora, se faz isso de modo que sobejem algumas estopas, que não faltará quem delas precise, que também a mim me doem um pouco os lombos.

— Pelo que vejo — disse a vendeira —, também vós caístes?

— Não caí — respondeu Sancho —, mas do susto que tive de ver cair a meu amo de tal modo me dói o corpo, que é como se me tivessem dado mil bordoadas.

— Podia muito bem ser isso — disse a donzela —, que a mim muitas vezes me tem acontecido sonhar que caía duma torre abaixo, e não acabava nunca de chegar ao chão; e quando despertava, achava-me tão moída e quebrantada, como se tivera caído deveras.

— Assim mesmo é que é, senhora — respondeu Sancho Pança —; também eu, sem sonhar nada, e estando mais acordado do que estou agora, acho-me com pouco menos pisaduras que meu amo, o Senhor Dom Quixote.

— Como se chama este cavaleiro? — perguntou a asturiana Maritornes.

— Dom Quixote de la Mancha — respondeu Sancho —; é cavaleiro de aventuras, e dos melhores e mais fortes que de longo tempo para cá se tem visto neste mundo.

— Que vem a ser cavaleiro de aventuras? — replicou a serva.

— Tão novata sois no mundo, que o ignorais? — respondeu Sancho. — Pois sabei, irmã, que cavaleiro de aventuras vem a ser um sujeito que em duas palhetadas se vê desancado, e imperador. Hoje está a mais desditada criatura do mundo, e a mais necessitada, e amanhã terá duas ou três coroas reais para dar ao seu escudeiro.

— Então como é que vós, pertencendo a tão bom senhor — perguntou a vendeira —, não tendes, ao que parece, pelo menos algum condado?

— Ainda é cedo — respondeu Sancho —, porque não há senão um

mês[1] que andamos buscando as aventuras, e por enquanto ainda não topamos com alguma que o fosse em bem; muitas vezes se busca uma coisa, e se acha outra. Verdade é que se o meu amo, o Senhor Dom Quixote, sarar desta queda ou destas feridas, e eu não ficar estropiado, não troco as minhas esperanças pelo melhor título de Espanha.

Todas estas práticas estava Dom Quixote escutando muito atento; e, sentando-se na cama conforme pôde, pegando na mão da vendeira, lhe disse:

— Crede, formosa senhora, que vos podeis chamar feliz por terdes albergado neste vosso castelo a minha pessoa, que é tal, que, se eu a não louvo, é pelo que se costuma dizer que o louvor em boca própria é vitupério; porém o meu escudeiro vos dirá quem sou. Só vos digo que hei de conservar eternamente na memória o serviço que me haveis feito para o agradecer enquanto a vida me durar; e prouvera aos céus que o amor me não tivesse tão rendido e sujeito às suas leis, e aos olhos daquela formosa ingrata, que digo pela boca pequena que os desta formosa senhora se tornariam senhores do meu alvedrio.

Confusas estavam a bodegueira, a filha e a boa da Maritornes, ouvindo os ditos do cavaleiro andante, que elas entendiam como se fossem em grego, ainda que bem percebiam endereçarem-se todos a oferecimentos e requebros; e, por não acostumadas com semelhante linguagem, olhavam para ele, e admiravam-se, parecendo-lhes não ser homem como os outros; e, agradecendo-lhe em estilo tabernático, o deixaram. A asturiana Maritornes curou a Sancho, que o não precisava menos que o amo.

Tinha o arrieiro conchavado com ela que naquela noite se haviam de refocilar juntos, dando-lhe ela a sua palavra de que, em estando sossegados os hóspedes, e os amos adormecidos, iria ter com ele, e satisfazer-lhe o gosto enquanto mandasse. Conta-se desta moça que nunca jamais promessas daquela casta as deixava por cumprir, ainda que as desse num monte e sem testemunhas, pois timbrava muito de fidalga, e não tinha por afronta estar naquele serviço de moça de locanda, porque dizia ela que desgraças e maus sucessos a haviam reduzido a tal estado. O duro, estreito, apoucado,

---

[1] Sancho mente, pois faz apenas três dias que saiu com Dom Quixote.

e fingido leito de Dom Quixote ficava logo à entrada daquele estrelado[2] estábulo; e ao pé tinha Sancho arranjado a sua jazida, que só constava duma esteira de junco e duma manta, que mais parecia de estopa tosada, que de lã. A estes dois leitos seguia-se o do arrieiro, engenhado, como dito fica, das enxergas e mais compusturas dos dois melhores machos que trazia, os quais ao todo eram doze, luzidios, anafados e famosos, porque era um dos arrieiros ricos de Arévalo, segundo diz o autor desta história, que dele faz particular menção, pelo ter mui bem conhecido; e até querem dizer que era algum tanto seu parente; além do que Cide Hamete Benengeli foi historiador muito curioso e muito pontual em todas as coisas e bem se vê que sim, pois nas que ficam referidas, com serem mínimas e rasteiras, não as quis deixar no escuro; de que poderão tomar exemplo os historiadores graves, que nos contam as ações tão acanhadas e sucintamente, que mal se lhes toma o gosto, deixando no tinteiro por descuido, malícia, ou ignorância, o mais substancial. Bem haja mil vezes o autor de *Tablante de Ricamonte* e o do outro livro, onde se contam os feitos do Conde de Tomilhas[3]; e com que pontualidade se descreve tudo! Digo, pois, que, tanto como o arrieiro visitou a sua récova, e lhe deu a segunda ração, se estendeu nas enxergas, e ficou à espera da sua pontualíssima Maritornes. Já estava Sancho emplastrado e deitado; e, ainda que procurava dormir, não lho consentia a dor das costelas; e Dom Quixote, com o dolorido das suas, tinha os olhos abertos, que nem lebre. Toda a venda era em silêncio, não havendo em toda ela outra luz senão a de uma lanterna pendurada ao meio do portal.

Esta maravilhosa quietação, e os pensamentos que o nosso cavaleiro sempre trazia dos sucessos que a cada passo se contam nos livros ocasionadores de sua desgraça, trouxe-lhe à imaginação uma das estranhas loucuras que bem se podem figurar, e foi julgar-se ele chegado a um famoso castelo (que, segundo já dissemos, castelos eram em seu entender todas as vendas em que pernoitava), e que a filha do vendeiro era a filha do castelão, a qual, vencida da sua gentileza, se havia dele enamorado, prometendo-lhe que naquela

---

[2] À luz das estrelas.

[3] Livro de cavalarias, impresso em Toledo em 1513. Deriva do poema provençal *Jaufré*. O Conde de Tomilhas é personagem do livro *História de Henrique Fi de Oliva*, Sevilha, 1498.

G. Doré
PISAN

noite, às escondidas dos pais, havia de vir passar com ele um bom pedaço; e tendo por firme e verdadeira toda esta quimera por ele próprio fabricada, entrou a afligir-se e a pensar no perigoso transe em que a sua honestidade se ia ver; propondo porém em seu coração não cometer falsidade à sua Senhora Dulcinéia del Toboso, ainda que diante se lhe pusesse a Rainha Ginevra[4] com a sua camareira Quintanhona.

Pensando pois nestes disparates, chegou o tempo e a hora (que para ele foi minguada) de vir a asturiana, a qual, em camisa e descalça, com os cabelos metidos numa coifa de algodão, a passo atento e sutil, entrou à procura do arrieiro no aposento onde os três jaziam. Mal era chegada à porta, quando Dom Quixote a sentiu; e sentando-se na cama, apesar dos emplastros, e com dores das costelas, estendeu os braços para receber a sua formosa donzela, a asturiana, que toda encolhida e calada ia com as mãos adiante procurando o seu querido. Topou ela com os braços de Dom Quixote, o qual lhe travou rijamente da mão, e puxando-a para si, sem que ela ousasse proferir palavra, a fez sentar-se sobre a cama. Apalpou-lhe logo a camisa; e ainda que ela era de serapilheira, a ele lhe pareceu de delgado e finíssimo bragal. Trazia a moça nos pulsos umas contas de vidro, que a ele se representavam preciosas pérolas orientais. Os cabelos, que algum tanto atiravam para crinas, pareciam-lhe fios de luzentíssimo ouro da Arábia, cujo esplendor ao do próprio sol escurecia; e o bafo, que sem dúvida alguma cheirava a alguns restos de carne da véspera, representou-se-lhe um hálito suave e aromático. Finalmente, na fantasia a ideou tal qual como tinha lido em seus livros acerca da outra princesa, que veio ver o malferido cavaleiro, vencido dos seus amores, com todos os adornos que se aqui declaram. Tamanha era a cegueira do pobre fidalgo, que nem o tato, nem o cheiro, nem outras coisas, que em si trazia a boa donzela, o desenganavam, com serem tais, que fariam vomitar a quem quer que não fosse arrieiro; antes lhe parecia que tinha nos braços a deusa da formosura. Estreitando-a neles, com voz amorosa e baixa lhe disse:

— Quisera achar-me em termos, formosa e alta senhora, de poder pagar tamanha mercê como esta que me haveis feito com a vista da vossa grande formosura. Porém a fortuna, que se não cansa

---

[4] A enamorada de Lançarote ou Lancelote.

de perseguir aos bons, quis prostrar-me neste leito, onde me acho tão moído e quebrantado, que, por maior vontade que eu tivesse de vos satisfazer, de modo nenhum o poderia. A esta impossibilidade acresce outra maior; e é a fé que tenho prometido guardar à sem-igual Dulcinéia del Toboso, única senhora dos meus mais ocultos pensamentos. A não se me pôr isto diante, não seria eu cavaleiro tão sandeu, que deixasse fugir a venturosa ocasião que a vossa grande bondade me faculta.

Maritornes estava aflitíssima, e tressuando de ver-se tão apertada por Dom Quixote, e sem perceber nem atender ao que ele dizia, procurava, sem dizer chus nem bus, desenlear-se da prisão. O bom do arrieiro, que estava bem desperto com os seus danados desejos, desde o instante em que a moça entrou a porta a sentiu, e esteve atentamente escutando quanto Dom Quixote dizia; e cioso de que a asturiana o tivesse com outro falseado, foi-se achegando mais à cama de Dom Quixote, e esteve muito quedo à espera de ver em que parariam aqueles palavreados que ele não podia entender; porém, como viu que a moça forcejava para se ver solta, e Dom Quixote trabalhava para a reter, pareceu-lhe mal a história, levantou o braço ao alto, e desfechou tão terrível murro nos estreitos queixos do enamorado cavaleiro, que lhe deixou a boca toda a escorrer em sangue; e não contente com isto, saltou-lhe sobre as costelas, e com os pés lhas palmilhou à sua vontade, e mais que a trote. O leito, que era um pouco fraco, e de fundamentos mal seguros, não podendo sofrer o contrapeso do arrieiro, deu consigo em terra. Àquele ruído despertou o vendeiro, e logo imaginou que haviam de ser pendências de Maritornes, porque, tendo bradado por ela, não lhe respondia. Com esta suspeita ergueu-se e, acendendo uma candeia, se foi para onde tinha sentido a balbúrdia. A moça vendo que o amo vinha, e que não era homem para graças, toda medrosa e alvorotada, fugiu para a cama de Sancho Pança, que estava afinal adormecido, e ali se encolheu novelando-se toda. O vendeiro entrou dizendo:

— Onde estás, puta? Isto são por força coisas tuas.

Despertou Sancho; e sentindo aquele vulto quase em cima de si, pensou estar com um pesadelo, e começou a atirar punhadas para uma e outra banda, apanhando não sei quantas a Maritornes. Ela, com a dor, embaraçando-se pouco de decências, retribuiu a Sancho com tantas, que sem vontade lhe espantaram de todo o sono. Vendo-se tratado daquele feitio, e sem saber por quem, levantou-se como pôde, abraçou-se com a rapariga, e entre os dois se travou a mais renhida e engraçada escaramuça do mundo. O arrieiro, reconhecendo à luz da candeia do bodegão como a sua dama andava, largou a Dom Quixote para acudir por ela. Outro tanto fez o dono da casa, mas com propósito diferente, porque o seu foi de castigar a moça, por crer sem dúvida que ela só era a ocasionadora de todo aquele concerto; e assim como se costuma dizer: o gato ao rato, o rato à corda, a corda ao pau, o arrieiro dava em Sancho, Sancho na moça, a moça em Sancho, o vendeiro na moça; e todos com tamanha azáfama, que nem fôlego tomavam. O bonito foi quando a candeia se apagou. Na escuridão batiam tão sem dó todos para o monte, que onde quer que acertavam a mão não deixavam coisa sã.

Jazia acaso na venda aquela noite um quadrilheiro, dos que chamam da Santa Irmandade velha de Toledo, o qual, ouvindo o desconforme barulho da peleja, agarrou a sua meia vara[5], e da caixa de lata dos seus títulos, e entrou às escuras no aposento, bradando:

— Parem da parte da Justiça! parem da parte da Santa Irmandade!

O primeiro com quem topou foi o esmurrado de Dom Quixote, que estava no seu leito derribado, de boca para o ar e sem sentidos; e, lançando-lhe às apalpadelas a mão às barbas, não cessava de clamar: — Acudam à Justiça! — Vendo porém que o vulto se não bolia, supôs que estava morto, e que os mais que na casa eram deviam ser os matadores. Com esta suspeita reforçou a voz, dizendo:

— Feche-se a porta da venda. Sentido que não saia vivalma, que mataram aqui um homem.

Este brado sobressaltou a todos, e cada um deixou a desavença instantaneamente. Retirou-se o vendeiro para o seu quarto, o arrieiro para as suas enxergas, e a moça para o seu rancho. Só os malaventurados Dom Quixote e Sancho é que se não puderam mover donde jaziam. Largou então o quadrilheiro a barba de Dom Quixote, e saiu a buscar luz, para ver e prender os delinqüentes, mas não a achou, porque o vendeiro de propósito havia apagado a lâmpada, quando se retirou para o seu cubículo, e foi-lhe forçoso recorrer à chaminé, onde, com muito trabalho e tempo, o quadrilheiro acendeu outra luz.

---

[5] A vara era símbolo de autoridade. Vara alta usou Cervantes, comissário do rei; meia vara, os quadrilheiros da Santa Irmandade.

CAPÍTULO XVII

Em que prosseguem os inumeráveis trabalhos que o bravo Dom Quixote e seu escudeiro Sancho Pança passaram na venda, que o fidalgo por seu mal cuidara ser castelo

A este tempo já tinha Dom Quixote tornado em si do letargo, e com o mesmo tom de voz com que na véspera chamara pelo escudeiro quando estava estendido no vale dos bordões[1] começou a chamar por ele, dizendo:

— Sancho amigo, dormes? Dormes, amigo Sancho?

— Qual dormir, pobre de mim! — respondeu este, farto de quizília e desgosto — parece que todos os diabos deram comigo esta noite.

— E bem o podes crer — respondeu Dom Quixote —, porque ou eu leio de cor, ou este castelo é encantado; porque saberás... mas isto que te quero agora dizer hás de me jurar não o repetir a ninguém, enquanto eu for vivo.

— Juro — respondeu Sancho.

— Exigi-o, porque sou inimigo de que se tire a honra a alguém.

— Pois digo-lhe que sim; juro — replicou Sancho — que o não direi enquanto Vossa Mercê viver; praza a Deus que o possa descobrir já amanhã.

— Tanto mal te faço eu, Sancho, que me desejas tão depressa acabado?

---

[1] Alusão ao romance que começa com: "Pelo vale dos bordões / O bom Cid passado havia".

— Não é por isso — respondeu Sancho —, é porque sou pouco amigo de guardar as coisas muito tempo; tenho medo de que me apodreçam.

— Seja pelo que for — volveu Dom Quixote —, fio na tua amizade e cortesia; e assim hás de saber que me aconteceu esta noite uma das mais estranhas aventuras que te posso encarecer; e para ta contar em breve, saberás que há pouco veio ter comigo a filha do senhor deste castelo, que é a mais airosa e linda donzela de quantas em quase todo o mundo se podem achar. Que te poderei dizer do adorno de sua pessoa! do seu galhardo entendimento! e de outras excelências secretas que deixarei em silêncio, para não quebrar a fé que devo inteira à minha Senhora Dulcinéia del Toboso! Só te quero dizer que foi invejoso o céu de tamanho bem como o que a ventura me tinha posto nas mãos; ou talvez (e isto é o mais certo) este castelo é encantado, como te digo: ao tempo que eu estava com ela em dulcíssimos e amorosíssimos colóquios, veio, sem eu ver nem saber de onde, a mão de algum descomunal gigante, e presenteou-me nas queixadas um tal murro, que mas deixou todas em sangue, e depois me moeu de tal sorte, que estou pior que ontem, quando os arrieiros, por excessos de Rocinante, nos fizeram o agravo que tu sabes; pelo que eu conjeturo que o tesouro da formosura desta donzela deve estar sob a guarda de algum encantado mouro, e não há de ser para mim.

— Nem para mim tampouco — respondeu Sancho —, porque mais de quatrocentos mouros caíram sobre mim, e de tal modo me moeram, que a tosa dos bordões em comparação foi pão com mel. Mas diga-me, senhor: como chama boa e rara esta aventura, tendo ficado dela como nós ficamos? Ainda para Vossa Mercê foi meio mal, pois teve consigo a incomparável formosura que diz; porém eu, que apanhei os maiores cachações que espero receber em toda a minha vida!... Mal haja eu, e a mãe que me engendrou, que nem sou cavaleiro andante, nem o hei de ser nunca, e sempre a pior parte destas andanças é para mim.

— Visto isso, também tu estás sovado? — respondeu Dom Quixote.

— Não lhe disse já que sim? pesar da minha raça! — disse Sancho.

— Não tenhas pena, amigo — disse Dom Quixote —, vou fazer o bálsamo precioso, com que sararemos num abrir e fechar de olhos.

Acabou neste meio tempo de acender a luz o quadrilheiro, e entrou para ver o seu suposto defunto. Sancho, vendo-o entrar em camisa, lenço amarrado na cabeça, candeia na mão, e de muito rná catadura, disse para o amo:

— Senhor, será este porventura o mouro encantado que venha outra vez desancar-nos, por lhe ter ainda ficado alguma coisa no tinteiro?[2]

— Não pode ser o mouro — respondeu Dom Quixote —, porque os encantados não se deixam ver de ninguém.

— Se não se deixam ver, deixam-se sentir — disse Sancho —; senão, que o diga o meu costado.

— Também o meu o poderia fazer — respondeu Dom Quixote —, mas não é indício suficiente isto para se crer que o que se está vendo seja o encantado mouro.

Chegou o quadrilheiro; e achando-os a palestrar tão mão por mão, ficou suspenso. Verdade é que ainda Dom Quixote estava de costas, sem se poder mover de moído e de emplastrado. Acercou-se o quadrilheiro, e disse-lhe:

— Então como vai isso, bom homem?

— Se eu fosse vós — respondeu Dom Quixote —, havia de falar mais bem criado. É moda cá na terra tratarem-se assim os cavaleiros andantes, pedaço de madraço?

O quadrilheiro que se viu tratar tão mal por uma figura que tão pouco inculcava, não o pôde levar à paciência; e levantando a candeia com todo o seu azeite, pregou com ela na cabeça a Dom Quixote; de sorte que lha deixou muito bem escalavrada; e, como tudo ficou outra vez às escuras, saiu imediatamente.

Disse o escudeiro então:

— Sem dúvida, senhor meu, é este o mouro encantado; o tesouro tem-no ele guardado para outrem; para nós são só as murraças e as candiladas.

— Assim é — respondeu Dom Quixote —, e não há que fazer caso destas coisas de encantamentos, nem há por que tomar raivas nem enfados com elas, que, por serem invisíveis e fantásticas, não nos deixam ver de quem vingar-nos, por mais que o procuremos. Levanta-te, Sancho, se podes; chama o alcaide desta fortaleza, e faz que me tragam um pouco de azeite, vinho, sal e rosmaninho, para o salutífero bálsamo, que em verdade me está parecendo que bem necessário me é agora, porque me corre muito sangue da ferida que me fez o fantasma.

---

[2] "Por se haver esquecido de alguma coisa?"

Levantou-se Sancho com grande dor dos ossos, e foi às escuras para onde o vendeiro era; e encontrando-se com o quadrilheiro, que estava de orelha alerta, a ver se pescava que demônio viria a ser o seu inimigo, lhe disse:

— Senhor, quem quer que sejais, fazei-nos favor de nos dar um pouco de rosmaninho, azeite, sal e vinho, que é preciso para curar um dos melhores cavaleiros andantes que há no mundo, e que jaz naquela cama malferido por mão do mouro encantado que se acha aqui.

Quando o quadrilheiro tal ouviu, teve-o por homem falto de siso; e, porque já começava a amanhecer, abriu a porta da taberna e, chamando pelo dono da pousada, lhe disse o que aquele bom homem queria. Arranjou-lhe tudo o vendeiro, e Sancho o levou a Dom Quixote, que estava de mãos na cabeça queixando-se da dor da candilada, que todavia lhe não tinha feito senão dois galos algum tanto crescidos; e o que ele cuidava ser sangue era unicamente suor, que lhe escorria, pela aflição da passada tormenta.

Em suma, Dom Quixote recebeu os ingredientes e deles misturados fez uma composição cozendo-os por um espaço bom, até que entendeu acharem-se na conta. Pediu algum vidro para deitar a mistela; e, não o havendo na venda, lançou-a numa almotolia de folha, que servia para azeite, e de que o hospedeiro lhe fez presente. Sobre a almotolia rosnou o fidalgo mais de oitenta padre-nossos, e outras tantas ave-marias, salve-rainhas e credos; e a cada palavra ia uma cruz a modo de bênção. A tudo aquilo assistiam Sancho, o vendeiro e o quadrilheiro; o arrieiro, esse já andava trastejando no serviço dos seus machos. Feito isto, quis Dom Quixote experimentar a virtude que ele imaginava no seu bálsamo precioso; e pôs-se a beber o sobejo que tinha ficado da almotolia; daquilo ainda havia na panela, em que se fizera o cozimento, quase meia canada. Tanto como a acabou de beber, começou a vomitar, de maneira que nada do que tinha no estômago lhe ficou dentro; e, com as ânsias e aflições do lançar, veio-lhe um suor copiosíssimo, que o obrigou a pedir que o embrulhassem e o deixassem só. Assim lho fizeram, e adormeceu para mais de três horas, ao cabo das quais despertou, e se sentiu aliviadíssimo do corpo, e a tal ponto melhor do seu quebrantamento, que se julgou são; pelo que ficou inteiramente convencido de que havia atinado com o bálsamo de Ferrabrás, e podia dali em diante meter-se em quaisquer rixas, pendências e batalhas, sem medo nenhum, por mais perigosas que fossem.

Sancho Pança, que também teve por milagrosa a melhoria do

amo, pediu-lhe que lhe desse a ele o que sobrava da panela, que não era pequena quantidade. Concedeu-lha Dom Quixote; e ele, pegando-lha com as mãos ambas, com toda a fé e boa vontade, arrumou-a ao peito, e emborcou tanto quase como o fidalgo. O caso é que o estômago do pobre Sancho não seria tão melindroso como o do cavaleiro; e assim, primeiro que vomitasse, tantas ânsias e vascas lhe deram, tantos suores e desmaios, que pensou deveras ter-lhe chegado a última hora. Vendo-se tão aflito, amaldiçoou o bálsamo e o ladrão que lho tinha dado. Vendo-o assim Dom Quixote, disse-lhe:

— Eu creio, Sancho, que todo esse mal te vem de não teres sido armado cavaleiro, porque tenho para mim que este remédio não há de aproveitar aos que o não são.

— Se Vossa Mercê sabia isso — replicou Sancho —, mal haja eu e toda a minha parentela! para que consentiu que eu o provasse?

A este tempo entrou a bebida a fazer o seu efeito, e começou o escudeiro a desaguar-se por ambos os canais com tanta pressa, que a esteira de junco, em que de novo se tinha deitado, e a manta, nunca mais serviram. Suava e tressuava com tais paroxismos e acidentes, que não só ele mas todos pensaram ser aquela a última da sua vida. Durou-lhe a tormenta quase duas horas, acabadas as quais não ficou como seu amo, mas tão moído e quebrantado, que mal se podia ter; Dom Quixote, que, segundo se disse, se sentia aliviado e são, quis imediatamente partir-se a buscar aventuras, por lhe parecer que todo o tempo que ali se demorava era roubado ao mundo e aos necessitados do seu amparo; e mais, com a confiança que lhe dava agora o seu bálsamo. Forçado deste desejo, aparelhou ele mesmo ao Rocinante, albardou o jumento do escudeiro e ajudou-o a vestir-se e montar.

Pôs-se a cavalo, e, chegando a um canto da venda, apoderou-se dum chuço que ali estava para lhe servir de lança.

Olhavam para ele todos quantos se achavam na venda, que passavam de vinte pessoas; considerava-o não menos a filha do vendeiro, e ele também não tirava dela os olhos; de quando em quando arrojava um suspiro, que parecia ser arrancado do fundo das entranhas, supondo todos que seria da dor que sentia nas costelas; pelo menos assim pensavam aqueles que o tinham visto emplastrar a noite dantes.

Logo que estiveram a cavalo, posto Dom Quixote à porta da venda, chamou pelo dono da casa, e com voz repousada e grave lhe disse:

— Muitas e mui grandes, senhor alcaide, são as mercês que neste vosso castelo hei recebido; e declaro-me em grande obrigação de agradecido para todos os dias de minha vida. Se vos posso pagar vingando-vos de algum soberbo que vos tenha feito agravo, sabei que o meu ofício outro não é senão valer aos que pouco podem, vingar os que recebem tortos, e castigar aleivosias. Fazei exame de consciência; e, se achais alguma coisa deste jaez que me encomendar, não tendes mais que dizê-la, que eu vos prometo, pela ordem de cavaleiro que recebi, satisfazer-vos e pagar-vos a vosso contento.

A isto respondeu com igual sossego o vendeiro:

— Senhor cavaleiro, eu não tenho necessidade que Vossa Mercê me vingue de nenhum agravo, porque eu bem sei tomar por mim mesmo a desforra que me parece, quando alguém mos faz; o que me é preciso só é que Vossa Mercê me pague o gasto que esta noite fez na venda, tanto da palha e cevada das duas bestas, como da ceia e camas.

— Então isto é venda? — replicou Dom Quixote.

— E muito honrada — respondeu o vendeiro.

— Pois senhor, tinha vivido enganado até aqui — respondeu Dom Quixote —, julgando isto castelo, e não dos piores; mas sendo que não é castelo, mas venda, o que por agora se poderá fazer é dispensardes a paga, pois eu por mim não posso descumprir a ordem dos cavaleiros andantes, dos quais sei ao certo (sem que até ao dia de hoje tenha havido exemplo em contrário) que jamais pagaram pousada nem coisa alguma em venda onde estivessem, porque todo o bom acolhimento que se lhes faz, ou possa fazer, de direito e foro se lhes deve, a troco do incomportável trabalho que padecem buscando as aventuras de noite e de dia, de inverno e verão, a pé e a cavalo, com sede e fome, com frio e calor, sujeitos a todas as inclemências do céu e a todos os descômodos da terra.

— Lá nessas coisas não me intrometo eu — respondeu o vendeiro —; pague-se o que se me deve, e deixemo-nos de contos, mais de cavalarias; o que só me importa é receber o que me pertence.

— O que vós sois — respondeu Dom Quixote — é um sandeu e desastrado hospedeiro.

E, metendo pernas ao Rocinante, terçando a lança, saiu da venda sem lho estorvar ninguém; e, sem reparar se o escudeiro o seguia ou não, adiantou-se um bom espaço. O vendeiro, que o viu ir-se embora sem lhe pagar, tornou-se pelo pagamento a Sancho Pança, que lhe respondeu que, visto o seu senhor não querer pagar, também ele não pagaria, porque, sendo ele, como era, escudeiro de cavaleiro andante, a mesma regra e razão lhe assistia a ele que a seu amo, que era não pagar coisa alguma em pousadas e tabernas. Com aquilo é que se agastou muito o vendeiro, e o ameaçou que se lhe não pagasse logo para ali à boamente, ele o faria pagar de modo que lhe pesasse. Ao que Sancho respondeu que, pela lei da cavalaria recebida por seu amo, não pagaria nem um cornado[3], ainda que o matassem, porque não estava para perder por tão pouco a boa e antiga usança dos cavaleiros andantes, nem queria que dele se queixassem os escudeiros dos tais que para o diante viessem ao mundo, increpando-lhe a quebra de tão justo foral.

Quis a má sorte do pobre Sancho que entre a gente que era na venda se achassem quatro tosadores de Segóvia, três fabricantes de agulhas do Potro de Córdoba, e dois vizinhos da feira de Sevilha: gente alegre, bem-intencionada, maliciosa e brincalhona, os quais, como senhoreados do mesmo espírito, se chegaram a Sancho, e, apeando-o do jumento, um deles entrou a buscar a manta da cama do hóspede, e, estatelando-o sobre ela, levantaram os olhos, e viram que o teto era algum tanto baixo mais do que lhes era preciso para o que tencionavam; pelo que determinaram sair para o pátio, que tinha por teto o céu; e ali, posto Sancho no meio da manta, começaram a atirá-lo ao alto, e a divertir-se com ele como com um cão por festa de entrudo[4].

As vozes que dava o mísero manteado foram tantas, que chegaram aos ouvidos do amo, o qual, detendo-se a escutá-las, supôs que alguma grande aventura lhe vinha, até que reconheceu claramente ser o seu escudeiro quem gritava; e voltando as rédeas, arrancando a custo um galope, tornou para a venda. Achando-a fechada, rodeou-a à procura de alguma entrada. Mal era chegado às paredes do pátio, que pouco altas eram, quando viu o desalmado divertimento que ao seu escudeiro se estava fazendo. Viu-o subir e descer pelos ares com tanta graça e presteza, que para mim tenho desataria a rir, se a raiva lho consentira. Fez quanto pôde para subir do cavalo ao espigão do muro; mas tão moído e quebrado estava, que nem apear-se pôde; e assim, de cima do cavalo, começou a vomitar tantos doestos e impropérios aos que lhe manteavam o

---

[3] Moeda de escasso valor.

[4] Mantear cães era uma diversão de carnaval.

Sancho, que não é possível acertar a escrevê-los; mas nem por isso eles interrompiam as risadas e a obra, nem o voador Sancho cessava das suas queixas, mescladas ora com ameaças, ora com súplicas; mas tudo era por demais; nem lhe aproveitou enquanto de puro cansado o não deixaram. Trouxeram-lhe o burro; e, subindo-o para cima dele, o embrulharam com o gabão. À compassiva da Maritornes, vendo-o tão estafado, pareceu-lhe ser bem socorrê-lo com uma caneca de água, e trouxe-lha do poço por ser mais fresca. Recebeu-lha Sancho, e, levando-a à boca, deteve-se aos gritos que o amo lhe dava, dizendo:

— Filho Sancho, não bebas água, filho, não bebas, olha que morres; aqui está o santíssimo bálsamo; vês — e mostrava-lhe a almotolia —, com duas gotas que bebas disto, pões-te bom sem falta nenhuma.

A esses brados volveu Sancho a vista de revés, e disse com outros ainda maiores:

— Já porventura se esqueceu Vossa Mercê de que não sou cavaleiro? Ou quer que me acabem de sair as entranhas que me ficaram desta noite? Guarde o seu remédio com todos os diabos, e deixe-me cá.

O acabar de dizer isto e o começar a beber foi tudo um; mas, como ao primeiro trago conheceu que era água, não quis passar adiante, e rogou a Maritornes que lhe trouxesse antes vinho, o que ela lhe fez de muito boa vontade, e pagou-o da sua algibeira, porque bem se dizia a seu respeito que, ainda que andava naquele trato, tinha umas sombras e longes de cristã. Assim que Sancho bebeu, bateu calcanhares ao seu asno, e pela porta da venda, aberta de par em par, saiu dela muito contente de não ter pago nada, e ter levado a sua avante, ainda que foi à custa dos seus costumados fiadores, que eram os lombos. Verdade é que o vendeiro lhe ficou com os alforjes em desconto do que se lhe devia; mas Sancho, pela perturbação que levava, não deu pela falta. Quis o vendeiro trancar bem a porta assim que o viu fora, mas não lho consentiram os manteadores, que eram tal gente, que, ainda que Dom Quixote fosse realmente dos cavaleiros andantes da Távola Redonda, tanto caso fariam dele como de dois ardites[5].

[5] Moeda de pouco valor.

CAPÍTULO XVIII

Onde se contam as razões que passou Sancho Pança com o seu Senhor Dom Quixote, com outras aventuras dignas de serem contadas

Chegou Sancho murcho e desmaiado ao pé do amo; tanto, que nem podia fazer andar o burro. Quando Dom Quixote assim o viu, disse-lhe:

— Agora, bom Sancho, é que eu acabo de crer que aquele castelo ou venda é encantado sem dúvida, porque aqueles que tão atrozmente se divertiram contigo, que poderiam ser senão fantasmas, e gente do outro mundo? E nisto me certifico, por ver que, estando pelo espigão do muro do quintal a presenciar os atos da tua triste tragédia, não pude, por mais que fiz, subir-me acima, nem sequer apear-me do Rocinante; decerto porque me tinha encantado; porque te juro, à fé de quem sou, que, se pudera subir ou apear-me, eu te houvera vingado de maneira que aqueles foles de vento, aqueles malandrinos, se ficassem lembrando da brincadeira para sempre, ainda que nisso soubera descumprir as leis da cavalaria, que, segundo já muitas vezes me ouviste, não consentem a cavaleiro pôr mão em quem o não seja, salvo sendo em defesa da sua própria vida e pessoa, em caso de urgente e grande necessidade.

— Também eu me vingava se pudesse — disse o outro —, quer fosse armado cavaleiro, quer não; mas não pude, ainda que tenho para mim que os que se divertiram à minha custa não eram fantasmas, nem homens encantados, como Vossa Mercê diz: eram homens de carne e osso como nós; e todos (segundo lhes ouvi enquanto me estavam volteando) tinham os seus nomes; um chamava-se Pedro Martínez, outro Tenório Hernández; e o vendeiro ouvi que se chamava João Palomeque, o Canhoto; e por isso, senhor meu, o Vossa Mercê não ter podido saltar o muro, nem apear-se do cavalo, por outra causa foi, que não por encantamentos. O que eu tiro a limpo de tudo isto é que estas aventuras, que andamos buscando, afinal de contas nos hão de meter em tantas desaventuras, que não saibamos qual é a nossa mão direita. O que seria melhor e mais acertado, segundo o meu fraco entender, seria tornarmo-nos para o nosso lugar, agora que é tempo das aceifas, e de cuidar da fazenda, deixando-nos de andar de Ceca em Meca, e de Herodes para Pilatos, como dizem.

— Que pouco sabes, Sancho — respondeu Dom Quixote —, dos achaques da cavalaria! Cala e tem paciência, que lá virá dia em que vejas por teus olhos que honrosa coisa é andar neste exercício! Senão, dize-me: que maior contentamento pode haver neste mundo, ou que satisfação pode comparar-se à de vencer uma batalha, e triunfar do inimigo? Sem dúvida que nada chega a isso. — Assim deve ser — respondeu Sancho —, posto que eu por mim não sei; só sei que, depois que somos cavaleiros andantes, ou, por melhor dizer, depois que Vossa Mercê o é (que eu, à minha parte, não há por que me entre em tão honroso rol), nunca jamais temos vencido batalha alguma, salvo a do biscainho, e ainda dessa saiu Vossa Mercê com meia orelha, e meia celada de menos; de então para cá tudo tem sido bordoada, murros e mais murros; e eu, ainda por cima de tudo, manteado, e por pessoas encantadas, de quem me não posso vingar para saber até onde chega o gosto de vencer inimigos, como Vossa Mercê diz.

— Essa é que é a minha pena, e a que tu deves também sentir, Sancho — respondeu Dom Quixote —; porém daqui em diante eu procurarei haver às mãos alguma espada feita com tal mestria, que ao que a tiver consigo se não possa fazer nenhum gênero de encantamento. Até não era impossível que a ventura me deparasse a de Amadis[1], quando se chamava "o Cavaleiro da Ardente Espada"; foi a melhor que teve cavaleiro algum do mundo, porque, além de ter a virtude referida, cortava como uma navalha, e não havia armadura, por forte e encantada que fosse, que lhe resistisse.

---

[1] Amadis de Grécia, bisneto de Amadis de Gaula.

— Eu sou tão venturoso — disse Sancho — que, ainda que isso fosse, e Vossa Mercê viesse a achar espada semelhante, só viria a servir e aproveitar aos armados cavaleiros, assim como o bálsamo; e os escudeiros, que os papem os lobos.

— Não tenhas medo, Sancho — disse Dom Quixote —, melhor se haverá Deus contigo.

Nestes colóquios se estavam Dom Quixote e o escudeiro, quando o fidalgo reparou que pelo caminho se adiantava para ali uma grande poeirada. Voltou-se então para Sancho, e disse-lhe:

— É este o dia, Sancho, em que se há de ver o bem que a minha sorte me tinha reservado: é o dia, repito, em que se há de mostrar mais que nunca o valor do meu braço, e em que hei de fazer obras que fiquem registradas no livro da Fama por todos os vindouros séculos. Vês aquela poeirada que ali se ergue, Sancho? Pois é levantada por um copiosíssimo exército de diversos e inumeráveis povos que por ali vêm marchando.

— Por essas contas — disse Sancho — dois devem eles ser, porque desta parte contrária também sobe outra poeirada semelhante.

Voltou-se para ali Dom Quixote e viu que era verdade; e, alegrando-se sobremodo, assentou que eram, sem dúvida alguma, dois exércitos que vinham a travar-se e combater no meio daquela espaçosa planície, porque não se passava hora que não tivesse a fantasia cheia daquelas batalhas, encantamentos, sucessos, desatinos, amores e desafios, que nos livros de cavalaria se relatam. Quanto dizia, pensava, ou fazia, ia sempre bater em coisas dessas. A poeirada, que havia visto, levantavam-na dois grandes rebanhos de ovelhas e carneiros que por aquele mesmo caminho vinham de diferentes partes: os quais, em razão do pó, se não deixaram perceber enquanto se não avizinhavam. Com tamanho afinco afirmava Dom Quixote que eram exércitos, que Sancho chegou a acreditar e a dizer:

— Pois senhor, que havemos então de fazer?

— Que havemos de fazer! — disse Dom Quixote — havemos de favorecer e ajudar aos necessitados e desvalidos. Hás de saber, Sancho, que este, que vem pela nossa frente, o capitaneia o grande Imperador Alifanfarrão, senhor da grande Trapobana[2] ; e estoutro, que marcha por trás das minhas costas, é o do seu inimigo el-rei dos

---

[2] Ceilão.

garamantes Pentapolim do Arremangado Braço, porque sempre entra nas batalhas com o braço direito nu[3].

— E por que se querem tão mal esses dois senhores? — perguntou Sancho.

— Querem-se mal — respondeu Dom Quixote — porque este Alifanfarrão é um pagão furibundo, e está namorado da filha de Pentapolim, que é uma formosíssima, e ainda por cima muito agraciada senhora, e cristã. Seu pai não quer dá-la ao rei pagão, sem ele primeiro renegar a lei do seu falso profeta Mafoma, e se converter à sua.

— Voto por estas barbas[4] — disse Sancho — que faz muito bem o Pentapolim, e hei de ajudá-lo enquanto puder.

— Nisso farás o que deves, Sancho — disse o fidalgo —, porque para entrar em batalhas semelhantes não se requer ter sido armado cavaleiro.

— Até aí bem percebo eu — respondeu Sancho —; mas onde poremos nós este asno, para termos a certeza de o acharmos depois da refrega? Porque o entrar nela com semelhante cavalgadura creio que ainda até agora se não viu.

— É certo — disse Dom Quixote —; o que melhormente podes fazer dele é deixá-lo às suas aventuras, quer se perca, quer não; porque tantos hão de ser os cavalos com que havemos de ficar depois da vitória, que até o Rocinante corre seu risco de eu o trocar por outro. Mas está atento e repara, que te quero dar conta dos cavaleiros mais principais que vêm nestes dois exércitos; e para que melhor os notes, retiremo-nos para aquela alturinha que ali se levanta, donde se devem descobrir os exércitos ambos.

Fizeram-no assim, colocando-se numa lomba, donde se avistaram bem os dois rebanhos, que a Dom Quixote se representavam exércitos. As nuvens de pó que levantavam lhe tinham turvada e cega a vista. Apesar de tudo, porém, vendo na imaginação o que lhe não mostravam os olhos, nem havia, em voz alta começou a dizer:

— Aquele cavaleiro que ali vês, de armas amarelas, que traz no escudo um leão coroado rendido aos pés de uma donzela, é o valoroso Laurcalco, senhor da Ponte de Prata. O outro das armas

---

[3] Nomes fantásticos, paródia de personagens cavaleirescas. Os garamantes eram antigos povos africanos.

[4] Fórmula de juramento.

com flores de ouro, que traz no escudo três coroas de prata em campo azul, é o temido Micocolembo, grão-duque da Quirócia. O outro, de membros agigantados, que à sua mão direita vem, é o nunca amedrontado Brandabarbarão de Boliche, senhor das três Arábias, que vem armado com aquela pele de serpente, e tem por escudo uma porta, que (segundo é fama) é uma das do templo derrubado por Sansão, quando se vingou dos seus inimigos, matando-se. Mas vira agora os olhos para a outra parte, e verás diante, e na frente destoutro exército, ao sempre vencedor, e nunca jamais vencido Timonel de Carcassona, príncipe de Nova Biscaia, que vem armado com armas esquarteladas de azul, verde, branco e amarelo, e traz no escudo um gato de ouro em campo aleonado, com uma letra que diz "miau", que é o princípio do nome da sua dama, que (segundo se diz) é a sem-par Miaulina, filha do Duque Alfenhique do Algarve. O outro, que oprime e assoberba os lombos daquela possante égua, e traz as armas brancas de neve, é um cavaleiro novel, de nação francês, chamado Pierre Papim, senhor das baronias de Utrique. O outro, que bate com os ferrados talões os ilhais daquela pintada e ligeira zebra e traz o escudo veirado de azul, é o poderoso duque de Nérbia, espartafile do Bosque. Traz por empresa no escudo um espargal, com uma letra em castelhano, que diz assim: "Rastrea mi suerte".

E assim foi Dom Quixote por diante, nomeando muitos cavaleiros de um e de outro campo, como a ele se antolhavam dando a todos as suas armas, cores, empresas e letras, que improvisava levado das imaginativas da sua loucura nunca vista; e sem se deter prosseguiu, dizendo:

— Este esquadrão formam-no gentes de diversas nações. Aqui estão os que bebem as doces águas do famoso Xanto[5]; os montanheses que pisam os campos massílicos[6]; os que joeiram o finíssimo e miúdo ouro da Arábia Feliz; os que gozam das famosas e frescas ribeiras do claro Termodonte; os que sangram por muitas e diversas vias o rico Pactolo[7]; os númidas, incertos no cumprir a palavra; os persas, afamados em arcos e flechas; os partos; os medos, que

[5] Rio de Tróia, celebrado por Homero e Virgílio.

[6] De mássilos, povos da África.

[7] Termodonte, rio da Capadócia; Pactolo, rio da Lídia.

pelejam fugindo; os árabes, de vivendas mutáveis[8]; os citas, tão cruéis como alvos; os etíopes de lábios furados; e outras infinitas nações, cujos rostos estou vendo e conhecendo, ainda que os nomes não me lembram. Nestoutro esquadrão vêm os que bebem as correntes cristalinas do olivífero Bétis; os que lavam o rosto nas águas do sempre rico e dourado Tejo; os que desfrutam as proveitosas águas do divino Genil; os que pisam os tartésios campos de pastos abundantes; os que folgam nos elísios prados de Xerez[9], os manchegos, ricos e coroados de louras espigas; os de ferro vestidos, restos antigos do sangue godo; os que se banham no Pisuerga, famoso pela mansidão da corrente; os que apascentam os seus gados nas extensas devesas do tortuoso Guadiana, celebrado pelo seu escondido curso; os que tremem com o frio dos selváticos Pireneus, e com as brancas neves do alteroso Apenino; finalmente, quantos se contêm na Europa toda.

Valha-me Deus! e quantas mais províncias não disse! quantas nações não nomeou, dando a cada uma, e com maravilhosa presteza, os atributos que lhe pertenciam, todo absorto e repassado do que tinha lido nos seus livros mentirosos! Embasbacado estava Sancho Pança com tanto palavrório sem dizer nem pio; de quando em quando voltava a cabeça para ver se avistava os cavaleiros e gigantes que o amo nomeava; e como não descobria nem meio, lhe disse:

— Senhor meu, leve o Diabo tudo isso, que não vejo por todo este descampado homem, nem gigante, nem cavaleiro nenhum dos que menciona. Eu ao menos não percebo tal. Talvez seja tudo encantamento como os avejões desta noite.

— Como! pois não ouves o rinchar dos cavalos? o toque dos clarins, e o trovejar dos tambores?

— O que eu ouço — respondeu Sancho — são muitos balidos de carneiros e ovelhas; mais nada.

E era verdade, porque os dois rebanhos já vinham muito perto.

— O medo que tens — disse Dom Quixote — é que faz, Sancho, que nem vejas, nem ouças às direitas, porque um dos efeitos do medo é turvar os sentidos, e fazer que pareçam as coisas outras do que são. Se tão medroso és, retira-te para onde quiseres, e deixa-me só, que basto eu para dar a vitória à parcialidade a quem ajude.

---

[8] Nômades.

[9] Segundo a crença geral, os campos elísios ficavam em Xerez.

E, falando assim, cravou as esporas em Rocinante; e, posta a lança em riste, baixou da lomba como um raio.

Dava-lhe vozes Sancho, dizendo:

— *Volte para trás*, Senhor Dom Quixote, que voto a Deus que isso que vai investir são carneiros e ovelhas. *Volte para trás*. Mal haja o pai que me gerou. Forte loucura! Repare bem, que não há gigante, nem cavaleiro, nem gatos, nem escudos partidos nem inteiros, nem veiros azuis, nem endiabrados. Que faz? pecados meus!

Nem com tudo aquilo se refreava Dom Quixote, antes em altas vozes ia clamando:

— Eia, cavaleiros, que seguis e militais debaixo das bandeiras do valoroso Imperador Pentapolim do Arremangado Braço, segui-me todos, vereis quão facilmente lhe dou vingança do seu inimigo Alifanfarrão de Trapobana.

Com estas palavras se entranhou pelo tropel das ovelhas, e começou a alancear nelas, tão denodado como se desse em verdadeiros inimigos mortais. Bradavam-lhe os pastores que tivesse mão; porém, vendo que era tempo perdido, descingiram suas fundas, e começaram a cumprimentar-lhe as orelhas com pedradas como punhos. Dom Quixote, sem fazer caso das pedras, campeava para todas as partes, dizendo:

— Onde estás, soberbo Alifanfarrão? Vem para mim, que sou um só cavaleiro, e desejo a sós por sós provar as tuas forças, e tirar-te a vida em castigo das penas que dás ao valoroso Pentapolim Garamante.

Nisto acertou-lhe um seixo dos do rio, que lhe meteu duas costelas dentro. Vendo-se tão maltratado, deu por sem dúvida que estava morto, ou muito gravemente ferido, e, lembrando-se do seu específico, puxou da almotolia, pô-la à boca, e principiou a engolir; mas, antes de ter esvaziado quanto lhe pareceu suficiente, veio outra amêndoa tão certeira contra a mão e a almotolia, que a amolgou toda, levando juntamente a Dom Quixote três ou quatro dentes e queixais, e pisando-lhe fortemente dois dedos da mão. Tal foi o primeiro golpe e o segundo, que ao pobre cavaleiro forçado foi deixar-se cair do cavalo. Chegaram-se a ele os pastores, e, supondo terem-no morto, recolheram o gado a toda a pressa, levaram as reses mortas, que passavam de sete, e sem mais averiguações se lançaram a fugir.

Todo aquele tempo o levou Sancho na lomba, a observar as loucuras que seu amo fazia, e a arrancar as barbas, e a amaldiçoar a honra e o instante em que a desgraça lho tinha feito conhecer. Vendo-o caído, e os pastores já desaparecidos, desceu da lomba, chegou-se a ele, e achou-o naquela lástima, mas ainda em si; e disse-lhe:

— Não lhe pregava eu, Senhor Dom Quixote, que se tornasse atrás, e que os que ia acometer não eram exércitos, senão carneiradas?

— Aí tens tu como aquele ladrão do sábio meu inimigo faz aparecer e desaparecer as coisas — disse Dom Quixote —; podes crer, Sancho, que aos tais é fácil figurarem-nos tudo que lhes lembra; e este maligno que me persegue, invejoso da glória que viu me adviria desta batalha, transformou os esquadrões dos inimigos em fatos de ovelhas; quando não, por vida minha! faze uma coisa, Sancho, para te desenganares da verdade: monta no teu asno, segue-os de longe, e verás como, em se afastando um pouco daqui, tornam ao seu primeiro ser, deixam de ser carneiros e se fazem homens, tão feitos e perfeitos como eu tos pintei. Mas não vás por ora, que tenho precisão de que me ajudes; primeiro chega-te cá, e vê bem quantos queixais e dentes me faltam; parece-me que são todos.

Chegou-se-lhe tão perto o Sancho, que lhe metia quase os olhos pela boca, e foi a tempo que já o bálsamo tinha produzido o seu efeito no estômago de Dom Quixote. Neste momento, pois, desfechou sobre as barbas do compassivo escudeiro, que nem tiro de escopeta, tudo que havia dentro.

— Nossa Senhora! — exclamou Sancho — que é isso? Sem dúvida este pecante está ferido mortalmente: vomita sangue.

Reparando porém um pouco mais, conheceu pela cor, sabor e cheiro, que tal sangue não era, mas sim o bálsamo da almotolia, que ele lhe vira engolir. Tamanho foi o seu nojo, que, revolvendo-se-lhe o interior, vomitou as tripas mesmo por cima do amo; ficaram ambos como umas pérolas. Correu Sancho ao seu burro, para tirar dos alforjes com que se limpar a si, e curar ao patrão; não os achou. Esteve a pique de perder o juízo; disse outra vez mal à sua vida, e resolveu de si para si deixar tal cargo, e tornar-se para a terra, ainda que perdesse a soldada já merecida e as esperanças da prometida ilha.

Levantou-se neste comenos Dom Quixote, e com a mão esquerda na boca, para lhe não acabarem de sair os dentes, colheu com a direita as rédeas de Rocinante, o qual não tinha ainda arredado pé (tanta era a sua lealdade e boa condição), e foi-se para onde o escudeiro estava de peito sobre o asno, com a mão na face, como excessivamente pensativo. Vendo-o assim, e tão triste, disse-lhe:

— Sabe, Sancho, que só quem faz mais que outrem é que é mais que outrem. Todas estas inclemências que nos acontecem sinais são de que breve se nos há de o tempo abonançar, e as coisas correr-nos melhormente, porque não é possível que nem o mal nem o bem sejam perduráveis; por isso, tendo o mal aturado já tanto, já o bem nos deve estar chegando; pelo tanto, não tens por que anojar-te pelas desgraças que a mim me sucedem, porque não tens nelas quinhão.

— Não tenho quinhão? — soltou Sancho — então o que ontem mantearam não era o filho de meu pai? e os alforjes, que me faltam agora, com tudo o que eu tinha dentro deles, eram do vizinho; não?

— Perdeste os alforjes, Sancho? — disse Dom Quixote.

— Não sei; não os acho — respondeu ele.

— Desse modo, não há que se coma hoje! — replicou Dom Quixote.

— Não haveria decerto — tornou Sancho — se faltassem por estes prados as ervas que Vossa Mercê conhece, segundo diz, das quais se costumam valer para remédio em semelhantes faltas os tão mal-aventurados cavaleiros andantes como Vossa Mercê.

— Mesmo assim — respondeu Dom Quixote —, mais quisera eu agora um pão de quarta[10], e até uma bola de suborralho, com duas cabeças de sardinhas de espicha, que todas quantas ervas descreve Dioscorides, nem que fosse o ilustrado pelo Doutor Laguna[11]. Seja como for, monta, bom Sancho, no teu jumento, e vem atrás de mim que Deus, que por tudo olha, não nos há de faltar, e mais andando nós tanto em serviço dele como andamos, ele, que nem falta aos mosquitos do ar, nem aos bichinhos da terra, nem aos filhos das rãs nos charcos, e é tão piedoso que faz nascer o sol sobre os bons e os maus, e chove sobre os injustos e os justos.

— Mais talhado estava Vossa Mercê — disse Sancho — para pregador que para cavaleiro andante.

— De tudo sabiam e devem saber os cavaleiros andantes — disse Dom Quixote —, pois cavaleiro andante houve, nos passados séculos, que se detinha a fazer um sermão ou prática no meio dum acampamento real, como se fora graduado pela Universidade de Paris, donde se infere que nem a lança dana à pena, nem a pena à lança.

---

[10] Que tinha o peso de duas libras.

[11] Pedacius Dioscorides Anazarbeo, *Acerca da matéria médica...*, por A. Laguna. Há várias edições anteriores ao *Quixote*.

— Ora bem; seja assim como Vossa Mercê diz — respondeu Sancho —, mas vamo-nos já daqui, e procuremos onde se há de ficar esta noite. Permita Deus que seja em parte onde não haja mantas, nem manteadores, nem mouros encantados, que, se os houver, dou ao Diabo a cartada.

— Pede-o tu a Deus, filho — disse Dom Quixote —, e vamos para onde tu quiseres, que desta vez quero deixar à tua escolha o albergar-nos. Mas chega cá a mão, e apalpa-me com o dedo, vê bem quantos dentes e queixais me faltam deste lado direito no queixo de cima; ali é que me dói.

Meteu Sancho os dedos, e, estando a apalpar, lhe disse:

— Quantos queixais costumava Vossa Mercê ter deste lado?

— Quatro — respondeu Dom Quixote —, afora o de siso; todos inteiros e muito sãos.

— Olhe Vossa Mercê bem o que diz, senhor — respondeu Sancho.

— Digo quatro, se não eram cinco — respondeu Dom Quixote —, porque em toda a minha vida nunca me tiraram dente da boca, nem me caiu nenhum, nem me apodreceu.

— Pois nesta parte de baixo — tornou Sancho — não tem Vossa Mercê senão dois queixais e meio; e da parte de cima nem meio, nem nenhum; está tudo raso como a palma da mão.

— Desventurado de mim! — disse Dom Quixote, ouvindo as tristes novas que o seu escudeiro lhe dava. — Antes quisera que me tivessem deitado abaixo um braço (uma vez que não fosse o da espada); porque te digo, Sancho, que boca sem queixais é como moinho sem mós; e muito mais se há de estimar um dente que um diamante. Mas a tudo isto andamos sujeitos os que professamos a apertada ordem da cavalaria. Monta, amigo, e vai guiando, que eu te sigo na andadura que te parecer.

Assim o fez Sancho, e se encaminhou para onde entendeu poderia achar acolhida sem sair da estrada real, que por ali ia muito trilhada.

E, caminhando devagarinho porque as dores dos queixos de Dom Quixote não o deixavam sossegar nem apressar-se, quis Sancho i-lo entretendo e divertindo com dizer alguma coisa; e, entre as que lhe disse, foi o que se agora referirá no seguinte capítulo.

CAPÍTULO XIX

Das discretas razões que Sancho passava com seu amo e da aventura que lhe sucedeu com um defunto, e outros acontecimentos famosos

O que me está parecendo, senhor meu, é que as desventuras, que estes dias me têm sucedido, têm sido, sem nenhuma dúvida, todas castigo do pecado cometido por Vossa Mercê contra a ordem da sua cavalaria, por não ter desempenhado o juramento que fez de "não comer pão com toalha nem coa rainha folgar", com o mais que a trova reza, e que Vossa Mercê jurou cumprir, até que não tirasse para si o elmete de Malandrino, ou como se chama o tal mouro (que o nome não me lembra muito bem).

— Tens muita razão, Sancho — disse Dom Quixote —, mas, para te dizer a verdade, tinha-me esquecido; e podes também ter por certo que, pela culpa de tu mo não teres lembrado a tempo, é que te sucedeu a ti aquilo da manta; porém eu farei a emenda, que para tudo há modos de composição na ordem da cavalaria.

— Pois eu jurei porventura alguma coisa? — respondeu Sancho.

— Embora não jurasses — tornou Dom Quixote —, entendo que de participantes não estás livre; e, pelo sim pelo não, bom será provermo-nos de remédio.

— Se assim é — disse Sancho —, olhe, Vossa Mercê não se esqueça também disto como do juramento, que talvez aos fantasmas lhes tornasse a gana de se divertirem comigo, e até com Vossa Mercê, se o virem tão sem emenda.

Nestas e noutras práticas os tomou a noite no meio do caminho, sem terem, nem descobrirem, onde pernoitar; o que nisso nada tinha de bom é que iam mortos à fome, pois com o sumiço dos alforjes se lhes tinha ido embora despensa e matalotagem; e, para complemento de tamanha desgraça, sucedeu-lhes uma coisa, que, sem ser de propósito, bem o parecia; e foi que a noite se fechou assaz escura. Iam não obstante caminhando, que, visto ser aquela a estrada real, por boa razão a uma ou duas léguas se encontraria nela alguma venda. Indo pois desta maneira, a noite escura, o escudeiro esfaimado, e o amo com boa vontade de comer, viram que, pelo caminho mesmo que levavam, se dirigia para eles grande multidão de luzes, que não pareciam senão estrelas errantes. Pasmou Sancho quando as avistou, e Dom Quixote não deixou de as estranhar. Sofreou um pelo cabresto ao asno, e o outro pelas rédeas ao rocim, e ficaram parados à espera do que surdiria. Viram que as luzes se lhes iam aproximando, e, quanto mais se aproximavam, maiores pareciam. Àquela vista Sancho pôs-se a tremer como um azougado, e ao próprio Dom Quixote se arrepiaram os cabelos. Este, porém, animando-se um tanto, disse:

— Esta é que sem dúvida, Sancho, deve ser grandíssima e perigosíssima aventura, e será necessário mostrar eu nela todo o meu valor e esforço.

— Malfadado de mim! — respondeu Sancho —; se acaso esta aventura for de fantasmas, segundo me vai parecendo, onde haverá costelas que lhes bastem?

— Por mais fantasmas que venham — respondeu Dom Quixote —, não consentirei que te ponham mão nem num pelinho do fato. Se da outra vez zombaram contigo, foi porque não pude saltar as paredes do pátio; mas agora estamos em terreno raso, onde posso à vontade esgrimir a espada.

— E se o encantam e o tolhem, como da outra vez fizeram — disse Sancho —, que valerá estar ou não em terreno raso?

— Apesar disso tudo — replicou Dom Quixote —, peço-te, Sancho, que tenhas ânimo; verás o meu.

— Hei de ter, se Deus quiser — respondeu Sancho.

E, apartando-se ambos para a orla do caminho, tornaram a olhar atentamente no que poderia ser aquilo, e as luzes que lá vinham. Dentro em pouco descobriram muitos encamisados[1]. Aquela

---

[1] Gente de armas, que, para se distinguir dos inimigos, levava camisas sobre as armas.

fantasmagoria pavorosa de todo o ponto deu mate ao ânimo de Sancho, que entrou a bater os dentes como em frio de quartã; mais ainda cresceu nele o bater dos dentes, quando distintamente se viu o que era, porque descobriram uns vinte encamisados, todos a cavalo, com suas tochas acesas nas mãos, após eles uma liteira coberta de luto, seguida de outros seis a cavalo, enlutados até os pés das mulas, que bem se via que o eram, e não cavalos, pelo sossego com que andavam. Iam os encamisados sussurrando em voz baixa e lastimosa. Tão estranha vista, e tão a desoras, e num despovoado, era bastante para pôr medo no coração de Sancho, e até no de seu amo. Assim sucedeu a Dom Quixote, o qual, a despeito de todas as suas valentias, já tinha virado de avesso todo o esforço de Sancho; mas ao amo, pelo contrário, naquele ponto se representou ao vivo na imaginação ser aquela uma das aventuras dos seus livros.

Figurou-se-lhe que a liteira era umas andas, em que devia vir algum malferido ou morto cavaleiro, cuja vingança lhe estava só a ele reservada; e, sem fazer mais discurso, enristou a sua chuça, firmou-se bem na sela, e com gentil brio e garbo se atravessou no meio do caminho, por onde os encamisados forçosamente haviam de passar; e, quando os viu ao pé, levantou a voz e disse:

— Parai, cavaleiros, quem quer que sejais, e dai-me conta de quem sois, de onde vindes, aonde ides, e que levais nas andas, que, segundo as mostras, ou vós outros haveis feito, ou vos hão feito a vós, algum desaguisado, e convém, e é mister, que eu o saiba, ou para vos castigar do mal que perpetrastes, ou para vos vingar da sem-razão que vos fizeram a vós.

— Vamos com pressa — respondeu um dos encamisados —, que fica ainda longe a venda, e não nos podemos dilatar a dar tantas respostas como nos pedis.

E, picando a mula, passou para diante. Sentiu-se[2] grandemente Dom Quixote desta resposta, e, travando-lhe do freio, disse-lhe:

— Detende-vos, e sede mais bem-criado, e dai-me conta do que vos eu perguntei, quando não, tendes de vos haver todos comigo em batalha.

Era a mula espantadiça; e, ao tomarem-lhe o freio, de tal maneira

[2] "Ressentiu-se."

se sobressaltou, que, levantando-se nos dois pés traseiros, despejou pelas ancas o dono para o chão. Um moço, que ia a pé, vendo caído o encamisado, começou a injuriar Dom Quixote, o qual, já encolerizado, e sem mais esperas, enristando a sua chuça, arremeteu a um dos enlutados, e deu com ele em terra malferido; voltando-se para os demais, era para ver como os acometia, e desbaratava, que não parecia senão que naquele momento haviam nascido asas a Rocinante, segundo campeava ligeiro e orgulhoso. Eram todos os encamisados gente timorata e sem armas; e assim, com facilidade, num instante deixaram a refrega, e começaram a correr por aquele campo com as tochas acesas, que não pareciam senão mascarados a revolver em noite de festa e regozijo. Os enlutados, revoltos e envoltos nas suas lobas[3] e opas compridas, mal se podiam mover; pelo que, muito a seu salvo, Dom Quixote os foi a todos apaleando, e os fez deixar o sítio a seu malgrado, por se lhes representar não ser aquilo homem, senão o próprio Diabo do inferno, que lhes saía a tirar-lhes o defunto que ia na liteira.

Estava Sancho a ver tudo, maravilhado do desembaraço e atrevimento do fidalgo; e dizia entre si: “Sem dúvida que este meu amo é tão valente e esforçado como ele diz”. Estava por terra uma tocha a arder junto ao primeiro que a mula derrubara. Dom Quixote, que o pôde ver àquela claridade, chegou-se a ele, e, apontando-lhe ao rosto a chuça, lhe intimou que se rendesse, quando não o mataria; ao que o derrubado respondeu:

— Rendido demais estou eu, pois não me posso mover; tenho uma perna quebrada. Suplico a Vossa Mercê, se é cavaleiro cristão, me não mate, pois grande sacrilégio seria isso, sendo eu, como sou, licenciado, e tendo as primeiras ordens, como tenho.

— Pois quem diabo o trouxe aqui — instou Dom Quixote —, sendo homem da Igreja?

— Quem, senhor? — replicou o caído — a minha desdita.

— Pois outra maior vos ameaça — disse Dom Quixote — se me não satisfazeis a tudo que ao princípio vos perguntei.

— Com facilidade será Vossa Mercê satisfeito — respondeu o licenciado —, e portanto saberá Vossa Mercê que, ainda que primeiro lhe disse, que era licenciado, não sou senão bacharel, e chamo-me

---

[3] Túnicas largas.

Alonso López; sou natural de Alcobendas; venho da cidade de Baeça com outros onze sacerdotes, que são os que fugiram com as tochas; vamos à cidade de Segóvia acompanhando um morto, que vai naquela liteira, que é um cavaleiro que faleceu em Baeça, onde foi depositado; e agora, como lhe digo, levamos os seus ossos ao seu sepulcro, que está em Segóvia, que é a sua naturalidade.

— E quem o matou? — perguntou Dom Quixote.

— Matou-o Deus por meio dumas febres pestilenciais que lhe deram — respondeu o bacharel.

— Dessa maneira — disse Dom Quixote — livrou-me Nosso Senhor do trabalho que eu tomaria de vingar-lhe a morte, se outrem qualquer o tivera morto; mas, sendo quem foi o matador, não há senão calar, e encolher os ombros, que é o mesmo que eu havia de fazer se ele me matara a mim; e quero que saiba Vossa Reverência que eu sou um cavaleiro da Mancha chamado Dom Quixote; e é o meu ofício e exercício andar pelo mundo endireitando tortos, e desfazendo agravos.

— Não sei como pode ser isso de endireitar tortos — disse o bacharel —, pois bem direito era eu, e vós agora é que me entortastes, deixando-me uma perna quebrada, que nunca mais em dias de vida me tornará a ser direita; e o agravo que a mim me desfizestes foi deixardes-me agravado de maneira que hei de ficar agravado para sempre; e desventura grande há sido para mim encontrar-me convosco nesse buscar de aventuras.

— Nem todas as coisas — respondeu Dom Quixote — sucedem do mesmo modo; a desgraça foi, Senhor Bacharel Alonso López, o virdes, como viestes, de noite, vestidos com aquelas sobrepelizes, com as tochas acesas, rezando, cobertos de luto, que parecíeis tal qual coisas más e do outro mundo; por isso é que não pude deixar de cumprir a minha obrigação acometendo-vos, e à fé que vos acometeria, ainda que soubera serdes os próprios satanases do inferno, que por tais vos julguei e tive sempre.

— Já que assim o quis a minha desgraça — disse o bacharel —, suplico a Vossa Mercê, senhor cavaleiro andante, que tão má andança me há dado, me ajude a sair de baixo desta mula, que me tem presa esta perna entre o estribo e a sela.

— Até amanhã ficaria eu a palestrar — redargüiu Dom Quixote —, mas para quando deixáveis o queixar-vos?

Nisto entrou logo a bradar por Sancho que viesse; mas Sancho é que não fez caso de acudir, porque andava ocupado em aliviar uma azêmola carregada de vitualhas, que os bons dos padres traziam.

Engenhou Sancho do seu gabão uma espécie de saco; e, recolhendo nele tudo o que pôde e lhe coube dentro, o carregou para cima do seu jumento, e para logo acudiu aos brados do amo, e ajudou a livrar o senhor bacharel da opressão da mula; pô-lo para cima dela, e lhe deu a sua tocha, e Dom Quixote lhe disse que seguisse na direção dos companheiros, e que da parte dele lhes pedisse perdão do agravo, que não tinha estado em sua mão deixar de lhes fazer.

A isto ajuntou ainda Sancho:

— Se por acaso quiserem saber esses senhores quem há sido o valoroso que tais os pôs, Vossa Mercê lhes dirá que foi o Senhor Dom Quixote de la Mancha, por outro nome o "Cavaleiro da Triste Figura".

Com isto se foi o bacharel; e Dom Quixote perguntou a Sancho por que motivo lhe ocorrera chamar-lhe "Cavaleiro da Triste Figura", naquela ocasião precisamente.

— Eu lhe digo — respondeu Sancho —; é porque o estive considerando um pouco à luz da tocha que vai na mão do mal andante cavaleiro, e deveras reconheci em Vossa Mercê, de pouco para cá, a mais má figura que nunca vi; do que deve ter sido causa ou o cansaço deste combate, ou talvez a falta dos dentes queixais.

— Não é isso — respondeu Dom Quixote —; é que ao sábio, a cujo cargo deve estar o escrever a história das minhas façanhas, haverá parecido bem que eu tome algum nome apelativo, como o tomavam os cavaleiros passados, que um se chamava "da Ardente Espada", outro "do Unicórnio", aquele "o das Donzelas", este "o da Ave Fênix", outro "o Cavaleiro do Grifo", estoutro "o da Morte"; e por estes nomes e insígnias eram conhecidos por toda a redondeza da Terra; e, assim, considera que o sobredito te haverá posto na língua e na idéia que me chamasses agora "Cavaleiro da Triste Figura", como tenciono ficar-me nomeando de hoje avante; e, para que melhor me acerte o nome, determino mandar pintar no meu escudo, quando para isso houver oportunidade, uma figura muito triste.

— Não é preciso gastar tempo nem dinheiro para se fazer essa figura — disse Pança —; o mais acertado é que Vossa Mercê descubra a sua própria cara aos que o olharem, que, sem mais nem mais, e sem outro retrato nem escudo, todos os chamarão logo "o da Triste Figura"; e olhe que lhe digo a pura verdade, porque lhe certifico a Vossa Mercê, senhor meu (embora tome por gracejo), que tão má cara está sendo a sua com a fome, e a falta dos queixais, que muito bem se poderá dispensar, como já lhe disse, a tal pintura triste.

Riu-se Dom Quixote com o chiste do seu escudeiro; contudo assentou em charmar-se com aquele nome, logo que pudesse conseguir que pintassem o seu escudo ou rodela, como fantasiava. Disse-lhe depois:

— Entendo eu, Sancho, que fiquei excomungado por haver posto as mãos em coisa sagrada, *juxta illud; si quis suadente diabolo*[4], etc., ainda que estou bem certo de que não foram as mãos que lhe eu pus, mas sim esta lancita; quanto mais que não pensei que ofendia a sacerdote nem a coisa da Igreja, a quem respeito e adoro, como católico e fiel cristão que sou, senão a fantasmas e coisas do outro mundo; e, quando isso assim fosse, em memória tenho o que sucedeu ao Cid Rui Dias, quando quebrou diante do papa a cadeira do embaixador daquele reino; pelo que o mesmo papa o excomungou, e naquele dia andou o bom Rodrigo de Bivar como muito honrado e valente cavaleiro[5].

Tendo partido o bacharel, como dito fica, sem responder mais palavra, deu na vontade a Dom Quixote ir ver se o corpo que vinha na liteira era ossada ou não, mas não lho consentiu Sancho, dizendo:

— Senhor, saiu-se Vossa Mercê desta aventura o mais a seu salvo de todas quantas eu tenho visto; esta gente, ainda que vencida e desbaratada, bem poderia ser que, afinal, reparasse em que a tinha derrotado uma só pessoa, e corridos e envergonhados disto, voltassem a refazer-se e buscar-nos, e nos dessem que fazer. O jumento prestes está, a montanha à mão; e a fome aperta; não há mais que fazer senão retirarmo-nos muito airosos, e, como dizem, o morto à cova, e o vivo à fogaça.

E, tocando o jumento, pediu ao amo que o acompanhasse. Este, achando razão a Sancho, sem mais resposta lhe foi no encalço. A poucos passos por entre dois oiteiros, deram num espaçoso e encoberto vale, em que se apearam. Sancho aliviou o jumento, e, estendidos no ervaçal viçoso, com o tempero da fome que traziam,

---

[4] Palavras do Concílio de Trento, que excomunga quem comete violência contra algum clérigo.

[5] Alusão aos versos do romance: “Na Igreja de São Pedro / Dom Rodrigo havia entrado”.

almoçaram, jantaram, merendaram e cearam, tudo junto, satisfazendo os estômagos com várias carnes frias, que os senhores clérigos do defunto (que poucas vezes se deixam passar mal) traziam de prevenção às costas da azêmola. Mas aqui lhes sucedeu outra desgraça, que a Sancho pareceu a pior de todas; e foi não terem vinho que beber, e até nem água para chegar à boca; e, perseguidos da sede, vendo Sancho que o prado estava coberto de erva miúda e viçosa, disse o que se ouvirá no seguinte capítulo.

CAPÍTULO XX

Da nunca vista nem ouvida aventura que com tão pouco perigo foi acabada por famoso cavaleiro no mundo, como a que concluiu o valoroso Dom Quixote de la Mancha

— Não é possível, senhor meu, que estas ervas deixem de nos estar mostrando haver por aqui perto fonte ou arroio que lhes alimenta o viço. Será logo razão passarmos um pouco adiante, e acharemos com que mitigar esta desesperada sede que nos mortifica, e sem dúvida é pior de sofrer do que a própria fome.

Tomou por bom o conselho Dom Quixote; e, tomando pela rédea a Rocinante, e Sancho ao seu asno pelo cabresto, depois de lhe ter posto em cima os sobejos da ceia, começaram a caminhar pelo prado acima às apalpadelas, porque o escuro da noite não deixava enxergar coisa alguma. Ainda porém não tinham andado duzentos passos, quando aos ouvidos lhes chegou um grande ruído de água como que a despenhar-se de alguma levantada penedia. Alegrou-os muitíssimo aquele estrondo; e, parando a escutar de que parte vinha, ouviram naquele fora de horas outro estrépito, que aguarentou o contentamento da água, especialmente a Sancho, que de seu natural era medroso e pusilânime. Ouviram uns golpes a compasso com um certo retinir como de ferros e cadeias, que, juntos ao furioso estrondo da água, que lhes fazia acompanhamento, poriam pavor a quem quer que não fora Dom Quixote. Era a noite, como já disse, escura; e eles acertaram de se achar entre umas árvores altas, cujas folhas, movidas dum vento brando, faziam um temeroso, ainda que frouxo, ruído; por modo que a solidão, o lugar, o escuro, o cair da água, com o sussurro das folhas, tudo infundia terror e espanto, mormente reparando-se em que nem os golpes cessavam, nem o vento adormecia, nem a manhã chegava; acrescentando-se a tudo isto o não saberem em que lugar se achavam. Porém Dom Quixote, acompanhado do seu intrépido coração, saltou sobre Rocinante, e, embraçando a rodela, terçou[1] a chuça, e disse:

— Sancho amigo, hás de saber que eu nasci, por determinação do céu, nesta idade de ferro, para nela ressuscitar a de ouro, ou dourada, como se costuma dizer. Sou eu aquele para quem estão guardados os perigos, as grandes façanhas, e os valorosos feitos. Sou, torno a dizer, quem há de ressuscitar os da Távola Redonda, os doze pares de França, e os nove da fama; o que há de pôr em esquecimento os Platires, os Tablantes, Olivantes e Tirantes, os Febos e Belianises, com toda a caterva dos formosos cavaleiros dos passados tempos, fazendo neste em que me acho tais grandiosidades, estranhezas e feitos de armas, que escureçam os que eles fizeram mais brilhantes. Bem estás vendo, escudeiro fiel e de lei, as trevas desta noite, o seu estranho silêncio, e o soturno e confuso estrondo destas árvores, o temeroso fracasso daquela água, em cuja busca vimos, que parece que se despenha a derruba desde os altos montes da Lua[2], e aquele incessante martelar que nos fere e importuna os ouvidos, as quais coisas todas juntas, e cada uma só por si, são bastante para infundir medo, temor e espanto ao peito do mesmo Marte, quanto mais a quem não está acostumado a semelhantes estranhezas e aventuras. Pois tudo isto, que eu te pinto, são incentivos e despertadores do meu ânimo, que já está fazendo que o coração me rebente no peito, com a ânsia que tem de acometer esta aventura, por temerosíssima que se mostre. Aperta pois as cilhas ao Rocinante, fica-te com Deus, e espera-me aqui até três dias, não mais. Se neles eu não voltar, podes tu tornar-te para a nossa aldeia; e de lá, para me obsequiares e fazeres uma obra boa, irás a Toboso, onde dirás à minha incomparável Senhora Dulcinéia que o seu cativo cavaleiro morreu, por tentar coisas que o pudessem fazer digno de chamar-se dela.

Sancho, ouvindo estas palavras do amo, desatou a chorar com a maior ternura do mundo, e a dizer-lhe:

---

[1] Pôr a chuça cruzada sobre o peito.

[2] Pode ser uma alusão às nascentes do Nilo.

— Senhor, não sei por que Vossa Mercê quer meter-se nessa aventura tão medonha. Agora é noite, aqui ninguém nos vê; bem podemos desandar o caminho e desviar-nos do perigo, muito embora não bebamos em três dias. Como não há quem nos veja, também não há de haver quem nos ponha mácula de covardes; quanto mais, que eu ouvi muitas vezes pregar a cura do nosso povo, que Vossa Mercê muito bem conhece, que quem busca o perigo no perigo morre; e por isso não é bom tentar a Deus acometendo tão desaforado feito, donde se não pode escapar, a não ser por algum milagre. Bem bastam os que o céu já lhe tem feito, em o livrar de ser manteado como eu fui, e em tirá-lo vencedor, livre e salvo dentre tantos inimigos como os que ao defunto acompanhavam. Quando nada disto abrande nem mova esse duro coração, mova-o o pensar e crer por de fé que apenas Vossa Mercê se houver apartado daqui, já eu de medo entrego a alma a quem a quiser. Eu saí da minha terra, e deixei filhos e mulher para vir ao serviço de Vossa Mercê, com a fé de vir a ser mais, e não menos; porém, como a cobiça rompe o saco, a mim já me têm estragado as minhas esperanças, pois quando mais vivas as tinha de alcançar aquela negra e malfadada ilha, que tantas vezes Vossa Mercê me tem prometido, vejo que em paga e troca me quer agora deixar em sítio tão apartado do trato humano. Por Deus, senhor meu, que me não faça semelhante desaguisado; e se de todo em todo Vossa Mercê não desiste de arcar com este feito, ao menos deixe-o para amanhã; isto daqui à alva, pela ciência que aprendi quando era pastor, não podem já ir três horas, porque a boca da buzina[3] está por cima da cabeça, e faz meia-noite na linha do braço esquerdo.

— Como podes tu, Sancho — disse Dom Quixote —, ver onde está essa linha, nem onde está essa boca, ou essa nuca de que falas, se tamanho é o escuro, que nem estrelinha se descobre em todo o céu?

— Assim é — disse Sancho —, mas ao medo sobejam olhos; vê as coisas debaixo da terra, quanto mais as do céu lá por cima; mas basta o bom discurso para se entender que daqui ao dia já falta pouco.

— Falte o que faltar — respondeu Dom Quixote —, nem se há

---

[3] Buzina era o nome de uma constelação do círculo Ártico.

de dizer por mim agora, nem nunca, que lágrimas e rogos me apartaram de fazer o que devia na qualidade de cavaleiro; pelo que te rogo, Sancho, que te cales, que Deus, que me pôs no coração acometer agora esta tão nunca vista e tão pavorosa aventura, lá terá cuidado de olhar por meu salvamento, e de consolar a tua tristeza. O que hás de fazer é apertar as cilhas a Rocinante, e ficar-te aqui, que eu depressa voltarei vivo ou morto.

Vendo pois Sancho a resolução última do amo, e quão pouco aproveitaram com ele as suas lágrimas, conselhos e rogos, determinou valer-se da sua indústria, e fazê-lo esperar até ao dia, se pudesse; e assim, enquanto apertava as cilhas ao cavalo, sorrateiramente, e sem ser sentido, prendeu com o cabresto do seu asno ambas as mãos de Rocinante, por modo que Dom Quixote, quando quis partir, não o pôde, porque o cavalo se não podia mover senão aos saltos. Vendo Sancho Pança o bom êxito da sua maranha, disse:

— Veja senhor, como o céu, comovido das minhas lágrimas e orações, determinou não poder mover-se o Rocinante; se quer ateimar a esporeá-lo, será ofender a Fortuna, e escoicinhar, como dizem, contra o aguilhão.

Desesperava-se com isso Dom Quixote; e, por mais que metia as pernas à cavalgadura, menos a fazia andar; e, sem acabar de perceber o estorvo da peia, teve por bem sossegar, e esperar, ou que amanhecesse, ou que o bruto desempatasse, crendo sem dúvida que de alguma outra causa provinha o empacho, e não da habilidade do escudeiro; e falou-lhe assim:

— Como é inegável que o Rocinante se não pode menear, contente sou de esperar até que ria a alva, ainda que chore eu todo o tempo que ela tardar.

— Não tem que chorar — respondeu Sancho —; eu cá estou para entreter Vossa Mercê, contando-lhe casos até ao amanhecer; salvo se não acha melhor apear-se, e estender-se a dormir um pouco sobre a verde erva, à moda dos cavaleiros andantes, para se achar mais refeito quando chegar o dia e o instante de acometer essa aventura tão sem igual, que o espera.

— Qual apear, nem qual dormir! — disse Dom Quixote — sou eu desses cavaleiros que tomam descanso nos perigos? Dorme tu, que para dormir nasceste, ou faze o que melhor te parecer, que eu hei de fazer o que vir que melhor condiz com a minha pretensão.

— Não se enfade Vossa Mercê — respondeu Sancho —; não foi para isso que eu falei.

E, chegando-se para ele, pôs uma das mãos no arção dianteiro, e a outra no outro; por modo que ficou abraçado com a coxa esquerda do amo, sem se afoitar a apartar-se dele um dedo; tal era o medo que tinha aos golpes que ainda teimavam em se alterar. Disse-lhe Dom Quixote que referisse algum conto para o entreter, como tinha prometido; ao que Sancho respondeu que de boa vontade o fizera, se o medo do que estava ouvindo lho consentisse.

— Mas enfim — disse ele —, seja como for, farei diligência para contar uma história, que, se atino com ela, e me não forem à mão, é a rainha das histórias. Dê-me Vossa Mercê toda a atenção, que já principio. Era uma vez... o que era; se for bem, para todos seja; se mal, para quem o buscar...[4] E advirta Vossa Mercê, senhor meu, que o modo com que os antigos começavam os seus contos não era assim coisa ao acaso, pois foi uma sentença de Catão Zonzorino[5], romano, o qual disse: "e o mal para quem o for buscar", o que vem para aqui como anel ao dedo, para que Vossa Mercê esteja acomodado e não vá procurar o mal a parte nenhuma, senão que nos voltemos por outro caminho, pois ninguém nos obriga a seguirmos este, donde tantos medos nos assaltam.

— Segue o teu conto, Sancho — disse Dom Quixote —, e do caminho que temos de seguir deixa-me a mim o cuidado.

— Digo pois — prosseguiu Sancho — que num lugar da Estremadura havia um pastor cabreiro, quero dizer: um pastor que guardava cabras, o qual pastor (ou cabreiro, como digo no meu conto) se chamava Lope Ruiz, e este Lope Ruiz andava enamorado duma pastora que se chamava Torralva; a qual pastora chamada Torralva era filha de outro pastor rico; e este pastor rico...

— Se continuas a contar por esse modo, Sancho — disse Dom Quixote —, repetindo duas vezes o que vais dizendo, teremos conto para dois dias; conta seguido, e como homem de juízo; ou, quando não, é melhor que te cales.

— Como eu o conto — respondeu Sancho — é que eu sempre ouvi contar os contos na minha terra; de outro modo não sei, nem Vossa Mercê me deve pedir que arme agora usos novos.

— Dize como quiseres — respondeu Dom Quixote —; visto que a sorte quer que não possa deixar de ouvir-te, prossegue.

---

[4] Fórmula dos contos, na época de Cervantes.

[5] Catão, o Censor, ou Censorino.

G. Doré
H. PISAN

— Assim pois, senhor meu da minha alma — continuou Sancho —, este pastor, como já disse, andava enamorado de Torralva, que era a tal pastora cachopa roliça, despachadona, e tirando seu tanto para a machoa, porque até bigodes tinha; parece-me que ainda a estou vendo.

— Visto isso conheceste-la? — disse Dom Quixote.

— Eu não, senhor — respondeu Sancho —, mas quem me contou este conto disse-me que era tão certo e verdadeiro que, se eu o contasse a alguém, podia afirmar-lhe e jurar-lhe que eu próprio tinha visto aquilo com estes que a terra há de comer. E vamos adiante. Como atrás de tempos tempos vêm, o Diabo, que não dorme nunca, e que está sempre atrás da porta para se intrometer em tudo, fez de modo que o amor que o pastor lhe tinha a ela se derrancasse em cenreira e má vontade; e foram causa (segundo as más línguas) uns certos ciumezinhos que ela lhe deu a ele, e tais que já passavam dos limites, e iam frisando no defeso. Foi tanto daí em diante o aborrecimento do pastor que, para nunca mais a enxergar, se quis ausentar da terra, e ir-se para onde nunca mais a visse com os dois olhos que tinha na cara. A Torralva, vendo-se desprezada de Lope, logo lhe quis bem, e muito mais que em todo o tempo atrás.

— Natural condição de mulheres — disse Dom Quixote — desdenhar a quem lhes quer, e amar a quem as aborrece. Adiante, Sancho, adiante.

— Sucedeu — disse Sancho — que o pastor pôs por obra o determinado; e, tocando diante de si as suas cabras, encaminhou-se pelos campos da Estremadura, direito a Portugal. A Torralva, que o soube, partiu atrás dele, seguindo-o a pé e descalça a distância, com o seu bordãozinho na mão, e uns alforjes ao pescoço, levando neles, segundo é fama, dois pedaços, um de espelho, outro de pente, e um boiãozinho de não sei que unturas para o rosto, mas levasse o que levasse, que nesses debuxos é que eu me não quero meter; só digo que, pelo que dizem, o pastor chegou com o seu rebanho à beira do rio Guadiana, que naquela ocasião ia crescido e quase por fora da madre. No sítio onde ele chegou não havia barca nem barco, nem quem o passasse a ele nem ao seu gado para outra parte; com o que muito se ralou por ver que a Torralva já vinha muito perto, e, se o apanhasse, não pouca freima lhe daria com os seus rogos e lágrimas; mas tanto mirou e remirou, que sempre ao cabo viu um pescador, que tinha ao pé de si um saveiro, mas tão pequeno, que nele só podiam caber uma pessoa e uma cabra. Com tudo isso falou-lhe e conchavou com ele, que o levaria, e as suas trezentas cabras. Saltou o pescador para o barco, e levou uma cabra; voltou, e levou outra; tornou a voltar, e tornou a passar outra. Tome Vossa Mercê bem sentido na conta das cabras que o pescador vai passando, porque, se se lhe perde uma de memória, acaba-se o conto, e não será possível adiantar-se nem mais palavra dele. Continuo pois, e digo que o desembarcadouro da outra parte estava todo enlodaçado, e resvaladio; e em razão disso o pescador despendia muito tempo com as idas e vindas; apesar de tudo, voltou por outra cabra, e outra, e outra.

— Bem; faze de conta que já passou todas — disse Dom Quixote —; não andes para lá e para cá dessa maneira, que num ano não acabarias de as passar.

— Quantas são as que já passaram? — disse Sancho.

— Eu que diabo sei? — respondeu Dom Quixote.

— Aí está por que eu lhe disse que tomasse sentido na conta — acudiu Sancho —; pois juro-lhe que está a história acabada; não se pode passar para adiante.

— Como pode isso ser? — respondeu Dom Quixote — tão essencial é para a história saber à justa as cabras que têm passado, que, se se errar uma, já o conto não pode continuar?

— Não, senhor; por feitio nenhum — respondeu Sancho —; quando eu perguntei a Vossa Mercê que me dissesse quantas cabras tinham passado, e Vossa Mercê me respondeu que não sabia, naquele mesmo instante se me varreu a mim da memória o mais que tinha ainda por dizer; pois à fé que faltava o melhor e o mais saboroso.

— Visto isso — disse Dom Quixote —, está já deveras acabada a história?

— Tão acabada como minha mãe — disse Sancho.

— Em verdade te digo — respondeu Dom Quixote — que hás aí contado uma das mais originais histórias, anedotas, ou contos, que ninguém no mundo poderia inventar. Modo tal de contar e concluir nunca o vi nem espero ver em toda a minha vida. Mas também, que outra coisa poderia vir do teu bestunto?[6] Enfim: não me admiro; estes golpes, que não cessam, natural é que te hajam turbado o entendimento.

---

[6] Esse pequeno conto procede da tradição oral.

— Tudo pode ser — respondeu Sancho —, mas o que eu sei é que a respeito do meu conto não há mais que dizer; acabou-se ali, onde começou o erro da contagem das cabras.

— Acabado seja ele onde quiseres, e em boa hora; e vejamos se poderá já mover-se o Rocinante.

Tornou a meter-lhe as pernas, e ele tornou a saltar, mas sem adiantar passo; tão bem peado estava!

Mas, quer fosse pela friagem da manhã, que já começava, quer por ter Sancho ceado alguma coisa laxante, quer fosse enfim coisa natural (que é o que mais depressa se deve crer), veio-lhe a ele vontade de fazer o que mais ninguém poderia em seu lugar; mas tamanho era o medo que dele se tinha apossado, que não se atrevia a apartar-se uma unha negra do amo. Cuidar que não havia de fazer o que tão apertadamente lhe era necessário também não era possível. O que fez, para de algum modo conciliar tudo, foi soltar a mão direita, que tinha segura ao arção traseiro, e com ela, à sorrelfa e sem rumor, soltou a laçada corredia com que os calções se agüentavam sem mais nada, e, soltando-a caíram-lhe eles logo aos pés, que lhe ficaram presos como em grilhões; depois levantou a camisa o melhor que pôde, e pôs ao vento o poisadouro (que não era pequeno). Feito aquilo, que ele entendeu ser o essencial para sair do terrível aperto, sobreveio-lhe logo segunda e pior angústia, que foi o parecer-lhe que não podia aliviar-se sem fazer estrondo; e entrou a rilhar os dentes e encolher os ombros, tomando a si o fôlego quanto lhe era possível; mas, com todas estas precauções, tal foi a sua desgraça, que ao cabo e ao fim não deixou de lhe escapar um pouco de ruído, bem diferente daquele que tanto receava. Ouviu-o Dom Quixote e disse:

— Que rumor é esse, Sancho?

— Não sei, senhor — respondeu ele —; alguma novidade deve ser, que as venturas e desventuras nunca principiam por pouco.

Tornou outra vez a tentar fortuna, e com tão boa sorte, sem mais ruído nem alboroto que da primeira vez, se achou aliviado da carga que tanto o havia apoquentado. Mas, como Dom Quixote não era menos fino de olfato que de ouvido, e Sancho estava tão cosido com ele, as exalações subiam quase em linha reta para cima, e o cavaleiro não pôde escusar-se de lhe chegarem ao nariz. Tanto como as percebeu, acudiu com dois dedos ao nariz, apertando-o, e em tom algum tanto fanhoso disse:

— Parece-me, Sancho, que estás realmente com muito medo.

— Oh! se estou! — respondeu Sancho — mas como é que Vossa Mercê percebeu isso agora mais que dantes?

— É porque estás, agora cheirando mais do que nunca, e não a coisa boa — respondeu Dom Quixote.

— Bem poderá ser — disse Sancho —, mas a culpa não é minha, é de Vossa Mercê, que me traz fora de horas por estes lugares descostumados.

— Arreda-te de mim três ou quatro passos, amigo — disse Dom Quixote, sem tirar ainda os dedos do nariz —; daqui em diante tem mais cautela contigo, e com o que deves à minha pessoa; a demasiada conversação em que eu te admito é que é a causa de tamanha descortesia.

— Quero apostar — retrucou Sancho — que está Vossa Mercê cuidando que eu fiz desta humanidade alguma coisa que não devera...

— Pior é mexer-lhe, amigo Sancho — respondeu Dom Quixote.

Nestes e noutros semelhantes colóquios passaram o resto da noite amo e moço; mas vendo Sancho que vinha amanhecendo, soltou com a maior sutileza as mãos a Rocinante, e atacou os calções. Quando Rocinante se viu livre, ainda que de seu natural nada tinha de brioso, parece que se reanimou, e começou de escavar com as mãos; de curvetas (com sua licença), não há por que falemos; a tanto não chegava ele. Vendo o cavaleiro que já o bruto se movia, tomou-o por bom sinal, como se nisso lhe significara que pusesse peito à temerosa aventura. Acabou neste comenos de se descobrir a alva, deixando ver distintamente as coisas; e reconheceu Dom Quixote achar-se entre umas árvores altas, que eram castanheiras, que fazem sombra muito escura. Notou que o golpear não descontinuava, mas, sem se perceber a causa, e sem se deter, fez sentir as esporas a Rocinante; e, tornando a despedir-se de Sancho, lhe mandou o esperasse ali três dias quando muito, como já outra vez lhe recomendara; e, se ao cabo deles não tivesse voltado, desse por certo que Deus havia sido servido de lhe fazer acabar a vida naquela perigosa aventura. Tornou-lhe a repetir o recado e a embaixada que havia de levar da sua parte à sua Senhora Dulcinéia; e que, pelo que tocava à paga do seu serviço, não tivesse pena, porque ele tinha deixado feito o seu testamento antes de sair da aldeia, no qual se acharia gratificado de tudo que tocava ao seu salário, na proporção do tempo que o tivesse servido; porém, se Deus o tirava daquele perigo são, salvo e escorreito, podia ter por mais que certa a prometida ilha. De novo desatou Sancho a chorar, ouvindo outra vez aqueles piedosos ditos do seu bom senhor, e resolveu não o deixar até a conclusão e remate último da empresa.

Destas lágrimas, e da determinação tão honrada de Sancho Pança, deduz o autor desta história que devia ele ser homem bem-nascido, e pelo menos cristão-velho. Aquele sentimento de Sancho não deixou de enternecer ao amo, não tanto porém que descobrisse fraqueza alguma; antes, disfarçando o melhor que pôde, começou a caminhar para a parte donde lhe parecia vir o som da água e das pancadas. Seguia-o Sancho a pé, levando, como tinha por costume, pelo cabresto o seu jumento, companheiro constante de suas fortunas, adversas ou prósperas. Tendo andado um bom pedaço por entre aqueles castanheiros e mais árvores sombrias, acertaram num pradozinho ao sopé dumas altas penhas, donde se despenhava uma abundante catarata de água. Achegadas aos penedos estavam umas casas malfeitas, que menos pareciam casas que ruínas; repararam em que dali de dentro é que procedia o ruído daquele estrondoso golpear, que ainda ia por diante. Com o estrépito da água e das pancadas espantou-se Rocinante. Dom Quixote, aquietando-o, se foi pouco e pouco chegando às casas, encomendando-se de todo o coração à sua dama, suplicando-lhe que naquela temerosa jornada e empresa o favorecesse, e de caminho recomendava-se também a Deus, para que o não desamparasse. Não se lhe tirava do lado Sancho, estendendo quanto podia o pescoço e os olhos por entre as pernas de Rocinante, a ver se perceberia enfim o que tão amedrontado o trazia. Cem passos mais teriam andado quando, ao transporem uma quina da rocha, apareceu patente a causa que se procurava, e que era única possível para aquele horríssono ruído, que tanto os espantara, e que tão suspensos e medrosos os tivera por toda a noite. A causa única, leitor meu (se não levas a mal que to declare), eram seis maços de pisão que alternavam os golpes com todo aquele estampido. Logo que Dom Quixote viu o que era, emudeceu, e ficou-se de todo pasmado. Voltou-se para ele Sancho, e viu-o de cabeça derrubada para os peitos, com mostras de envergonhadíssimo. Olhou também Dom Quixote para Sancho, e viu que estava de bochechas entufadas, e a boca cheia de riso, com evidentes sinais de estar por um triz a arrebentar-lhe a gargalhada. Não pôde tanto com o bom do cavaleiro a sua melancolia, que à vista da cara de Sancho se pudesse conter que também não risse. Sancho, vendo que o próprio amo lhe abria o exemplo, rompeu a presa de maneira que teve de apertar as ilhargas com as mãos ambas, para não rebentar a rir. Quatro vezes serenou, e outras tantas voltou à mesma explosão de hilaridade com a mesma força que a princípio. Já de tanta galhofa se ia dando ao Diabo Dom Quixote, mormente quando lhe ouviu dizer de chança:

— "Hás de saber, Sancho amigo, que eu nasci por determinação do céu nesta idade de ferro para ressuscitar nela a de ouro ou dourada. Eu sou aquele, para quem estão guardados os perigos, as grandes façanhas, os valorosos feitos".

E por aqui foi enfiando todas as razões que ao amo ouvira, quando começaram aqueles golpes medonhos.

Vendo pois Dom Quixote que o seu escudeiro fazia mofa dele, correu-se, e em tanta maneira se agastou, que alçou a chuça, e lhe assentou duas bordoadas tais, que se, assim como as ele recebeu nas costas, as apanhasse pela cabeça, livrariam o amo de lhe pagar as soldadas, salvo se fosse aos seus herdeiros. Sancho, conhecendo o mal que as suas graças lhe iam saindo, e, receando que o ensino passasse a mais, com muita humildade lhe disse:

— Tenha mão Vossa Mercê, senhor meu, que tudo isto em mim é graça.

— Pois se é graça em ti, em mim é que não o é — respondeu Dom Quixote —; vinde cá, senhor dizedor, parece-vos a vós, que, se assim como nos saíram maços de pisão, nos surdisse realmente uma aventura perigosa, não tinha eu já mostrado o ânimo preciso para a empreender e levar a cabo? Estou obrigado, porventura, sendo, como sou, cavaleiro, a conhecer e diferençar os sons, e saber quais são os de maço de pisoeiro, e quais não? E demais, bem podia ser, e assim era realmente, que eu nunca em dias de vida tal houvesse presenciado, como vós outro, que sois um rústico e um vilão ruim nado e criado entre eles. Ora suponde vós que estes seis maços se transformam em seis gigantes; abarbem-nos comigo, a um e um ou todos de rondão; e, quando eu vo-los não apresentar a todos de pernas ao ar, dou-vos licença que façais de mim quanta chacota quiserdes.

— Basta já, senhor meu — replicou Sancho —, confesso que passei de risonho; mas diga-me Vossa Mercê, agora que fizemos as pazes, assim Deus o tire para o futuro de todas as aventuras tão são e salvo como desta o livrou: não foi coisa de rir, e não é para se contar, o grande medo que tivemos? Pelo menos o que eu tive, que de Vossa Mercê já eu sei que o não conhece, nem sabe o que venha a ser temor nem espanto.

— Não nego — respondeu Dom Quixote — que o sucesso não fosse merecedor de riso; mas digno de contar-se é que não é, porque nem todas as pessoas são tão discretas, que saibam pôr as coisas em seu lugar.

— Vossa Mercê pelo menos — respondeu Sancho — soube pôr no seu lugar a chuça, apontando-me à cabeça, e dando-me nas costas, graças a Deus e ao cuidado que eu pus em revirar-me a jeito. Mas vá lá, que tudo afinal há de ser pelo melhor, que sempre ouvi dizer: "Quem bem ama bem castiga"; e mais, que os senhores principais, em dizendo palavra má a um criado, logo em desconto lhe dão para umas calças; o que eu não sei bem é o que lhe costumam dar depois de lhe terem dado bordoadas, se não é que depois das bordoadas os cavaleiros andantes dão ilhas ou reinos em terra firme.

— Tal poderia correr o dado — disse Dom Quixote —, que isso que dizes chegasse a ser verdade; e perdoa o passado, pois és discreto, e sabes que os primeiros movimentos não estão na mão do homem. Fica porém daqui para o diante advertido duma coisa, para que te abstenhas e coíbas no falar demasiado comigo: que em todos quantos livros de cavalarias tenho lido, e que são inumeráveis, nunca achei escudeiro que palrasse tanto com seu senhor como tu com o teu; e em verdade que o tenho por grande falta da tua e da minha parte; da tua, porque nisso mostras respeitar-me pouco; e da minha, porque me não deixo respeitar como devera. Gandalim, por exemplo, escudeiro de Amadis de Gaula, foi Conde da Ilha Firme; e dele se lê que sempre que falava ao seu senhor o fazia de gorra na mão, inclinada a cabeça, e o corpo curvado *more turquesco*[7]. Pois que diremos de Gasabal, escudeiro de Dom Galaor? Que foi tão calado, que, para se nos declarar a excelência do seu maravilhoso silêncio, só uma vez se profere o seu nome naquela tão grande como verdadeira história. De tudo que te digo hás de inferir, Sancho, que é necessário fazer-se diferença de amo a moço, de senhor a criado, e de cavaleiro a escudeiro; portanto de hoje avante devemonos tratar mais respeitosamente, sem nunca nos confundirmos um com o outro, porque, de qualquer modo que eu me enfade convosco, quebrado afinal há de ser sempre o cântaro. As mercês e benefícios

---

[7] À moda turca, fazendo reverência.

que vos hei prometido a seu tempo chegarão; e, se não chegarem, o vosso salário pelo menos nunca o haveis de perder, como já vos disse.

— Bem está quanto Vossa Mercê me diz — respondeu Sancho —; porém gostaria eu de saber (se por acaso não chegasse o tempo das mercês, e se houvessem de contar os salários) quanto ganhava um escudeiro de cavaleiro andante naqueles tempos; e como eram os ajustes: se por meses, se por dias, como serventes de pedreiros.

— Não creio eu — respondeu Dom Quixote — que jamais os tais escudeiros servissem por soldada justa; serviam confiados nas mercês; e se eu agora te falei a ti em salário, e no que a este respeito deixei no meu testamento cerrado lá em casa, foi pelas incertezas do futuro; por ora ainda não sei como corre nestes calamitosos tempos a cavalaria, e não queria, por tão pequenas coisas, condenar a minha alma para o outro mundo; porque faço-te saber, Sancho, que neste em que vivemos não há estado mais perigoso que o dos aventureiros.

— Essa é a verdade — respondeu Sancho —, pois só o estrondo duns maços de pisão bastou para alborotar e dessossegar o coração de tão valoroso cavaleiro andante como Vossa Mercê é; mas pode ficar descansado, que daqui em diante não torno a abrir a boca para burlar sobre as coisas de Vossa Mercê, salvo sendo para o honrar como a meu amo e senhor natural que é.

— Dessa maneira — respondeu Dom Quixote —, viverás longo tempo sobre a superfície da terra, porque abaixo dos pais se hão de os amos respeitar como se o foram.

CAPÍTULO XXI

Que trata da alta aventura e preciosa ganância do elmo de Manbrino, com outras coisas sucedidas ao nosso invencível cavaleiro

Nisto começou a chover um pouco, e quisera Sancho que se recolhessem no moinho do pisão; mas tamanho teiró lhe havia tomado Dom Quixote em razão do desencantamento passado, que por modo nenhum lá quis entrar; e, torcendo o caminho para a mão direita, deram noutro como o da véspera. Dali a pouco descobriu Dom Quixote um homem a cavalo, que trazia na cabeça coisa que relampagueava como se fora de ouro; apenas o viu, voltou-se para Sancho, e lhe disse:

— Parece, Sancho, que não há rifão que não seja verdadeiro, porque todos eles são sentenças tiradas da própria experiência, mãe das ciências todas, e especialmente aquele que diz: "Uma porta se fecha, outra se abre". Digo isto, porque, se a noite passada se nos fechou a porta da aventura que buscávamos, enganando-nos com os pisões, agora se nos abre outra de par em par para melhor e mais certa aventura. Se eu não acertar a entrada por ela, toda a culpa será minha, sem eu a poder atribuir nem a pisões, nem ao escuro da noite. Isto digo, porque, se me não engano, aí vem caminhando para nós um homem que traz na cabeça o elmo de Mambrino[1], sobre o qual me ouviste o juramento que sabes.

— Olhe Vossa Mercê bem o que diz, e melhor o que faz —

[1] Elmo encantado que Reinaldo de Montalbán tomou ao mouro Mambrino.

respondeu Sancho. — Deus nos livrara de que fossem estes agora outros pisões, que nos acabassem de apisoar, e amofinar-nos o entendimento.

— Valha-te o Diabo, homem! — replicou Dom Quixote — em que se parece um elmo com um maço de pisoeiro?

— Não sei — respondeu Sancho —, mas afirmo-lhe que, se pudesse agora falar tanto como era o meu costume, talvez desse tais razões, que Vossa Mercê veria que se enganava no que diz.

— Como enganar-me no que digo, traiçoeiro escrupulizador! — exclamou Dom Quixote — dize-me: não vês aquele cavaleiro que para nós vem sobre um cavalo ruço rodado[2], e traz na cabeça um elmo de ouro?

— O que eu vejo — respondeu Sancho — não é senão um homem escarranchado num asno pardo, cor do meu, e que traz na cabeça uma coisa que reluz.

— Pois essa "coisa que reluz" é que é o elmo de Mambrino — respondeu Dom Quixote. — Arreda-te para um lado e deixa-me só com ele; vais ver como eu, sem proferir palavra, por não esperdiçar tempo, concluo esta aventura, e me aposso do elmo que tanto desejava.

— O apartar-me eu por minha conta fica — replicou Sancho —, mas queira Deus, torno a dizer, que este mato nos não saia orégão, em lugar de pisões.

— Já vos hei recomendado, irmão — disse Dom Quixote —, que nem por pensamento me torneis a amentar isso dos pisões, que voto... (e não digo mais) apisoar-vos a alma.

Calou-se Sancho com medo de que o amo cumprisse logo o voto, que era tão redondo e sem pegas como uma bola.

Era o caso que o elmo, cavalo e cavaleiro, que Dom Quixote via, nisto se cifravam: de dois lugares, que havia naquele contorno, um era tão pequeno, que não tinha nem botica nem barbeiro; o outro, que lhe ficava próximo, esse sim; e por isso o barbeiro do maior era também afreguesado no outro. Deu o caso que um enfermo deste lugar menor necessitou de ser sangrado, e outro da barba feita. Para esses dois serviços é que o barbeiro vinha, e trazia a sua bacia de latão. Como no caminho lhe começou a chover, receoso ele de que lhe estragasse o chapéu, que naturalmente seria novo,

---

[2] De cor parda, com manchas redondas.

pôs-lhe por cima a bacia, que, por estar areada de pouco tempo, resplandecia a meia légua de distância. Vinha montado num asno pardo, como Sancho dissera, e esse é que ao fidalgo se figurou cavalo ruço rodado; o mestre, cavaleiro; e a bacia, elmo de ouro. Tinha isso de si: quantas coisas via, logo pelo ar as acomodava às suas desvairadas cavalarias e descaminhados sonhos. Quando viu que vinha já perto o pobre cavaleiro, sem mais tir-te nem guar-te partiu sobre ele a toda a velocidade do Rocinante, e com a chuça enristada, decidido a passá-lo de banda a banda. Quase ao alcançá-lo, mas sem abrandar a fúria da carreira, lhe disse:

— Defende-te, cativa criatura, ou entrega-me à boamente o que por boa razão me pertence. O barbeiro, que tão descuidoso e pacífico viu crescer contra si aquele fantasma, não teve remédio para se livrar da lançada, senão deixar-se cair do burro abaixo. Ainda bem não tocara no chão, levantou-se mais leve que um gamo, e começou a correr por aquela planície, que nem um furacão o alcançaria. Com a bacia, que na carreira lhe caíra, se deu Dom Quixote por satisfeito; e disse que o campônio andara discreto no imitar ao castor, que, em se vendo acossado dos caçadores, corta com os dentes aquilo que o instinto natural lhe diz ser a causa de o perseguirem[3]. Mandou a Sancho que levantasse do chão o elmo; o qual, tomando-o nas mãos, disse:

— Por Deus que a bacia é boa; e sou capaz de jurar que custou um bom dinheiro.

E entregando-a a seu amo, este colocou-lha na cabeça, olhando-a de um lado e doutro, à procura do encaixe; e como o não encontrasse, disse:

— Sem dúvida que o pagão para quem se fez por medida esta famosa celada tinha uma grandíssima cabeça; mas o pior é que lhe falta metade.

Quando Sancho ouviu chamar à bacia celada, não pôde suster o riso, mas reprimiu-o logo, lembrando-se das iras do patrão.

— De que te ris, Sancho? — disse Dom Quixote.

— Rio-me — respondeu ele — de considerar na grande cabeça que tinha aquele pagão dono desse elmete, que não parece senão uma bacia de barbeiro escrita e escarrada.

— Sabes o que se me está figurando, Sancho? É que este

---

[3] Por certa substância medicinal que possui. Alusão à superstição sobre o castor.

famoso elmo encantado por algum estranho acidente caiu em poder de quem não soube conhecer nem estimar a sua valia, e sem saber o que fazia, reparando em que era de ouro puríssimo, fundiu a outra metade para seu proveito, e desta fez isto que se parece com bacia de barbeiro, como tu dizes. Porém, seja o que for, que para mim, que a conheço, esta transfiguração nada faz ao caso; eu a repararei no primeiro lugar em que haja ferreiro, e de modo que lhe não leve vantagem, nem sequer lhe chegue, a que foi forjada pelo deus das ferrarias para o deus das batalhas, e daqui até lá trá-la-ei como puder, que melhor é alguma coisa que nada; ao menos sempre será suficiente para me defender de alguma pedrada.

— Poderá ser — disse Sancho —, se não for a pedrada atirada de funda, como as atiravam na peleja dos dois exércitos, quando a Vossa Mercê lhe benzeram os queixais, e lhe escangalharam a almotolia em que vinha aquela bendita bebida que me fez vomitar as forçuras.

— Não me fez grande pena o tê-la perdido — disse Dom Quixote —; bem sabes, Sancho, que eu tenho a receita de memória.

— Eu também — respondeu Sancho —, mas, se a tornar a fazer, nunca mais em minha vida a provarei, juro; nem tenciono tornar a necessitar dela, porque voto guardar-me com todos os meus cinco sentidos de ser ferido nem ferir a quem quer que seja. Lá de ser outra vez manteado, não digo nada, que desgraças dessas mal se podem prever, e, tendo elas de vir, não há mais que fazer senão encolher os ombros, tomar a si o fôlego, fechar os olhos, e deixar-se um homem ir por onde a sorte e a manta o quiserem atirar.

— Mau cristão és tu — replicou Dom Quixote —, que nunca te esqueces da injúria que uma vez te fizeram; pois sabe que não é de peitos nobres e generosos fazer caso de ninharias. Ficou-te coxo algum pé? quebrada alguma costela, ou a cabeça aberta, para te ficar tão gravado na memória aquele brinco? Porque, apuradas bem as contas, brinco foi e mero passatempo; se eu o não entendera assim já lá tinha tornado, e feito para tua satisfação mais dano do que os gregos fizeram em Tróia pelo rapto de Helena, a qual, se existira neste nosso tempo, ou a minha Dulcinéia fora naquela antiguidade, podia estar certa de que não tivera tanta fama de formosa, como tem.

E aqui soltou um suspiro que chegou às nuvens. Respondeu Sancho:

— Pois passe por brinco, visto que a vingança não pode ser a valer; porém, eu é que sei a casta de que não foram os brincos e as veras, e também sei que nunca me hão de passar da lembrança, nem das costas. Porém, deixando isto de parte, diga-me Vossa Mercê o que havemos de fazer deste cavalo ruço rodado, que se parece com um burro pardo, que nos ficou para aí desamparado pelo tal Martinho que Vossa Mercê derrubou; segundo ele pôs pés em polvorosa, e tomou a carreira às de Vila-Diogo[4], não leva jeito de nos tornar mais a aparecer; e mais, por estas que Deus me pôs na cara, o ruço é bem bom.

— Não costumo eu — disse Dom Quixote — despojar aos que venço, nem é usança na cavalaria tirar cavalos e deixar os cavaleiros a pé, salvo se tiver o vencedor perdido na pendência o seu próprio; só nesse caso é que lhe é lícito tomar o do vencido, como tendo sido ganhado em boa guerra. Assim, Sancho, deixa o cavalo, ou jumento, ou o que quiseres que seja, que o dono, em nos vendo longe daqui, voltará a procurá-lo.

— Sabe Deus — replicou Sancho — se eu o não levava de boa vontade, ou pelo menos em troca deste meu, que me parece menos bom. Realmente que bem apertadas são as leis da cavalaria, pois não dão licença para se trocar um asno por outro; mas queria saber se poderia sequer trocar os aparelhos.

— Nisso não estou muito certo — respondeu Dom Quixote —, mas em caso de dúvida, e enquanto não tenho melhores informações, digo-te que os troques, se estes são para ti de extrema necessidade.

— Tão extrema é ela — acudiu logo Sancho —, que, se fossem para mim mesmo em pessoa, não me seriam mais precisos.

E para logo, autorizado com tal licença, fez *mutatio caparum*[5], e pôs o seu jumento às mil maravilhas, deixando-o a valer três ou cinco vezes mais. Concluído esse arranjo, almoçaram dos restos do real que também na azêmola se lhe depararam, beberam da água do arroio dos pisões sem voltarem a cara para eles, tal era o aborrecimento em que os tinham pelo medo que lhes haviam causado!

---

[4] Em uma décima jocosa se diz o seguinte: "Vila-Diogo era um soldado / Que a São Pedro, em ocasião / De estar em dura prisão, / Nunca lhe faltou ao lado. / Veio o espírito alado, / E, cheio de vivo fogo, / Disse a São Pedro: Sai logo; Toma as calças; não perguntes. / E, em vez de pôr as suas, / Tomou as de Vila-Diogo".

[5] Alusão a uma cerimônia litúrgica, em que os cardeais trocavam suas capas forradas por outras mais leves, no dia da Ressurreição.

E dando mate à cólera, e até à melancolia, montaram, e, sem tomarem caminho determinado, por ser muito de cavaleiros andantes o não seguirem via certa, se deixaram ir por onde ao Rocinante se antolhou; após ele iam levadas à toa a vontade do amo e a do asno, que sempre em boa união o acompanhava por onde quer que fosse. Com tudo isto tornaram à estrada real, e por ela seguiram à ventura, sem outro algum roteiro.

Como assim iam caminhando, disse Sancho para o amo:

— Quer Vossa Mercê, senhor meu, conceder-me vênia para eu meter mão num tudo-nada de palestra com Vossa Mercê? Depois que me pôs aquele custoso mandamento do silêncio, já me têm apodrecido mais de quatro coisas no estômago; e uma, que eu agora tenho na ponta da língua, não queria eu perdê-la.

— Dize-a embora — disse Dom Quixote —, e sê breve no discorrer, que para os ditos agradarem requer-se que por difusos não aborreçam.

— Digo, pois, senhor — respondeu Sancho —, que dia há que ando considerando quão pouco se ganha em andar buscando estas aventuras que Vossa Mercê espera por estes desertos e encruzilhadas, onde, ainda que se vençam e concluam em bem as mais perigosas, não há quem presencie ou alcance delas notícias; e portanto hão de forçosamente ficar em perpétuo silêncio, com prejuízo do desejo de Vossa Mercê, e do que elas merecem. Parece-me, portanto, que mais acertado fora (salvo o mais avisado parecer de Vossa Mercê) irmo-nos a servir algum imperador, ou a outro príncipe grande, que tenha alguma guerra em que Vossa Mercê melhor possa mostrar o seu valor, as suas grandes forças e claro entendimento. Reconhecendo todas essas excelências, o tal senhor a quem servimos por força nos há de remunerar, a cada qual segundo os seus merecimentos, não faltando lá por certo quem ponha em escrito as façanhas de Vossa Mercê, para perpétua memória. Das minhas nada digo, pois não hão de sair dos limites escudeiráticos, ainda que sei dizer que, se se usa na cavalaria escrever façanhas de escudeiros, não me parece que as minhas hajam de ficar entre borrões esquecidos.

— Não dizes mal, Sancho — respondeu Dom Quixote —, mas, antes de se chegar a esse extremo, é mister andar pelo mundo buscando as aventuras como escola prática, para que, saindo com alguns feitos em limpo, se cobre nome e fama tal, que, quando depois, se chegar à corte de algum grande monarca, já o cavaleiro seja conhecido por suas obras, e que, apenas o houverem visto entrar pelas portas da cidade, os rapazes da rua o rodeiem e acompanhem, vozeando entre vivas: "Este é o Cavaleiro do Sol", ou "da Serpente", ou de outra qualquer insígnia, debaixo da qual houver acabado grandes façanhas. "Este é", dirão, "o que venceu em singular batalha o gigante Brocabruno da Grande Força; o que desencantou o grande Mameluco da Pérsia do largo encantamento em que tinha permanecido quase novecentos anos"; e assim de mão em mão irão pregoando os seus feitos; e logo, com o alvoroto dos rapazes da rua, e de todo o outro gentio, sairá às janelas do seu real palácio o rei daquele reino; e assim que vir o cavaleiro, conhecendo-o pelas armas, ou pela empresa do escudo, forçosamente há de dizer: "Eia! sus! saiam meus cavaleiros, quantos em minha corte são, a receber a flor da cavalaria que ali vem"; à qual ordem sairão todos, e ele descerá meia escada e o abraçará estreitissimamente, dar-lhe-á a paz, beijando-o no rosto, e logo o levará pela mão ao aposento da senhora rainha, onde o cavaleiro a achará com a infanta sua filha, que há de ser uma das mais formosas e completas donzelas que em grande parte do mundo descoberto com grande custo se puderam encontrar. Sucederá logo após tudo isso pôr ela os olhos no cavaleiro, e ele nela os seus, e cada um parecerá ao outro coisa mais divina que humana; e, sem saberem como nem como não, hão de ficar presos na insolúvel rede amorosa, e com grande opressão de suas almas, por não saberem como se hão de falar e descobrir as suas ânsias e sentimentos. Dali o levarão sem dúvida a algum quarto do paço, custosamente adereçado, onde, despindo-lhe as armas, lhe trarão uma capa rica de púrpura, com que se cubra; e, se armado tão bem parece, melhor há de ainda parecer assim vestido. À noite ceará com o rei, a rainha e a infanta, sem nunca tirar os olhos dela, mirando-a a furto dos circunstantes; e outro tanto fará ela, e com igual disfarce, porque, segundo já disse, é muito discreta donzela. Levantadas as mesas, entrará a súbitas pela porta da sala um feio e pequeno anão, com uma formosa dama, que entre dois gigantes vem atrás do anão com certo problema engenhado por antiqüíssimo sábio, que todo o que for capaz de o deslindar será tido pelo melhor cavaleiro do mundo.

"Mandará logo o rei que todos os presentes provem naquilo a sua habilidade; e nenhum atinará, salvo o hóspede, com grandes aumentos para a sua fama; do que ficará contentíssima a infanta, e se estimará feliz de ter posto a sua eleição amorosa em sujeito de tão altos méritos. Para tudo correr ao pintar, este rei, ou príncipe (ou o que quer que é) traz uma guerra mui renhida com outro rei tão poderoso como ele. O cavaleiro hóspede lhe pede, ao cabo de alguns dias de estada na corte, licença para ir servi-lo naquela dita guerra; dar-lha-á o rei de muito bom grado, e o cavaleiro lhe beijará cortesmente as mãos pela mercê que lhe concede; e nessa noite se despedirá de sua senhora a infanta, pelas grades de um jardim, para onde deita o aposento de dormir dela, grades por onde já outras muitas vezes lhe tinha falado, sendo medianeira de tudo uma donzela, em que a infanta muito se confia. Ele suspirará, ela desmaiará, a donzela trará água, lamentar-se-á muito, vendo que já está a amanhecer, e não quisera que o descobrissem, por se não empanar a honra da sua dama. Finalmente a infanta tornará em si, e dará as suas brancas mãos por entre as grades ao cavaleiro, o qual as beijará mil e mil vezes, e as banhará de lágrimas. Ficará conchavado entre os dois o modo como se hão de um ao outro comunicar os seus bons ou maus sucedimentos; e a princesa lhe pedirá que se demore o menos que puder. Ele lho prometerá com muitos juramentos; torna-lhe a beijar as mãos, e despede-se com tanto sentimento, que por pouco lhe não foge a vida. Vai dali para o quarto, deita-se sobre o leito, não pode dormir com a dor da partida, levanta-se antes da madrugada, vai-se despedir do rei, da rainha e da infanta. Despedido já dos dois primeiros personagens, dizem-lhe que a senhora infanta está mal disposta, e que não pode receber visitas. Pensa o cavaleiro ser com pena da sua partida; rasga-se-lhe o coração; e por um triz não dá indício manifesto do seu pesar. Está diante a donzela medianeira, observa tudo e vai contá-lo à sua ama; esta recebe-a com lágrimas, e diz-lhe que uma das maiores penas que lhe assistem é não saber quem o seu cavaleiro seja, e se é, ou não, de linhagem real. A donzela dá-lhe por certo que não pode caber tanta cortesia, gentileza, e denodo, como tem o seu cavaleiro, senão em pessoa real. Com isto se conforta a coitada, e procura consolar-se, por não dar aos pais algumas ruins suspeitas; e, passados dois dias, aparece em público. Já o cavaleiro é partido; está pelejando na guerra; vence ao inimigo de el-rei, ganha muitas cidades, triunfa de muitas batalhas, volta à corte, vê a sua dama por onde costumava, obtém dela anuência para que a peça por mulher em paga dos serviços que fez; el-rei, que não sabe quem ele é, não lha quer dar; porém, apesar disso, ou roubada ou de qualquer maneira que seja, a infanta casa com ele. O pai chega a estimá-lo por grande ventura, porque se descobre que o tal cavaleiro é filho de um valoroso rei de não sei que reino (porque assento que não virá no mapa). Morre o pai, a infanta herda, e, em duas palavras, o cavaleiro sai rei. Aqui principia logo por conceder mercês ao seu escudeiro, e a todos que o ajudaram a subir a tão alto estado; ao seu escudeiro casa-o com uma aia da infanta, que sem falta deve ser a mesma que lhe serviu de terceira nos amores, a qual é filha de um duque de primeira nobreza."

— Isso é o que eu peço, senhor meu — disse Sancho —, é tudo um joguinho liso e direito; com tudo isso conto, e tudo há de sair ao pé da letra como Vossa Mercê o talha, e mais chamando-se o "Cavaleiro da Triste Figura".

— Não lhe ponhas dúvida, Sancho — replicou Dom Quixote —, porque, do mesmo modo e pelos mesmos passos com que te encadeei estes sucessos, sobem e têm subido cavaleiros a ser reis e imperadores. O que só falta agora é saber que monarca dos cristãos ou dos pagãos andará em guerra, e terá filha de tão extremada formosura; mas não faltará tempo para se pensar nisso, porque, já te disse, primeiro que se chegue à corte, é necessário ter cobrado ânimo por outras partes. Também falta ainda outra coisa: suposto se ache rei com guerra, e com filha formosa, e concedendo que eu tenha adquirido fama incrível por todo o mundo, não sei bem como se poderia achar para a minha pessoa ascendência real, ou pelo menos de primo segundo de imperador, porque o tal rei não há de querer dar-me por mulher a filha, sem previamente saber isso bem ao certo, por mais que lho mereçam os meus feitos. Estou receando que, por esta falta, venha a perder o que tão bem tinha já merecido o meu forte pulso. Verdade é que eu sou filho de algo de solar conhecido, de posse e propriedade, e dos da tarifa de quinhentos soldos[6]; e bem poderia ser que o sábio que escrevesse a minha história deslindasse de tal maneira a minha parentela e descendência, que me achasse quinto ou sexto neto de rei; porque te faço saber, Sancho, que há duas espécies de linhagem: há a linhagem dos que derivam a sua descendência de príncipes e monarcas, mas a quem a pouco e pouco o tempo foi desgastando até acabar tudo em bico, à laia de pirâmide; outra linhagem é a que principiou por gente baixa, e foi trepando até chegar a grandes senhores. Toda a diferença está

---

[6] Privilégio dos fidalgos de receber, em determinadas circunstâncias, quinhentos soldos em desagravo.

em que uns foram e não são, e outros são, e não eram. Ora eu poderia ser destes, que, bem averiguada a coisa, se provasse haverem tido nome grande e famoso; com isso se deve contentar o rei que estiver destinado para meu sogro; e se isso se não der; tanto me há de querer a infanta, que apesar do pai, e ainda que saiba perfeitamente que sou filho dum aguadeiro, me há de admitir por seu senhor e esposo; aliás é o caso de a raptar, e levá-la para onde for minha vontade, porque o tempo, ou a morte, há de acabar com a oposição paterna.

— Para aí vem muito ao pedir — disse Sancho — o que alguns desalmados dizem: "Não peças por favor o que podes haver por força"; ainda que mais assisado é estoutro rifão: "Mais consegue salteador, do que honrado rogador". Digo isto, porque se o senhor rei, sogro de Vossa Mercê, não se quiser resolver a entregar-lhe a infanta, minha senhora, não há senão, como Vossa Mercê diz, roubá-la e pô-la em seguro; o mau será se, enquanto as pazes se não fazem, e se não goza pacificamente do reino, o pobre escudeiro poderá estar a dente[7] nessa coisa das mercês; salvo se a donzela terceira, que há de ser mulher dele, sair, também com a infanta, e ele a acompanhar nesses dias ruins, até que o céu lhes ponha ponto, porque bem poderá, creio eu, o seu senhor dar-lha desde logo por legítima esposa.

— Lá isso é como quem o tem já fechado na mão — disse Dom Quixote.

— Pois, sendo assim — disse Sancho —, não há senão pôr tudo nas mãos de Deus, e deixar correr a sorte pelo seu caminho direito.

— Faça Deus o que eu desejo, e tu, Sancho, necessitas — disse Dom Quixote —, e ruim seja quem em ruim conta se tem.

— Seja por Deus — respondeu Sancho —, que eu cristão-velho sou, e para ser conde isto me basta.

— E até sobeja — disse Dom Quixote —, e ainda que o não foras, que importara isso para o caso? Sendo eu rei, bem te posso dar nobreza sem que tu a compres nem me sirvas em nada; porque eu a fazer-te conde, e tu a ficares logo cavaleiro; e digam o que disserem: à fé que te hão de tratar por senhoria, gostem ou não gostem.

— Ora! E que não saberia eu autorizar o *litamen*! — disse Sancho.

— "Dictamen" deves dizer, e não "litamen" — emendou o amo.

---

[7] Sem ter comido.

— Seja assim — continuou Sancho —; eu os obrigaria a não me andarem fora do rego; afirmo-lhe que fui há já tempos andador duma irmandade; e tão bem me assentava a vestimenta de andador, que todos diziam que bem-apessoado era eu até para servir de irmão maior da mesma irmandade. Que será quando me puserem uma capa de arminhos pelas costas, ou eu me vestir de ouro e pérolas à moda de conde estrangeiro! Tenho para mim que de cem léguas hão de vir curiosos para me verem.

— Decerto que hás de parecer muito bem — disse Dom Quixote —; mas será preciso que rapes as barbas a miúdo, que, segundo as trazes ouriçadas e revoltas, não as rapando à navalha de dois em dois dias pelo menos, à distância de tiro de escopeta será conhecido pela pinta.

— Bom remédio — disse Sancho — é tomar um barbeiro, e tê-lo em casa assoldadado, e até, se preciso for, farei que ande atrás de mim como picador de grande.

— Donde sabes tu — perguntou Dom Quixote — que os grandes levem atrás de si picadores?

— Eu lhe digo — respondeu Sancho —, um dos anos passados estive coisa dum mês na corte, e ali vi que, passando um senhor muito pequeno, que diziam ser muito grande, atrás dele o ia seguindo um homem a cavalo em quantas voltas dava, nem que fora sua cauda. Perguntei como era que aquele homem nunca se unia ao outro, e lhe andava sempre no alcance; responderam-me que era o seu picador, e que os grandes tinham por uso levarem atrás de si aqueles estafermos. Desde então o fiquei sabendo, que nunca mais me esqueceu.

— Com razão — disse Dom Quixote —, e visto isso, podes também tu acompanhar-te do teu barbeiro, que as modas não se inventaram todas ao mesmo tempo, nem vieram ao mundo de cambulhada; e, portanto, bem podes ser tu o primeiro conde que leve após si o seu barbeiro; e depois, de maior suposição é o escanhoar um homem, que aparelhar uma besta.

— Isso do barbeiro deixe-o por minha conta — disse Sancho —; à de Vossa Mercê fique o vir a ser rei, e fazer-me a mim conde.

— Assim se fará — respondeu Dom Quixote.

E, levantando os olhos, viu o que no seguinte capítulo se dirá.

CAPÍTULO XXII

Da liberdade que Dom Quixote deu a muitos desditados, que iam levados contra sua vontade onde eles por si não quereriam ir

Conta Cide Hamete Benengeli, autor arábigo e manchego desta gravíssima, altissonante, mínima, suave e imaginada história, que, depois daquelas razões que houve entre o famoso Dom Quixote de la Mancha e Sancho Pança, seu escudeiro, de que no precedente capítulo XXI se deu conta, alçou Dom Quixote os olhos, e viu que pelo seu caminho vinham uns doze homens a pé, engranzados como contas numa grande cadeia de ferro pelos pescoços, e todos algemados. Vinham igualmente com eles dois homens a cavalo, e outros dois a pé; os cavaleiros com escopetas de roda[1], e os peões com dardos e espadas. Assim que Sancho Pança os viu, disse:

— Esta é cadeia de galeotes[2], gente forçada da parte de el-rei, para ir servir nas galés.

— Como "gente forçada"? — perguntou Dom Quixote — é possível que el-rei force a nenhuma gente?

— Não digo isso — respondeu Sancho —; digo que é gente

[1] Tinham esse nome por se dispararem por uma "roda" com que se chocava o pedernal posto no gatilho.

[2] Os condenados a remar nas galeras reais.

que, por delitos que fez, vai condenada a servir o rei nas galés por força.

— Em conclusão — replicou Dom Quixote —, como quer que seja, esta gente, ainda que os levam, vai à força, e não por sua vontade.

— É verdade — disse Sancho.

— Pois sendo assim — disse o amo —, aqui está onde acerta à própria o cumprimento do meu ofício; desfazer violências e dar socorro e auxílio a miseráveis.

— Advirta Vossa Mercê — disse Sancho — que a Justiça, que é el-rei em pessoa, não faz violência nem agravo a gente semelhante, senão que os castiga dos seus delitos.

Nisto chegou a cadeia dos galeotes, e Dom Quixote com muito corteses falas pediu aos que os iam guardando fossem servidos de informá-lo, e dizer-lhe a causa, ou causas, por que levavam aquela gente daquele modo. Um dos guardas de cavalo respondeu que eram galeotes (gente pertencente a Sua Majestade) que iam para as galés; e quc não havia que dizer, nem ele que perguntar.

— Apesar disso — replicou Dom Quixote —, queria saber de cada um deles em particular a causa da sua desgraça.

A estes ditos ajuntou mais outros tais e tão descomedidos para resolvê-los a declararem-lhe o que desejava, que o outro guarda montado lhe disse:

— Ainda que levamos aqui o registro e a fé das sentenças de cada um destes desgraçados, não temos tempo que perder a apresentar papéis e fazer leituras. Chegue Vossa Mercê a eles, e interrogue-os se quer; que eles, se for sua vontade, lho dirão; pois é gente que põe gosto em fazer e assoalhar velhacarias.

Com esta licença, que Dom Quixote por si tomaria, ainda que lha não dessem, chegou-se à leva, e perguntou ao primeiro por que mau pecado ia ali naquela maneira tão desastrada. Respondeu ele que por enamorado.

— Só por isso e mais nada? — replicou Dom Quixote. — Se por coisas de namoro se vai para as galés, há muito tempo que eu as pudera andar remando.

— Não são namoros como Vossa Mercê cuida — disse o forçado —; o meu namoro foi com uma canastra de roupa-branca, que a abracei comigo tão fortemente, que, se a Justiça ma não tira por força, ainda agora por vontade minha não a tinha largado. Fui apanhado em flagrante, escusaram-se tratos, e concluída a causa, assentaram-me nas costas um cento de estouros, e por crescenças três anos de gurapas[3], e acabou-se a obra.

— Que vêm a ser "gurapas"? — perguntou Dom Quixote.

— "Gurapas" são galés — respondeu o forçado, que era um rapaz duns vinte e quatro anos e disse ser natural de Piedrahita.

Igual pergunta fez Dom Quixote ao segundo. Este não respondeu palavra, segundo ia cheio de paixão e melancolia, mas respondeu por ele o primeiro, e disse:

— Este vai por canário[4]; venho a dizer que por músico e cantor.

— Como é isso? — disse admirado Dom Quixote. — Pois também por ser músico e cantor se vai para as galés?

— Sim, senhor — respondeu o galeote —; nem há pior coisa do que é um homem cantar nas ânsias.

— Antes sempre ouvi — disse Dom Quixote — que "quem canta seus males espanta".

— Cá é às avessas — disse o forçado —, que quem uma vez canta toda a vida chora.

— Não entendo — disse Dom Quixote.

Mas um dos guardas lhe disse:

— Senhor cavaleiro, "cantar nas ânsias" se chama entre esta gente *non sancta* confessar nos tratos o crime que se fez. A este pecador meteram-no a tormentos, e confessou ser ladrão de bestas; pelo ter confessado, o condenaram a seis anos de galés, além de duzentos açoites que já leva nos lombos. Vai sempre pensativo e triste, porque os outros ladrões, uns, que ainda por lá ficam, e os outros, que vão aqui, o enxovalham, e mofam dele, porque caiu em confessar, e não teve ânimo para dizer niques; porque dizem eles que tantas letras tem um "não" como um "sim". Que fortuna para um delinqüente ter na língua à sua escolha a vida e a morte, em vez de as ter à mercê de testemunhas e provas! E para mim, tenho que não vão errados.

— Assim também o entendo — respondeu Dom Quixote.

Passando ao terceiro, fez-lhe a mesma pergunta que aos dois precedentes. O terceiro, depressa e com muito desembaraço disse:

— Eu vou por cinco anos para as senhoras gurapas por me haverem faltado dez ducados.

---

[3] Três anos de condenação às galeras, chamadas "gurapas" pelos delinqüentes.

[4] Porque "cantava" o seu delito ao ser torturado.

— Vinte darei eu de muito boa vontade — disse Dom Quixote — por vos livrar desse trabalho.

— Faz-me isso lembrar — replicou o forçado — um homem que tem a algibeira quente, e está estalando de fome, por não ter onde compre o que lhe faz míngua. Digo isto, porque, se a tempo eu tivesse tido esses vinte ducados que Vossa Mercê agora me oferece, tivera untado com eles a pena do escrivão, e ativado o procurador de maneira que hoje me veria no meio da Plaza de Zocodover[5] de Toledo e não nesta estrada atrelado como galgo; mas Deus é grande; paciência, e basta.

Passou Dom Quixote ao quarto, que era um sujeito de aspecto venerando, com uma barba de neve que lhe chegava abaixo dos peitos, o qual, perguntado sobre a causa por que ali ia, começou a chorar, e não respondeu palavra; mas o quinto lhe serviu de língua[6], e disse:

— Este honrado homem vai por quatro anos às galés, depois de ter passeado pelas costumeiras[7], vestido em pompa, com colchetes e a cavalo.

— Vem a dizer na rua, segundo entendo — disse Sancho Pança —, que saiu à vergonha do mundo.

— Assim é — respondeu o acorrentado —, e o seu crime foi ter sido corretor de orelha[8], e ainda do corpo todo; quero dizer que este cavalheiro vai por alcaiote, e também por ter seus laivos de feiticeiro.

— Se não fossem esses laivos — disse Dom Quixote —, lá só por ser alcaiote decente não merecia ir remar nas galés, antes fora mais próprio para as governar e ser general delas porque o ofício de terceiro de amores não é coisa tão de pouco mais ou menos; é um modo de vida de pessoas discretas, e numa república bem-ordenada muito necessário; não o deveriam ter senão indivíduos muito bem-nascidos, e até devia haver para eles vedor e examinador, como há para os demais ofícios, com número certo e conhecido, como corretores de praça. Desta maneira se atalhariam muitos males, que hoje resultam de andar este ofício e exercício entre gente idiota e de

---

[5] Pleonasmo, já que "zoco", em árabe, significa "praça" ("plaza" em espanhol).

[6] "Intérprete."

[7] As ruas onde se costumavam açoitar os delinqüentes.

[8] O que pede emprestado para outros.

pouco entendimento, como são umas mulherinhas de pouco mais ou menos, pajenzinhos e truões de poucos anos e pouquíssima experiência, que, nas ocasiões mais importantes, e sendo necessário dar alguma traça de maior tomo, dão em seco, e não sabem qual é a sua mão direita. Adiante quisera eu passar, dando as razões por que se devera fazer eleição dos que na república deveriam exercer tão necessário ofício; mas não é aqui lugar próprio. Algum dia o direi a quem possa providenciar; por agora só digo que a pena que essas honradas cãs e venerável semblante me têm causado por vos ver metido em tamanhos trabalhos por alcaiote, tirou-ma o apenso de feiticeiro, ainda que sei muito bem não haver no mundo feitiços que possam mover e forçar as vontades, como cuidam alguns palermas; o alvedrio da pessoa é livre, e não há erva nem encanto que o obrigue. O que algumas mulherinhas tolas e alguns velhacos embusteiros costumam fazer são certas mistelas e venenos, com que tornam os homens doidos, dando a entender que são específicos para bem-querer, sendo, como digo, coisa impossível forçar-se a vontade de ninguém.

— Tudo isso é assim — disse o bom do velho —; verdade, senhor meu, culpa de feitiços não a tive; de alcaiote sim, e não o posso negar; porém nunca pensei que nisso fazia mal; o meu empenho era que toda a gente folgasse, e vivesse em paz e quietação, sem pendências nem penas. Porém, de nada me serviram estes bons desejos, para deixar de me ir donde não espero mais voltar, segundo me carregam os anos, e um mal de urinas que levo, que me não dá instante de descanso. Aqui tornou ao seu pranto do princípio. Teve Sancho tanta compaixão do triste, que tirou do peito uns cobrezitos e lhos deu de esmola.

Passou adiante Dom Quixote, e perguntou a outro o seu delito. Este respondeu com muito mais presença de espírito que o precedente:

— Eu vou aqui por me ter divertido demais com duas primas minhas coirmãs, e com mais duas irmãs que me não eram nada; finalmente, tanto me diverti com todas, que do divertimento resultou aumentar-se a parentela tão intrincadamente, que não há aí sumista que a deslinde. Provou-se-me tudo, faltaram-me proteções, dinheiros não os tinha, vi-me a pique de me estragarem o gasnete[9]; sentencia-

---

[9] "Ser enforcado."

ram-me a galés por seis anos; sujeitei-me; foi castigo do que fiz. Rapaz sou; não peço senão que a vida me dure; com ela tudo se alcança. Se Vossa Mercê, senhor cavaleiro, leva aí alguma coisa com que socorrer a estes pobretes, Deus lho pagará no céu, e nós outros teremos cá na terra cuidado de rogar a Nosso Senhor nas nossas orações pela vida e saúde de Vossa Mercê, que seja tão dilatada e feliz, como a sua boa presença merece.

Este ia em trajo de estudante, e disse um dos guardas que era grande falador e ladino de mão-cheia.

Atrás destes vinha um homem de muito bom parecer, de idade de trinta anos, e que metia um olho pelo outro. O modo por que vinha preso diferia algum tanto dos outros, porque trazia uma cadeia ao pé, tão comprida, que lhe subia pelo corpo todo, e ao pescoço duas argolas; uma em que se prendia a cadeia, e a outra das que chamam "guarda-amigo", ou "pé-de-amigo", da qual desciam dois ferros que chegavam até a cintura, a que se prendiam duas algemas em que iam presas as mãos com um grosso cadeado, de modo que nem com as mãos podia chegar à boca, nem podia abaixar a cabeça até chegar a elas. Perguntou Dom Quixote como ia aquele homem com tantas prisões mais que os outros. Respondeu-lhe o guarda que mais delitos tinha aquele só, que todos os da leva juntos, e que tão atrevido e velhaco era, que, ainda que o levavam daquela maneira, não iam seguros dele, e temiam, ainda assim, que lhes fugisse.

— Que delitos pode ele ter — disse Dom Quixote — se o condenaram só às galés?

— Vai por dez anos — replicou o guarda —, que é como morte civil[10]. Não há mais que se encareça: este bom homem é o famoso Ginés de Pasamonte; por outro nome lhe chamam: o Ginesilho de Parapilha.

— Senhor comissário — disse então o forçado —, não leve isso de afogadilho, e não percamos agora tempo a destrinçar nomes e sobrenomes; o que me eu chamo é Ginés, e não Ginesilho. Pasamonte é a minha alcunha, e não Parapilha como você disse; e cada um que olhe por si, e não fará pouco.

---

[10] Despojamento de uma pessoa de todos os seus direitos, como se não existisse.

— Não fale tão de ronca, senhor ladrão de marca maior — replicou o comissário, se não quer que o faça calar contra vontade.

— Parece — respondeu o forçado — que um homem vai por onde Deus quer; mas não importa, alguém algum dia há de saber se me chamo Ginesilho de Parapilha, ou não.

— Pois não te chamam assim, embusteiro? — disse o guarda.

— Chamam, sim — respondeu Ginés —, mas eu farei que mo não chamem; juro por estas[11]; por enquanto é falar só entre dentes. Senhor cavaleiro, se tem alguma coisa que nos dar, dê-o já, e vá-se com Deus, que já aborrece com tanto querer saber vidas alheias. Se quer saber a minha, sou Ginés de Pasamonte; a minha vida está escrita por estes cinco dedos.

— É verdade — disse o comissário —, a sua história escreveu-a ele próprio; é obra a que nada falta. O livro lá lhe ficou pela cadeia empenhado em duzentos reales.

— Tenho toda a tenção — acudiu Ginés — de o desempenhar, por duzentos ducados que fosse.

— Pois tão bom é o livro? — disse Dom Quixote.

— Tão bom é — respondeu Ginés — que há de enterrar *Lazarilho de Tormes*[12], e quantos se têm escrito ou se possam escrever naquele gênero. O que sei dizer a você é que diz verdades tão curiosas e aprazíveis, que não pode haver mentiras que lhe cheguem.

— E como se intitula o livro? — perguntou Dom Quixote.

— *A vida de Ginés de Pasamonte* — respondeu ele em pessoa. E está acabado? — perguntou Dom Quixote.

— Como pode estar acabado — disse ele —, se ainda a vida se me não acabou? O que está escrito é desde o meu nascimento até o instante em que esta última vez me encaixaram nas galés.

— Visto isso, já lá estiveste mais duma vez — disse Dom Quixote.

— Para servir a Deus e a el-rei já lá estive quatro anos, e já sei a que sabe a bolacha e mais o vergalho — respondeu Ginés —; pouco se me dá tornar a elas; assim terei vagar para concluir o meu livro, que ainda me faltam muitas coisas que dizer, e nas galés de Espanha há sossego de sobra. Verdade é que o que me falta escrever já não é muito, e tenho-o de cor.

---

[11] Barbas.

[12] A primeira novela picaresca.

— Esperto me pareces tu — disse Dom Quixote.

— E desditado também —, acrescentou Ginés —; não admira, as desventuras vêm sempre na cola do talento.

— Na cola dos velhacos — emendou o comissário.

— Já lhe disse, senhor comissário — respondeu Ginés —, que ande devagarinho, que aqueles senhores não lhe deram essa vara para maltratar os pobrezinhos que aqui vamos; deram-lhe para nos guiar, e ir-nos pôr onde Sua Majestade manda, senão por vida de... basta, não é impossível que algum dia depois da barrela saiam as nódoas do que passou na venda. Cada um que tape a sua boca, viva bem e fale melhor; e toca a andar, que de chalaça já basta.

Levantou a vara ao alto o comissário para dar a Pasamonte o troco das suas picuinhas; mas Dom Quixote se lhe pôs diante, e lhe pediu que não espancasse o homem, pois quem levava as mãos tão presas não admirava tivesse na língua alguma soltura; e dirigindo-se a todos os da leva, disse:

— De tudo que me haveis dito, caríssimos irmãos, tenho tirado a limpo o seguinte: que, se bem vos castigaram por vossas culpas, as penas que ides padecer nem por isso vos dão muito gosto, e que ides para elas muito a vosso pesar e contra a vontade, e que bem poderia ser que o pouco ânimo daquele nos tratos, a falta de dinheiro neste, os poucos padrinhos daqueloutro, e finalmente que o juízo torto do magistrado fossem causa da vossa perdição, e de se vos não ter feito a justiça que vos era devida. Tudo isto se me representa agora no ânimo, de maneira que me está dizendo, persuadindo e até forçando, que mostre em favor de vós outros o para que o céu me arrojou ao mundo, e me fez nele professar a ordem de cavalaria que professo, e o voto que nela fiz de favorecer aos necessitados, e aos oprimidos pelos maiores que eles. Mas como sei que uma das condições da prudência é que o que se pode conseguir a bem se não leve a mal, quero rogar a estes senhores guardas e comissários façam favor de vos descorrentar e deixar-vos ir em paz; não faltarão outros, que sirvam a el-rei com maior razão; porque dura coisa me parece o fazerem-se escravos indivíduos que Deus e a natureza fizeram livres; quanto mais, senhores guardas — acrescentou Dom Quixote — que estes pobres nada fizeram contra vós outros; cada qual lá se avenha com o seu pecado. Lá em cima está Deus, que se não descuida de castigar ao mau e premiar ao bom; e não é bem que os homens honrados se façam verdugos dos seus semelhantes, demais sem proveito. Digo isto com tamanha

mansidão e sossego, para vos poder agradecer, caso me cumprais o pedido; e quando à boamente o não façais, esta lança e esta espada com o valor do meu braço farão que por força o executeis.

— Graciosa pilhéria é essa — respondeu o comissário —, e vem muito a tempo. Forçados de el-rei quer que os soltemos, como se para tal houvéssemos autoridade, ou ele a tivesse para no-la intimar! Vá-se Vossa Mercê, senhor, nas boas horas; siga o seu caminho, e endireite essa bacia que leva à cabeça, e não queira tirar castanhas com a mão do gato.

— Gato, e rato, e velhaco, sois vós, patife — respondeu Dom Quixote.

E dito e feito, arremeteu com ele tão às súbitas, que sem lhe dar azo de se pôr em defesa, deu com ele em terra malferido duma lançada; e dita foi, que era aquele o da escopeta. Os demais guardas ficaram atônitos e suspensos da novidade; mas, recobrando logo o acordo, meteram mãos às espadas os de cavalo, e os peões aos seus dardos, e arremeteram a Dom Quixote, que todo sossegado os aguardava. Mal passara sem dúvida o fidalgo, se os forçados, vendo a ocasião que lhes vinha para alcançarem a soltura, não a aproveitassem forcejando por quebrar a cadeia em que vinham acorrentados. Tamanha foi a revolta, que os guardas, já para terem mãos nos galeotes, que se estavam soltando, já para se haverem com Dom Quixote, que os acometia a eles, não puderam fazer coisa que proveitosa lhes fosse. Sancho à sua parte ajudou a Ginés de Pasamonte a soltar-se; e este foi o primeiro que saltou a campo livre e desembaraçado; e indo-se sobre o comissário estendido, lhe tirou a espada e a escopeta, e com esta, apontando ora a um, ora a outro, sem nunca disparar, conseguiu que nem um só guarda se detivesse em todo o campo, porque foram fugindo, assim da escopeta de Pasamonte, como das muitas pedradas que os já soltos galeotes lhes atiravam. Mas deste sucesso grande foi a tristeza que de Sancho se apossou, por se lhe representar que os fugidos haviam de passar notícia do caso à Santa Irmandade, a qual de sino tangido[13] sairia na pista dos delinqüentes; e assim o representou ao amo, rogando-lhe que se partissem logo dali, e se emboscassem na serra próxima.

---

[13] "Repique de sino."

— Tudo isso é muito bom — disse Dom Quixote, mas eu é que sei o que mais convém fazer-se agora.

E chamando a todos os galeotes que andavam levantados, e haviam despojado ao comissário até o deixarem nu, se puseram todos à roda a saber o que lhes mandava.

— De gente bem-nascida é próprio — lhes disse o cavaleiro — agradecer os benefícios recebidos; e um dos pecados que mais ofendem o Altíssimo é a ingratidão. Isto digo, senhores meus, porque já haveis visto com manifesta experiência o que de mim recebestes; em paga do que queria e é minha vontade que carregando com essa cadeia que dos vossos pescoços tirei, vos ponhais para logo a caminho, e vades à cidade de El Toboso, e ali vos apresenteis perante a Senhora Dulcinéia, e lhe digais que o seu cavaleiro, o da Triste Figura, lhe manda muito saudar, e lhe conteis ponto por ponto toda esta minha famosa aventura, com que vos restituí à desejada liberdade. Feito isso, podeis vós ir para onde vos aprouver, e boa fortuna vos desejo.

Respondeu por todos Ginés de Pasamonte, e disse:

— O que Vossa Mercê nos manda, senhor e libertador de todos nós, é impossível de toda a impossibilidade cumprirmo-lo, porque não podemos ir juntos por essas estradas, senão sós e separados cada um de *per si*, procurando meter-se nas entranhas da terra, para não dar com ele a Santa Irmandade, que sem dúvida alguma há de sair à nossa busca. O que Vossa Mercê pode melhor fazer, e é justo que faça, é comutar esse serviço e tributo à Senhora Dulcinéia del Toboso em alguma quantidade de ave-marias e credos, que nós outros rezaremos por tenção de Vossa Mercê. Coisa é esta que se poderá cumprir de noite e de dia, fugindo ou repousando, em paz ou em guerra; porém pensar em nos tornarmos agora para as cebolas do Egito[14], quero dizer a tomarmos a nossa cadeia, e a marcharmos para El Toboso, o mesmo é que pensar que é noite agora que ainda não são dez da manhã. Pedir-nos a nós outros isso tanto monta como esperar peras de olmeiros.

— Pelo Deus que me criou! — exclamou Dom Quixote já posto em cólera — Dom filho da puta, Dom Ginesilho de Paropilho, ou como quer que vos chamais, que haveis de ir agora vós só com o rabo entre as pernas, com toda a cadeia às costas.

---

[14] "À vida fácil e regalada". Aqui, voltar à vida má.

Pasamonte, que nada tinha de sofrido, e já estava caído na conta de que Dom Quixote não tinha o juízo todo, pois tal disparate havia cometido como era o de querer dar-lhes liberdade, vendo-se maltratado, e daquela maneira, deu de olho aos companheiros, e retirando-se à parte começaram a chover tantas pedradas sobre Dom Quixote, que poucas lhe eram as mãos para se cobrir com a rodela; e o pobre Rocinante já fazia tanto caso da espora como se fora de bronze. Sancho, por trás do seu asno, com esse antemural lá se ia defendendo da chuva de pedras que não cessava de lhe cair em cima. Não se pôde anteparar tão bem Dom Quixote, que lhe não acertassem não sei quantos seixos no corpo, e com tanta sustância, que pregaram com ele em terra. Apenas caiu, veio sobre ele o estudante, tirou-lhe da cabeça a bacia e bateu-lhe com ela três ou quatro baciadas nas costas, e outras tantas no chão, com o que a fez quase pedaços. Tiraram-lhe um roupão que trazia por cima das armas, e até as meias-calças lhe queriam tirar, se as grevas[15] lho não estorvaram. Ao Sancho tiraram o gabão, deixando-o desmantelado[16], e, repartindo entre si todos os despojos da batalha, tomou cada um para a sua parte com mais cuidado de escapar à temível Irmandade, que de se carregarem com a cadeia, e irem apresentar-se à Senhora Dulcinéia del Toboso.

Ficaram sós o jumento e Rocinante, Sancho e Dom Quixote; o jumento, cabisbaixo e pensativo, sacudindo de quando em quando as orelhas, por cuidar que ainda não teria acabado o temporal das seixadas, que ainda lhe zuniam aos ouvidos; Rocinante, estendido junto do amo, pois também o derrubara outra pedrada; Sancho, desenroupado, e temeroso da Santa Irmandade; e Dom Quixote, raladíssimo, por se ver com semelhante pago daqueles mesmos a quem tamanho benefício tinha feito.

---

[15] Armadura das pernas, desde o joelho até os pés.

[16] "Em trajes menores."

G. Doré
H. PISAN

CAPÍTULO XXIII

Do que aconteceu ao famoso Dom Quixote na serra Morena, que foi uma das mais raras aventuras que nesta verdadeira história se contam

Vendo-se Dom Quixote tão mal, disse para o escudeiro:

— Sempre, Sancho, ouvi dizer que fazer bem a vilões é deitar água no mar. Se eu tivesse estado pelo que me disseste, evitava-se o presente desgosto; mas o que está feito feito está; já agora paciência; ficar-me-á de emenda para o futuro.

— Tanto se há de Vossa Mercê emendar com esta como é verdade ser eu turco; mas, como diz que, se tivesse estado pelo que lhe eu preguei, se houvera forrado a este contratempo, creia-me agora, e evitará outro maior, porque lhe digo que para a Santa Irmandade escusadas são cavalarias. Quantos cavaleiros andantes há valem para ela tanto como dois maravedis; e saiba que já até a modo que sinto zunir-me às orelhas as setas dos suplícios em que lá metem a gente.

— És covarde de tua natureza, Sancho meu — disse Dom Quixote —, mas, para que não me chames teimoso, nem digas que nunca faço o que me aconselhas, desta vez quero comprazer-te, apartando-me da fúria que tanto receias; mas com uma condição: que jamais enquanto eu vivo for, nem depois da minha morte, confessarás, a quem quer que seja, que me retirei e fugi deste perigo por medo, pois só o fiz para condescender contigo; que, se outra coisa disseres, serás um mentiroso, e desde agora para então, e desde então para agora, te desminto, e digo que mentes e mentirás todas as vezes que o proferires ou o pensares; e não me repliques mais, que só em cuidar que me esquivo a algum perigo, especialmente deste que parece que leva um é-não-é de sombra de medonho, estou já quase para não arredar pé, e para ficar sozinho à espera não só da Santa Irmandade que dizes e receias, mas de todos os irmãos das doze tribos de Israel, e de todos os sete Macabeus, e de Castor e Pólux, e, ainda por cima, de todos os irmãos e irmandades que no mundo haja.

— Senhor meu — respondeu Sancho —, retirar-se não é fugir; nem no esperar vai prova de sisudeza quando a coisa é mais perigosa que bem figurada. Próprio dos sábios é o pouparem-se de hoje para amanhã; e saiba Vossa Mercê que um ignorante e rústico pode mesmo assim acertar uma vez por outra com o que chamam regras de bem governar. Portanto não lhe pese de haver tomado o meu conselho; monte no Rocinante, se pode, ou eu o ajudarei, e siga-me, que me diz uma voz cá dentro que mais úteis nos podem ser nesta ocasião os pés que as mãos.

Montou Dom Quixote sem mais réplica, e, indo adiante Sancho no seu asno, se meteram à serra Morena, que era já próxima dali, levando Sancho o fito em atravessá-la toda, para irem sair ao Viso ou Almodóvar do Campo, e esconderem-se alguns dias por aquelas brenhas, para não serem descobertos, se a Irmandade lhes viesse no alcance. Animou-se neste propósito, por ter visto que na refrega dos galés se tinham salvado as vitualhas que sobre o asno vinham, o que ele capitulou de milagre, à vista das tomadias e procuras que os forçados tinham feito.

Nessa noite deitaram até ao meio da serra Morena, onde a Sancho pareceu conveniente que pernoitassem, e até alguns dias mais, pelo menos todos os que durasse a matalotagem que levava; pelo que se acomodaram para dormir entre duas penhas no meio de uma grande espessura de sobreiros. Porém, a sorte fatal, que, segundo o cuido dos que se não alumiam de verdadeira fé, tudo encaminha, risca e dispõe a seu talante, ordenou que Ginés de Pasamonte, o afamado falsário e ladrão, que da cadeia se tinha escapado pela doidice de Dom Quixote, acossado do medo da Santa Irmandade (e com razão), se lembrou de homiziar-se também naquelas serranias; e levaram-no o seu destino e o seu medo para a mesma parte em que Dom Quixote e Sancho tinham esperado achar valhacouto, a tempo e horas que ainda os pôde conhecer. Deixou-os pegar no sono; e, como os malvados são sempre desagradecidos, e a necessidade persuade a fazer o que se não deve, e um recurso à mão se não há de enjeitar fiando nas incertezas do futuro, Ginés, que não era nem agradecido nem dos melhormente intencionados, resolveu furtar o asno a Sancho Pança, não fazendo caso de Rocinante, em razão de ser prenda tão fraca para empenhada como para vendida.

Dormindo pois Sancho, furtou-lhe a alimária[1], e antes que amanhecesse já estava bem longe de o poderem achar.

Saiu a aurora alegrando a terra, e entristecendo a Sancho por achar de menos o seu ruço. Vendo-se sem ele, começou a fazer o mais triste dolorido pranto do mundo; e tanto, que Dom Quixote despertou com o alarido, e percebeu por entre ele estas palavras:

— Ó filho das minhas entranhas, nascido na minha mesma casa, entretenimento de meus filhos, regalo de minha mulher, inveja dos meus vizinhos, alívio dos meus trabalhos, e finalmente meio mantenedor de minha pessoa, porque, com vinte e seis maravedis que me ganhavas cada dia, segurava eu metade das minhas despesas!

Dom Quixote, que viu o pranto, e lhe soube a causa, consolou a Sancho com as melhores razões que pôde, e lhe pediu que tivesse paciência, prometendo-lhe uma ordem escrita para que lhe dessem em sua casa três, de cinco que lá tinha deixado.

Respirou Sancho com a promessa, limpou as lágrimas, moderou os soluços, e agradeceu a Dom Quixote a mercê que lhe fazia. O amo como entrou por aquelas montanhas, alegrou-se-lhe o coração, parecendo-lhe aqueles lugares acomodados para as aventuras que buscava. Vinham-lhe à memória os maravilhosos acontecimentos que em soledades e asperezas semelhantes haviam ocorrido a cavaleiros andantes. Nestas coisas ia pensando tão embevecido e alheado nelas, que nenhuma outra lhe lembrava, nem Sancho levava outro cuidado (logo que lhe pareceu ser seguro o sítio por onde caminhavam) senão o de satisfazer o estômago com os restos que do despojo clerical lhe tinham ficado, e em que o ladrão não atentara; e assim ia atrás do amo carregado com tudo que o ruço havia de levar e de que ele se ia aliviando com passá-lo de cima das costas para dentro do ventre. Enquanto naquilo ia, não pensava noutras aventuras.

Nisto levantou os olhos, e viu que o seu fidalgo estava parado, procurando, com a ponta da chuça, levantar não sei que volume que por terra jazia; pelo que se deu pressa em chegar a ele para o ajudar,

---

[1] Dez anos mais tarde, Cervantes volta a relatar o episódio no capítulo IV da segunda parte.

se preciso fosse. Chegando, viu-o já a levantar com a chuça um coxim e uma maleta unida a ele, meio podres, ou podres e inteiramente desfeitos; mas tanto pesavam, que foi mister a força de Sancho para os erguer. Mandou-lhe o amo que visse o que encerrava a maleta; com muita presteza assim o fez Sancho; e, ainda que vinha fechada com uma cadeia e seu cadeado, pelos buracos da fazenda podre viu o que dentro havia, que eram quatro camisas de holanda muito fina, e outras roupas de linho não menos apuradas que limpas, e num lencinho achou uma boa maquia de escudos de ouro. Assim como os bispou, disse:

— Bendito seja o céu, que enfim nos depara uma aventura de proveito.

Continuando a buscar, achou um livrinho de lembranças ricamente arranjado. Pediu-lho Dom Quixote, e mandou-lhe que o dinheiro o guardasse ele para si. Beijou-lhe as mãos Sancho, pela generosidade, e, deslaçando a maleta, pregou com todo o seu conteúdo para o bendito alforje. Dom Quixote, que em tudo esteve reparando, disse:

— Parece-me, Sancho (nem outra coisa é possível), que algum caminhante extraviado passaria por esta terra, e, assaltado de malfeitores, fora talvez por eles morto, que por isso trariam a enterrar nesta tão escondida parte.

— Não pode tal ser — disse Sancho —; se foram ladrões não lhe tiveram deixado este dinheiro.

— Dizes bem — obtemperou Dom Quixote —; então não adivinho o que isto fosse. Mas espera: vamos ver se neste livrinho de lembranças virá alguma coisa escrita para nos orientarmos no enigma.

Abriu-o; e a primeira coisa que se lhe deparou escrita como em borrão, ainda que de muito boa letra, foi um soneto. Pôs-se a lê-lo para que também Sancho o ouvisse; dizia assim:

Ou não cabe no amor entendimento,
Ou passa de cruel; e a minha pena
Não iguala à razão que me condena
Ao gênero mais duro de tormento.

Porém, se Amor é deus, conhecimento
De tudo tem, e condição amena.
Qual pois o poder bárbaro que ordena
A dor atroz que adoro, e em vão lamento?

Sê-lo-eis vós, Fílis? inda desacerto;
Um mal tamanho em tanto bem não cabe,
Nem de um céu pode vir tanta ruína.

Sinto, e sei que o meu fim já tenho perto,
Porque em mal cuja causa se não sabe
É milagre que acerte a medicina.

— Por essa trova — disse Sancho —, não se pode saber nada, salvo se por essa pontinha do fio, que aí vem, se desembrulhar o novelo.

— Que "fio" percebes tu aqui? — disse Dom Quixote.

— Parece-me — disse Sancho — que Vossa Mercê falou aí de "fio".

— "Fílis" é que eu disse, e não "fio" — respondeu Dom Quixote —, e Fílis deve ser por força a dama de quem se queixa o autor deste soneto; e menos mau poeta ele é ou pouco entendo eu da arte.

— Visto isso, também Vossa Mercê entende de trovas — disse Sancho.

— E mais do que te parece — respondeu Dom Quixote —; vê-lo-ás quando levares à minha Senhora Dulcinéia del Toboso uma carta minha escrita em verso do princípio até ao fim, porque hás de saber, Sancho, que todos ou quase todos os cavaleiros andantes dos passados tempos eram grandes trovadores e grandes músicos, que ambas estas habilidades ou graças infusas, por melhor dizer, andam anexas aos namorados andantes, se bem que as coplas dos cavaleiros antigos tinham mais de estro que de apuro.

— Leia para diante Vossa Mercê, que talvez dê com alguma coisa que satisfaça. Voltou Dom Quixote a folha, e disse:

— Isto agora é prosa, e parece carta.

— Carta mandadeira[2], senhor? — perguntou Sancho.

— Pelo princípio não parece senão de amores — respondeu Dom Quixote.

— Pois leia Vossa Mercê alto — disse Sancho —, que eu morro-me por estas coisas de amores.

— Com todo o gosto — disse Dom Quixote.

E lendo-a alto como Sancho lhe pedia, viu que dizia esta maneira:

---

[2] Contendo mensagem.

A tua falsa promessa e a minha certa desventura me levam a sítios donde antes chegarão aos teus ouvidos novas da minha morte, do que as razões das minhas queixas. Deixaste-me, ó ingrata, por quem tem mais; porém, não vale mais do que eu; mas, se a virtude fora riqueza que se estimasse, não invejara eu ditas alheias, nem chorara desditas próprias. O que levantou a tua formosura hão-no derribado as tuas obras. Por ela entendi que eras anjo, e por elas conheço que és mulher. Fica-te em paz, causadora da minha guerra, e o céu permita que os enganos do teu esposo te fiquem sempre encobertos, para que tu não fiques para sempre arrependida do que fizeste, e eu não tome vingança do que não desejo.

Concluída a leitura da carta, disse Dom Quixote:

— Esta carta ainda menos nos dá a conhecer, do que nos deram os versos, e só sim que quem a escreveu era algum amante desprezado.

E, folheando quase todo o livrinho, achou outros versos e cartas de que pôde ler parte, e parte não; mas em geral eram tudo queixas, lamentos, desconfianças, gostos e desgostos, favores e desdéns, os favores festejados e os desdéns carpidos. Enquanto Dom Quixote revolvia o canhenho, revolvia Sancho a maleta, sem deixar recantinho em toda ela, nem no coxim, que não esquadrinhasse, nem costura que não descosesse, nem nó de lá que não carpeasse, para lhe não escapar nada por falta de diligência e cuidado; tal sofreguidão tinha nele despertado a melgueira dos escudos, que passavam de cem; e, ainda que não achou mais, já com isso deu por bem empregados os boléus da manta, os vômitos do bálsamo, as bênçãos das estacas, as punhadas do arrieiro, o desaparecimento dos alforjes, o roubo do gabão, e toda a fome, sede e cansaço que passara no serviço de seu bom senhor, entendendo que estava pago e repago, com a mercê de lhe entregar a rica veniaga.

Com grande desejo ficou o Cavaleiro da Triste Figura de saber quem seria o dono da maleta, conjeturando pelo soneto, e carta, pelo dinheiro em ouro, e pelas boas camisas, que poderia tudo pertencer a algum namorado de grande conta, a quem desdéns e maus-tratos da sua dama teriam conduzido a algum termo desesperado. Mas como por aquele sítio inabitável e escabroso não aparecia vivalma com quem se pudesse informar, não tratou de mais que de seguir adiante, sem levar outro caminho senão o que agradava a

Rocinante, que era o por onde ele melhor podia andar. Ia sempre com as fantasias infalíveis de que por aqueles matos lhe não poderia faltar alguma estranha aventura.

Indo pois com aquela idéia, viu que por cima de um pequeno teso, que diante dos olhos se lhe oferecia, ia saltando um homem de penha em penha, e de mata em mata, com estranha ligeireza. Figurou-se-lhe que ia nu, a barba negra e espessa, cabelos bastos e revoltos, pés descalços e as pernas sem cobertura alguma, senão só uns calções, ao que parecia, de veludo, de cor ruiva, mas tão esfarrapados, que por muitas partes mostravam as carnes. Trazia a cabeça descoberta; e, ainda que passou com a ligeireza que já se disse, todas estas minudências viu e notou o Cavaleiro da Triste Figura. Quis segui-lo, mas não pôde, porque não era para a fraqueza de Rocinante correr por aquelas fragosidades, mormente sendo ele de seu natural mui tardo e fleumático. Logo imaginou Dom Quixote ser aquele o dono do coxim e da maleta; e assentou consigo buscá-lo, ainda que tivesse de andar um ano por aquelas montanhas até o alcançar.

Assim, mandou a Sancho atalhasse por uma parte da montanha, enquanto ele iria pela outra, pois poderia ser que assim topassem com aquele homem, que tão apressado se lhes tinha furtado à vista.

— Isso é que eu não posso fazer — respondeu Sancho —, porque em me apartando de Vossa Mercê entra logo comigo o medo, com toda a casta de sobressaltos e visões; e fique-lhe isto daqui em diante de lembrança, para nunca me apartar de si nem uma polegada.

— Assim será — disse o da Triste Figura —; muito estimo que te queiras valer do meu ânimo, que nunca te há de faltar, ainda que a ti te falte a alma do corpo. Vem atrás de mim a pouco e pouco, ou como puderes, e faze dos olhos lanternas; rodearemos toda esta pequena serra, e porventura toparemos com o indivíduo que avistamos, o qual, sem falta nenhuma, não é outro senão o dono do nosso achado.

— Muito melhor seria não o buscar — disse Sancho —, porque, se o acharmos, e der o caso que seja ele o dono do dinheiro, claro está que tenho de lho restituir; e assim o melhor será desistirmos dessa inútil diligência, e ficá-lo eu possuindo de boa-fé, até que por alguma outra via menos curiosa, e sem essas diligências, se nos depare o verdadeiro senhor; e poderá ser isso quando o eu já tiver gasto; e el-rei me torna livre.

— Enganas-te, Sancho — respondeu Dom Quixote —; já que entramos em suspeita, e quase certeza, de quem é o dono, estamos obrigados a procurá-lo e a restituir; e, ainda que o não buscássemos, a veemente suspeita que temos de que ele o seja já nos põe em tamanha culpa, como se realmente o fosse. Portanto, Sancho amigo, não te pese o rastrearmo-lo; maior pena do que essa tua fora a minha, se o não acháramos.

E assim picou o Rocinante, seguindo-o Sancho a pé, e carregado, graças ao Ginesilho de Pasamonte. Havendo rodeado parte da montanha, acharam num regato, caída, morta e meio comida dos cães e picada dos corvos, uma mula encilhada e enfreada, o que tudo os confirmou ainda mais nas suspeitas de que o fugitivo era o dono da mula e do coxim. Estando a olhar para ela, ouviram uns assobios, como de pastor de gado, e inesperadamente avistaram à esquerda uma boa quantidade de cabras, e atrás delas, pelo alto do monte, o cabreiro que as guardava, que era um homem ancião. Bradou-lhe Dom Quixote, rogando-lhe que descesse donde estava. Respondeu ele a gritos, perguntando quem os havia trazido àquele lugar, poucas vezes pisado, ou nunca senão de pés de cabras, ou de lobos, ou outras feras, que por ali não faltavam. Respondeu-lhe Sancho que descesse, que de tudo se lhe daria conta. Desceu o cabreiro; e, chegando onde Dom Quixote estava, disse:

— Aposto que está reparando na mula de aluguer morta ali naquele barranco; seis meses há que ela para ali jaz. Digam-me: toparam por aí o dono dela?

— Ninguém encontramos — respondeu Dom Quixote —, senão só um coxim e uma maleta que achamos não longe daqui.

— Também eu a achei — respondeu o cabreiro —, mas nunca me atrevi a erguê-la, nem a chegar-lhe muito ao pé, receando que não fosse alguma entrega, e que me tomassem por ladrão, que o Diabo é muito fino, e debaixo dos pés se levanta a um homem coisa em que tropece e caia, sem saber como nem como não.

— Isso mesmo é o que eu digo — respondeu Sancho —, que também eu a achei, e não quis chegar a ela mais perto que um tiro de pedra; deixei-a ficar como estava; não quero rabos de palha, nem cão com guizo[3].

---

[3] Coisas com complicações.

— Dizei-me cá, bom homem — disse Dom Quixote —, sabeis vós quem será o dono destas prendas?

— O que só posso dizer — respondeu o cabreiro é que haverá agora uns seis meses, pouco mais ou menos, que chegou a uma malhada de pastores, tanto como três léguas daqui, um mancebo de gentil presença e bom trajo, montado nessa mula que para aí está morta, e com o mesmo coxim que me dizeis ter achado, e em que não pusestes mão. Perguntou-nos qual era desta serrania a parte mais brava e escondida. Dissemos-lhe que era esta onde agora estamos; e é verdade, porque, se entrardes meia légua mais para dentro, bem pode ser que nunca mais deslindeis saída. Admirado estou eu de terdes podido chegar até aqui, porque para este lugar não há caminho nem atalho. Ora, como tal ouviu o mancebo, voltou as rédeas, e se dirigiu e tomou para o lugar que lhe assinalamos, deixando-nos a todos contentes da sua bela presença, e admirados da sua pergunta, e da pressa com que o vimos caminhar em direitura às brenhas. Desde então nunca mais lhe pusemos a vista em cima. Alguns dias depois saiu ao caminho a um dos nossos pastores, e, sem lhe dizer palavra, saltou nele com muitas punhadas e pontapés, e passou logo a uma jumentinha que lhe levava o fardel, e lhe tirou quanto pão e queijo achou; e, concluído aquilo, com estranha ligeireza se tornou a sumir na serra. A esta notícia, alguns cabreiros de nós outros nos pusemos a procurá-lo quase dois dias pelo mais cerrado do monte, até que afinal demos com ele metido no oco de um alentado sobreiro. Surdiu-nos dali e veio para nós com muita mansidão, com o fato já roto e o rosto desfigurado e queimado do sol, tanto que mal se podia conhecer pelo mesmo. Só os vestidos, ainda que esfarrapados, mas conforme a notícia que dele tínhamos, é que nos deram a entender que era o mesmo que buscávamos. Saudou-nos cortesmente, e em poucos e bons termos nos disse que não nos maravilhássemos de o ver andar daquela sorte, porque assim lhe convinha para cumprir certa penitência, que por seus muitos pecados lhe havia sido imposta. Pedimos-lhe que nos dissesse quem era, mas não foi possível resolvermo-lo a tal. Pedimos-lhe também que em precisando de sustento, pois não podia viver sem ele, nos dissesse onde o acharíamos, porque com muito amor e cuidado lho iríamos levar; e que, se também isto não fosse do seu gosto, pelo menos saísse a pedi-lo aos pastores, em vez de lho tirar por força. Agradeceu o nosso oferecimento, pediu perdão do passado, e prometeu daí em diante obtê-lo pelo amor de Deus, sem incomodar a pessoa alguma. Pelo que tocava à sua habitação, disse que não tinha outra, senão aquela que se lhe deparava onde quer que a noite o colhia; e, acabando de falar, desatou num choro tão sentido, que, só se fôramos de pedra os que lho ouvimos, poderíamos deixar de o acompanhar, por nos lembrar como o víramos da primeira vez tão outro de agora, porque já lhes tenho dito que era um moço mui gentil e agraciado, e em seu falar, cortês e concertado, mostrava ser bem-nascido e pessoa mui de corte, que, ainda que éramos uns rústicos os que o ouvíamos, tanto avultava o seu donaire, que até a rústicos se dava a conhecer. Estando no melhor da sua prática, parou e emudeceu, cravou os olhos no chão por um bom espaço, em que todos estivemos quietos e suspensos, esperando em que pararia aquele arroubamento que tanto nos lastimava, porque pelo que lhe víamos fazer de abrir os olhos, tê-los fitos no chão e sem pestanejar um grande pedaço, e outras vezes cerrá-los, mordendo os lábios, e arqueando os sobrolhos, facilmente percebemos que algum acesso de loucura o havia tomado. Depressa nos mostrou que nos não enganávamos, porque se levantou furioso do chão onde se tinha deitado, e arremeteu com o primeiro que achou à mão, com tal denodo e raiva, que se lhe não acudíramos, o matara a murros e dentadas; e tudo aquilo fazia dizendo ao mesmo tempo: "Ah! fementido Fernando! Aqui, aqui me hás de pagar as injustiças que me fizeste; estas mãos te hão de arrancar o coração, receptáculo de quantas maldades há, e especialmente de traição e enganos". E a estas ajuntava outras razões todas encaminhadas a dizer mal daquele tal Fernando, e a pô-lo por traidor e fementido. Deixamo-lo não pouco pesarosos, e ele, sem dar mais palavra, se partiu de entre nós, e se emboscou a carreira por estes matos e brenhas, por modo que não houve podermos segui-lo. Daqui entendemos que a mania tinha intervalos, e que algum chamado Fernando lhe fizera provavelmente alguma tamanha malfeitoria, como se via pelo desfecho em que dera. De então para cá se reconheceu que assim era, pelas vezes (que muitas têm sido) que ele tem saído ao caminho, umas a pedir aos pastores que lhe dêem do que levam para comer, e outras a tirar-lho à força, porque, quando está com o ataque da loucura, ainda que os pastores lho ofereçam de bom grado, não o admite, e há de por força tomar-lho a mal; e, quando está com siso, pede-o por amor de Deus, cortês e comedidamente, e dá muitos agradecimentos, e bem regados de lágrimas. E em verdade vos digo, senhores meus — prosseguiu o cabreiro —, que ontem concertamos, eu e outros quatro pegureiros, os meus dois criados, e dois amigos meus, de o buscarmos até darmos com ele, e, depois de achado, levarmo-lo (por vontade ou por força) à vila de Almodóvar, que fica a oito léguas daqui, e lá se curará, se é que o seu mal tem cura, ou saberemos quem é, quando estiver em seu juízo, e se tem parentes a quem se dar parte da sua desgraça. Aqui está, senhores, o que sei dizer-vos para satisfazer a vossa curiosidade; e entendei que o dono das prendas que achastes é o mesmo que vistes passar tão ligeiro e descomposto (porque Dom Quixote já lhe tinha dito como era que aquele homem se levava aos saltos pela serra).

Admirado ficou o cavaleiro com a relação do pastor; e aumentou-se nele o desejo de saber quem era o desditado louco, e assentou no que já lhe ocorrera, que era buscá-lo por toda a montanha, sem deixar recanto nem cova por explorar. Melhor porém o fez a sorte, do que ele esperava, porque naquele mesmo instante apareceu por uma quebrada da serra o fugitivo mancebo, que vinha falando entre si coisas que não podiam ser entendidas de perto, quanto mais de longe. O seu trajo era o que já se há descrito. Só quando se acercou um pouco mais, percebeu Dom Quixote que um colete dilacerado que trazia era de âmbar; por onde acabou de entender que pessoa de tais hábitos não devia ser de qualidade ínfima.

Chegando a eles o mancebo, saudou-os com uma voz desentoada e rouca, porém com muita cortesia. Dom Quixote correspondeu-lhe à saudação com iguais termos, e, apeando-se do Rocinante, com gentil porte e bom ar, se lançou a abraçá-lo, e o reteve por um bom espaço estreitamente entre os braços, como se fora conhecido seu já de bons tempos. O outro, a quem poderemos chamar o "Roto da Má Figura" (como a Dom Quixote o da "Triste"), depois de se ter deixado abraçar, o apartou um pouco de si, e, postas as mãos sobre os ombros de Dom Quixote, o esteve encarando como quem procurava reconhecê-lo, não menos admirado talvez de ver a figura, o portamento e as armas do cavaleiro, do que Dom Quixote o estava de o ver a ele. Em suma: o primeiro que depois do abraço rompeu o silêncio foi o Roto, o qual disse o que adiante se vai saber.

CAPÍTULO XXIV

Em que prossegue a aventura da serra Morena

Diz a história que era grandíssima a atenção com que Dom Quixote escutava o desgraçado "Cavaleiro da Serra", o qual prosseguiu dizendo:

— Decerto, senhor, que, sejais vós quem sejais, que eu por mim não vos conheço, agradeço-vos as mostras de cortesia com que me haveis tratado, e bem quisera eu achar-me em termos de corresponder por obras a boa vontade que me haveis mostrado neste bom acolhimento; mas não quer a minha sorte dar-me para retribuir os favores que recebo senão bons desejos.

— Os meus — disse Dom Quixote — não são senão de servir-vos, tanto que já estava resolvido a não sair destas serras enquanto vos não achasse, e soubesse de vós, se para a dor que mostrais no vosso estranho viver se não poderia dar algum alívio; e (se fosse necessário buscá-lo) buscá-lo-ia com toda a possível diligência; e quando a vossa desventura fosse daquelas que nem consolação admitem, tencionava ajudar-vos a chorá-la, e suavizá-la o melhor que pudesse, que sempre é alívio nas desgraças termos quem se nos doa delas. Agora, se estas minhas benévolas intenções vos merecem por cortesia algum agradecimento, suplico-vos, senhor, pela muita bondade que em vós descubro, e vos conjuro por aquilo que nesta vida mais tendes amado ou amais, que me digais quem sois e a causa que vos trouxe a viver e a acabar nestas soledades como animal bruto, pois morais entre eles tão alheado de vós mesmo, como se vê no vosso trajo e no todo da vossa pessoa; e juro — acrescentou Dom Quixote — pela ordem de cavalaria que recebi, apesar de indigno e pecador, e pela profissão de cavaleiro andante, que, se nisto, senhor meu, me comprazeis, juro, digo, servir-vos com as veras a que me obriga o ser eu quem sou, ou remediando a vossa desgraça, se é remediável, ou aliás ajudando-vos a chorá-la, como já vos prometi.

O "Cavaleiro do Bosque", ouvindo falar assim o da Triste Figura, não fazia senão mirá-lo, remirá-lo e torná-lo a mirar de cima a baixo; e, depois de o mirar quanto quis, disse-lhe:

— Se têm coisa de comer que me dêem, dêem-ma por amor de Deus, que, depois de ter comido, eu farei quanto se me ordenar por agradecido a tão bons desejos como aqui se me tem mostrado. Para logo tiraram, Sancho, do costal, e o cabreiro, do surrão, com que se fartar a fome do Roto, comendo este o que lhe deram como pessoa estonteada, e tanto à pressa, que os bocados não esperavam uns pelos outros, pois antes os engolia que tragava; e enquanto comia, nem ele nem os que o observavam proferiam palavra. Acabada a comida, fez sinal para que o seguissem, e os levou trás de si a um verde pradozinho, que à volta de uma penha ficava muito perto dali. Estendeu-se no chão por cima da erva, no que os mais o imitaram, sem que ninguém abrisse boca. O Roto, depois de posto a seu cômodo, começou assim:

— Se quereis, senhores, que vos diga em resumo as minhas imensas desventuras, haveis de me prometer primeiro não me interromper com pergunta alguma, nem outra qualquer coisa, o fio da minha triste história, porque, no mesmo instante em que mo quebreis, corto logo o que estiver contando.

Esta recomendação do esfarrapado trouxe à lembrança de Dom Quixote o conto do seu escudeiro, quando ele não atinou com o número das cabras que tinham passado o rio, com o que a história deu em seco. Tornemo-nos ao esfarrapado, que prosseguiu dizendo:

— Esta prevenção vos faço, porque desejo saltar depressa pela narrativa das minhas desgraças, que o recordá-las não serve senão para se lhes juntarem outras. Quanto menos me perguntardes, mais depressa acabarei eu de referi-las; contudo não deixarei no escuro coisa alguma de importância, para não frustrar o vosso empenho.

Prometeu-lho Dom Quixote em nome de todos; com esta segurança começou assim:

— O meu nome é Cardênio; minha terra, uma das melhores cidades desta Andaluzia; minha linhagem, nobre; meus pais, ricos; e a minha desventura tanta, que muito a devem ter chorado os meus progenitores, e sentido toda a minha parentela, por não a poderem aliviar com toda a sua riqueza. Para desditas que do céu vêm talhadas pouco aproveitam de ordinário os remédios do mundo. Vivia nesta mesma terra uma criatura celeste, em quem se reunia tudo que eu mais pudera ambicionar; tal é a formosura de Lucinda, donzela não menos nobre e rica do que eu, porém mais do que eu venturosa e menos constante do que o devera ser para com os meus honrados pensamentos. Amei-a, quis-lhe e adorei-a desde a minha idade mais tenra; e ela igualmente a mim, com aquela candura e bom ânimo que bem assentavam em idade tão verde. Sabiam nossos pais as nossas inclinações, e não no-las levavam a mal, que bem viam que, ainda que elas passassem a mais, não poderiam ter outro intuito e desfecho senão o casamento, coisa mui bem cabida onde o sangue e os haveres de parte a parte se irmanavam. Com os anos foi-nos entre ambos crescendo o amor. Pareceu ao pai de Lucinda ser cautela de boa prudência negar-me a freqüência de sua casa, imitando nisto pouco mais ou menos os pais daquela Tisbe[1] tão decantada dos poetas. Com estes resguardos mais se ateou em nós o fogo dos desejos, porque, se às línguas nos puseram embargos, não no-los puderam pôr à correspondência escrita. A pena é ainda mais livre que a fala para bem expressar mistérios do coração; muitas vezes a presença do objeto amado perturba e deixa a determinação mais decidida, e a voz mais resoluta. Ai céus! que de bilhetes lhe não escrevi! que mimosas e honestas respostas não tive! quantas canções não compus, e quantos namorados versos, em que a alma exprimia os seus sentimentos, pintava o aceso dos seus desejos, atiçava as suas memórias e ia cevando cada vez mais a própria vontade! Chegando ao último apuro, e não podendo já coibir em mim a impaciência de a ver, resolvi pôr por obra e acabar de vez o que me pareceu mais próprio para chegar ao desejado e merecido prêmio; o tudo era pedi-la decididamente ao pai por legítima esposa; e assim o fiz. Respondeu-me ele que me agradecia a boa vontade que eu mostrava de honrar a sua casa, escolhendo nela uma jóia para meu lustre; que porém, sendo meu pai vivo, a ele tocava apresentar aquela proposta, porque, a não ser muito por sua vontade, e a seu gosto, não era Lucinda mulher para se tomar ou dar-se a furto. Agradeci-lhe a resolução, que me pareceu muito arrazoada, e que a meu pai quadraria, assim que lha eu declarasse. Ato contínuo passei a abrir-me com meu pai. Ao entrar no seu aposento, encontrei-o com uma carta aberta na mão; antes

[1] Alusão à fábula de Píramo e Tisbe, separados por uma parede.

que lhe eu dissesse palavra, entregou-ma e me disse: "Por essa carta verás, Cardênio, a vontade com que está o Duque Ricardo de te fazer mercê". Este Duque Ricardo, como já vós outros, senhores, deveis saber, é um grande de Espanha que tem o melhor dos seus domínios nesta Andaluzia[2]. Li a carta, que tão encarecida vinha, que a mim mesmo me pareceu mal deixar meu pai de cumprir o que nela se pedia, que vinha a ser o mandar-me logo para onde ele estava, pois me queria para companheiro, e não criado, de seu filho morgado, e que ele tomava à sua conta o pôr-me em estado correspondente à estimação em que me tinha. Li a carta, e emudeci; e muito mais quando a meu pai ouvi estas palavras: "Daqui a dois dias partirás, Cardênio, a fazer a vontade ao duque; e dá graças a Deus, que assim começa a abrir-te caminho por onde alcances o que eu sei que mereces". Chegou o prazo da minha partida; falei uma noite com Lucinda; disse-lhe tudo que era passado, e o mesmo fiz ao pai dela, suplicando-lhe demorasse por alguns dias o dar estado à filha, até que eu fosse saber o que o Duque Ricardo me queria; prometeu-mo ele, e ela da sua parte mo confirmou também com mil juramentos e mil delíquios. Cheguei enfim onde era o duque; fui dele tão bem recebido e tratado, que desde logo começou a inveja a fazer o seu costume. Tinham-ma os criados antigos, por lhes parecer que as mostras que o duque dava de me fazer mercê haviam de redundar em prejuízo deles. Quem mais folgou com a minha entrada em casa foi um filho segundo do duque, chamado Fernando, moço galhardo, gentil-homem, liberal e enamorado, o qual dentro em pouco tanto quis que eu a ele me afeiçoasse, que a todos dava em que falar; e ainda que o morgado me queria bem, e me fazia mercê, não chegava, mesmo assim, ao extremo com que Dom Fernando me queria e tratava. É o caso que, não havendo entre amigos segredos que se não comuniquem (e a privança que eu com Dom Fernando tinha já era verdadeira intimidade), todos os seus pensamentos me declarava ele, especialmente ocasião de enamorado, que o trazia em grande desassossego. Queria ele a uma lavradora, vassala do pai, mas filha de gente muito rica, e tão formosa, recatada, discreta e honesta, que ninguém dentre os que a conheciam diria ao certo em qual destas qualidades se avantajasse. Estes dotes da formosa lavradora a tal ponto levaram os desejos de Dom Fernando,

---

[2] Alusão ao Duque de Osuna.

que se determinou, para alcançá-la, e conquistar-lhe a inteireza, a dar-lhe palavra de casar com ela, porque de outra maneira fora impossível possuí-la. Eu, obrigado da amizade que lhe professava, forcejei por dissuadi-lo de tal propósito com as melhores razões que soube e com os mais frisantes exemplos que pude. Vendo que nada aproveitava, determinei declarar o caso ao duque seu pai; mas Dom Fernando, como astuto e discreto, temeu-se disto mesmo, por entender que era obrigação minha, na qualidade de criado fiel, não encobrir ao meu senhor o duque coisa em que tanto ia a sua honra; e assim por me arredar de tal idéia, e enganar-me, me disse que não achava melhor remédio para perder a lembrança da formosura que tão sujeito o trazia, que o ausentar-se dela por alguns meses. Desejava (me disse ele) que partíssemos ambos para casa de meu pai, participando ele ao duque ser para ir ver e enfeirar uns cavalos muito bons, que havia na nossa terra, que é onde se criam os melhores do mundo[3]. Apenas tal lhe ouvi dizer, quando, movido da afeição que lhe tinha, lhe aprovei a idéia; e menos boa que ela fora, lha aprovara eu como uma das mais acertadas que se podiam imaginar, conhecendo quão boa ocasião se me oferecia para tornar a ver a minha Lucinda. Aprovei pois muito a sua lembrança, e esforcei-o no seu propósito, dizendo-lhe que o pusesse por obra com a possível brevidade, porque realmente a ausência fazia sempre o seu ofício até nos ânimos mais firmes. Quando ele me veio dizer isto, já tinha gozado da lavradora com o título de esposo, segundo depois se soube, e aguardava oportunidade para se descobrir mais a seu salvo, por temer ao presente os excessos em que o pai poderia romper sabendo do seu disparate. Sucedeu o que é de costume; nos moços o amor quase nunca o é; é sim um apetite, que, por se não endereçar senão ao deleite, apenas o obtém, logo diminui e acaba. São estes uns limites postos pela própria natureza aos falsos amores; os verdadeiros seguem outra regra; estes duram sempre. Venho nisto a dizer que, tanto que Fernando teve a posse da lavradora, aplacaram-se-lhe os desejos, e se lhe resfriaram os excessos. Ao princípio fingia querer-se ausentar para lhes não sucumbir; agora procurava deveras ir-se, por enfastiado. Concedeu-lhe o duque licença, dando-me ordem de o acompanhar. Dirigimo-nos à minha cidade; recebeu-o meu pai como a quem era; eu vi logo a Lucinda, reviveram (se bem que nunca

[3] Córdoba.

tinham estado mortos nem adormentados) os meus desejos, dos quais, por desgraça minha, dei conta a Dom Fernando, por me parecer que nada devia encobrir a quem tanto afeto me mostrava. Exaltei-lhe a formosura, a graça, e a discrição de Lucinda; de tal maneira que, por estes meus elogios, nasceram nele apetites de conhecer donzela tão extremada. Satisfiz-lhos eu por desgraça minha, mostrando-lha uma noite à luz de um velador, por uma janela, por onde nos costumávamos falar os dois. Viu-a em saio, e tal impressão lhe fez, que todas as formosuras por ele presenciadas até aquela hora se lhe apagaram da lembrança. Emudeceu, perdeu o tino, ficou absorto, e tão enamorado, em suma, como ides ver no seguimento da minha desastrada narrativa; e, para lhe incender mais a cobiça, que a mim me ocultava, e que só segredava com o céu, quis a desgraça que ele achasse um dia um bilhete dela a mim, instando-me para que a pedisse eu a seu pai por esposa, em termos tão discretos, honestos e enamorados, que, apenas o leu, me disse que só em Lucinda se encerravam todos os requintes de formosura e de entendimento que por todas as outras mulheres só andavam repartidos. Verdade é (devo agora confessá-lo) que, ainda que eu bem via com quanta justiça Lucinda era exaltada por Fernando, não gostava cá por dentro de lhe ouvir aqueles elogios. Comecei a temer-me, e não sem causa a desconfiar dele. Não se passava momento que ele não trouxesse Lucinda à prática, ainda que viesse trazida pelos cabelos; o que em mim despertava já uma espécie de ciúmes, não porque eu tivesse desconfiança alguma da bondade e boa-fé da dama; porém, com tudo isso, as seguranças que ela me dava para serenar os meus temores já não eram o bastante. Procurava sempre Dom Fernando ler os escritos que eu a ela lhe enviava, assim como as respostas dela, dando por motivo o muito que lhe agradava a discrição dos dois. Ora aconteceu que, tendo-me Lucinda pedido uma vez um livro de cavalarias para ler, por muito afeiçoada que era a semelhante leitura (era o *Amadis de Gaula*)...

Ainda bem não estava nomeado o livro quando Dom Quixote disse:

— Se Vossa Mercê me declarasse logo no princípio da sua história que Sua Mercê a Senhora Lucinda era afeiçoada a livros de cavalarias, não eram precisos mais encarecimentos para me dar a entender a alteza dos seus espíritos, porque os não tivera ela tão excelentes como vós, senhor, a haveis pintado, se se não recreasse com uma leitura tão deliciosa. Portanto, para mim já não é mister despender mais recomendações de formosura, valor e entendimento;

só por esta sua afeição já a reconheço pela mais formosa e mais discreta mulher de todo o mundo. Quisera eu, senhor que, juntamente com o *Amadis de Gaula*, Vossa Mercê lhe tivesse mandado também o bom de *Dom Rugel da Grécia*, porque sei o muito que a Senhora Lucinda havia de gostar de Daraida e Garaia, e das discrições do pastor Darinel, e daqueles admiráveis versos das suas bucólicas, cantadas e representadas por ele com todo o donaire, discrição e desenvoltura. Porém ainda virá talvez tempo de se emendar essa falta, e não tardará ele mais que o necessário para Vossa Mercê me fazer o favor de vir comigo à minha aldeia, que lá lhe poderei dar mais de trezentos livros, que são o regalo da minha alma, e o meu entretenimento de toda a vida, ainda que me está parecendo que já não tenho nem meio, graças à malícia de maus e invejosos encantadores. Perdoe-me Vossa Mercê o ter infringido a promessa de não interrompermos a sua prática, porque, em ouvindo coisas de cavalarias e cavaleiros andantes, não está na minha mão abster-me de falar também; é como se pedissem aos raios do sol que não aquentassem, e aos da lua que não umedecessem. Portanto perdoe-me, e siga por diante, que é isso o que mais importa.

Enquanto Dom Quixote dizia tudo isto, fora descaindo para o peito a cabeça de Cardênio, dando mostras de profundamente pensativo. Por duas vezes lhe repetiu Dom Quixote que prosseguisse a sua história, sem que ele erguesse a cabeça, nem proferisse palavra. Passado um bom espaço, levantou-se e disse:

— Não me pode sair do pensamento, nem haverá quem de tal me desmagine, ou me dê a entender outra coisa, e só um bruto poderá crer o contrário, senão que aquele grande velhaco do Mestre Elisabat estava amancebado com a Rainha Madásima.

— Tal não há; voto a Deus — interrompeu com muita cólera Dom Quixote, já com os seus costumados gestos de ameaça —, isso é uma chapada malícia, ou velhacaria, por melhor dizer. A Rainha Madásima foi dama muito principal; e não se há de acreditar que tão alta princesa houvesse de amancebar-se com um médico saca-potras[4]; e quem o contrário entender mente como um grande velhaco; e eu lho provarei, a pé ou a cavalo, armado ou desarmado, de noite ou de dia, ou como for mais do seu gosto.

Estava-o encarando Cardênio muito atentamente, havendo-lhe

---

[4] Mau cirurgião.

já começado um dos seus ataques de loucura; não estava para continuar a história, nem tampouco Dom Quixote lha ouvira, segundo o tinha escandalizado o falso testemunho levantado à Rainha Madásima. Estranho caso! Saiu logo a defendê-la, como se ela fora sua verdadeira e natural senhora; tal o tinham posto os seus excomungados livros. Digo pois, que, estando o Cardênio já alienado, e ouvindo-se tratar de embusteiro e de velhaco, com outros doestos semelhantes, pareceu-lhe mal a zombaria, levantou um calhau, que achou a jeito, e deu com ele pelos peitos a Dom Quixote com tanta força, que o virou de costas. Sancho Pança, vendo ao amo tão malparado, arremeteu ao doido de punho fechado; o Roto recebeu-o de modo que o estendeu logo em terra com a primeira punhada; saltou-lhe para cima, e lhe amolgou sofrivelmente as costelas. O cabreiro que o quis defender não correu perigo menor; e Cardênio, vendo-os a todos três estendidos e moídos, deixou-os, e se foi com airoso sossego embrenhar na montanha. Levantou-se Sancho, e com a raiva com que estava de ver-se tão sovado sem razão, acudiu a vingar-se do cabreiro, dizendo-lhe que ele é que tinha a culpa por não os ter avisado de que o homem tinha ataques de fúria, pois, se o soubessem, teriam estado de sobreaviso para se resguardarem. Respondeu o cabreiro que já lho tinha dito, e se ele o não tinha ouvido, não era culpa sua. Replicou Sancho Pança; o cabreiro treplicou, e chegaram, dize tu, direi eu, a agarrarem-se às barbas um do outro, e socarem-se a ponto que, se Dom Quixote, levantando-se, os não apartara e pusera em paz, se fariam pedaços de parte a parte. Dizia Sancho na luta com o cabreiro:

— Deixe-me Vossa Mercê, Senhor Cavaleiro da Triste Figura, que neste, que é vilão como eu, e não está armado cavaleiro, posso eu muito a meu salvo satisfazer-me do agravo que me fez, pelejando com ele à unha como homem honrado.

— Assim é — dizia Dom Quixote —, mas eu é que sei que ele nenhuma culpa tem do sucedido.

Com isso os aquietou; e Dom Quixote tornou a perguntar ao rústico se seria possível achar a Cardênio, porque estava com grandíssimo desejo de saber dele o fim da sua história. Disse-lhe o cabreiro o que já lhe tinha dito: que não sabia ao certo onde se homiziava; porém, se o procurasse muito bem por aqueles contornos, não deixaria de encontrá-lo, com juízo ou sem ele.

G. Doré
PISAN

CAPÍTULO XXV

Que trata das estranhas coisas que na serra Morena sucederam ao valente cavaleiro de la Mancha, e da imitação que fez da penitência de Beltenebros

Despediu-se Dom Quixote do cabreiro, e, tornando a montar em Rocinante, mandou a Sancho o acompanhasse, o que ele fez em seu jumento, de muito má vontade. A pouco e pouco iam já entrando mais pelo áspero da montanha; e Sancho ia morto por palrar com o amo, mas desejava que principiasse ele a conversação, para não contravir ao preceito recebido; porém cansado já de tão aturado silêncio, disse:

— Senhor Dom Quixote, deite-me Vossa Mercê a sua bênção, e dê-me licença de me tornar já para minha casa, para minha mulher e meus filhos, com quem ao menos poderei falar à vontade, e departir tudo o que eu quiser, porque isso de querer Vossa Mercê que eu ande em sua companhia por estas solidões de dia e de noite sem lhe falar em me apetecendo é o mesmo que enterrar-me em vida. Se ao menos a sorte permitisse que os animais falassem hoje em dia, como no tempo de Guisopete[1], fora meio mal, porque então me entreteria com o meu jumento, se ainda o tivera, quanto me desse na vontade, e com isso disfarçaria a minha desgraça. Em verdade que é desabrida coisa, e mal se pode levar à paciência andar buscando aventuras toda a vida; e não achar senão coices, manteações, pedradas e murros; e ainda por cima um ponto na

[1] Esopo.

boca, sem se ousar dizer o que um homem tem no coração, como se fora mudo!...

— Bem te percebo, Sancho — respondeu Dom Quixote —, estás morrendo por que eu te levante o interdito que te pus na língua; dá-o por levantado, e dize o que quiseres, com a condição de que não há de durar a licença senão enquanto andarmos por estas serras.

— Seja assim — disse Sancho —; fale eu agora, que depois Deus sabe o que será. — E começando imediatamente a gozar do salvo-conduto, disse: — Que lhe aproveitaria a Vossa Mercê pôr-se tanto em campo pela tal Rainha Magimasa, ou como se chama? Ou que lhe importava que o abade dormisse com ela ou não? Se Vossa Mercê deixara passar isso, que não era da sua alçada, estou certo de que o louco iria seguindo a sua história, e ter-se-iam dispensado a pedrada e os pontapés, e ainda por cima mais de meia dúzia de amolgadelas nas minhas costas.

— À fé, Sancho — respondeu Dom Quixote —, que se tu souberas, como eu sei, quão honrada e principal senhora é a Rainha Madásima, havias de dizer que muito sofrido fui eu, que não esborrachei a boca donde tamanhas blasfêmias saíram. Onde se viu jamais impropério tamanho como é dizer, e até pensar, que uma rainha viva mal encaminhada com um cirurgião? A verdade do caso é que o tal Mestre Elisabat, de quem o doido falou, foi varão prudentíssimo, e de ótimo conselho, e serviu de aio e médico à rainha; mas pensar que fosse ela amiga sua é disparate merecedor do maior castigo; e, para veres como o Cardênio não sabia o que disse, hás de te recordar de que no momento em que o disse já estava desvairado.

— Isso também eu digo — atalhou Sancho —, e portanto das palavras de um louco ninguém devia fazer caso, porque, se a boa fortuna o não ajudara a Vossa Mercê e lhe deixasse ir o calhau à cabeça como lhe foi ao peito, ficávamos frescos, por termos tomado no ar a palha pela tal minha senhora que Deus confunda; nem o próprio Cardênio por louco se livrara.

— Contra ajuizados e contra loucos — disse Dom Quixote — está obrigado qualquer cavaleiro andante a acudir pela honra das mulheres, quem quer que elas sejam, quanto mais pelas rainhas de tão alta jerarquia e veneração, como foi a Rainha Madásima, a quem eu tributo especial afeição, por suas boas prendas, porque, além de ter sido formosa, foi também mui prudente e mui sofrida em suas adversidades, que as teve em grande número; e os conselhos e companhia do Mestre Elisabat de muito proveito lhe foram, para poder levar os seus trabalhos com prudência e sofrimento, e foi disso que o vulgo ignorante mal-intencionado tomou ocasião para dizer e imaginar ser ela sua manceba; e mentem, repito, e outras duzentas vezes mentirão todos os que tal pensarem e proferirem.

— Eu cá não o profiro nem o penso — respondeu Sancho —, os outros lá se avenham; e se maus caldos mexerem, tais os bebam. Se foram amancebados ou não, contas são essas que já dariam a Deus; não sei nada[2], das minhas vinhas venho. Que me importam vidas alheias? Quem compra e mente na bolsa o sente; quanto mais, que nu vim ao mundo, e nu me vejo; nem perco nem ganho. E também que o fossem, que me faz isso a mim? Há muitos que pensam encontrar toicinhos e não há nem estacas; mas quem pode ter mão em línguas de praguentos, se nem Cristo se livrou delas?

— Valha-me Deus! — disse Dom Quixote. — Que de tolices vais enfiando, Sancho! Que tem que ver o nosso caso com os adágios que estás arreatando? Por vida tua, homem, que te cales; daqui em diante ocupa-te em esporear o teu asno, quando o tiveres, e não te metas no que te não importa, e entende, com todos os teus cinco sentidos, que tudo quanto eu fiz, faço, ou houver de fazer, é muito posto em razão e mui conforme às regras de cavalaria, que as sei eu melhor que todos os cavaleiros do mundo.

— Ora, senhor meu — respondeu Sancho —, é porventura boa regra de cavalaria andarmos nós outros perdidos por estas montanhas, sem caminho nem carreira, à cata de um maníaco, o qual, depois de achado, talvez, lhe dê na tonta acabar o que já principiou, não do seu conto, senão da cabeça de Vossa Mercê e das minhas costelas, desfazendo-as inteiramente?

— Torno-te a dizer que te cales, Sancho — disse Dom Quixote —, porque deves saber que não é só o desejo de atinar com o doido que me traz por estas partes, como o que eu tenho de perfazer nelas uma façanha, com que hei de ganhar perpétua fama, em todo o mundo conhecido; e tal será, que hei de com ela pôr o *non plus ultra* a tudo quanto pode tornar perfeito e famoso um andante cavaleiro.

— E essa tal façanha será de grande perigo? — perguntou Sancho Pança.

— Não — respondeu o da Triste Figura —, ainda que de tal maneira

---

[2] Para escusar-se do malfeito.

poderia correr o dado, que nos saísse azar em lugar de encontro; tudo depende da tua diligência.

— Da minha diligência? — replicou Sancho.

— Sim — disse Dom Quixote —, porque, se voltares depressa donde te quero agora enviar, depressa acabará a minha pena, e terá princípio a minha glorificação; e como não há razão que te dilate por mais tempo suspenso, à espera do fim a que se encaminham as minhas razões, quero, Sancho, que saibas que o famoso Amadis de Gaula foi um dos mais perfeitos cavaleiros andantes. Não disse bem "foi um"; foi o único, o primeiro, o mais cabal, e o senhor de todos quantos em seu tempo no mundo houve. Não venha cá Dom Belianis, ou outro qualquer, dizer que se lhe igualou, fosse no que fosse; porque se enganam; juro em boa verdade. E é assim, sem dúvida nenhuma; e quando não, que me respondam: se quando qualquer pintor quer sair famoso em sua arte, não procura imitar os originais dos melhores pintores de que há notícia? Esta mesma regra se observa em todos os mais ofícios ou exercícios de monta com que se adornam as repúblicas. Assim o há de fazer, e faz, quem aspira a alcançar nomeada de prudente e sofrido, imitando a Ulisses, em cuja pessoa e trabalhos nos pinta Homero um retrato vivo de prudência e sofrimento, como também nos mostrou Virgílio na pessoa de Enéias o valor de um filho piedoso e a sagacidade de um valente e entendido capitão, não pintando-os ou descrevendo-os como eles foram, mas sim como deviam ser, para deixar exemplos de suas virtudes aos homens da posteridade. Deste mesmo modo Amadis foi o norte, o luzeiro, e o sol dos valentes e namorados cavaleiros, a quem devemos imitar, todos os que debaixo da bandeira do amor e da cavalaria militamos. Sendo pois isto assim, como é, acho eu, Sancho amigo, que o cavaleiro andante que melhor o imitar mais perto estará de alcançar a perfeição da cavalaria. Uma das coisas em que este cavaleiro melhor mostrou a sua prudência, valor, valentia, sofrimento, firmeza e amor, foi quando se retirou, desprezado pela Senhora Oriana, a fazer penitência na Penha Pobre, trocando o seu nome pelo de Beltenebros, nome por certo significativo e próprio para a vida que ele voluntariamente havia escolhido. Ora mais fácil me é a mim imitá-lo nisto que no fender gigantes, descabeçar serpentes, matar dragões, desbaratar exércitos, fracassar armadas e desfazer encantamentos; e, como estes lugares são tão azados para semelhantes efeitos, não se deve perder a boa ocasião, que ao presente com tanta comodidade me oferece suas guedelhas.

— Mas enfim — disse Sancho —, que é o que Vossa Mercê pretende fazer em tão remotas brenhas?

— Não te disse já, Sancho — respondeu Dom Quixote —, que pretendo imitar a Amadis desempenhando-me aqui do papel de desesperado, de sandeu e de furioso, para imitar juntamente ao valoroso Dom Roldão, quando topou numa fonte os sinais de ter Angélica, a Formosa, cometido vileza com Medoro, e de consternado se tornou louco, arrancou as árvores, enturvou as águas das claras fontes, matou pastores, destruiu gados, abrasou choças, derrubou casas, arrastou éguas e fez outras cem mil insolências dignas de eterno renome e escritura? E posto que eu não penso imitar a Roldão, Orlando, ou Rotolando (que todos estes três nomes tinha ele), parte por parte em todas as loucuras que fez, disse e pensou, imitá-lo-ei o melhor que puder nas que me parecerem mais essenciais, e talvez também que me contentasse com imitar só a Amadis, que, sem fazer loucuras prejudiciais, senão só de choros e sentimentos, alcançou tanta fama como os que maior a conseguiram.

— A mim me parece — disse Sancho — que os cavaleiros que isso fizeram seriam primeiro provocados, e alguma causa teriam para cometerem esses destemperos e penitências; porém Vossa Mercê que razão tem para enlouquecer? que dama o desprezou? ou que sinais achou para suspeitar que a Senhora Dulcinéia del Toboso fizesse algumas tolices com mouro ou com cristão?

— Aí bate o ponto — respondeu Dom Quixote —, aí é que está o fino do meu caso; ensandecer um cavaleiro andante com causa não é para admirar nem agradecer: o merecimento está em destemperar sem motivo, e dar a entender à minha dama que se em seco faço tanto, em molhado o que não faria? Quanto mais, que razão não me falta com larga ausência que tenho feito da sempre senhora minha Dulcinéia del Toboso! Bem ouviste dizer àquele pastor de marras, o Ambrósio: "Quem está ausente, não há mal que não tenha e que não tema". Portanto, Sancho amigo, não gastes tempo em me aconselhar que deixe tão rara, tão feliz e tão nunca vista imitação. Louco sou, e louco hei de ser até que me tornes com a resposta de uma carta que por ti quero enviar à minha Senhora Dulcinéia; e se ela vier tal como lho merece a minha lealdade, acabar-se-ão a minha sandice e a minha penitência; e se for ao contrário, confirmar-me-ei louco deveras, e assim não sentirei nada. Portanto, de qualquer maneira que ela responda, sairei do trabalhoso passo em que me houveres deixado, gozando ajuizado do bem que me trouxeres, ou, se me trouxeres mal, deixando por louco de o sentir. Mas dize-me cá, Sancho, trazes bem guardado o elmo de Mambrino? Que eu bem vi que o levantaste do chão quando aquele desagradecido o quis espedaçar, mas não pôde, prova clara da fineza da sua têmpera.

A isto respondeu Sancho:

— Vive Deus, Senhor Cavaleiro da Triste Figura! Coisas diz Vossa Mercê que eu não posso levar à paciência; e por elas chego a imaginar que tudo o que me tem dito de cavalarias, de alcançar reinos e impérios, de dar ilhas e fazer outras mercês e grandezas, como é de uso de cavaleiros andantes, deve ser tudo coisas de vento e mentira, e tudo pastranha, ou patranha, ou como melhor se chama. Quem ouvir a Vossa Mercê dizer que uma bacia de barbeiro é o elmo de Mambrino, sem sair de semelhante despropósito por mais de quatro dias, que há de cuidar senão que a pessoa que tal diz e afirma tem o miolo furado? A bacia cá a levo eu no costal toda amolgada; e levo-a para arranjar em minha casa e fazer com ela a barba, se Deus me fizer tanta mercê, que me torne ainda a ver com a minha mulher e filhos.

— Olha, Sancho, pelo mesmo que tu me juraste há pouco te rejuro eu — disse Dom Quixote — que tens o mais curto entendimento que nunca teve, nem tem, escudeiro do mundo. Pois é possível que, andando comigo há tanto tempo, ainda não tenhas reconhecido que todas as coisas dos cavaleiros andantes parecem quimeras, tolices e desatinos, e são ao contrário realidades? E donde vem este desconcerto? Vem de andar sempre entre nós outros uma caterva de encantadores, que todas as nossas coisas invertem, e as transformam, segundo o seu gosto e a vontade que têm de nos favorecer ou destruir-nos. Ora aí está como isso, que a ti te parece bacia de barbeiro, é para mim elmo de Mambrino, e a outros se figurará outra coisa; e foi rara providência do sábio que me favorece fazer que pareça bacia o que real e verdadeiramente é elmo de Mambrino; e a causa vem a ser: porque, sendo ele traste de tanto apreço, todo o mundo, se o conhecesse, me perseguiria para mo tirar; como porém entendem que não passa de bacia de barbeiro, não fazem caso de se matar por ele, como bem o mostrou por sua parte o que diligenciou quebrá-lo, e o deixou no chão em vez de o levar; conhecera-o ele, e veríamos se o deixava assim. Guarda-o, guarda-o, amigo, que por enquanto não me faz míngua, antes estou para largar todas estas armas, e ficar nu como quando nasci, se é que me não der na vontade imitar mais a Roldão do que a Amadis, no tocante à penitência.

Com esta conversação chegaram ao pé de um alto monte, que entre outros que o rodeavam se erguia solitário, como se fora ali uma esguia rocha talhada por mão. Corria-lhe pela falda um manso arroio, e por todas as partes à volta se lhe alastrava um prado tão verde e viçoso, que era alegria dos olhos. Havia por ali muitas árvores montesinas e algumas plantas e flores que tornavam o lugar sobremodo aprazível. Foi este o sítio que para a sua penitência elegeu o Cavaleiro da Triste Figura. Apenas o avistou, rompeu em altas exclamações, dizendo como fora de si:

— Este é o lugar, ó céus! que eu escolho para chorar a desventura em que vós mesmos me haveis posto. Este é o sítio em que o tributo dos meus olhos há de aumentar as águas daquele arroio, e meus contínuos e profundos suspiros estremecerão sem descanso as folhas destas árvores selváticas, em testemunho da pena que o meu coração perseguido padece. Ó vós outros, quem quer que sejais, rústicos deuses, que nesta desconversável paragem habitais, ouvi as queixas de tão desditoso amante, a quem uma longa ausência e uns fantasiados zelos hão trazido a lamentar-se nestas asperezas, e a queixar-se da dura condição daquela ingrata e bela, fim e remate de toda a humana formosura! Ó vós outras, napéias e dríades[3], que usais habitar no mais cerrado dos montes, assim os ligeiros e lascivos sátiros[4] de quem sois amadas, posto que em vão, não perturbem jamais o vosso doce sossego; ajudai-me a deplorar a minha desventura, ou pelo menos não vos canseis de ma ouvir! Ó Dulcinéia del Toboso, dia da minha noite, glória da minha pena, norte dos meus caminhos, estrela da minha ventura (assim o céu ta depare favorável em tudo que lhe pedires!), considera, te peço, o lugar e o estado a que a tua ausência me conduziu, e correspondas propícia ao que deves à minha fé! Ó solitárias árvores, que de hoje em diante ficareis acompanhando a minha solidão, dai mostras com o movimento das vossas ramarias de que vos não anoja a minha presença! Ó tu, escudeiro meu, agradável companheiro em meus sucessos prósperos e adversos, toma bem na memória o que vou fazer à tua vista, para que pontualmente o repitas à causadora única de tudo isto!

---

[3] Ninfas do mundo clássico, muito mencionadas nos poemas sobre a idade de ouro.

[4] Personagens míticos, metade homens, metade bodes.

Dizendo assim, apeou-se do Rocinante, tirou-lhe de repente o freio e as cilhas, e, dando-lhe uma palmada nas ancas, lhe disse:

— Liberdade te dá o que sem ela fica, ó cavalo tão estimado por tuas obras, quão mísero por teu fado! Vai-te por onde quiseres, que na frente levas escrito que não te igualou em ligeireza o Hipogrifo de Astolfo, nem o famigerado Frontino, que tão caro saiu a Bradamante[5].

Vendo aquilo Sancho, disse:

— Bem haja quem nos tirou agora o trabalho de desalbardar o ruço, que à fé que não faltariam palmadinhas que dar-lhe, nem coisas que dizer em seu louvor. Se ele aqui estivera, não havia de eu consentir que ninguém o desalbardasse, nem para tal havia razão, pois com ele não tinham que ver as gerais de enamorado nem de desesperado[6], pois nem uma nem outra coisa estava seu amo, que era eu quando Deus queria. Agora, Senhor Cavaleiro da Triste Figura, se a minha partida e a loucura de Vossa Mercê são coisas deveras assentadas, bom será tornar-se a aparelhar o Rocinante para me suprir a falta do ruço, porque assim se encurtará a demora da minha ida e tornada, que a pé não sei quando voltarei, porque eu por mim sou fraco andarilho.

— Como quiseres, Sancho — disse Dom Quixote —, não me parece mal a tua lembrança; daqui a três dias partirás, pois quero que neste meio tempo vejas o que por ela faço e digo, para lho repetires como testemunha.

— Que mais tenho eu que ver do que já vi? — disse Sancho.

— Sim; bem inteirado estás — disse Dom Quixote. — Agora só me falta rasgar o fato, espalhar por aí as armas e dar cabriolas e cabeçadas por estas penhas, com outras coisas deste jaez que te hão de admirar.

— Pelo amor de Deus — disse Sancho —, olhe Vossa Mercê como dá essas cabeçadas, que em tal penha poderia acertar, e em tal parte, que logo à primeira se acabasse toda esta máquina de penitência; seria eu de parecer que, visto Vossa Mercê entender

---

[5] Hipogrifo: cavalo alado de Orlando Furioso. Frontino: cavalo citado também por Ariosto e antes por Boiardo.

[6] Ou seja, ter interesse ou parentesco com alguma das partes num pleito.

serem as cabeçadas necessárias para o caso, e não se poder fazer sem elas esta obra, se contentasse, por ser tudo isto fingido, e coisa de remedilho e comédia, se contentasse, digo, como dar as cabeças na água, ou em alguma outra coisa fofa, por exemplo em algodão; o mais deixe-o por minha conta, que eu direi à minha senhora que Vossa Mercê as dava na quina de um penhasco mais agudo que um diamante.

— Agradeço-te a boa intenção, amigo Sancho — respondeu Dom Quixote —, mas quero que saibas que tudo isto que eu faço não são comédias, mas realidades mui reais, porque o mais fora contravir às ordens de cavalaria, que nos proíbem toda a casta de mentira, sob pena de relapsos; o fazer uma coisa por outra o mesmo é que mentir; portanto as minhas cabeçadas hão de ser verdadeiras, firmes, e valiosas[7], sem nada de sofístico nem de fantástico; e necessário será que me deixes alguns fios para me curar, já que a desgraça quis que nos faltasse o bálsamo, que não foi pequena perda.

— Pior foi a do asno — respondeu Sancho —, pois com ele se foram os fios e tudo mais que trazia. Peço-lhe a Vossa Mercê que nunca mais se torne a lembrar daquela maldita bebida, que só de ouvir falar nela se me revolve a alma, quanto mais o estômago. Mais lhe rogo que faça de conta que são já passados os três dias que me aprazou para eu ver as suas loucuras; já as dou por vistas, revistas e passadas em julgado, e hei de contar delas maravilhas à minha senhora. Escreva a carta e despache-me logo, pois estou com grande ânsia de vir breve tirá-lo deste purgatório em que o deixo.

— Purgatório o chamas tu, Sancho? — disse Dom Quixote — inferno lhe puderas tu chamar mais apropriadamente, ou coisa ainda pior, se a há.

— No inferno *nulla est retencio*[8], segundo tenho ouvido dizer — replicou Sancho.

— Não entendo o que vens a dizer com a tua "retenci" — disse Dom Quixote.

— "Retencio" é — respondeu Sancho — que quem está no inferno nunca mais de lá sai, nem pode; em Vossa Mercê poderá ser às

---

[7] Fórmulas empregadas nas escrituras públicas.

[8] "Quia in inferno nulla est redemptio." Frase do ofício de defuntos, mal repetida por Sancho. "Não há redenção no inferno."

avessas, ou mau caminheiro serei eu, a não levar esporas com que esperte o Rocinante. Ponha-me eu a meu salvo em Toboso, e na presença da minha Senhora Dulcinéia, que eu lhe direi tais coisas das necedades e loucuras (que tanto monta uma coisa como outra) que Vossa Mercê tem feito e fica fazendo, que a porei mais macia que uma luva, ainda que a ache mais dura que um sobreiro. Com a sua resposta, que há de ser doce como um mel, voltarei por ares e ventos que nem bruxo, e o tirarei a Vossa Mercê deste purgatório, que, se não é inferno, bem o parece, visto haver esperança de saída, a qual, como já disse, não a têm os que estão no inferno; tenho que Vossa Mercê não dirá agora o contrário.

— É verdade — disse o da Triste Figura —, mas como faremos para escrever a carta?

— A carta e mais a cédula dos três burrinhos — acrescentou Sancho.

— Tudo será mencionado — disse o cavaleiro. — Que bom não seria se, à falta de papel, a pudéramos escrever, como os antigos o faziam, em folhas de árvores, ou numas tabelas enceradas! Mas tão dificultoso seria achar-se agora isso, como papel. Mas em bem me lembra: onde se pode otimamente escrever a carta é no livrinho de memórias que foi de Cardênio, e tu terás cuidado de a mandar copiar para papel, com boa letra, no primeiro lugar que encontres onde haja mestres de meninos de escola; ou, quando não, qualquer sacristão ta copiará; lá de escrivão Deus nos livre, esses amigos fazem letra processada[9], que nem Satanás a decifra.

— E como há de ser a assinatura? — disse Sancho.

— As cartas de Amadis nunca foram assinadas — respondeu Dom Quixote.

— Embora — replicou Sancho —; mas a ordem para os três burricos por força que há de ser assinada e, se essa assinatura se copia, dirão que é falsa e ficaremos sem burrinhos.

— Essa ordem no mesmo livrinho a assinarei, que, em minha sobrinha a vendo, nenhum reparo porá em a cumprir; e, pelo que respeita à carta de amores, porás em vez de assinatura: "Vosso até a morte, o Cavaleiro da Triste Figura". E o ir a coisa escrita por mão de outrem pouco importa, porque, se bem me lembra, a Dulcinéia não sabe escrever nem ler, em toda a sua vida nunca viu letra nem

[9] Processual, cortesã, letra difícil, de traço complicado.

carta minha, porque os meus amores e os dela têm sido sempre platônicos, sem se atreverem a mais que a um olhar honesto; e ainda isso tão de longe em longe, que me atreverei a jurar-te com verdade que em doze anos (que tantos há que eu lhe quero mais que à luz destes olhos que a terra há de comer) não a tenho visto quatro vezes; e até poderá ser que destas quatro vezes nem uma só ela em tal reparasse; tamanho é o recato e encerro com que seu pai Lourenço Corchuelo e sua mãe Aldonça Nogales a criaram.

— Tenha lá mão — disse Sancho —, pois a filha de Lourenço Corchuelo é que é a Senhora Dulcinéia del Toboso, chamada por outro nome Aldonça Lourenço?

— Essa é — disse Dom Quixote —, é essa a que merece ser senhora de todo o Universo.

— Bem a conheço — disse Sancho —; o que sei dizer é que atira tão longe uma barra como o mais alentado pastor daquele povo. Vive Deus, que é um raparigão de truz, direita e desempenada, e de cabelinho na venta, e que pode tirar as barbas de vergonha[10] a qualquer cavaleiro andante ou por andar que a tiver por sua dama. Filha da mãe! que rija dos nós! que vozeirão! O que posso dizer é que se pôs um dia no alto da torre da aldeia a bradar por uns moços da casa, que andavam longe numa courela do pai; e, ainda que estavam a mais de meia légua, ouviram-na como se a torre estivesse ali ao pé; e o melhor que tem é que não tem nada de nicas, porque é muito levantada, com todos caçoa e de tudo faz galhofa[11]. Agora é que eu digo, Senhor Cavaleiro da Triste Figura, que não só pode e deve fazer Vossa Mercê desatinos por ela, senão que terá carradas de razão de se desesperar até enforcar-se. Não há ninguém que em o sabendo não diga que fez muito bem, ainda que o leve o Diabo. Tomara-me já em caminho só por vê-la, que a não vejo há já muitos dias, e deve a estas horas estar muito demudada, porque o andar sempre ao ar e ao sol estraga muito o carão das mulheres. Uma verdade lhe confesso eu, Senhor Dom Quixote, e é que tinha vivido até aqui numa grande ignorância, porque entendia, e era capaz de o jurar, que a Senhora Dulcinéia devia ser alguma princesa, de quem Vossa Mercê estava enamorado, ou alguma pessoa tão de costa

---

[10] "Tirá-lo de apuros."

[11] Esta descrição parece mais própria a um homem.

acima, que merecesse os ricos presentes que Vossa Mercê lhe tem enviado, tais como o do biscainho, o dos forçados das galés e outros, que muitos devem ser, segundo a quantia das vitórias que Vossa Mercê terá ganhado e ganhar, no tempo em que eu não era ainda seu escudeiro. Mas agora, considerando bem, que proveito dará à Senhora Aldonça Lourenço (quero dizer, à Senhora Dulcinéia del Toboso) o irem-se lançar de joelhos diante dela os vencidos que Vossa Mercê lhe envia e há de enviar? Porque poderia suceder que, na ocasião de eles chegarem lá, estivesse ela tasquinhando linho ou malhando na eira, e eles se envergonhassem de a ver, e ela se risse e aborrecesse do presente.

— Já te tenho dito, e por muitas vezes, Sancho — disse Dom Quixote —, que és um grande falador; e, ainda que de bestunto ronceiro, muitas vezes frisas em sutil; contudo, para te convencer de quão rombo és tu, e eu discreto, quero que me ouças um breve conto. Certa viúva formosa, moça, livre e rica, e ainda por cima desenfadada, se enamorou de um rapaz tosquiado, roliço e de boa presença. O irmão mais velho dela, descobrindo aquela inclinação, disse-lhe um dia a modo de advertência fraternal: "Maravilhado estou, senhora, e com bastante razão, de que mulher tão principal, tão formosa e tão abastada como Vossa Mercê se haja enamorado de um homem tão soez, tão baixo e tão idiota como é Fulano, sendo esta casa freqüentada por tantos padres-mestres, apresentados e teólogos, por onde Vossa Mercê poderia fazer melhor escolha, como em bandeja de peras, e dizer: este serve-me; aquele não presta". Ao que ela respondeu com grande chiste e despejo: "Vossa Mercê, senhor meu, está mui enganado e pensa muito à antiga, se cuida que elegi mal em Fulano, por lhe parecer idiota, porque para o que eu o quero tanta filosofia sabe como Aristóteles, e até mais". Assim, Sancho, para o que eu quero a Dulcinéia del Toboso tanto vale ela como a mais alta princesa do mundo. Olha que nem todos os poetas que louvam damas debaixo de um nome que eles arbitrariamente lhes põem as têm na realidade. Pensas tu que as Amarílis, as Fílis, as Sílvias, as Dianas, as Galatéias[12], e outras queijandas de que andam cheios os livros, os romances, as lojas de barbeiros, os teatros das comédias, foram realmente damas de carne e osso, e

[12] Heroínas de novelas pastoris.

pertencem àqueles que as celebram e celebraram? Decerto que não. As mais belas inventaram-nas eles para assunto dos seus versos, e para que os tenham por enamorados, e homens de valia para o serem. Segundo isso, baste-me também a mim pensar e crer que a boa da Aldonça Lourenço é formosa e honesta. Lá a sua linhagem importa pouco; não hão de ir tirar-lhe as inquirições para dar-lhe algum hábito; para mim faço de conta que é a mais alta princesa do mundo. Porque hás de saber, Sancho, se o não sabes, que há duas coisas só que mais que todas as outras incitam a amar: são a formosura e a boa fama; e ambas estas coisas são em Dulcinéia extremadas, porque em lindeza nenhuma a iguala, e em boa nomeada poucas lhe chegam; e, para acabar com isto, imagino eu que tudo que te digo é assim, sem um til de mais nem de menos; pinto-a na fantasia como a desejo assim nas graças como no respeito; nem Helena[13] lhe deita águas às mãos, nem Lucrécia[14], nem outra alguma das famigeradas mulheres das idades pretéritas, grega, bárbara ou latina; digam o que quiserem; se por isto me repreenderem os ignorantes, não me condenarão os justiceiros.

— Confesso que em tudo tem Vossa Mercê razão — disse Sancho — e que eu sou um asno. O que eu não sei é por que hei de falar em "asno"; não se deve lembrar baraço em casa de enforcado. Mas venha a carta, e adeus que me mudo.

Puxou Dom Quixote pelo livro de lembranças, e, retirando-se para um canto, com muito sossego começou a escrever a carta. Acabada ela, chamou a Sancho, e lhe disse que lha queria ler para ele a entregar à memória, para ficar esse remédio, caso no caminho a perdesse, porque da sua desdita tudo se podia recear.

A isto respondeu Sancho:

— Escreva-a Vossa Mercê duas ou três vezes aí no livro, e dê-mo, que eu o levarei bem guardado; porque pensar que eu possa tomar isso de cor é disparate; sou tão falto de memória, que às vezes me chega a esquecer como me chamo. Mas diga-a sempre, que estimo muito ouvi-la; há de ser que nem de letra redonda:

— Ora escuta: reza assim — disse Dom Quixote.

---

[13] Helena de Tróia.

[14] Dama romana que, violentada por Tarquino, se suicidou, segundo Tito Lívio.

Carta de Dom Quixote a Dulcinéia del Toboso

Soberana e alta senhora:

O ferido do gume da ausência[15] *e o chagado nas teias do coração, dulcíssima Dulcinéia del Toboso, te envia saudar, que a ele lhe falta*[16]*. Se a tua formosura me despreza, se o teu valor me não vale, e se os teus desdéns se apuram com a minha firmeza, não obstante ser eu muito sofrido, mal poderei com estes pesares, que, além de muito graves, já vão durando em demasia. O meu bom escudeiro Sancho te dará inteira relação, ó minha bela ingrata, amada inimiga minha, do modo como eu fico por teu respeito. Se te parecer acudir-me, teu sou; e, se não, faze o que mais te aprouver, pois com acabar a minha vida terei satisfeito à tua crueldade e ao meu desejo.*

Teu até a morte.

O CAVALEIRO DA TRISTE FIGURA.

— Por vida de meu pai — disse Sancho acabada a leitura da carta —, que esta é a mais sublime coisa que nunca ouvi. Aí diz Vossa Mercê tudo quanto quer; e como encaixa bem para assinatura aquilo do "Cavaleiro da Triste Figura"! Digo a verdade que Vossa Mercê é o próprio Diabo em carne e osso; não há nada que não saiba.

— Tudo é necessário para o ofício que exerço — disse Dom Quixote.

— Ora pois — disse Sancho —, ponha Vossa Mercê agora nessa outra página adiante a ordem dos três burricos, e assine-se com muita clareza, para a conhecerem logo que a virem.

— Aí vai — disse Dom Quixote.

Depois de escrita, releu-a, e dizia assim:

Por esta primeira de burrinhos mandará Vossa Mercê, senhora sobrinha, dar a Sancho Pança, meu escudeiro, três dos cinco que

---

[15] Imitação da carta de Oriana a Amadis: "Sou eu a donzela ferida de gume de espada pelo coração..."

[16] Fórmula muito usada na novela cavaleiresca e pastoril.

deixei em casa, e que estão a cargo de Vossa Mercê, os quais três burrinhos os mande entregar e pagar por outros tantos aqui recebidos de contado, que com esta e com sua carta de pago serão bem dados.

Feita nas entranhas da serra Morena aos vinte e dois de agosto deste ano.[17]

— Está muito boa — disse Sancho —, assine-a Vossa Mercê.

— Não é preciso assiná-la — disse Dom Quixote —, basta pôr-lhe a rubrica, que vale o mesmo que assinatura; e para três anos, e trezentos que fossem, é quanto basta.

— Fio-me em Vossa Mercê — respondeu Sancho —; deixe-me ir aparelhar Rocinante, e prepare-se para me deitar sua bênção, que eu abalo já sem ver as sandices que Vossa Mercê quer fazer; eu lhe lá direi que vi fazer tantas, que não havia mais que pedir para fartar.

— Pelo menos quero, Sancho, porque assim é necessário — disse Dom Quixote —, que me vejas nu em pêlo, e fazer uma dúzia ou duas de disparates; não me levarão nem meia hora; tendo-os tu presenciado pelos teus olhos, já podes jurar sem carrego de consciência todos os mais que te parecer acrescentar.

— Pelo amor de Deus, senhor meu — disse Sancho —, não me obrigue a ver a Vossa Mercê nu em pêlo; isso era para mim uma grande aflição, e até me fazia chorar sem querer, e tenho esta cabeça em tal estado, do pranto que à noite fiz pelo ruço, que não estou para novos choros. Se tem muito empenho em que eu lhe assista a algumas loucuras, faça-as vestido, e à pressa, e as primeiras que lhe lembrem. Quanto mais que para mim nada disso era mister; o meu maior empenho é apressar jornada, e não demorar a volta, que há de ser com as notícias que Vossa Mercê deseja e merece; e, quando não, prepare-se a Senhora Dulcinéia, que, se não responder como deve, faço juramento de alma que lhe hei de sacar do bucho resposta apropositada a poder de pontapés e bofetões. Pois como se há de aturar que um cavaleiro andante tão famoso como Vossa Mercê se mude em doido sem quê nem para quê, por amor de uma... não me obrigue a dizer senhora; quando não, juro que desproposito, dê por onde der; bom sou eu para essas; ainda me não

---

[17] Imitação humorística de uma cédula de câmbio.

conhece; pois olhe que, se me conhecesse, veria que não estou para graças.

— Sabes o que me está parecendo, Sancho? — disse Dom Quixote. — É que não estás mais assisado do que eu.

— Tão doido não estou — respondeu Sancho —, mas mais enraivecido, sim. Mas, deixando-nos agora disto, que é o que Vossa Mercê há de comer enquanto não volto? Há de sair aos caminhos como Cardênio para rapinar aos pastores?

— Não te dê isso cuidado — respondeu Dom Quixote —, porque, ainda que eu tivesse para aí ucharias, não comera outra coisa senão as ervas e frutos que me oferecem este prado e estas árvores; nisso está a maior substância do meu caso: não comer e praticar outras inclemências.

— Sabe Vossa Mercê o que eu estou receando? — disse Sancho — é não atinar à volta com o sítio em que o deixo agora, segundo é sonegado.

— Repara-lhe bem nos sinais, que eu procurarei não me apartar destes contornos — respondeu Dom Quixote —; demais tomarei cuidado de trepar por estes cabeços mais altos, para ver se te avisto quando voltares. Mas o melhor será, para te não perderes e para dares comigo, cortares algumas giestas das muitas que por aqui há, e as vás deitando de onde em onde até saíres a raso; assim já tens marcas para atinares comigo; é uma imitação do fio de Teseu no labirinto[18].

— Farei isso — respondeu Sancho.

E, cortando algumas giestas, pediu a bênção ao amo e, sem muitas lágrimas de parte a parte, se despediu dele; e, montando no Rocinante, que Dom Quixote muito lhe recomendou, dizendo-lhe que olhasse por ele como por si mesmo, se encaminhou para o plano, espalhando de distância em distância os ramos de giesta, segundo a advertência do amo. E assim se foi, se bem que até o fim nunca Dom Quixote deixou de o importunar para que lhe visse fazer ao menos duas loucuras. Não tinha porém andado ainda cem passos, quando se voltou e disse:

— Razão tinha Vossa Mercê em dizer que, para eu poder jurar,

---

[18] Teseu saiu do famoso labirinto com o fio de Ariadne. Na edição *princeps* está "Perseu", certamente por equívoco.

sem encargo de consciência, que o tinha visto fazer loucuras seria bem ter-lhe presenciado ao menos uma, suposto que uma, e bem grande, já lhe eu vi, que foi esta de se me ficar por aí sozinho.

— Não te dizia eu? — disse Dom Quixote. — Espera, Sancho, que num credo[19] as farei. E, despindo com toda a pressa os calções, ficou em carnes, com roupas menores, e logo, sem mais nem menos, deu duas cabriolas no ar, e dois tombos de cabeça a baixo, descobrindo coisas que para não vê-las outra vez, voltou Sancho a rédea a Rocinante, e se deu por habilitadíssimo para poder jurar que o Fidalgo ficava doido confirmado. Deixemo-lo seguir o seu caminho, até a volta, que pouco tardou.

---

[19] "Num momento."

H. PISAN

CAPÍTULO XXVI

Onde prosseguem as finezas que de enamorado fez Dom Quixote na serra Morena

Voltando a contar o que fez o da Triste Figura depois que se viu só, diz a história que tanto como Dom Quixote acabou de dar as cambalhotas nu da cinta para baixo, e da cinta para cima vestido, e reparou em que Sancho se tinha abalado sem querer esperar, a ver mais sandices, subiu à ponta duma alta penha, e ali tornou a discorrer sobre o que já outras muitas vezes havia cismado, sem nunca ter podido assentar em coisa certa; a saber: que seria melhor e mais cabido? Se imitar a Roldão nas loucuras desaforadas que fez, ou a Amadis nas melancolias. Discursando entre si, dizia: "Se Roldão foi tão valente e tão bom cavaleiro como todos dizem, que admira? se ele por último era encantado, e ninguém o podia matar, salvo metendo-lhe um alfinete grosso pela sola do pé, para o que já trazia à cautela sapatos com sete solas de ferro, se bem que essas tretas não lhe valeram com Bernardo del Carpio, que lhas entendeu, e o afogou entre os braços em Roncesvalles. Mas, deixando nele de parte o que pertence à valentia, venhamos ao ponto de perder o juízo, pois é certo que o perdeu pelos sinais que na fonte achou, e pelas novas que lhe deu o pastor, de ter Angélica dormido mais de duas sestas com Medoro, um mourinho de cabelo encarapinhado, e pajem de Agramante; e, se ele acreditou ser aquilo verdade, e que a sua dama lhe tinha a ele feito agravo, não fez nada de mais em endoidecer; mas eu como é que nas loucuras o posso imitar, se para elas não tenho iguais motivos? Porque a minha

Dulcinéia del Toboso atrevo-me a jurar que nunca em dias de sua vida viu mouro algum em seu trajo natural, e que se conserva ainda hoje como a mãe a deu à luz; pelo que lhe faria agravo manifesto, se, imaginando o contrário a seu respeito, me tornasse louco daquele gênero de loucura de Roldão, o Furioso. Por outra parte, vejo que Amadis de Gaula, sem perder o juizo nem fazer loucuras, alcançou tamanha fama de enamorado como os que maior a tiveram, porque o que fez (conforme na sua história se refere) não foi mais do que por ver-se desdenhado da sua Senhora Oriana, que lhe tinha mandado não aparecesse na sua presença enquanto ela não quisesse, retirou-se então à Penha Pobre em companhia dum ermitão, e ali se fartou de chorar, até que o céu lhe acudiu no meio da sua maior tristeza e desamparo. Ora, se isto é verdade, como é, para que quero eu ter agora o trabalho de despir-me de todo, nem fazer ofensa a estas árvores que nenhum mal me fizeram? Nem tenho razão para enturvar a água clara destes arroios que me hão de dar de beber quando tiver sede. Viva a memória de Amadis! e imite-o Dom Quixote de la Mancha em tudo que puder. Deste se dirá o que de outro se disse: que, se não perfez grandes coisas para acometê-las, morreu; e, se eu não sou despedido nem desdenhado da minha Dulcinéia, basta-me, como já está dito, o estar-me ausente dela. Eia pois! mãos à obra! acudi-me à lembrança, coisas de Amadis, e ensinai-me por onde devo começar a imitá-lo; já sei que rezar foi o que ele mais praticou; mas que farei do rosário, se não o tenho?"

Nisto, ocorreu-lhe como o faria e rasgou uma grande tira das fraldas da camisa, que estavam penduradas, e deu-lhe onze nós, e um maior que os outros; isto lhe serviu de rosário, durante o tempo em que ali esteve, no qual rezou um milhão de ave-marias. O que muito o desassossegava era não achar por ali outro ermitão que o confessasse e o consolasse, e assim se entretinha passeando pelo pradozinho, gravando pelas cortiças do arvoredo e escrevendo na areia muitos versos, todos apropriados à sua tristeza, e alguns em honra e louvor de Dulcinéia; mas os que se puderam achar inteiros e que se pudessem ler depois que ali o encontraram não foram senão estes, que em seguimento vão copiados:

Árvores, ervas e plantas,
Que neste lugar estais,
Tão altas, verdes, e tantas,
Se coo meu mal não folgais,

Ouvi minhas queixas santas.
Tal dor não vos alvorote,
Embora de terror cheia,
Pois, por pagar-vos o escote,
Aqui chorou Dom Quixote
Ausências de Dulcinéia
Del Toboso.

É aqui o lugar onde
O adorador mais leal
Da sua amada se esconde;
Chegou a tamanho mal
Sem saber como ou por onde.
Trá-lo Amor ao estricote,
Pela sua má raléia;
E até encher um pipote
Aqui chorou Dom Quixote
Ausências de Dulcinéia
Del Toboso.

Procurando as aventuras
Entre as desabridas penhas,
Maldizendo entranhas duras,
Que entre fragas e entre brenhas
Acha o triste desventuras.
Deu-lhe Amor com seu chicote
Da mais áspera correia;
Tal lhe foi o esfuziote,
Que aqui chorou Dom Quixote
Ausências de Dulcinéia
Del Toboso.

Fez rir muito aos que tais versos ouviram o rabo-leva "del Toboso" posto ao nome de Dulcinéia, porque imaginaria Dom Quixote, que, se, nomeando a Dulcinéia, não dissesse também "del Toboso", deixaria a copla ininteligível, e essa foi realmente a razão que ele para isso teve, segundo ao depois confessou. Muito mais trovas escreveu; porém, como já se disse, não se puderam tirar a limpo, nem inteiras, senão só estas três coplas. Nisto, em suspirar, em chamar pelos faunos e silvanos daqueles bosques, pelas ninfas dos rios, pela dolorosa e úmida Eco[1], que o escutassem, lhe respondessem e o consolassem, se entretinha, e em procurar algumas ervas com que se sustentar enquanto não vinha Sancho, que, se assim tardou três dias, tarda três semanas, a tal desfiguração chegara o Cavaleiro da Triste Figura, que nem a sua própria mãe por mais que escancarasse os olhos o conhecera.

Será bom deixarmo-lo por agora emaranhado em seus suspiros e versos, para contarmos o que a Sancho Pança aconteceu na sua embaixada. Foi o seguinte: saindo à estrada real, pôs-se à cata do caminho para El Toboso. No dia seguinte chegou à venda em que lhe sucedera a desgraça da manta. Bispá-la e imaginar-se outra vez pelos ares aos boléus foi tudo um. Não quis entrar, posto serem horas de o poder e dever fazer, por serem as de jantar, e trazer desejo de provar coisa quente, pois muitos dias havia que só comia frios.

Esta necessidade o obrigou a aproximar-se da taverna, indeciso contudo se entraria ou não. Estando naquilo, saíram de lá dois indivíduos, que logo o conheceram, e disse um para o outro:

— Diga-me, senhor licenciado, aquele de cavalo não é Sancho Pança, que disse a ama do nosso aventureiro ter saído por escudeiro com o seu senhor?

— É decerto — disse o licenciado —, e aquele é o cavalo do nosso Dom Quixote.

Pudera não os conhecerem, se os dois eram nem mais nem menos o cura e o barbeiro do próprio lugar, os que fizeram o expurgo e o auto-de-fé da livraria! Estes, assim que de todo se certificaram de ser Sancho Pança e Rocinante, desejosos de saber de Dom Quixote, se foram a ele, e o cura o chamou pelo seu nome, dizendo-lhe:

— Amigo Sancho Pança, onde fica o vosso amo?

Conheceu-os imediatamente Sancho, mas determinou encobrir-lhes o lugar onde o amo ficava, e de que modo; e assim lhes respondeu que o seu amo ficava ocupado em certa parte e com certa

---

[1] A ninfa Eco, filha do Ar e da Terra, foi condenada por Juno a um quase mutismo, consistente em não falar senão as últimas sílabas do que outros diziam. Cervantes a chama "úmida", porque, desdenhada por Narciso, retirou-se às grutas, onde se consumiu de dor.

coisa de muito interesse, que ele nem pelos dois olhos da cara descobriria[2].

— Deixai-vos disso, Sancho Pança — disse o barbeiro —; se nos não dizeis onde ficou, cuidaremos, como já vamos cuidando, que o matastes e roubastes; e tanto mais, que vindes montado no seu cavalo; ou nos haveis de apresentar o dono do rocim, ou com a Justiça vos heis de haver.

— Para mim — respondeu Sancho — vêm erradas as ameaças, que eu não sou homem que roube, nem mate a ninguém; a cada um que o mate a sua má estrela, ou Nosso Senhor que o criou. Meu amo ficou a fazer penitência no meio desta montanha, muito por sua vontade.

E logo correntemente e sem detença lhes contou como o deixara, as aventuras que lhe haviam sucedido, e como levava a carta à Senhora Dulcinéia del Toboso, que era a filha de Lourenço Corchuelo, de quem o amo estava enamorado até os fígados. Admirados ficaram os dois do que a Sancho Pança ouviram; e, ainda que já sabiam a loucura de Dom Quixote e o gênero dela, sempre que a ouviam se maravilhavam como de coisa nova. Pediram a Sancho que lhes mostrasse a carta que levava para a Senhora Dulcinéia del Toboso. Respondeu ele que ia escrita num livro de lembranças, e que era ordem de seu amo que a mandasse trasladar em papel no primeiro lugar onde chegasse. Ao que volveu o cura que lha mostrasse, e ele mesmo a trasladaria com muito boa letra. Meteu Sancho Pança a mão no bolso à procura do livrinho, mas não o achou nem o poderia achar, ainda que o buscasse até agora, porque tinha ficado em poder de Dom Quixote, que se tinha esquecido de lho entregar, como ele também se não lembrara de lho pedir.

Quando Sancho se inteirou de que não achava o livro, entrou-se a fazer amarelo como um defunto, e, tornando a apalpar todo o corpo muito à pressa, tornou a averiguar que não achava tal; e, sem mais nem mais, se foi com ambas as mãos às barbas e depenou metade delas; e logo à pressa, e sem intervalo, deu no rosto e nariz meia dúzia de punhadas, que foi o mesmo que abrir uma cascata de sangueira. Vendo aquilo o cura e o barbeiro, perguntaram-lhe que desgraça tamanha lhe acontecera para se pôr naquele miserável estado.

— Que desgraça me sucedeu? respondeu Sancho — sucedeu-

---

[2] Espécie de juramento.

me que perdi, do pé para a mão, num instante, três burrinhos que era cada um como um castelo.

— Como foi isso? — exclamou o barbeiro.

— Perdi o livro de lembranças — respondeu Sancho — em que vinha a carta para Dulcinéia, e uma cédula assinada por meu amo, em que mandava que a sobrinha me desse três burricos, de quatro ou cinco que estavam em casa.

E com isto lhes contou a perda do ruço. Consolou-o o cura, e lhe disse que, achando o fidalgo, ele lhe faria renovar a ordem; que tornasse a fazer a lembrança em papel, como era uso e costume, porque as que se faziam em livros de lembranças nunca se aceitavam nem cumpriam. Com isto se confortou Sancho, e disse que pouca freima lhe dava a ele a perda da carta para Dulcinéia, porque a sabia quase de memória, pelo que se poderia copiar onde e quando se quisesse.

— Vá lá, Sancho, dizei-a — acudiu o barbeiro; — a cópia depois se fará.

Esteve por um pouco Sancho Pança a coçar a cabeça para puxar à lembrança a carta; ora se punha sobre um pé, ora sobre outro, ora olhava para o chão, ora para o céu, e depois de ter roído metade da polpa de um dedo, estando suspensos os ouvintes, disse após estiradíssima demora:

— Valha-me Deus, senhor licenciado; se me lembra algum ponto da carta, o Diabo que o leve já. Só me lembra, que no princípio dizia: "Alta e *soterrana* senhora".

— Não havia de ser "soterrana" — disse o barbeiro —, havia de dizer "sobre-humana", ou "soberana" senhora.

— Tal qual — disse Sancho. — Depois, se bem me lembra —, prosseguia — ... se bem me lembra: "O chagado e falto do sono, e o ferido, beija a Vossa Mercê as mãos, ingrata e mui desconhecida formosa"; e não sei que dizia de saúde e de enfermidade, que lhe enviava; e por aqui escorrendo[3], até que acabava em: "Vosso até a morte, o Cavaleiro da Triste Figura".

Não gostaram pouco os dois de verem a boa memória que tinha Sancho Pança, e louvaram-lha muito, e pediram-lhe que repetisse a carta mais duas vezes, para que eles igualmente de memória a tomassem, para a seu tempo se copiar. Mais três vezes a repetiu

---

[3] "Discorrendo."

Sancho, e outras tantas tornou a enfiar outros três mil disparates. Da carta passou a relatar igualmente as coisas do amo; mas nem palavra que se referisse ao manteamento acontecido naquela venda em que recusava a entrar. Disse também que o seu senhor, em ele lhe levando, como lhe havia de levar, boa resposta da sua Senhora Dulcinéia del Toboso, se havia de pôr a caminho à procura de como se faria imperador, ou pelo menos monarca, que assim se tinha combinado entre ambos e era coisa muito fácil, atendendo ao valor da sua pessoa e força do seu braço; e, chegando isso, o havia de casar a ele, que já a esse tempo seria viúvo com toda a certeza, e lhe havia de dar por mulher uma donzela da imperatriz, herdeira de um rico e grande Estado de terra firme sem ilhas nem ilhos, que já disso não queria nada. Tamanha era a serenidade com que Sancho engranzava tudo aquilo, limpando de quando em quando o nariz, e com tão pouco juízo, que os dois não cessavam de se admirar, considerando quão veemente fora o ataque de loucura de Dom Quixote, pois tinha arrastado também consigo o juízo deste pobre homem. Não se quiseram cansar a tirá-lo do erro em que estava, por lhes parecer que, não indo nisso perigo para a consciência, melhor era deixarem-no lá na sua, e para eles também mais divertido ir-lhe desfrutando as tontarias. Disseram-lhe, pois, que rogasse a Deus pela saúde do fidalgo, pois era em realidade coisa muito fácil chegar pelo decurso do tempo a ser imperador, ou pelo menos arcebispo, ou outra dignidade equivalente. Ao que Sancho respondeu:

— Senhores, se as coisas corressem por modo que a meu amo se perdesse a vontade de ser imperador, e antes quisesse a dignidade de arcebispo, desejava eu agora saber que é o que costumam dar os arcebispos andantes aos seus escudeiros.

— Costumam-lhes dar — respondeu o cura — algum benefício simples, ou de cura de almas, ou alguma sacristania de renda rendada[4], afora o pé de altar, que se costuma avaliar no dobro. — Para isto há de ser preciso — replicou Sancho — que o escudeiro não seja casado, e que saiba pelo menos ajudar à missa. Sendo assim, mal de mim, que sou casado, e não sei a primeira letra do á-bê-cê! Que será de mim, se ao meu amo der na veneta ser arcebispo e não imperador, como é uso e costume dos cavaleiros andantes?

---

[4] Renda fixa.

— Não vos mortifiqueis, amigo Sancho — disse o barbeiro —, que nós rogaremos ao vosso amo, e lhe aconselharemos, chegando até a pôr-lhe em caso de consciência que seja imperador e não arcebispo, porque até lhe é mais fácil, em razão de ser ele mais esforçado que estudante.

— Assim me tem parecido a mim — respondeu Sancho —, mas não posso dizer, sem mentir, que para tudo tem habilidade. O que eu por minha parte hei de fazer é rogar a Nosso Senhor que o incline para a parte em que ele se aproveite mais a si, e a mim me faça melhores mercês.

— Falais como discreto — disse o cura — e obrareis como bom cristão; mas o que ao presente se deve fazer é diligenciar pôr vosso amo fora daquela escusada penitência em que nos dissestes o deixastes; e para combinarmos o que se há de pôr em obra, e também para comermos, que já são horas, bom será que entremos na venda.

Respondeu Sancho que entrassem, que ele esperaria ali fora, e depois lhes diria a causa por que não entrava, nem lhe convinha entrar lá; mas que lhes pedia lhe mandassem vir para ali alguma coisa quente, e também cevada para o Rocinante. Entraram eles e o deixaram. Dali a pouco trouxe-lhe de comer o barbeiro. Depois, tendo os dois ajustado bem o modo como haviam de conseguir o que desejavam, acudiu ao cura um pensamento muito conforme ao gosto de Dom Quixote e ao que eles queriam. Disse ao barbeiro que a sua idéia era que ele se vestiria em trajo de donzela andante, e o barbeiro o melhor que pudesse em hábito de seu escudeiro; e assim iriam aonde Dom Quixote estava, fingindo ser ela uma donzela afligida e necessitada, e lhe pediria um dom que ele lhe não poderia recusar, como valoroso cavaleiro andante que era; e que o dom que tencionava pedir-lhe era que viesse com ela onde o levasse, a reparar-lhe um agravo, que um descortês cavaleiro lhe havia feito; e igualmente lhe suplicasse que lhe não mandasse tirar a máscara, nem lhe perguntasse nada dos seus particulares, antes de a ter vingado daquele mau cavaleiro; que tivesse por sem dúvida que Dom Quixote estaria por tudo quanto nestes termos a donzela lhe pedisse, e deste modo o tirariam dali, e o levariam ao seu lugar, e lá se veria que remédio se poderia dar à sua estranha loucura.

CAPÍTULO XXVII

De como saíram com a sua intenção o cura e o barbeiro, com outras coisas dignas de ser contadas nesta grande história

Não pareceu mal ao barbeiro a maranha do cura; e tanto, que para logo a puseram por obra. Pediram à vendeira uma saia e umas toucas, deixando-lhe em penhor uma sotaina nova do cura. O barbeiro fez umas grandes barbas de um rabo de boi ruço ou ruivo, em que o taberneiro costumava espetar o pente. Perguntou-lhes a vendeira para que eram aquelas coisas. O cura contou-lhe em poucas palavras a loucura de Dom Quixote, e como era conveniente aquele disfarce para o arrancar da montanha onde então estava. O vendeiro e a vendeira entenderam logo ser o doido o seu hospedado, o do bálsamo, e o amo do manteado escudeiro, e contaram ao cura tudo que com ele haviam passado sem omitirem o que Sancho tanto calava. Em suma, a vendeira entrajou ao cura de modo que não havia mais que pedir. Pôs-lhe uma saia de pano cheia de faixas de veludo preto largas de palmo, todas anavalhadas, e umas roupinhas de veludo verde, com seus vivos de cetim branco; roupinhas e saia, que deviam remontar-se ao tempo do Rei Wamba[1]. Não consentiu o cura em que o toucassem, mas pôs na cabeça um barretinho de linho estofado, que trazia para dormir de noite, e apertou-o na testa com uma fita de tafetá preto, e com outra fita prendeu por cima do rosto uma máscara feita à pressa, com que cobriu muito bem as

[1] Ou seja, eram velhíssimas.

barbas, e o semblante. Encaixou na cabeça o chapéu[2], de abas tão largas que lhe podia servir de guarda-sol, e, pondo aos ombros o seu ferragoulo[3], sentou-se na sua mula à moda das mulheres, o barbeiro montou igualmente na sua, com a sua barba, que lhe chegava à cintura, entre ruiva e branca, por ser, como se disse, da cauda de um boi barroso.

Despediram-se de todos, e da boa Maritornes, que prometeu rezar um rosário, ainda que pecadora, para que Deus lhes desse boa fortuna em tão trabalhoso e tão cristão negócio, como era o que empreendiam. Mas apenas da venda saiu o cura, quando se sentiu entrado dum escrúpulo; não lhe pareceu bem o ter-se posto daquela maneira, por ser coisa indecente para um sacerdote aquele trajo, embora muito apropriado à ocasião. Assim o disse ao barbeiro, rogando-lhe que trocassem entre si o disfarce, pois era melhor que o mestre representasse a donzela necessitada, e que ele, o padre, lhe serviria de escudeiro, pois desse modo se profanava menos a sua dignidade; e, se não estava por si isso, decidiu não passar adiante ainda que o Diabo levasse a Dom Quixote. Neste ponto chegou Sancho, que, vendo os dois naquela mascarada, não pôde conter o riso. Com efeito o barbeiro conveio na lembrança do cura, e enquanto se trocavam de parte a parte os hábitos, foi-lhe o cura ensinando o papel que haviam de representar, e as palavras que se haviam de dizer a Dom Quixote para o obrigar a vir com eles, e deixar o covil que tinha escolhido para a sua escusada penitência. Respondeu o barbeiro que aceitava a lição, e pontualmente a poria por obra. Dispensou vestir-se antes de chegarem perto donde Dom Quixote estava, e dobrou o fato. O cura experimentou como lhe assentava a barba, e seguiram caminho, conduzidos por Sancho Pança, que os foi entretendo a contar-lhes o que lhes tinha acontecido na serra com o encontro do louco, mas sem boquejar, já se sabe, no achado da maleta, e do que nela havia; apesar de lerdo, o sujeitinho não deixava de ser fino.

Ao seguinte dia chegaram aonde Sancho havia deixado postos os sinais das giestas; apenas as reconheceu, disse aos companheiros ser por ali a entrada, e que bem se podiam já vestir, supondo ser

---

[2] As aldeãs usavam chapéu quando viajavam.

[3] Capa sem capuz, que vestiam quando levavam chapéu.

isso necessário para a liberdade do amo, porque eles lhe haviam já dito que o irem assim, e vestirem-se daquele modo, era importantíssimo para livrarem a Dom Quixote da má vida a que se tinha posto, e que lhe recomendavam todo o cuidado de lhe não dizer quem eles eram, nem que os conhecia; e que se ele lhe perguntasse, como decerto havia de perguntar, se tinha entregado a carta a Dulcinéia, dissesse que sim e que, por não saber ler, ela lhe respondera vocalmente, dizendo-lhe que lhe mandava, sob pena de lhe descair da graça, que viesse logo ter com ela, para coisa que muito lhe importava, porque com isto, e com o mais que eles tencionavam dizer-lhe, tinham toda a esperança de o trazer a melhor modo de vida, convencendo-o a pôr-se logo em via para se ir fazer imperador ou monarca; e lá de ser arcebispo nada temesse. Tudo aquilo ouviu Sancho muito atento, e foi registrando pontualmente na memória, agradecendo-lhes a tenção de aconselhar ao fidalgo que fosse imperador e não arcebispo, pois estava persuadidíssimo de que para fazerem mercês aos seus escudeiros mais podiam imperadores que arcebispos andantes. Disse-lhes também que seria bom ir ele adiante para lhe dar primeiro a resposta da sua senhora, o que só por si bastaria para se ele dali desencovilar, sem eles terem para isso mais trabalho. Tomou-lhes o conselho de Sancho, pelo que determinaram ficar à sua espera, até que ele voltasse com a notícia de ter encontrado o fidalgo.

Entranhou-se o escudeiro por aquelas quebradas da serra deixando-os ambos numa delas, por onde manava um pequeno e manso regato, sombreado fresca e agradavelmente de outras penhas e árvores, que por ali abundavam. Era aquele um dos calmosos dias de agosto, que por essas partes costumavam ser as zinas do verão; a hora, as três da tarde; tudo concorria para tornar o sítio mais aprazível e convidativo para nele esperarem, como de fato fizeram. Estando assim ambos remansados e à sombra, chegou-lhes aos ouvidos uma voz, que, desacompanhada de instrumento algum, soava doce e regaladamente, do que não pouco se admiraram, por lhes parecer que não era aquele lugar onde se esperar quem tão bem cantasse, porque deixar dizer que pelos bosques e campos se achavam pastores de vozes peregrinas mais são isso encarecimentos[4] de poetas, que verdades. A mais subiu ainda a maravilha, quando repararam serem

[4] Fantasias, valorações desmesuradas.

versos o que ouviam cantar, não de estilo de pegureiros rústicos, mas de cortesãos discretos; no que os foi confirmando cada vez mais o teor das letras, que dizia assim:

Quem menoscaba meus bens?
  Desdéns.
Quem mais ceva meus queixumes?
  Ciúmes.
Quem me apura a paciência?
  A ausência.
De meu fado na inclemência,
Nenhum remédio se alcança,
Pois me dão morte: esperança,
Desdéns, ciúmes e ausência.

Quem me causa tanta dor?
  Amor.
Quem me as glórias arruína?
  Mofina.
Quem às dores me há votado?
  O fado.
Receio me é pois fundado
Morrer deste mal tirano,
Pois conspiram em meu dano
O amor, a mofina e o fado.

Quem pode emendar-me a sorte?
  A morte.
E bem de amor quem alcança?
  Mudança.
E seus males quem os cura?
  Loucura.
Então, em vão se procura
Remédio algum a tais chagas,
Sendo-lhe únicas triagas
Morte, mudança, loucura.

A hora, a conjuntura, a soledade, a voz e a perícia do cantor causaram maravilhas e contentamento nos dois ouvintes, que ficaram imóveis, aguardando continuação; como porém o silêncio se prolongasse, determinaram sair à procura de tão esmerado músico. Iam já efetuá-lo, quando a mesma voz os tornou a deter com este

SONETO

Santa amizade, que habitar imitas
neste baixo, fingido, e térreo assento,
mas que tens por morada o firmamento
coas essências angélicas benditas.

De lá, por dó das térreas desditas,
sonhos nos dás de alegre fingimento,
imitações do céu por um momento,
fugaz consolo às regiões proscritas.

Volta, volta dos céus, pura amizade,
ou proíbe que a amável aparência
te usurpe a desleal perversidade.

Confundida coa nobre e infame essência,
breve reverte o mundo à prisca idade;
volve o caos, é morta a Providência.

Acabou-se a cantilena num suspiro do íntimo, ficando ainda os dois atentos à espera de mais. Vendo, porém, que a música se tinha desfeito em soluços e ais lastimados, desejaram saber quem seria aquele triste, tão eminente na toada como dolorido no gemer. Não andaram muito, quando, ao voltar da ponta duma penha, viram um homem exatamente do mesmo talhe e figura como Sancho Pança lhes havia pintado quando lhes referiu a narrativa de Cardênio. Quando o homem os viu, em vez de mostrar sobressalto, conservou-se como estava, de cabeça pendida para o peito, com ar de meditabundo, sem levantar para eles os olhos, mais que no primeiro momento, quando inesperadamente ali chegaram. O cura, que era bem falante, e já tinha notícia daquela desgraça, porque pelos sinais facilmente o reconhecera, achegou-se para ele, e com poucas palavras muito discretas lhe rogou que se deixasse daquela tão miserável existência, para que a não viesse ali a perder, que seria essa de todas as desditas a maior. Estava naquela conjuntura Cardênio em aberta de perfeito juízo, livre daquele furioso acidente, que tão repetidas vezes o alheava de si; e assim, vendo os dois em trajos tão desacostumados dos que por aquelas solidões se deparavam, não deixou de admirar-se algum tanto, e mais, quando ouviu que lhe tinham falado do seu caso como de coisa sabida; os ditos do cura assim lho tinham dado a entender; pelo que respondeu deste modo:

— Bem vejo eu, senhores, quem quer que sejais, que o céu, que tem cuidado de acudir aos bons, e muitas vezes até aos maus, me envia, sem o eu merecer, a estes lugares tão longes e apartados do trato comum da gente, algumas pessoas, que, pondo-me diante dos olhos com vivas e variadas razões quão sem ela ando em levar a vida que levo, têm procurado passar-me deste sítio para algum outro melhor. Porém, como não sabem o que eu sei, que, tirando-me deste mal, hei de cair em algum maior, talvez me devem ter por homem de fraco discurso, e até, o que pior seria, por de nenhum juízo; e não fora maravilha que assim fosse, porque a mim mesmo se me entreluz que a imaginação das minhas desgraças é tão forte, e pode tanto para a minha perdição, que, sem eu poder coibi-la, venho a ficar como pedra, falto de todo o bom sentido e conhecimento. Desta verdade mais me capacito, quando algumas pessoas me dizem e mostram sinais de coisas que fiz enquanto me senhoreou aquele acesso. Então nada mais sei que arrepender-me sem fruto, e maldizer escusadamente a minha desgraça, e por desculpa das minhas loucuras contar a causa delas a quantos ma querem ouvir. Os cordatos à vista da causa não poderão estranhar os efeitos; e se me não derem remédio, pelo menos hão de desculpar-me. O aborrecimento das minhas desenvolturas converte-se logo em lástima da minha miséria. Se é que vós, senhores, vindes com as mesmas tenções com que outros já têm vindo, antes de passardes adiante nas vossas discretas persuasões vos rogo ouçais a relação infinda das minhas desventuras. Talvez, depois de me ouvirdes, vos dispenseis do trabalho que tomaríeis, procurando consolar o que não admite consolações.

Os dois, que nada mais desejavam que ouvir-lhe da própria boca a verdadeira explicação de tamanha infelicidade, instaram com ele para que lha expusesse, prontificando-se a não fazerem senão o que ele quisesse, para seu remédio, ou alívio pelo menos. Com isto começou o triste cavaleiro a sua lastimável história, quase pelas mesmas palavras e passos contados como a havia relatado a Dom Quixote e ao cabreiro poucos dias atrás, quando a propósito

H. PISAN.

do Mestre Elisabat, e pela pontualidade de Dom Quixote em guardar o decoro da cavalaria, o conto ficou truncado, como em seu lugar se disse. Desta vez porém permitiu a boa sorte que o intervalo da loucura fosse mais prolongado, e desse ensanchas para se concluir a história. Chegando pois ao passo do bilhete achado por Dom Fernando, entre o livro de Amadis de Gaula, disse Cardênio que o tinha bem de cor, e que rezava assim:

Lucinda a Cardênio

Cada dia descubro em vós valias novas, que me obrigam a mais vos estimar. Assim, se me quiserdes tirar desta dívida sem prejudicar-me na honra[5]*, muito bem o podereis fazer. Meu pai, que vos conhece, quer-vos bem; sem forçar a minha vontade, há de cumprir a que vós por boa justiça igualmente deveis ter, sendo verdade que me estimais como dizeis, e eu devo acreditar.*

— Por este bilhete me determinei a pedir Lucinda por esposa como já vos contei; e foi também por ele que Lucinda ficou tida no conceito de Dom Fernando por uma das mais discretas e ajuizadas mulheres do seu tempo; e foi, por derradeiro, esta carta a que lhe acendeu o desejo de me perder antes que o meu se realizasse. Contei eu a Dom Fernando o reparo do pai de Lucinda, a saber: que havia de ser meu pai quem para mim a pedisse; o que eu a ele não ousava dizer-lhe com receio de que mo recusasse, não porque não estivesse convencido da nobreza, bondade, virtude e formosura de Lucinda, em suma, de que tinha méritos bastantes para enobrecer qualquer outra linhagem de Espanha, mas sim porque tinha para mim que o seu desejo era que eu me não casasse tão depressa, antes de ver o que o Duque Ricardo faria da minha pessoa. Em conclusão, disse-lhe que me não aventurava a fazer semelhante súplica a meu pai, tanto por aquele inconveniente, como por outros muitos que me acovardavam, sem bem saber quais eram. Parecia-me que os desejos meus nunca haveriam de chegar a efetuar-se. A tudo isto me respondeu Dom Fernando que tomava a si o falar a meu pai, e resolvê-lo a entender-se com Dona Lucinda! Ó Mário ambicioso! ó

---

[5] Fórmula curial, certamente aprendida nas comissões e apoderamentos realizados por Cervantes.

Catilina cruel! ó facinoroso Sila, ó Galalão embusteiro! ó Velido traidor! ó Julião vingativo! ó Judas cobiçoso![6] ó traidor, cruel, vingativo e embusteiro! que mal te havia feito este triste, que tão sincero te descobriu os segredos e contentamento da sua alma? que ofensas te fiz? que palavras te disse ou conselhos te dei, que não fossem inteiramente encaminhados a acrescentar o teu decoro e proveito? Mas de que me queixo, desgraçado de mim, pois é coisa infalível que em as estrelas nos influindo o infortúnio[7], como são mandatos de cima, despenhados com furor e violência, não há força na terra que os detenha, nem indústria humana que os possa precaver? Quem havia de imaginar que Dom Fernando, cavaleiro ilustre, discreto, obrigado de meus serviços, com posses para alcançar o que os seus apetites amorosos lhe pedissem, onde quer que pusesse a mira, se havia de empenhar, como se costuma dizer, em me furtar a mim uma só ovelha[8] que eu nem ainda possuía? Mas deixemo-nos destas considerações escusadas, que já nada aproveitam, e atemos o quebrado fio da minha história. Parecendo a Dom Fernando que a minha presença lhe era inconveniente para a execução do seu desígnio mau e pérfido, determinou enviar-me ao seu irmão mais velho, com o pretexto de lhe pedir uns dinheiros para pagar seis cavalos, que no mesmo dia de propósito havia comprado, só com o fim de me afastar para melhor se lhe lograr o seu danado intento. Comprou-os no dia mesmo em que se oferecera para falar a meu pai, e quis que eu viesse pelo dinheiro. Podia eu prevenir esta traição? Podia eu sequer imaginá-la? Por certo que não. Antes com grandíssimo gosto me ofereci a partir logo, contente da boa compra concluída. Naquela noite falei com Lucinda, e lhe disse o que ficava combinado com Dom Fernando, e que tivesse firme esperança no efeito dos nossos legítimos desejos. Ela, tão

---

[6] Alusão a vários personagens históricos: Mário, guerreiro de César, que lutou contra Sila; Catilina, contestador romano dos tempos de Cícero; Sila, ditador romano, famoso por suas tábuas de proscrição; Galalão ou Gomelão, traidor da Canção de Roldão; Velido Dolfos, matador do rei na região de Zamora; Julião, o Conde governador de Ceuta, que deu passagem aos muçulmanos para a invasão da Espanha; Judas Iscariote.

[7] "Seguindo o fatalismo."

[8] Alusão à parábola com que o profeta Natã recriminou Davi pela ofensa feita a Urias, II Samuel, cap. XII, v. 3.

crente como eu na sinceridade de Dom Fernando, disse-me que procurasse tornar-me depressa, pois tinha fé que para logo seriam os nossos votos preenchidos, apenas meu pai falasse com o dela. Acabando de dizer isto, arrasaram-se-lhe os olhos de água, não sei por que, e pôs-se-lhe na garganta um nó, que não lhe deixava proferir palavra, posto que eu bem via que muitas outras quisera pronunciar. Fiquei admirado daquele acidente que nunca ainda lhe vira, pois sempre quantas vezes a fortuna e a minha diligência nos proporcionavam falarmo-nos, era tudo entre nós regozijo e contentamento, sem a mínima mistura de lágrimas, suspiros, zelos, suspeitas ou temores; era tudo engrandecer eu a minha ventura, por ma ter o céu dado por senhora. Exagerava a sua beleza; maravilhava-me do seu valor e entendimento; pagava-me ela na mesma moeda, elogiando em mim o que na sua qualidade de namorada se lhe figurava digno de elogio. Com isto nos contávamos de parte a parte mil ninharias e acontecimentos dos nossos vizinhos e conhecidos; e o mais a que se atrevia a minha desenvoltura era tomar-lhc quase à força uma das suas belas e brancas mãos, e chegála à boca, segundo no-lo consentia o apertado duma grande baixa que nos separava. Naquela véspera porém da minha partida ela chorou, gemeu, suspirou e foi-se, deixando-me cheio de confusão e sobressalto, espantado de ter visto tão novas e tão tristes mostras de dor e sentimento em Lucinda; mas eu, para não aniquilar as minhas esperanças, atribuí tudo à força do amor que ela me tinha, e à dor que a ausência costuma causar nos que bem se querem. Enfim, parti-me triste e pensativo, com a alma cheia de imaginações e suspeitas, sem saber o que suspeitava ou imaginava; claros indícios que me prognosticavam já o triste sucesso e desventura que aguardavam.

Cheguei ao lugar aonde era enviado, dei as cartas ao irmão de Dom Fernando, fui bem recebido mas bem despachado não, porque me deu ordem de esperar oito dias, com grande desgosto meu, recomendando-me que o duque seu pai me não avistasse, porque a quantia que o irmão pedia lhe mandasse era a ocultas dele. Tudo armadilhas do falso Dom Fernando, pois o irmão tinha dinheiro de sobejo para poder imediatamente aviar-me. Aquela ordem e recomendação puseram-me em balanços de desobedecer, por me parecer impossível que me durasse tantos dias a vida ausente de Lucinda, e mais tendo-a deixado com a tristeza que já contei. Entretanto obedeci como servo fiel, sabendo bem ser à custa da saúde. Ao quarto dia chegou a procurar-me um homem com uma carta, que, pela letra do sobrescrito, de repente conheci vir de Lucinda. Abri-a sobressaltado, entendendo que não podia deixar de ser coisa grande a que a obrigava a escrever-me, estando ausente, porque presente poucas vezes o fazia. Antes de lê-la, perguntei ao portador quem lha havia dado, e que tempo gastara no caminho. Respondeu-me que, passando casualmente por uma rua da cidade, à hora do meio-dia, uma senhora muito formosa o chamara duma janela, com os olhos cheios de lágrimas, dizendo-lhe a toda a pressa: "Irmão, se sois cristão, como pareceis, pelo amor de Deus vos peço que leveis logo logo esta carta ao lugar e à pessoa que aí vai no sobrescrito, e que é bem conhecida; nisso fareis um grande serviço a Nosso Senhor, e para mais comodamente o poderdes fazer tomai o que vai neste lenço." E dizendo aquilo me atirou da janela abaixo um lenço, onde vinham atados cem reales e este anel de ouro, juntamente com esta carta. Sem me esperar resposta, fugiu logo da janela, mas tendo-me primeiro visto apanhar a carta e o lenço. Respondi-lhe, por sinais, que lhe obedeceria. Por isso, vendo-me tão bem pago do trabalho que ia fazer, e conhecendo, pelo sobrescrito, que o recado era para vós, porque eu muito bem vos conheço, senhor, e ainda por cima obrigado das lágrimas daquela formosa senhora, não quis fiar-me de outra pessoa, e vim eu próprio fazer-lhe a entrega; e em dezesseis horas, que tantas há que recebi o recado, palmilhei o caminho que sabeis, que é de dezoito léguas[9]. Enquanto o agradecido e novo correio me relatava aquilo tudo, estava eu sobressaltado da novidade, e tremendo-me as pernas, que mal me podia ter em pé. Abri a carta, e li o seguinte:

A palavra que Dom Fernando vos deu de que falaria a vosso pai para ele falar ao meu, cumpriu-a muito mais a seu gosto do que em proveito vosso. Sabei, senhor, que ele me pediu por esposa para si; e meu pai, seduzido da vantagem que em seu entender vos leva Dom Fernando, tão deveras lhe conveio na rogativa, que em dois dias se há de celebrar o desposório tão secretamente e a sós, que as únicas testemunhas serão o céu e algumas pessoas da casa. Imaginai como estarei; vede se me não deveis acudir; e se vos amo ou não, o êxito de tudo vo-lo dará a conhecer. Praza a Deus que

---

[9] A distância entre Córdoba e Osuna, onde se localiza a lenda.

esta carta vos seja entregue antes de eu o ser a quem tão mal sabe guardar a fé prometida.

Foi isto a substância da carta, que me fez pôr logo a caminho, sem esperar por mais respostas nem dinheiros, que bem claramente via já que não era a compra dos cavalos, senão só a ânsia de preencher o seu gosto o que obrigara Dom Fernando a enviar-me a seu irmão. O despeito que se me acendeu contra o falso amigo e o temor de perder o tesouro granjeado à custa de tantos anos de desejos e serviços deram-me asas, pois foi quase voando que ao seguinte dia cheguei ao meu lugar, à hora justamente mais própria para falar com Lucinda. Entrei furtivamente, deixando a mula em casa do bom homem que me levara a mensagem, e tão a propósito cheguei, que logo vi a Lucinda posta às grades testemunhas dos nossos amores. Conheceu-me ela tão de repente, como eu a ela; mas quão diversos um e outro! Quem há no mundo que se possa gabar de ter penetrado o confuso pensamento e mudável condição duma mulher? Ninguém decerto. Assim que Lucinda me viu, disse-me: "Cardênio, achas-me vestida de noiva, já me estão esperando na sala Dom Fernando, o tredo, meu pai, o ambicioso, e outras testemunhas que mais depressa o hão de ser da minha morte, que de semelhante enlace. Não te perturbes, querido, mas procura achar-te presente a este sacrifício; se eu o não puder impedir com as minhas razões, uma adaga levo oculta, que triunfará das violências mais resolutas, dando fim à minha vida, e evidenciará a firmeza que te guardei e conservo até o fim". Respondi-lhe confuso e à pressa, por temer me faltasse o tempo para lhe responder: "Senhora, façam tuas obras sair verdadeiras essas palavras; se levas adaga para teu crédito, espada levo eu também para com ela te defender, ou para me arrancar a vida, se a sorte contra mim se declarar". Creio que ela não chegou a ouvir-me tudo, porque senti que a chamavam à pressa, porque o noivo estava esperando. Com isto se fechou a noite da minha tristeza, tramontou o sol da minha felicidade, perdi o lume dos olhos e do entendimento. Não acertava para entrar em casa dela, nem mover-me podia. Considerando porém quanto a minha presença era necessária para o que no caso poderia suceder, animei-me o mais que pude, e penetrei. Como conhecia bem todas as entradas e saídas, com o alvoroto que lá por dentro ia, ninguém reparou em mim, e tive modo de me colocar no vão duma janela da mesma sala, cortinada de tapeçarias, por entre as quais podia, sem ser visto, descobrir quanto se passasse. Quem poderia agora dizer os sobressaltos deste coração enquanto ali me conservei? Os pensamentos que me ocorreram? As considerações que fiz, que foram tantas e tais, que nem se podem referir nem é bem que se refiram? Basta que saibais que o noivo entrou na sala sem mais compostura que o seu trajo do costume. Vinha-lhe por padrinho um primo coirmão de Lucinda, e em toda a sala não havia pessoa de fora, senão os criados da casa. Dentro em pouco saiu duma câmara Lucinda, acompanhada da mãe e de duas donzelas suas, tão bem adereçada e composta, como à sua qualidade e formosura competia, sendo ela o extremo da gala e bizarria cortesã. O meu enlevo não me deixou notar o que trazia vestido; só pude ver que as cores eram encarnado e branco, reluzindo a pedraria e jóias do toucado e de todo o vestuário, e realçando por cima de tudo a beleza singular de seus louros cabelos; tais brilhavam eles sem competência com as pedras preciosas e com as luzes de quatro tochas que na sala estavam, que ainda se lhes avantajavam. Ah! memória mortal, perturbadora do meu descanso! para que serve estares-me lembrando agora a incomparável lindeza daquela adorada inimiga? Não será melhor que me representes, ó memória cruel, o que ela então fez, para que, incitado de tão manifesto agravo, procure, já que não pode ser a vingança, ao menos o morrer? Não vos canseis, senhores, de me ouvir estas digressões, pois não é a minha pena das que podem e devem contar-se sucintamente: cada circunstância dela me parece digna dum largo discurso.

A isto lhe respondeu o cura que não só se não cansavam de ouvi-lo, senão que muito sabor achavam naquelas mesmas minudências, por serem tais, que não mereciam ser deixadas em silêncio sendo tão dignas de atenção como o principal da narrativa.

— Digo pois — prosseguiu Cardênio — que, estando todos na sala, entrou o cura da freguesia, e tomando aos dois pela mão, para fazer o que em tal ato se requer, ao dizer: "Quereis, Senhora Lucinda, ao Senhor Dom Fernando, aqui presente, para vosso legítimo esposo, como manda a Santa Madre Igreja?", eu lancei a cabeça e pescoço para fora das cortinas, e com atentíssimos ouvidos e alma perturbada me pus a escutar o que Lucinda responderia. Uma palavra dela ia ser a sentença da minha vida ou morte. Oh! quem se atrevera então a bradar: "Ah! Lucinda, Lucinda! olha o que fazes; considera o que deves; olha que és minha, e não podes ser de outro; repara que em dizendo 'sim' mataste-me de repente.

Ah! traidor Dom Fernando, roubador da minha glória, meu assassino! que queres? que pretendes? considera que. não podes cristãmente chegar a cabo dos teus desejos, porque Lucinda é minha esposa e sou seu marido". Ah! louco de mim! agora que estou ausente e longe do perigo é que digo o que devia fazer e não fiz; agora, depois de deixar roubar a minha cara prenda, é que maldigo ao roubador, de quem me pudera ter vingado, se para isso tivesse coração, como o tenho para me queixar. Enfim, já que então fui covarde e néscio, não é muito que morra agora corrido, arrependido e louco.

Estava o cura esperando a resposta de Lucinda, que se deteve um bom espaço em dá-la; e quando eu pensei que arrancava a adaga para seu crédito, ou soltava a língua para proferir alguma verdade ou desengano, que em meu proveito redundasse, ouço-lhe dizer com voz desmaiada e fraca: "Sim; quero". O mesmo disse Dom Fernando; e, dando-lhe o anel, ficaram ligados em laço indissolúvel. Chegou o desposado a abraçar a sua esposa; e ela, pondo a mão sobre o coração, caiu desamaiada nos braços da mãe. Resta agora dizer qual eu fiquei, vendo com aquele "sim" desfeitas as minhas esperanças, falseadas as palavras e promessas de Lucinda, impossibilitado de cobrar em algum tempo o bem que naquele instante havia perdido; fiquei sem conselho, desamparado, em meu entender, de todo favor celeste, feito inimigo da terra que me sustentava, negando-me o ar alento para meus suspiros e a água humor para meus olhos; somente o fogo se acrescentou, de maneira que tudo ardia de raiva e de ciúmes. Alvorotaram-se todos com o delíquio de Lucinda; e, desapertando-lhe a mãe o seio, para lhe dar ar, nele se descobriu um papel fechado, que Dom Fernando tomou logo, e se pôs a ler à luz duma das tochas. Acabada a leitura, sentou-se numa cadeira, com a mão na face, com mostras de homem muito pensativo, sem acudir aos remédios que à sua esposa se faziam para que se recobrasse do desmaio.

Eu, vendo alvorotada toda a gente de casa, aventurei-me a sair, quer fosse visto quer não, determinado, no caso de me verem, a fazer um desatino tal, que todos chegassem a entender a minha justa indignação no castigo do falso Dom Fernando, e também da inconstância da traidora. Porém a minha sorte, que para maiores males, se os há, me devia reservar, ordenou que naquele ponto me sobrasse o entendimento, que de então para cá me tem faltado; e assim, sem querer tomar vingança dos meus maiores inimigos (que, por estar tão fora de acordo, fácil me fora tomá-la), quis executar em mim a pena que eles mereciam, e porventura que com maior rigor do que com eles usara se então os matasse. A morte que se recebe repentina depressa acaba as penas; mas a que se dilata com tormentos está matando, sem acabar a existência. Enfim, saí da casa e tornei-me à do homem onde tinha deixado a mula. Mandei-a aparelhar, montei-a sem me despedir, e saí da cidade sem ousar, como outro Lot, olhar para trás. Quando me vi no campo, sozinho, encoberto pelo escuro da noite e convidado pelo seu silêncio a queixar-me, sem respeito ou medo de ser escutado nem conhecido, soltei a voz em tantas maldições a Lucinda e Dom Fernando, como se com elas satisfizesse o agravo que me haviam feito. Dei-lhe apodos de cruel, ingrata, falsa e desagradecida, e sobretudo de ambiciosa, pois a riqueza do meu inimigo lhe tinha fechado os olhos, para se me roubar e entregar-se àquele com quem mais liberal e franca a fortuna se havia mostrado. No meio das torrentes daquelas maldições e vitupérios, desculpava-a ainda assim, dizendo que não era muito que uma donzela sempre recolhida em casa de seus pais, acostumada a obedecer-lhes, tivesse querido condescender com o seu gosto, pois lhe davam por esposo um cavaleiro tão principal, tão rico e tão gentil-homem; que, se o não quisesse receber, se deveria pensar dela ou que não tinha juízo, ou que tinha noutra parte cativo o coração; o que tudo redundaria em menoscabo da sua fama. Disto saltava logo para outra idéia, dizendo: que ainda que ela tivera dito, para se ressalvar, ser eu já seu esposo, os seus não lhe achariam a eleição tão má, que não merecesse desculpa, pois antes de se apresentar Dom Fernando, não poderiam eles próprios desejar racionalmente melhor esposo do que eu para sua filha, que assim bem pudera ela, antes de vir à extremidade de entregar a sua mão, dizer que era já minha, porque em lance tal não seria eu quem lhe desmentisse essa invenção. Por derradeiro concluí que pouco amor, pouco juízo, muita ambição e desejo de grandeza a tinham feito esquecer das palavras com que me enganara para as minhas esperanças e honestos desejos.

Nestas lamentações e incertezas caminhei o resto da noite, e achei-me ao amanhecer às abas desta serra, por onde me adiantei mais três dias por descaminhos sempre a mais, até que cheguei a uns prados, não sei para que lado destas montanhas, onde perguntei a uns guardadores para onde era o mais bravio destas serras. Disseram-me que para esta banda. Para ela me dirigi logo, com tenção feita de não acabar noutra parte a minha vida metido por estas asperezas. A mula em que eu vinha caiu de cansaço e de fome, ou, o que mais creio, por se apartar de tão inútil carga como lhe eu era. Fiquei a pé, sucumbido à natureza, consumido de fome, sem ter, nem me ocorrer procurar quem me socorresse. Assim permaneci não sei quanto tempo estendido por terra. Ao cabo levantei-me sem fome, e achei junto a mim alguns cabreiros, que foram sem dúvida os que me remediaram na minha miséria. Deles é que eu ouvi o estado em que deram comigo, a dizer tantos disparates, que bem mostrava trazer o juízo a monte. De então para cá sinto eu próprio em mim que nem sempre regulo certo, senão que ando tão desmedrado e somenos, que faço mil despropósitos, rasgo o fato, vozeio por estas soledades, amaldiçôo a minha sorte, e repito em vão o nome sempre adorado da minha inimiga, sem me lembrar então mais que fazer por acabar a vida naquela vozeria. Quando torno em mim, acho-me tão cansado e moído, que mal me posso mover.

A minha morada mais sabida é o oco dum sobreiro, suficiente agasalho deste corpo miserável. Os vaqueiros e cabreiros que andam por estas serranias me sustentam por caridade, pondo-me a comida pelos caminhos e pelas penhas por onde entendem que poderei acaso transitar e dar com ela. Falta-me, é verdade, o juízo para a conhecer; mas a necessidade natural me diz ser mantimento, e me aviva desejo de apetecê-lo, e vontade para o tomar. Outras vezes, segundo eles me contam, quando me tomam com juízo, salto-lhes ao caminho e os roubo à força, ainda que eles mo queiram dar de boa vontade, que já para isso mo traziam do lugar às malhadas. Desta maneira vou passando os restos da miserável existência até que o céu seja servido conduzi-la ao descanso último, ou de mo chamar à lembrança, para que a ela me não tornem a formosura e traição de Lucinda, e o agravo de Dom Fernando. Se Deus tal me concede sem me tirar a vida, eu aplicarei o pensamento a discursos de mais proveito. A não ser assim, não há senão rogar à Providência que tenha dó da minha alma, que eu em mim não sinto valor nem força para tirar o corpo desta estreiteza, em que por meu gosto o quis pôr.

Aqui está, ó senhores meus, a amarga história da minha desgraça. Dizei-me agora se a achais tal, que se possa recordar com menos sentimento que o meu; não vos canseis em aconselhar-me o que a razão vos mostrar por bom para meu remédio, porque tanto há de aproveitar comigo como aproveita o curativo receitado por um médico de fama ao enfermo que recuse recebê-lo.

Não quero saúde sem Lucinda; e ela, como gosta de ser de outro, sendo, ou devendo ser minha, deixem-me gostar a mim de ser da desventura, podendo ser da felicidade. Ela quis com a sua mudança tornar estável a minha perdição; eu quererei com procurar perder-me satisfazer a sua vontade. Aprenderão os vindouros que a mim só faltou o que a todos os desditados sobra: a eles costuma ser consolação a certeza de não poderem alcançá-la; e em mim é causa de novos sentimentos e males, porque até penso que nem com a morte se me hão de acabar.

Aqui terminou Cardênio a sua estiraçada fala; história tão amorosa, como desastrada; e ao tempo em que já o cura se estava preparando para lhe propor algumas palavras de conforto, veio-lhe ao ouvido uma voz que o atalhou, a qual dizia o que se contará na quarta parte dessa narração[10], porque neste ponto terminou a terceira o sábio e atento historiador Cide Hamete Benengeli.

---

[10] Alude à primitiva divisão da obra em quatro partes.

PISAN

CAPÍTULO XXVIII

Que trata da nova e agradável aventura sucedida na mesma serra ao cura e ao barbeiro

Ditosos e felicíssimos tempos, em que ao mundo veio o tão audaz cavaleiro Dom Quixote de la Mancha pela sua mui honrada determinação de restituir ao mundo a já quase esquecida ordem da cavalaria andante! Saboreamos nós agora, nesta idade tão falta de passatempos alegres, a doçura de estarmos lendo a sua verdadeira história e os contos que nela se travam como episódios; estes em boa parte não são menos agradáveis, artificiosos e verdadeiros que a história mesma. Conta ela, prosseguindo o seu rastelado, torcido e aspeado fio, que tanto como o cura começava de preparar-se para consolar a Cardênio, o atalhou uma voz, que lhe chegou aos ouvidos, e que em tons magoados se lastimava assim:

— Ai, Deus! será possível ter eu já achado lugar em que sepulte a ocultas este corpo, que tão sobreposse vou arrastando? Espero que sim, se me não mente a soledade que estas serras me afiançam. Ai, desditosa! quão mais agradável companhia não farão estas penhas e moitas ao meu sentimento, pois me proporcionarão comunicar estas queixas com o céu, e não a criaturas humanas! Na terra já não há com quem se possa tomar conselho nas incertezas, alívio nos queixumes, nem remédio na desgraça.

Tudo isto ouviram distintamente o cura e os mais que ali eram; e por lhes parecer que perto dali estava a pessoa que tais queixas proferia, se levantaram para ir ter com ela. Não tinham dado vinte passos, quando de trás de um penhasco viram sentado ao pé de um freixo um mancebo entrajado à lavradora, ao qual, por estar com a cabeça baixa, a lavar os pés num regatinho, que por ali corria, não puderam imediatamente divisar o rosto. Aproximaram-se-lhe tão calados, que não foram dele pressentidos, de atento que estava na sua lavagem dos pés; e tais eram eles, que não pareciam senão dois pedaços de puro cristal entre as outras pedras da corrente. Maravilhou-os a alvura e lindeza daquelas plantas, que não pareciam feitas a pisar torrões, nem a seguir arados e bois, como inculcava o vestuário do dono. Assim, vendo que não tinham sido por ora sentidos, o cura, que ia adiante, fez sinal aos outros dois para que se agachassem e escondessem por trás de uns pedaços de penha que ali havia. Assim o executaram todos, reparando com atenção para o que o moço fazia. Trazia este um roupãozinho pardo de duas abas, muito bem cingido ao corpo com uma toalha branca. Trazia uns calções e polainas de pano pardo, e na cabeça uma gorra também parda. As polainas tinha-as levantadas até meia perna, que na alvura alembrava alabastro. Acabados de lavar os formosos pés, enxugou-os com um lenço da cabeça, o qual tirou da gorra; e, quando já ia para retirar-se, ergueu o rosto; com o que tiveram lugar os que o estavam olhando de descobrir uma formosura incomparável, e tal, que Cardênio disse baixinho para o cura:

— Esta, como não é Lucinda, não é criatura humana; deve ser por força divindade.

O moço tirou a gorra e, sacudindo a cabeça para uma e outra parte, começou a espalhar os cabelos, que bem puderam aos do sol fazer inveja. Conheceram então que o suposto rústico não era senão mulher, e mimosíssima; pelo menos, a mais formosa que ambos eles com seus olhos jamais tinham visto. Outro tanto encareceria Cardênio, se não conhecera Lucinda, cuja lindeza, como depois declarou, era a única para se comparar àquela. Os cabelos compridos e louros não só lhe cobriam as costas, mas toda em derredor a velavam; tanto que, afora os pés, nada de todo o corpo lhe aparecia. Para os alisar serviram de pente mãos, que em brancura ainda aos pés se avantajavam. Todo aquele conjunto acrescentava ainda nos três espectadores a admiração e o desejo de saberem quem fosse. Por isso se deliberaram a aparecer. Ao movimento que fizeram para se erguer, alçou a gentil moça a cabeça, e arredando dos olhos os cabelos com as mãos ambas, procurou ver donde o ruído provinha. Tanto que os descobriu pôs-se em pé, e, sem se deter a calçar-se, ou recolher os cabelos, apanhou muito à pressa um volume como de roupa, que junto lhe estava, e quis pôr-se em fugida, cheia de perturbação e sobressalto. Mas seis passos não teria ainda dado, quando, não lhe podendo mais os delicados pés com a aspereza das pedras, se deixou cair. Correram para ela os três, sendo o cura o primeiro que lhe falou, dizendo:

— Detende-vos, senhora, quem quer que sejais. Os que vedes aqui só ambicionavam servir-vos. Não há por que nos fujais; nem vós podeis correr assim descalça, nem nós outros consentir-vo-lo. A nada disto ela respondia palavra, a poder de atônita e confusa. Chegados pois a ela, o cura, travando-lhe da mão, prosseguiu:

— Os vossos cabelos, senhora, bem estão desmentindo o vosso trajo. De pouco tomo não devem ser as causas de se ter a vossa lindeza disfarçado em vestuário tão indigno, e em tão funda soledade como esta. Dita foi que vos achássemos; se não para darmos remédio aos vossos males, ao menos para vos ajudar com algum bom conselho. Não há desventura tão cansada, nem tão posta no cabo, enquanto não degenera em morte, que deva esquivar-se a um alvitre oferecido com bom ânimo. Portanto, senhora, ou senhor, ou o que mais quiserdes ser, tornai a vós do sobressalto que a nossa presença vos causou, e contai-me o vosso caso, seja qual for. Todos e cada um de nós vos acompanharemos, ao menos no sentimento dos vossos trabalhos.

Enquanto o cura assim discorria, estava ela como fora de si, olhando para todos sem boquejar. Dava por longe a lembrar um sáfaro aldeão, a quem de repente se mostram coisas raras, que ele nunca viu; mas, recomeçando o cura mais razões ao mesmo propósito encaminhadas, ela, dando um profundo suspiro, quebrou o silêncio, e disse:

— Uma vez que o solitário destas serras não bastou para me esconder, e estes meus cabelos desmentem enganos, por demais fora fingir eu por mais tempo o que vós só por cortesia mostraríeis acreditar. Isto suposto, agradeço-vos, senhores, os vossos oferecimentos; tanto, que por eles me julgo obrigada a satisfazer-vos em tudo que me pedis, se bem que temo que a narração das minhas desditas vos cause, além da compaixão, desconsolo não pequeno, porque afinal nem atinareis remédio para o que padeço, nem consolações que mo suavizem. Apesar de tudo isto, e para que lá por dentro dos vossos juízos não ande estremecida a idéia da minha honra, por saberdes já que sou mulher, moça, sozinha, e neste trajo, coisas todas, e bastava qualquer delas, para arrasar má reputação, devo enfim dizer-vos o que bem quisera calar-vos, se me fora possível.

Tudo isto disse sem se interromper, com fala tão pronta e voz tão suave, que não menos maravilhou por discreta, do que já maravilhara por formosura. Iam reiterar prometimentos e rogativas para que satisfizesse o prometido, quando ela, sem se fazer mais rogar, calçando-se com toda a honestidade, e apanhando as madeixas, se assentou numa pedra, ficando os três em derredor; e, forcejando para reprimir lágrimas, que aos olhos lhe acudiam, com voz serena e sonora começou desta maneira a história de sua vida:

— Há nesta Andaluzia um lugar, donde toma nome um duque, dos que chamam grandes de Espanha[1]. Tem ele dois filhos; o mais velho, herdeiro do seu Estado, e dos seus bons costumes também, segundo parece, e o mais novo, herdeiro não sei de que, se não for das traições de Velido, e dos embustes de Galalão. Deste duque são vassalos meus pais, humildes de geração, porém tão ricos dos bens da fortuna, que, se o nascimento lhos igualasse, nem eles teriam mais que desejar, nem eu temeria nunca ver-me na desgraça em que me vejo. Talvez que a minha pouca ventura só nascesse da que também lhes faltou a eles por não nascerem ilustres. Verdade é que

---

[1] Diz Clemencín: "No capítulo XXIV contou Cardênio que sua terra era onde se criam os melhores (cavalos) do mundo; expressão que indica claramente Córdoba. No capítulo XXVII se disse que da cidade de Lucinda, que era também a de Cardênio, havia dezoito léguas à localidade da residência do duque, e, combinando ambas as indicações, não se pode duvidar de que o duque que se quis designar foi o de Osuna... Se a intenção de Cervantes, neste episódio, foi indicar algum acontecimento real e verdadeiro, como fez em outras ocasiões, não é fácil averiguá-lo agora como o foi no seu tempo. Cervantes residiu muitos anos na Andaluzia, e percorreu muitas de suas povoações. Pôde ser testemunha de aventuras deste tipo, ou ouvir contar outras anteriores, que puderam ocorrer facilmente naquela terra da imaginação e das paixões..." E acrescenta a seguir, por sua conta, Rodriguez Marin, dando a sua opinião e pretendendo identificar cada um dos personagens: "Cardênio é um Cárdenas de Córdoba; Dom Fernando é Dom Pedro Girón, filho segundo do primeiro Duque de Osuna; Dorotéia, Dona Maria de Torres, que foi seduzida por Dom Pedro... Esses amores datam dos anos de 1582 e 1583, e em 1587 Cervantes começou, por causa de suas comissões, a percorrer as terras da Andaluzia; Dom Pedro não chegou a casar-se com Dona Maria de Torres; nomeado seu pai vice-rei de Nápoles, foi com ele para lá, e em Nápoles morreu, solteiro, em 1583. Transladados seus restos ao panteão que os duques têm na vila de Osuna, nele se conservam".

não são humildes que se devam envergonhar do seu estado, nem também tão altos que me tirem a cisma em que estou de ser a minha desgraça efeito da sua humildade. Em suma: são lavradores, gente chã sem nódoas na geração e (como se costuma dizer) cristãos-velhos e rançosos, mas não tão rançosos que a sua riqueza e magnífico trato lhes não vá a pouco e pouco adquirindo nome de fidalgos e cavalheiros, ainda que a maior riqueza e nobreza de que eles se prezavam era terem-me por filha. Por não terem outro nem outra que deles herdasse, como porque eram pais, e pais extremosíssimos, era eu uma das mais regaladas filhas que jamais houve. Eu o espelho em que se reviam, o bordão da sua velhice e o alvo de todas as suas ambições, que se levantavam até o céu. Dessas ambições, por tão santas que eram, não discrepavam as minhas nem um til; tão senhora era eu dos seus corações como dos seus haveres; por mim se recebiam e despediam os criados; a conta das sementeiras e colheitas corria toda por minha mão; das moendas de azeite, das lagaradas de vinho, do gado maior e menor, dos colmeais, finalmente de tudo aquilo que um lavrador opulento, como meu pai, deve ter, e tem, a administração fazia-a eu. Era a mordoma e senhora, com tanto desvelo meu, e tão a seu contento, como não posso encarecer. Os pedaços que no dia me sobravam destes lavores, depois de ter dado a devida atenção aos maiorais ou capatazes, e a outros jornaleiros, entretinha-os em exercícios, que às donzelas são tão lícitos como necessários, tais como os de agulhas e de almofada, e a roca muitas vezes; e quando para espairecer, interrompia estes exercícios, recorria ao entretenimento de ler algum livro devoto, ou a tocar uma harpa, porque a experiência me tinha ensinado ser a música uma suavizadora dos ânimos alterados e um alívio para os trabalhos do espírito. Tal era a vida que eu levava em casa de meus pais. Se tão por miúdo a contei, não foi por ostentação, nem por alardo de riquezas, mas só para que se reconheça quanto sem culpa caí daquele bom estado neste em que hoje me vejo.

É o caso que, passando eu a vida em tantas ocupações, e num tal recato, que podia comparar-se ao de um mosteiro, sem ser vista, supunha eu, de pessoa alguma, afora os criados de casa, porque os dias em que ia à missa era tão de manhãzinha, tão acompanhada de minha mãe e de criados, e toda eu tão coberta e recatada, que apenas via por onde punha os pés; apesar de tudo aquilo, os olhos do amor, ou da ociosidade por melhor dizer, que são mais que olhos de lince, descobriram-me entre as outras cortejadas de

Dom Fernando, que assim se chama o filho mais novo do duque de quem já vos falei.

Ao nome, apenas proferido, de Dom Fernando, mudou-se a Cardênio a cor do rosto e começou a suar, com tão grande alteração que, reparando nele o cura e o barbeiro, temeram ser-lhe chegado algum daqueles ataques de loucura, de que já tinham notícia. Mas Cardênio o que só fez foi continuar a tressuar, porém quieto, com os olhos fitos na lavradora, imaginando quem ela era. Esta, sem reparar, prosseguiu a sua história, dizendo:

— Apenas me tinha avistado, quando (segundo ele depois contou) ficou tão possuído de amores meus, quanto as suas obras o deram a entender. Mas, para abreviar o sem-fim das minhas desditas, quero passar em silêncio as diligências que Dom Fernando fez para me declarar a sua vontade. Subornou toda a gente da minha casa; deu e ofereceu dádivas e mercês a meus parentes; todos os dias eram de festa e regozijo na minha rua; de noite ninguém podia pegar no sono, com as músicas; os bilhetes que me vinham à mão, sem eu saber como, eram infinitos, cheios de namoradas frases e oferecimentos, com menos letras que promessas e juras. Tudo aquilo não só me não abrandava, mas até me endurecia de maneira, como se proviera de inimigo mortal. Tudo que ele fazia para me reduzir à sua vontade redundava-lhe sempre no efeito contrário; não era por me desagradar a gentileza de Dom Fernando, nem por achar demasiadas as suas finezas, porque em verdade me dava não sei que contentamento ver-me tão querida e estimada de cavaleiro tão principal; e não me descontentava do que ele escrevia em meu louvor, que neste particular, por feias que sejamos, tenho para mim que todas as mulheres nos lisonjeamos quando nos ouvimos celebrar de bonitas. A tudo porém resistia a minha honestidade e os conselhos incessantes de meus pais, já então conhecedores e certos das pretensões de Dom Fernando; que admira se ele próprio já não se importava de que todo o mundo lhas soubesse! Repetiam-me meus pais que a honra deles permanecia confiada toda na minha virtude, e que me lembrasse da distância que ia de mim a Dom Fernando, prova clara de que os seus desejos, por mais que os ele disfarçasse, mais se encaminhavam ao seu gosto que a meu proveito, e que, se eu quisesse pôr de algum modo estorvo, que o descorçoasse daquela imperdoável teima, eles me casariam sem dilação com quem eu mais levasse em gosto, ou fosse do nosso lugar, ou dos circunvizinhos, que para tudo lhes davam confiança o seu cabedal e a

H. PISAN

minha fama. Com estas promessas e com a verdade que as acompanhava, me ia eu fortalecendo para resistir; nunca jamais respondi a Dom Fernando palavra que lhe mostrasse, nem por sombras, esperança de me alcançar.

Todos estes recatos meus, que a ele se deviam figurar desdéns, creio que ainda avivaram mais o seu apetite desonesto, que outra coisa não era o afeto que me ele encarecia. A ter sido verdadeiro, não vos estaria eu agora contando isto, nem haveria de que me queixar. Soube afinal Dom Fernando que meus pais andavam em diligências de me casar, para lhe tirarem a ele toda a esperança de me possuir, ou, pelo menos, para eu ter mais quem me guardasse. Que faria com tal novidade Dom Fernando? Ides sabê-lo. Uma noite, estando eu no meu aposento com a companhia única de uma donzela do meu serviço, com as portas bem fechadas para acautelar qualquer perigo, não sei nem imagino como, no meio destes resguardos, e na solidão de tamanho encerro, vejo-o diante de mim. Tal foi a minha perturbação, que me fugiu a vista e a fala; não podia gritar por socorro, nem ele, creio eu, mo consentiria. Chegou-se logo a mim, e tomando-me entre os braços (como havia eu de me defender na turbação daquele repente?), começou a dizer-me tais coisas, que não sei como é possível que se inventem; com as lágrimas e suspiros do traidor se acreditavam os seus dizeres. Eu pobrezinha, eu entre os meus desamparada, inexperiente de semelhantes apuros, comecei, não sei como, a ter por sinceras todas aquelas falsidades, mas não tanto, ainda assim, que me abalassem a compadecer-me repreensivelmente de tantos extremos de lágrimas e gemidos. Passado o primeiro sobressalto, recobrei algum tanto o espírito amortecido, e, com mais ânimo do que eu própria pensei que tivesse, lhe disse: "Se estivera, como estou, senhor, nos vossos braços, nos de um leão feroz, e me certificassem de que lhes escaparia com dizer ou fazer fosse o que fosse em prejuízo da minha honestidade, tão impossível me fora isso, como me foi impossível deixar de me portar como me portei. Tendes o meu corpo cativo entre os vossos braços, e eu tenho a minha alma segura com os meus bons propósitos; são eles tão outros dos vossos, como vereis, se, teimando, quiserdes violentar-me. Sou vossa vassala, mas não vossa escrava; a nobreza do vosso sangue não tem nem deve ter licença para desonrar a humildade do meu. Sou vilã e lavradora, mas nem por isso me aprecio em menos do que vós vos estimais por senhor e cavalheiro. Comigo não hão de aproveitar as vossas forças, nem valer as vossas opulências, nem as vossas palavras hão de lograr seduzir-me, nem suspiros e lágrimas enternecer-me. Se alguma destas coisas que digo a visse num esposo escolhido por meus pais, à sua vontade seria dócil a minha, como ficava com honra, ainda que sem gosto, de grado entregaria o que vós, senhor, agora com tanto esforço, ambicionais. Digo tudo isto, porque não há cuidar que de mim alcance coisa alguma quem não for meu legítimo esposo". "Se nisso está a tua dificuldade, belíssima Dorotéia" (assim se chama esta desditada), disse o desleal cavaleiro, "desde aqui te dou com esta mão a certeza de o ser teu; tomo por testemunhas os céus, a que nada se esconde, e esta imagem de Nossa Senhora que tens aqui".

Quando Cardênio lhe ouviu que se chamava Dorotéia, tornou de novo aos seus sobressaltos, e acabou de se confirmar no que já supusera; mas não quis interromper a narrativa, desejoso de saber em que parava o que ele já quase sabia; só disse:

— Quê, senhora! Dorotéia é o vosso nome? De uma Dorotéia já eu ouvi falar, que talvez em pontos de desgraça vos não fique atrás. Prossegui; tempo virá, em que vos diga coisas que hão de assombrar tanto como lastimar-vos.

Fez Dorotéia reparo nas palavras de Cardênio, e em seu trajar extravagante e miserável, e lhe rogou que, se por acaso sabia alguma coisa tocante a ela, lha dissesse logo, porque, se alguma coisa boa lhe tinha ficado na desgraça, era o ânimo para sofrer qualquer novo infortúnio, pela persuasão de que nenhum podia já chegar aos atuais, quanto mais acrescentá-los.

— Não perderei eu tempo, senhora — respondeu Cardênio —, em dizer-vos o que penso, se o que penso não é errado; mas não nos faltará oportunidade, nem isto vos releva muito.

— Seja o que for — respondeu Dorotéia —, prossigo a minha história. Tomando uma devota imagem, que no aposento se achava, invocou-a como testemunha do nosso desposório, e com frases eficacíssimas, e extraordinários juramentos, me deu palavra de ser meu marido, apesar de que, antes de finalizada a sua jura, eu lhe pedi que reparasse bem no que fazia, e ponderasse no desgosto que o senhor duque seu pai sentiria de o ver casado com uma vilã sua vassala; que se não cegasse com a minha formosura, tal qual era, pois não era suficiente para desculpa do seu desatino; e que, se algum bem me queria fazer, pelo amor que me tinha, fosse deixar correr a minha sorte por onde convinha à minha qualidade, pois casamentos desiguais nem se gozam, nem aturam muito no gosto com que principiam. Todas estas razões lhe ponderei, com outras muitas, que nem já me lembram; mas todas foram para ele escusadas. Quem não tenciona satisfazer não regateia condições no contratar. Aqui fiz dentro de mim este rápido discurso: "Não serei eu a primeira que por via de matrimônio haja subido a grandezas; nem Dom Fernando também será o primeiro a quem formosura ou cegueira de afeição, que é o mais natural, tenha feito procurar companheira inferior. Se eu não posso mudar o mundo, nem introduzir nele costumes novos, convém-me aproveitar esta honra que a sorte me depara, ainda que neste o fervor presente só dure enquanto o desejo se lhe não sacia. Ao menos perante Deus serei sua esposa. Se com desprezos o despedisse no aperto em que me vejo, em lugar de cumprir o que deve abusará da força, e ficarei irremediavelmente desonrada, e sem desculpa aos olhos de quem não souber quão inocentemente sucumbi. Como poderão convencer-se meus pais, e as outras pessoas, de que este fidalgo entrou no meu aposento sem anuência minha?"; todas estas dúvidas e certezas me tumultuaram instantaneamente no espírito, e começaram a inclinar-me ao que se tornou, sem o eu cuidar, a minha perdição. Eram os juramentos de Dom Fernando; eram os testemunhos que invocava, as lágrimas que o inundavam, e, por último, o seu garbo e a sua gentileza, que, reforçando-se com tantas e tamanhas mostras de verdadeiro amor, sobrariam a render a qualquer outro coração tão livre e recatado como era o meu. Chamei pela minha criada, para ser também na terra uma testemunha, além das do outro mundo, que depusesse em meu favor. Reiterou e confirmou de novo Dom Fernando os seus juramentos, juntou novos santos por testemunhas, imprecou sobre si mil castigos para o caso de não cumprir o que me prometia, tornou a chorar, suspirar e gemer, apertou-me mais entre os braços, donde me não tinha soltado; e com isso, e com sair do aposento a minha donzela, deixei eu de o ser, e ele consumou o seu feito de traidor.

O dia seguinte à noite da minha desgraça não alvoreceu tão depressa como Dom Fernando desejaria, segundo penso, porque, saciado um apetite brutal, ouço que o maior gosto para um desalmado é fugir donde o extorquiu. Dom Fernando apressou-se, com efeito, em se apartar de mim; e, auxiliado pela minha serva, que era a própria que para ali mo introduzira, antes de amanhecer estava já na rua. Na despedida ainda me disse que tivesse fé nas suas promessas, mas já então com menos intimativa. Para mais confirmação da sua palavra, passou do seu para o meu dedo um rico anel. Com efeito partiu, deixando-me não sei se triste, se contente; confusa e pensativa, sei eu que sim, e quase fora de mim com a minha transformação. Não tive ânimo nem lembrança de ralhar à minha aia pela traição que me fizera encerrando a Dom Fernando no meu próprio aposento, porque nem ainda atinava se realmente era bem, ou mal, o que me havia acontecido. No momento de se partir Dom Fernando, disse-lhe eu que, pelo mesmo modo como entrara naquela noite, podia vir todas as mais que desejasse, visto ser eu já sua, faltando só publicar-se o sucesso, o que seria quando ele quisesse. Voltou ainda na seguinte noite, mas foi então pela última vez: nem eu o tornei a avistar, nem na rua nem na igreja, no decurso de um mês, por mais que me cansasse em solicitá-lo (ainda que soube que estava na vila[2], e que ia quase diariamente à caça, seu exercício de predileção).

Todo este comprido prazo foi para mim de horas minguadas e amargas, bem o posso dizer. Entram-me a crescer dúvidas; principiei a descrer da verdade de Dom Fernando, e a minha aia começou a ouvir-me as justas repreensões, que eu dantes lhe poupava. Foi-me necessário resguardar as minhas lágrimas e disfarçar as mostras do semblante, para não dar azo a que meus pais me perguntassem de que andava eu pesarosa, obrigando-me com isso a idear mentiras para os satisfazer. Mas tudo isto se acabou de repente; chegou um lance em que se atropelaram respeitos, e os discursos honrados deram fim; perdeu-se-me a paciência e saíram a público os meus segredos. Toda esta resolução rebentou por se ter espalhado a cabo de alguns dias, no povo do lugar, que numa cidade perto se havia casado Dom Fernando com uma donzela em todo o extremo formosíssima e de mui esclarecida ascendência, posto que não tão rica que em razão do dote pudesse aspirar a tão nobre casamento. Disse-se que se chamava Lucinda, com outras coisas que naquele desposório ocorreram, dignas de admiração.

Cardênio, ao nome de Lucinda, o que só fez foi encolher os ombros, morder os lábios, franzir as sobrancelhas, e, passado pouco, deixar correr dos olhos duas fontes de lágrimas. Dorotéia nem por isso deixou de seguir a sua fala, dizendo:

---

[2] Vila de Osuna.

— Chegou-me aos ouvidos esta nova terrível; e, em lugar de se me gelar o coração, tamanha foi a raiva que nele se me acendeu, que pouco faltou para eu não sair pelas ruas dando vozes, e publicando a aleivosia que se me tinha feito; mas aquietei por então o excesso da fúria, com a idéia de pôr essa mesma noite por obra o que realmente pus, que foi entrajar-me neste hábito que me deu um dos chamados pegureiros nas casas de lavoura, que era servo de meu pai, ao qual descobri toda a minha desventura, rogando-lhe me acompanhasse até a cidade em que assentei encontrar o meu inimigo. O pastor, depois de ter repreendido a minha ousadia e encarecido a fealdade da minha determinação, vendo-me inabalável no meu propósito, prontificou-se a acompanhar-me até ao cabo do mundo que fosse. No mesmo instante atei numa trouxinha de pano de linho um vestido de mulher, e algumas jóias e dinheiros, para o que pudesse suceder; e pela calada da noite, sem nada dizer à minha traidora donzela, saí de casa acompanhada do meu criado e entregue a mui diversas fantasias, e me pus a caminho para a cidade a pé, voando, não tanto pelo desejo de chegar, pois não podia estorvar o que tinha por consumado, como para perguntar a Dom Fernando como tivera valor para acumular tantas perfídias. Em dois dias e meio cheguei à cidade, e perguntei pela rua dos pais de Dona Lucinda. O primeiro a quem me dirigi respondeu-me mais do que eu desejara ouvir; mostrou-me a casa, e me referiu quanto no desposório sucedera, coisa tão falada, que por toda a parte se faziam conventículos, em que se não tratava doutra coisa. Disse-me que na noite do casamento de Dom Fernando com Dona Lucinda, depois dela ter proferido o "sim", lhe tinha dado um rijo desmaio, e que, chegando o marido a desatar-lhe o peito para lhe dar o ar, lhe achou um papel escrito do próprio punho dela, em que declarava que não podia ser esposa de Dom Fernando, porque já o era de Cardênio, que, segundo o homem me disse, era um cavaleiro mui principal da mesma cidade, e que se havia dado o "sim" a Dom Fernando, fora por sujeição a seus pais. Em suma, tais razões disse conterem-se no papel, que bem se entendia que a intenção dela tinha sido de matar-se logo após o ato do desposório, e ali mesmo dava os porquês do seu suicídio. Dizem que a verdade de tudo aquilo se confirmou por lhe terem achado uma adaga oculta no vestido, não sei onde. Presenciado tudo aquilo por Dom Fernando, este, por entender que Lucinda o havia burlado e escarnecido, arremeteu a ela ainda desmaiada, e com a mesma adaga que lhe acharam a quis atravessar; e fá-lo-ia, se os pais e mais pessoas presentes o não estorvassem. Mais disseram que Dom Fernando desaparecera logo dali, e que Dona Lucinda não tornara em si até ao outro dia, e que então contara a seus pais que era verdadeira esposa do sobredito Cardênio. Soube, além disso, que ele, Cardênio, assistira, segundo se dizia, àquele tremendo desposório, e vendo-a casada, o que ele nunca imaginara, saiu da cidade desesperado, deixando-lhe uma carta em que explicava a Lucinda o agravo que lhe havia feito, e que ele se ia para onde nunca mais alguém o visse. Tudo isto era público e notório. Ninguém falava doutra coisa, e mais vieram a falar ainda, quando se espalhou que Lucinda tinha desaparecido da casa paterna e da povoação, pois em parte nenhuma deram com ela, coisa de que seus pais andavam loucos, sem saberem que fizessem para a recobrarem. Estas novas que recebi puseram em bando[3] as minhas esperanças, e tive por melhor o não haver achado a Dom Fernando, que se o achasse casado, por me parecer que assim não era de todo impossível a minha reparação. Chegou-se-me a figurar que talvez o céu tivesse posto aquele impedimento ao segundo matrimônio, para lhe dar ocasião de conhecer o que ao primeiro devia, e a cair na conta de que era cristão, e que mais devia à sua alma que aos respeitos humanos. Tudo isso revolvia eu na fantasia, supondo em vão consolar-me com umas esperanças remotas e desmaiadas para alimento da vida que já aborreço.

Ora conservando-me eu ainda na cidade sem saber que fizesse, pois não achava a Dom Fernando, chegou aos meus ouvidos um pregão público, prometendo um grande prêmio a quem me achasse, dando os sinais da minha idade e do meu trajar; e ouvi que se dizia ter-me tirado de casa de meus pais o moço que me acompanhara, coisa que me feriu no íntimo, por ver quão decaído me andava já o crédito. Não bastava a minha fuga, faltava-me para raptor um homem tão baixo e tão pouco merecedor das minhas atenções. Logo que tal pregão ouvi, pus-me fora da cidade com o meu servo, que já principiava a dar mostras de titubear na lealdade prometida, e nessa mesma noite entramos pela espessura deste monte para não

---

[3] "Pôr em bando" é um italianismo, expressão que aparece na *Divina Comédia*, de Dante. Não é estranho o seu uso em Cervantes, bom conhecedor do italiano, que a usa, aqui, querendo significar que "reanimaram as esperanças".

sermos achados. Mas bem dizem que um mal nunca vem só, e que o fim de uma desgraça é princípio de outra maior. Assim me sucedeu a mim, porque o bom do meu criado, homem até então fiel e seguro, assim que me viu naquela solidão, mais incitado da sua velhacaria que da minha formosura quis aproveitar a oportunidade que ao seu parecer lhe deparavam estes ermos; e sem resguardo de vergonha, nem temor de Deus, nem respeito à minha pessoa, me requestou. Desenganado com as minhas respostas injuriosas e justas aos seus desavergonhados projetos, deixou-se das rogativas por onde havia começado e passou a empregar a força. O céu, porém, que poucas vezes deixa de ajudar o que é justo, olhou por mim, de modo que eu, débil e sem grande trabalho, dei com ele de um precipício abaixo, onde o deixei não sei se morto, se vivo; e logo, com mais presteza do que se pudera esperar da minha canseira e de tamanho sobressalto, me entranhei por estes sítios montesinos, sem outro intuito senão homiziar-me às pesquisas de meus pais, e da gente que por ordem sua me andava rastreando. Aqui me embosquei há não sei já quantos meses; achei um maioral, que me levou por seu criado a um lugar no coração destes montes. De pastor lhe tenho servido todo este tempo, procurando sempre os descampados para encobrir estes cabelos, que tão inesperadamente agora me revelaram. Nada me valeram porém tantas cautelas; veio meu amo a saber que eu não era varão, e entrou na mesma danada tentação do servo; e, como nem sempre a fortuna põe a par dos males os remédios, não achei precipício nem barranco onde despenhar e despenar ao amo, como ao outro havia feito, e assim tive por melhor fugir-lhe e esconder-me de novo entre estas asperezas, que experimentar com ele as minhas forças, desculpas ou rogativas. Tornei pois a embrenhar-me onde sem impedimento pudesse com suspiros e lágrimas suplicar ao céu se condoesse das minhas desventuras e me concedesse modo como sair delas, ou deixar a vida entre estas soledades, sem que fique lembrança desta triste, que tão sem culpa sua deu causa a que se fale dela, e a desabonem na terra do seu nascimento e nas alheias.

CAPÍTULO XXIX

Que trata do gracioso artifício e ordem que se teve em tirar o nosso namorado cavaleiro da muito áspera penitência em que se havia posto

Esta é, senhores, a verdadeira história da minha tragédia. Julgai agora se os suspiros e palavras que ouvistes e as minhas lágrimas não eram ainda menos do que deveram[1]. Pesando bem a minha desgraça, reconhecereis que por demais vos fora o tentar-lhe consolações; é mal já agora sem remédio. O que só vos peço, e com facilidade me podereis fazer, é aconselhardes-me onde poderei passar a vida, antes que de mim dê cabo o temor de ser achada pelos que me andam procurando. Eu sei, verdade seja, que o muito amor que meus pais me tem me afiançava da sua parte muito bom acolhimento; mas tamanha é a vergonha que de mim se apossa, ao pensar que lhes hei de aparecer tão diferente do que eles esperavam, que por melhor tenho desterrar-me para sempre da sua vista, que torná-los a ver, lembrando-me quc eles ao encarar-me estão sofrendo no interior pensamentos tão alheios da honestidade que de minha parte deviam esperar.

Calou-se aqui, e se lhe cobriu o rosto de uma cor que bem claramente mostrava o sentimento e quebranto do seu ânimo. Tanta lástima excitou nos ouvintes, como admiração por tão porfiosa

[1] Segundo Menéndez y Pelayo, na história de Dorotéia "é visível o decalque de Dom Félix e Felismena, que Montemayor, imitando Bandello, introduziu em sua *Diana*".

desgraça. O cura quis logo tentar-lhe consolações e conselhos, mas Cardênio tomou primeiro a mão, dizendo:

— Como que, senhora, sois então vós a formosa Dorotéia, a filha do rico Clenardo?

Admirada ficou Dorotéia quando ouviu o nome de seu pai, e reparou no somenos que era quem lho proferia (já está sabido o maltrapilho que ele andava), e disse-lhe:

— E vós quem sois, irmão[2], que assim sabeis o nome de meu pai? Porque eu até agora, se bem me lembro, nunca na minha narrativa o nomeei.

— Sou — respondeu Cardênio — aquele sem ventura, que, segundo vós, senhora, aí dissestes, Lucinda declarou ser seu esposo; sou o desditado Cardênio, a quem a perfídia do mesmo de quem também sois vítima reduziu a este estado que vedes, roto, nu, falto de todo o conforto humano, e, o que é ainda pior, falto do juízo, pois só o tenho quando nalguns breves intervalos o céu se lembra de mo emprestar. Sou, sou eu, Dorotéia, aquele que se achou presente às infâmias de Dom Fernando, e se deteve aguardando o "sim" de Lucinda; sou o que não teve ânimo para esperar o desfecho do desmaio dela e aguardar o que resultaria do papel que lhe acharam no seio. Faltou-me valor para tanto padecimento junto; fugi da casa descorçoado, deixei a um hospedeiro meu uma carta a Lucinda para lhe ser entregue, e corri para estas soledades determinado em acabar nelas a existência, que desde aquele instante fiquei aborrecendo como inimiga mortal. Não aprouve porém à sorte livrar-me dela; contentou-se com tirar-me o juízo; foi talvez a sua idéia que eu sobrevivesse para a boa ventura que hoje tive em dar convosco, pois, sendo verdade, como acredito, o que nos haveis contado, ainda não era impossível que a ambos nós nos reservasse Deus melhor êxito nos nossos desastres, do que nós supomos; porquanto, não podendo Lucinda casar com Dom Fernando por ser minha, nem Dom Fernando com ela por ser vosso, tendo ela manifestado tão solenemente a verdade, bem podemos esperar que a Providência nos restitua ainda o que nos pertence por direito incontroverso. Uma vez que temos esta luz no futuro, e esta esperança não remota, nem fundada em quimeras, suplico-vos, senhora, que mais acertada-

---

[2] Tratamento popular, carinhoso.

mente se encaminhem os vossos honrados pensamentos; outro tanto farei eu da minha parte; sujeito-me a esperar por melhor fortuna. À fé de cavalheiro e cristão vos juro não vos desamparar enquanto vos não veja em poder de Dom Fernando; juro mais, que, se com razões o não puder trazer ao conhecimento do que vos deve, usarei então da licença que me dá o ser cavalheiro, e poder com justo motivo desafiá-lo pela sem-razão que vos faz, sem me lembrar então dos meus agravos particulares, cuja vingança deixarei por conta do céu; na terra só os vossos me importam.

Com o que a Cardênio ouviu, acabou Dorotéia de se maravilhar, e por não atinar como agradecer a tamanhos oferecimentos, quis beijar-lhe os pés, no que ele não consentiu. Respondeu entre ambos o licenciado, e aprovou a boa resolução de Cardênio; sobretudo lhes rogou, aconselhou, e persuadiu que se fossem com ele à sua aldeia, onde se poderiam refazer de todo o necessário, e depois se entenderia no procurar a Dom Fernando, ou no levar-se Dorotéia a seus pais, ou no que mais conveniente parecesse. Agradeceram-lhe Cardênio e Dorotéia, e lhe aceitaram o prometido favor. O barbeiro, que a tudo tinha estado suspenso e silencioso, fez também a sua boa prática, e se ofereceu, com tão boa vontade como o cura, para tudo em que os pudesse servir. Contou em breves termos a causa que os ali trouxera, e bem assim a estranha loucura de Dom Quixote, acrescentando que estavam esperando pelo escudeiro, que tinha ido à sua procura. Deslizou na memória a Cardênio, como por sonhos, a pendência que entre ele e Dom Quixote houvera, e contou-a aos circunstantes; mas o que não atinou a explicar foi o peguilho da desavença. Nisto ouviram vozes, e conheceram serem de Sancho Pança, o qual, por não ter achado o cura e o barbeiro onde os deixara, vinha dando aqueles apupos de chamamento. Saíram-lhe ao encontro; e, perguntando-lhe por Dom Quixote, Sancho lhes disse como o encontrara em fralda de camisa, fraco, amarelo, morto de fome e suspirando pela sua Senhora Dulcinéia; e, apesar de ele Sancho ter dito que lhe mandava ela que saísse donde estava, e se fosse a El Toboso, onde ela o ficava esperando, a sua resposta fora que estava firme em não aparecer perante a sua formosura, sem primeiro ter feito façanhas que o tornassem merecedor da sua graça; que, se tal cisma fosse por diante, corria perigo de não chegar a imperador, como estava obrigado, nem sequer a arcebispo, que era o que menos poderia ser; e portanto vissem o que se podia fazer para o desencovarem dali. Respondeu-lhe o licenciado que se não afligisse, que eles, bom ou mau grado, o fariam sair. Contou logo a Cardênio e a Dorotéia o que haviam ideado para remédio de Dom Quixote, pelo menos para o restituírem à sua casa. Dorotéia acudiu logo, dizendo que ela representaria a donzela necessitada melhor que o barbeiro, até porque tinha ali vestidos para fazer esse papel mui ao natural, e deixassem por sua conta o representar a contento tudo que fosse preciso para se levar avante o empenho, pois ela era muito lida em livros de cavalarias, e sabia perfeitamente o falar das donzelas penadas, quando suplicavam dons aos andantes cavaleiros.

— Belo! nada mais é preciso — disse o cura —; é pormos já isso em obra. Não há dúvida, tenho por mim a sorte, pois, quando menos o pensávamos, se vos começa a abrir caminho para vosso remédio, meus senhores, e a nós também para se efetuar o nosso empenho.

Dorotéia tirou logo da trouxa uma saia inteira de telilha rica, e uma mantilha de outra vistosa fazenda verde; e de um cofrezinho um colar e outras jóias; com o que repentinamente se adornou, por modo que não parecia senão uma grande e opulenta dama. Disse que tudo aquilo tinha ela trazido de sua casa para o que desse e viesse, e que nunca até ali se lhe tinha oferecido necessidade de o empregar. A todos encantou a sua muita graça, o donaire e gentileza, inteirados unanimemente da falta de gosto de Dom Fernando, que tantos primores desprezava; mas quem mais se admirou foi Sancho Pança, por lhe parecer (o que era verdade) que nunca em dias de vida tinha visto perfeição igual, e perguntou ao cura que vinha a ser aquela tão garbosa senhora, e que andaria ela buscando por aqueles andurriais.

— Esta formosa senhora — respondeu o cura — é, Sancho irmão, sem tirar nem pôr, a herdeira por linha reta de varão do grande reino de Micomicão[3], a qual vem à procura de vosso amo para lhe pedir um dom, que vem a ser: desfazer-lhe um torto e agravo que um malvado gigante lhe fez; e, em conseqüência da fama de bom cavaleiro que vosso amo já ganhou por todo o mundo, veio de Guiné com o empenho de o achar.

— Ditosa busca e ditoso achado! — exclamou Sancho Pança — principalmente se meu amo houver a boa sorte de desfazer esse tal

---

[3] Cervantes abusa intencionalmente da consonância destas palavras para dar maior comicidade.

agravo e endireitar esse torto, matando o excomungado gigante que Vossa Mercê diz, que à fé que o há de matar, se o encontra, salvo se for fantasma, que lá contra fantasmas não tem meu amo poder algum. Mas uma coisa, além de outras, quero eu agora suplicar a Vossa Mercê, senhor licenciado; e vem a ser que empregue quantos meios puder para que a meu amo se não encaixe na cabeça o ser arcebispo, que é de que eu tenho medo, e por isso lhe aconselhe a casar-se logo com esta princesa; assim fica impossibilitado de receber ordens arcebispais, e com facilidade chegará a imperador e eu ao cabo do meu empenho. Já tenho meditado isto com a devida atenção, e cá pelas minhas contas não me convém que meu amo seja arcebispo, porque eu para a Igreja não sirvo; sou casado; e andar agora a diligenciar dispensas para poder receber rendas eclesiásticas, tendo, como tenho, mulher e filhos, seria um nunca acabar; e portanto, senhor, o fino é que meu amo se receba o mais depressa que se possa com esta senhora, da qual por ora não sei a sua graça, pelo que a não chamo pelo seu nome.

— Chama-se — respondeu o cura— a Princesa Micomicona, porque, chamando-se o seu reino Micomicão, claro está que ela se deve chamar assim.

— Está visto — respondeu Sancho —; de muitos sei eu que têm tomado o apelido e alcunha do lugar onde nasceram; por exemplo: Pedro de Alcalá, João de Úbeda e Diogo de Valladolid; também se deve usar lá em Guiné as rainhas tomarem o nome dos seus reinos.

— Por força — disse o cura —, e quanto ao casar-se o vosso amo, eu farei tudo que puder.

Do que Sancho ficou tão contente, como o cura pasmado da simpleza dele, e de ver como tinha embutidos nos cascos não menores despautérios que o patrão, pois nenhuma dúvida punha em que viria a ser imperador.

Já Dorotéia estava sentada na mula do cura, o barbeiro com a barba de rabo de boi; e disseram a Sancho que os encaminhasse para onde seu amo se achava, recomendando-lhe que não deixasse conhecer a Dom Quixote nem o licenciado nem o barbeiro, porque em os não conhecer ele é que estava o busílis de vir o fidalgo a ser imperador. Nem o cura nem Cardênio quiseram acompanhar o rancho, para que Dom Quixote se não recordasse das testilhas que tivera com o desvairado moço; a presença do cura também não era necessária. Deixaram pois ir adiante as principais figuras, e os dois foram seguindo a pé e com o seu vagar. Ao apartarem-se ali, recordando o cura a Dorotéia o que havia de fazer, respondeu-lhe ela que disso perdesse todo o cuidado, que tudo faria, ponto por ponto, como o pediam e pintavam os livros de cavalarias. Três quartos de légua teriam andado, quando descobriram a Dom Quixote entre umas intrincadas penhas, já vestido, mas ainda não armado. Assim que Dorotéia o avistou, e soube de Sancho ser o próprio, fustigou com o chicote o seu palafrém, seguindo-a o bem barbado barbeiro. Ao chegarem ao pé, atirou-se o improvisado escudeiro abaixo da mula, e foi para tomar nos braços a Dorotéia, a qual, apeando-se com grande desembaraço, se foi lançar de joelhos às plantas de Dom Quixote. Forcejava ele para erguê-la; ela porém, sem consentir em levantar-se, lhe falou desta maneira:

— Não me levantarei daqui, ó valoroso cavaleiro, até que a vossa cortesia me não tenha outorgado um dom, que redundará em crédito de vossa pessoa, e em proveito da mais desconsolada donzela que o sol nunca viu; se o valor do vosso forte braço se iguala à vossa imortal fama, obrigação vos corre de favorecer à sem ventura que de tão longes terras vem, ao cheiro do vosso famoso nome, buscar-vos para reparo das suas desditas.

— Não vos responderei palavra, formosa senhora — replicou Dom Quixote —, nem ouvirei mais nada da vossa pretensão, sem que primeiro vos levanteis.

— Não me levantarei, senhor — respondeu a afligida donzela —, antes que a vossa cortesia me outorgue o favor pedido.

— Eu vo-lo outorgo e concedo — respondeu Dom Quixote —, contanto que se não haja de cumprir em detrimento e ofensa do meu rei, da minha pátria, e daquela que do meu coração e liberdade tem as chaves.

— Não será em prejuízo dos que dizeis, meu bom senhor — replicou a dolorida donzela.

Quando nisto iam, chegou-se Sancho ao ouvido de seu amo, e lhe disse em voz sumida:

— Bem pode Vossa Mercê, senhor meu, conceder-lhe o favor que ela pede, que é uma coisita de nonada; é só matar a um mandrião dum gigante; e a que lhe pede é a alta Princesa Micomicona, rainha do grande reino Micomicão da Etiópia.

— Seja quem for — respondeu Dom Quixote —, cumprirei o que sou obrigado e o que me dita a consciência, segundo o que professado tenho.

E, tornando-se à donzela, continuou:

— Levante-se a vossa grande formosura, que eu já daqui lhe concedo o que lhe aprouver pedir-me.

— O que peço é — disse a donzela — que a vossa magnânima pessoa venha logo comigo onde eu o levar, e me prometa não se intrometer em outra aventura nem requesta alguma antes de me dar vingança dum traidor que, contra todo o direito divino e humano, me tem usurpado o reino que era meu.

— Outorgado — respondeu Dom Quixote —; e assim podeis, senhora, perder de hoje para sempre a melancolia que vos fatiga, e fazer que a vossa esmorecida esperança recobre novos brios e força, que com a ajuda de Deus, e a do meu braço, cedo vos vereis restituída ao vosso reino, e sentada no trono do vosso vasto e antigo Estado, e pesar e despeito de quantos velhacos vos pretenderem empecer; e mãos à obra, que bem se diz que no tardar costuma estar o perigo.

A necessitada donzela forcejou quanto pôde por lhe beijar as mãos; mas Dom Quixote, que em tudo era comedido e cortês cavaleiro, de sorte nenhuma o consentiu, antes a fez levantar, e abraçou com muita cortesia e acatamento, e ordenou a Sancho que aparelhasse Rocinante, e o armasse logo num repente. Sancho despendurou as armas, que se achavam como troféu, pendentes duma árvore, e, encilhando o cavalo, num volver de olhos pôs o amo prestes. Este, vendo-se pronto, disse:

— Vamo-nos daqui em nome de Deus a favorecer esta grande senhora[4].

De joelhos estava ainda o barbeiro, tendo grande conta em disfarçar o riso e em que lhe não caísse a barba, que se lhe cai talvez se lhe malograsse tudo; mas, vendo já conseguido o seguro e bom despacho, e a diligência de Dom Quixote para o ir pôr em obra, levantou-se, tomou a mão da sua senhora, e, ajudado do cavaleiro, a subiu para a mula. Dom Quixote montou logo no Rocinante, o barbeiro na sua cavalgadura, ficando Sancho a pé, renovando-se-lhe as saudades do seu ruço, pela falta que lhe fazia. Entretanto levava tudo com gosto, por lhe parecer que o amo estava em caminho, e muito em vésperas de ser imperador, porque já dava por infalível que breve o veria matrimoniado com aquela princesa e, pelo menos, rei de Micomicão. O que só lhe pesava era pensar

---

[4] Fórmula usada pelos cavaleiros ao empreenderem uma aventura.

PISAN

que o reino de Micomicão era em terra de negros, e que os seus vassalos haviam de ser todos pretaria. Para isso imaginou logo um bom remédio, e disse com os seus botões:

— Que se me dá a mim que os meus vassalos sejam pretos? Não há mais que embarcá-los, trazê-los a Espanha, e vendê-los com paga à vista; com esse dinheiro posso comprar algum título ou algum ofício para passar descansado o resto da vida. A gente não há de ser tola; e para conveniência própria não pode ser proibido vender trinta ou dez mil vassalos sem mais nem menos, e enquanto o Diabo esfrega um olho. Voto a Deus que os hei de encampar todos à rasa, pequenos e grandes, ou o melhor que eu puder, e, por mais pretos que sejam, os saberei transformar em brancos ou amarelos[5]. Venham eles, e verão como os avio. — Com isto andava tão ativo e contente, que nem já lhe lembrava que ia a pé.

Tudo aquilo observavam dentre as sombras dumas moitas Cardênio e o cura, e não sabiam que fazer para se agregarem ao rancho. Porém o cura, que as armava no ar, ideou logo expediente. Com uma tesoura, que trazia num estojo, cortou logo as barbas a Cardênio, emprestou-lhe o seu capotinho pardo e um ferragoulo preto, ficando ele de calças e gibão; com o que tão transfigurado saiu o nosso Cardênio, que nem vendo-se a um espelho se reconheceria. Concluído este preparo, tendo os outros passado já para diante enquanto eles se disfarçavam, com facilidade saíram primeiro que eles à estrada real, porque o mau piso e as agruras daqueles lugares não deixavam apressar-se tanto os cavaleiros como os peões. De fato estes últimos chegaram à planície no sopé da serra, por modo que, ao sair dela Dom Quixote e os seus companheiros, o cura se pôs a encarar nele muito atento, dando sinais de que o estava reconhecendo, e, depois de estar assim irresoluto por um bom espaço, correu para ele de braços abertos, dizendo a brados:

— Bem aparecido seja o espelho da cavalaria, o meu bom compatriota Dom Quixote de la Mancha, a flor e a nata da gentileza, o amparo e remédio dos necessitados, a quinta-essência dos cavaleiros andantes!

E, dizendo isto, o abraçava pelo joelho esquerdo. Dom Quixote, espantado do que via e ouvia àquele homem, encarou nele com atenção, conheceu-o enfim, e ficou a modo maravilhado do encon-

[5] "Trocar por moeda."

tro, fazendo grande diligência por se apear. Não lho consentiu o cura. Dom Quixote teimava, dizendo:

— Deixe-me Vossa Mercê; senhor licenciado, que não é justo estar eu a cavalo, e uma tão reverenda pessoa como Vossa Mercê a pé.

— Não consinto de modo algum — disse o cura; esteja Vossa Grandeza a cavalo, pois a cavalo é que ultima as maiores façanhas e aventuras que nesta idade se têm visto, que a mim, posto que indigno sacerdote, bastar-me-á montar na anca duma destas mulas destes senhores, que vêm na companhia de Vossa Mercê, se mo não levam a mal; até farei de conta que vou encavalgando no Pégaso[6], ou sobre a zebra ou alfana em que montava aquele famoso mouro Muzaraque, que ainda até hoje jaz encantado na grande costa Zulema[7], pouco distante da grande Compluto.

— Lembra bem, senhor licenciado, e nem tal coisa me ocorria — respondeu Dom Quixote —; mas eu sei que a minha senhora princesa será servida, por amor de mim, mandar ao seu escudeiro que ceda a Vossa Mercê a sela da sua mula; e ele lá se arranjará nas ancas, se ela as dá.

— Dá, dá, penso que sim — disse a princesa —, e penso também que não é preciso mandar eu tal ao senhor meu escudeiro, que ele é tão polido e cortesão, que não há de consentir que uma pessoa eclesiástica vá a pé podendo ir a cavalo.

— Assim é — respondeu o barbeiro.

E, apeando-se logo, ofereceu ao cura a sela, que ele aceitou sem se fazer muito rogado. O mau foi que ao subir o barbeiro para as ancas, a mula, que era de alquiler (para encarecer que era má não é preciso mais), alçou um pouco os quartos traseiros, e deu dois coices no ar, que a dá-los no peito do Mestre Nicolau, ou na cabeça, ao Diabo dera ele o ter saído de sua casa por via de Dom Quixote. Tão forte lhe foi contudo o sobressalto, que se estatelou no chão com tão pouco cuidado nas barbas, que lhe caíram. Vendo-se sem elas, não teve outro remédio senão acudir a tapar o rosto com as

---

[6] Pégaso, cavalo alado nascido do sangue de Medusa, e que, estando no monte Helicão, fez nascer, ao ferir a roca com o casco, a chamada, devido à sua origem, Hipocrene; alfana, cavalo corpulento e brioso.

[7] A costa de Zulema é um grande cerro a oeste de Alcalá de Henares, onde esteve a Compluto de Ptolomeu.

mãos ambas, e a vozear que lhe tinham deitado fora os queixais. Dom Quixote, reparando naquele molho de barbas sem a respectiva queixada e sem sangue, desquitadas do rosto do dono caído, disse:

— À fé que temos milagre de marca maior! Barbas tiradas como por mão!

O cura, que viu a sua invenção em perigo de ser descoberta, agarrou nas barbas, e as trouxe ao mestre, que estava ainda aos gritos; e, tomando-lhe de repente a cabeça, e encostando-a ao peito, lhas repôs, murmurando-lhe em cima umas palavras, que disse serem de virtude para pegar barbas, como se ia ver. Logo que teve a operação finda, apartou-se, deixando o escudeiro tão bem barbado e tão são como dantes: do que Dom Quixote sobremaneira se admirou, e pediu ao cura que em tendo lugar lhe ensinasse aquele curativo, porque provavelmente não havia de servir só para pegar barbas. A razão era clara; donde as barbas se arrancavam havia de ficar a carne numa lástima, e que tendo ficado ali tudo são, é porque o remédio sarava tudo.

— E sara — disse o cura —, e prometo ensinar-lho na primeira ocasião.

Combinaram em que por então montasse o padre, e que dali até a venda se fossem os três revezando; era caminho de duas léguas. Postos os três a cavalo, a saber Dom Quixote, a princesa e o cura, seguindo os três a pé, Cardênio, o barbeiro e Sancho Pança, disse Dom Quixote para a donzela:

— Vossa Grandeza, senhora minha, que nos encaminhe por onde mais lhe apetecer.

Adiantou-se com a resposta o licenciado, dizendo:

— Para que reino quer Vossa Senhoria que tomemos? Será para o de Micomicão? É natural que sim, ou pouco sei de reinos.

Ela, que estava por tudo, respondeu:

— Sim, senhor; para esse reino é que é o meu caminho.

— Portanto — disse o cura — temos de passar por dentro do meu povo, e dali tomará Vossa Mercê a derrota de Cartagena, onde com favor de Deus se poderá embarcar. Se o vento for de feição, o mar sossegado e sem temporais, em pouco menos de nove anos se poderá estar à vista da grande lagoa Meona[8], digo Meótides, que

---

[8] A grande lagoa Meótis, golfo do mar Negro, onde desemboca o rio Don ou Tánais.

fica um pouco mais de cem jornadas para cá do reino de Vossa Grandeza.

— Vossa Mercê está enganado, senhor meu — disse ela —, porque não há dois anos que eu de lá parti; e em verdade que nunca tive bom tempo, e com tudo isso já cheguei a ver quem tanto desejava, que é o Senhor Dom Quixote de la Mancha, cujas novas me encheram os ouvidos logo que pus pés em Espanha; e foram elas as que me decidiram a procurá-lo para me encomendar à sua cortesia, e fiar a minha justiça do valor do seu invencível braço.

— Basta de louvores — disse Dom Quixote —; sou inimigo de todo o gênero de adulações; e ainda que esta agora o não seja, sempre ofendem os meus ouvidos semelhantes práticas. O que eu sei dizer-vos, senhora minha, é que, tenha eu valor ou não, o que tiver, ou não tiver, todo o hei de empregar em vosso serviço até perder a vida; e assim, deixando isso para seu tempo, rogo ao senhor licenciado me diga: que o obrigou a vir a estas terras, tão só, sem criados, e tanto à ligeira, que me causa admiração?

— Em poucas palavras satisfarei a Vossa Mercê — respondeu o cura. — Eu e o Mestre Nicolau, nosso amigo e nosso barbeiro, íamos a Sevilha, a cobrar certo dinheiro remetido por um parente meu, que se passou às Índias há já anos e não tão pouco, que não excedesse de sessenta mil pesos experimentados[9], que é outro que tal e tocadinhos, que vale o dobro. Passando ontem por estes lugares, saíram-nos ao encontro quatro salteadores e nos tiraram até as barbas. Foi tanto, que até o barbeiro não teve remédio senão pôr umas postiças; e até a este mancebo que vem conosco — apontando Cardênio — o puseram como se nunca as tivesse tido. O bonito é que por todos estes contornos é fama pública serem os tais ladrões uns forçados das galés, que, segundo se diz, foram libertados quase neste mesmo sítio por um homem tão valente, que a despeito do comissário e dos guardas os soltou a todos. Não há dúvida que era doido, ou então tão patife como eles, homem sem alma nem consciência. Pois aquilo não foi soltar o lobo entre as ovelhas? A raposa entre as galinhas? A mosca no mel? Quis defraudar a justiça, ir contra o seu rei e senhor natural, pois foi contra os seus justos

[9] "Experimentado"; termo usado no exame de metais de ouro e prata, que vale por "comprovado".

preceitos. Quis tirar às galés os pés[10] com que elas andam, pôr em rebuliço a Santa Irmandade, que havia muitos anos estava em descanso; quis, finalmente, consumar um feito, por onde a sua alma se perde, e o corpo se lhe não ganha.

Sancho é que tinha contado ao cura e ao barbeiro a aventura dos galeotes, que o amo levara a cabo com tanta glória; e por isso o cura ao recontá-la lhe carregava tanto a mão, para ver o que faria ou diria Dom Quixote, a quem, a cada palavra, se mudavam as cores, sem se atrever a dizer que fora ele próprio o libertador daquela boa gente.

— Ora aqui tem Vossa Mercê quem nos roubou — disse o cura. — Deus por sua misericórdia não tome contas a quem os não deixou levar o devido castigo!

[10] "Os pés", porque as galeras se movem à força de remos dos galeotes ou forçados.

G.Doré
H PISAN

CAPÍTULO XXX

Que trata da discrição da formosa Dorotéia, com outras coisas de muito sabor e passatempo

Mal tinha acabado o cura, quando Sancho disse:

— Pois afirmo-lhe eu, senhor licenciado, que o fazedor dessa façanha foi meu amo; e olhe que não foi por lhe eu não dizer a tempo que reparasse no que fazia, e que era pecado soltá-los, porque todos iam ali por grandíssimos tratantes.

— Ó idiota — exclamou aqui Dom Quixote —, aos cavaleiros andantes não pertence averiguar se os afligidos, acorrentados e opressos que se encontram pelas estradas vão daquela maneira por suas culpas, ou por serem desgraçados; só lhes toca ajudá-los como necessitados que são, considerando-lhes as penas, e não as tratantadas. Encontro uma enfiada, um rosário de gente mofina; fiz nela o que a minha religião pedia, e saísse o que saísse; e a quem o desaprova (sem faltar ao respeito que devo ao senhor licenciado e à sua honrada pessoa) digo que sabe pouco dos contratempos da cavalaria, e que mente como um biltre e malcriado, e eu lho farei conhecer com a minha espada, mais comprida e inteiramente.

Estas palavras já as proferiu firmando-se nos estribos, e ajustando o morrião, porque a bacia de barbeiro, que pelas suas contas era o elmo de Mambrino, levava-a pendurada do arção dianteiro, para a mandar correger do mau tratamento que lhe deram os galeotes.

Dorotéia, que era discreta e lépida, sabedora já da aduela de menos de Dom Quixote, e de que todos, afora Sancho Pança, judiavam com ele, não quis ficar atrás, e, vendo-o tão enojado, lhe disse:

— Senhor cavaleiro, recorde-se do que me prometeu; olhe que não pode intrometer-se em aventura nenhuma, por urgente que seja; serene-se, que, se o senhor licenciado soubera que o libertador dos galeotes fora esse braço invencível, daria três pontos na boca, e até mordera três vezes a língua, antes de ter dito palavra que redundasse em desdouro de Vossa Mercê.

— Posso-lho jurar — disse o cura —; era mais fácil deixar cortar um bigode.

— Já me calo, senhora minha — disse Dom Quixote —, e reprimo a justa cólera que me ia abrasando, e irei no meu sossego, até ter cumprido o que vos prometi. Agora em paga suplico-vos eu me digais, se vos não dá incômodo, qual é a vossa mágoa, e quantas, quem, e quais são as pessoas de quem vos hei de dar devida e inteira vingança.

— De muita boa vontade — respondeu Dorotéia —, se porventura vos não enfada ouvir lamentos e desgraças.

— Não enfada — respondeu Dom Quixote —, não enfada, senhora minha.

— Sendo assim — disse Dorotéia —, estejam Vossas Mercês atentos.

A estas palavras logo Cardênio e o barbeiro se lhe puseram ao lado, cobiçosos de ver como da sua história se saía a espertíssima donzela; e o mesmo fez Sancho, que não ia ali menos enganado que o amo. E ela, depois de se ter muito bem ajeitado na sela, preparando-se com tossir, e outras semelhantes cerimônias, com muito chiste encetou assim a sua narrativa:

— Primeiramente quero que Vossas Mercês saibam, senhores meus, que a mim me chamam...

Aqui deteve-se um pouco, por se lhe ter varrido o nome que lhe pusera o cura. Este porém lhe acudiu no encalhe, dizendo:

— Não é maravilha, senhora minha, que Vossa Grandeza se perturbe no referir as suas desventuras; é próprio delas o tirarem muitas vezes a memória a quem as padece, a ponto de nem dos seus próprios nomes se lembrarem; é o que neste instante sucedeu a Vossa Grã-Senhoria, pois não lhe lembra que se chama a Senhora Princesa Micomicona, herdeira legítima do grande reino Micomicão. Agora que já lhe fica apontado o caminho, pode Vossa Grandeza seguir sem empacho o que lhe aprouver dizer-nos.

— Sim, senhor — disse a donzela —, creio que daqui em diante já não será necessário recordar-me nada; espero chegar a porto de salvamento com a minha verdadeira história. Ora pois: el-rei meu pai, que se chamava Tinacrio[1], o Sábio, foi muito douto nisto que chamam arte mágica, e alcançou, pela sua ciência, que minha mãe, que se chamava a Rainha Jaramilha, havia de morrer primeiro que ele, mas que ele também dali a pouco tempo havia de passar desta a melhor vida, ficando eu órfã de pai e mãe. Dizia ele, porém, que menos o consumia isso, do que o atormentava saber por coisa muito certa que um descomunal gigante, senhor duma grande ilha, que quase confronta com o nosso reino, chamado Pandafilando da Fosca Vista, porque há toda a certeza de que, apesar de ter os olhos no seu lugar, e direitos, sempre olha de revés como se fora vesgo, o que ele faz por mau, e para meter medo e espanto à gente... Sim; repito, que meu pai soube que o tal gigante, logo que lhe constasse a minha orfandade, havia de passar com grande quantidade de gente sobre o meu reino, e tirar-mo todo, sem me deixar nem uma aldeia para me eu recolher, porém que todas estas inclemências se poderiam evitar, prontificando-me eu a casar com ele; mas que, segundo meu pai entendia, nunca eu estaria por tão desigual casamento. Neste particular foi bem profeta, porque nunca jamais pela idéia me passou casar-me com o tal gigante, nem com outro qualquer, fosse quem fosse. Mais disse meu pai e senhor que, se depois da sua morte eu visse que Pandafilando começava a entrar pelo meu reino, não perdesse tempo em preparos para me defender, que seria arruinar-me de todo, mas que espontaneamente lhe despejasse a terra, se queria escapar à morte, e à destruição total dos meus bons e fiéis vassalos, porque não havia de ser possível defender-me da endiabrada força do gigante, mas que tomasse logo com alguns dos meus caminhos de Espanha, onde acharia remédio a meus males na pessoa dum cavaleiro andante, cuja fama a esse tempo encheria já todo o reino, e o qual se havia de chamar (se bem me lembra) Dom Açote, ou Dom Gigote[2]...

— Talvez dissesse Dom Quixote — interrompeu Sancho Pança —, ou por outro nome, o Cavaleiro da Triste Figura.

— É verdade — disse Dorotéia —; e ajuntou que esse tal cavaleiro seria alto de corpo, seco de rosto, e que no lado direito,

---

[1] Natural de Trinácria, a atual Sicília.

[2] "Gigote": carne-seca. Guisado de carne picada.

abaixo do ombro esquerdo[3], ou por ali perto, havia de ter um sinal pardo com certos cabelos à maneira de cerdas de porco.

Ouvindo aquilo, disse Dom Quixote ao escudeiro:

— Sancho filho, acode cá; ajuda-me a despir, que preciso ver se não sou o cavaleiro que aquele tão sábio monarca deixou profetizado.

— Para que se quer Vossa Mercê despir? — disse Dorotéia.

— Para ver se tenho o sinal indicado por vosso pai — respondeu Dom Quixote.

— Não é preciso que se dispa — acudiu Sancho —, que eu sei que Vossa Mercê tem um sinal assim tal qual no meio do espinhaço, prova de ser homem esforçado.

— Então basta isso — disse Dorotéia —; com os amigos não se cortam as unhas rentes; que seja no ombro, ou que seja no espinhaço, vem a dar na mesma. O caso é que haja o sinal, esteja onde estiver, pois é tudo a mesma carne. Meu pai acertou em tudo, e eu também acertei em me encomendar ao Senhor Dom Quixote, que este é o que meu pai disse. Os sinais do rosto concordam com os da boa fama que este cavaleiro tem, não só em Espanha, mas até em toda a Mancha; tanto assim, que apenas eu desembarquei em Osuna, logo ouvi contar dele tantas façanhas, que me deu o coração uma pancada de que era o mesmo que eu vinha a buscar.

— Como desembarcou Vossa Mercê em Osuna, senhora minha perguntou Dom Quixote —, se não é porto de mar?

Apressou-se o cura, antes que Dorotéia respondesse, e disse:

— Naturalmente quererá dizer a senhora princesa que, depois que desembarcou em Málaga, a primeira parte em que achou novas de Vossa Mercê foi em Osuna.

— É isso mesmo — disse Dorotéia.

— E diz muito bem — acrescentou logo o cura —, mas queira Vossa Majestade prosseguir.

— Prosseguir o quê? — replicou ela. — Não há mais nada para diante. Tão boa foi a minha sorte em achar ao Senhor Dom Quixote, que já me conto por soberana senhora de todo o meu reino depois que ele, por sua cortesia e magnificência, me prometeu a mercê de vir comigo aonde quer que eu o leve, que não será a outra parte senão a pô-lo diante de Pandafilando da Fosca Vista, para dar cabo

---

[3] Disparate dito de propósito por Dorotéia, assim como outros que se seguem.

dele, e restituir-me o que tão contra razão me tem usurpado. Tudo isto se há de realizar tal qual, que assim o deixou prognosticado Tinácrio, o Sábio, meu bom pai, o qual também deixou dito em letras caldaicas ou gregas, que eu por mim não as sei ler, que se este cavaleiro da profecia, depois de ter degolado o gigante, quisesse casar comigo, eu me entregasse logo sem réplica alguma por sua legítima esposa, e lhe desse no mesmo ato a posse do meu reino e da minha pessoa.

— Que te parece, Sancho amigo? — disse a este ponto Dom Quixote — não ouves isto? Não to dizia eu? Vê se temos, ou não temos já reino que governar, e rainha com quem casar?

— Isso juro eu — respondeu Sancho —; só algum tolo é que não iria logo cortar o gasnete ao Senhor Pandafilando para casar muito depressa com a senhora princesa. Olha que peste! Assim fossem as pulgas da minha cama.

Com estas palavras deu dois pinchos no ar em demonstração de gáudio, passou logo a tomar as rédeas à mula de Dorotéia, fazendo-lha parar, lançou-se de joelhos perante ela, suplicando-lhe que lhe desse as mãos para lhas beijar, em sinal de que a recebia por soberana e senhora sua. Quem haveria ali que pudesse ficar sério diante da loucura do amo e da simpleza do servo? Deu-lhe com efeito as mãos Dorotéia, e lhe prometeu fazê-lo grande do seu reino, logo que o céu lhe fosse tão propício que lho deixasse recobrar e gozar. Agradeceu-lhe Sancho tudo aquilo em termos tais, que em todos renovou a gargalhada.

— Aqui está, meus senhores — prosseguiu Dorotéia —, a minha história; só me falta dizer-vos que de toda quanta gente do meu reino trouxe não me ficou vivo senão unicamente este barbadão escudeiro; tudo o mais se afogou num grande temporal que tivemos à vista do porto; ele e eu viemos em duas tábuas a terra como por milagre, que milagre de grande mistério tem sido o decurso de minha vida, como já tereis notado; e se em algum ponto andei sobeja ou curta demais na minha narrativa, queixai-vos do que logo ao princípio da minha fala ponderou o senhor licenciado: que os trabalhos contínuos e extraordinários desarranjam as idéias a quem os padece.

— Tal me não há de suceder a mim, alta e valorosa senhora — disse Dom Quixote —, por maiores trabalhos que eu passe em vos servir. Confirmo pois o que já vos prometi, e juro acompanhar-vos ao cabo do mundo, até me ver com o vosso cruel inimigo, a quem tenciono, com ajuda de Deus e do meu braço, decepar a cabeça soberba com os fios desta... não quero dizer boa espada, graças a Ginés de Pasamonte que me levou a minha.

Isto remordeu-o entre os dentes e prosseguiu:

— Depois de lha ter decepado, e ter-vos sentado a vós na pacífica posse dos vossos Estados, ficará a vosso arbítrio fazer da vossa pessoa o que mais vos apeteça, pois enquanto eu tiver ocupada a memória, cativa a vontade e perdido o entendimento por aquela... e não digo mais, não é possível que eu nem por pensamentos me arroste com a idéia de matrimoniar-me, nem que fosse com a ave Fênix.

Este encarecimento de não querer casar-se destoou tanto a Sancho, como despropósito, que levantou de agastado a voz, dizendo:

— Juro e rejuro por vida minha que não tem Vossa Mercê, Senhor Dom Quixote, o juízo inteiro. Pois como é possível pôr Vossa Mercê em dúvida casar-se com tão alta princesa como esta? Pensa que a fortuna lhe há de oferecer a cada canto uns acertos como este? É porventura mais formosa a minha Senhora Dulcinéia? Está na tinta; nem para lá caminha; estou até em dizer que nem chega aos calcanhares da que presente se acha. Assim lá se me vai pelos ares meu condado, se Vossa Mercê ateima a esperar hortaliça de sequeiro, ou apojadura de cabra velha. Case, case logo, ou que o leve o Diabo, e aceite este reino, que por si se lhe está metendo nas mãos de mão beijada; e, em sendo rei, faça-me a mim marquês ou adiantado; tudo mais que leve o Diabo, se quiser.

Dom Quixote, que tais blasfêmias ouviu proferir contra a sua Senhora Dulcinéia, não o pôde levar à paciência; e, levantando a chuça, sem proferir chus nem bus, nem "guarda de baixo", apresentou duas bordoadas em Sancho, que pregou com ele em terra; e se não fora o começar Dorotéia a gritar que lhe não desse mais, sem dúvida lhe acabaria ali a vida.

— Pensas, vilão ruim — lhe disse passado pouco —, que hei de estar sempre para te aturar, e que tudo há de ser tu a despropositares, e eu a perdoar-te? Pois não o cuides, maroto excomungado, que o és sem dúvida nenhuma, pois te atreveste a pôr língua na sem-par Dulcinéia. Não sabeis vós, mariola, faquim, biltre, que, se não fosse pelo valor que ela infunde no meu braço, eu por mim nem matava uma pulga? Dizei-me, socarrão de língua viperina, quem julgais que foi o conquistador deste reino, e o que decepou a cabeça deste gigante, e vos fez a vós marquês (que tudo isto o dou eu já como feito e processo findo), se não é o valor de Dulcinéia, fazendo de meu braço instrumento de suas façanhas? Ela peleja em mim, e vence em mim; eu vivo e respiro nela; nela tenho vida e ser. Ó filho da puta, grande velhaco, como sois desagradecido, que vos vedes levantado do pó da terra, até senhor dum título, e a tão boa obra correspondeis com dizer mal de quem vo-la fez!

Não estava Sancho tão mortal, que não ouvisse o que o amo lhe dizia: levantando-se com certa presteza, foi pôr-se por trás do palafrém[4] de Dorotéia, e dali respondeu:

— Diga-me, senhor, se Vossa Mercê está de pedra e cal em não casar com esta grande princesa, claro está que o reino dela não há de ser seu; não o sendo, que mercês me pode então fazer? Aqui está de que eu me queixo. Casa-se Vossa Mercê aos olhos fechados com esta rainha que para aí nos choveu do céu, depois, se quiser, pode-se amantilhar com a minha Senhora Dulcinéia; reis amancebados não devem ter faltado neste mundo. Lá nisso da formosura não me intrometo, que a dizer a verdade ambas me parecem bem, ainda que eu a Senhora Dulcinéia nunca a vi.

— Como nunca a viste, traidor blasfemo? — vociferou Dom Quixote — pois não acabas agora mesmo de me trazer um recado da sua parte?

— O que eu digo é — respondeu Sancho — que a não vi tanto à minha vontade, que pudesse afirmar-me bem na sua formosura, ponto por ponto; mas assim no todo e em bruto, como diz o outro, pareceu-me bem.

— Agora te desculpo; perdoa-me o enfado que te dei, que os primeiros movimentos não estão na mão da gente.

— Bem sei — respondeu Sancho —, e em mim a vontade de falar é sempre o primeiro movimento; o que me vem à boca não posso deixar de o dizer, ao menos uma vez.

— Com tudo isso, Sancho — disse Dom Quixote —, repara bem como falas, porque tantas vezes vai o cântaro à fonte... e não te digo mais nada.

— Pois bem — respondeu Sancho —, Deus lá está em cima, e

---

[4] Cavalo que costumavam montar as damas que aparecem nas novelas cavaleirescas; aplicado humoristicamente à mula do cura.

vê as coisas; ele é que sabe quem faz mal, se eu em não falar bem, ou Vossa Mercê em obrar ao revés.

— Basta já — disse Dorotéia —; correi, Sancho, e beijai a mão a vosso amo, pedi-lhe perdão, e daqui para diante tende mais tento em vossos louvores e vitupérios e não digais mal dessa Senhora Tobosa, a quem eu não conheço senão para a servir, e tende esperança em Deus que não vos há de faltar um Estado em que vivais como um príncipe.

Sancho lá foi cabisbaixo pedir a mão ao amo, que lha deu com serena gravidade, e deitando-lhe, após o beija-mão, a sua bênção. Depois disse-lhe que se desviasse com ele um pouco, porque tinha de tratar coisas de muita importância. Adiantaram-se ambos, e disse o fidalgo:

— Desde que vieste, não tive ainda azo de te perguntar muitas particularidades acerca da embaixada que levaste e da resposta que trouxeste; agora que a fortuna nos depara folga, não me negues o gosto que me podes causar com tão boas novas.

— Pergunte Vossa Mercê o que lhe parecer — respondeu Sancho —; darei a tudo tão boa saída, como foi boa a entrada que tive. O que lhe peço, senhor meu, é que daqui em diante não seja tão vingativo.

— Por que dizes isso, Sancho? — perguntou Dom Quixote.

— Digo isto — respondeu ele —, porque estas bordoadas agora foram mais pela pendência que entre os dois travou o Diabo na outra noite, do que pelo que eu disse contra a minha Senhora Dulcinéia, a quem venero e amo como se fora relíquia, só em razão de ela ser coisa de Vossa Mercê.

— Não tornes a essas coisas, por vida tua — disse Dom Quixote —, que me afligem; da outra vez perdoei-to, e bem sabes o que se costuma dizer: "Pecado novo, penitência nova".

Nisto iam, quando viram pelo seu caminho vir para eles um homem num jumento; aproximando-se mais deu-lhe ares de cigano. Porém Sancho Pança, que onde quer que via asno se lhe iam trás ele os olhos e a alma, tanto como avistou o homem, conheceu logo ser Ginés de Pasamonte; e de ele o ser inferiu logo que a cavalgadura era o seu ruço. Era com efeito o ruço com o Pasamonte às costas, o qual, para não ser conhecido e vender o asno, vinha entrajado à cigana; o falar a essa moda sabia ele, e muitas outras línguas, tão bem como a sua própria. Mal que Sancho o reconheceu, começou a grandes vozes:

— Ah! ladrão Ginesilho, larga a minha jóia, restitui-me a minha vida, não te deites a perder com o meu alívio, larga o meu burro, larga o meu consolo, põe-te a pé, sevandija, retira-te, ladrão, e deixa o que te não pertence!

Nem tantas palavras e injúrias eram necessárias; logo à primeira saltou Ginés, e tomando um trote que mais parecia carreira, num momento desapareceu. Saltou Sancho aos abraços ao animal, dizendo:

— Como tens passado, meu bem, menina dos meus olhos, meu ruço, meu companheiro fiel?

Beijava-o e acariciava-o como se fora gente. O asno deixava-se beijar e acarinhar, sem responder meia palavra. Aproximaram-se todos, dando ao pobre homem os parabéns de ter achado o seu ruço, especialmente Dom Quixote. Este disse-lhe que nem por isso anulava a ordem dos três burricos, o que Sancho muito agradeceu.

Enquanto os dois iam adiante nestas conversas, disse o cura a Dorotéia que tinha andado com grande tino, tanto na invenção do conto, como na brevidade dele, e na semelhança que teve com os dos livros de cavalaria. Ao que ela respondeu que muitas horas se havia entretido a lê-los; o que não sabia bem era onde ficavam as províncias e portos de mar; por isso tinha dito à toa que havia desembarcado em Osuna.

— Bem percebi — volveu o cura —, e por isso acudi logo a deitar aquele remendo; com o que tudo ficou uma maravilha. Mas não acha extraordinária a facilidade com que este desventurado fidalgo acredita em toda aquela mentirada, só por se conformar no estilo e jeito com as tolices dos seus alfarrábios?

— É verdade — disse Cardênio —, e tão rara, se não única, que eu por mim não sei se, querendo inventá-la, teria talento para tanto.

— Outra coisa tem ele — disse o cura — que não admira menos: para fora das necedades, que nunca se lhe acabam no tocante à sua mania, se lhe falam noutras matérias discorre perfeitamente, e mostra uma razão clara que dá gosto. Não lhe falem em cavalarias, que ninguém o terá senão por um homem de boa cabeça.

Enquanto iam nestas práticas, continuava também Dom Quixote na sua com Sancho, dizendo:

— Palavras e penas, Sancho amigo, o vento as leva. Conta-me agora tu, sem medo a enfadamentos meus nem a rigor algum, onde, como, e quando achaste Dulcinéia, que estava ela fazendo, que lhe disseste, que te respondeu, com que cara leu a minha carta, quem ta copiou, e tudo o mais que vires neste caso ser digno de saber-se, sem acrescentares nem mentires nada para me dares gosto, nem encurtares para comprazer-me.

— Pois, senhor — respondeu Sancho —, verdade, verdade, a carta ninguém ma copiou, porque eu tal carta não levei.

— É certo — acudiu Dom Quixote —, porque o livro de lembranças, em que eu a escrevi, cá o achei em meu poder dois dias depois da tua partida, o que me fez grandíssima pena, lembrando-me como não ficarias às aranhas quando te visses sem ela; sempre esperei que tornasses atrás logo que desses pela falta.

— Fazia-o decerto — respondeu Sancho , se não tivesse a carta de memória, de quando Vossa Mercê ma leu; de maneira que a disse a um sacristão, que ma trasladou do entendimento tão pontualmente, que disse que em todos os dias da sua vida (ainda que tinha lido muitas cartas de descomunhão) nunca tinha lido uma lindeza como aquela.

— E ainda a tens de cor, Sancho? — perguntou Dom Quixote.

— Não, senhor — respondeu Sancho —, porque, depois que a entreguei, como vi que já não prestava para mais nada, dei em me esquecer dela; e, se alguma coisa ainda me lembra, é só aquele começo da "soterrana", digo, da "soberana senhora", e o final: "Vosso até a morte, o Cavaleiro da Triste Figura", e, entre estas duas coisas do princípio e do fim, embuti-lhe mais de trezentas vezes: "minha alma, minha vida, e olhos meus".

CAPÍTULO XXXI

Das saborosas conversações que houve entre Dom Quixote e Sancho Pança, seu escudeiro, com outros sucessos

— Nada disso me descontenta; podes continuar — disse Dom Quixote. — Chegaste, e que estava fazendo aquela rainha da formosura? Aposto que a achaste a enfiar pérolas, ou bordando alguma empresa com canotilho[1] de ouro, para este seu cativo cavaleiro.

— Qual! — respondeu Sancho — achei-a a joeirar duas fangas de trigo num pátio da casa.

— Pois faze de conta — disse Dom Quixote — que os grãos desse trigo eram aljôfares logo que ela lhes tocava. Reparaste, amigo, se o trigo era candial ou tremês?

— Nada; era dumas alimpas — respondeu Sancho.

— Pois assevero-te — disse Dom Quixote — que depois de joeirado por ela havia de deitar farinha candial infalivelmente. Mas passa adiante. Quando lhe deste a minha carta, beijou-a? Pô-la sobre a cabeça? Fez alguma cerimônia digna de tal carta? Ou que fez?

— Quando eu lha ia entregar — respondeu Sancho —, estava ela na azáfama de aviar uma joeirada quase cheia; por isso, disse-me: "Ponde, meu amigo, a carta para riba daquele saco, que não a posso ler enquanto não acabar tudo o que para aí está".

— Que discreta senhora! — disse Dom Quixote. — Havia de

---

[1] Divisa de um escudo, bordada, em relevo, com ouro para bordar.

ser para a ler com mais sossego e regalar-se. Adiante, Sancho. E enquanto estava nesse serviço, quais foram os seus colóquios contigo? que te perguntou de mim? e tu que lhe respondeste? Acaba, conta-me tudo, não te fique no tinteiro nem um pontinho.

— Não me perguntou nada — disse Sancho —; eu é que lhe disse como Vossa Mercê ficava para a servir, fazendo penitência, e nu da cinta para cima, metido entre estas serras como um selvagem, dormindo no chão, sem comer pão em toalhas, sem pentear as barbas, chorando e maldizendo a sua fortuna.

— Lá nisso de maldizer eu a minha fortuna, enganaste-te — disse Dom Quixote —; antes a bendigo, e bendirei todos os dias da minha vida, por me ter feito digno de merecer amar tão alta senhora como é Dulcinéia del Toboso.

— Tão alta é — respondeu Sancho —, que é verdade que tem de altura um coto[2] mais do que eu.

— Como é isso, Sancho? — disse Dom Quixote —, pois tu mediste-te com ela?

— Medi, sim, senhor — respondeu Sancho —; quer saber como? Acheguei-me para ajudá-la a pôr um saco de trigo sobre um jumento; estávamos tão juntos, que reparei que me levava um bom palmo.

— É bem verdade — replicou Dom Quixote —, e toda essa grandeza é acompanhada com mil milhões de graças da alma. Uma coisa me não podes tu negar, Sancho: quando chegaste ao pé dela não sentiste um cheiro sabeu[3], uma fragrância aromática, e um não sei quê de bom, que não acerto em lhe dar nome, digo uma baforada como se entraras na loja de um luveiro dos mais esmerados?

— O que sei dizer — respondeu Sancho — é que senti um cheirito assim... tirante a homem, provavelmente por estar suando e enrilhada.

— Não havia de ser isso — respondeu Dom Quixote —, é que estarias endefluxado, ou então tomaste por cheiro dela o teu próprio, que o cheiro que tem aquela rosa entre espinhos sei-o eu muito bem, aquele lírio do campo, aquele âmbar derretido.

---

[2] Medida com os quatro dedos da mão, fechada esta e erguendo sobre ela o polegar.

[3] De Sabá, região da Arábia célebre por seus perfumes.

— Pode muito bem ser — respondeu Sancho — que muitas vezes sai de mim aquele mesmo cheiro, que então me pareceu que saía de Sua Mercê a Senhora Dulcinéia. Não admira que um diabo se pareça com outro.

— Bem está — prosseguiu Dom Quixote. — E depois de joeirado todo o trigo, e mandado para o moinho, que fez quando leu a carta?

— A carta não a leu — respondeu Sancho —, porque disse que não sabia ler nem escrever, rasgou-a em migalhinhas, dizendo que não a queria dar a ler a ninguém, para não se saberem no lugar os seus segredos, e que bastava o que eu lhe tinha dito de palavra acerca do amor que Vossa Mercê lhe tinha, e da penitência extraordinária que ficava fazendo por seu respeito; finalmente, disse-me que lhe dissesse eu a Vossa Mercê que ela lhe beijava as mãos, e que lá ficava com mais desejos de vê-lo, que de escrever-lhe; e que assim lhe suplicava, e mandava, que, vista a presente, saísse daqueles matagais, e se deixasse de fazer descocos e se pusesse logo a caminho para El Toboso, se não tivesse outra coisa de mais importância que fazer, porque tinha grande desejo de o ver a Vossa Mercê. Riu como uma perdida quando eu lhe disse o nome que Vossa Mercê tinha de "Cavaleiro da Triste Figura". Perguntei-lhe se tinha lá ido o biscainho do outro dia; disse-me que sim, e que era um homem muito de bem. Também lhe perguntei pelos forçados, mas desses respondeu-me que ainda não tinha visto nenhum.

— Tudo vai muito bem até agora — disse Dom Quixote —, mas dize-me cá: à despedida que prenda te deu pelas novas que de mim lhe levaste? Pois é costume velho entre cavaleiros e damas andantes darem aos escudeiros, donzelas ou anões que lhes levam recados de suas damas a eles, e a elas dos seus cavaleiros, alguma rica jóia de alvíssaras em agradecimento da mensagem.

— Assim seria — respondeu Sancho —, bem bom costume que ele me parece, mas isso havia de ser lá nos tempos passados; hoje naturalmente não se costuma dar senão um pedaço de pão e queijo; foi o que me deu a minha Senhora Dulcinéia por cima de espigão do muro do pátio, quando me despedi dela; e para mais sinal, o queijo era de ovelha.

— É liberal em extremo — disse Dom Quixote —, e se te não deu jóia de ouro, havia de ser sem dúvida pela não ter ali à mão; mas o que se não faz em dia de Santa Maria far-se-á noutro dia; quando eu a vir, se arranjarão as contas. Sabes tu de que estou maravilhado, Sancho? É de me parecer que foste e vieste pelos ares, porque pouco mais de três dias gastaste em ir a El Toboso e voltar, havendo de permeio o melhor de trinta léguas; pelo que entendo o sábio nigromante que tem conta nas minhas coisas e é meu amigo, porque por força o há, e deve haver, sob pena de não ser eu bom cavaleiro andante, deveu ter-te ajudado a caminhar sem tu o saberes, pois há sábios destes, que tomam a um cavaleiro andante na sua cama, e, sem se saber como, o amanhecem ao outro dia a mais de mil léguas donde anoiteceu. Se assim não fosse, não poderiam os cavaleiros andantes nos seus perigos acudir uns pelos outros, como a cada passo acodem. Sucede, por exemplo, estar um pelejando nas serras de Armênia com algum gigante anguípede, ou com outro cavaleiro; leva o pior da batalha, e está já para morrer; e quando mal se precata, assoma-lhe de além, sobre uma nuvem ou um carro de fogo, outro cavaleiro amigo seu, que pouco antes se achava em Inglaterra, que o ajuda e o livra da morte, e à noite se acha em sua casa ceando muito regaladamente, com haver entre aquelas partes duas ou três mil léguas, e tudo isto se faz por indústria e sabedoria destes sábios encantadores, que protegem estes valorosos cavaleiros. Portanto, amigo Sancho, não me custa a crer que em tão breve tempo fosses daqui a El Toboso, e de El Toboso tornasses cá: algum sábio amigo te levou em bolandas sem tu o sentires.

— Assim havia de ser — disse Sancho —, porque à fé de quem sou que andava Rocinante como se fora asno de cigano com azougue nos ouvidos[4].

— Azougue e uma legião de demônios, que isso é gente que para andar e fazer andar quanto lhes parece não admite companhia. Mas, deixando isto, que te parece a ti que eu devo fazer agora, determinando-me a minha senhora que a vá ver? Bem vejo que estou obrigado a cumprir o seu preceito; mas não menos me corre obrigação de satisfazer ao que prometi à princesa que aí vem conosco. A lei da cavalaria me obriga a satisfazer à minha palavra, antes que ao meu gosto. Por uma parte, estou morrendo por ver a minha senhora; pela outra, está por mim bradando a glória que hei de alcançar nesta nova empresa, e a solene promessa que já fiz. O

[4] Ardil cigano de deitar azougue aos ouvidos das cavalgaduras para que caminhem mais ligeiramente.

que tenciono fazer é caminhar depressa, e chegar cedo onde está esse gigante, cortar-lhe logo a cabeça, e pôr a princesa pacificamente no seu trono; e sem perda de tempo eu retrocederei para ir ver a luz que os meus sentidos alumia. Tais desculpas lhe darei, que me há de aprovar a tardança, pois verá que tudo redunda em aumento da sua fama, porque toda a que eu tenho alcançado, alcanço, e alcançarei pelas armas em toda a vida, só me provém do favor que ela me dá, e de eu lhe pertencer.

— Valha-me Deus! — disse Sancho — como Vossa Mercê está aleijado desses cascos! Pois diga-me, senhor: pensa realmente em fazer este caminho escusado e deixar-se de aproveitar um tão rico e esclarecido casamento como este, que lhe traz por dote um reino, que em minha boa verdade já ouvi dizer que tem mais de vinte mil léguas em redondo, que é abundantíssimo de todas as coisas que são necessárias para a vida humana, e que é maior que Portugal e Castela juntos? Cale-se, pelo amor de Deus, e tenha vergonha do que aí disse; tome o meu conselho, e perdoe-me, e case-se logo no primeiro lugar onde houver pároco; e, quando não, aí está o nosso licenciado, que o fará com umas pratas. Repare Vossa Mercê que eu já tenho idade para dar conselhos, e que este que lhe estou dando lhe vem ao pintar, e ao pedir por boca: mais vale um pássaro na mão, que dois a voar; quem bem está e mal escolhe, por mal que lhe venha não se anoje.

— Sancho, o conselho que me dás — respondeu Dom Quixote — de que me case, bem percebo por que é: é para que eu seja rei apenas mate o gigante, e possa fazer-te mercês e dar-te o prometido. Pois saberás que sem casar poderei cumprir-te os desejos sem nenhuma dificuldade; antes de entrar à batalha hei de pôr por cláusula que, saindo dela vencedor, ainda que me eu não case, me hão de dar uma parte do reino, podendo eu cedê-la a quem muito bem quiser. Ora a quem queres tu que eu a ceda, senão a ti?

— Isto está claro — respondeu Sancho —, mas olhe Vossa Mercê se ma escolhe virada para o mar, porque assim... (suponhamos que a vivenda me não agrada) posso embarcar os meus vassalos negros, para fazer deles o que já disse; e Vossa Mercê não se lembre por agora de ir ver a minha Senhora Dulcinéia; vá primeiro matar o gigante, e tiremos daí o sentido; este é que é negócio de muita honra e proveito que farte, segundo me bacoreja cá por dentro.

— Dizes muito bem, Sancho — obtemperou Dom Quixote —, e

sigo o teu parecer: ir-me-ei com a princesa, primeiro que me veja com Dulcinéia. Cautela de não dizeres nada a ninguém, nem às pessoas que vêm conosco; isto fica entre nós; Dulcinéia é tão recatada, que nem quer que lhe adivinhem os pensamentos. Deus me livre de lhos eu descobrir, por mim, ou por outrem.

— Se isso é verdade — retorquiu Sancho —, para que determinou Vossa Mercê a todos os seus vencidos que se vão apresentar a ela? Tanto vale isso como assinar o seu nome com a declaração de lhe querer bem, e de ser seu namorado; e sendo eles obrigados a fincar-se de joelhos na sua presença, e dizer-lhe que vão da parte de Vossa Mercê a render-lhe obediência, como se podem então encobrir os pensamentos de ambos?

— Que néscio e que simplório que és! — disse Dom Quixote. — Pois tu não vês que tudo isso redunda em sua maior exaltação? Porque deves saber que nestas nossas usanças de cavalaria é honra grande ter uma dama bastantes cavaleiros andantes que a sirvam, sem que os pensamentos deles se abalancem a mais do quc unicamente servi-la só por ser ela quem é, sem aguardarem outro prêmio de seus muitos e bons desejos senão o ela contentar-se de os aceitar por cavaleiros seus.

— Essa coisa — disse Sancho — já eu ouvi em sermões: que se há de amar a Deus por si só, sem que nos mova a isso esperança de glória, nem medo de castigo (ainda que eu o quereria amar e servir por algum interesse, podendo ser).

— Valha-te o Diabo, meu rústico! — disse Dom Quixote — fortes discrições dizes tu às vezes! Pareces homem de estudos.

— Pois posso-lhe jurar que nem ler sei — respondeu Sancho.

Nisto ouviram apupos do Mestre Nicolau que os esperassem porque desejavam deter-se um pouco a beber numa fontainha que ali estava. Deteve-se Dom Quixote com grande satisfação de Sancho, que já estava cansado de enfiar mentiras, e tinha medo de que o amo o apanhasse em algum lapso, porque tudo o que ele sabia de Dulcinéia era ser ela uma lavradora de El Toboso, mas nunca em dias lhe pusera os olhos.

Já então Cardênio tinha envergado o fato com que Dorotéia estava quando a princípio a encontraram; não era do melhor, mas sempre era preferível aos andrajos. Apearam-se ao pé da fonte e, com o que o padre-cura trouxera da venda por cautela, satisfizeram, ainda que não em cheio, a gana que todos traziam. Enquanto manducavam, acertou de passar por ali um rapaz que ia de caminho, o qual, pondo-se a olhar com muita atenção para todos os que estavam à beira da fonte, assim como reconheceu Dom Quixote, foi para ele, e, abraçando-o pelas pernas, começou a fingir que chorava, dizendo:

— Ah, meu senhor! já Vossa Mercê me não conhece? repare bem: sou aquele rapaz André, que Vossa Mercê soltou da azinheira a que estava preso.

Reconheceu-o Dom Quixote, e, tomando-o pela mão, disse para quantos ali eram:

— Para que Vossas Mercês vejam que importante coisa é haver cavaleiros andantes no mundo, que desfaçam as injustiças e agravos que nele fazem os insolentes e maus, homens que por ele se encontram, saibam que uns dias atrás, passando eu por um bosque, ouvi uns gritos sentidíssimos, como de pessoa afligida e necessitada. Acudi logo, levado da minha obrigação, para a parte donde se me afigurou que vinham os lamentos, e achei atado a uma azinheira este muchacho que aí está; com o que muito folgo, pois me não deixará mentir. Repito que estava atado ao tronco, despido da cinta para cima, e um vilão, que depois soube ser seu amo, a escalá-lo de açoites com as rédeas duma égua. Mal que o vi, perguntei-lhe a causa de tão cruel suplício. Respondeu-me o palerma que o açoitava porque era seu criado, e que certos prejuízos que lhe ocasionava mais provinham de ser rapinante do que tolo; e ao que este mesmo acudiu: "Não é verdade; açoita-me só por lhe eu pedir a minha soldada". O amo refilou não sei que arengas e desculpas, que eu bem ouvi, mas que não admiti. Em suma: fiz que o soltasse, e tomei juramento ao campônio de que o levaria consigo, e lhe pagaria muito bem contado e recontado. Não é verdade tudo isto, pequenito? Não notaste a autoridade com que lhe falei, e com quanta humildade ele prometeu cumprir todas as minhas ordens? Responde; não te atrapalhes nem tenhas medo; conta a estes senhores tudo como foi, para que se reconheça ser, como digo, proveitoso andarem pelos caminhos cavaleiros andantes.

— Tudo que Vossa Mercê aí disse é muita verdade — respondeu o muchacho —, mas o fim do negócio é que saiu às avessas do que Vossa Mercê cuida.

— Como às avessas? — exclamou Dom Quixote. — Então o vilanaz não te pagou?

— Não só me não pagou — respondeu o coitado —, mas assim que Vossa Mercê saiu do bosque e ficamos sós tornou a amarrarme na azinheira, e surrou-me outra vez com tantas correadas, que fiquei um São Bartolomeu esfolado, e a cada açoite que me dava me dizia uma chufa para Vossa Mercê, com tanta graça, que, se não fossem as dores, até eu me rira de o ouvir. A verdade é que me pôs de modo que até agora tenho estado no hospital curando-me do que então me fez o excomungado vilão. Toda a culpa foi de Vossa Mercê, porque, se fosse seguindo o seu caminho, e não se metesse onde não era chamado, e não se importasse com coisas alheias, meu amo contentava-se com uma ou duas dúzias de açoites, soltava-me logo, e pagava-me o que me devia; mas, como Vossa Mercê o descompôs tão desencabrestadamente, e lhe disse tantas brutalidades, ferveu-lhe o sangue, e, como não pôde vingar-se em Vossa Mercê, logo que nos viu sós descarregou em mim a trovoada de modo que desconfio que já não torno a ser gente em dias de vida.

— O mau foi — disse Dom Quixote — o cair eu em meu ausentar dali. Não me devia ir enquanto te não visse pago, bem devia eu saber, por longa experiência, que não há vilão que desempenhe a palavra dada em não lhe fazendo conta. Mas não te lembras, André, que eu lhe jurei, se te não pagasse, tornar lá, e dar com ele, ainda que se escondesse na barriga da baleia[5]?

— É verdade — disse André —, mas não serviu de nada.

— Se não serviu, servirá! — disse Dom Quixote — e eu to vou mostrar.

Levantou-se à pressa e mandou a Sancho que enfreasse o Rocinante, que estava pastando enquanto eles comiam.

Perguntou-lhe Dorotéia que ia fazer. Respondeu ele que ia buscar o vilão, castigá-lo e fazê-lo pagar a André até o último maravedi, pesasse o que pesasse a quantos campônios houvesse no universo. Ao que ela respondeu que tal não podia fazer, conforme para com ela se obrigara; só depois de acabada a sua empresa é que recobraria liberdade para qualquer outra; que bem o sabia ele melhor que ninguém; que portanto acalmasse o ímpeto até voltar do seu reino.

— Tem razão — respondeu Dom Quixote. — André que tenha paciência e espere pela minha jornada, como vós, senhora, dizeis, que outra vez lhe prometo e juro não descansar enquanto o não vir vingado e pago.

---

[5] Alusão à baleia bíblica pela qual foi engolido o profeta Jonas.

— Bem caso faço eu dessas juras — disse André —; mais quisera eu ter agora com que chegar a Sevilha que todas as vinganças do mundo. Dê-me, se aí tem, alguma coisita para comer e levar, e fique-se com Deus Vossa Mercê, e todos os cavaleiros andantes; tão boas andanças tenham eles para si como a mim mas deram.

Tirou Sancho de seu fardel um toco de pão e um pedaço de queijo, e, dando-os ao rapaz, lhe disse:

— Toma, irmão André, a tua desgraça toca-nos a todos.

— A vós outros, como? — perguntou André.

— Este pão e queijo que vos dou, Deus sabe se nos não há de fazer falta — respondeu Sancho. — Sabereis, amigo, que nós outros, os escudeiros dos cavaleiros andantes, andamos expostos a muitas fomes, além de outras desgraças e coisas que melhor se sentem do que se explicam.

O André agarrou no seu pão e queijo, e vendo que ninguém lhe dava mais nada, abaixou a cabeça e meteu pernas ao potro, como se costuma dizer. Verdade é que ao partir sempre disse a Dom Quixote:

— Se me tornar a encontrar, senhor cavaleiro andante, ainda que veja que me estão fazendo pedaços, por amor de Deus não me acuda, deixe-me com a minha desgraça, que nunca ela será tanta como a que poderia acarretar o socorro de Vossa Mercê, a quem Nosso Senhor maldiga e a todos quantos cavaleiros andantes tiverem nascido neste mundo.

Ia-se levantar Dom Quixote para lhe dar ensino; mas ele desatou a correr, de modo que ninguém se animou a segui-lo. Com os ditos de André ficou Dom Quixote corridíssimo; e, para o não ficar de todo, necessário foi que os mais tivessem sumo tento em se não rir.

CAPÍTULO XXXII

Que trata do que sucedeu a todo o rancho de Dom Quixote

Concluída a bela refeição, encilharam logo, e no dia seguinte, sem lhes ter pelo caminho sucedido coisa digna de contar-se, chegaram à venda, espanto e enguiço de Sancho Pança. Este não queria nem à mão de Deus Padre pôr lá os pés, mas não teve outro remédio. A vendeira, o vendeiro, a filha e Maritornes, que viram chegar Dom Quixote e Sancho, saíram a recebê-los com mostras de muita alegria, mostras essas que o fidalgo recebeu com o seu ar grave e majestoso, recomendando-lhes logo que lhe arranjassem melhor cama que da vez passada; ao que a hospedeira respondeu que, se lhe pagasse melhor que da outra vez, ela lhe daria uma jazida que nem de príncipe. Dom Quixote disse que assim o faria; pelo que lhe armaram um sofrível leito no mesmo quarto que já conhecemos. Deitou-se logo o fidalgo, porque vinha muito moído e morto de sono. Mal se tinha encerrado, quando a vendeira arremeteu ao barbeiro e, agarrando-o pela barba, disse:

— Juro-lhe pela minha cruz benta que nunca mais se há de servir do meu rabo para lhe fazer de barba. Ponha-me para aí já a rabada, que anda pelo chão o pente do meu homem, que é uma vergonha, sem eu ter onde o costumava espetar.

Não lha queria dar o barbeiro, por mais que ela lha puxasse, mas pôs termo à porfia o licenciado, dizendo ao mesmo que entregasse a cauda, que já não era precisa, e se mostrasse no seu verdadeiro ser; que dissesse a Dom Quixote que quando os ladrões o tinham despojado, viera ele fugido para aquela venda; e se ele perguntasse pelo escudeiro da princesa, lhe responderiam tê-lo ela enviado adiante a dar aviso à gente do seu reino de que ela ia já a caminho, levando consigo quem a todos os libertava. Com estas explicações entregou o barbeiro de boa vontade à vendeira o rabo de boi, e ao mesmo tempo lhe foram também restituídos todos os mais adminículos que ela lhe havia emprestado para o auto da libertação de Dom Quixote. Todos os da venda se maravilharam da formosura de Dona Dorotéia e não menos da boa presença do pastor Cardênio. Mandou o cura lhes arranjassem para comer o que na venda houvesse; o vendeiro, com a esperança de melhor paga, lhes aparelhou aguçoso um repasto não de todo displicente. Dom Quixote continuava ainda a ressonar; entendeu-se geralmente que era melhor não o acordarem, por lhe ser de mais proveito por então descanso que alimento. Levantada a mesa, falou-se entre o vendeiro, a vendeira, a filha, Maritornes e todos os caminheiros, da esquisita loucura de Dom Quixote, e de como da outra vez lhe tinha ali aparecido. Referiu a hospedeira o que passara com ele e com o arrieiro, reparando se não andaria por ali perto Sancho; não o vendo, contou por miúdo o caso do manteamento, o que para todos foi sobremesa do maior apetite; e dizendo o cura que os livros de cavalaria é que haviam transtornado o juízo a Dom Quixote, respondeu o vendeiro:

— Não sei como tal pudesse acontecer; em verdade que, segundo eu entendo, leitura melhor não a pode haver no mundo. Para aí tenho eu dois ou três livros desses com outros papéis, que me têm regalado a vida; não só a mim, como a outros muitos. Quando é pelas aceifas, recolhem-se aqui nas sestas muitos segadores, e sempre entre eles há algum que saiba ler; agarra-se num destes livros, pomo-nos à roda dele mais de trinta, e ouvimo-lo com tamanho gosto, que é como lançarmos um milheiro de cãs fora[1]. De mim ao menos sei eu dizer que, em ouvindo contar aqueles furibundos e tremendos golpes, descarregados pelos cavaleiros, dão-me zinas de fazer como eles. Não queria senão estar a ouvir aquilo a fio noites e dias.

— Tal qual como eu — disse a vendeira —, porque são os únicos bocadinhos bons que tenho nesta casa os em que estás a ouvir ler estas coisas: ficas tão embasbacado, que nem de ralhar te lembras.

---

[1] Causa de muita satisfação.

— É a pura verdade — acudiu Maritornes —; assim Deus me ajude, como eu gosto também de ouvir aquelas coisas; são muito lindas, e mais quando contam que está a outra senhora à sombra duma laranjeira abraçada com o seu cavaleiro, e uma velha a guardá-los, morta de inveja e toda sobressaltada; digo que tudo aquilo para mim são favos de mel.

— E a vós que vos parece, senhora donzela? — disse o cura dirigindo-se à filha dos vendeiros. — Não sei, meu senhor — respondeu ela —; eu também escuto com atenção, e ainda que realmente não entendo bem, gosto de ouvir, não só golpes com que meu pai se regala, mas aquelas lamentações que fazem os cavaleiros quando estão apartados de suas damas. A mim chegam-me às vezes a fazer chorar de pena delas.

— Aposto que se elas chorassem por vós, senhora donzela — disse Dorotéia —, estimaríeis bem remediá-las.

— O que faria não sei — respondeu a moça —; o que sei é que tão cruéis são algumas daquelas senhoras, que os seus cavaleiros lhes chamam tigres, leões, e outras mil imundícies. Valha-me Deus! não sei que gente é aquela tão desalmada e falta de consciência, que, por não atenderem a um homem honrado, o deixam morrer ou dar em doido; não sei para que são tantos melindres; se o fazem por honradas, casem-se com eles, que eles não desejam outra coisa.

— Cala a boca, menina — disse a vendeira —; quem te ouvir há de lhe parecer que sabes muito dessas coisas; a donzelas não fica bem serem tão sabidas e falarem assim.

— Como este senhor me perguntou — respondeu ela —, não pude deixar de lhe dizer o que entendia.

— Bem está — disse o cura —; agora, senhor dono da casa, trazei-me esses livros, que os desejo ver.

— Prontíssimo — respondeu ele.

E, entrando no seu quarto, tirou dele uma bolsinha velha fechada com uma cadeiazinha; e, abrindo-a, sacou três livros grandes e uns papéis de muito boa letra de mão. O primeiro livro que abriu viu que era *Dom Cirongílio de Trácia*; o outro *Felismarte de Hircânia*; e o outro a história do Grão-Capitão Gonçalo Hernández de Córdoba, com a vida de Diogo García de Paredes[2]. Apenas o cura leu os dois primeiros títulos, olhou para o barbeiro e disse:

---

[2] Os quatro livros do valoroso cavaleiro *Dom Cirolíngio de Trácia*,

— Fazem-nos agora aqui falta a ama e a sobrinha do meu amigo.

— Não fazem — respondeu o barbeiro; — cá estou eu para os levar ao pátio ou à chaminé, que está bem acesa.

— Então Vossa Mercê quer-me queimar os meus livros? — disse o vendeiro. — Só estes dois — disse o cura —, o de *Dom Cirongílio* e o de *Felismarte*.

— Ora essa! — disse o vendeiro — pois os meus livros são hereges, ou fleumáticos, para os querer queimar?

— "Cismáticos", meu amigo, é que vós quereis dizer — disse o barbeiro —, e não "fleumáticos".

— É verdade — replicou o vendeiro; — mas, se quer queimar algum, seja esse do Grão-Capitão, e desse Diogo García; antes eu deixara arder um filho meu, que nenhum desses outros.

— Irmão — disse o cura —, estes dois livros são mentirosos e estão cheios de disparates e delírios; agora este do Grão-Capitão é história verdadeira, e contém os feitos de Gonçalo Hernández de Córdoba, o qual, por suas muitas e grandes façanhas, mereceu ser chamado de todo o mundo o "Grão-Capitão", renome famoso que só ele mereceu; e este Diogo García de Paredes foi um principal cavaleiro natural da cidade de Trujillo, na Estremadura[3], valentíssimo soldado, e de tantas forças naturais, que detinha só com um dedo uma roda de moinho, no meio da sua fúria[4]; e posto com um montante na entrada duma ponte, impediu a passagem a todo um exército inumerável, e fez outras coisas tais, que, se, assim como ele as conta de si mesmo com a modéstia de cavaleiro e cronista próprio, as escrevera outro, livre e desapaixonado, poriam no escuro as dos Heitores, Aquiles e Roldões[5].

— Meu pai que vos responda — replicou o vendeiro —, que

Sevilha, 1545. De Florismarte de Hircânia, como se indicou no capítulo VI, *Crônica do Grão-Capitão Gonçalo Hernández de Córdoba y Aguilar*, Alcalá de Henares, 1584.

[3] Nascera por volta de 1469. Em Bolonha, em 1533, terminou sua vida por demais aventureira e agitada.

[4] Segundo a lenda, esta proeza foi realizada por Alonso de Céspedes, em Aranjuez, na presença de Filipe II.

[5] Heitor e Aquiles, personagens dos poemas de Homero; Roldão, da canção de gesta francesa.

grandes espantos esses de deter uma roda de moinho! Havia Vossa Mercê de ler o que eu li de Felismarte de Hircânia, que (de uma vez só) partiu a cinco gigantes pela cintura, como se foram bonecos de favas como os fradinhos das crianças, e outra vez arremeteu com um grandíssimo e poderosíssimo exército, rechaçando diante de si mais dum milhão e seiscentos mil soldados, todos armados desde os pés até a cabeça, e os desbaratou a todos como se foram manadas de ovelhas. E que me dizem do bom de Dom Cirongílio de Trácia, que foi tão valente e animoso como se pode ver do livro, onde se conta que, navegando por um rio, lhe saiu do meio da água uma serpente de fogo? E ele, tanto como a viu, se arrojou sobre ela, e se lhe encavalgou nas escamas do lombo, e lhe apertou com ambas as mãos a garganta tão rijamente, que, vendo a serpe que a ia afogando, não teve outro remédio senão deixar-se ir para o fundo do rio, levando consigo ao cavaleiro, que nunca a soltou; e, quando chegaram lá abaixo, se achou ele nuns palácios e jardins tão lindos, que eram maravilha; e logo a serpe se transformou num ancião, que lhe disse tantíssimas coisas, que mais não podiam ser. Não tem que teimar, senhor, que, se tal ouvisse, endoidecia de gosto. Duas figas[6] para o Grão-Capitão, e para esse Diogo García, com que nos veio.

Ouvindo isto Dorotéia disse em voz baixa para Cardênio:

— Pouco falta ao nosso hospedeiro para fazer a segunda parte de Dom Quixote.

— Também acho — respondeu Cardênio —, porque, segundo mostra, o homem tem por certo que tudo o que estes livros contam sucedeu sem tirar nem pôr como lá se escreve, e nem todos os frades descalços o convenceriam do contrário.

— Olhai, irmão caríssimo — tornou a dizer o cura —, que nunca houve no mundo Felismarte de Hircânia, nem Dom Cirongílio de Trácia, nem outros, que tais, de que rezam os livros de cavalarias. Toda essa coisa são invenções e brincos de engenhos ociosos, que os compuseram com o intuito, que vós mesmos já dissestes, de matar tempo, pouco mais ou menos, como fazem os vossos ceifeiros quando os ouvem ler, porque realmente vos juro que nunca tais cavaleiros houve no mundo, nem jamais nele se viram tais proezas e disparates.

— A outro cão com esse osso — respondeu o vendeiro —;

[6] Expressão de menosprezo.

como se eu não soubera quantos fazem cinco, e onde me aperta o sapato! Não cuide Vossa Mercê que me dá papinha a mim[7], porque lhe juro que não estou tão em branco de miolos como isso. Tem graça querer Vossa Mercê dar-me a entender que tudo que dizem estes bons livros são disparates e mentiras, sendo impressos com as licenças dos senhores do Conselho Real; como se eles fossem pessoas que deixassem imprimir tanta patranhada junta e tantas batalhas e encantamentos, que fazem perder o juízo à gente.

— Já vos tenho dito, amigo — respondeu o cura —, que o fim para que se isto faz é entreter os nossos pensamentos ociosos; e assim como se permite nas repúblicas bem concertadas que haja jogos de enxadrez, de péla, e de turcos, para entreter alguns que não querem, nem podem trabalhar, assim se permite que se imprimam e se tenham esses tais livros, por se crer, como é verdade, que não pode haver indivíduo tão leigo e sáfaro que tenha por história certa nenhuma dessas. Se me fosse lícito agora, e o auditório o quisesse, coisas diria eu acerca do que devem conter os livros de cavalarias para serem bons, que talvez fossem de proveito, e até de agrado para alguém; mas espero que lá virá tempo em que eu me abra com quem possa prover a isto de remédio. Daqui até lá crede, senhor vendeiro, no que vos tenho dito: tomai os vossos livros, e lá vos avenhais com os seus acertos ou desacertos; bom proveito vos faça, e permita Deus que não venhais a coxear do mesmo pé de que o vosso hóspede Dom Quixote claudica.

— Lá disso não tenho medo — respondeu o vendeiro —; não hei de ser tão doido, que me faça cavaleiro andante; sei muito bem que já hoje em dia se não usa o que se fazia naquele tempo, em que se diz que andavam pelo mundo esses famosos cavaleiros.

À metade desta prática se achou presente Sancho, e ficou muito confuso e pensativo de ouvir dizer que já se não usava cavaleiros andantes, e que todos os livros de cavalarias eram tolices e falsidades; e assentou de si para consigo esperar em que pararia aquela jornada de seu amo, que a não sair com a felicidade que ele pensava, determinava deixá-lo e tornar-se com sua mulher e seus filhos às lidas da sua criação. Ia o vendeiro levando já a bolsa com os livros, mas o cura lhe disse:

---

[7] "Dar papinha" a alguém é enganá-lo com cautela ou astúcia. Enganá-lo como a um menino.

— Esperai, que desejo ver que papéis são esses, escritos com tão boa letra.

Tirou-os o hospedeiro, e, dando-lhes a ler, viu coisa duns oito cadernos manuscritos, tendo no princípio um título grande, que dizia: *Novela do curioso impertinente*. Leu o cura para si três ou quatro linhas, e disse:

— Decerto que me não parece mal o título desta novela e que estou com vontade de a ler toda.

Ao que respondeu o vendeiro:

— Pode Vossa Reverência lê-la à sua vontade, porque saberá que outros hóspedes, que já aqui a leram, gostaram muito, e, ma pediram com muito empenho; eu é que não lha quis dar, lembrando-me que poderia ter de restituir a quem deixou esta maleta, por esquecimento, com estes livros e papéis. Não sei se o dono não tornará a passar por cá. Eu bem sei que os livros me hão de fazer falta; mas sempre pertencem a seu dono; taverneiro sou, mas ainda assim sou também cristão[8].

— Tendes muita razão, amigo — disse o cura —, mas com tudo isso, se a novela me satisfizer, heis de me dar licença para a copiar.

— Da melhor vontade — disse o vendeiro.

Enquanto entre os dois se trocavam estas falas, havia Cardênio pegado na novela, e começado a lê-la; e, parecendo-lhe que não desmentiria o conceito do cura, rogou-lhe que a lesse de modo que todos ouvissem.

— Fá-lo-ia — respondeu o padre —, se não fora melhor gastar este tempo em dormir do que em leituras.

— Bom repouso será para mim — disse Dorotéia — entreter o tempo em ler algum conto; por ora, ainda não tenho tão sossegado o espírito, que me consinta dormir como se quisera.

— Pois então — disse o cura — quero lê-la, sequer por curiosidade; talvez nos saia alguma coisa aprazível.

Acudiu Mestre Nicolau a pedir o mesmo, e Sancho também. À vista daquilo tudo, o cura, entendendo que a todos recrearia, e a si também, disse:

— Sendo assim, peço atenção: a novela começa desta maneira:

---

[8] "Ainda sou cristão, embora taverneiro" é o que parece querer ironicamente dizer.

CAPÍTULO XXXIII

Onde se conta a novela do curioso impertinente[1]

Em Florença, rica e famosa cidade de Itália, na província que chamam Toscana, viviam Anselmo e Lotário, cavalheiros ricos e principais, e tão amigos, que, por excelência e antonomásia, "os dois amigos" lhes chamavam todos. Eram solteiros, moços de igual idade e dos mesmos costumes, o que tudo concorria para a recíproca amizade de entre ambos. Verdade é que Anselmo era algum tanto mais inclinado aos passatempos amorosos que Lotário; e este se deixava ir de melhor ânimo atrás dos recreios da caça. Quando porém acontecia deixava Anselmo de seguir os seus gostos próprios para não faltar aos de Lotário; e Lotário deixava também os seus para acudir aos de Anselmo. Desta maneira, tão conformes andavam entre ambos as vontades, que não havia relógio mais infalível.

Andava Anselmo perdido de amores por uma donzela ilustre e formosa da mesma cidade, filha de tão bons pais, e tão boa ela mesma de sua pessoa, que assentou, com aprovação do seu amigo Lotário (sem a qual nunca fazia coisa alguma), em pedi-la por esposa aos pais; e assim fez. O mensageiro da embaixada foi

[1] Segundo Schevill, esta novela é baseada num episódio do *Orlando furioso*, de Ariosto, e num conto de *El crotalón*, também baseado neste mesmo episódio.

Lotário; e tão a gosto do amigo concluiu o negócio, que em breve tempo se viu o nosso namorado em posse do seu enlevo, e Camila tão contente de haver alcançado a Anselmo por esposo, que não cessava de dar graças ao céu, e a Lotário, por cuja intervenção tamanho bem chegara a pertencer-lhe. Os primeiros dias, que foram todos de folgança, segundo o estilo das bodas, freqüentou Lotário, conforme ao seu costume, a casa do seu amigo Anselmo, procurando honrá-lo, festejá-lo e regozijá-lo em tudo que podia. Acabadas porém as bodas, e acalmada já a freqüência das visitas e parabéns, começou Lotário a escassear já de indústria as idas à casa de Anselmo, por lhe parecer, como é bem que pareça a todos os discretos, que aos amigos casados já se não hão de as casas freqüentar tanto, nem com tamanha intimidade, como enquanto viviam solteiros, porque, se bem que a verdadeira amizade não pode nem deve ser em coisa alguma suspeitosa, contudo tão delicada é a honra de um casal, que parece se pode ofender até dos próprios irmãos, quanto mais dos amigos.

Reparou Anselmo na menos freqüência de Lotário, e queixou-se grandemente, dizendo que, se adivinhara que do casamento lhe havia de provir tal resfriamento, nunca ele o teria feito; e que, se pela boa harmonia que entre os dois reinava enquanto ele era solteiro, havia alcançado tão doce título como era o serem chamados "os dois amigos", não quisesse agora ele Lotário, só para fazer de circunspecto, e sem outro nenhum motivo, que tão famosa e agradável antonomásia se perdesse; e portanto, lhe suplicava, se o termo de "suplicar" podia entre eles caber, que tornasse a ser senhor daquela casa, entrando e saindo como dantes, assegurando-lhe ele que a sua Camila se conformava em tudo, e sempre, com os desejos dele, e que, por lhe constar com quantas veras os dois se amavam entre si, andava até vexada de o ver agora tão arredio.

A todas estas e outras muitas razões de Anselmo respondeu Lotário com tanta prudência e juízo, que lhe tapou a boca, e concordaram que dois dias por semana, e nos dias santos, Lotário iria lá jantar; e, ainda que isto ficou estabelecido entre os dois, propôs Lotário como regra geral não fazer nunca senão o que visse ser conveniente à honra do amigo, cujo crédito ele antepunha até ao seu próprio. Dizia ele, e com razão, que um marido, a quem o céu concedeu mulher formosa, tanto devia reparar nos amigos que metia em casa, como ter tento nas amigas com quem sua mulher se dava, porque muita coisa que se não faz nem se ajusta nas praças, nem nas igrejas, nem nas festas públicas e ajuntamentos semelhantes, muitas vezes concedíveis pelos maridos e suas mulheres, muita coisa de contrabando se conchava ou facilita em casa da amiga ou parenta em que há mais confiança. Mais dizia Lotário ser necessário aos casados ter cada um deles algum amigo que lhe notasse os descuidos que no seu proceder se pudessem dar, porque às vezes acontece, em razão do muito amor do marido para com a mulher, ou não dar por certas coisas, ou não lhas dizer (para não magoá-la) que as faça ou as deixe de fazer, podendo umas e outras ser todavia importantes para o crédito ou descrédito de ambos eles; advertido assim pelo amigo, já o consorte poderia pôr cobro a tempo a não poucos males. Mas onde se achará amigo tão discreto e leal como Lotário aqui o pinta? Eu por mim não sei; desse feitio não vejo outro senão o próprio Lotário, quando tão cauteloso está atentando pela honra do seu amigo, e procurando ainda dizimar, aguarentar e diminuir os dias aprazados para as visitas, para não darem que falar aos ociosos e aos mirões vadios e praguentos tantas entradas de um moço rico, gentil-homem, de claro nascimento e de tantas prendas como ele entendia possuir, na casa de uma dama tão formosa como Camila. Suposto com a bondade e força própria pudesse Camila pôr freio a todas as murmurações, contudo não queria ele nem por sombras pôr em dúvida nem o seu crédito, nem o dela, nem o do amigo. Por isso os mais dos dias da combinação os ocupava e entretinha noutras coisas que dava a entender serem-lhe impreteríveis, por modo que em suma, em queixas de um e desculpas do outro, se passavam por vezes horas de cada dia. Uma vez, andando ambos a passear por um prado fora da cidade, Anselmo disse a Lotário pouco mais ou menos:

— Bem deves entender, amigo Lotário, que às mercês quc Deus me há feito em dar-me tais pais como eu tive, e bens com mão larga, tanto dos que chamam da natureza, como dos da fortuna, não posso eu corresponder com gratidão que baste; ainda por cima de tudo mais me favoreceu Deus em deparar-me um amigo como tu e uma esposa como Camila, duas jóias que eu aprecio, se não quanto devo, ao menos quanto posso. Apesar de tantas e tamanhas ditas, que seriam para o geral dos homens o cúmulo da felicidade, vivo eu no maior desconsolo e desesperação do mundo todo, porque de dias a esta parte entrou comigo, e me atormenta, um desejo tão estranho e tão raro, que ando até pasmado de mim mesmo; ralho comigo a sós, e rigorosamente me invectivo, mas em vão; é tal, que à minha própria consciência o procuro encobrir. Agora porém já não posso ter mão neste segredo; parece que desejo até fazê-lo de todos conhecido; de ti, primeiro que ninguém. Confio em que pelo esforço que hás de fazer, como verdadeiro amigo, para me acudir, depressa me poderás livrar da angústia de tão longo silêncio; o meu contentamento atingirá, pela tua solicitude, ao auge a que pela minha loucura tem já chegado a minha impaciência.

Estava Lotário suspenso com todo este enigmático prólogo de Anselmo, sem poder adivinhar onde iria aquilo dar consigo, e por mais que revolvesse na imaginação que desejo poderia ser aquele tão tormentoso, feria sempre com as suas conjeturas longe do alvo. Para sair sem mais demora da agonia de tamanha incerteza, respondeu-lhe que era agravar manifestamente a sua amizade o andar excogitando rodeios antes de lhe declarar os seus ocultos pensamentos, tendo aliás certeza de que nele havia de achar em todo o caso ou bons conselhos ou remédios para cura, segundo o negócio fosse.

— Dizes muitíssimo bem — respondeu Anselmo —; confiado nisso te declaro, amigo Lotário, que a incerteza que me rala é a de andar cismando se porventura a minha Camila será em realidade tão boa e completa como eu imagino. Desta incerteza me não posso eu livrar se não for experimentando-a de maneira que a prova manifeste os quilates da sua bondade, como no fogo do crisol se apura a fineza do ouro, porque tenho para mim, meu amigo, que uma mulher não é melhor nem pior que outra, senão conforme a solicitam ou deixam de solicitar, e que só é deveras forte a que não fraqueia às promessas, às dádivas, às lágrimas e às contínuas importunações dos amantes obstinados. Pois que há que se agradeça — continuava ele em ser uma mulher boa, onde nada a induz a ser má? Que admira que viva recolhida e toda sobre si aquela que não tem azo para soltar-se e que sabe que tem marido que em a apanhando no primeiro desvio é homem para lhe tirar a vida? Portanto a que é boa por medo, ou por falta de ocasião, não a acho merecedora da estima em que terei a solicitada e perseguida, que saiu da provação com a palma de vencedora. Por todas estas razões, e por outras muitas que te pudera referir em abono do meu pensar, desejo que a minha esposa passe por estas dificuldades, e se acrisole resistindo a atrevimentos. Se ela sai, como espero, triunfante de tal conflito, ficarei tendo a minha ventura por incomparável;

direi ter achado a mulher forte, de quem o Sábio[2] perguntou: "Quem a achará?" No caso contrário, o gosto de ver que não era errado o meu juizo compensará a pena de uma experiência tão custosa. Já sabes que por demais seria contrariares-me neste propósito; quero pois, amigo Lotário, que sejas tu próprio o que me ajudes na provação em que me empenho; eu me encarrego de te proporcionar as facilidades; por mim nada te há de faltar de quanto seja necessário para solicitar a uma mulher honesta, honrada, recolhida e desinteressada. Além de outros motivos, que me obrigam a fiar de ti este cometimento, tenho o de saber que, se Camila for por ti vencida, nunca a sua rendição há de chegar às últimas; pararás onde o dever to determine, e assim não haverei sido ofendido senão em desejos, e a minha desonra ficará sepultada no teu virtuoso silêncio, que tenho toda a certeza que, no tocante a mim, há de ser eterno como o da morte. Se quiseres, pois, que eu tenha vida, que tal nome mereça, hás de entrar já já nesta campanha de amores, não friamente nem por demais, mas com afinco, mas com verdadeira diligência, como eu desejo, e com a confiança que se não pode faltar entre dois amigos como nós.

Tais foram as ponderações que Anselmo explanou; e que Lotário, a não ser o que acima se referiu ter ele dito, esteve escutando com a maior atenção, sem descerrar os lábios até o fim. Como as viu concluídas, depois de estar encarando nele por um bom espaço, como se jamais tivera visto objeto para igual espanto, respondeu:

— Não me pode entrar na idéia, amigo Anselmo, que tudo isso que para aí disseste não passe de gracejo; aliás, não te houvera deixado prosseguir; se eu não escutasse, poupava-te todo esse desperdício de palavras. Está-me parecendo que ou tu me não conheces, ou te não conheço a ti; engano-me; sei que és Anselmo, e tu não ignoras que eu sou Lotário; o mau é que já me não pareces o Anselmo de antes, assim como, segundo vejo, já também te não pareço o mesmo Lotário que devia ser. As coisas que me tens dito não são do Anselmo meu amigo, nem as que tu me pedes se deviam pedir a Lotário teu conhecido, porque os amigos verdadeiros hão de provar os seus amigos e valer-se deles, como disse um poeta, *usque ad aras*[3], isto

---

[2] Salomão, Provérbios, XXXI: "Mulierem fortem, quis inveniet?"

[3] "Até o altar": "Usque ad aras". Frase de Péricles conservada por Plutarco.

é, que não se devem valer da sua amizade em coisas que sejam ofensa a Deus. Se um gentio a respeito da amizade entendeu isto, quanto mais o não deve sentir um cristão, sabendo que a amizade de Deus por nenhuma da terra se há de perder! E quando o amigo fosse tão imprudente que pospusesse os interesses do outro mundo ao serviço do amigo, nunca por coisas ligeiras o faria, senão só por aquelas em que a honra e vida do amigo se empenhassem. Ora dize-me tu, Anselmo: qual destas duas coisas, vida ou honra, se te acham em perigo, para que eu me aventure a comprazer-te, praticando uma coisa tão detestável como essa que me pedes? Decerto que nenhuma; pelo contrário pedes-me, segundo eu entendo, que forceje para arrancar-te a honra e mais a vida ao mesmo tempo que a mim próprio, porque se hei de procurar roubar-te a honra, claro está que te roubo também a vida, porque o homem sem honra é pior que um morto; e, sendo eu o instrumento, como tu queres que o seja, de tamanho mal teu, venho eu a ficar desonrado, e por isso mesmo também sem vida. Escuta, amigo Anselmo, e tem paciência de não me responderes enquanto não acabo de dizer o que me ocorre acerca do que desejavas; não faltará tempo para que tu depois me expliques e eu te ouça.

— Seja assim — disse Anselmo; — podes falar à tua vontade.

Lotário prosseguiu:

— Estás-me parecendo agora, meu Anselmo, uma espécie de arremedo dos mouros: aos mouros não se pode mostrar o erro da sua seita com as citações da Escritura, nem com razões que assentem em especulação do entendimento, ou se fundem em artigos de fé; não admitem senão exemplos palpáveis, fáceis, inteligíveis, demonstrativos, indubitáveis, como demonstrações matemáticas das que se não podem negar, como quando se diz: "Se de duas partes iguais tiramos partes iguais, as restantes serão também iguais". E quando nem isto mesmo entendem de palavra, como de feito o não entendem, há de se lhes mostrar com as mãos, e meter-se-lhes pelos olhos; e assim mesmo ninguém consegue convencê-los das verdades da nossa santa religião. No mesmo aperto me vejo eu contigo, porque esse teu desejo é tão sem caminho, e tão fora de toda a racionalidade, que me parece será tempo perdido o que se gastar para te convencer da tua simpleza, que por enquanto lhe não quero dar outro nome; e quase que estou em deixar-te lá com o teu desatino, para castigo do teu mau desejo; mas vale-te a amizade que te professo; ela é que me não consente que te desampare em tão manifesto perigo de perdição.

Para bem compreenderes isto, dize-me, Anselmo: não me confessaste que eu tinha de solicitar a uma recatada? persuadir a uma honesta? oferecer a uma desinteressada? cortejar a uma prudente? Dissestemo, não há dúvida. Pois se tu sabes que tens mulher recatada, honesta e prudente, que mais queres? E se entendes que de todos os meus assaltos há de sair vencedora, como sem dúvida há de sair, que melhores títulos esperas dar-lhe que os que já tem? Ou que ficará ela sendo mais do que já é? Ou tu a não tens realmente pela que dizes, ou não sabes o que pedes. Se a não tens pela que dizes, para que é experimentá-la? Supõe que é má, e faze dela o que mais te agradar. Mas se é tão boa como crês, impertinente coisa será fazer experiência da verdade reconhecida, porque depois da experiência há de ficar tão estimada como dantes era. Regra certíssima: tentativas em coisa de que antes nos pode vir prejuízo que proveito são de entendimento boto e ânimo temerário, mormente quando para tais tentativas não há necessidade nem obrigação, e logo desde todo o princípio se conhece que se vai tentar uma loucura manifesta. As coisas difíceis empreendem-se por Deus ou pelo mundo, ou por ambos juntos. Por Deus as empreenderam os santos, propondo-se viver como anjos em corpo de homens. As que têm por alvo respeitos do mundo são as daquelas que passam tanta infinidade de águas, tanta diversidade de climas, tanta estranheza de gentes, para adquirir os chamados bens de fortuna. E as gentes que se cometem ao mesmo tempo por Deus e pelo mundo são as dos soldados valorosos, que, apenas divisam no muro inimigo aberta uma pequena ruptura, como a pode fazer uma bala de artilharia, postergam temores, cerram olhos a toda a consideração dos perigos iminentes, voam com o desejo de acudir à sua fé, à sua nação e ao seu rei, e se arrojam intrépidos por meio de mil contrapostas mortes que os aguardam. Estas coisas, sim, se costumam afrontar, porque é honra, glória e proveito que se afrontem, ainda que cheias de inconvenientes e perigos; mas isso com que tu queres arrostarte, nem te há de alcançar glória de Deus, nem bens de fortuna, nem fama entre os homens, porque, ainda que saias afinal como desejas, nem por isso hás de ficar nem mais ufano, nem mais rico, nem mais acrescentado; e, se não sais como estás almejando, cais na maior miséria que imaginar-se pode, porque então nada te aproveitará o pensar que ninguém sabe a desgraça que te sucedeu, porque bastará para te afligir e desfazer-te o sabê-la tu mesmo. Para confirmação desta verdade, quero repetir-te uma estância que fez o famoso poeta Luís Tansilo no fim da primeira parte das *Lágrimas de São Pedro*; diz assim[4]:

> Cresce em Pedro o pesar, cresce a vergonha,
> Quando vê que no oriente o dia é nado;
> Ninguém o vê, mas tem de si vergonha,
> Pois em si sabe e sente que há pecado.
> Não é mister que o mundo se interponha
> Testemunha de um crime a peito honrado;
> Ele próprio se acusa, aflige, e aterra,
> Bem que o vejam somente o céu e a terra.

Portanto, de não ser notória a tua dor te provirá isenção dela; terás, pelo contrário, de chorar continuadamente, se não lágrimas dos olhos, lágrimas de sangue do coração, como as derramava aquele simples doutor, de quem o nosso poeta nos conta que fizera a prova do copo, à qual se recusou com melhor juízo o prudente Reinaldo[5]; embora seja esta uma fábula poética, encerra todavia segredos morais merecedores de reflexão e imitação. Repara bem no que te vou agora dizer, e acabarás de convencer-te de quão errado é o teu intento. Dize cá, Anselmo, se o céu, ou um favor da fortuna, te houvera feito naquele gênero, e tu mesmo assim o acreditasses por não teres quantos lapidários o vissem, confessando todos a uma que, em fineza, perfeição e quilates, era o mais que a natureza pudera ter feito naquele gênero, e tu mesmo assim o acreditasses

---

[4] Luís Tansilo, poeta napolitano (1510-1568), autor do poema *As lágrimas de São Pedro*, traduzido para o castelhano por Luís Gálvez de Montalvo, amigo de Cervantes (1587).

[5] Citamos a nota de Clemencín: "São duas as histórias do *Orlando furioso* a que neste ponto alude Cervantes: uma foi a que contou a Reinaldo o cavaleiro (cujo nome não aparece) dono de um belo palácio às margens do Pó, nos arredores de Mântua, onde Reinaldo se alojou uma noite. Esse cavaleiro, ao fim da ceia, fez apresentar um copo que tinha a propriedade de indicar aos maridos se suas mulheres lhes eram infiéis; em tal caso, o vinho se derramava pelo peito daquela que o ia beber". "A outra história de Ariosto é a que no dia seguinte um patrão de barco contou a Reinaldo, em sua navegação pelo Pó, de um doutor chamado Anselmo, pessoa distinta, mas que padeceu igual infortúnio. Em ambas as histórias intervém a infidelidade, dons e presentes, como no caso de Camila."

por não teres prova alguma do contrário, seria justo que cedesses ao desejo de pegar naquele diamante, metê-lo entre uma bigorna e um malho, e ali, a poder de valentes marteladas, provar se era tão rijo e perfeito como se dizia? Suponhamos agora que, cedendo a esse desejo, o punhas em execução; se por acaso a pedra resistisse a tão néscia experiência, acrescentar-se-lhe-ia por isso a valia ou a fama? E, se se quebrasse, como poderia acontecer, não se perdia tudo? Perdia-se por certo, ficando o dono com a fama de orate no conceito de toda a gente. Amigo Anselmo, supõe que a tua Camila é aquele diamante, assim no teu conceito como no dos outros; será de bom juízo pô-la em contingência de se quebrar, visto que a permanecer na sua inteireza não pode subir a maior apreço do que já tem? E, se não resistisse, e, finalmente, falhasse, considera, enquanto é tempo, o que ela ficaria sendo, e com quanta razão te poderias queixar de ti mesmo, por teres sido o causador voluntário da sua perdição e mais da tua. Olha que não há jóia no mundo que em valia se compare com a mulher casta e honrada, e que toda a honra das mulheres consiste na boa opinião em que são tidas. Já que a tua esposa é tal, que chega ao extremo de bondade que sabes, para que hás de tu pôr esta verdade em dúvida? Olha, amigo, que a mulher é animal imperfeito, e não se lhe devem pôr diante obstáculos em que tropece e caia; pelo contrário, devem-se-lhe tirar todos, e desempachar-lhe o caminho inteiramente, para que isenta de pesares, corra até ao fim o seu caminho da perfeição. Contam os naturalistas que o arminho é um animalzinho de pêlo alvíssimo e que os caçadores, em querendo tomá-lo, usam do seguinte artifício: inteirados dos sítios por onde os arminhos costumam passar e aparecer, atascam-nos de lodo, depois acossam-nos[6] naquela mesma direção; o animalzinho, tanto que percebe o lodo, estaca, e se deixa apanhar só pelo medo e horror de se enxovalhar, porque a liberdade e a vida valem para ele menos que a sua nativa candidez. A mulher honesta e casta é arminho, e é mais pura que a branca neve. Quem deseja que ela não perca a limpeza da castidade, mas a guarde e conserve até o fim, há de usar de outro estilo diverso do que se pratica na caçada dos arminhos; não se lhe hão de pôr diante os lodos dos presentes, e serviços dos namorados importunos, porque talvez (ou

[6] Não só acuando-os, mas também aturdindo-os com a interjeição “ex”.

mesmo sem "talvez") não terá tanta virtude e força natural, que possa desajudada atropelar e transpor a salvo semelhantes tentações; o que é necessário é limpar-lhe o caminho, e pôr-lhe diante dos olhos o imaculado da virtude, o resplendor da boa fama. A mulher boa é na verdade como espelho de resplandecente cristal, que, ainda que puro, está sujeito a empanar-se e ficar turvo com o mais leve bafo. Com a mulher honesta há de se ter o melindre que se tem com as relíquias, adorá-las sem lhes tocar; há de se guardar e estimar a mulher boa, como se guarda e estima um formoso jardim, que está cheio de rosas e outras flores; o dono não consente que ninguém por ali passeie nem colha; basta que de longe, e por entre as gradarias, lhe gozem da fragrância e lindeza. Finalmente, quero repetir-te uns versos, que me estão lembrando, de uma comédia moderna[7] que ouvi, e que me parecem frisar com estas verdades que te encareço. Estava um prudente ancião recomendando a outro, pai de uma donzela, que a recolhesse, que a guardasse, e que a encerrasse, e entre outras coisas disse-lhe isto:

É como o vidro a mulher;
Mas não é mister provar
Se se pode ou não quebrar,
Porque tudo pode ser.

E é mais fácil o quebrar-se;
Loucura é logo arriscar
A que se possa quebrar
O que não pode soldar-se.

Fiquem nisto, e ficam bem,
Pois nisto o conselho fundo:
Que se há Dânais[8] neste mundo,
Há chuvas de ouro também.

---

[7] Talvez estes versos sejam do próprio Cervantes, e de uma de suas comédias perdidas.

[8] O Rei Acrísio, para evitar que se cumprisse o vaticínio de que um seu neto haveria de matá-lo, encerrou Dânae, sua única filha, em uma torre; mas Júpiter, cobiçoso por desfrutar sua beleza, o conseguiu transformado em chuva de ouro.

O que até aqui te levo dito, Anselmo, é só em referência a ti; agora justo é que me ouças também um pouco do que me interessa a mim. Se me achares prolixo, desculpa-me; tudo é preciso no labirinto em que te meteste e donde eu te devo arrancar. Tens-me tu em conta de amigo, e queres tirar-me a honra, coisa essa tão avessa da amizade! E não só pretendes isto, mas até queres que também eu ta roube a ti. Que me queres dela despojar, está claro, pois em Camila vendo que eu a requesto como pedes, certo está que me há de ter por homem sem honra nem consideração, pois intento e faço uma coisa tão fora daquilo a que me obriga o ser eu quem sou, e a amizade que te voto. De que tu queres constranger-me a tirar-ta eu a ti, também não há dúvida, porque, vendo Camila que eu a solicito, há de si para consigo entender que alguma leviandade descobri eu nela, que me afoitou a apresentar-lhe os meus ruins desejos; e, tendo-se ela por desonrada, e pertencendo-te ela a ti, contigo fica também a sua desonra. Daqui nasce o que tão geralmente se costuma, isto é, que ao marido da mulher adúltera, posto que ele não saiba que ela o é, nem para tal haja dado ocasião, nem estivesse em seu poder impedir a sua desgraça, contudo o tratam com título ignominioso; e os que sabem ter a mulher caído já ficam olhando de certa maneira, com os olhos de desprezo, em vez de compaixão, apesar de verem que chegou àquela desventura não por culpa sua, mas só por gosto da sua depravada companheira. Quero agora dizer-te em que se funda a justa razão de ser desonrado o marido da mulher pecadora, ainda que ele não saiba que ela o é, nem de tal tenha culpa, nem haja sido participante, nem dado ocasião para ela o ser; e não te importunes de me ouvir, que tudo é para teu proveito. Quando Deus criou o nosso primeiro pai no paraíso terreal, diz a divina Escritura que infundiu um sono em Adão, e que, estando este a dormir, lhe tirou uma costela do lado esquerdo, de que formou a nossa mãe Eva; e, assim que Adão acordou e a viu, disse: "Esta é a carne da minha carne; e o osso dos meus ossos"; e Deus disse: "Por esta deixará o homem pai e mãe, e serão dois numa só carne"[9]; e então foi instituído o divino sacramento do matrimônio, com laços tais, que só a morte os pode desatar; e tamanha força e virtude tem este milagroso sacramento, que faz de duas pessoas diferentes uma

[9] Gênesis, II.

mesma carne; e ainda faz mais nos bons casados, que, ainda que têm duas almas, não têm mais de uma só vontade. Daqui vem que, sendo a carne da esposa a mesma do esposo, as nódoas que nela caem, ou os defeitos que se procuram, redundam na carne do marido, ainda que ele não haja, como dito fica, dado ocasião para aquele dano; porque, assim como a dor de um pé ou de qualquer membro do corpo humano se sente no corpo todo, por todo ele ser da mesma carne, e a cabeça padece o incômodo do ínfimo dedo do pé se bem que não foi ela que o causou, assim o marido é participante da desonra da mulher, por ser uma mesma coisa com ela, e como as honras e desonras do mundo sejam todas, e procedam de carne e sangue, e as da má mulher sejam deste gênero, forçoso é que ao marido caiba parte delas, e seja tido por desonrado sem o saber. Repara portanto, Anselmo, no perigo em que te pões, querendo perturbar o sossego em que a tua boa esposa vive; repara por quão vã e impertinente curiosidade queres revolver os humores que tão sossegados estão no peito da tua casta esposa; adverte que o que te aventuras a ganhar é pouco, e o que perderás será tanto, que nem o pondero, por não ter palavras com que o encareça. Se porém tudo que tenho dito ainda não basta para te demover do teu mau projeto, procura outro instrumento para a tua desonra e desgraça; eu não o posso ser, embora perdesse por isso a tua amizade, que é o maior prejuízo que posso imaginar.

Dito isto, calou-se o virtuoso e prudente Lotário, deixando Anselmo tão confuso e pensativo, que por um bom espaço não atinou palavra de resposta; ao cabo sempre lhe disse:

— Bem viste, amigo Lotário, com que atenção te escutei até o fim; nos teus ditos, exemplos e comparações, reconheci a tua muita discrição, e o extremo a que chegas em amizade; e confesso que, se não sigo o teu parecer e vou atrás do meu, vou fugindo do bem, e correndo empós o mal. Nisto devo-te parecer como certas achacadas, que apetecem comer terra, caliça, carvão e coisas ainda piores, repugnando à vista, quanto mais ao paladar[10]; é logo necessário usar de algum artifício para que eu sare. Ora isto era fácil, começando tu, embora tibiamente e por fingimento, a cortejar a Camila, porque

[10] Era costume mulheres histéricas comerem essas coisas; alguns adolescentes chegavam a comer púcaros.

não há de ser ela tão tentadiça que logo aos primeiros abalos dê com a honra do avesso. Para me contentar bastará isto; haverás cumprido o que deves à nossa amizade; dás-me a vida, e convences-me de que tenho salva a honra. Para te obrigar basta uma razão; e vem a ser que, estando eu, como estou, determinado a realizar esta experiência, não deves consentir em que eu vá dar conhecimento a outrem do meu desatino; com o que se poria em risco uma honra que tu não queres se aventure. Suponhamos que no juízo de Camila o teu conceito decai enquanto a solicitares; que importa isso!? Logo que nela se reconhecer a pureza que esperamos, confessar-lhe-ás toda a verdade da nossa maquinação, e o teu crédito ficará inteiramente saneado. Já vês que, arriscando tão pouco e podendo com isso dar-me tão grande contentamento, deves fazê-lo sem reparar em mais objeções, porque, segundo já te disse, basta que principies, para eu te desobrigar logo de continuar.

Vendo Lotário a inabalável resolução de Anselmo, e não sabendo já novos exemplos, nem mais razões, com que lhe argumentar, e considerando ainda por cima na ameaça de ir expor a outrem o seu danado desejo, determinou preferir o menor mal, e satisfazer-lhe a vontade, esperando encaminhar as coisas de modo que Anselmo, sem prejuízo dos sentimentos de Camila, ficasse ao cabo satisfeito. Respondeu-lhe, portanto, não se abrisse com mais ninguém, e deixasse por sua conta o negócio todo, e que dariam princípio logo que lhe agradasse. Abraçou-o Anselmo carinhosamente, agradecendo-lhe a condescendência que ele reputava mercê, e das grandes. Assentou-se entre os dois que logo no dia seguinte se instauraria a campanha, dando o marido facilidades e abertas para o amigo poder conversar a sós com a sua Camila, entregando-lhe além disso dinheiros e jóias para dar-lhe e oferecer-lhe. Aconselhou-lhe lhe levasse músicas, fizesse versos elogiando-a, e que, se o fazê-los lhe aborrecia, ele próprio estava pronto para lhos armar. Lotário esteve por tudo na aparência, mas lá por dentro inabalável. Com este acordo regressaram à casa de Anselmo, onde acharam Camila a esperar, ansiosa e já desassossegada pela tardança do esposo, que nesse dia se demorara mais que de costume.

Foi-se Lotário para sua casa tão pensativo, por não saber como se haveria em tão impertinente negócio, como Anselmo ficava na sua satisfeitíssimo por ver já o seu barquinho na água. Levou o amigo a noite de vela, cismando no modo de enganar a Anselmo sem ofender a Camila. Ao outro dia apareceu ao jantar, e foi bem recebido da consorte, que sempre o acolhia e regalava com a melhor vontade, por saber que outra tanta era a do seu esposo. Findo o jantar, e levantada a mesa, disse Anselmo a Lotário que ficasse ali com a sua dona da casa, enquanto ele ia tratar de um negócio de muita pressa, de que não poderia voltar em menos de hora e meia. Camila rogou-lhe que se não fosse, e Lotário ofereceu-se para o acompanhar; Anselmo, porém, persistiu em que se deixasse estar, e o esperasse, porque tinham de tratar juntos objeto de importância; e a Camila recomendou que fizesse companhia ao amigo, até ele regressar. Em suma, tão perfeitamente soube representar a necessidade, ou nescidade, de sair, que ninguém adivinharia ser fingida. Ficaram sós à mesa, a inocente mulher e o enleado amigo, porque a mais gente da casa se havia retirado para ir também jantar. Estava Lotário chegado à estacada[11] em que o desejava o amigo, e tendo em frente o inimigo, formosura que só por si pudera vencer a um esquadrão de cavaleiros armados. Vede se Lotário não devia temer. O que ele fez foi pousar o cotovelo no braço da cadeira, com a mão aberta sobre a face; desculpando-se da descortesia, pediu à dama licença para repousar um pouco até que Anselmo voltasse. Respondeu-lhe ela que para descansar melhor ficaria nos estrados[12] que na cadeira, e lhe rogou que os preferisse. Recusou Lotário o oferecimento, ficou onde estava e adormeceu. Anselmo, quando voltou, achando Camila no seu aposento e o comensal pegado no sono, entendeu que, por haver sido a sua demora excessiva, já os dois teriam tido tempo, não só de conversar, mas até de dormir. Já lhe tardava a hora em que o sonolento abrisse os olhos para saírem ambos de casa, e receber notícias da sua sorte. Correu-lhe tudo como ele queria. Lotário acordou e logo saíram ambos juntos de casa. Chegados à rua, perguntou alvoroçadamente o curioso o que desejava. Respondeu o outro que não lhe tinha parecido acertado descobrir tudo logo da primeira vez, e que por isso o que só tinha feito fora louvar a Camila de formosa e discreta, por lhe parecer

---

[11] O palanque ou liça, formado ordinariamente com estacas (de onde lhe veio o nome), em que se celebravam os desafios solenes, os torneios, justas e outros jogos públicos dessa espécie. "Deixar na estacada": abandonar alguém em perigo.

[12] Lugar onde as senhoras recebiam suas visitas, recostadas em almofadas.

este um bom exórdio para lhe ir ganhando pouco a pouco a vontade, dispondo-a a escutá-lo gostosa para a outra vez, que assim é que usava o Demônio, quando queria tentar alguém muito acautelado: representa-se anjo de luz, sendo-o ele de trevas, põe-lhe diante aparências inocentes, e só por fim é que descobre quem é, e não logra os seus intentos, senão se antes de tempo os não deixou descobrir. Com tudo aquilo ficou Anselmo contentíssimo, e disse que todos os dias lhe proporcionaria iguais azos, mesmo sem sair de casa, porque de portas adentro se podia entreter em coisas insuspeitas.

Sucedeu portanto correrem muitos dias que Lotário, sem dizer palavra a Camila, respondia a Anselmo que lhe falava, sem jamais poder alcançar dela uma pequena mostra sequer de que estaria por coisa que fosse má, nem sombra de esperança disso; pelo contrário, ameaçava-o de que, se não se deixasse daqueles ruins pensamentos, faria queixa a seu marido.

— Muito bem; até aqui — disse Anselmo — tem resistido às palavras; agora falta ver se também resiste a obras. Hei de te entregar amanhã dois mil escudos para lhos ofereceres, e até dares; e outros tantos para comprares jóias, que em anzol para as mulheres são ainda melhor isca; todas costumam ser perdidas por louçainhas, principalmente as bonitas, embora castas; regalam-se de se apresentar bem e estadear-se de galas. Se também a isto resistir, dou-me por satisfeito, e não te importuno mais.

Respondeu Lotário que, uma vez que tinha começado a empresa, desejava levá-la até o fim, posto já ia vendo que o fim seria ficar exausto de forças, e vencido. No dia seguinte recebeu os quatro mil escudos e outras tantas confusões, por já não poder inventar novas mentiras. Mas com efeito sempre lhe disse que a mulher tão pouco se rendia às dádivas e promessas, como às palavras; que não havia mais que ver nem que lidar; era tudo tempo perdido. Aconteceu porém que, tendo Anselmo deixado sós, como de outras vezes costumava, Camila e Lotário, se encerrou num aposento, e pelo buraco da fechadura esteve espreitando e ouvindo o que entre eles se falava. Notou que por mais de uma hora Lotário nem palavra deu, nem a daria em todo um século que ali estivesse; donde inferiu que tudo quanto o amigo lhe relatara das esquivanças de Camila não passava de mera falsidade. Para maior certeza saiu do quarto, e, chamando Lotário à parte, lhe perguntou que novas havia, e de que humor se ia achando a mulher.

— Nessa matéria — respondeu Lotário — já não torno a perder tempo; dá-me sempre umas respostas tão ásperas e sacudidas, que já me não atrevo a dizer-lhe mais nada.

— Lotário, Lotário — disse Anselmo —, que mal correspondes ao que me deves, e à confiança que em ti punha! Saberás que te estive excogitando por onde se introduz esta chave; nem meia palavra disseste a Camila; do que eu infiro que nem sequer principiaste ainda. Sendo assim, como sem dúvida o é, para que me enganas, e me privas dos meios que eu podia ter para realizar os meus desejos?

Mais não disse; mas bastou isso para deixar a Lotário vexado e confuso, por ter sido apanhado em flagrante mentira; pelo que jurou a Anselmo que daquela hora em diante ia tomar tanto a peito o satisfazer-lhe o empenho, como ele próprio o reconheceria, já que se divertia a espreitá-lo; seria necessário empregar grandes diligências para lhe desvanecer de uma vez todas as suspeitas. Fiou-se naquelas palavras Anselmo; e, para o deixar mais à sua vontade, resolveu-se a ausentar-se de casa por oito dias, que iria passar em companhia de outro amigo seu, morador numa aldeia não longe da cidade. Este (por combinação entre os dois) lhe mandou pedir com grande empenho que o fosse visitar; com o que justificada ficava a sua partida aos olhos de Camila. Desgraçado e imprudente Anselmo, que é o que fazes? que é o que projetas? Riscas a tua desonra, traças e ocasionas a tua perdição. Tua esposa é boa; possui-a quieta e sossegadamente; ninguém te dá sobressaltos; os pensamentos dela não saem do secreto de sua casa; és tu o seu céu na terra, o alvo dos seus desejos, a satisfação de todos os seus gostos, e a regra de todas as suas ambições; a ti e ao céu é que ela unicamente almeja com prazer. Se nesta mina de honra, formosura, honestidade e recolhimento, achas sem nenhum trabalho toda a riqueza que mais se pode desejar, por que te desassossegas a cavar a terra mais fundo em busca de novas betas de tesouro novo e nunca visto, pondo-te em perigo de te desabar tudo (porque enfim o "tudo" afinal só assenta nos esteios da natureza frágil)? A quem busca o impossível justo é que até o possível se lhe negue. Melhor do que eu o disse um poeta nos seguintes versos[13]:

---

[13] Provavelmente o próprio Cervantes, em *O galhardo espanhol*.

Procuro na morte a vida;
Saúde na enfermidade;
No cárcere, liberdade;
No encerramento, saída;
No traidor, fidelidade.

Mas minha sorte, de quem
Já não posso esperar bem,
Ajustou coo céu terrível,
Que, pois lhe peço o impossível,
Nem o possível me dêem.

No dia seguinte lá se foi Anselmo para a aldeia, deixando dito a Camila que, durante a sua ausência, viria Lotário olhar por sua casa, e jantar com ela; que tivesse cuidado de o tratar como a ele próprio. Com esta ordem do marido afligiu-se a esposa, como honrada e prudente que era, e lhe pediu refletisse em que durante a sua ausência não parecia bem que pessoa alguma ocupasse o seu lugar; e que, se o fazia por não ter certeza dela saber governar-lhe a casa, experimentasse por aquela vez, e reconheceria que até para mais era a sua capacidade.

Anselmo replicou ser aquele o seu gosto, e que a ela só competia abaixar a cabeça e obedecer-lhe. Camila prometeu que assim o faria, mas não por vontade sua. Partiu Anselmo. No outro dia veio a casa Lotário; foi recebido pela dama com amabilidade e todo o comedimento; nunca ela se pôs em parte em que se pudesse ver com o hóspede; andava sempre rodeada de seus criados e criadas, especialmente de uma aia sua chamada Leonela, a quem muito queria, por se terem criado ambas juntas desde meninas na casa paterna, donde a trouxe consigo quando se casou. Nos três primeiros dias nunca Lotário disse nada, ainda que bem o podia quando se levantava a mesa, e os servos se iam todos à pressa para jantar, porque assim lho tinha a ama determinado; à sua Leonela recomendava que jantasse primeiro que os senhores, e nunca lhe saísse de ao pé dela. Leonela, porém, que trazia o pensamento em coisas mais do seu gosto e necessitava daquelas horas para os seus recreios, nem sempre executava à letra a recomendação, antes muitas vezes deixava sós os dois como se as suas instruções fossem essas precisamente. Não obstante estes azos todos, o portamento honesto de Camila, a compostura do seu semblante eram tais, que Lotário emudecia.

Mas se as virtudes de Camila tolhiam a voz do comensal, por outra parte mais perigosas por isso mesmo se tornavam para eles ambos; calavam, sim, a língua; mas o pensamento lá ia por dentro discorrendo e contemplando um por um todos os extremos de bondade e formosura da vigiada. Sentir-se-ia ali enamorado um colosso de mármore; quanto mais um coração de carne! O tempo em que lhe podia falar, empregava-o em olhar para ela e reconhecia quanto era credora de mil amores. A continuação destas mudas contemplações começou pouco a pouco a enfraquecer os respeitos do amigo para com o ausente; esteve muitas vezes para sair da cidade, e ir-se para onde nunca mais Anselmo o visse a ele, nem ele a Camila; já porém o prendia o próprio deleite que sentia só em vê-la. Forcejava e teimava consigo mesmo para atenuar e extinguir de todo o encanto de olhar para Camila; culpava-se em consciência de tamanho desatino, chamando-se mau amigo e até mau cristão. Se com Anselmo se comparava, o final era sempre dizer que maior fora a loucura e confiança de Anselmo, do que era a deslealdade dele próprio; e tão boa desculpa tivesse ele para Deus como a havia de ter para com os homens.

De fato a lindeza e bondade de Camila, ajudadas das facilidades que o ignorante marido lhe facultava, deram com a lealdade de Lotário em terra, e sem já se lembrar de mais coisa alguma senão do seu gosto, depois de três dias de ausência de Anselmo, nos quais esteve em guerra aberta contra os próprios desejos, começou de requebrar a dama, mas tão perturbado e com uns dizeres tão apaixonados, que a deixou suspensa e tão sobressaltada, que não fez outra coisa senão levantar-se e recolher-se ao quarto sem uma única palavra de resposta.

Com este desabrimento não esmoreceu em Lotário a esperança, irmã gêmea e sempre companheira do amor; a fugitiva tornou-se ainda mais adorada. Ela, porém, por ter descoberto o que nunca esperava, não sabia que fizesse; entendendo não ser prudente nem bem-feito dar ocasião a renovar-se o atrevimento, determinou enviar naquela mesma noite um criado seu com um bilhete a Anselmo, e assim o fez. O bilhete dizia o seguinte:

CAPÍTULO XXXIV

Em que prossegue a novela do curioso impertinente

Tem-se por dizer que nem exército sem general, nem castelo sem castelão; e eu digo que ainda há coisa pior que essas duas; e é: mulher casada e moça sem o seu marido ao pé, salvo havendo para isso justíssimas razões. Acho-me tão mal sem vós, e tão fraca para resistir a esta ausência, que, se não vindes depressa, ir-vos-ei esperar em casa de meus pais, ainda que deixe esta vossa sem guarda. A que vós me deixastes, se é que ficou com tal título, creio que olha mais pelos seus gostos, que pelos vossos interesses. Como sois discreto, não tenho mais que vos dizer, nem devo.

Por esta carta entendeu Anselmo que Lotário tinha já começado as operações, e Camila se houvera à medida dos seus desejos. Sobremodo alegre de tal mensagem, mandou a Camila resposta de palavra, que de modo nenhum saísse de casa, porque ele com muita brevidade tornaria. Admirou-se Camila com tal resposta, e ficou à vista dela ainda mais confusa do que já estava. Não se atrevia a permanecer em sua casa, nem a ir-se para a de seus pais. Ficando, arriscava a sua honestidade; indo-se, desobedecia ao consorte. Afinal resolveu o pior, que foi ficar, sem evitar a presença de Lotário, para não dar suspeitas à criadagem; arrependia-se de ter escrito daquele modo ao esposo, receando dar-lhe idéias de que Lotário teria visto nela alguma desenvoltura que o animasse a faltar-lhe ao respeito. Enfim, fiada na bondade própria, entregou-se nas mãos de Deus, firme em resistir com o silêncio a quantas declarações e instâncias lhe pudessem sobrevir; e, calando tudo ao marido, para o forrar a alguns trabalhos, já andava até procurando maneira com que desculpar Lotário perante Anselmo, quando este lhe pedisse a explicação do bilhete.

Com estas idéias mais honradas que acertadas ou proveitosas, esteve no outro dia escutando a Lotário, o qual tanto carregou a mão nas instâncias, que a firmeza de Camila principiou a titubear, e bastante teve a sua honestidade que fazer para proibir aos olhos alguns sinais de amorosa compaixão que no peito lhe haviam despertado as lágrimas e súplicas do seu idólatra. Tudo aquilo ia ele notando, e abrasando-se cada vez mais. Afinal pareceu-lhe que era mister apertar o combate à fortaleza, aproveitando o tempo que o marido para isso lhe deixava. Acometeu-a pela presunção, exaltando-lhe a formosura (não há coisa que mais depressa arrase as torres da vaidade das formosas que a adulação); e para abreviarmos: com tanta habilidade soube minar aquela virtude, que, de bronze que a dama fora, não tivera remédio senão cair. Chorou, rogou, ofereceu, adulou, porfiou e fingiu, com tantos afetos, e tantas mostras de paixão, que lá se foi o recato de Camila; logrou-se o mais suspirado e mais inesperado triunfo.

Rendeu-se Camila; sim, Camila rendeu-se. Mas que admira, se a amizade de Lotário já também se tinha rendido? Claro exemplo de que para se vencer a paixão amorosa não há outro remédio senão fugir-lhe, e que ninguém se deve tomar a braços com tão possante inimigo, porque só com forças divinas se venceriam as suas, com serem humanas. Só Leonela soube a fraqueza de Camila; e como lha haviam de encobrir os dois namorados e desleais na amizade? Não quis Lotário confessar a Camila qual fora o projeto de Anselmo, nem que fora ele mesmo quem lhe abrira passo para chegar àquele ponto, porque não queria que ela tivesse em menos apreço o seu amor, e imaginasse que sem premeditação e só por uma fatalidade do acaso a havia perseguido.

Regressou Anselmo passados poucos dias, e não pôde perceber o que naquela casa faltava, que era visitar tudo o que ele mais estimava. Foi-se logo a visitar Lotário, encontrou-o, abraçaram-se e pediu-lhe novas da sua vida ou morte.

— As novas que te posso dar, amigo Anselmo — disse Lotário —, são que tens uma mulher exemplar, o *non plus ultra* das honradas. As palavras que lhe disse levou-as o vento; os oferecimentos desprezaram-se; os presentes enjeitaram-se; e de algumas lágrimas que fingi fez-se zombaria despropositada. Em suma: assim como é o símbolo de todas as graças, é o santuário da honestidade, do comedimento, do recato e de todas as virtudes feminis. Retoma os teus dinheiros, amigo, eles aqui estão; não me foi necessário tocar-lhes; Camila não se rende a coisas tão baixas. Alegra-te, Anselmo, e deixa-te de mais experiências; uma vez que passaste a pé enxuto o mar das suspeitas que se podem e devem ter a respeito das mulheres, não tornes lá nem tomes outro piloto para confirmar a bondade e fortaleza do navio que o céu te deu para atravessares as ondas deste mundo; faze de conta que já estás em porto seguro, deita a âncora, e deixa-te ficar até que te venham obrigar pela dúvida que a ninguém se perdoa.

Contentíssimo ficou Anselmo com estas ponderações de Lotário; creu delas como se de um oráculo lhe viessem; contudo sempre o exortou a prosseguir na empresa, ainda que não fosse senão por curiosidade e passatempo, embora as diligências daí avante fossem menos afincadas; o que só lhe exigia é que fizesse alguns versos em louvor dela com o nome de Clóris, que ele tomava a si o persuadir a Camila andar ele enamorado de certa dama, a quem disfarçara assim o verdadeiro nome, para não faltar ao respeito que à sua honestidade se devia, e que, se não queria tomar a si esse trabalho de fazer os versos, ele, Anselmo, os escreveria por ele.

— Não é preciso — disse Lotário —; não me são as musas tão inimigas, que algumas vezes por ano me não visitem. Dize tu a Camila o mesmo que lhe disseste dos meus amores fingidos; que os versos eu os farei; não serão dignos do objeto, mas hão de ser os melhores que eu puder.

Assim ficaram conchavados o impertinente e o traidor. Entrando em casa, perguntou Anselmo à sua mulher (o que ela se admirava de ele lhe não ter ainda perguntado) o motivo por que lhe tinha mandado o escrito. Respondeu-lhe ela que se lhe havia figurado que Lotário encarava nela um tanto mais descomedidamente que dantes, enquanto ele estava em casa, mas que ao presente já estava certa de que não fora senão cisma sua porque Lotário fugia de vê-la e achar-se com ela a sós. Respondeu-lhe Anselmo que lá por essa parte podia estar descansada, porque ele sabia que Lotário andava doido por uma donzela das principais da cidade, a quem celebrava debaixo do nome de Clóris, e, ainda que o não soubera, nada havia de recear da verdade de Lotário e da muita amizade que os unia. Se

Camila não soubera de Lotário mesmo serem imaginários aqueles amores de Clóris, e de propósito inventados por ele para poder a seu salvo empregar alguns momentos vagos nos louvores de Camila, sem dúvida estaria caída na desesperada rede dos ciúmes; mas, por andar já revertida, livrou-se da estranheza do sobressalto.

Outro dia, achando-se os três à sobremesa, rogou Anselmo a Lotário que recitasse alguma coisa das que tinha composto à sua dileta Clóris, que sendo, como era, desconhecida de Camila, podia afoitamente falar dela quanto quisesse.

— Embora a conhecesse — respondeu Lotário —, por que havia eu de encobrir nada? Quando um amante louva a sua dama de formosa, e ao mesmo tempo a censura de cruel, nem por sombras a desdoura. Como quer que seja, o que sei dizer é que ainda ontem fiz um soneto à ingratidão desta Clóris, o qual diz assim:

Soneto

Da umbrosa noite no silêncio, quando
Meigo sono refaz os mais viventes,
Só eu vou meus martírios inclementes
Aos céus e à minha Clóris numerando.

Quando o dia os seus raios vem mostrando
Dentre as rosas d'aurora auriesplendentes
Com suspiros e lástimas ferventes
Vou as teimosas queixas renovando

Se doura o sol a prumo o térreo assento,
Não me dissipa as trevas da agonia;
Dobra-me o pranto, aumenta-me os gemidos.

Volve a noite, e eu com ela ao meu lamento.
Ai! que sorte! implorar de noite e dia,
Ao céu piedade, e à minha ingrata ouvidos[1].

[1] Este soneto aparece mais tarde numa comédia de Cervantes.

Pareceu bem a Camila o soneto, e a Anselmo ainda melhor. Este louvou-o, e disse que passava de cruel a dama que a tão claras verdades não correspondia.

— Então — disse Camila — tudo que sai da boca a poetas namorados se há de logo ter por verdade?

— Como poetas não a dizem — respondeu Lotário —, mas como namorados nunca a chegam a dizer inteira.

— Nisso não há dúvida — replicou Anselmo, tudo para mais acreditar os pensamentos de Lotário no conceito de Camila, tão desprecatada do artifício de Anselmo, como já apaixonada por Lotário.

E assim, com o gosto do próspero andamento que as suas coisas lhe estavam dando, e por saber que os desejos e escritos do poeta a ela unicamente se referiam, por ser ela a verdadeira Clóris, lhe pediu que, se tinha mais algum soneto ou outros versos, os dissesse.

— Tenho outro soneto — respondeu Lotário —, mas parece-me inferior ao primeiro; estais a tempo de os comparar; é o seguinte:

Soneto

Bem sei que morro, pois não sendo crido,
Forçoso é que me acabe o desconforto;
Podes ver-me a teus pés, ingrata, morto,
Mas nunca de adorar-te arrependido.

Poderei ver nos páramos do olvido
Que a vida, a glória, o bem, for tudo aborto;
Só teu semblante conquistando um porto
No ardente coração resta esculpido.

Vem comigo, relíquia, ao transe duro
A que me há de levar esta porfia,
Que em seu próprio rigor se fortalece.

Ai de quem voga à toa em pego escuro
Sem roteiro, sem bússola, sem via!
Astro, não vê, nem porto se lhe of'rece.

Louvou Anselmo também este segundo soneto como fizera ao primeiro; ia acrescentando, a elo e elo, a cadeia da sua desonra, pois quanto mais lhe crescia a afronta, mais ele se tinha por glorificado. Quantos degraus Camila descia para o ínfimo desprezo, tantos subia na opinião do néscio marido para as eminências da virtude e da boa fama. Sucedeu que, achando-se uma vez, como outras muitas, Camila com a sua aia, lhe disse:

— Estou envergonhadíssima, minha amiga Leonela, de ver quão pouco me tenho sabido respeitar; nem sequer fiz com que Lotário só a poder de tempo alcançasse este completo predomínio sobre a minha vontade. Estou receando que ele chegue algum dia a desestimar a minha facilidade, a minha leveza, esquecido da violência com que me tornou impossível o resistir-lhe.

— Ai, minha senhora — respondeu Leonela —, por coisas tão poucas não se esteja agora penando; darmos depressa o que temos de dar não tira nem põe nada ao valor da coisa, quando ela de si o tem; até se costuma dizer que o dar depressa é dar duas vezes.

— E também se costuma dizer — disse Camila — que o que pouco custa pouco se estima.

— Isso não é regra — respondeu Leonela —; o amor, segundo já ouvi dizer, umas vezes voa e outras anda; com este corre, com aquele vai devagarinho; a uns entibia, a outros abrasa; a uns fere, e a outros mata; no mesmo instante começa e acaba o seu desejar. Pela manhã pôr cerco a uma fortaleza; e à noite vê-la já vencida, porque não há força que lhe resista. Sendo assim, por que se admira ou se intimida, se outro tanto deve ter acontecido a Lotário? Se a ausência de meu amo foi afinal de contas quem os rendeu a ambos? Nesses poucos dias era forçoso que se concluísse tudo, em vez de se porem a dar tempo ao tempo à espera de que o Senhor Anselmo voltasse, deixando a obra imperfeita. Nisto de amores, quem perde a ocasião perde a ventura. São coisas que eu sei mais de experiência que de ouvido; e algum dia lho contarei, senhora, porque eu também sou de carne, e ainda também me ferve o sangue; e mais a minha senhora não se entregou tão de repente como isso; viu primeiro nos olhos, nos suspiros, nas falas, nas promessas e nos mimos de Lotário toda a sua alma, e quanto era merecedor de se lhe querer bem. Sendo assim, desterre essas fantasias de escrúpulos; tenha a certeza de que Lotário a estima tanto como a senhora a ele, e anda todo ancho e satisfeito de a ver caída no laço, porque isso mesmo o exalta ainda mais no seu próprio conceito; e não só tem os quatro *ss*[2] que dizem ser precisos a todos os namorados até o á-bê-cê[3] inteiro. Ora repare, e eu lho digo de cor; e ele é, segundo eu vejo e me parece: *a*gradecido, *b*om, *c*avalheiro, *d*adivoso, *e*namorado, *f*irme, *g*alante, *h*onrado, *i*lustre, *l*eal, *m*oço, *n*obre, *ó*timo, *p*rincipal, *q*uantioso, *r*ico, e os *ss* que dizem; e depois *t*ácito, *v*erdadeiro. O *x* é que não lhe quadra por ser letra áspera; o *y* já lá fica no *i*; o *z* zelador da tua honra.

Riu-se Camila do abecedário da sua aia, e teve-a por mais prática em pontos de amor do que ela se inculcava. Ela porém sem hesitações lho confessou, declarando-lhe que entretinha amores com um mancebo grave da mesma cidade. Com aquilo se turvou Camila, por temer que por ali é que a sua honra poderia vir a perigar. Apertou-a para saber se as suas conversações não passavam adiante; ela com todo o desembaraço lhe respondeu que sim, passavam muito adiante. Isso é já coisa velha e sabida, que os descuidos das senhoras tiram a vergonha às criadas, e que estas, em vendo as suas amas escorregar, pouca dúvida põem em coxear, e pouco se lhes dá que o saibam. Camila o mais que pôde foi pedir a Leonela que não dissesse nada a respeito dela ao que dizia ser seu rapaz, e tratasse as coisas com segredo para não chegarem ao conhecimento de Anselmo e de Lotário. A aia respondeu que assim o faria; fê-lo porém de modo que os receios da senhora se realizaram; a desonesta e atrevida Leonela, vendo que o procedimento da ama não era já o mesmo que dantes, atreveu-se a receber dentro em casa o seu amante, porque, ainda que a senhora o visse, já se não atrevia a descobri-lo. Conseqüências tristes dos desmanchos das senhoras, que se fazem escravas das suas próprias servas, e se obrigam a encobrir-lhes as suas desonestidades e vilezas, e assim aconteceu a Camila, que, ainda que viu muitas vezes estar Leonela num aposento de sua casa com o galã, não só se não atrevia a ralhar-lhe, mas lhe dava lugar para que o recatasse, e a livrava por todos os modos de ser percebida do marido. Apesar de todas as suas cautelas, não pôde contudo evitar que Lotário um dia, ao romper da alva, per-

---

[2] São as quatro iniciais das palavras: "sábio", "só", "solícito" e "secreto", segundo Barahona de Soto em *A Angélica*, citado por Clemencín.

[3] Abecedários do amor, muito freqüentes nos escritores dos séculos XVI e XVII.

cebesse a saída do contrabando. Não conhecendo quem era, pensou primeiro que seria avejão; mas, notando-lhe o caminhar, o embuçar-se e encobrir-se, trocou logo a sua idéia supersticiosa por outra, que para todos se tornaria perdição, se Camila a não remediara. Entendeu que o homem que tão antemanhã saía daquela casa não havia nela entrado para Leonela; nem pela idéia lhe passou que tal Leonela existisse. Acreditou, sim, que, tendo Camila sido fácil e leviana em proveito dele, também o podia ser para algum outro. São estas umas crescenças que traz consigo o mau comportamento duma mulher que perde a boa fama: aquele mesmo a quem se entregou, depois de muito rogada e persuadida, crê que mais facilmente ainda se entregará a outro; e qualquer suspeita se lhe afigura logo certeza. Nisto parece haver falhado em Lotário de todo em todo o bom juízo. Varreram-lhe da memória todos quantos resguardos até ali aconselhava a prudência. Sem atinar em expediente algum que fosse, se não bom, pelo menos razoável, sem mais nem mais, antes que Anselmo se levantasse, impaciente e cego da súbita raiva que o tomara, morrendo por vingar-se de Camila naquele caso inocente, foi-se ter com o marido e lhe disse:

— Saberás, meu Anselmo, que ando há muitos dias em guerra comigo, para te não revelar o que já te não posso esconder por mais tempo: sabe que a fortaleza de Camila está já rendida e sujeita a quanto eu dela pretender. Se tardei em te descobrir esta verdade, foi só para me certificar primeiro se não seria aquilo nela mera leviandade passageira, ou talvez propósito de reconhecer bem ao certo se eram ou não sinceros os galanteios que lhe eu fazia, já se sabe por tua autorização. Mas sempre me parecia que o dever dela, se ela fosse a que pensávamos, seria ter-te já dado conta das minhas perseguições. Como tarda em fazê-lo, deixa-me crer que são verdadeiras as promessas que me fez, de que, para a primeira vez que te ausentes da tua casa, está pronta a ir falar comigo na recâmara dos teus móveis fora de uso — e era lá realmente que ela lhe costumava falar. Não quero que te precipites a vingar-te; por ora o pecado só existe no pensamento; e poderia acontecer que, no que vai daí até a realização, Camila caísse ainda em si e se arrependesse. Como tu sempre, ou em todo ou em parte, tens aceitado os meus pareceres, segue também este que te vou dizer, para que sem engano nem temeridade só faças o que vires ser mais acertado. Finge que te ausentas por dois ou três dias, como de outras vezes, e esconde-te na tua recâmara; é fácil, com os panos da colgadura e as mais coisas que por ali há; então verás pelos teus próprios olhos, e eu pelos meus, quais são as verdadeiras tenções dela. Se forem de mulher perdida, como é de temer, tu em segredo, e com discrição, poderás vingar-te e puni-la.

Ficou Anselmo absorto com a revelação de Lotário, quando mais livre se cuidava já de semelhantes malefícios, porque tinha já a mulher por desenganadamente vencedora das diligências do amigo; fazia-se já nos alvoroços do triunfo. Esteve por largo espaço taciturno, olhando para o chão sem pestanejar; e por fim disse:

— Fizeste, meu Lotário, o que eu esperava da tua lealdade; em tudo seguirei teu conselho; faze o que te aprouver e guarda o segredo que deves em caso tão imprevisto.

Prometeu-lhe Lotário; e, apenas dele se apartou, arrependeu-se inteiramente de quanto lhe havia dito. Que néscio não tinha sido expondo Camila a uma vingança, que ele por si mesmo bem podia tomar com menor crueldade, e menos ignominiosamente! Maldizia a sua doidice, culpava a sua precipitação, e não sabia modo para desfazer o que havia feito, ou sair de tamanho aperto por qualquer via razoável. Por fim resolveu informar de tudo a Camila; e como lhe não faltava aberta para o efetuar, naquele mesmo dia a achou só. Ela, vendo que lhe podia falar, lhe disse:

— Sabereis, amigo Lotário, que tenho cá dentro uma paixão que dá cabo de mim, e milagre será se o não consegue. A tal auge é chegado o desavergonhamento de Leonela, que recebe nesta casa todas as noites um namorado seu, passa com ele até ao dia; isto tanto à custa do meu crédito, quanto assim se dão azos para juízos temerários contra mim a quem vir tais saídas desta casa a horas tão desusadas. O que me rala é não a poder castigar nem ralhar-lhe, porque o ser ela confidente das nossas intimidades me amordaça para eu calar as dela. Estou já temendo que daqui se nos haja de originar alguma desgraça grande.

Quando Camila começou a falar, Lotário imaginou seria aquilo artifício para lhe persuadir a ele que o vulto que vira sair pertencia à aia e não à ama; mas, vendo-a chorosa, afligida e a suplicar-lhe remédio, veio a crer na verdade e, interrogando-a mais por miúdo, acabou de ficar enleado e arrependido de tudo.

Contudo respondeu que não tivesse ela pena, que ele acharia modo para atalhar a insolência da serva. Disse-lhe também o mesmo que já a Anselmo havia dito, quando instigado de seus enraivecidos ciúmes; e que estava concertado que se escondesse na recâmara para dali presenciar a pouca lealdade que ela lhe guardava. Pediulhe perdão de tão louca lembrança, e algum alvitre sobre o modo de a remediar e sair a salvo de tão revolto labirinto, como o em que por sua má cabeça se tinha envolvido.

Com o que a Lotário ouviu ficou pasmada Camila, e cheia de enfado, e com conceitos judiciosíssimos lhe estranhou passos tão condenáveis e tão repreensível comportamento. Mas, como naturalmente as mulheres têm mais engenho que os homens, tanto para o bem como para o mal (ainda que em se pondo de propósito a discorrer já se lhes entra a secar a veia), logo ali de repente inventou Camila modo de se remediar uma desordem que tão sem concerto se mostrava. Disse pois a Lotário que diligenciasse para que Anselmo se escondesse outro dia onde ele se tinha lembrado, e que ela saberia tirar desse escondimento comodidade para ficarem daí avante os seus tratos sem nenhum perigo; e sem lhe declarar a sua idéia toda lhe advertiu que tivesse cuidado, em sabendo que Anselmo estava escondido, de vir ele apenas Leonela o chamasse, e quanto ela lhe dissesse lhe respondesse como responderia ainda que não soubesse que Anselmo era à escuta. Teimou Lotário em desejar saber o resto da armadilha, porque assim com mais segurança e acerto cumpriria ele da sua parte tudo que fosse necessário.

— Nada mais é preciso — disse Camila — do que responderme pontualmente às minhas perguntas.

Não estava resolvida a dar-lhe conta antecipada do seu projeto, por temer que ele reprovasse o que tão conveniente lhe parecia a ela, e antepusesse outros de menos probabilidades.

Não replicou, e partiu, Lotário; e no dia seguinte Anselmo, com o pretexto de ir à aldeia do seu amigo, abalou; mas tornando atrás sem demora, se foi homiziar no seu valhacouto, o que lhe foi sobremodo fácil, em razão do azo que para isso mesmo lhe proporcionaram a ama e a criada.

Lá está pois alapado Anselmo com aquele sobressalto que bem se pode imaginar em quem está para ver por seus olhos as próprias entranhas da sua honra postas em escalpelos de anatomia[4]. Em poucos instantes se lhe podia ir a pique o sumo bem que ele pensava ter na sua Camila.

---

[4] "Anatomia": análise, exame acurado.

Seguras e certas já de terem o caçador à espreita do coelho, entraram na recâmara; mal pôs nela o primeiro pé, exclamou com um grandíssimo suspiro Camila:

— Ai, Leonela amiga! não seria melhor que antes de eu pôr em execução o que não quero que saibas para mo não estorvares, pegasses na daga de Anselmo que te pedi, e me atravessasses com ela este peito infame? Mas não, não o faças; fora injusto ser eu punida dum crime alheio. Antes de tudo, tomara saber o que descobriram em mim os atrevidos e desonestos olhos de Lotário, para se arrojar a patentear-me desejos tão perversos em menoscabo do seu amigo, e em meu vilipêndio. Chega a essa janela, rapariga, que ele deve por força estar já na rua à espera; mas primeiro que ele cumpra o seu ímpio desejo cumprirei eu o meu, que é, sim, cruel, mas que para a honra já não se pode dispensar.

— Ai, senhora minha! — respondeu a esperta Leonela, senhora do seu papel — que deseja fazer com esta daga? quer-se matar? ou quer matar a Lotário? Uma ou outra coisa só servira de a desacreditar. Acho melhor que dissimule a injúria, e não consinta que o mau homem entre agora nesta casa e nos ache sós; lembre-se, senhora, de que somos duas fracas mulheres, e ele é homem, e atrevido. Como vem com aquela má tenção, apaixonado e cego, talvez antes que a senhora execute o que medita, ultimará ele o que é mais de temer que a própria morte. Mal haja meu amo, o Senhor Anselmo, que tantas largas deu em casa àquele sem medo nem vergonha. Dou que o mate, como desconfio será a sua resolução, que havemos de fazer dele depois de morto?

— Que havemos de fazer? — respondeu Camila — deixá-lo-emos, e o meu marido que o enterre; deve-lhe ser delicioso o trabalho de sepultar a sua própria infâmia. Chama-o, chama-o, avia; quanta demora ponho em vingar-me, já me parece uma quebra na minha lealdade de esposa.

Tudo isto escutava Anselmo; e a cada palavra de Camila sentia irem-se-lhe os pensamentos transformando. Quando porém ouviu que estava resolvida a matar o seu amigo, deu-lhe um ímpeto de sair e descobrir-se para evitar a catástrofe; mas teve-lhe mão o desejo de ver em que pararia tão galharda e honesta resolução, com propósito de sair a tempo de lhe pôr cobro.

Nisto caiu Camila com um terrível desmaio para cima duma cama que ali estava. Leonela começou a carpir-se e a dizer:

— Ai, desditada de mim! se agora me expira nos braços a flor da honestidade do mundo! a coroa das mulheres honradas! o exemplo da castidade!

E como estas, outras exclamações, que todos os que lhas ouvissem a teriam pela mais lastimada e mais leal de todas as aias, e à ama por outra e perseguida Penélope[5]. Pouco tardou que esta volvesse em si do seu delíquio, e entrasse logo a exclamar:

— Que te demoras, Leonela, em ir chamar ao mais desleal amigo de quantos viu o sol, de quantos a noite nunca favoreceu? Acaba, corre, avia, caminha, não deixes que se esfrie com a tardança a raiva com que estou, e se esvaia em ameaças e maldições a justa vingança que aguardo.

— Já o vou chamar, senhora minha — disse Leonela —, mas dê-me primeiro essa daga, tenho medo dessa cabeça quando se vir só, que não faça algum desatino que se haja de chorar toda a vida entre os que lhe queremos bem.

— Vai, não tenhas medo, minha Leonela, não hei de fazer nada — respondeu Camila —, porque, ainda que sou temerária e párvoa em teu conceito, em acudir por minha honra não o hei de ser tanto como aquela Lucrécia[6] que se matou, segundo dizem, sem ter cometido delito algum, e sem ter primeiro traspassado o peito ao causador da sua desgraça. Se eu morrer, morro vingada de quem me obrigou a vir a este sítio chorar os seus atrevimentos nascidos tão sem culpa da minha parte.

Fez-se Leonela muito de rogar antes que saísse a chamar Lotário; mas enfim sempre saiu. Enquanto se demorava, ficou dizendo Camila, como quem falava entre si e sem testemunhas:

— Valha-me Deus! não fora mais acertado ter despedido Lotário, como tantas outras vezes o fiz, do que autorizá-lo com este chamamento a ter-me por desonesta e má, pelo menos enquanto não chego a desenganá-lo? Decerto que era melhor; mas eu é que ficava sem me vingar, e a honra de meu marido sem satisfação; não quero que saia tão às mãos lavadas e seguro de si, como há de para aqui entrar com as suas danadas tenções; os desejos do traidor só com a vida se podem pagar. Saiba o mundo (se isto chega a transpirar) que a pobre Camila não só zelou a fidelidade que ao seu esposo devia, senão que até o desagravou de quem se abalançava a querer

---

[5] Penélope, mulher de Ulisses, modelo de virtude.

[6] Lucrécia, modelo de virtude.

ofendê-lo. Não sei, não sei se não seria melhor dar conta de tudo a Anselmo. Eu já tinha começado a preveni-lo na carta que lhe escrevi para a aldeia, e imagino que o não ter ele acudido ao mal que eu lhe apontava, ainda que por alto, só foi efeito do seu gênio leal e confiado; devia-lhe parecer impossível que um amigo fosse jamais capaz de tamanha aleivosia; nem eu mesma também o acreditei por muitos dias, nem o acreditaria nunca, se não fora ter a sua insolência ultrapassado os limites. As dádivas, as promessas e as lágrimas contínuas ainda me não pareciam provas bastantes. Mas que valem agora todas estas reflexões? Uma resolução magnânima não carece de estímulos. Fora, traidor! a mim, vingança! entre o falso, venha, chegue, morra, acabe, suceda o que suceder. Pura entrei para o poder do que o céu me destinou; pura hei de sair dele; quando muito, banhada no meu casto sangue, e no sangue peçonhento do mais refalsado amigo de quantos nunca houve em todo o mundo.

Dizia isto passeando, girando pela sala com a daga nua, e com uns passos tão descompostos, e fazendo uns meneios e gestos, que não parecia senão alienada. Ninguém dissera ser dama fina; lembrava um rufião fora de si.

Tudo aquilo notava Anselmo detrás das armações, e de tudo se admirava. Já lhe parecia que no que vira e ouvira havia satisfação de sobra até para maiores suspeitas; já quisera até que Lotário não viesse, para se evitar ali alguma tragédia. Estava já para manifestar-se abraçar a enganada esposa, quando se deteve ao aparecer Leonela com Lotário pela mão. Mal pôs nele os olhos Camila, fez com a daga um risco pelo sobrado em frente de si, e exclamou:

— Lotário, repara bem no que te digo: se te atreveres a passar esta raia, ou mesmo a chegar a ela, no mesmo instante me atravesso com este ferro. Antes que abras os lábios, escuta-me poucas palavras mais. Em primeiro lugar, quero que me digas se conheces a Anselmo meu marido, e em que opinião o tens; e, em segundo lugar, pergunto-te se me conheces a mim. Responde-me a isto e não te perturbes, nem te demores a pensar: ambas estas perguntas são fáceis.

Não era Lotário tão lerdo que, desde que ela lhe dissera que fizesse esconder Anselmo, não adivinhasse em cheio quais eram as suas intenções; por isso representou logo a sua parte com a maior naturalidade, e a mentirosa cena dos dois deixou a perder de vista a verdade mesma.

— Não pensei eu, formosa Camila, que me chamáveis para me fazer perguntas tão avessas aos intentos com que eu vinha. Se o fazeis para me demorardes a prometida recompensa, podíeis ter-me para isso preparado com mais antecipação. O bem que se deseja degenera em tormento, quando inopinadamente se nos afasta; mas para não parecer que tardo em responder-vos, digo que sim, conheço ao vosso esposo Anselmo; conhecemo-nos os dois desde os nossos mais tenros anos; não quero acrescentar a isto o que vós mesma sabeis deste mútuo afeto; fora tornar-me testemunha eu mesmo do agravo que o amor me está obrigando a fazer-lhe, o amor que até maiores erros desculparia. A vós, Camila, também vos conheço, e aprecio-vos como ele vos aprecia; a não ser assim, nunca eu por méritos inferiores aos vossos iria contra o que devo a mim mesmo e aos santos ditames da amizade, ditames ou leis que neste momento estou violando forçado desta paixão despótica.

— Se tudo isso confessas — respondeu Camila —, ó inimigo mortal de quanto merece ser amado, como te atreves a aparecer diante de quem sabes ser o espelho em que se mira aquele em quem tu mesmo te deveras mirar, para reconheceres que és um monstro quando pretendes agravá-lo? Agora me lembro, triste de mim! o que te faria faltar ao respeito de ti mesmo havia de ser algum descuidado desalinho meu (que não quero chamar-lhe desonestidade); sim, alguma irrefletida falta de compostura, que por acaso me enxergarias; daquelas que nós outras as mulheres podemos inocentemente cometer quando cuidamos não ser vistas. Senão, dize-me: quando jamais correspondi eu, alma traidora, aos teus rogos com palavra ou sinal que animasse os teus infames desejos? Quando é que eu deixei de repelir desabrida as tuas finezas? Quando cri nas tuas promessas, ou aceitei as tuas dádivas? Mas como entendo que ninguém pode teimar em pretensões amorosas, sem que alguma esperança lhe negaceie, quero imputar-me a mim mesma a origem da tua impertinência. Por força algum descuido meu deve ter alimentado por tanto tempo as tuas loucas esperanças; sendo assim, quero me castigar da tua culpa. Para veres que, sendo eu tão rigorosa contra mim, não podia deixar de o ser contigo, quis trazer-te a ser testemunha do sacrificio que vou fazer para aplacar a honra do meu virtuosíssimo esposo ultrajado por ti no mais alto ponto, e a minha também, por te haver dado alguma ocasião (se é que ta dei) para alimentares tal delírio. Torno-te a dizer que o que mais me aflige é lembrar-me que todos esses desvairados pensamentos te poderiam nascer de algum involuntário descuido meu; é esse o que eu mais desejo castigar por minha própria mão. Se o meu verdugo fosse outro, ficaria talvez mais patente a minha culpa. Antes porém, de cometido o ato irrevogável, quero matar a quem me causou a morte, quero levar comigo quem me sacie esta ânsia de vingança que já tenho segura, vendo lá, nessas regiões quaisquer aonde eu for, a pena que dá a justiça desinteressada e inflexível ao que me arrastou a esta desesperação.

Proferidas estas palavras com uma volubilidade e força extraordinária, arremeteu a Lotário com a daga desembainhada, com tais mostras de lha querer cravar no peito, que ele mesmo esteve quase em dúvida se aquilo seria fingido ou verdadeiro, porque lhe foi forçoso valer-se de toda a sua destreza e força para se livrar do golpe. Camila tão ao natural representava todo aquele fingimento, que, para lhe dar maior cor de verdade, o quis rubricar com o seu sangue, porque, vendo que não podia alcançar a Lotário, ou fingindo que o não podia, disse:

— Já que a sorte não deixa que o meu justo desejo se satisfaça em cheio, pelo menos nunca há de poder tanto, que me vede em cheio satisfazê-lo.

E forcejando para soltar a daga, que Lotário lhe tinha presa, arrancou-lha com efeito e, dirigindo-lhe a ponta para parte onde a ferida não viesse a ser muito perigosa, cravou-a entre o peito e o sovaco esquerdo, deixando-se logo cair no pavimento como desmaiada.

Estavam Leonela e Lotário pasmados do que viam, e todavia duvidosos ainda entre crer e descrer, apesar de verem Camila estendida em terra, e banhada no seu sangue. Acode Lotário açodado e espavorido, e quase sem alento, a arrancar a daga; mas, reconhecendo a pequenez da ferida, respirou, ficando a admirar cada vez mais a sagacidade, a prudência e a extraordinária discrição da sua Camila; e para representar também o seu papel, começou a fazer uma estirada lamentação sobre o corpo da formosa, como se estivera defunta, soltando muitas maldições não só contra si, mas também sobre quem a havia obrigado àqueles extremos. Como sabia que o escutava o amigo Anselmo, coisas dizia que mais dó faziam dele próprio, do que dela, ainda que a julgassem morta. Leonela tomou-a nos braços, e a pôs no leito, rogando a Lotário fosse buscar facultativo que viesse curar secretamente a doente. Consultava-o também sobre o que haviam de dizer a Anselmo daquele golpe de sua ama, se ele viesse antes dela curada. Lotário respondia que fizessem o que lhes parecesse, que ele por si não estava com cabeça para acertar conselhos; que só lhe dizia que se desse pressa em vedar-lhe o sangue, porque ele ia fugir para onde ninguém o visse; e, com mostras da maior consternação, saiu. Logo que se achou só, e onde ninguém o podia ver, não fazia senão benzer-se, maravilhado da esperteza de Camila, e dos modos tão apropriados de Leonela. Regalava-se, considerando quão inteirado não ficaria Anselmo de que tinha por mulher uma segunda Pórcia[7]; já lhe tardava o tornarem a ver-se juntos, para festejarem entre si a mentira e a verdade, mais bem caldeadas uma com a outra do que jamais se pudera imaginar.

Leonela, que tinha já vedado o sangue da ama, sangue que não passava do indispensável para crédito do embuste, lavou a ferida com um pouco de vinho, e a ligou o melhor que soube, dizendo, enquanto a estava curando, coisas, que só por si, ainda que mais precedentes não houvera, bastariam para capacitar Anselmo de que possuía em casa uma verdadeira estátua da honestidade. Com as palavras de Leonela travavam outras de Camila, chamando-se covarde e pusilânime, pois lhe faltara o valor quando mais precisava dele, para destruir uma existência que tanto lhe pesava. Pedia à serva o seu parecer sobre dizer ou calar todo aquele sucesso ao marido. A serva respondia-lhe que lhe não dissesse nada, porque dizer-lhe era pô-lo em obrigação de vingar-se de Lotário, o que lhe seria muito arriscado, e que toda a mulher capaz estava obrigada a não dar ao seu homem ocasiões para desavenças, antes lhas devia esconder todas. Respondeu a senhora que lhe parecia muito bem esse voto, e o seguiria; mas que, em todo caso, era necessário ver o que se diria a Anselmo sobre a causa daquela ferida, que ele forçosamente havia de ver. A isso respondia Leonela que lá para mentiras fossem bater a outra porta, que ela por si nem por brinco a tal se ajeitava.

— E eu então? — respondeu Camila — eu que nem para salvar a vida me parece que saberia desfigurar a verdade? O melhor será, segundo entendo, confessarmos-lhe tudo tal qual, do que sujeitarmo-nos a poder ficar por embusteiras.

— Sossegue, minha senhora; de hoje até amanhã — respondeu Leonela — eu excogitarei o que lhe havemos de dizer, e talvez que

---

[7] Pórcia, mulher de Marco Bruto, que antes de descobrir o segredo de sua conspiração contra César, se feriu gravemente em sua presença. Pórcia é um exemplo de castidade.

a ferida, por ser onde é, se lhe possa recatar; o céu há de nos ajudar, em atenção a serem os nossos motivos tão justos e honrados. Descanse, descanse, e faça por aquietar esses temores, que poderiam sobressaltar a meu amo; e o mais, torno a dizer, deixe-o à minha conta e à de Deus, que nunca falta a quem deseja o bem.

Atentíssimo se tinha conservado Anselmo a escutar a representação tragicômica da morte da sua honra, representação tão bem improvisada, que todas as personagens pareciam mais que verdadeiras. Estava suspirando pela noite para sair de sua casa, e ir ter com o seu bom amigo Lotário, congratulando-se com ele de ter achado na mulher a margarida preciosa. Tiveram as duas cuidado em lhe dar vaga para a saída, e ele, sem perdê-la, saiu e depois foi procurar Lotário; mal que chegou ao amigo, não há contar os abraços com que o apertou, os escarcéus que fez da sua felicidade e das virtudes de Camila, o que tudo Lotário lhe esteve ouvindo sem o mínimo sinal de alegria, por se lhe estar dentro revolvendo o remorso de tão cego andar o pobre homem. Ainda que Anselmo bem via aquela frieza no amigo, supunha ser efeito de ter deixado a Camila ferida, e por causa dele; pelo que entre outras coisas lhe disse que não tivesse cuidado pelo acontecido, porque o golpe era por certo muito leve; e tanto, que as duas tinham combinado em encobri-lo do próprio marido; logo não havia de que temer. Dali em diante era alegrarem-se e divertirem-se ambos a bom levar, pois por sua industriosa cooperação tinha enfim atingido nas suas relações conjugais o ápice da ventura; que já agora o único emprego do tempo seria para ele fazer versos em honra e louvor de Camila, para ficar lembrada em todos os séculos. Aprovou Lotário com elogios tão boa determinação, e disse que por sua parte estava pronto para ajudá-lo a erigir-lhe tão merecido monumento.

Em suma: ficou sendo desde aquela hora Anselmo o homem mais deliciosamente logrado de todo o mundo. Levava ele próprio por sua mão para sua casa, cuidando levar o artífice da sua glória, o destruidor de toda a sua fama. Recebia-o Camila com semblante ao parecer torcido, mas com alma risonha. Algum tempo durou este engano, até que, passados poucos meses, a Fortuna desandou a roda, e saiu à praça a maldade com tamanho artifício encoberta até então, e a Anselmo veio a custar a vida a sua impertinente curiosidade.

G. Doré
H. PISAN

CAPÍTULO XXXV

Em que se trata da grande e descomunal batalha que teve Dom Quixote com uns odres de vinho tinto, e se dá fim à novela do curioso impertinente

Pouco faltava por ler da novela, quando do quarto onde jazia Dom Quixote adormecido saiu Sancho Pança todo alvoroçado a gritar:

— Acudam, senhores! depressa! valham a meu amo, que anda metido na mais renhida batalha que estes olhos nunca viram! Deus louvado! pregou já uma cutilada no gigante inimigo da Senhora Princesa Micomicona, que lhe cortou a cabeça pelo meio como se fora um nabo.

— Que dizes, irmão? — perguntou o padre interrompendo a leitura. — Estás em ti, Sancho? Como diabo pode ser isso que dizes, se o gigante está a duas mil léguas daqui?

Neste comenos ouviu-se do aposento um grande ruído, e a voz de Dom Quixote que dizia em altos gritos:

— Espera, ladrão malandrino, velhacão; estás seguro; não te há de valer a tua cimitarra. E nisto soavam pelas paredes grandes cutiladas.

— Não têm que pôr-se a escutar — disse Sancho; — entrem a apartar a peleja ou a ajudar meu amo, que talvez já não seja preciso; sem dúvida o gigante a estas horas está morto, e dando contas a Deus da sua má vida. Vi-lhe o sangue em enxurrada pelo chão, e a cabeça cortada e caída para a banda é tamanha como um grande odre de vinho.

— Dêem cabo de mim — exclamou o vendeiro — se Dom

Quixote ou Dom Diabo não deu alguma cutilada em alguns dos odres do tinto que lhe estavam cheios à cabeceira. Aposto que não é senão o meu vinho o que se figurou sangue a este palerma.

Assim dizendo, entrou no aposento com todos atrás de si, e acharam a Dom Quixote no mais extravagante vestuário do mundo: estava em camisa, que não era tão comprida que por diante lhe cobrisse inteiramente as coxas, e por detrás faltavam seis dedos. As pernas eram muito compridas e fracas, cheias de felpa, e nada limpas. Tinha na cabeça um barretinho vermelho e surrado pertencente ao vendeiro; no braço esquerdo enrodilhada a manta da cama, a que Sancho tinha ojeriza por motivos que ele muito bem sabia; e na direita floreava a espada nua, atirando cutiladas para todas as bandas, dando vozes como se realmente estivera pelejando com algum gigante. E o bonito era que estava com os olhos fechados, porque realmente dormia sonhando andar em batalha com o gigante. Tão intensa havia sido a apreensão da aventura que ia acabar, que o fez sonhar achar-se já no reino de Micomicão e a braços com o seu adversário; e tantas cutiladas tinha assentado nos odres, supondo descarregá-las no gigante, que todo o quarto era um lagar de vinho. Logo que o vendeiro tal presenciou, encheu-se de tamanha cólera, que arremeteu com Dom Quixote, e com os punhos fechados lhe começou a chover tantos murros, que, se Cardênio e o cura lho não tiram das mãos, a guerra do gigante se acaba ali para todo sempre. Pois nem com tudo aquilo acordava o pobre cavaleiro. O que valeu foi acudir o barbeiro com uma caldeira de água fria do poço, atirando-lha para cima de chapuz. Com isso é que o fidalgo despertou; mas, ainda assim tão pouco em si, que não reparou na lástima em que se achava. Dorotéia, que tinha logo enxergado como ele estava vestido à curta, não quis entrar a ver a batalha do seu defensor com o seu inimigo.

Andava Sancho buscando a cabeça do gigante por todo o chão; como não a achava, disse:

— Está visto que tudo aqui é encantamento: da outra vez, neste mesmo lugar em que me acho, apanhei um chuveiro de pancadaria e socos por estas ventas, sem saber quem fosse o das mãos rotas, nem ver alma viva; e agora vejo com estes cortar a cabeça e correr sangue do corpo como de um chafariz, e tal cabeça não aparece.

— Que sangue e que chafariz estás tu para aí alanzoando, inimigo de Deus e dos seus santos? — disse o vendeiro. — Não vês, ladrão, que o sangue e o chafariz não são senão esses odres, que para aí estão arrombados, e o meu rico vinho tinto que nada no quarto? Nadar vejo eu nos infernos a alma de quem mos arrombou.

— Não sei nada disso — respondeu Sancho —; o que sei é que hei de ser tão mofino, que, por não achar a cabeçorra do bruto, se me há de desfazer o condado como sal na água.

O pobre Sancho acordado estava pior que o amo dormindo; efeito das promessas do patrão. Desesperava-se o vendeiro de ver a fleuma do escudeiro e o malefício do fidalgo, e jurava que desta vez não havia de ser como da passada, irem-se embora sem lhe pagarem; que lhe não haviam de valer os privilégios da sua cavalaria para lhe não satisfazer tudo por junto, e até o que poderia custar a remendagem dos odres.

Segurava o cura as mãos a Dom Quixote, o qual, supondo ter já finalizado a pendência, e estar perante a Princesa Micomicona, se lançou em joelhos aos pés do eclesiástico, exclamando:

— Já pode a Vossa Grandeza, alta e poderosa senhora, viver desde hoje mais segura, porque já lhe não pode causar prejuízo esta malnascida criatura; e eu também de hoje em diante me dou por quite da palavra que vos obriguei, pois com a ajuda do alto Deus, e com o favor daquela por quem vivo, tão inteiramente para convosco me desempenhei.

— Não era o que eu dizia? — disse ouvindo aquelas palavras Sancho — vejam lá se eu estava borracho; vejam lá se meu amo não tem já o gigante na salmoura. Certo são os touros; o meu condado está na unha.

Quem não se havia de rir com os disparates daquele par? Tal amo, tal moço! Riam-se todos, afora o taverneiro, que se dava ao Diabo. Enfim, tanto fizeram o barbeiro, Cardênio e o cura, que, a poder de trabalho, deram com Dom Quixote na cama, ficando a dormir com mostras de grandíssimo cansaço. Deixando-o pois a dormir, saíram para o portal da taverna com o fim de consolar a Sancho Pança de não haver encontrado a cabeça do gigante, mas ainda tiveram mais que trabalhar em abater a ira do vendeiro, o qual estava desesperado por causa de assim morrerem os seus odres, vítimas de uma morte repentina; e a vendeira, gritando a bom gritar, dizia:

— Em mau ponto, em minguada hora, entrou em minha casa este cavaleiro andante, a quem meus olhos tão bom fora que nunca houveram visto, pois que tão caro ele me fica: da última vez foi-se embora com o custo da ceia de uma noite, e da cama, palha e cevada, para ele e para o seu escudeiro, e para o rocim e o jumento, dizendo que era cavaleiro aventureiro (que má ventura lhe dê Deus a ele e a quantos aventureiros haja neste mundo), e que por isso não estava obrigado a pagar coisa alguma, porque assim o achava escrito nos aranzéis da cavalaria andantesca: agora por seu respeito veio um outro senhor e me levou a minha cauda, e, quando ma restitui entregou-ma com mais de dois quartos de real de prejuízo, toda pelada, de modo que não pode servir para o que meu marido a queria; e por fim e remate de tudo isto rompe-me os meus odres, e entorna-lhes o vinho todo pelo chão, que assim lhe veja eu derramado quanto sangue tem nas veias; e não se pense que pelos ossos de meu pai e honra de minha mãe não me hão de pagar um quarto sobre outro, ou eu me não chamaria pelo nome que sou chamada, nem seria filha de quem sou.

Estas e outras razões dizia a taverneira com grande cólera, e era ajudada pela sua boa criada. A filha calava-se, e somente de quando em quando se sorria. O cura sossegou todo o barulho, prometendo-lhes satisfazer as suas perdas do melhor modo possível, assim a dos odres, como a do vinho, e principalmente o dano da cauda pelada, da qual tanta conta faziam. Dorotéia consolou a Sancho Pança, dizendo-lhe que, sempre que se viesse a verificar que seu amo havia cortado a cabeça ao gigante, lhe prometia, logo que se visse senhora pacífica do seu reino, a dar-lhe o melhor condado que lá houvesse. Consolou-se Sancho com esta promessa, e assegurou à princesa que tivesse por certo que ele Sancho vira perfeitamente a cabeça do gigante, que, por sinal mais certo, trazia uma barba que lhe chegava até a cinta, e que, se agora não aparecia, era porque tudo quanto acontecia naquela casa vinha por via de encantamento, o que ele já havia experimentado em outra vez que ali estivera. Dorotéia disse que assim o acreditava, e que se não afligisse, porque as coisas correriam bem e à medida do seu desejo. Sossegados todos, quis o cura acabar de ler a novela, porque viu que pouco faltava para concluir a sua leitura. Cardênio, Dorotéia e todos os mais lhe rogavam que assim o fizesse, e ele, por a todos dar gosto, e mesmo também pelo que lhe dava o lê-la, prosseguiu o conto, que era como se segue:

Sucedeu pois que, pela satisfação que a Anselmo dava a bondade de Camila, vivia numa vida contente e sem cuidados, e Camila de propósito tratava secamente a Lotário, para que Anselmo entendesse às avessas o amor que a este tinha ela; e para maior confirmação do engano de Anselmo lhe pediu Lotário licença de não vir à sua casa, porque Camila claramente mostrava o desgosto com que o via sempre que era forçada a recebê-lo; porém o iludido Anselmo disse-lhe que por modo nenhum tal fizesse; e assim por mil maneiras se tornava Anselmo o fabricador da sua desonra, quando cuidava que o era do seu gosto. Destarte corriam as coisas, quando Leonela, vendo-se de alguma sorte autorizada e apoiada nos seus amores, chegou neles a tal ponto que, sem olhar a outra coisa mais que a satisfazê-los, os deixou ir à rédea solta, fiada em que sua ama a encobriria, e mesmo a advertiria do modo mais fácil que teria para pô-los sempre em execução. Finalmente, em uma noite, sentiu Anselmo passos no aposento de Leonela, e, querendo entrar a ver quem os dava, sentiu que lhe detinham a porta, o que lhe aumentou a vontade de abri-la, e tanto esforço fez, que a abriu, e entrou dentro a tempo ainda de ver que um homem saltava pela janela para a rua; e, acudindo com ligeireza a ver se o alcançaria, ou pelo menos o conhecia, nem uma nem outra coisa conseguiu, porque Leonela se abraçou com ele, dizendo-lhe:

— Sossegue, meu senhor, e não se alvoroce, nem siga a quem daqui saltou, que é coisa minha, e tanto, que é meu esposo.

Não quis Anselmo acreditá-la, antes, cego pela ira, tirou uma daga e quis ferir a Leonela, mandando-lhe que lhe confessasse a verdade, se não que a mataria; ela, com o medo, sem saber o que dizia, lhe respondeu:

— Não me mate, meu senhor, que eu lhe contarei coisas da maior importância que pode imaginar.

— Dize-as já — lhe disse Anselmo —, se não queres morrer.

— Por agora me será impossível dizê-las — respondeu Leonela —, porque estou muito perturbada; deixe-me até pela manhã, que então saberá de mim o que o há de admirar, e esteja seguro que o que saltou pela janela é um mancebo desta cidade, que me deu a mão de esposo.

Sossegou-se com isto Anselmo, e quis guardar o termo que lhe pedia, porque nem pelo pensamento lhe passava o poder ouvir coisa que fosse contra Camila, de cuja bondade estava tão seguro e satisfeito; e assim saiu do aposento, deixando encerrada nele a Leonela, e dizendo-lhe que dali não sairia até que lhe contasse tudo quanto para contar lhe tinha.

Dali foi logo ter-se com Camila e contar-lhe, como lhe contou, tudo o que com a criada havia passado, e como esta lhe prometera lhe dizer grandes coisas e da maior importância. O estado em que ficou Camila, ouvindo o que o marido lhe disse, fácil será a qualquer pessoa imaginá-lo; foi tamanho o temor que se apoderou dela, crendo (e quem em tal caso o não creria) que Leonela descobriria a Anselmo a sua deslealdade dela, que não teve coragem nem ânimo de esperar para ver se o seu receio se desvaneceria; e por isso, assim que lhe pareceu estar Anselmo já adormecido, muito de manso e sem ser sentida juntou as melhores jóias que tinha e algum dinheiro e se saiu de casa, indo ter direita à de Lotário, ao qual contou o que se tinha passado, e lhe pediu que a pusesse em seguro ou que se ausentassem ambos para lugar onde estivessem livres da vingança de Anselmo. Foi tal a confusão em que semelhante nova pôs a Lotário, que não sabia responder a Camila coisa que jeito tivesse, e ainda menos sabia a resolução que devia tomar. Afinal resolveu levar Camila para um mosteiro, em que era prelada uma irmã sua: Camila consentiu nisto, e, com a prontidão e brevidade que pedia o caso, a guiou Lotário ao mosteiro, e, deixando-a lá, se ausentou imediatamente da cidade, sem dar parte da sua ausência a pessoa alguma.

Logo que amanheceu, Anselmo, sem reparar na falta de Camila, e só possuído do desejo que tinha de saber o que Leonela queria dizer-lhe, se levantou da cama e foi ao aposento onde a havia deixado encerrada: abriu a porta e, entrando para dentro, não encontrou a Leonela, e somente viu os lençóis atados à janela por meio dos quais pudera descer-se para a rua: voltou muito triste para contar este acontecimento a Camila; porém, não a achando na cama, nem em toda a casa, ficou cheio de assombro. Perguntou por ela aos criados da casa, mas nenhum lhe soube responder. Como andasse de novo buscando a Camila pela casa, acertou de olhar para os seus cofres, e viu que estavam abertos e que neles faltavam as suas melhores jóias, e então foi que caiu na conta, compreendendo que a sua desventura lhe não vinha de Leonela. Sem acabar-se de vestir e mesmo assim como estava, partiu triste e pensativo para a casa do seu amigo Lotário a dar-lhe parte do sucedido; porém, quando chegou à casa do seu amigo, e os criados deste lhe disseram que naquela noite desaparecera, levando consigo todo o dinheiro que possuía, sem se saber para onde fora, ficou Anselmo espantado e em termos de perder o juízo: e, para que a sua desgraça fosse ainda mais completa, quando voltou à sua casa, achou-a deserta e desamparada dos criados e das criadas, que todos se haviam dela ausentado.

Não sabia o que pensasse nem o que havia de dizer ou fazer, e pouco a pouco se lhe ia esvaindo o juízo: contemplava-se em um instante privado da mulher, do amigo e dos criados; parecia-lhe achar-se desamparado do céu que o cobria, e sobretudo com a sua honra perdida, porque na fugida de Camila via qual devia ser a opinião pública que a seu respeito se preparava. Resolveu por fim, depois de longamente meditar, ir para a aldeia de seu amigo, onde estivera quando ele próprio fora o maquinador de toda esta desventura. Fechou as portas da sua casa, montou a cavalo, e com desmaiado alento se pôs a caminho. Apenas haveria feito meio caminho, quando, acossado dos seus pensamentos, forçoso foi apear-se, e depois de prender o cavalo a uma árvore, se deixou cair junto do tronco dela soltando ternos e dolorosos suspiros, e ali esteve quase até o anoitecer, e a essa hora viu que vinha da cidade um homem a cavalo, ao qual, saudando-o, lhe perguntou que novas havia em Florença. O homem lhe respondeu:

— As mais estranhas que desde muito tempo se lá tem ouvido, porque se conta publicamente que Lotário, aquele grande amigo do rico Anselmo, que morava a[1] São João, fugiu esta noite com Camila, mulher do referido Anselmo, do qual também se não sabe por haver desaparecido: tudo isto foi dito por uma criada de Camila, que a passada noite foi achada pelo governador a escapar-se de casa de Anselmo, descendo de uma janela para a rua por meio de uns lençóis, presos à mesma janela; na verdade não sei pontualmente como o negócio se passou, somente sei que toda a cidade está admirada com este sucesso, porque não se podia esperar semelhante desfecho da amizade dos dois, a qual era tanta, que ordinariamente eram chamados "os dois amigos".

Aqui perguntou Anselmo:

— E sabe-se o caminho que levaram Lotário e Camila?

— Nem por pensamento — respondeu o cavaleiro —, apesar de haver o governador empregado a maior diligência em procurá-los.

— Adeus, e com Ele ide — disse Anselmo.

— E com Ele fiqueis — respondeu o caminhante, continuando o seu caminho.

Com tão desastradas notícias, Anselmo chegou aos termos não só quase de perder o juízo, mas até quase de perder a vida. Levantou-

---

[1] "Em."

se conforme pôde, e chegou à casa do seu amigo, que nada sabia do seu infortúnio; porém, como este o visse chegar amarelo, seco e consumido, entendeu que de algum grande mal vinha possuído. Pediu logo Anselmo que lhe dessem um aposento onde descansasse, e juntamente tudo o necessário para poder escrever. Assim se fez, e o deixaram no aposento só e à sua vontade, porque assim o desejou ele, e também que lhe cerrassem a porta. Quando se viu só, começou a sua imaginação a carregá-lo tanto com a lembrança da sua desgraça, que claramente se conheceu, pelas aflições mortais que em si sentia, que a vida se lhe ia acabando; e por isso determinou deixar notícia da causa tão extraordinária da sua morte: e, começando a escrever, antes de acabar tudo o que queria deixar escrito, lhe faltou o alento e deixou a vida nas mãos da dor que lhe causou a sua curiosidade impertinente. Vendo o dono da casa que se fizera tarde, e que Anselmo não chamava, resolveu-se a entrar no aposento dele a saber se a sua indisposição aumentava, e o achou com metade do corpo sobre a cama, e o rosto e peito debruçados sobre o bufete, em cima do qual estava um papel escrito, e Anselmo conservava ainda na mão a pena. Chegou-se o hóspede a ele, depois de primeiramente o chamar, e vendo que, chamando-o, lhe não respondia, pegou-lhe na mão e o encontrou frio, por onde conheceu que estava morto. Admirou-se e ficou grandemente magoado e aflito, e chamou pela gente da casa para que presenciassem a desgraça a Anselmo acontecida; e por último leu o papel, que conheceu estar escrito por letra do mesmo Anselmo, e nela se liam as razões seguintes:

Um néscio e imprudente desejo é quem me tira a vida: se a notícia da minha morte chegar aos ouvidos de Camila, saiba que eu lhe perdôo, porque ela não estava obrigada a fazer milagres, nem eu tinha necessidade alguma de querer que ela os fizesse: e pois que fui eu o maquinador da minha desonra, não há para que...

Até este ponto escreveu Anselmo, por onde se conheceu que naquele momento, sem poder acabar o que escrevia, se lhe acabou a vida. No dia seguinte avisou o amigo de Anselmo aos parentes deste do que sucedera, e já então eles sabiam desta grande desgraça e também sabiam qual era o mosteiro onde se recolhera Camila, a qual estava em termos quase de acompanhar o marido na temerosa viagem que fizera, não pelas notícias que recebeu da morte deste, mas sim pelas que teve do ausente amante. Disse-se que, ainda que se viu viúva, nem quis sair do mosteiro, nem tampouco professar, como religiosa, até que, não dali a muitos dias, soube que Lotário havia sido morto em uma batalha[2] que naquele tempo deu Monsieur de Lautrec ao grande Capitão Gonçalo Fernández de Córdoba, no reino de Nápoles, onde o amigo tão tardiamente arrependido fora ter afinal: sabido isto por Camila, imediatamente professou no mosteiro, e em breves dias acabou a vida, vítima do rigor insuportável da sua melancólica tristeza. Este foi o fim desditoso para todos que lhes veio de um tão desatinado princípio.

— Muito bem — disse o cura — me parece esta novela; mas não posso persuadir-me que seja isto verdade, e, sendo fingido, o autor fingiu mal, porque na verdade não se pode imaginar que tenha havido no mundo um marido tão parvo, que quisesse fazer uma experiência como a que fez Anselmo; se este caso se desse entre um namorado e a sua amante, ainda poderia admitir-se; mas entre marido e mulher coisa é impossível de acreditar; pelo que toca ao estilo em que se acha escrita, não me descontenta.

---

[2] A batalha, seguramente, foi a de Cerignola, em 1503.

CAPÍTULO XXXVI

Que trata de outros sucessos raros que na estalagem sucederam

A este tempo o vendeiro, chegando à porta da venda, disse:

— Aí vem um formoso rancho de hóspedes, e, se aqui pousarem, teremos hoje um dia cheio.

— Que gente é? — perguntou Cardênio.

— São quatro homens à gineta[1], com lanças e adargas, e todos eles mascarados de negro[2], e com eles vem também uma mulher vestida de branco, a cavalo, sobre um cilhão[3], igualmente mascarada, e dois criados a pé.

O cura perguntou:

— E vêm aí já perto? — Tão perto, que já aqui estão à porta — respondeu o vendeiro.

Ouvindo isto, Dorotéia lançou um véu sobre o rosto, e Cardênio se recolheu ao aposento de Dom Quixote; e mal tinha feito isto, quando entraram na venda todos os que o vendeiro havia indicado; e apeando-se os quatro cavaleiros, que eram pessoas de bela disposição e gentil aparência, foram logo ajudar a apear-se a mulher que vinha no cilhão, e, tomando-a em seus braços, um dos quatro a

---

[1] Montando-se "à gineta"; os freios eram recolhidos, os estribos, largos, e de correias curtas; o ginete parecia ir sentado e não esticava a perna mais abaixo do cavalo... A adarga era própria dos que montavam à gineta.

[2] Com as máscaras muito usadas no verão, para proteger-se da poeira e do sol.

[3] Sela apropriada para as mulheres.

levou para uma cadeira que estava junto da entrada do aposento em que Cardênio se escondera, na qual ela se assentou. Em todo este tempo, nenhum dos novamente chegados haviam tirado a máscara, nem pronunciado uma única palavra: somente a mulher, ao assentar-se na cadeira, deu um profundo suspiro, e deixou cair os braços, como pessoa enferma e desmaiada. Os criados, que vinham a pé, levaram os cavalos à cavalariça.

O cura, que reparou atentamente em tudo isto, desejando saber quem era aquela gente tão silenciosa e que de um semelhante trajo usava, foi aonde estavam os criados e perguntou a um deles pelo que desejava saber; o criado lhe respondeu:

— Perdoai, senhor meu, não saberei eu dizer-vos que gente é esta, e só sei que mostra ser gente principal, especialmente aquele que nos braços tomou a senhora que aí tendes visto, quando ela se apeou da cavalgadura: digo isto, porque os outros todos o respeitam, e nada mais se faz senão o que ele determina e manda.

— E quem é a senhora? — perguntou o cura.

— Também — respondeu o criado — não poderei dizer-vos coisa alguma a tal respeito, porque em todo o caminho ainda lhe não vi a cara; muitas vezes, isso é verdade, a tenho ouvido suspirar e dar uns gemidos tão profundos, que parece arrancar-se-lhe com eles a alma: e não é de admirar que eu e o meu companheiro ignoremos estes particulares, porque apenas há dois dias os acompanhamos, pois os encontramos no caminho por acaso e eles nos pediram e capacitaram de vir com eles até a Andaluzia, oferecendo-nos uma boa e abundante recompensa.

O cura perguntou ainda:

— E já ouviste nomear algum deles? O criado lhe respondeu:

— Nem sombra de nome lhes ouvimos ainda, pois caminham com tão grande silêncio, que causa admiração, e não se ouve entre eles outra coisa senão somente os suspiros e soluços da pobre senhora, a qual nos move muita pena; e o que nos parece é que ela, para onde quer que vai, vai contra sua vontade, e, segundo o seu vestido o dá a entender, ela ou é freira, ou vai para o ser, que é o mais certo; e, talvez por não ser do seu gosto a vida claustral, vai triste como parece.

— Tudo pode ser — disse então o cura.

E deixando-os, voltou outra vez para onde estava Dorotéia. Esta, por ter ouvido os suspiros da mulher mascarada, movida da compaixão natural, se chegou a ela, e lhe disse:

— Que incômodo tendes, minha senhora? Se por acaso é algum daqueles que as mulheres costumam e podem curar, por terem disso uso e experiência, crede que com a melhor vontade me ofereço para o vosso serviço.

A quanto Dorotéia disse não respondeu palavra a aflita senhora, e bem que por mais de uma vez repetisse aquela os seus oferecimentos, esta contudo se conservava sempre silenciosa, até que, chegando um dos cavaleiros mascarados (que era o mesmo a quem disse o criado que os outros obedeciam), disse a Dorotéia.

— Não vos canseis, senhora, em oferecer coisa alguma a essa mulher, porque o seu costume é não agradecer jamais qualquer obséquio que se lhe faça; nem queirais que vos responda, se não quereis que vos diga alguma mentira.

— Nunca a disse — exclamou neste momento a que até ali se conservara calada —; antes, por ser tão verdadeira e nunca usar de enredos mentirosos, me vejo agora em tamanha desventura, e disto quero eu que vós próprio deis o testemunho, pois é a minha verdade pura quem vos torna falso e mentiroso.

Estas palavras da senhora, Cardênio as ouviu clara e distintamente, porque estava tão junto de quem as proferia, que somente os separava a porta do aposento de Dom Quixote, e apenas as ouviu, soltando uma grande voz, disse:

— Deus me valha, que é isto que eu escuto? Que voz é esta que me acaba de soar aos ouvidos?

A estes brados a senhora, que estava assentada na cadeira, muito sobressaltada, e não vendo quem os dava, se levantou em pé e procurou entrar no aposento: o que visto pelo cavaleiro, a deteve, sem deixá-la mover um passo. Com a repentina perturbação que lhe sobreveio neste momento, quando se levantou da cadeira, à senhora lhe caiu do rosto o véu com que o encobria, aparecendo este aos olhos dos circunstantes um verdadeiro milagre de rara formosura, ainda que sem cor alguma e como assombrado, e andava com os olhos num continuado movimento perscrutando com grande afinco todos os lugares que com a vista alcançava, e isto de tal modo, que parecia estar fora do seu bom senso, sinais estes que causaram muita pena em Dorotéia e em todos quantos presenciavam este acontecimento. Tinha-a o cavaleiro segura pelos ombros, e por estar todo ocupado em segurá-la, não pôde acudir à máscara que lhe caía, como efetivamente lhe caiu; e olhando para ele Dorotéia, a qual tinha abraçado a senhora, conheceu que era o seu esposo Dom

Fernando. Apenas o conheceu, quando, depois de dar um longo e tristíssimo gemido, ia a cair desmaiada, e decerto jazeria no chão naquele instante se junto a ela se não achasse o barbeiro, que a sustentou nos braços, salvando-a por este modo de uma perigosa queda. A este tempo acudiu o cura, tirando-lhe o véu do rosto, com que se ocultava, e deitando-lhe água para reanimá-la; e logo que a desmascarou conheceu-a Dom Fernando, e ficou como morto, mas nem por isso deixou de continuar a ter segura a Lucinda, que era quem forcejava por soltar-se das mãos dele, para ir em busca de Cardênio, a quem conhecera poucos momentos antes, e do qual igualmente havia sido reconhecida. Ouviu Cardênio o gemido de Dorotéia quando ia a cair desmaiada, e cuidando que quem gemera fora a sua Lucinda, saiu do aposento todo aterrado, e a primeira pessoa em que fitou os olhos foi Dom Fernando, que tinha Lucinda presa em seus braços. Dom Fernando também conheceu logo a Cardênio, mas este e também Lucinda e Dorotéia ficaram mudos e suspensos como quem não sabia o que lhes tinha acontecido.

Todos os quatro se calavam, e olhavam uns para os outros. Dorotéia para Dom Fernando, Dom Fernando para Cardênio, Cardênio para Lucinda, e Lucinda para Cardênio; porém a primeira que rompeu o silêncio foi Lucinda, falando deste modo a Dom Fernando:

— Deixai-me, Senhor Dom Fernando, pelo que deveis a ser quem sois, e quando por outro respeito não queirais deixar-me, deveis fazê-lo assim para que eu possa chegar à parede de que sou pedra, e encostar-me ao apoio de que não puderam ainda apartar-me as vossas importunações, as vossas promessas, as vossas dádivas, nem as vossas ameaças: considerai como, por desusados, e para nós desconhecidos caminhos, o céu me trouxe para junto do meu esposo, e bem sabeis por mil custosas experiências que para arrancá-lo da minha lembrança apenas a morte seria bastante: sirvam tantos e tão claros desenganos para que mudeis (se outra coisa não puderdes fazer) o amor em raiva, a vontade em despeito, e com isso acabai-me a vida, pois por bem acabada a darei eu uma vez que ela se me acabe diante do meu querido esposo: porventura ficareis com a minha morte satisfeito da constante fé, que sempre a ele guardei até o meu derradeiro suspiro.

Neste tempo havia Dorotéia voltado a si, e havia escutado tudo quanto Lucinda dissera, por onde veio a conhecer a pessoa que falava, e vendo que Dom Fernando continuava em não a deixar sair de seus braços, nem respondia às suas razões, esforçando-se quanto pôde, se levantou, e lançando-se de joelhos aos pés dele, banhada em lágrimas, tão lastimadas como formosas, lhe disse:

— Se não é, senhor meu, porque os raios deste sol, que em teus braços eclipsados tens, te ofuscam e tiram toda a luz dos olhos, já terás visto que esta que se acha ajoelhada a teus pés é a mísera Dorotéia, sempre desditosa enquanto for da tua vontade que ela o seja: eu sou aquela humilde lavradora a quem tu por tua bondade, ou por teu gosto, quiseste elevar à altura de poder chamar-se tua: sou a que encerrada nos limites da honestidade viveu vida contente até que as vozes de tuas importunações e dos teus sentimentos, que amorosos e justos pareciam, abriu as portas do seu recato e te entregou as chaves da sua liberdade: condescendência por ti tão mal agradecida, como bem claro o patenteia encontrares-me no lugar onde me encontras, e eu ver-te da maneira que te vejo; contudo não quero que te venha à imaginação haverem sido desonrosos os passos que me trouxeram a este sítio, pois os que dei até aqui foram unicamente movidos pelo sentimento doloroso de me ver de ti esquecida. Quiseste que fosse tua, e de tal modo o quiseste, que, ainda que o não queiras agora, já não será possível que deixes de ser meu. Repara, senhor meu, que o amor que te dedico pode ser recompensa da nobreza e formosura pelas quais queres deixar-me: não podes tu ser da bela Lucinda, porque és meu, nem ela pode ser tua, porque é de Cardênio; mais fácil será, se acaso bem o considerares, que possas trazer a tua vontade de novo ao amor daquela que te adora do que encaminhar a vontade da que te aborrece, e obrigá-la a que bem te queira. Tu não ignoraste a minha qualidade; tu solicitaste a minha inteireza, aproveitaste-me do meu descuido, e muito bem sabes tudo quanto se passou para eu ceder à tua vontade; e por isso não te resta modo algum para agora te arrependeres ou pretenderes que te enganaste: e, sendo isto verdade, como é, e sendo tu tão bom cristão como és cavalheiro, qual pode ser o motivo por que demoras com tão longos rodeios tornar-me venturosa no fim como no princípio me tornaste? E se acaso me não queres por tua legítima e verdadeira esposa, que é o que eu na realidade sou, deves ao menos querer-me admitir-me por tua escrava, que na conta de venturosa e bem andante me hei de ter uma vez que eu chegue a ser tua. Não consintas em que publicamente seja infamada a minha honra, deixando-me e abandonando-me. Não prepares uma tão má velhice a meus pais, pois a não merecem ter aqueles que sempre fizeram, como bons vassalos, tão leais serviços aos teus antepassados; considera que pouca ou nenhuma fidalguia existe no mundo que não tenha andado por este caminho, e que a nobreza que vem pelas mulheres nada faz contra a ilustração das mais distintas famílias, por onde deves convencer-te de que a nobreza do teu sangue não há de aniquilar-se pela mistura do meu: quanto mais que a verdadeira nobreza consiste principalmente na virtude[4], e se esta a ti te falta, negando-me aquilo a que tão justamente estás obrigado, as vantagens de nobre que tu possuis hás de perdê-las, e hão de passar todas para mim: finalmente, senhor meu, dir-te-ei por último que, ou tu queiras ou não queiras, a tua esposa sou eu, e disto dão testemunho as tuas palavras, que não foram mentirosas, nem agora o devem ser, se porventura não acontece que tu prezas na tua pessoa aquilo mesmo que desprezas na minha: o teu escrito, que em meu poder existe, é a prova mais clara daquilo que me prometeste na ocasião mesma em que chamavas o céu por testemunha da promessa que me fazias; mas quando nada de tudo quanto tenho dito possa valer, apelo para a tua consciência íntima, a qual, pintando-te vivamente a verdade das minhas palavras, não deixará de por muitas vezes te afligir, roubando-te metade das tuas alegrias e perturbando-te a miúdo os gozos e contentamento da tua vida.

Assim falou a lastimada Dorotéia, e foram tantas as suas lágrimas e tão doloroso o sentimento que manifestou, que os próprios companheiros de Dom Fernando e todos os que estavam ali presentes choraram com ela. Dom Fernando a escutou sem lhe responder uma só palavra até que ela acabou de falar, dando começo a tantos soluços e suspiros, que somente um coração de bronze se não enterneceria com presenciar dor tão grande e tão profunda. Lucinda olhava para ela não menos magoada do seu muito sentimento que admirada de sua rara discrição e formosura; mas, ainda que muito desejava chegar-se a ela e dizer-lhe palavras de alívio e consolação, não lho permitiam os braços de Dom Fernando, que a seguravam. Este, cheio de espanto e confusão, depois de passado um bom espaço de tempo, no qual esteve olhando para Dorotéia, alargou os braços e, deixando-a livre, disse:

— Venceste, formosa Dorotéia, venceste, porque não é possível haver ânimo para negar tantas verdades juntas.

---

[4] A verdadeira nobreza consiste na virtude, diz-nos Juvenal: "Nobilitas sola est atque unica virtus".

Lucinda, por causa do desmaio que havia sofrido, assim que Dom Fernando deixou de sustê-la, ia a cair no chão, porém Cardênio, que ao pé dela estava, colocado atrás de Dom Fernando para que este o não conhecesse, perdido todo o receio, e aventurando-se a correr todo o risco e perigo, a sustentou em seus braços e ao mesmo tempo lhe disse:

— Se aos céus piedosos apraz que chegues a gozar algum descanso, em nenhum lugar, leal, firme e formosa senhora minha, o encontrarás ao meu parecer mais seguro que nestes braços que te agora recebem, e que já em outro tempo te receberam quando a fortuna permitiu que eu pudesse chamar-te minha.

A estas palavras Lucinda, firmando a vista em Cardênio, a quem começara a conhecer primeiro pela voz, agora se certificou de que era ele próprio, e sem atender a algum honesto respeito, quase como fora de si, lhe lançou os braços ao pescoço, e, juntando o seu rosto com o dele, lhe disse:

— Vós sim, senhor meu, vós é quem sois o verdadeiro dono desta vossa cativa, por mais que a isso se oponha o poder de uma inimiga sorte, e por maiores ameaças que feitas sejam à minha vida, que só na vossa se sustenta.

Estranho espetáculo foi este para Dom Fernando e para quantos ali se achavam, que a todos encheu de admiração um sucesso tão extraordinário. A este tempo Dorotéia, que estava olhando para Dom Fernando, como que entreviu mudar ele de cor, e que dava ares de querer vingar-se de Cardênio, porque lhe viu levar a mão ao punho da espada; e, havendo observado isto, com infinita tristeza se lhe abraçou aos joelhos beijando-lhos, e tão fortemente que não o deixava movê-los, e com muitas lágrimas lhe dizia:

— Que pensas tu fazer, tu, que és o meu único refúgio, neste tão inesperado transe? Tens a teus pés a tua esposa, e aquela quc querias que o fosse está nos braços de seu marido: medita se porventura te ficará bem quereres desfazer, ou se isso te será possível, aquilo que o próprio céu tem feito, ou se te será conveniente o igualares a ti mesmo aquela que, saltando por cima de todas as dificuldades, confirmada na sua própria firmeza e lealdade, apresenta diante dos teus olhos os seus banhados em amorosas lágrimas, capazes de inundar o rosto e o peito do seu verdadeiro esposo. Por Deus, senhor meu, te rogo e mesmo até por quem tu és te suplico que este tão notório desengano não só não acrescente a tua ira, mas antes de tal maneira a diminua e adoce, que permitas a estes dois amantes poderem, durante todo o tempo que o céu para isso lhes conceder, gozar descanso e tranqüilidade, mostrando assim a generosidade do teu nobre e ilustre peito, e então verá o mundo que a razão tem contigo um poder muito superior ao do apetite.

Enquanto Dorotéia esteve falando, Cardênio, sem deixar de sustentar em seus braços a Lucinda, não perdia a Dom Fernando de vista, com determinação de, no caso de lhe ver executar algum movimento em seu prejuízo, se defender e ainda mesmo ofender, como melhor pudesse, não só a ele, mas a quantos se lhe mostrassem contrários, ainda que a vida lhe custasse. Neste momento porém acudiram os companheiros de Dom Fernando e o cura e o barbeiro, que tudo haviam presenciado, sem que também faltasse o bom de Sancho Pança; e rodearam todos a Dom Fernando, pedindo-lhe que se dignasse de atender às lágrimas de Dorotéia, e que, sendo verdade quanto ela havia exposto, não consentisse em deixá-la iludida e enganada nas suas tão justas esperanças: que considerasse em que, não por simples efeito do acaso, mas sim por providência particular do céu, se haviam todos ajuntado em um lugar onde nenhum deles contava que lhe aparecesse um semelhante encontro; e que advertisse (acrescentava o cura) em ser a morte a única que podia separar Lucinda de Cardênio, pois, ainda quando fossem separados agora pelos fios de uma espada, seria essa para eles a morte mais ditosa, e em que nos lances irremediáveis mostraria ele Dom Fernando consumada cordura, sempre que por um digno esforço a si próprio se vencesse, o que se realizaria agora mostrando a generosidade do seu peito em permitir que os dois recebessem como benefício especial da vontade dele aquele mesmo bem que já do céu lhes fora primeiramente concedido: e que observasse bem quanto era singular a formosura de Dorotéia, à qual poucas ou nenhuma se podiam igualar, e muito menos excedê-la: que reunisse à beleza dela a humildade de que era dotada, e o amor extremo que lhe a ele tinha, e sobretudo se não esquecesse de que, prezando-se de cavalheiro e de cristão, nenhuma outra coisa podia fazer com acerto, senão cumprir a palavra dada, pois cumprindo-a, a cumpriria ao mesmo tempo para com Deus e para com toda a gente discreta, a qual sabe e conhece que é prerrogativa da formosura levantar-se à maior alteza, ainda que esteja colocada em pessoa humilde quando se acha acompanhada da honestidade, sem que possa notar-se menoscabo de baixeza em quem, embora nascido em mui superior jerarquia, a elevar até a igualar consigo próprio: finalmente que quando as leis do gosto se executassem, todas as vezes que não entrasse pecado nessa execução, nunca com justiça poderia ser culpado aquele que as seguisse.

A estas razões ajuntaram os demais várias outras, tais e tantas, que o valoroso peito de Dom Fernando, como quem era alimentado por sangue tão ilustre, se abrandou e se deixou vencer pela verdade, a qual lhe era impossível negar, ainda que o quisesse fazer; e o sinal que deu de haver-se rendido e sujeitado ao bom parecer, que lhe fora proposto, descobriu-o ele, abaixando-se e abraçando Dorotéia, dizendo ao mesmo tempo estas palavras:

— Levantai-vos, senhora minha, pois não é justo estar a meus pés ajoelhada aquela que eu tenho posta dentro da minha alma; se até aqui não tenho dado indícios de ser verdade o que digo agora, talvez assim o céu o dispusesse para que, havendo eu visto a fé constante com que sou por vós amado, soubesse melhor e mais completamente apreciar-vos e estimar-vos no alto valor que mereceis: suplico-vos que me não repreendais pelo mal que tenho procedido para convosco, pois a mesma força de paixão que me moveu para querer-vos por minha, foi essa a própria que me impelia a procurar o não ser vosso: e porventura para prova desta verdade, e para desculpa dos meus desvarios, atentai nos olhos encantadores da ao presente tão alegre Lucinda, e neles encontrareis a única explicação possível de meus erros; e pois que ela achou e alcançou o que desejava e eu achei em vós aquilo que me convém, viva Lucinda segura e satisfeita por anos dilatados e venturosos com o seu Cardênio, e eu ajoelhando perante o céu lhe rogarei que me conceda vivê-los com a minha Dorotéia.

E havendo acabado de dizer isto, tornou de novo a abraçá-la, ajuntado seu rosto com o dela, com um sentimento de tão viva ternura, que necessário lhe foi ter grande cuidado em que as lágrimas não viessem dar provas indubitáveis do seu amor e do seu arrependimento. Nisto não o imitaram Lucinda nem Cardênio, nem mesmo quase todos os que se achavam ali presentes, porque começaram a derramar tantas lágrimas, uns por causa da alheia, que não parecia senão que de acontecer acabava naquele sítio e momento algum caso desastrado: até Sancho Pança chorava, ainda que teve depois a sinceridade de dizer que não chorava por ternura, mas sim por então saber que Dorotéia não era a rainha de Micomicão como ele pensava, e sobretudo por conhecer que as grandes mercês que esperava receber dela não passavam de um verdadeiro sonho.

Juntamente com o pranto enternecido de todos durou também por algum espaço de tempo a admiração de que todos estavam cheios. Cardênio e Lucinda, depois de passada esta primeira impressão, se foram ajoelhar diante de Dom Fernando, e lhe deram os agradecimentos pela graça que lhes havia concedido, com tão corteses razões que Dom Fernando não sabia o que havia de responder-lhes, e por isso contentou-se com os levantar do solo e abraçá-los com mostras de grande delicadeza e de muito amor.

Depois perguntou a Dorotéia como fora a sua vinda a uma terra e lugar tão distante da sua naturalidade e habitação. Dorotéia, em breves e discretas palavras, lhe referiu tudo quanto havia dantes já contado a Cardênio, e desta sua história gostaram por tal modo Dom Fernando e os seus companheiros, que lhes deu ocasião para sentirem grande pena em não durar mais tempo aquela narração, tanta foi a habilidade e graça com que ela soube contar a série das suas desventuras. Assim que Dorotéia acabou de falar, contou também Dom Fernando o que lhe acontecera na cidade depois que encontrou o papel que Lucinda guardava em seu seio, no qual declarava não poder ser sua esposa por isso que já o era de Cardênio: disse que a quis matar e o houvera assim feito se os pais o não impedissem, e que saíra da casa despeitado e corrido com a determinação de vingar-se com mais comodidade, quando se oferecesse ocasião oportuna para isso, e que depois soube como Lucinda faltara da casa paterna sem que alguém soubesse dizer para onde ela fora, e somente passados alguns meses lhe viera notícia certa de que se achava em um convento com a firme resolução de ali passar toda a sua vida, uma vez que lhe fosse vedado ser esposa de Cardênio; e que logo que disto se certificou, escolhendo para seus companheiros aqueles três cavaleiros que ali estavam, se partira para o lugar onde o convento se achava situado; mas que fizera isto com grande cautela para evitar que, sabendo-se estar ele ali, houvesse no mesmo convento mais cuidadosa guarda: que um dia em que a portaria estava aberta foi lá com os seus três companheiros, e, deixando dois para tomarem conta da porta, ele, com o terceiro, entrara pelo interior do convento em busca de Lucinda, a qual encontraram no claustro falando com uma freira; e, arrebatando-a inesperadamente, a levaram do convento a um lugar, onde se proveram de tudo que lhes era necessário para a conduzirem na jornada que vinham fazendo; e que tudo isto puderam fazer muito à vontade, por estar o convento um pouco solitário e retirado da povoação.

Disse mais, que logo que Lucinda se viu no poder dele, perdeu os sentidos, e que, quando voltou a si, outra coisa não fizera mais que chorar e suspirar, guardando sempre o mais profundo silêncio; e que, assim calados todos, escutando-se apenas os soluços lacrimosos da raptada, haviam caminhado até aquela venda, que para ele fora como o haver chegado ao céu, onde unicamente se rematam e finalizam todas as desgraças da terra.

H. PISAN

CAPÍTULO XXXVII

No qual se prossegue com a história da famosa infanta Micomicona, com outras graciosas aventuras

Tudo quanto se havia ultimamente passado fora visto por Sancho, o qual ouvira quanto se dissera, com grande dor da sua alma, pois que repentinamente se lhe desfaziam e tornavam em fumo as esperanças bem fundadas que tinha de seus futuros aumentos, pois não era a linda princesa de Micomicão senão simplesmente a lavradora Dorotéia, o gigante não passava de Dom Fernando, e tudo isto sucedia enquanto seu amo dormia a sono solto, sem saber as grandes novidades ocorridas. Dorotéia não podia ainda acabar de persuadir-se de que tudo aquilo era um sonho que a alucinava; Cardênio estava possuído de igual pensamento; e Lucinda tinha as mesmas idéias destes dois a respeito do acontecido. Dom Fernando dava agradecimentos ao céu por havê-lo livrado dum labirinto, onde se achava metido e tão arriscado a perder o seu crédito e a sua alma: finalmente, todos os que se achavam na venda estavam satisfeitos e contentíssimos pelo bom desfecho que haviam tido negócios tão perigosos e desesperados. Tudo o cura, como discreto que era, punha no seu lugar, e dava a cada um os parabéns pelo descanso e boa ventura que alcançara; porém quem sentia mais gosto e mais verdadeiro júbilo era a vendeira, por haver apanhado a Cardênio e ao cura a promessa de lhe pagarem todos os interesses e danos que por causa de Dom Quixote lhe houvessem sobrevindo. Entre tanta gente contente só o pobre Sancho, como já se disse, era o triste, o aflito, e o desventurado, e com aspecto cheio de melancolia entrou no aposento de seu amo, o qual naquele momento acordara, e lhe disse:

— Bem pode Vossa Mercê, Senhor Triste Figura, dormir largamente e à sua vontade, sem dar-se ao trabalho de excogitar o meio que há de ter para dar cabo do gigante, e restituir a princesa ao seu reino, porque já tudo isto se acha feito e concluído.

— Isso o creio eu muito bem — respondeu Dom Quixote —, porque travei com o gigante a mais descomunal e desaforada batalha que penso terei em todos os dias da vida que me restam; e dum revés, zás, lhe cortei a cabeça, e foi tanto sangue que ele deitou, que corria pelo solo formando um regato que parecia ser de água!

— Que parecia de vinho tinto, muito melhor pudera Vossa Mercê dizer — replicou Sancho —, porque quero que Vossa Mercê saiba, se é que ainda o não sabe, que o gigante morto não era mais nem menos que um odre partido e o sangue seis cântaros de vinho tinto que ele tinha na barriga, e a cabeça cortada é a pata que me pôs, e leve o Diabo tudo.

— Que é isso que dizes, louco? — disse Dom Quixote. — Acaso te deu volta ao miolo?

— Levante-se Vossa Mercê — respondeu Sancho —, e verá as boas obras que tem feito e quanto elas lhe hão de sair caras; e verá mais a rainha convertida em uma dama particular chamada Dorotéia, com outros sucessos, que se bem os ficar sabendo e conhecendo terá ocasião de muito se admirar.

— Nada disso — disse Dom Quixote — me maravilha, porque, se bem te lembras, já da outra vez que nesta venda pousamos te fiz observar que tudo quanto aqui se passava era por arte de encantamento, e não seria coisa digna de grande reparo que acontecesse agora o mesmo.

— Assim o acreditaria eu — replicou Sancho — se a minha manteação houvera sido também dessa natureza; porém não o foi, senão coisa muito real e verdadeira: e eu bem vi este vendeiro, que ainda hoje aqui está, sustentar uma das pontas da manta, e me fazia andar em uma roda-viva, da manta lá para as alturas do céu, com grande donaire e brio e com tantas risadas, como força e valentia; quando as pessoas que figuram são conhecidas, tenho para mim, ainda que seja um homem simples e pecador, que não pode haver encantamento algum, e que há somente um real movimento de costelas e uma fortuna na verdade desgraçadíssima.

— Muito bem, tudo Deus há de remediar — disse Dom Quixote; — dá-me as minhas vestes, e deixa-me sair lá para fora, porque me quero informar e ver os sucessos e transformações que me contas.

Deu-lhe Sancho as vestes, e enquanto ele se esteve vestindo, narrou o cura a Dom Fernando e aos mais que ali se achavam as loucuras de Dom Quixote e o artifício de que se haviam servido para tirá-lo da Penha Pobre, onde ele estava imaginando fazê-lo assim pelos desdéns de sua senhora: mais lhes referiu todas as aventuras, contadas por Sancho, das quais se não admiraram pouco e se riram muito, por lhes parecer o mesmo que parecia a toda a gente, ser este um gênero de loucura o mais extraordinário que podia caber em pensamento disparatado. O cura ainda acrescentou que, pois a boa ventura da Senhora Dorotéia lhe impedia passar adiante com a empresa começada, mister era inventar e achar outro meio de levar Dom Quixote para a sua terra natal. Ofereceu-se Cardênio de continuar o começado, dizendo que sua Lucinda representaria suficientemente a pessoa de Dorotéia.

— Não — disse Dom Fernando —, não há de ser assim, porque eu quero que Dorotéia prossiga o que começou, e, uma vez que a morada deste bom cavaleiro não seja muito distante deste sítio, muito folgarei com que se procure o remédio do seu mal.

— A morada de Dom Quixote — disse alguém — está daqui a dois dias de jornada.

— Pois bem — continuou Dom Fernando —; ainda que a distância fosse maior que essa, grande gosto me dará o caminhá-la à conta de praticar obra tão meritória.

A este tempo se apresentou Dom Quixote a quantos ali estavam, armado de todos os seus petrechos, trazendo na cabeça o elmo de Mambrino, bem que muito amassado, no braço esquerdo o seu escudo ou rodela, e na mão direita o lanção, em que se apoiava. Pasmou Dom Fernando e todos quantos conheciam então pela primeira vez a Dom Quixote quando viram seu rosto amarelo e seco, e de meia légua do comprido, a desigual estranheza da sua armadura e os seus pausados ademanes, e guardaram silêncio, esperando ouvir o que ele dizia. Dom Quixote, com muita gravidade e muito sossego, pondo os olhos na formosa Dorotéia, falou assim:

— Acabo de ser informado, bela senhora, por este meu escudeiro, de que a vossa grandeza se acha aniquilada, e destruído o vosso próprio ser, porque de rainha e grã-senhora que éreis, vos haveis tornado em uma donzela particular. Se isto aconteceu por ordem do nigromante rei vosso pai, receoso de que eu vos não prestasse o necessário e devido auxílio, declaro que ele não sabe, nem nunca soube, por onde estas coisas correm, e que completamente ignora as histórias cavaleirescas; porque, se as houvera lido e compreendido por tão longo espaço de tempo, e com tamanha atenção, como eu as li e compreendi teria visto a cada passo o modo fácil com que outros cavaleiros, de menor fama que a minha, deram remate a empresas muito mais dificultosas, pois me parece não ser negócio de grande polpa matar um giganteto, embora ele seja muito arrogante, e ainda não há muitas horas que eu me vi com ele, e... mas quero calar-me aqui, para que não digam que minto; é certo, porém, que o tempo, descobridor de todas as verdades, quando menos o pensarmos, falará por mim.

— Viste-vos mas foi com dois odres de vinho, e não com gigante algum — disse nesta ocasião o vendeiro.

Dom Fernando mandou-lhe que se calasse, e que por modo nenhum interrompesse a prática de Dom Quixote, o qual, continuando, disse:

— Finalmente, alta e deserdada senhora, se, pela causa que indiquei, vosso pai fez na vossa pessoa estas metamorfoses, não lhe deis crédito, porque não pode haver na terra algum perigo, por maior que seja, através do qual não abra caminho a minha espada, que, cortando a cabeça ao vosso inimigo, me habilitará a colocar sobre a vossa, dentro em breves dias, a coroa real que vos foi roubada.

Aqui deixou Dom Quixote de falar, e esperou que a princesa lhe respondesse, a qual, como já sabia ser a vontade de Dom Fernando que se passasse adiante com o começado engano até deixar a Dom Quixote na sua terra, com muita gravidade e donaire respondeu:

— Quem quer que vos disse, valoroso Cavaleiro da Triste Figura, que eu troquei ou mudei o meu antigo ser faltou à verdade, porque ainda hoje sou a mesma que fui ontem. É certo que alguma mudança fizeram no meu estado alguns acontecimentos felizes, que o tornaram o melhor que eu poderia desejar; porém não foi isso bastante para eu deixar de ser o que era, nem para perder o pensamento que ainda conservo de amparar-me do valor do vosso braço invencível, pensamento este em que sempre estarei firme; portanto, senhor meu, digne-se a vossa bondade de restituir seu crédito honroso ao pai que me gerou, e tenha-o sempre na conta de homem prudente e entendido, porque foi ele que com a sua ciência descobriu um meio tão verdadeiro, quanto fácil, para remediar a minha desgraça, pois estou convencida de que sem o vosso auxílio jamais chegaria a ter a ventura que atualmente tenho; e em tudo isto vos digo a verdade pura, da qual são testemunhas a maior parte destes senhores aqui presentes. Agora só nos resta continuar amanhã o nosso caminho, porque hoje já só poderíamos fazer uma jornada muito pequena, e pelo que pertence ao bom sucesso da nossa empresa, tudo entrego nas mãos de Deus, e tudo confio no esforço do vosso peito.

Dom Quixote, ouvindo o que disse Dorotéia, voltou-se para Sancho, e, com mostras duma grande cólera, lhe disse:

— Agora te digo eu, meu Sanchuelo, que és o velhaquinho mais descarado de toda a Espanha: dize-me, ladrão vagabundo, não me asseguraste, ainda há pouco, que esta princesa se havia mudado em uma donzela chamada Dorotéia, e que a cabeça, que cortei ao gigante, era a pata que te pôs, isto junto com outros disparates tais, que me puseram na maior confusão pela qual hei passado em todos os dias da minha vida? Juro — e ao dizer isto levantou os olhos para o céu e apertou os dentes — que estou para fazer em ti um estrago tamanho, que ponha o sal na moleira[1] a todos quantos escudeiros mentirosos hajam de servir daqui em diante aos cavaleiros andantes do mundo inteiro.

— Acalme-se Vossa Mercê, meu senhor bom — disse Sancho —, pois bem pode haver acontecido que eu me enganasse no que respeita à mudança da Senhora Princesa Micomicona, porém naquilo que respeita à cabeça do gigante, ou pelo menos aos furos dos odres, e ao ser vinho tinto o sangue derramado, por Deus que me não enganei, pois os odres ali estão todos esburacados perto da cama de Vossa Mercê, e o vinho tem feito do seu aposento um verdadeiro lago; e se não, ao fritar dos ovos o verá, quero dizer, que o verá quando aqui o senhor vendeiro lhe der em rol a conta do que Vossa Mercê lhe deve: enquanto a que a senhora rainha seja ainda a mesma que dantes era, no íntimo da alma me alegro eu com isso, porque hei de ter rasca na assadura, como membro que sou da família.

— Agora te digo eu, Sancho — respondeu Dom Quixote —, que és completamente um parvo, e perdoa-me e basta.

[1] "Pôr sal na moleira": dar juízo.

— Basta — disse então Dom Fernando —, e não se fale mais nisto; e pois que a senhora princesa já determinou que amanhã se continuaria a jornada, que não se pode continuar hoje por ser muito tarde, cumpra-se o que ela manda, e esta noite poderemos nós passá-la em agradável conversação; e, chegando o dia de amanhã, todos queremos acompanhar ao Senhor Dom Quixote, e ter honra de presenciar as grandes e assombrosas façanhas que há de fazer no decurso desta difícil empresa de que se encarregou.

— Sou eu quem tem de servir-vos e acompanhar-vos — respondeu Dom Quixote —, e muito agradeço o favor com que sou tratado, e a boa opinião em que sou tido, a qual procurarei, quanto caiba em minha força, tornar verdadeira, ainda que perca a vida neste empenho, e mesmo mais que a vida, se mais que ela me é possível perder.

Outras semelhantes expressões de cortesia e oferecimentos continuaram a trocar-se entre Dom Quixote e Dom Fernando; mas a tudo impôs silêncio um passageiro que naquele momento entrou na venda, o qual pelo seu vestuário mostrava ser cristão chegado de terra de mouros, pois usava duma casaca de pano azul com meias mangas, de abas curtas e sem gola, e os calções e o barrete eram também de cor azul; trazia uns borzeguins feitos segundo a moda dos mouros, e um alfanje suspenso dum talabarte lançado ao tiracolo. Logo atrás deste passageiro entrou uma mulher vestida à mourisca, com uma touca na cabeça e o rosto encoberto, a qual viera montada em um jumento, e trazia um barretinho de brocado e uma almalafa[2] que a cobria desde a cabeça até aos pés. O homem era de forma robusta, de agradável presença, contando pouco mais de quarenta anos de idade, algum tanto moreno, barba bem-posta e grandes bigodes, e, se estivera mais bem vestido, pelo seu ar e pelas suas maneiras, todos o julgariam como pessoa bem-nascida e com boa educação. Apenas entrou, pediu um aposento, e porque lhe disseram que não o havia, mostrou-se magoado, e chegando-se para o pé do jumento, em que vinha a que parecia moura, apeou-a tomando-a nos braços. Lucinda, Dorotéia, a vendeira, sua filha e Maritornes, atraídas pelo trajo novo e por elas nunca visto, rodearam a moura, e

---

[2] Veste mourisca, espécie de grande lençol com que se cobrem as mulheres quando saem à rua.

Dorotéia, sempre comedida, graciosa e discreta, parecendo-lhe que os dois adventícios se afligiam pela falta de aposento, disse à mulher:

— Não vos cause pena, senhora minha, a falta de comodidades que encontrais aqui, porque comodidades são coisas que nunca se encontram em casas tais como esta; porém, contudo, se gostardes de vos aposentar conosco — ao dizer isto sinalou a Lucinda —, porventura vos convencereis pelo decurso de todo este caminho de que não foi hoje o dia em que pior albergue encontrastes. Não respondeu nada a estrangeira a isto, nem fez outra coisa mais que levantar-se do lugar onde se havia assentado, e, cruzando as mãos ambas sobre o peito, inclinou a cabeça e curvou o corpo, como quem assim queria mostrar o seu agradecimento. Pelo silêncio em que se conservou, e pelas demonstrações que a estrangeira fez, ficaram persuadidas as que a rodeavam de ser sem dúvida ela alguma moura, que não sabia falar a linguagem dos cristãos. Acudiu nesta ocasião ali o cativo, que até aquele tempo estivera ocupado com outras coisas, e, vendo que a sua companheira nada respondia a quanto as outras mulheres lhe perguntavam, disse:

— Senhoras minhas, esta donzela apenas entende a minha língua, porém não sabe falar outra senão a da sua terra, e por isso cuido que não tem respondido e nem por certo responderá ao que lhe seja perguntado.

— Nada mais se lhe pergunta — disse Lucinda — senão se ela quer por esta noite aceitar a nossa companhia, que com a melhor vontade lhe oferecemos, assim como também lugar no aposento em que havemos de repousar, e onde lhe procuraremos todas as comodidades possíveis, pois é dever nosso obsequiar os estrangeiros, sobretudo sendo eles do nosso sexo.

— Por ela e por mim vos beijo, senhora, as mãos, e em muito aprecio a mercê que tendes a bondade de fazer, a qual não pode deixar de ser mui grande sendo feita em tal ocasião e por pessoas tais como tudo me está indicando que vós sois.

— Dizei-me, senhor — perguntou Dorotéia —, esta senhora é cristã ou é moura? O seu trajo e o seu silêncio nos levam a pensar que ela não é o que nós desejáramos que fosse.

— Moura é no trajo e no corpo — respondeu o cativo — porém na alma é já uma verdadeira cristã, porque tem ardentíssimos desejos de o ser.

— Logo ainda não é batizada? — replicou Lucinda.

— Não teve ainda ocasião oportuna de batizar-se — disse o

cativo — desde que saiu de Argel, sua terra, e, como até agora não correu algum risco a sua vida, entendi poder dilatar-lhe o batismo até que estivesse bem instruída do que ele é, e das cerimônias que manda praticar a nossa santa madre Igreja; espero, porém, que Deus será servido de que ela dentro de breve tempo se batize com a decência devida à qualidade da sua pessoa, a qual é superior ao que mostra o seu vestuário e o meu.

Com estas razões acendeu o cativo em todos quantos o escutavam uma grande curiosidade e veementíssimo desejo de saberem quem ele era, e quem era a moura, mas nenhum lho quis perguntar por então, atendendo a que era mais própria aquela hora para o descanso que para ouvir a história da vida dos dois. Dorotéia tomou pela mão a desconhecida e a fez assentar junto de si, pedindo-lhe que se desembuçasse; ela olhou para o cativo, como quem o consultava sobre o que lhe diziam, e o que ela devia fazer; e ele, falando-lhe em língua arábica, lhe disse que lhe pediam para descobrir o seu rosto, e que assim o fizesse; ao que obedecendo, descobriu um rosto tão perfeito que Dorotéia a teve por mais formosa que Lucinda, e Lucinda por mais formosa que Dorotéia, e todos os circunstantes foram de opinião que, se alguma mulher havia que pudesse igualar as duas, era sem dúvida a moura, e alguns chegaram mesmo a achar que ela as excedia em certos pontos de perfeição; e, como a formosura tenha por especial prerrogativa, e por graça singular, o poder de ganhar as vontades e atrair os ânimos, logo todos se renderam ao desejo de servir e animar a bela moura.

E Dom Fernando perguntou ao cativo como chamava-se ela, ao que este respondeu que se chamava Lela Zoraida; e porque ela ouviu e entendeu a pergunta e a resposta, acudiu com muita pressa, e disse com uma espécie de pesar muito engraçado:

— Não, não Zoraida, Maria, Maria — dando assim a entender que se chamava Maria, e não Zoraida.

Estas palavras e o grande afeto com que a moura as pronunciou fizeram borbulhar as lágrimas nos olhos de alguns dos que ali estavam, particularmente das mulheres, que por sua natureza são ternas e compassivas.

Abraçou-a Lucinda com muito amor, dizendo-lhe:

— Sim, sim, Maria, Maria.

Ao que a moura respondeu:

— Sim, sim, Maria, Zoraida *macange*! — que quer dizer: “não”.

A este tempo já era chegada a noite, e por ordem dos que

vinham com Dom Fernando havia o vendeiro com grande cuidado e diligência preparado a ceia o melhor que lhe foi possível. Logo que foram horas competentes assentaram-se todos a uma mesa muito comprida e estreita, porque na venda uma mesa regular, redonda, ou quadrada, era coisa que não existia, e deram a cabeceira ou lugar principal, apesar das suas recusas, a Dom Quixote, o qual quis que ao seu lado se assentasse a Senhora Micomicona, porque ele era o seu cavaleiro e defensor. Em seguida assentaram-se Lucinda e Zoraida, e fronteiros a estas Dom Fernando e Cardênio, e logo os outros cavaleiros, e do lado das senhoras e ao pé delas o cura e o barbeiro: e deste modo cearam com grande satisfação, a qual subiu de ponto quando viram a Dom Quixote deixar de comer e, movido por outro espírito semelhante àquele que o fez falar, quando ceou com os cabreiros, principiar o discurso seguinte:

— Verdadeiramente, senhores meus, se bem se consideram as coisas, são muitas vezes extraordinários e inauditos os acontecimentos presenciados por todos os que professam a ordem da cavalaria andante; senão, dizei-me: quem seria o habitador deste mundo que, entrando pela porta deste castelo, e vendo-nos estar do modo que estamos, pudesse ajuizar e crer que nós somos quem somos? Quem pensaria que esta senhora, aqui ao meu lado assentada, é a grande rainha que todos nós sabemos, e que eu sou aquele Cavaleiro da Triste Figura cujo nome a boca da fama por aí tem espalhado? Já se não pode duvidar que este ofício e ocupação excede a todos aqueles e aquelas que os homens inventaram, e tanto mais deve ser estimado, quanto a maiores perigos está sujeito: e não ousem contradizer-me os que pretendem sustentar que as letras levam vantagem às armas, pois eu lhes afirmarei, sejam eles quem quer que forem, que não sabem o que dizem: porque a principal razão em que os tais se fundam é em que os trabalhos do espírito excedem muito os do corpo, e que as armas somente ao corpo pertencem e por ele só são exercitadas; como se uma tão nobre ocupação fosse ofício próprio daqueles que levam a sua vida conduzindo cargas, os quais não precisam senão possuir forças materiais; ou como se isto, a que chamamos armas nós os que fazemos profissão delas, não precisasse de muitos atos de fortaleza, os quais carecem na sua execução, para que esta seja perfeita, de muita inteligência em quem os executa; ou como se o guerreiro que tem a seu cargo o comando dum exército, ou a defesa duma povoação sitiada, não tivesse necessidade de trabalhar igualmente com o espírito e com o corpo: senão, veja-se se é possível conseguir por meio das forças corporais e materiais o penetrar as intenções do inimigo, seus projetos e seus estratagemas, e prevenir as dificuldades e os danos que ele pode suscitar e opor, tudo isto coisas tocantes privativamente ao entendimento, e nas quais o corpo nenhuma parte pode ter. Sendo pois ponto verificado que as armas requerem tanta força de espírito como as letras, examinemos agora qual dos dois espíritos é o que trabalha mais, se o do letrado, se o do guerreiro. Para isto se conhecer bem, deve examinar-se com atenção o destino a que cada um dos dois se encaminha, porque em mais alto valor se há de apreciar a intenção daquele que tem por objeto alcançar um fim mais glorioso e nobre. O fim a que as letras se dirigem (e não falo agora das divinas, que aspiram somente a encaminhar as almas para o céu, fim este tão sem fim, que nenhum outro se lhe pode igualar), quero dizer, as letras humanas, é estabelecer com clareza a justiça distributiva, e dar a cada um o que é seu, e o procurar e fazer que as boas leis se guardem e se cumpram: fim por certo este generoso, e digno de grande louvor; porém não de tanto como merece aquele a que as armas atende, o qual consiste em assegurar a paz, que é o maior bem que os homens podem nesta vida desejar: e observe-se que as primeiras boas novas que teve o mundo e tiveram os homens foram as anunciadas pelos anjos da noite, que para nós todos foi luminosíssimo dia quando nos ares cantaram: "Glória seja dada a Deus nas alturas, e na terra paz aos homens de boa vontade"; e a saudação que o melhor mestre da terra e do céu ensinou aos seus companheiros e favorecidos foi dizer-lhes que, quando entrassem em alguma casa, falassem assim: "Paz seja nesta casa[3]; e muitas outras vezes lhes disse: "Dou-vos a minha paz, a minha paz vos deixo, a paz seja convosco"; bem como jóia e prenda dada e deixada por tal mão, jóia sem a qual não pode haver algum bem nem na terra nem no céu. Esta paz é o verdadeiro fim da guerra, pois o mesmo é dizer armas do que dizer guerra. Assentada pois esta verdade, que o final da guerra é a paz, e que nisto levam as armas vantagens às letras, tratemos agora dos trabalhos do letrado com o seu corpo e dos do professor das armas, e veremos quais são maiores.

---

[3] "Intrantes autem salutate eam dicentes: 'Pax huic domui'". (São Mateus, X, I2).

Por esta maneira e com estes bons termos prosseguia Dom Quixote na sua prática, de modo que nenhum dos que o escutavam podia persuadir-se de que na realidade ele estava louco; antes pelo contrário, como a maior parte dos que o ouviam eram cavalheiros, a quem as armas são sempre anexas, o ouviam com grande prazer, e ele continuou dizendo:

— Digo, pois, que os trabalhos dum estudante de letras humanas são estes: o principal é a pobreza, não porque todos sejam pobres, mas para pôr o caso em todo o extremo a que ele pode chegar; e haver eu dito que o estudante padece pobreza, penso que não podia dizer mais a respeito da sua má sorte, porque quem é pobre coisa nenhuma tem boa. Esta pobreza tem suas divisões, porque umas vezes vem ela acompanhada pela fome, outras pelo frio, outras pela falta de vestuário e, finalmente, outras por tudo isto junto; contudo não digo que seja tanta esta pobreza que o estudante não coma, embora o faça mais tarde do que se usa, ainda que a comida lhe venha do que sobeja aos ricos; grande miséria por certo é esta a que vulgarmente se chama viver da sopa alheia, e também encontra em algumas ocasiões alheio braseiro ou chaminé, onde, se não pode aquentar-se tanto quanto deseja, ao menos poderá minorar o frio que o persegue, e por último igualmente não digo que lhe falte absolutamente uma cama com roupa suficiente onde durma coberto. Não quero entrar aqui em outras miudezas, tais como falta de camisa e de sapatos, vestuário velho e usado, e aquele prazer esfomeado que mostra quando a sua boa ventura o leva a ser comparsa em algum jantar abundante e bem cozinhado. Por este caminho que tenho descrito, dificultoso e áspero, tropeçando aqui, caindo ali, levantando-se acolá, e tornando outra vez a cair cá, chegam os letrados ao grau que desejam: este grau tem levantado a muitos, os quais havendo passado através de Sirtes, Cila c Caríbdis[4], como que voando bafejados pelo hálito favorável da sua boa fortuna, chegaram a mandar e governar o mundo sentados na sua cadeira curul, trocada já sua antiga fome em grande fartura, seu frio em ótimo calor, seus vestidos velhos e rapados em vistosas galas, o seu dormir sobre uma esteira em se deitarem agora e descansarem em leitos adornados com holandas e damascos: prêmio é sem dúvida este justamente

[4] Escolhos muito citados na poesia barroca espanhola.

merecido pela sua virtude; porém, comparando-se os trabalhos com os do militar guerreiro, ficam longe destes a perder de vista como agora vou mostrar.

CAPÍTULO XXXVIII

Em que se trata do curioso discurso que fez Dom Quixote sobre as armas e as letras

Continuou Dom Quixote, dizendo:

— Visto começarmos, tratando do letrado, pela pobreza e pelas divisões várias com que esta o ataca, examinemos se o soldado é mais rico: e este exame nos fará conhecer que ninguém entre a própria pobreza é mais pobre que ele, porque vive atido a um miserável pagamento que vem ou tarde ou nunca, ou àquilo que por suas mãos pode pilhar, muitas vezes com grande perigo da sua vida e mesmo da sua consciência. Muitas vezes é tamanha a sua nudez, que um esfarrapado colete lhe serve de gala e de camisa, e no rigor do inverno, quando se acha exposto na campina rasa às inclemências do tempo, costuma afugentar o frio com a própria respiração, a qual por isso que sai duma boca onde falta o calor, tenho para mim que há de sair igualmente fria, e que nada aquecerá, apesar das leis estabelecidas pela natureza. Em vão espera restaurar-se de todos estes incômodos na cama, que o aguarda, quando chegar a noite, cama que só tem de bom não ser estreita senão se ele assim o quiser, pois lhe pode dar a largura que lhe aprouver, medindo muitas braças de terra, se isso for de seu gosto, e depois virar-se e revirar-se à sua vontade, com a certeza de que nunca os lençóis se lhe enrodilharão ao pescoço. Chega depois de tudo isto o dia e a hora de receber o grau de seu exercício: chega um dia em que lhe colocam na cabeça uma compressa quase em forma de barrete feita de fios para curar-lhe algum balázio que haja atravessado a cabeça ou o tenha estropiado nos braços ou nas pernas. E quando isto assim não aconteça porque o céu piedoso o conservou vivo e são, pode muito bem se ficar sempre na pobreza em que dantes estava, e somente sairá deste seu estado desgraçado, e porventura medrará alguma coisa, se houver muitos encontros e batalhas com os inimigos, e se em todos estes arriscados lances sair vencedor; mas esta qualidade de milagres raras vezes aparece. Mas dizei-me, meus senhores, se bem o tendes considerado, não são os premiados e gananciosos na guerra muito menos que os que morreram nela? Sem dúvida me respondereis que não há aqui comparação possível de fazer-se, pois se não pode formar jamais essa conta exata dos mortos na guerra, enquanto que dos que escaparam vivos e alcançaram prêmios e distinções a lista se poderá compor com três algarismos apenas. Tudo isto sucede duma maneira contrária entre os letrados, os quais com mais ou menos abundância sempre têm de que sustentar-se e não padecem as inclemências que perseguem os militares, e por isso claramente se vê que o trabalho do soldado é muito maior e o prêmio menor. Bem sei que a isto se pode responder que é mais fácil premiar a dois mil letrados do que a trinta mil soldados, porque aqueles premiam-se dando-lhes empregos, que são exclusivamente próprios da sua profissão, e estes somente podem premiar-se com as fazendas e bens do senhor a quem servem, prêmio cuja impossibilidade fortifica mais a razão do meu dito; porém, deixemos este ponto, que é labirinto de dificultosíssima saída, e voltemos à preeminência das armas sobre as letras, matéria ainda hoje em dia mal averiguada por causa das razões que se apresentam pró e contra, duma e doutra parte. Ouçamos o que dizem as letras quando afirmam que sem elas não podem as armas sustentar-se, porque também a guerra tem as suas leis, às quais está sujeita, e que estas leis devem pertencer a inspeção das letras e dos letrados, que são em tal caso os juízes competentes: ouçamos agora o que respondem as armas, as quais dizem que sem elas não podem manter-se as leis, porque são as armas as defensoras naturais da república, as conservadoras dos reinos, as defensoras das cidades, e as que asseguram o trânsito das estradas contra os perigos a que pode achar-se exposto, e varrem os mares da peste dos corsários, que muitas vezes os infesta; e nisto parece-me estar pelas armas a razão, pois sem o auxílio delas as monarquias, as repúblicas, os caminhos de mar e terra, tudo estaria sempre exposto ao rigor e confusão duma desordenada guerra, a qual enquanto durasse traria consigo a licença que é o seu natural privilégio e usaria livremente das suas forças, uso sempre nocivo aos que a sofrem. E é coisa bem averiguada e certa que aquilo que mais custoso é em maior estima deve ser tido: alcançar alguém a eminência das letras, coisa é que custa tempo, vigílias, fome, nudez, vágados de cabeça, padecimento de estômago e outras semelhantes a estas, que já em parte deixo apontadas; mas chegar a ser um bom soldado custa tudo isto por que passa o estudante, e em grau tanto mais subido, porque a cada passo se acha no risco de perder a vida, o que torna impossível a comparação entre o militar e o letrado: e que receio de precisões ou de pobreza pode afligir o estudante, que chegue ao que tem o soldado, quando em um cerco é mandado fazer a guardar em um parapeito ou revelim[1] e pressente que o inimigo está fazendo uma mina direita ao lugar por ele ocupado, e que a sua honra e o seu dever militar lhe vedam arredar-se um passo da posição onde se acha, nem lhe permitem esquivar-se ao perigo que tão próximo se lhe apresenta? O que somente pode fazer é dar parte ao seu capitão do que sucede para que o remedeie com alguma contramina, e ele conservar-se quieto e firme no seu posto, esperando a cada instante voar até as nuvens sem ter asas e cair depois sobre a terra muito contra sua vontade. E se este perigo ainda parece pequeno a alguns, vejamos se porventura é menor o de duas galeras que mutuamente se investem no largo e espaçoso mar, aferradas as quais uma à outra pelas proas, não fica ao soldado mais espaço que o duma tábua de três palmos junto do esporão; e, apesar de tudo isto e de conhecer diante de si tantos sinistros de morte, que o ameaçam, quantos são os canhões assestados da parte contrária à curta distância dum tiro de lança, e de ver que o primeiro descuido dos pés o levaria a visitar os abismos profundos de Netuno, guiado pela briosa inspiração do dever e da honra militar, se expõe a ser o alvo da mosquetaria e se esforça por passar o passo estreito e tão perigoso que o separa da embarcação inimiga; e o mais admirável é que, apenas um tem caído em sítio donde até o fim do mundo se não levantará mais, outro vai imediatamente substituir-lhe o lugar, e, se este é da mesma maneira engolído pelas goelas insaciáveis do

[1] "Parapeito" e "revelim" são termos de fortificação. O primeiro é uma obra interna que se eleva acima do reduto da praça, dominando-o; o segundo, terrapleno fora da muralha para proteger a ponte levadiça.

mar, outro e outro lhe sucedem sem dar tempo ao tempo de suas mortes: atrevimento e valentia a maior que pode encontrar-se em todos os lances da guerra. Venturosos foram aqueles séculos que careceram da espantosa fúria destes endemoninhados instrumentos da artilharia, cujo inventor tenho cá de mim para mim que está recebendo no inferno o prêmio devido à sua diabólica invenção, com a qual proporcionou meios a um braço infame e covarde para tirar a vida a um valoroso cavaleiro, pois se vê amiudadas vezes que, sem saber-se como nem por onde, chega uma bala disparada por um individuo que talvez fugisse espantado com o brilho do fogo que produziu a máquina quando deu o tiro, e corta e acaba a vida a um militar brioso quando este estava combatendo corajosa e valentemente animado pelos sentimentos que acendem e entusiasmam os peitos generosos, vida preciosa que deveria conservar-se por longos anos. E considerando eu isto bem, estou capaz de afirmar que me pesa no íntimo da alma de haver abraçado este exercício de cavaleiro andante em tempos tão detestáveis como estes em que vivemos agora; porque, ainda que eu sou daqueles a quem não há perigo que meta medo, contudo muitas vezes me sinto receoso de que a pólvora e o chumbo me roubem a ocasião de tornar-me famoso e conhecido pelo valor do meu braço e pelos fios da minha boa espada em todos os ângulos da terra; porém disponha o céu como lhe aprouver, que tanto mais estimado serei se levo a cabo o que pretendo, quanto me tenho exposto a perigos bem maiores que aqueles a que se expuseram os cavaleiros andantes dos anteriores séculos.

Toda esta larga arenga disse Dom Quixote, enquanto todos os outros que com ele estavam iam comendo a ceia, de que ele se esqueceu a tal ponto, que não meteu coisa alguma na boca, ainda que algumas vezes Sancho Pança lhe lembrasse que não era mau o cear e que tempo lhe restaria depois para dizer quanto quisesse. Em todos os que o escutavam sobreveio grande pena, vendo que um homem, ao parecer, dotado de muita inteligência e que sabia discorrer com tanto acerto nas coisas de que tratava, perdia completamente a tramontana logo que falava sobre a negregada e desgraçadíssima tolice da cavalaria andante. O cura disse-lhe que tinha muita razão em tudo quanto havia afirmado em favor das armas, e que ele, cura, apesar de letrado e graduado, se achava conforme com a sua opinião. Acabada a ceia, tirados os pratos, e levantada a mesa, a toalha e mais coisas pertencentes, e enquanto a vendeira, com sua filha e Maritornes, arranjavam e preparavam a espécie de caramanchel, onde dormira Dom Quixote, para que somente as mulheres ocupassem naquela noite a referida estância, pediu Dom Fernando ao cativo para que lhe narrasse o decurso da sua vida, porque decerto havia de ser peregrino e gostoso, conforme as mostras que já começara a dar vindo em companhia de Zoraida: ao que respondeu o cativo que de boa vontade obedeceria ao que era mandado, receando apenas que não fosse tal o conto como ele desejava para dar-lhe prazer e contentamento; porém, que, apesar disso, cumpriria com as ordens recebidas e vontade de Dom Fernando. O cura e todos os mais lhe agradeceram a sua docilidade em prestar-se a dar-lhes este gosto, que de novo lhe pediam lhes desse, ao que ele, prestando-se prontamente, respondeu:

— Estejam Vossas Mercês atentos, e ouvirão uma história verdadeira, a qual porventura não poderia ser igualada pelas que costumam inventar-se com curioso e pensado artifício.

Com isto que disse fez com que todos se acomodassem e lhe prestassem muita atenção; e vendo ele que se calavam e esperavam o que dizer quisesse, com voz agradável e compassada começou assim:

H. PISAN

CAPÍTULO XXXIX

Onde o cativo conta a sua vida e sucessos

— Em um lugar das montanhas de Leão teve sua origem a minha família, com que foi mais liberal a natureza do que a fortuna, e posto que aqueles povos ali situados fossem em geral pouco abastados de riqueza, contudo meu pai bem podia ser considerado como rico, e verdadeiramente o houvera sido se, assim como tinha habilidade para gastar a sua fazenda, a tivesse tido para conservá-la e aumentá-la. E a inclinação que o levava a ser liberal e gastador lhe vinha de haver sido soldado no tempo da sua mocidade, porque a soldadesca é uma escola na qual o mesquinho se torna liberal, e o liberal passa a ser pródigo, e se alguns soldados aparecem às vezes miseráveis são como monstros que de longe em longe se vêem. Meu pai passava muito além dos limites da liberalidade e entrava a grandes passos pelos da prodigalidade, coisa esta sempre nociva ao homem casado e que tem filhos, sucessores futuros da sua fortuna e do seu nome. Os filhos que meu pai tinha eram três, todos varões e já em idade de poderem escolher estado. Vendo meu pai que, conforme ele dizia, não tinha na sua mão força para mudar o seu gênio gastador, resolveu-se a sofrer voluntariamente a privação da causa que o fazia ser assim como era, e o modo que para isso teve por melhor foi desfazer-se dos bens que possuía, porque na verdade o próprio Alexandre, se nada tivesse de seu, não poderia haver feito os donativos que fez; tomada esta resolução, chamou-nos um dia, a todos três, a um aposento, e ali, sós por sós, nos disse pouco mais ou menos as palavras seguintes: "Meus filhos, para convencer-vos de que eu vos quero bem, basta dizer-vos e vós saberdes que sou vosso pai; e para poder entender-se talvez que vos quero mal, bastara observar-se que não tenho mãos em mim quando se trata de conservar a fazenda da nossa casa, e por isso, para que daqui em diante não duvideis de que o amor que vos tenho é amor de pai, desejo não vos arruinar como se fora padrasto, quero fazer convosco um tratado, o qual tenho pensado há muitos dias, e disposto com madura consideração. Todos vós estais em idade de escolher modo de vida, e de eleger um exercício tal que depois de empregados nele vos honre e aproveite, e para que isto possa verificar-se assentei em que o melhor meio era dividir a minha fazenda em quatro partes, das quais vos entregarei três repartindo-as entre vós com perfeita igualdade, e com a quarta ficarei eu para me sustentar e viver o resto dos dias que o céu houver por bem ainda me conceder de vida; porém queria que depois que cada um tiver em seu poder esta parte da herança paterna seguisse um dos caminhos que lhe vou dizer. Há um rifão na nossa Espanha, segundo o meu parecer assaz verdadeiro, como eles sempre são, por derivarem a sua existência de uma longa série de experiências discretas, o qual diz: 'Igreja, ou mar, ou casa real', como se mais claramente dissera: quem quiser ter valia e ser rico, ou siga a Igreja, ou navegue exercendo o ofício de comerciante, ou entre a servir os reis nos empregos públicos, porque dizem: 'Mais valem migalhas de rei que mercês de senhor'. Digo-vos isto, porque a minha vontade é que um de vós siga as letras, e outro o comércio, e o terceiro o rei na vida militar, porque servi-lo na sua própria casa é dificultoso, e a vida militar, ainda que nem sempre dê riqueza, dá contudo grande nomeada, exaltando o nome dos que com valor e distinção a exercitam: dentro em oito dias vos darei a cada um a vossa parte em dinheiro sem vos defraudar em um ceitil, como o vereis quando eu puser o meu projeto em execução. Dizei-me agora se quereis seguir o meu parecer e os meus conselhos em tudo quanto acabo de propor-vos". E mandando-me então a mim, como o mais velho dos três, que respondesse, eu, depois de lhe haver dito que não se desfizesse de seus bens, e que continuasse gastando à sua vontade, porque nós estávamos em idade de poder procurar meios honrados de levar a vida, concluí todavia dizendo-lhe por fim que fizesse ele em tudo o seu gosto e que o meu seria seguir o exercício das armas, servindo nelas a Deus e ao meu rei. O meu segundo irmão, depois de falar pouco mais ou menos como eu havia falado, escolheu partir para as Índias[1], levando empregada a

[1] América.

quantia que lhe tocasse. O mais novo dos três, e, segundo o meu pensar, o mais discreto, disse que queria seguir a Igreja ou ir para Salamanca acabar lá os seus estudos.

Logo que terminamos esta prática e escolhemos os estados que queríamos seguir, o nosso pai abraçou a todos e, com a brevidade prometida, pôs por obra quanto dissera, dando a cada um de nós a parte que lhe pertenceu, a qual, se bem me recordo, constou de três mil ducados em dinheiro, pois que um tio nosso comprou todos os bens e os pagou prontamente para que não saíssem do tronco da família. Todos os três nos despedimos de nosso bom pai em um mesmo dia, e eu, parecendo-me falta de humanidade que um velho, e sobretudo pai meu, ficasse com tão poucos meios de subsistência, consegui dele que dos meus três mil ducados guardasse dois mil, porque a mim me bastaria o resto para acomodar-me e arranjar-me de tudo quanto convinha a um soldado. Meus dois irmãos, movidos pelo meu exemplo, lhe deram cada um deles mil ducados, de modo que nosso pai ficou com quatro mil ducados em dinheiro, além de mais três mil ducados que valia a fazenda que no seu quinhão se reservara, a qual ele não quisera vender, preferindo conservar a raiz. Finalmente, chegado o tempo de nos ausentarmos, despedimo-nos de nosso pai e de nosso tio do qual falei há pouco, não sem muito sentimento e lágrimas de todos, e eles nos recomendaram muito que, todas as vezes que tivéssemos ocasião oportuna, lhes comunicássemos os sucessos prósperos ou adversos que sobreviessem. Assim o prometemos, e depois de novamente abraçados por nosso pai e por nosso tio, e recebida a bênção paternal, nos ausentamos, indo um para Salamanca, outro para Sevilha, e eu para Alicante, onde tive notícia que estava um navio genovês tomando carga de lã para Gênova.

Haverá hoje tempo de vinte e dois anos que saí de casa de meu pai, e em todos eles, apesar de algumas cartas que tenho escrito, não hei recebido notícia alguma nem de meu pai, nem de meus irmãos. Agora, quanto neste longo período tem por mim passado, contarei brevemente. Embarquei em Alicante, e cheguei a Gênova com próspera viagem, partindo em seguida para Milão, onde me preveni de armas e de algumas galas de soldados, e querendo ir assentar praça ao Piemonte e estando já de caminho para a Alexandria da Palha, constou-me que o Grão-Duque de Alba passava para Flandres: mudei então de propósito, e fui com ele, servi-o nas jornadas que fez, achei-me presente na ocasião da morte dos condes de Egmont e de Fornos[2], alcancei ser alferes dum famoso capitão de Guadalajara, chamado Diogo de Urbina[3], e passado algum tempo depois da nossa chegada a Flandres vieram novas de se haver formado uma liga entre a Santidade do Papa Pio V, de feliz recordação, a República de Veneza e a nossa Espanha contra o inimigo comum que é o Turco, o qual naquele mesmo tempo havia conquistado com uma poderosíssima armada a famosa Ilha de Chipre[4], que pertencia ao domínio veneziano, perda desgraçada e lamentável.

Supôs-se ser coisa certa que seria general-chefe dos coligados o Sereníssimo Senhor Dom João da Áustria, irmão natural do nosso grande Rei Dom Filipe: tornou-se público e notório o tremendo preparativo de guerra que se estava fazendo, o que me incitou e moveu fortemente o ânimo para desejar ver-me na jornada que se esperava; e posto que tinha probabilidades e quase promessas certas de ser promovido a capitão no primeiro ensejo que se oferecesse para isso, tudo resolvi postergar e parti para a Itália: permitiu a minha boa sorte que nessa ocasião houvesse chegado a Gênova o Senhor Dom João da Áustria, o qual passava a Nápoles para ajuntar-se com a armada de Veneza, o que efetivamente se verificou em Messina. Achei-me portanto naquela felicíssima jornada, ocupando já o posto de capitão de infantaria, cargo a que mais me elevou a minha boa sorte do que os meus merecimentos: naquele dia tão venturoso para a cristandade, porque nele se desenganaram as nações de que os turcos não eram invencíveis no mar, como até então geralmente se pensava; naquele dia, repito, em que o orgulho e a soberba otomana foram humilhados e esmagados, entre tantos felizes como ali houve (porque até os cristãos que ali morreram tiveram maior dita que os que ficaram vivos, embora vencedores), somente eu fui desgraçado, pois em troca da coroa naval que bem podia esperar cingir se vivera nos séculos romanos, me vi, na noite que se seguiu àquele memorando dia, com cadeias aos pés e as mãos vergando sob o peso das algemas. Isto me aconteceu pelo modo

---

[2] A execução dos condes de Egmont e de Hugues se efetuou no dia 5 de julho de 1568.

[3] Sob as ordens do Capitão Diogo de Urbina se achou e lutou Cervantes na Batalha de Lepanto.

[4] Os turcos conquistaram esta ilha pouco antes de meados de 1569.

que vos agora vou contar: tendo Uchali[5], rei de Argel, atrevido e venturoso corsário, investido e rendido a nau capitânia de Malta (na qual só ficaram vivos três cavaleiros, e esses mesmos cheios de feridas), acudiu a capitânia de João André[6] a socorrê-la, na qual eu me achava com a minha companhia, e, fazendo o que em uma tal ocasião me cumpria fazer, saltei dentro da galera contrária, que, desviando-se da em que eu ia, estorvou assim que os meus soldados me seguissem, achando-me eu só entre os inimigos, a quem não pude resistir por serem eles tantos: afinal fiquei prisioneiro e cheio de feridas, e, como já tereis ouvido dizer que o Uchali se salvou com toda a sua esquadra, já havereis entendido que fiquei sujeito ao seu poder, sendo por este modo eu o único triste entre tantos alegres e o único cativo entre tantos vencedores e livres. Foram quinze mil os cristãos[7] que naquele dia alcançaram a desejada liberdade, os quais todos vinham ao remo na armada turca.

Levaram-me a Constantinopla, onde o Grão-Duque Selim nomeou a meu amo general-do-mar, porque desempenhara muito bem o seu dever na batalha, havendo levado em prol do seu valor o estandarte da religião maltesa: no ano seguinte, que foi o de 72, achei-me em Navarino vogando na capitânia dos três faróis[8]. Vi e observei a ocasião, ali infelizmente perdida, de não aprisionar ou destruir no porto a armada turca, porque todos os leventes e janízaros[9] que nela vinham tiveram por certo que seriam atacados dentro do referido porto, e por isso haviam de antemão preparado os vestidos, e os passamaques, que assim chamam o calçado de que usam, para fugirem por terra sem esperarem o combate: tão grande era o medo que a armada cristã lhes havia incutido.

De diversa maneira porém quis o céu que corressem as coisas, não por culpa nem descuido do general que comandava os nossos, mas sim pelos pecados da cristandade, e porque Deus permite

---

[5] Uchali era calabrês; "ali" quer dizer "renegado".

[6] João André Doria, genovês, general das galeras de Espanha, comandou na Batalha de Lepanto a ala direita da esquadra cristã.

[7] Vinte mil remadores cristãos foram postos em liberdade, segundo Mariana.

[8] Os três faróis que levava na popa a nau capitânia da esquadra.

[9] "Leventes": os soldados embarcados; "janízaros": os de terra.

muitas vezes que tenhamos verdugos para nos castigarem. Efetivamente o Uchali se acolheu a Modão[10], que é uma ilha próxima de Navarino, e, lançando os soldados em terra, fortificou a entrada do porto e se deixou estar ali sem fazer outro algum movimento, até que o Senhor Dom João se ausentou. Nesta viagem foi tomada a galera chamada *A Presa*, da qual era capitão um filho do famoso corsário Barba-Roxa[11]: tomou-a a capitânia de Nápoles chamada *A Loba*, governada por aquele raio da guerra, pai dos soldados, sempre venturoso e nunca vencido Dom Álvaro de Bazán, Marquês de Santa Cruz. E não deixarei agora de contar-vos o que aconteceu nesta presa da *Presa*. Era tão cruel o filho do Barba-Roxa e tratava tão mal os seus cativos que, apenas estes conheceram que a *Loba* os ia abordar, largaram todos a um tempo os remos, e agarraram o seu capitão, que estava sobre a estanteirola[12], gritando que vogassem ligeiros, e, passando-o de banco em banco, da popa à proa, tantas dentadas lhe deram e o trataram por tal modo que em muito breve espaço, a sua alma desceu ao inferno; tal era a crueldade com que ele se portava para com os seus cativos, e o ódio entranhado que estes lhe votavam. Voltamos a Constantinopla, e soubemos depois lá, no ano seguinte, que foi o de 73, que o Senhor Dom João da Áustria havia tomado Túnis, privando os turcos daquele dito reino, e pondo em possessão dele a Mulei Hamet, cortando assim as esperanças de tornar ali a reinar, conservando-o, Mulei Hamida[13], que era o mouro mais cruel e ao mesmo tempo o mais valente que no mundo houve. Esta perda foi muito sentida pelo Grão-Turco, o qual, usando da sagacidade própria de todos os da sua família, ajustou a paz com os venezianos, que a desejavam muito mais ainda que ele, e no ano seguinte, que era o de 74, mandou atacar a goleta e o forte que junto de Túnis havia levantado o Senhor Dom João. Em todos estes lances andava eu no remo, sem alguma es-

[10] Modão, praça enlaçada com terra firme com uma ponte de madeira.

[11] Mulei Bey, neto de Barba-Roxa, segundo Haedo.

[12] Madeiro ou coluna que suportava o toldo.

[13] Mulei Hamet, irmão de Hamida, reinou em Túnis em 1573; no ano seguinte, caiu prisioneiro dos turcos. Mulei Hamida é Ahmad-Sultão, penúltimo dos soberanos da dinastia berbere dos hafsis. Tentou unir-se às tropas de Dom João da Áustria em Túnis. Morreu em Palermo.

perança de liberdade; pelo menos não esperava alcançá-la por meio de resgate, porque havia determinado comigo de não escrever a meu pai a dar-lhe notícia da minha desgraça.

Perdeu-se finalmente a goleta, perdeu-se o forte, praças sobre as quais estiveram setenta e cinco mil soldados turcos pagos, e mais de quatrocentos mil mouros e árabes de toda a África, acompanhado este inumerável poder de gente com tantas munições e petrechos de guerra, e com tantos gastadores que estes puderam afinal cobrir a goleta e o forte com milhares de manadas de terra, que sobre eles lançavam. Primeiro se perdeu a goleta, havida até aquele tempo por inexpugnável[14], mas esta perda não deve recair sobre os seus defensores, os quais em sua defesa fizeram tudo quanto podiam e deviam fazer, e procedeu da facilidade com que se podiam levantar trincheiras sobre aquele areal deserto, pois que, achando-se ali água a dois palmos, os turcos nem a duas varas a encontraram; e por isso com muitos sacos de areia levantaram trincheiras tão altas que excediam a altura do forte, e, cobrindo este de tiros incessantes, não era possível estar dentro dele para defendê-lo.

A opinião comum foi que os nossos andaram mal em se encerrarem na goleta, e que teriam andado melhor indo esperar o inimigo no campo, ao tempo em que ele desembarcava: mas os que isto disseram falam de leve e com pouca experiência de casos semelhantes, porque se na goleta e no forte o exército cristão não passava de sete mil homens, como é sabido, mal podia um número tão pequeno de guerreiros, por mais esforçados que fossem, sair ao campo e oferecer aí uma batalha ao inimigo que o atacava por forças incomparavelmente superiores. Como é possível deixar de perder-se uma força que não é socorrida, sobretudo quando é cercada por muitos e tenazes inimigos, e estes de mais a mais estão na sua própria terra? Porém, pareceu a muitas pessoas, e dessas fui eu uma, que tal perda foi uma graça especial concedida pelo céu à Espanha, permitindo que afinal de tudo ficasse para sempre destruída e arrasada aquela guarida de malfeitores, a qual sem proveito algum custava à mesma Espanha grande quantidade de dinheiro para conservar aquela posição de que não recebia proveito e, apenas

---

[14] "Fortaleza que cobria o porto de Túnis": diz Clemencín, "que se estendia até prolongar-se na cidade. Então, era inexpugnável".

podia servir para conservar a memória do invictíssimo Carlos V, que fora quem noutro tempo a ganhara; como se fora mister, para tornar esta memória eterna, que aquelas pedras a sustentasse, a ela, que jamais se varrerá da recordação dos espanhóis. Perdeu-se também o forte; mas os turcos somente conseguiram ganhá-lo palmo a palmo, porque os soldados que o defendiam pelejaram tão forte e valorosamente, que os turcos perderam ali mais de vinte e cinco mil homens em vinte e dois assaltos que se viram obrigados a fazer. De trezentos defensores que escaparam com vida, nem um só deixou de ficar ferido: sinal claro e evidente do seu esforço, e do bem que souberam defender-se e cumprir o dever de valentes soldados. Rendeu-se por capitulação um pequeno forte que estava no meio do lago, e de que era capitão Dom João Zanoguera, cavaleiro valenciano e famoso guerreiro[15]. Ficou cativo Dom Pedro Porto Carrero, general da goleta, o qual fez todo o possível para defender a praça, e de tal modo sentiu o havê-la perdido, que no caminho de Constantinopla faleceu de puro pesar, não chegando vivo àquela capital. Também ficou prisioneiro o general do forte que se chamava Gabrio Cervelhão, cavaleiro milanês, grande engenheiro e valentíssimo soldado. Morreram nestas duas praças muitas pessoas de conta, e foi uma delas Pagão Doria, cavaleiro do hábito de São João, homem por extremo generoso, como o mostrou pela suma liberalidade de que usou com seu irmão, o famoso João André Doria; e o que mais se lastimou por ocasião da sua morte foi que esta se executasse pelas mãos de uns árabes (nos quais se fiou quando viu já o forte perdido) que se ofereceram para guiá-lo, disfarçado com vestidos de mouro, até Tabarca (que é um pequeno porto possuído pelos genoveses naquela ribeira para o fim de exercitarem a pesca do coral); os tais árabes lhe cortaram a cabeça e a trouxeram ao general da armada turca, o qual cumpriu para com eles o antigo rifão castelhano que diz: "Ainda que a traição agrade, o traidor sempre se aborrece"; e, segundo se conta, mandou o general enforcar os que lhe trouxeram a cabeça por não haverem trazido vivo o dono dela.

Entre os cristãos que no forte se perderam, foi um deles Dom

---

[15] Todos esses nomes são rigorosamente históricos. Dom João Zanoguera assistiu à tomada de Perión de Vélez em 1564.

Pedro de Aguilar, natural não sei de que terra da Andaluzia, o qual servira no forte no posto de alferes, e era soldado de muita valia e de raro entendimento, tendo especial graça nas coisas de poesia: digo isto porque a sua sorte o trouxe à minha galera, ao meu banco e a ser escravo, assim como eu, do mesmo senhor; e antes que nós saíssemos daquele porto compôs este cavaleiro dois sonetos, um à goleta, e outro ao forte: estes sonetos os conservo de memória e hei de repeti-los, por me parecer que serão eles ocasião de prazer e não de enjôo.

Quando o cativo nomeou a Dom Pedro de Aguilar, Dom Fernando olhou para os seus três companheiros, que todos se sorriram; um deles disse então ao cativo:

— Antes que Vossa Mercê passe adiante, pedia-lhe eu a graça de dizer-me se porventura sabe alguma coisa a respeito do destino que teve ou do que foi feito desse Dom Pedro de Aguilar. Respondeu o cativo:

— O que sei é que no fim de dois anos que ele esteve em Constantinopla fugiu de lá em traje de arnaute[16], acompanhado dum espia grego; não sei se se pôs em liberdade mas acredito que sim, porque dali a um ano tornei a ver em Constantinopla o tal grego, mas não me foi possível perguntar-lhe o sucesso daquela viagem.

— Pois saiba Vossa Mercê — disse o cavalheiro — que esse Dom Pedro é um meu irmão, e que voltou a Espanha, estando agora morador no nosso lugar, bem, casado, rico e com três filhos.

— Graça seja dada a Deus — exclamou o cativo — por tantos benefícios que lhe fez, porque, segundo o meu parecer, não há sobre a terra contentamento igual ao que se sente quando se alcança a liberdade perdida.

— Direi mais — replicou o cavalheiro —, que sei muito bem os sonetos feitos por meu irmão.

— Repita-os pois Vossa Mercê — disse o cativo —, porque melhor os saberá dizer que eu.

— De boa vontade o farei já, e o da goleta era assim:

---

[16] "Arnaute": albanês.

CAPÍTULO XL

No qual prossegue a história do cativo

SONETO

Almas ditosas, que a mortal cadeia
Rompestes, e que pelo bem que obrastes
De um solo obscuro e baixo remontastes
À sublime região de luzes cheia;

Que, ardendo na ira duma honrosa idéia,
Vossas forças na terra exercitastes;
Que o sangue alheio e o próprio derramastes
No mar vizinho, e na longínqua areia;

Primeiro que o valor faltou a vida
Aos braços fatigados que a vitória
Vos deram ao cair já de vencida!

Queda triste, mas bela, onde a história
Mostra quanto é justa e a vós devida
No mundo a fama, e lá nos céus a glória.

— Dessa mesma forma o sei eu — disse o cativo.

— Pois o do forte — continuou o cavalheiro —, se bem me recordo, era o seguinte:

Soneto

Da aridez desta terra desgraçada,
E dos castelos pelo chão lançados,
As santas almas de três mil soldados
Subiram vivas a melhor morada!

Mui grande valentia exercitada
Por aqui por seus braços esforçados,
Mas afinal já poucos e cansados,
Todos morreram vítimas da espada!

É este o solo onde padeceram
Tristes sucessos as hispanas gentes
No atual séc'lo, e nos que já correram.

Mas jamais foram dele aos céus luzentes
Almas tão santas, nem jamais desceram
Ao seio seu uns corpos tão valentes!

Não desagradaram os sonetos, e o cativo, alegrando-se muito com as novas de seu camarada, continuou assim a história da sua vida:

— Rendidos que foram a goleta e o forte, os turcos mandaram desmantelar a goleta, porque o forte ficou em tal estado que não houve que lançar por terra, e para a desmantelar mais depressa e com menos trabalho, minaram-na por três partes; por nenhuma delas porém, se pôde fazer voar mesmo aquilo que parecia menos sólido, que eram as muralhas velhas; o que com muita facilidade veio a terra foi quanto havia ficado em pé da fortificação nova que tinha feito o Fratim[1]. Por último a armada voltou vencedora e triunfante para Constantinopla, e poucos meses depois morreu meu senhor, o Uchali, ao qual chamavam "Uchali Fartax", que em língua turca quer dizer o "Renegado Tinhoso", porque ele o era, e é costume entre os turcos porem uns aos outros os nomes tirados de algum defeito que tenham ou de alguma virtude que possuam; e

---

[1] Jacome Paleazzo, chamado o Fratim, que, sob as ordens dos reis de Espanha, fortificou Gibraltar.

sucede isto porque não há entre eles senão quatro apelidos de linhagem que descendem da casa otomana, e as outras, como disse, tomam nome e apelido umas vezes da imperfeição do corpo, e outras das virtudes do espírito. Ora este tinhoso vogou ao remo catorze anos na qualidade de escravo do Grão-Senhor, e tendo mais de trinta e quatro de idade renegou e renunciou à sua fé, para vingar-se de um turco, por lhe dar uma bofetada em ocasião em que se achava trabalhando com o remo; e foi tanto o seu valor, que sem se servir dos caminhos e dos meios torpes por que costumam subir os mais favoritos do Grão-Turco, chegou a ser rei de Argel, e por último a general-do-mar, que é o terceiro cargo que há naquele senhorio. Era calabrês de nação, e moralmente considerado, era homem de bem e tratava com muita caridade os seus cativos, que chegou a ter no número de três mil, os quais depois da sua morte foram repartidos, conforme a sua disposição testamentária, entre o Grão-Senhor (que também é filho herdeiro de quantos súditos morrem, e entra em partilhas com os mais que deixa o defunto) e entre os seus renegados. Quis a minha má sorte que eu tocasse e pertencesse a um renegado veneziano, que foi o mais cruel de quantos renegados existiram, o qual, sendo grumete de uma nau, tinha ficado cativo do Uchali, mas que teve a fortuna de lhe agradar tanto que foi dos seus prediletos aquele que ele mais encheu de benefícios. Chamava-se Azan Agá, e chegou a ser muito rico e rei de Argel, e com ele vim de Constantinopla um tanto mais contente por ficar mais perto de Espanha; não porque pensasse em escrever a alguém contando-lhe os meus infortúnios, mas por esperar que a sorte me não fosse tão adversa em Argel como havia sido em Constantinopla, tinha formado mil planos para fugir, sem que nenhum pudesse levar a cabo. Em Argel tratei de usar dos meios que me pareciam mais próprios para alcançar o que tanto desejava, porque nunca perdi as esperanças de obter a minha liberdade, a ponto tal que quando me falhava um plano que eu maquinara, pensara e pusera em execução, sem perder o ânimo logo descobria e me agarrava a outra esperança que, embora débil e fraca, me mantivesse o alento. Assim ia eu entretendo a vida metido em uma prisão ou casa a que os turcos chamam "banho", e na qual metem os cativos cristãos, tanto os que são do rei, como os que são de particulares, e os que chamam do "aljube", o que equivale a dizer que são "cativos do município", porque servem à cidade nas obras públicas que a municipalidade faz e nos demais trabalhos, e a estes tais cativos élhes muito difícil alcançar a liberdade, porque, por serem de todos e por não terem senhor particular, não aparece com quem tratar o seu resgate mesmo quando este não lhes seja proibido. A estes banhos, como dito fica, costumam alguns particulares do povo levar os seus cativos, mormente quando estes são de resgate, porque até que este chegue os têm ali folgados e seguros. Também os cativos do rei, sendo igualmente dos de resgate, não saem a trabalho com a chusma dos outros a não ser quando o dito resgate se demora, porque em tal caso, para que dele tratem com mais afinco, os fazem trabalhar e ir à lenha com aqueles, coisa que não é pequeno trabalho.

Eu era pois um dos de resgate; como souberam que eu tinha sido capitão, no número deles e não no dos cavalheiros me puseram, posto que eu tivesse dito que era de poucas posses e sem fazenda. Lançaram-me uma cadeia, mais por sinal de resgate do que por me segurarem com ela, e assim passava eu a vida em aquele banho com outros muitos cavalheiros e pessoas gradas, com o destino e o sinal característico dos de resgate, e posto que às vezes, ou quase sempre, nos apertasse a fome e nos afligisse a nudez, o que mais nos atormentava era ouvir e ver a cada passo as inauditas e nunca vistas crueldades com que o meu senhor já nomeado tratava os cristãos. Cada dia enforcava um, empalava este, cortava as orelhas àquele, e isto por tão pouca coisa e tanto sem razão, que os turcos conheciam que o fazia por hábito e por natural condição de ser assassino de todo o gênero humano. Só lhe caiu em graça um soldado espanhol chamado fulano de tal Saavedra[2], porquanto, apesar de haver feito coisas que ficarão por muitos anos na memória daquela gente, e todas para alcançar a sua liberdade, nem por isso lhe deu nem mandou dar bastonadas e nem sequer o maltratou de palavras, e sucedeu isto com espanto nosso, pois que pela mais pequena das muitas coisas que fez temíamos que fosse empalado, e ele também mais de uma vez o temeu. Se o tempo mo permitisse eu contaria algumas das aventuras deste soldado, com as quais vos entreteria e vos faria admirar muito mais do que com a narração da minha história. Voltando pois a esta, direi que para o pátio da nossa prisão estavam voltadas as janelas da casa de um mouro rico e principal, as quais, como são de ordinário as dos mouros, mais eram frestas

[2] O próprio Cervantes.

que janelas, e de mais a mais eram cobertas de espessas e estreitas gelosias. E um dia sucedeu que estando em um terraço com três companheiros a ver por passatempo se podíamos saltar com as cadeias, e estando sós (porque todos os outros cristãos tinham ido trabalhar), levantei por acaso os olhos, e vi aparecer por aquelas estreitas janelinhas de que falei uma cana com um lenço atado na ponta, balanceando-se e movendo-se quase como a dar-nos sinal para chegarmo-nos a ela e torná-la. Reparamos nisto, e um dos que estavam comigo foi colocar-se debaixo da cana para ver se a largavam ou o que faziam. Mal ele chegou, levantaram a cana e moveram-na para os dois lados, como se dissessem "não" com a cabeça. Retirou-se o cristão, estornaram a baixar a cana e a fazer iguais movimentos, mas indo outro, sucedeu a este o mesmo que ao primeiro. Foi em seguida o terceiro, e sucedeu-lhe o mesmo que aos dois. E vendo eu isto, não quis deixar de experimentar a sorte, e apenas cheguei a colocar-me debaixo da cana deixaram-na cair, e ela veio dar-me aos pés dentro do banho. Tratando logo de desatar o lenço, vi nele um nó, e encontrei dentro dez cianis, que são umas moedas de ouro baixo de que usam os mouros e cada das quais tem o valor de dez dos nossos reales. Se saltei de contente com o achado, é escusado dizê-lo, pois foi tanto o contentamento como a admiração ao pensar de onde nos poderia vir aquele bem, especialmente a mim, pois é fora de toda a dúvida que não se querendo entregar a cana senão a mim, a mercê só a mim era feita. Tratei em todo o caso de arrecadar o dinheiro, em seguida quebrei a cana, voltei para o terraço, olhei para a janela e vi então que por ela saía uma mão branca como a neve, abrindo-a e fechando-a precipitadamente. Esta descoberta levou-nos a nos capacitar ou a imaginar que alguma mulher que vivia naquela casa fora quem nos fez aquele benefício, e nós, em sinal de que lhe agradecíamos, lhe fizemos salemas[3] conforme o uso dos mouros, inclinando a cabeça, dobrando o corpo e pondo os braços sobre o peito. Pouco depois mostraram pela mesma janela uma cruz feita de canas e imediatamente a retiraram. Com este sinal mais nos capacitamos de que

[3] Cortesia e sinal de humildade. Provém da frase árabe: "Alaih zalema", "Deus te salve". Algumas terras de doação se chamavam "salema"; porque seriam homenagem e dádiva.

naquela casa estivesse cativa alguma cristã, e que essa era quem nos tinha feito a mercê, mas a brancura da mão e os braceletes que nela vimos nos fizeram mudar de pensamento, posto que imaginássemos que ela fosse uma das cristãs renegadas que de ordinário costumam os seus próprios amos tomar por legítimas mulheres, e com isso se dão por muito felizes, porque as estimam mais que as da sua nação. Em todas as nossas conjeturas estivemos, porém, muito longe da verdade, e por esta razão daí em diante todo o nosso entretenimento era olhar fixamente para a janela através da qual nos tinha aparecido a boa estrela da cana; mas passaram-se uns bons quinze dias sem que a víssemos, nem sequer a mão, ou qualquer sinal, e apesar de em todo este tempo havermos procurado com grande solicitude saber quem vivia naquela casa, e se nela havia alguma cristã renegada, nunca encontramos quem nos dissesse outra coisa senão que ali vivia um mouro rico e principal chamado Agi Morato[4], alcaide que tinha sido da Pata[5], que entre eles é ofício de muita honra; mas quando já não esperávamos que por ali nos choveriam mais cianis, vimos com surpresa reaparecer a cana tendo outro lenço com outro nó mais crescido, e isto sucedeu quando, como da outra vez, o banho estava só e sem gente. Fizemos a mesma experiência, indo primeiro do que eu cada um dos três que comigo estavam; mas a nenhum deles se baixou a cana, só eu tive essa dita, porque à minha vez deixaram-na cair. Desatei então o nó, e encontrei quarenta escudos de ouro espanhóis e um papel escrito em árabe, e feita no fim do escrito uma grande cruz. Beijando-a, tomei os escudos, voltei ao terraço, todos fizemos as nossas salemas, tornou a aparecer a mão, fiz-lhe sinal de que ia ler o papel e por então fechou-se a janela. Ficamos todos alegres e ao mesmo tempo confusos com o sucedido; e, não sabendo nenhum de nós a língua árabe, era grande o nosso desejo de entender o que o papel continha, e era mais ainda a dificuldade de procurar quem o lesse. Por último, tomei a resolução de fiar-me de um renegado natural de Múrcia, que se tinha declarado meu grande amigo, e entre o qual e mim se tinham dado tais ligações que o obrigavam a guardar o segredo que

---

[4] 'Agi", nome que dão os muçulmanos aos que fizeram peregrinação a Meca. Era uma personagem de alta categoria em Argel.

[5] Fortaleza situada a duas léguas de Orã.

lhe confiasse, porque costumam alguns renegados, quando formam tenção de voltar a terra de cristãos, trazer consigo atestados de cativos distintos em que dão fé, pela forma que podem, de que esse tal renegado é homem honrado, que sempre fez bem aos cristãos, e que tem firmado o plano de evadir-se na primeira ocasião que lhe apareça; destes alguns há que com a melhor intenção procuram estes atestados, outros servem-se deles em certos casos e por manha, pois vindo roubar a terra de cristãos, e perdendo-se ou ficando cativos, mostram os atestados e dizem que por esses papéis se verá o propósito com que vinham, e que este era ficar em terra de cristãos, e com esse fim é que vinham em corso[6] com os demais turcos. Deste modo se livram do primeiro ímpeto, e se reconciliam com a Igreja sem lhe ter feito mal algum; mas no primeiro ensejo que se lhes oferece, voltam à Berbéria e são de novo o que dantes eram. Outros há que pelo contrário procuram de boa fé estes papéis e se deixam ficar em terra de cristãos. Ora um dos ditos renegados era este meu amigo, o qual tinha de todos os nossos camaradas atestados que quanto era possível o acreditavam como homem de bem, e os mouros o queimariam vivo se lhe encontrassem tais papéis. Constou-me que ele sabia bem o árabe, e que não só o falava como também que o escrevia; contudo, antes de me abrir com ele, lhe disse que me lesse aquele papel que por acaso tinha encontrado em um buraco que havia no sítio onde habitávamos. Abriu-o e esteve bastante tempo a olhar para ele e a traduzi-lo em voz baixa. Perguntei-lhe se o entendia; respondeu-me que perfeitamente e que se eu queria que me comunicasse palavra por palavra o seu conteúdo, lhe desse tinta e pena para que melhor o fizesse. Logo lhe dei o que pedia, e pouco a pouco o foi traduzindo, dizendo-me no fim:

— Tudo o que aqui vai em romance é, letra por letra, o que contém este papel mourisco, mas há de advertir-se que onde se diz "Lela Marien" se deve entender "Nossa Senhora, a Virgem Maria".

Lemos então o papel, que dizia assim:

Quando eu era menina, tinha meu pai uma escrava, a qual na minha língua me deu conhecimento da zalá[7] cristã, e me disse

---

[6] "Andarem corso": andar roubando pelo mar.

[7] "Zalá": a oração dos muçulmanos.

muitas coisas de Lela Marien. A tal cristã morreu, e eu sei que não foi ao fogo, mas sim que foi para Alá, porque a vi depois duas vezes, e me disse que fosse à terra dos cristãos ver a Lela[8] *Marien, que me queria muito. Não sei como hei de ir: tenho visto desta janela muito cristão, mas só tu me hás parecido cavalheiro. Sou muito nova e formosa, e tenho muito dinheiro para levar comigo: olha tu se podes conseguir que vamos ambos, e lá serás meu marido, se quiseres, e, se não quiseres, não se me dará nada disso, pois que Lela Marien me dará marido com quem eu case. Eu escrevi isto, repara bem naquele a quem o deres a ler, não te fies de nenhum mouro, porque todos são marfuzes*[9]*. Disto tenho eu muita pena, pois quisera que em ninguém te confiasses, porque, se meu pai o souber, me lançará logo a um poço e me cobrirá de pedras. Porei um fio na cana; ata nele a resposta, e se não tens quem te escreva em árabe, exprime-te por sinais que Lela Marien fará com que eu te entenda. Ela e Alá te guardem, e bem assim também essa cruz que eu beijo muitas vezes, como me ordenou a cativa.*

Notai, senhores, se tínhamos ou não justos motivos para que as razões deste papel nos causassem admiração e alegria, e tanto mais que o renegado bem entendeu não ter sido casualmente achado este papel, antes se capacitou de que realmente a algum de nós fora dirigido; e nesta persuasão nos pediu que, se era verdade o que suspeitava, nos fiássemos nele, pois, sendo assim, arriscaria a sua vida pela nossa liberdade; e dizendo isto, tirou do peito um crucifixo de metal, e derramando muitas lágrimas, jurou por Deus, representado por aquela imagem, em que ele, ainda que muito pecador e frágil, muito e muito fielmente cria que guardaria lealdade e segredo em tudo quanto quiséssemos descobrir-lhe porque lhe parecia e quase adivinhava que por meio daquela que o papel havia escrito, ele e todos nós conseguiríamos a nossa liberdade, e deste modo alcançaria ele o que mais desejava, que era voltar ao grêmio da Santa Igreja sua mãe, da qual como membro pobre estava separado por sua ignorância e por seus pecados. Com tantas lágrimas e com

---

[8] "Lela": senhora.

[9] "Marfuz": repudiado, falso, enganoso.

mostras de tanto arrependimento falou o renegado, que todos nós afoitamente resolvemos declarar-lhe a verdade do sucesso, e tudo lhe contamos sem encobrir nada. Mostramos-lhe a janela por onde aparecia a cana, e ele marcou dali a casa e ficou de por grande e especial cuidado em indagar quem habitava nela. Acordamos também que seria bom responder ao bilhete da moura e, como tínhamos quem o soubesse escrever, imediatamente escreveu o renegado as razões que lhe fui ditando, que foram as que textualmente direi, porquanto não se me varreu da memória nem varrerá, enquanto vida tiver, nenhum dos pontos substanciais deste sucesso. Eis o que se respondeu à moura:

O verdadeiro Alá te guarde, minha senhora, e aquela bendita Marien, que é a verdadeira mãe de Deus, e aquela que por te querer bem te há gravado no coração a vontade de ires à terra dos cristãos. Implora-lhe tu que se sirva dar-te a entender como poderá pôr por obra o que te ordena, pois é tão boa que decerto assim o fará. Da minha parte e da de todos estes cristãos que comigo se acham, te ofereço fazer por teu respeito quanto até morrer pudermos. Não deixes de me escrever e de me avisares do que pensares em fazer, que eu nunca deixarei de responder-te: o grande Alá nos deu um cristão cativo que sabe falar e escrever tua língua tão bem como verás deste papel, e por isso sem medo algum nos podes avisar de quanto quiseres. Quanto ao dizeres que se fores à terra dos cristãos serás minha esposa, eu te prometo que por esposa te aceitarei e to prometo como bom e fiel cristão, e bem deves saber que os cristãos cumprem melhor que os mouros aquilo que prometem. Alá e Marien sua mãe sejam em tua guarda, minha senhora.

Escrito e fechado este papel, esperei dois dias que o banho estivesse só, e logo fui ao costumado sítio do terraço para ver se descobria a cana, que efetivamente não tardou muito em aparecer. Assim que a vi, posto que não pudesse ver quem a punha, mostrei o papel para dar a entender que pusessem o fio; mas já a cana o trazia, e a ele atei o papel, e dali a pouco tornou a aparecer a mesma estrela que já anteriormente anunciara a nossa boa ventura, e vinha ali atado o lenço, que das outras vezes se mostrara como sendo a bandeira branca da paz. Deixaram-na cair e, levantando-a, encontrei no lenço em toda espécie de moeda de ouro e prata mais de cinqüenta escudos, os quais cinqüenta vezes mais dobraram o nosso contentamento e firmaram a nossa esperança de alcançarmos a liberdade. Em aquela mesma noite voltou o nosso renegado e nos disse ter sabido que naquela casa vivia o mesmo mouro que nos haviam dito chamar-se Agi Morato, riquíssimo em toda a extensão da palavra, o qual tinha só uma filha, herdeira de toda a sua fortuna, e que era geral opinião em toda a cidade ser a mais formosa mulher da Berbéria e que muitos dos vice-reis que ali vinham a tinham pedido em casamento, mas que ela nunca quisera casar-se, e que igualmente soube que Agi Morato tivera uma cativa cristã já falecida. Tudo isto concordava com o que vinha no papel.

Logo conferenciamos com o renegado sobre o meio de raptar a moura e voltarmos todos à terra de cristãos, e acordou-se afinal que por então esperássemos o segundo aviso de Zoraida, que era o nome daquela que quer agora chamar-se Maria: porquanto bem víamos nós que ela e não outra pessoa era quem devia resolver todas as dificuldades. Assentando nós nisto, disse o renegado que ficássemos descansados, pois que ele nos poria em liberdade ou perderia a vida. Quatro dias esteve o banho com gente, que foram outros tantos em que deixou de aparecer a cana, e ao cabo deles, em o costumado silêncio do banho, apareceu a cana com o lenço tão prenhe que prometia um felicíssimo parto. A cana e o lenço inclinaram-se para mim, e encontrei nele outro papel e cem escudos de ouro sem outra qualquer moeda. Achando-se ali o renegado, demos-lhe a ler o papel dentro do nosso rancho, e ele nos disse que era este o seu teor:

Eu não sei, meu senhor, como pôr em ordem a nossa partida para Espanha, nem Lela Marien mo há revelado, posto que lho tenha eu perguntado; o que se poderá fazer é que eu vos darei por esta janela muito dinheiro em ouro; resgatai-vos com ele, e igualmente dos vossos amigos vá um a terra de cristãos, compre lá uma barca, e venha buscar os outros, e quanto a mim encontrar-me-á no jardim que nos pertence, o qual está na Porta do Babazão[9]*, junto à marinha, onde tenho de passar todo este verão com meu pai e com os criados: dali me podeis tirar de noite sem medo nenhum e levar-me à barca. E olha que hás de ser meu marido, quando não*

---

[10] "Babazão" ou "das Ovelhas": uma das principais portas da cidade.

eu pedirei a Marien que te castigue. Se não tens em quem confies para ir buscar a barca, resgata-te tu e parte, que eu sei que voltarás mais depressa que qualquer outro, porque és cavalheiro e cristão. Procura saber onde é o jardim, e quando passeares por aí ficarei sabendo que o banho está só, e então te darei muito dinheiro. Alá te guarde, meu senhor.

Era isto o que dizia e continha o segundo papel, e sabido por todos, cada um se ofereceu para ser resgatado, e prometeu ir e voltar sem demora, e também eu me ofereci para a mesma empresa: a tudo porém se opôs o renegado, dizendo que de nenhum modo consentiria que um se pusesse em liberdade sem que fossem todos juntos, porque lhe tinha mostrado a experiência quanto mal cumpriam os livres a palavra que davam no cativeiro, porquanto muitas vezes se tinham servido do mesmo meio alguns cativos principais, resgatando um que fosse a Valência ou a Mallorca com o dinheiro necessário para armar um navio e vir buscar os que o haviam resgatado, e contudo nunca mais voltava, porque a liberdade alcançada e o medo de tornar a perdê-la lhe apagava da memória todas as abnegações do mundo. E, em testemunho da verdade que nos dizia, nos contou em breves palavras um caso que quase na mesma ocasião se tinha dado com uns cavalheiros cristãos, o mais estranho que jamais sucedeu naquelas partes, nas quais a cada passo ocorrem coisas de admiração e grande espanto. Afinal disse que o que se podia e devia fazer era que o dinheiro destinado ao resgate de um cristão se desse a ele para comprar aí para Argel um navio, com o pretexto de se fazer mercador e traficar em Tetuã e naquela costa, e que, sendo ele o senhor do navio, facilmente poderia tirá-los do banho e embarcá-los a todos. Que por isso que a moura, como o tinha prometido, dava dinheiro para resgatá-los a todos, estando livres era fácil embarcarem ainda de dia, e a maior dificuldade que se opunha era a de não consentirem os mouros que algum renegado tenha barca, e só baixel grande para ir em corso, porque receiam que o que compra barca, mormente sendo espanhol, se destine a ir nela a terra de cristãos; mas que ele removeria esta dificuldade, conseguindo que um mouro tagarino[11] tomasse socie-

[11] "Tagarino": mouro de Aragão, como se esclarece no capítulo seguinte.

dade na compra da barca e no ganho das mercadorias, e deste modo se tornaria senhor da mesma barca e dava todo o negócio por concluído. E posto que parecesse melhor, tanto a mim como aos meus camaradas, que ele fosse pela barca a Mallorca, como dizia a moura, julgamos prudente não contrariá-lo, receosos de que, se não fizéssemos o que ele aconselhara, nos havia de denunciar e pôr-nos em risco de perder as vidas, se descobrisse o que estava combinado com Zoraida, pela vida da qual nós todos daríamos as nossas; e nestas circunstâncias resolvemos entregar tudo às mãos de Deus e às do renegado; e neste estado de coisas respondemos a Zoraida que faríamos tudo quanto nos aconselhava, pois que o delineara com tanto tino, como se lhe tivesse sido revelado por Lela Marien, e que em seu poder estava a presteza ou a demora do negócio. Outra vez lhe ofereci a mão de esposo; e, acontecendo estar no dia seguinte o banho sem gente, por diversas vezes nos deu, por via da cana e do lenço, dois mil escudos de ouro, e um papel onde dizia que no primeiro *jumá*, que corresponde à nossa sexta-feira, iria para o jardim de seu pai, e que antes de ir nos daria mais dinheiro; e, se este não bastasse, disso a avisássemos, pois que nos daria quanto lhe pedíssemos, porquanto seu pai tanto possuía que não daria pela falta, e mesmo até porque tinha ela as chaves de tudo. Demos logo quinhentos escudos ao renegado para comprar a barca. Com oitocentos me resgatei eu, dando o dinheiro a um mercador valenciano que na ocasião estava em Argel, o qual me resgatou de el-rei, empenhando a sua palavra em que apenas chegasse de Valência o primeiro baixel pagaria o meu resgate, porque, se desse logo o dinheiro, faria suspeitar o rei de que há muitos dias o meu resgate estava em Argel e que o mercador se servira dele para o seu negócio. Em suma: meu amo era tão caviloso que de modo nenhum me atrevi a que desembolsasse logo o dinheiro. Na quinta-feira antes da sexta em que devia ir para o jardim de seu pai, a formosa Zoraida nos deu outros mil escudos e nos avisou da sua partida, pedindo-me que, se me resgatasse, logo subisse ao jardim de seu pai, e em todo o caso tentasse ir ter lá com ela. Respondi-lhe em poucas palavras que assim o faria, e que não se esquecesse de nos encomendar a Lela Marien, rezando todas aquelas orações que lhe havia ensinado a cativa. Feito isto, tratamos de dispor as coisas para que os nossos três companheiros se resgatassem para nos facilitarem a saída do banho e para que também, por eu estar resgatado e eles não, havendo dinheiro para o resgate de todos, não se alvoroçassem e o Diabo os aconselhasse a alguma coisa em prejuízo de Zoraida; porquanto ainda o serem eles quem eram me poderia tirar de semelhante receio, ainda assim não quis pôr o negócio em risco, e por esta razão os fiz resgatar da mesma maneira por que eu me resgatei, entregando todo o dinheiro ao mercador, para o termos bem em seguro, sem que contudo lhe descobríssemos a nossa empresa e o segredo por causa do perigo que corríamos.

CAPÍTULO XLI

No qual o cativo ainda continua a sua história

Ainda não eram passados quinze dias e já o nosso renegado tinha comprado uma magnífica barca, com capacidade para nela se acomodarem mais de trinta pessoas; e a fim de desviar suspeitas e tornar segura a empresa, empreendeu viagem a um lugar chamado Sargel, que está a vinte léguas de Argel para os lados de Orã, onde se negocia muito em figos passos[1]. Duas ou três vezes fez essa viagem em companhia do tagarino de que falei. "Tagarinos" chamam na Berbéria aos mouros de Aragão, e "mudéjares" aos de Granada, e no reino de Fez chamam a estes últimos "elches"[2], os quais são a gente de que o rei dali mais se serve na guerra. Ora, cada vez que o renegado passava com a sua barca dava fundo numa pequena enseada que distava menos de dois tiros de frecha do jardim onde Zoraida estava à nossa espera, e muito de propósito se colocara ali, com os mourozinhos ao remo, ora a fazer a *zalá*, ora a fingir que ensaiava o que pensava fazer deveras, e deste modo ia ao jardim de Zoraida, e pedia-lhe fruta, que seu pai lhe dava sem o conhecer; e por mais diligências que fez, como depois me disse, para falar com Zoraida e dizer-lhe que era ele que iria de meu mando levá-la a terra de cristãos, e que por isso estivesse segura e

---

[1] "Secos."

[2] "Elche": trânsfuga.

contente, nunca o pôde conseguir, porque as mouras não se deixam ver de nenhum mouro ou turco sem que tal mandem seus maridos ou pais: com cristãos cativos é que elas vinham à fala ainda mais do que seria razoável; mas melhor foi que acontecesse assim, porque me pesaria que lhe houvesse falado, pois talvez ela se inquietasse, vendo que o seu negócio andava na boca de renegados; Deus, que ordenara as coisas de outro modo, não deu lugar ao bom desejo que tinha o renegado, e este, vendo com quanta segurança ia e voltava a Sargel, e que dava fundo quando, como e onde queria, e que o tagarino seu companheiro não tinha outra vontade que não fosse a sua, e que eu já estava resgatado, faltando apenas buscar alguns cristãos que vogassem ao remo, disse-me que visse eu quais queria trazer comigo afora os resgatados, e que os tivesse prevenidos para a primeira sexta-feira, dia que tinha escolhido para ser o da nossa partida. Em vista disto falei a doze espanhóis, todos eles homens muito possantes no remo, e daqueles que mais livremente podiam sair da cidade, e não foi pouco encontrar tantos numa ocasião em que estavam em corso vinte baixéis, tendo levado toda a gente de remo, e nem estes doze teria arranjado, se não sucedesse ter deixado seu amo de ir em corso naquele verão, ficando em terra para acabar uma galeota que tinha no estaleiro: a estes homens disse somente que na primeira sexta-feira de tarde saíssem um a um com dissimulação, e que me esperassem ao pé do jardim de Agi Morato. A cada um em particular dei estas instruções, recomendando-lhes que encontrando ali outros cristãos não lhes dissessem senão que os tinha mandado esperar naquele sítio. Feita esta diligência, faltava-me a principal, e era esta dar conta a Zoraida do estado em que estavam os nossos negócios para estar prevenida e não se sobressaltasse, se fôssemos raptá-la mais depressa do que porventura ela esperasse que poderia chegar a barca dos cristãos. Resolvi portanto ir ao jardim e ver se acharia meio de falar-lhe, e, com o pretexto de apanhar algumas ervas, fui lá um dia antes da minha partida, e a primeira pessoa com quem me encontrei foi com seu pai, e este me disse, na língua que em toda a Berbéria e mesmo em Constantinopla se fala entre cativos e mouros, a qual nem é mourisca nem castelhana, nem de nação alguma, senão uma mistura de todas as línguas, mas pela qual todos nos entendemos[3]: digo, que nesta forma de lingua-

[3] Alude o cativo à língua chamada "franca".

gem me perguntou o que eu procurava no seu jardim, e quem eu era. Respondi-lhe que era escravo de Arnaute Mami, e isto por saber eu com toda a certeza que este era seu íntimo amigo; e também lhe disse que procurava ervas para fazer salada. Perguntou-me ainda se era ou não homem de resgate e quanto meu amo pedia por mim. Neste tempo saiu da casa do jardim a bela Zoraida, que já muito antes me tinha visto; e, como as mouras não fazem reparo em aparecer aos cristãos, nem tampouco se esquivam, como já disse, facilmente veio ter onde o pai estava comigo, e o próprio pai vendo-a vir devagar a chamou e lhe disse que se chegasse.

Fora demasia dizer eu agora a muita formosura, a gentileza, os galhardos e ricos adornos com que a minha querida Zoraida se mostrou a meus olhos: tão-somente direi que do seu formosíssimo colo, orelhas e cabelos pendiam mais pérolas do que quantos destes tinha na cabeça. Nos pés, que, conforme o uso oriental, trazia nus, tinha dois carcasses (que assim se chamam em mourisco uma espécie de cadeias que nos pés usam as mulheres) de puríssimo ouro, com tantos diamantes engastados, que, segundo ela me disse depois, seu pai estimava em dez mil dobrões e em outro tanto os braceletes. Eram ricas e inumeráveis as pérolas, porque o maior luxo dos mouros consiste em adorno de pérolas e aljôfares, sendo por isso que entre os mouros há mais destas pedras preciosas do que em todas as outras nações, e o pai de Zoraida tinha fama de possuir muitas e das mais ricas de Argel, além de mais de duzentos mil escudos espanhóis, que tudo isto pertencia a esta que agora é minha senhora. Se com estes adornos devia vir ou não formosa, e quanto o foi nos seus dias de prosperidade, que o diga a formosura que ainda hoje tem, apesar dos trabalhos por que tem passado, pois bem sabido é que em algumas mulheres a formosura tem dias e estações, e diminui ou cresce conforme as circunstâncias; além de que muito naturalmente as paixões a realçam ou estragam, quando muitas vezes a não destroem. Finalmente apresentou-se ricamente adornada e extremamente formosa, ao menos pareceu-me a mim que era a mais bela que eu até aí tinha visto, e juntando à sua formosura os benefícios por mim recebidos, tudo isto me fazia ver ali uma deidade do céu que desceu à terra para me salvar e encher de gozos. Apenas ela tinha chegado, disse-lhe o pai, na sua língua, que eu era cativo de seu amigo Arnaute Mami, e que fora buscar salada. Tomando a mão ao pai, e naquela mistura de linguagem, de que já tenho falado, perguntou-me se eu era cavalheiro, e por que razão me não resgatava. Respondi-lhe que já estava resgatado, e que do preço do resgate podia ver a valia em que me tinha meu amo, pois eu havia dado mil e quinhentos zoltanis[4]. A isto me respondeu:

— Na verdade, se tivesses sido de meu pai, eu faria com que nem pelo dobro te resgatasses, porque vós os cristãos mentis em tudo quanto dizeis, e vos fingis pobres para enganar os mouros.

— Assim podia ser, senhora — lhe respondi —, mas crede que tratei com toda a verdade com meu amo, e que com ela trato e tratarei sempre com todas as pessoas do mundo.

— E quando partes? — perguntou-me Zoraida.

— Amanhã, segundo creio — respondi-lhe —, pois está aqui um baixel de França, que amanhã dará à vela, e espero ir nele.

— Não será melhor — replicou Zoraida — esperar que cheguem baixéis de Espanha, e que vás num deles, e não num dos de França, por não serem os franceses vossos amigos?

— Não — respondi eu —; contudo talvez espere um baixel de Espanha que dizem estar a chegar; mas o mais certo é que eu parta amanhã, porque me apertam as saudades de ver a minha terra e as pessoas da minha estima, que não quero esperar nenhuma comodidade por maior que ela seja.

— Provavelmente és casado na tua terra — disse-me Zoraida — e por isso desejas ir quanto antes ver tua mulher.

— Não sou casado — respondi eu —, mas dei a minha palavra de casar logo que ali chegue.

— E é formosa a dama com quem prometeste casar? — disse ela.

— Tão formosa é — lhe respondi —, que em seu justo louvor me basta dizer que ela se parece muito contigo.

Disto se riu com grande vontade o pai, e disse-me:

— Gualá[5], cristão, que deve ter muita formosura essa dama, se é verdade parecer-se com minha filha, que é a mais formosa de todo este reino. Olha bem para ela e verás como é verdade o que te digo.

Nesta conversação serviu-nos de intérprete, como mais habituado a outras semelhantes, o pai de Zoraida, por mais ladino, pois que,

---

[4] "Zoltanis": moeda cujo nome deriva de "sultão" ou "soldão" — equivalentes a reales.

[5] "Gualá": "por Alá".

ainda que ela falava a língua bastarda, que ali se usa, exprimia-se mais por sinais do que por palavras. De repente chegou um mouro a correr, gritando que quatro turcos, saltando os muros, tinham entrado no jardim e andavam a tirar a fruta ainda verde. O velho e Zoraida ficaram sobressaltados, porque é geral e quase natural o medo que os mouros têm aos turcos, mormente sendo soldados, pois são estes tão insolentes e têm tanto poderio sobre os mouros, os quais lhes estão sujeitos, que os tratam pior do que aos seus escravos. Por este motivo disse o pai de Zoraida:

— Minha filha, vai para casa, e fecha-te nela, enquanto vou falar àqueles cães; e tu, cristão, procura as ervas que pretendes; vai-te em paz, e Alá te acompanhe à tua terra.

Cortejei-o, e ele foi procurar os turcos deixando-me só com Zoraida, que fingia começar a cumprir as ordens do pai, caminhando para casa; mas, logo que este se encobriu com as árvores do jardim, ela voltou-se para mim e disse-me, banhada em lágrimas:

— *Tamxixi*, cristão? *Tamxixi*? — o que quer dizer: "Vais-te, cristão? Vais-te?"

E eu respondi-lhe:

— Irei, senhora, mas aconteça o que acontecer, não irei sem ti: está próxima a primeira sexta-feira, e não te sobressaltes quando aqui nos vires, que em seguida iremos com certeza à terra de cristãos.

De tal maneira me exprimi que ela me compreendeu perfeitamente e, lançando-me um braço ao pescoço, com passos lentos começou a caminhar para casa; quis, porém, a sorte, que poderia ser terrível, se o céu o não determinasse de outro modo, que o pai, voltando já de estar com os turcos, nos visse nesta posição; e, posto que nós também o víssemos a ele, Zoraida, mulher fina, não retirou o braço, antes mais se chegou a mim e pousou a cabeça sobre o meu peito, dobrando um pouco os joelhos, fingindo perfeitamente que desmaiava, e diligenciando eu ao mesmo tempo mostrar que a sustinha contra minha vontade. Correu o pai onde estávamos e, vendo a filha neste estado, perguntou o que tinha; e, como lhe não respondesse ela, disse:

— Sem dúvida desmaiou sobressaltada com a entrada destes cães.

E, tirando-a do meu, conchegou-a ao seu peito, e ela então, dando um suspiro e ainda banhada em pranto, tornou a dizer:

— *Ámexi*, cristão, *ámexi*. — "Vai-te, cristão, vai-te."

— Não importa, minha filha — respondeu o pai —, que o cristão se vá, pois nenhum mal te fez, e os turcos já se foram embora: nenhuma coisa te sobressalte, pois nenhuma há que deva afligir-te; como já te disse, os turcos, a instâncias minhas, saíram por onde tinham entrado.

— Foram eles, senhor, que a assustaram — disse eu ao pai —; mas como diz ela que me retire, não quero tornar-me incômodo. Fica-te em paz, e com licença tua, se me for preciso, voltarei a procurar ervas neste jardim, porque, segundo diz meu amo, em nenhum outro as há melhores para salada do que no teu.

— Podes vir colher quantas quiseres — respondeu Agi Morato —, pois minha filha não se queixa de ti nem de nenhum cristão; querendo referir-se aos turcos, é que disse que te retirasses, ou então que eram horas de ires procurar as tuas ervas.

Logo me despedi de ambos, e ela, arrancando-se-lhe a alma como parecia, retirou-se com o pai, e eu, sob o pretexto de procurar as ervas, rodeei o jardim com todo o vagar e à minha vontade notei bem as entradas e saídas e a fortaleza da casa, c a facilidade com que poderia executar o meu plano. Concluindo este serviço, retirei-me e contei ao renegado e aos meus companheiros quanto se tinha passado, e já me tardava a hora de gozar sem sobressalto o bem que na bela e formosa Zoraida me dava a sorte. Finalmente, passou-se o tempo e chegou o dia e a ocasião por nós tão desejada; e, seguindo todos a ordem do plano que com discrição e com muitas combinações havíamos formado, tivemos a fortuna que tanto desejávamos, porquanto, ao anoitecer da sexta-feira que se seguiu ao dia em que falei com Zoraida no jardim, o renegado deu fundo com a barca quase defronte do sítio onde estava a formosíssima Zoraida.

Já os cristãos que tinham de ir trabalhar ao remo estavam preparados e escondidos em diversos sítios daqueles arredores. Todos me esperavam, suspensos e alvoroçados, e impacientemente desejosos de atacarem o baixel que tinham à vista, porque ignoravam as combinações com o renegado e pensavam que à força de braço é que tinham de ganhar e possuir a liberdade, matando os mouros que estavam dentro da barca. Logo que nos avistaram, chegaram-se para nós todos aqueles cristãos que por ali se achavam escondidos, e já então a cidade estava deserta e não se via alma viva em toda aquela campina. Uma vez reunidos, hesitamos em se seria melhor ir primeiro de tudo raptar Zoraida ou render a barca, e, nesta perplexidade, chegou o nosso renegado e perguntou-nos o que esperávamos, acrescentando que já eram horas e que todos os seus mouros estavam descuidados e a maior parte deles a dormir. Contamos-lhe o que nos detinha, e então ele nos disse que antes de tudo convinha tomar o baixel, o que poderia fazer-se com facilidade, e que feito isto iríamos buscar Zoraida. A todos nos pareceu sensato este parecer, e sem mais demora, e indo ele na frente, nos precipitamos sobre o baixel, e saltando ele dentro primeiro que todos empunhou um alfanje, e disse em mourisco:

— Ninguém aqui se mova, se não quer perder a vida.

E já então todos os cristãos tinham saltado para dentro da barca. Os mouros, que eram pouco animosos, ouvindo falar desta maneira o seu arrais, ficaram espantados, e sem que nenhum deles tivesse coragem para pegar nas armas, que poucas ou quase nenhumas tinham, deixaram-se manietar pelos cristãos, o que estes lhes fizeram com toda a presteza, ficando os mouros compreendendo que seriam passados à espada no mesmo instante em que gritassem. Depois disto feito, deixando-os guardados por metade dos nossos, fomos os que restávamos buscar Zoraida ao jardim de Agi Morato, indo à nossa frente o renegado, e quis a nossa boa sorte que, quando íamos para forçar a porta, ela se abrisse com tanta facilidade como se não estivesse fechada, e deste modo muito tranqüilamente e em silêncio chegamos à casa sem que ninguém nos pressentisse.

Estava a lindíssima Zoraida esperando por nós a uma janela, e logo que sentiu gente perguntou em voz baixa se éramos *nizarani*, como se dissesse ou perguntasse se éramos cristãos. Eu lhe respondi que sim, e que baixasse. Logo que me conheceu, sem demorar-se nem mais um instante e sem responder-me uma só palavra, desceu rapidamente, abriu a porta, e apareceu-nos tão formosa e tão ricamente vestida que não sei como descrevê-la. Apenas a vi perto de mim, tomei-lhe a mão, e comecei a beijar-lha, e o mesmo fizeram o renegado e os meus dois companheiros, e os outros, que não sabiam de que se tratava, fizeram o que nos viram a nós fazer, parecendo-lhes decerto que com isto lhe dávamos graças e a reconhecíamos como senhora da nossa liberdade. Perguntou-lhe o renegado, em língua mourisca, se o pai estava no jardim, e ela respondeu que sim e que dormia.

— Pois é necessário acordá-lo — replicou o renegado — e levá-lo conosco e tudo quanto tem de valor neste formoso jardim.

— Não — disse ela —, não consinto que em meu pai alguém ouse tocar, e nesta casa não há mais nada que o que vai comigo, que é tanto que chegará para que todos fiquem ricos e contentes; esperai, e vê-lo-eis.

Neste momento voltou a casa, dizendo que não se demoraria, e que estivéssemos nós quietos e não fizéssemos ruído algum. Perguntei então ao renegado o que tinha passado[6] com ela, e, contando-me ele tudo, disse-lhe eu que só se havia de fazer o que Zoraida quisesse, e quando isto dizia já ela voltava com um cofrezinho cheio de escudos de ouro, em tamanha porção que o conduzia com muito custo. Quis porém a má sorte que neste meio tempo acordasse o pai e sentisse o ruído que ia no jardim e, chegando à janela, conheceu logo que éramos cristãos, e em altas e desesperadas vozes começou a gritar em árabe:

— Cristãos, cristãos, ladrões, ladrões!

Estes gritos puseram-nos em grande e arriscada confusão; mas o renegado, conhecendo o perigo em que estávamos e quanto era preciso levar a cabo a empresa sem ser sentido, correu aonde estava Agi Morato, e foram atrás dele alguns dos nossos; quanto a mim, entendi que não devia desamparar Zoraida, que caíra desmaiada sobre os meus braços. Finalmente, os que subiram de tal modo se houveram que num momento desceram, trazendo Agi Morato com as mãos atadas e com um lenço na boca, de maneira que não podia proferir palavra, ameaçando-o ainda assim que lhe tirariam a vida se falasse. Quando a filha o avistou, cobriu os olhos para não o ver, e o pai ficou espantado, ignorando quanto ela de sua vontade se havia colocado nas nossas mãos; mas, sendo o mais necessário então a ligeireza dos pés, a toda a pressa nos fomos meter na barca, na qual os que nela estavam principiaram a recear que tivéssemos sido malsucedidos.

Apenas se teriam passado duas horas pela noite dentro, já todos nós estávamos na barca, e logo tiramos ao pai de Zoraida a atadura que lhe puséramos nas mãos e o lenço com que lhe tapáramos a boca; mas disse-lhe outra vez o renegado que lhe tiraríamos a vida, se proferisse uma só palavra. Como ele ali viu a filha, começou a suspirar com muita ternura e com muita mais ainda quando viu que eu estreitamente a apertava nos braços, sem que ela se defendesse, nem se esquivasse ou soltasse um queixume, e antes ficando serena; mas tudo ele sofria calado para que o renegado não pusesse em

---

[6] "Falado."

execução as muitas ameaças que lhe havia feito. Vendo-se já na barca e observando que íamos começar a remar, e olhando para o pai e para os outros mouros que estavam amarrados Zoraida disse ao renegado, para mo dizer a mim, que lhe fizesse eu a mercê de soltar aqueles mouros e pôr-lhe o pai em liberdade, pois que mais fácil lhe seria atirar-se ao mar do que ver diante dos olhos e por sua causa ser levado cativo um pai que tanto a tinha amado sempre.

Disse-mo o renegado, e eu respondi que isso era da minha melhor vontade; mas objetou o renegado que isto não convinha, porque se ali os deixássemos, chamariam em socorro toda a terra e alvoroçariam a cidade, podendo suceder que fossem sobre nós com algumas fragatas ligeiras e nos tomassem a terra e o mar, de modo que não pudéssemos escapar-lhes; e que o mais que poderia fazer-se-lhes era pô-los em liberdade na terra dos cristãos a que primeiramente chegássemos. Assentamos todos neste parecer, e Zoraida, à qual expusemos as razões que tínhamos para não lhe fazermos logo a vontade, deu-se por satisfeita. Em seguida, com um silêncio que nos enchia de profunda satisfação e com alegre diligência, cada um dos nossos valentes remeiros tomou os remos, e começamos, encomendando-nos de todo o coração a Deus, a navegar em roda das ilhas de Mallorca, que era a mais próxima terra de cristãos; mas, por soprar vento um tanto norte e estar o mar algum tanto agitado, não pudemos seguir a derrota de Mallorca, e vimo-nos forçados a navegar terra a terra, não sem grande pesar nosso, pois receávamos ser descobertos do lugar de Sargel que naquela costa não dista de Argel mais de sessenta milhas; e de mais a mais temíamos encontrar por aquelas paragens alguma galeota das que ordinariamente conduzem mercadorias de Tetuã, posto que cada um por si e todos juntos presumíamos que, encontrando galeota de mercadorias, não sendo das que andam em corso, não só não nos perderíamos, mas até que conseguiríamos baixel em que com mais segurança pudéssemos concluir a nossa viagem. Enquanto se navegava ia Zoraida com a cabeça entre as minhas mãos para não ver o pai, e notei que ela rezava a Lela Marien, pedindo-lhe que nos protegesse.

Teríamos navegado trinta milhas, quando nos amanheceu estando desviados de terra coisa de três tiros de arcabuz, e observamos que estava toda deserta e que por isso ninguém nos vira; contudo fomos à força de braços entrando um pouco no mar, que já estava mais sossegado, e achando-nos quase duas léguas desviados de terra, deu-se ordem para que se vogasse por quartos[7], enquanto comíamos alguma coisa, pois ia bem provida a barca; posto que os remadores dissessem que não era ocasião oportuna para repousar, e que somente dessem de comer aos que não vogavam, porque quanto a eles não queriam de modo algum largar os remos das mãos. Assim se fez, e neste meio tempo começou a soprar um vento rijo que logo nos obrigou a navegar à vela e a deixar o remo, e a tomarmos o rumo de Orã por não nos ser possível fazer outra viagem. Tudo isto se fez com muita presteza, e deste modo navegamos à vela mais de oito milhas por hora sem outro receio que não fosse o de nos encontrarmos com algum baixel dos que andam em corso. Demos de comer aos mouros tagarinos, e o renegado os consolou, dizendo-lhes que não iam cativos, e que tanto assim era que na primeira ocasião se lhes restituiria a liberdade. O mesmo disse ao pai de Zoraida, que lhe respondeu:

— Outra qualquer coisa poderei eu crer e esperar da vossa liberalidade e cortesia; mas quanto à promessa de me pordes em liberdade, não me julgueis tão simples, cristão, que disso me persuada; pois decerto que não vos teríeis exposto ao perigo de tirar-ma para tão facilmente ma restituirdes, mormente sabendo vós muito bem quem eu sou, e quanto podeis receber como preço dela. Mas, se a quereis pôr nome, eu vos ofereço quanto pedirdes por mim e por essa desgraçada filha, ou ao menos só por ela, por ela, que é a maior e a melhor parte da minha alma.

E desatou logo a chorar tão amargamente, que nos comoveu a todos, e obrigou Zoraida a volver os olhos para ele, e vendo-o assim a chorar, de tal modo se enterneceu, que se levantou de meus pés, onde estava, e foi abraçar-se no pai, e juntando a sua face à dele, ambos romperam em tão terno pranto que muitos dos que ali íamos os acompanhamos no choro. Quando, porém, o pai a viu vestida de gala e adornada com tantas jóias, disse-lhe na sua língua:

— Que é isto, filha?! Pois ainda ao anoitecer de ontem, antes que nos sucedesse esta terrível desgraça em que agora nos vemos, te vi com os teus vestidos ordinários e caseiros, e agora, sem que tivesses tempo para te vestires, e sem receberes novidade alguma alegre que devesses solenizar cobrindo-te de enfeites, vejo-te com

---

[7] Remarem alguns enquanto descansam outros.

os melhores vestidos que pude dar-te, quando nos foi mais favorável a fortuna?! Responde-me a isto, porque isto me suspende e admira muito mais do que a própria desgraça em que me encontro.

Tudo o que o mouro dizia à filha nos explicava o renegado, e ela não lhe respondia palavra. Mas, quando ele viu a um lado da barca o cofrezinho onde a filha costumava guardar as jóias, o qual ele bem sabia que deixara em Argel, e que o não tinha trazido para o jardim, mais confuso ficou, e perguntou-lhe como aquele cofre tinha vindo dar às nossas mãos e o que continha. Sem esperar que Zoraida respondesse, disse-lhe o renegado:

— Não te canses, senhor, com tantas perguntas a tua filha, porque respondendo-te eu a uma responderei duma só vez a todas; e assim convém que saibas que ela é cristã, e que foi a lima das nossas cadeias e a liberdade do nosso cativeiro: ela vai aqui muito de sua vontade e tão contente, ao que eu penso, de se ver neste estado, como aquele que sai das trevas para a luz, da morte para a vida, e do inferno para o céu.

— É verdade, minha filha, o que este homem diz? — perguntou-lhe o pai.

— Assim é — respondeu Zoraida.

— Pois tu és cristã, e puseste teu pai em poder de seus inimigos? Ao qual respondeu Zoraida:

— Cristã eu o sou; mas não sou quem te pôs nesse estado, porque nunca o meu desejo se estendeu a deixar-te nem a fazer-te mal, e somente a fazer-te bem.

— Mas qual é o bem que me fizeste, minha filha?

— Qual ele seja, pergunta-o a Lela Marien, que ela melhor do que eu saberá responder-te.

Apenas ouviu isto, o mouro com admirável presteza atirou consigo ao mar de cabeça para baixo, e sem dúvida se afogara, se a roupa, por ser larga, o não embaraçasse e retivesse sobre a água. Em altas vozes gritou Zoraida que o salvassem, e indo logo nós todos em socorro, agarramo-lo pela almalafa e tiramo-lo do mar quase afogado e sem sentidos, e isto tanto afligiu Zoraida, que derramou sobre o pai tão ternas e dolorosas lágrimas, como se ele já estivesse morto. Pusemo-lo de pernas para o ar, e lançando muita água pela boca, tornou a si ao cabo de duas horas, e mudando entretanto o vento, foi-nos conveniente aproximarmo-nos de terra, fazendo toda a força de remos para não sermos arrojados contra a costa; mas quis a nossa boa sorte que chegássemos a uma enseada que fica ao lado dum pequeno promontório ou cabo, a que os mouros apelidam de "Cava Rumia" e que na nossa língua quer dizer a "má mulher cristã"; e é tradição entre os mouros que naquele lugar está enterrada a cava por quem se perdeu a Espanha, porque "cava" na língua deles quer dizer "mulher má", e "rumia" quer dizer "cristã"; e têm por mau agouro chegar ali a dar fundo quando a necessidade os obriga a isso, e sem esta nunca ali o vão dar; contudo para nós não foi abrigo de má mulher, antes porto seguro da nossa salvação, porque o mar andava muito alterado. Pusemos sentinelas em terra, e nunca largamos os remos da mão: comemos do que o renegado tinha provido a barca, e de todo o nosso coração rogamos a Deus e a Nossa Senhora que nos ajudasse e protegesse para que facilmente déssemos fim àquilo que tinha tido tão ditoso princípio. Nesta ocasião tratamos de ver o modo por que havíamos de satisfazer às súplicas de Zoraida, para pormos em terra seu pai e todos os outros que ali iam atados, pois que não tinha ânimo, nem cabia em seu terno coração ter diante de seus olhos manietado seu próprio pai e os outros da sua terra. Prometemos soltá-los no ato da partida, porque não havia perigo em deixá-los naquele lugar por ser despovoado. Não foram tão vãs — as nossas orações que não fossem ouvidas do céu, porquanto em nosso benefício logo mudou o vento e ficou tranqüilo o mar, convidando-nos a continuar alegres a nossa começada viagem. Vendo isto, desatamos os mouros e pusemo-los em terra um a um, do que eles ficaram admirados; mas o pai de Zoraida, que já estava bom, disse quando ia a desembarcar:

— Por que julgais, cristãos, que esta má criatura dá mostras de se alegrar com a minha liberdade? Julgais que é por piedade que tem de mim? Decerto que não, mas antes que o faz para que a minha presença lhe não sirva de estorvo, quanto queira pôr em execução os seus maus desejos; nem penseis que a levou a mudar de religião o entender ela que a vossa se avantaja à nossa, mas sim o saber ela que na vossa terra com mais facilidade do que na nossa se pratica a desonestidade. E, virando-se para Zoraida, que eu e outro cristão detínhamos por ambos os braços para que não rompesse em algum desatino, disse-lhe:

— Ó mulher infame e mal-aconselhada rapariga, para onde vais cega e desatinada, em poder destes cães, nossos naturais inimigos? Maldita seja a hora em que te gerei, e malditos os regalos e deleites com que foste criada por mim.

Mas, vendo-o eu em termos de não acabar tão cedo, apressei-me a pô-lo em terra, e ali continuou em voz alta as suas maldições e lamentos, pedindo a Alá por intervenção de Mafoma que nos confundisse e destruísse, dando cabo de nós; e quando, por havermos feito à vela, não pudemos ouvir as suas palavras, vimos-lhe as ações, que eram arrancar as barbas e os cabelos, e arrastar-se pelo chão: mas uma vez de tal modo esforçou a voz, que pudemos entender que dizia isto:

— Volta, minha amada filha, volta à terra, que tudo te perdôo; entrega a esses homens esse dinheiro, que já é deles, e vem consolar este teu triste pai, que nesta triste areia deixará a vida, se o deixas.

Zoraida escutava tudo isto, tudo sentia e por tudo chorava, e não soube dizer-lhe ou responder-lhe senão isto:

— Praza a Alá, meu pai, que Lela Marien, que há sido a causa de eu ser cristã, te console em tua tristeza. Alá sabe muito bem que eu não podia fazer senão o que fiz, e que estes cristãos nada devem à minha vontade, pois que ainda que eu não quisesse vir, antes desejasse ficar em casa, isso me teria sido impossível, porquanto a alma me impelia a pôr em execução esta obra que me parece tão boa quanto tu, ó meu amado pai, a julgas má.

Quando disse isto já o pai a não ouvia, nem nós o ouvíamos a ele; e, consolando Zoraida, cuidamos todos da nossa viagem, a qual o vento nos facilitou por tal modo que contamos amanhecer no dia seguinte nas praias de Espanha; mas, como nunca ou raras vezes o bem puro e simples deixa de vir acompanhado ou seguido de algum mal que o perturbe ou sobressalte, quis a nossa desgraça, ou talvez as maldições do mouro contra sua filha, que sempre se devem temer as maldições dos pais, sejam eles quem quer que forem; repito, quis a nossa desgraça que, estando nós já dentro do golfo, e sendo passadas quase três horas depois de haver anoitecido, correndo a todo o pano, com os remos em descanso, porque o vento próspero tornava desnecessário vogar a eles, com a luz da lua que resplandecia em todo o seu brilho, vimos ao pé de nós um baixel redondo[8], que a todo o pano e levando o leme um pouco à orça[9], atravessava adiante

---

[8] O que leva uma vela quadrada, à diferença do que a leva triangular ou latina.

[9] "À orça": quando o navio vai recostado para poder tomar o vento que não lhe vem direito.

de nós, e isto já tão perto que nos foi preciso amainar para não irmos de encontro a ele, fazendo os do baixel também força de vela para que pudéssemos passar. De bordo do baixel perguntaram-nos quem éramos, para onde navegávamos e donde vínhamos; mas, porque nos fizeram em francês estas perguntas, disse-nos o renegado:

— Ninguém responda, porque estes sem dúvida são corsários franceses que nada poupam.

Em vista desta advertência, ninguém respondeu palavra, e tendo nós passado um tanto adiante, que já o baixel ficara a sotavento, de repente despejaram duas peças de artilharia, e, ao que parecia, ambas vinham com planquetas, porque com uma nos cortaram o mastro ao meio, atirando-nos com ele e com a vela ao mar, e disparando no mesmo instante outra peça, a bala deu no meio da nossa barca de tal modo que a abriu toda sem causar outro mal; mas, como víssemos que íamos ao fundo, todos em altas vozes começamos a pedir socorro e a rogar aos do baixel que nos recolhessem, porque nos alagávamos. Amainaram então as velas, e, deitando a falua ao mar, entraram dentro dela uns doze franceses armados com os seus arcabuzes e mechas acesas, e assim se chegaram ao nosso; e vendo que éramos muitos poucos, e que o baixel se afundava, recolheram-nos, dizendo-nos que por sermos descorteses em não lhes respondermos é que nos sucedera aquilo. O nosso renegado tomou o cofre das riquezas de Zoraida, e atirou com ele ao mar, sem que algum de nós visse o que ele fazia. Por último, entrando no baixel dos franceses, estes, depois de se informarem de tudo quanto quiseram saber de nós, como se fôssemos seus figadais inimigos, despojaram-nos de tudo quanto tínhamos, e a Zoraida até tiraram os carcasses que trazia nos pés; mas a mim não me afligia tanto o pesar que a ela causavam como o temor que eu tinha de que depois de lhe tirarem estas riquíssimas e preciosíssimas jóias, passassem a tirar-lhe aquela que mais valia e ela sobre todas ainda mais estimava; felizmente os desejos daquela gente não se estendiam senão ao dinheiro, e disto nunca se farta a sua cobiça, que então chegou a tal ponto que até os vestidos de cativos nos tirariam, se de algum proveito lhes servissem; e houve entre eles quem fosse de parecer que nos lançassem todos ao mar embrulhados em uma vela, porque tinham tenção de fazer negócio em alguns portos de Espanha com o nome de bretões, e que, levando-nos vivos, correriam o risco de serem castigados, descoberto que fosse o roubo que nos tinham feito; porém o capitão, que fora quem despojara a minha querida

Zoraida, disse que ele se contentava com a presa e que não queria tocar em nenhum porto de Espanha, mas seguir logo a sua viagem e passar o estreito de Gibraltar de noite, ou como pudesse, até La Rochela, donde tinha saído, e então resolveram dar-nos a falua do seu navio e o mais que era necessário para a curta navegação que nos restava; e com efeito assim o fizeram no dia seguinte, já à vista de terra de Espanha, e neste momento foi tamanha a nossa alegria que nos esquecemos de todas as mágoas e desgraças, como se nenhuma tivéssemos suportado; tal é a ânsia com que se deseja alcançar a liberdade perdida!

Seria pouco mais ou menos meio-dia, quando nos meteram na barca, dando-nos dois barris de água e algum biscoito; e o capitão, movido por estranha compaixão, deu a Zoraida, no ato do desembarque, uns quarenta escudos de ouro, e não consentiu que os soldados lhe tirassem estes vestidos que ela agora traz. Entramos no baixel; demos-lhes graças pela bondade com que afinal nos trataram, mostrando-nos mais agradecidos do que queixosos: fizeram-se eles ao largo, seguindo a derrota do estreito, e nós, não tendo por norte senão a terra que tínhamos adiante dos olhos, com tanta pressa vogamos, que ao pôr-do-sol estávamos tão perto que, segundo nos pareceu, podíamos chegar a ela antes de ser muito de noite; mas, como não houvesse luar e o céu estivesse escuro, e ignorando nós em que paragem nos achávamos, não nos pareceu coisa segura meter a proa à terra, como queriam muitos dos nossos, os quais disseram em abono do seu parecer que atracássemos, mesmo que fosse a umas rochas e longe do povoado, assim nos livraríamos do temor que com bons fundamentos devíamos ter de que por ali andassem baixéis de corsários de Tetuã, que costumavam anoitecer na Berbéria e amanhecer nas costas de Espanha, onde de ordinário fazem presa e vão dormir a suas casas; mas dos muitos pareceres que houve, aquele que se aproveitou foi o de que nos fôssemos pouco a pouco aproximando e que desembarcássemos onde pudéssemos melhor fazê-lo e o sossego do mar o permitisse. Assim se fez, e ainda não seria meia-noite quando chegamos ao pé duma muito disforme e alta montanha; mas não tão encravada no mar que nos negasse um pouco de espaço para comodamente fazermos o desembarque. Encalhamos na areia, saímos todos para terra e beijamo-la, e derramando lágrimas de contentamento todos demos graças a Deus Nosso Senhor pelos benefícios incomparáveis que nos dispensou durante a viagem: tiramos da barca os abastecimentos que nela vinham, puxamo-la para terra, subimos um grande estirão da montanha, pois que nem mesmo chegando ali tínhamos o coração tranqüilo ou podíamos crer que estávamos em terra de cristãos.

Amanheceu mais tarde do que queríamos, e subimos todos a montanha, a fim de vermos se dali descobríamos algum povoado ou cabanas de pastores; mas, por mais que alongássemos a vista, nem povoado, nem pessoa, nem caminho ou atalho descobrimos. Não obstante isto, resolvemos entrar pela terra dentro, pois pelo menos podíamos encontrar quem dela nos desse notícia; mas no meio de tudo o que mais me afligia era ver ir Zoraida a pé por aquelas asperezas, porquanto, ainda que algumas vezes a levei aos ombros, mais a cansava a ela o meu cansaço do que a descansava o descanso que eu lhe queria dar, e por este motivo nunca mais ela quis que eu tivesse esse trabalho; e com muita paciência e mostras de alegria, levando-a eu sempre pela mão, ainda não teríamos andado um quarto de légua, e eis que ouvimos o som duma pequena campainha, que foi para nós um sinal claro de que por ali perto andava gado, e olhando todos com atenção se aparecia alguém, ao pé dum sobreiro vimos um pastor, ainda rapaz, que com muito descanso e descuido estava fazendo gravuras num pau com uma navalha. Gritamos-lhe, e ele, levantando a cabeça, pôs-se ligeiramente de pé, e, pelo que depois soubemos, os primeiros que lhe apareceram foram o renegado e Zoraida, e como os visse vestidos de mouros, pensou que todos os da Berbéria iam sobre ele, e correndo velozmente pelo bosque dentro, começou a dar os maiores gritos do mundo, dizendo:

— Mouros, mouros em terra; mouros, às armas, às armas!

Ficamos todos em confusão com estes gritos, e não atinávamos com o que devíamos fazer; mas, considerando que os gritos do pastor com certeza alvoroçariam a terra e que viria logo a cavalaria da costa[10] para ver o que era, resolvemos que o renegado despisse as roupas de turco e vestisse um jaleco ou casaco de cativo que um de nós lhe deu logo, ficando em camisa; e em seguida, encomendando-nos a Deus, fomos pelo mesmo caminho por onde vimos ir o pastor, esperando a cada momento que viesse sobre nós a cavalaria da costa; e com efeito não nos enganou o pensamento, porque,

---

[10] "Cavalaria da costa": defensores da costa contra os mouros. Também se chamavam "ginetes da costa" e "soldados atalhadores".

ainda não seriam passadas duas horas, quando, tendo nós já saído daquelas matas para um plaino, descobrimos uns cinqüenta cavaleiros, que, correndo a toda a brida, vinham direitos a nós; e logo que os avistamos, paramos à espera deles; mas, quando chegaram e viram em lugar dos mouros tão pobres cristãos, ficaram confusos, e um deles perguntou-nos se tínhamos sido nós a causa de ter um pastor gritado às armas. Respondi-lhe que sim; e indo a contar-lhe o que nos tinha sucedido, donde vínhamos, e quem nós éramos, um dos cristãos que vinham conosco conheceu o cavaleiro que nos tinha feito a pergunta, e disse, sem me deixar proferir mais uma palavra:

— Graças sejam dadas a Deus, senhores, por nos haver conduzido para tão boa terra, porque, se me não engano, aquela que pisamos é a de Vélez Málaga: se os anos do cativeiro não me tiraram a memória, vós, senhor, que nos perguntais quem somos, sois Pedro de Bustamante, meu tio.

Apenas o cristão cativo tinha dito isto, o cavaleiro apeou-se logo, e correu a abraçá-lo, dizendo-lhe:

— Sobrinho da minha alma, e da minha vida, já te conheço e já te choramos por morto, eu e minha irmã, tua mãe e todos os teus que ainda vivem, porque Deus lhes conservou a vida para que tivessem a consolação de tornarem a ver-te; já sabíamos que estavas em Argel, e pelo estado e qualidade dos vestidos que tu e os teus companheiros trazeis, compreendo que foi milagrosa a vossa redenção.

— É verdade — respondeu —, tempo teremos de vos contar tudo.

E, logo que os cavaleiros viram que éramos cristãos que vínhamos do cativeiro, apearam-se dos seus cavalos e cada um nos ofereceu o seu para nos levarem à cidade de Vélez Málaga, que estava dali a légua e meia. Foram alguns deles levar-nos o barco à cidade, para o que lhes dissemos onde o tínhamos deixado; outros puseram-nos na garupa dos seus cavalos, indo Zoraida na do cavalo do tio do cristão. Acudiu a receber-nos todo o povo, que por via de alguém que se tinha adiantado, já sabia da nossa chegada. Aquela gente não se admirava de ver cativos em liberdade, nem mouros cativos, porque todos os daquela costa estão costumados a ver tanto uns como outros; do que se admiravam era da formosura de Zoraida, a qual naquela ocasião estava tanto mais encantadora quanto o cansaço da jornada e a alegria de se ver já em terra de cristãos, sem receio de perder-se, lhe tinha feito subir ao rosto tais cores que, se não me enganava a afeição, poderia dizer que não havia mulher mais formosa em todo o mundo, pelo menos que por mim tivesse sido vista.

Fomos direitos à igreja dar graças a Deus pela mercê recebida, e logo Zoraida, que entrou dentro dela, disse que havia ali rostos que se pareciam com os de Lela Marien. Dissemos-lhe que eram efetivamente imagens suas, e, como melhor pôde, explicou o renegado o que significavam, para que as adorasse como se verdadeiramente cada uma delas fosse a própria Lela Marien que lhe havia falado. Ela, que tem entendimento esclarecido, e que é dum natural fácil e penetrante, compreendeu logo quanto se lhe disse acerca das imagens. Levaram-nos dali e alojaram-nos a todos em diferentes casas do povo; mas ao renegado, a Zoraida e a mim levou-nos o cristão, que tinha vindo conosco, para casa de seus pais, que possuíam medianos bens de fortuna, e trataram-nos com tanto amor como ao seu próprio filho.

Estivemos seis dias em Vélez, ao cabo dos quais o renegado, informando-se do que lhe convinha, foi à cidade de Granada para por via da Santa Inquisição voltar ao grêmio da Santíssima Igreja[11]; os outros cristãos libertados foram cada um para onde melhor lhe pareceu; unicamente ficamos eu e Zoraida com os escudos que por cortesia lhe tinha dado o francês, com parte dos quais comprei este animal em que ela vem; e servindo-lhe eu até agora de pai e de escudeiro, e não de esposo, vamos com intenção de ver se meu pai é vivo, ou se algum de meus irmãos teve sorte melhor do que a minha, posto que, por o céu me ter dado Zoraida por companheira, me parece que nenhuma outra sorte pudera caber-me que eu estimasse mais, por muito boa que ela fosse. A paciência com que Zoraida sofre os incômodos que consigo traz a pobreza e o desejo que mostra de ser cristã são tais e de tal ordem que me causam admiração e me movem a servi-la por toda a vida, pois me perturba o gosto que tenho de ver-me seu e de que ela seja minha, o não saber eu se encontrarei na minha terra algum cantinho onde a recolha, e se o tempo e a morte terão feito tal mudança nos teres e vida de meu pai e de meus irmãos, que apenas encontre quem me conheça, se eles já não existem.

---

[11] Espécie de retratação que faziam os cativos ao chegar à pátria, depois dos anos de cativeiro.

Não tenho mais que contar-vos, meus senhores, da minha história, e se ela é agradável e peregrina, julguem-no os vossos bons entendimentos, que por mim só sei dizer que quisera ter-vo-la contado com mais brevidade, posto que o receio de enfadar-vos me fez omitir várias circunstâncias.

CAPÍTULO XLII

Em que se trata do mais que sucedeu na estalagem, e de outras muitas coisas dignas de serem conhecidas

Deste modo acabou o cativo a sua história, e disse-lhe então Dom Fernando:

— Na verdade, senhor capitão, que a forma por que contastes este estranho sucesso igualou a novidade e estranheza do mesmo caso: tudo é peregrino e raro, e cheio de acidentes que maravilham e surpreendem a quem os ouve: e tão grande foi o gosto que tivemos em escutá-lo, que, ainda que o dia de amanhã nos achasse entretidos com o mesmo conto, folgáramos de o ouvir de novo.

E, dizendo isto, Cardênio e todos quantos ali se achavam se ofereceram para servi-lo em tudo que lhes fosse possível, com palavras e razões tão amorosas e tão verdadeiras, que o capitão ficou muito satisfeito com tais provas de bondade: fez-lhe Dom Fernando especial oferecimento, dizendo-lhe que, se o capitão quisesse ir com ele, conseguiria que o marquês[1] seu irmão fosse padrinho de batismo de Zoraida, e que, pela sua parte, disporia as coisas de modo que o capitão pudesse entrar na sua terra com os cômodos devidos à sua autoridade e pessoa. Tudo o capitão agradeceu muito cortesmente, mas não quis aceitar nenhum destes liberais oferecimentos.

Já se aproximava a noite, e ao fechar-se de todo chegou à venda

---

[1] É o Marquês de Peñafiel.

um coche acompanhado de alguns homens a cavalo. Pedindo pousada, respondeu-lhes a locandeira que não havia na taverna um só palmo que estivesse desocupado.

— Ainda que assim seja — disse um dos que vinham a cavalo e que tinha entrado na venda —, não há de faltar para o senhor ouvidor, que aqui vem.

Ouvindo este nome, a vendeira ficou perturbada, e disse:

— Senhor, o pior é que não tenho camas; se o senhor ouvidor as traz, como é natural que traga, entre em boa hora, que eu e meu marido cederemos o nosso aposento para acomodar Sua Mercê.

— Em boa hora seja — disse o escudeiro.

A este tempo, porém, já havia saído do coche um homem que pelo traje mostrou logo o ofício e cargo que exercia, porque o seu vestido talar com mangas de pregas indicava ser efetivamente ouvidor, como tinha dito o criado. Trazia pela mão uma donzela, ao parecer de dezesseis anos, com vestido de jornada, e tão bizarra, galharda e formosa, que, ao verem-na, todos ficaram admirados, de sorte que, a não terem visto a Dorotéia, Lucinda e Zoraida, que estavam na venda, ficariam a crer que difícil seria encontrar outra formosura como a desta donzela. Dom Quixote achava-se presente quando entraram o ouvidor e a jovem, e disse-lhe apenas o viu:

— Pode Vossa Mercê entrar com segurança e passear por este castelo, pois que ainda que seja estreito e de poucos cômodos, nunca há estreiteza e falta deles no mundo que não dê lugar às armas e às letras, mormente se as armas e as letras trazem por guia e escudo a formosura, como a trazem as letras de Vossa Mercê na pessoa desta formosa donzela, diante da qual, para que passe, não só devem abrir-se e patentear-se todos os castelos, mas também devem desviar-se as rochas, e as montanhas dividir-se e abaixar-se. Entre Vossa Mercê neste paraíso, que achará aqui igualmente bem representadas as armas e a peregrina formosura.

O ouvidor ficou admirado da alocução de Dom Quixote e pôs-se a olhar para ele com toda a tenção, não lhe causando menor admiração a sua figura do que as suas palavras, e sem lhe dar nenhumas em resposta, ficou novamente surpreso quando viu diante de si Lucinda, Dorotéia e Zoraida, as quais, tendo notícia dos novos hóspedes, e encarecendo-lhes a vendeira a formosura da donzela, tinham saído ao seu encontro para a verem e receberem; mas Dom Fernando, Cardênio e o cura já lhe estavam fazendo os mais sinceros e corteses oferecimentos. Com efeito, o senhor ouvidor entrou confuso, tanto do que via como do que ouvia, e as formosas damas, que estavam na venda, deram as boas-vindas à donzela. Finalmente, viu bem o ouvidor que toda a gente que ali estava era distinta; mas dava-lhe que entender a figura, parecer e postura de Dom Quixote, e tendo feito uns aos outros corteses oferecimentos e examinado as comodidades da casa, determinou-se o que já estava resolvido, que todas as mulheres se acomodassem no caramanchão já referido, e que os homens ficassem de fora como em sua guarda: e foi muito do contento do ouvidor que sua filha (pois era filha dele, a donzela) fosse com aquelas senhoras, o que ela fez de muito boa vontade; e com parte da estreita cama do vendeiro e com metade da que o ouvidor trazia se acomodaram naquela noite melhor do que esperavam.

O cativo, que, desde que deu com os olhos no ouvidor, sentiu dizer-lhe o coração que aquele era seu irmão, perguntou a um dos criados que tinham vindo com ele como era que se chamava, e se sabia de que terra ele era. O criado respondeu-lhe que se chamava João Pérez de Viedma e que tinha ouvido dizer que era de um lugar das montanhas de Leão. Com esta relação e com o que ele tinha visto mais se inteirou de que era aquele o seu irmão, que por conselho do pai havia seguido as letras; e alvoroçado e contente, chamando à parte Dom Fernando, Cardênio e o cura, contou-lhes o que se passava, certificando-os de que aquele ouvidor era seu irmão. Também lhe tinha dito o criado que ele ia para as Índias como ouvidor nas audiências do México: igualmente soube que aquela donzela era sua filha, cuja mãe tinha morrido de parto, e que tinha enriquecido muito com o dote que com a filha lhe ficou em casa. Em vista de todas estas coisas, consultou-os sobre a maneira de se descobrir ao irmão ou de saber primeiro se, dando-se-lhe a conhecer, o irmão se agastaria por vê-lo pobre, ou se pelo contrário o receberia com agrado.

— Deixe-me a mim fazer essa experiência — disse o cura —, posto que, senhor capitão, não pode haver dúvida de que sereis bem recebido, porque o valor e a prudência que vosso irmão mostra no seu bom parecer não dão indícios de ser arrogante e indiferente às desgraças da fortuna, as quais decerto há de saber avaliar.

— Apesar de tudo isso — disse o capitão —, eu não queria darme a conhecer de improviso, mas por meio de alguns rodeios.

— Já vos disse — respondeu o cura — que eu me haverei de modo que fiquemos todos satisfeitos.

Estando já preparada a ceia, todos se assentaram à mesa, exceto o cativo e as senhoras, as quais tinham ido cear no seu aposento; quando a ceia ia em meio, disse o cura:

— Do mesmo nome de Vossa Mercê, senhor ouvidor, tive um camarada em Constantinopla, onde alguns anos estive cativo, o qual era um dos mais valentes soldados e capitães que havia em toda a infantaria espanhola; mas tinha tanto de esforçado e valoroso como de desgraçado.

— E como se chamava esse capitão, meu senhor? — perguntou o ouvidor.

— Chamava-se — respondeu o cura — Rui Pérez de Viedma, era natural de um lugar das montanhas de Leão, e contou-me um caso que se deu entre o pai e os irmãos dele, caso esse que, se não me fosse narrado por um homem verdadeiro como ele era, eu o tomaria por uma daquelas histórias que no inverno os velhos costumam contar estando à lareira, pois me disse que o pai havia repartido os seus bens entre os três filhos que tinha, e lhes dera certos conselhos melhores que os de Catão, e o certo é que o meu camarada foi tão bem-sucedido no serviço das armas, por ele escolhido, que em poucos anos, pelo seu valor e esforço, chegou ao posto de capitão de infantaria, e esteve no caminho e predicamento de ser mestre-de-campo[2]; foi-lhe, porém, afinal, adversa a fortuna, porque onde a esperava e a podia encontrar boa, ele a perdeu, perdendo a liberdade, na felicíssima jornada em que tantos a alcançaram que foi na Batalha de Lepanto: eu perdi-a na goleta, e depois, por diversos sucessos, nos achamos camaradas em Constantinopla. Daí veio para Argel, onde sei que lhe sucedeu um dos mais estranhos casos que têm sucedido no mundo.

E daqui foi o cura continuando até sucintamente contar o que sucedera entre Zoraida e o cativo. A tudo isto prestava tanta atenção o ouvidor, que nunca na sua vida havia sido tão ouvidor como então. Só chegou o cura até o lance em que os franceses despojaram os cristãos que vinham na barca, e à necessidade e pobreza a que o seu camarada e a formosa moura ficaram reduzidos, acrescentando que não sabia o que fora feito deles, se haviam chegado a Espanha ou se os franceses os tinham levado para França.

---

[2] Chefe de um terço (corpo de tropas espanholas dos séculos XVI e XVII).

O capitão, um pouco desviado, estava escutando quanto dizia o cura e observava os movimentos do irmão, e este, vendo que o cura havia chegado ao fim do conto, disse, dando um grande suspiro e enchendo-se-lhe os olhos de lágrimas:

— Ah, senhor, as novidades que me dais tocam-me tanto que não posso deixar de mostrá-lo com estas lágrimas que contra toda a minha discrição e esforço me rebentam dos olhos! Esse tão valoroso capitão em que me falais é o meu irmão mais velho, o qual, como mais forte, e de mais altos pensamentos do que eu e o outro meu irmão mais novo, escolheu o honroso e digno exercício das armas, que foi este um dos três caminhos que nosso pai nos propôs, como vos disse o vosso camarada, na história que a nosso respeito lhe ouvistes. Eu segui o das letras, pelas quais subi, com a ajuda de Deus, e dos meus esforços, à alta posição em que me vedes. Meu irmão mais novo está no Peru, tão rico, que com o que tem mandado a meu pai e a mim tem satisfeito a parte que levou consigo, e ainda tem posto nas mãos de meu pai meios com que possa fartar a sua natural liberalidade, e eu pude, com a ajuda dele, tratar dos meus estudos com mais decência e autoridade e chegar à posição em que me vejo. Meu pai ainda vive, porém matam-no os desejos de saber notícias de seu filho primogênito, e pede a Deus, em contínuas orações, que a morte não lhe feche os olhos antes que veja com vida os de seu filho, da discrição do qual me parece estranho que entre tantos trabalhos e aflições ou prósperos sucessos se tenha descuidado de dar notícias de si a seu pai, pois que se ele ou algum de nós as tivéssemos, não teria meu irmão necessidade de esperar o milagre da cana para obter o seu resgate; mas o que me faz tremer agora é o pensar eu se aqueles franceses lhe terão dado a liberdade ou se o matariam, para encobrir o roubo que lhe fizeram. Tudo isto fará com que eu siga a minha viagem, não com o contentamento com que a comecei, mas com a maior melancolia e tristeza! Ó meu irmão, quem me dera saber onde agora estás, que eu te iria buscar e livrar de teus trabalhos, ainda que fosse à custa dos meus! Oh! quem levara a nosso velho pai a notícia de que ainda vives, mesmo quando estivesses nas mais recônditas masmorras da Berbéria, pois dali te arrancariam as suas riquezas, as do outro meu irmão, e as minhas! Oh! Zoraida formosa e liberal, quem pudera pagar-te o bem que a meu irmão fizeste! Quem pudera assistir ao renascimento de tua alma e às tuas núpcias! que gosto elas nos fariam!

Estas e outras semelhantes palavras dizia o ouvidor, cheio de tanta compaixão com as notícias que lhe tinham dado de seu irmão, que quantos o escutavam davam sinais de o acompanharem na sua dor. E vendo o cura que tinha sido tão bem-sucedido em seu intento, o que tanto desejava o capitão, não quis tê-los tristes por mais tempo, e, levantando-se da mesa, e entrando onde estava Zoraida, tomou-a pela mão, e vieram após ela Lucinda, Dorotéia e a filha do ouvidor. Estava o capitão observando o que o cura queria fazer, mas este, tomando-o também pela mão, levou-os ambos para onde estava o ouvidor e os demais cavaleiros, e disse então:

— Cessem, senhor ouvidor, as vossas lágrimas, e satisfaça-se quanto possa desejar o vosso coração, pois tendes aqui vosso bom irmão e a vossa boa cunhada: este que aqui vedes é o Capitão Viedma, e esta é a formosa moura que tanto bem lhe fez: os franceses em que vos falei puseram-nos no triste estado em que os vedes para mostrardes a vossa generosa liberalidade.

Correu o capitão a abraçar seu irmão, e este pôs-lhe as mãos no peito para a mais distância o reconhecer melhor, e quando se convenceu de que era ele, tão estreitamente o abraçou, derramando copiosas lágrimas, que nelas o acompanharam todos os que ali se achavam. As palavras que se trocaram entre os dois irmãos, os sentimentos que eles mostravam, creio que mal se podem conceber, quanto mais descrevê-los. Ali contaram uns aos outros os seus sucessos, ali mostraram a verdadeira amizade de irmãos, ali o ouvidor abraçou Zoraida, ali lhe ofereceu os seus bens, ali a fez abraçar por sua filha, ali a formosa cristã e a moura formosíssima renovaram as lágrimas de todos. Ali Dom Quixote, sem proferir palavra, prestara a maior atenção a estes estranhos sucessos, os quais todos atribuía às quimeras da cavalaria andante. Ali combinaram que o capitão e Zoraida voltassem com seu irmão para Sevilha, e dessem parte ao pai da sua liberdade e chegada, para que, do modo que lhe fosse possível, viesse assistir ao batismo e às bodas de Zoraida, por não poder o ouvidor interromper a sua jornada, por isso que tinha notícias que dali a um mês partia a frota de Sevilha para a Nova Espanha, e por lhe causar grande transtorno perder a viagem. Finalmente, todos ficaram contentes e alegres pelo bom sucesso do cativo; e, como já fosse muito mais de meia-noite, resolveram recolher-se e descansar durante o tempo que restava até amanhecer. Dom Quixote ofereceu-se para fazer a guarda do castelo, a fim de que não fossem acometidos por algum gigante ou por outro qualquer cavaleiro andante, malvado e traidor, cobiçosos do grande tesouro de formosura que aquele castelo encerrava. Os que o conheciam agradeceram-lhe o oferecimento, e contaram ao ouvidor o gênio singular de Dom Quixote, ao que o mesmo ouvidor achou muita pilhéria. Só Sancho Pança desesperava com a demora que havia em descansar e dormir, e ele melhor que todos se acomodou, deitando-se sobre os aparelhos do seu burro, que lhe custaram tão caros como ao diante se dirá. Recolhidas as damas no lugar que lhes estava destinado, e acomodando-se os outros como puderam, Dom Quixote saiu fora da venda para fazer a sentinela do castelo, conforme o tinha prometido.

Estava quase a romper a aurora, quando chegou aos ouvidos das damas uma voz tão entoada e tão suave, que as obrigou a todas a aplicar o ouvido, especialmente a Dorotéia, que estava desperta, e ao lado da qual dormia Dona Clara de Viedma, que assim se chamava a filha do ouvidor. Ninguém podia imaginar quem era a pessoa que tão bem cantava, e era uma voz só, sem que a acompanhasse instrumento algum. Umas vezes parecia-lhes que cantava no pátio, outras que era na cavalariça, e, estando todas atentas, mas nesta confusão, Cardênio chegou à porta do aposento, e disse:

— Quem não dorme, escute, e ouvirá a voz de um moço das mulas, que de tal modo canta que encanta.

— Já o ouvimos, senhor — respondeu Dorotéia.

E com isto se foi Cardênio; e Dorotéia, prestando toda a sua atenção, entendeu que o que se cantava era isto:

G. Doré
PISAN

CAPÍTULO XLIII

Onde se conta a agradável história do moço das mulas com outros estranhos sucessos na estalagem acontecidos

Sou marinheiro de amor,
E em seu pélago profundo
Navego, sem ter esp'rança
De encontrar porto no mundo.

E vou seguindo uma estrela,
Que brilha no céu escuro,
Mais bela e resplandecente
Que quantas viu Palinuro[1].

Eu não sei aonde me guia,
E a navegar me costumo,
Mirando-a com alma atenta,
Cuidoso, mas não do rumo.

Recatos impertinentes,
Honestidade no apuro,
São as nuvens que ma encobrem,
Quando mais vê-la procuro.

[1] Palinuro, piloto de Enéias, que figura na obra de Virgílio.

Límpida e lúcida estrela,
Só teu clarão me conduz!
Extingue-se a minha vida,
Em se extinguindo a tua luz.

Chegando o cantador a este ponto, pareceu a Dorotéia que não seria bem que deixasse Clara de ouvir tão doce voz, e assim, abanando-a, a despertou, dizendo-lhe:

— Perdoa, menina, se te desperto, porque o faço para que tenhas o gosto de ouvir a melhor voz que talvez hajas ouvido em todos os dias da tua vida.

Acordou Clara toda sonolenta, e da primeira vez não entendeu o que Dorotéia lhe dizia, e, tornando-lho a perguntar, tornou-lho ela a dizer, estando Clara muito atenta; porém, apenas ouviu dois versos com que o cantador ia prosseguindo, assenhoreou-se dela tão estranho temor, como se estivesse enferma de algum acesso grave de quartãs; e abraçando-se estreitamente com Dorotéia: — Ai! senhora da minha alma e da minha vida! para que me despertastes? que o maior bem que a fortuna me podia fazer por agora era cerrar-me os olhos e os ouvidos para não ver nem ouvir esse desditoso músico.

— Que dizes, menina? olha que asseveram que o cantador é um dos moços das mulas.

— É donatário e senhor de muitos lugares — respondeu Clara —, e do lugar que na minha alma ocupa com tanta segurança que, se ele o não quiser largar, nunca lhe será tirado.

Ficou Dorotéia admirada das sentidas razões da donzela, parecendo-lhe que em muito se avantajavam à discrição que os seus poucos anos prometiam, e assim lhe disse:

— Falais de modo, minha Senhora Clara, que não posso entender-vos: declarai-vos melhor e explicai-me que é isso que dizeis de almas e de lugares, e deste cantador, cuja voz tal inquietação vos pôs. Mas por agora nada me digais, que não quero perder, por acudir ao vosso sobressalto, o gosto que sinto de ouvir o músico, que, ao que me parece, volta ao seu cantar, com versos novos e nova toada.

— Seja embora — respondeu Clara.

E, por não o ouvir, tapou com as mãos ambas os ouvidos, o que também causou pasmo a Dorotéia, a qual, estando atenta ao que se cantava, viu que prosseguia desta maneira:

Ó minha doce esp'rança,
Que, afrontando impossíveis na verdade,
Prossegues sem mudança
Na senda que traçou tua vontade,
Conserva ânimo forte,
Inda que surja a cada passo a morte.

Não ganham preguiçosos
Triunfo honrado, ou singular vitória,
Nem podem ser ditosos
Os que, mostrando uma fraqueza inglória,
Entregam desvalidos
Ao ócio vil os lânguidos sentidos.

Que amor suas glórias venda
Caro, é razão, e é justo o que contrata;
Nem há tão rica prenda
Como a que pelo gosto se aquilata.
E é caso natural
Custar só pouco o que só pouco val.

Coisas quase impossíveis sempre alcança
Quem emprega porfias amorosas.
Com firme confiança
Sigo eu do amor as mais dificultosas.
E nem sequer me aterra
Ter de ganhar o céu, estando na terra[2].

Aqui deu fim a voz, e Clara principiou novos soluços. Tudo isso acendia o desejo de Dorotéia, que anelava por saber a causa de tão suave canto e de tão triste choro, e assim lhe tornou a perguntar que é que lhe tinha querido dizer. Então Clara, temerosa de que Lucinda ouvisse, estreitou nos braços Dorotéia, e pôs-lhe a boca tão próxima do ouvido, que seguramente podia falar sem ser por outrem ouvida, e assim lhe disse:

---

[2] Esta canção foi composta anteriormente por Cervantes e musicada por Salvador Luís, cantor da capela de Filipe II, em 1591.

— Este cantador, senhora minha, é filho de um fidalgo, natural do reino de Aragão, senhor de dois lugares, que vivia na corte defronte da casa de meu pai. E, ainda que meu pai tinha, de inverno, vidraças nas janelas de sua casa, e gelosias de verão, não sei o que foi nem o que não foi, mas o que é certo é que este fidalgo, que andava nos estudos, me viu, nem eu sei se na igreja se noutra parte; finalmente, enamorou-se de mim, e deu-mo a entender das janelas de sua casa, com tantos gestos e tantas lágrimas, que tive de o acreditar e de lhe bem querer, sem saber quanto ele me queria a mim. Entre os sinais que me fazia, havia um de sobrepor as mãos, dando-me a entender que casaria comigo, e, posto que eu muito folgasse com isso, sendo sozinha e sem mãe, não sabia a quem havia de o comunicar, e assim o deixei estar sem lhe conceder outro favor que não fosse, quando meu pai estava fora e o pai dele também, erguer um pouco o vidro ou a gelosia, e deixar que me visse mais a seu gosto, o que ele tanto festejava que dava mostras de verdadeira loucura. Nisto chegou o tempo da partida de meu pai, que ele soube, mas não de mim, pois nunca lho pude dizer. Caiu doente de pura mágoa, ao que eu entendo, de modo que no dia em que nós partimos, nunca logrei vê-lo para despedir-me dele, ao menos com os olhos; mas ao cabo de dois dias de caminho, ao entrarmos na pousada de um lugar que fica a uma jornada daqui, vi-o à porta com trajos de arrieiro, tão próprios, que, se eu o não trouxesse tão retratado na minha alma, ser-me-ia impossível conhecê-lo. Conheci-o, admirei-me e alegrei-me; ele mirou-me a furto, resguardando-se de meu pai, de quem sempre se esconde, quando atravessa por diante de mim, nos caminhos e nas pousadas aonde chegamos; e, como sei a sua jerarquia e fino trato, e considero que por meu amor vem a pé e com tantos trabalhos, morro de angústia, e onde ele põe os pés ponho eu os olhos. Não sei quais são suas tenções, nem como pôde escapar a seu pai, que lhe quer extraordinariamente, porque não tem outro herdeiro, e porque ele o merece, como Vossa Mercê reconhecerá quando o vir. E ainda mais lhe posso dizer que tudo quanto canta tira-o da sua cabeça, pois tenho ouvido que é grande estudante e poeta; e que, de cada vez que o vejo, toda tremo e me sobressalto, receosa de que meu pai dê com ele, e venha no conhecimento dos nossos desejos. Nunca lhe dei palavra em toda a minha vida, e contudo lhe quero de tal maneira, que não poderei viver sem ele. Eis aqui, senhora minha, tudo quanto vos posso dizer deste músico, cuja voz tanto vos encanta, que só por ela se deixa ver que não é moço das mulas, como dizeis, mas senhor e possuidor de almas e de lugares, como vos disse.

— Não digais mais nada, Senhora Dona Clara — acudiu Dorotéia, beijando-a mil vezes —, não digais mais, repito, e aguardai que rompa o dia, que espero em Deus encaminhar os vossos negócios de maneira tal que tenham o feliz termo que merecem tão honestos princípios.

— Ai! senhora — disse Dona Clara —, que feliz tempo posso eu esperar, se seu pai é tão rico e tão principal que lhe parecerá que nem sequer posso ser criada de seu filho, quanto mais esposa? Pois casar-me eu contra vontade de meu pai, não o farei nem por tudo quanto houver neste mundo; eu só quereria que esse moço partisse e me deixasse; talvez com cessar de o ver e com a grande distância do caminho que levamos se me aliviasse a pena que tenho agora, ainda que posso dizer que este remédio, que imagino, bem pouco me há de aproveitar. Não sei como isto foi, nem por onde entrou este amor que lhe eu tenho, sendo eu tão menina, e ele tão moço, que em verdade creio que somos da mesma idade, não tendo eu ainda dezesseis anos completos, que só os faço para o São Miguel, segundo assevera meu pai.

Não pôde deixar de rir Dorotéia, vendo este dizer de criança, e disse para Dona Clara:

— Descansemos, senhora, o pouco tempo da noite que suponho que ainda resta, e Deus madrugará conosco, e tudo lograremos, ou muito trôpegas hei de eu ter as mãos.

Com isto sossegaram, e toda a venda caiu em profundo silêncio: só não dormiam a filha do vendeiro e Maritornes, sua criada, as quais, como já sabiam por onde pecava Dom Quixote, e que estava fora armado e a cavalo fazendo sentinela, determinaram ambas burlá-lo, ou pelo menos passar um pouco de tempo ouvindo os seus disparates.

Sucedeu, pois, que em toda a venda não havia janela que deitasse para o campo, a não ser a fresta de um palheiro por onde de fora atiravam os panos de palha. A esta fresta se chegaram as duas semidonzelas, e viram que Dom Quixote estava a cavalo, encostado à sua lança, soltando de quando em quando tão doloridos e profundos suspiros, que parecia que de cada um se lhe arrancava a alma. E também ouviram que dizia, com voz branda e amorosa:

— Ó senhora minha Dulcinéia del Toboso, extremo de toda a formosura, fim e remate da discrição, arquivo do melhor donaire, depósito da honestidade, e ultimamente idéia de tudo quanto há de proveitoso, honesto e deleitável no mundo; o que estará agora fazendo Tua Mercê? Terás porventura na mente o teu cativo cavaleiro, que a tantos perigos, só para servir-te, quis por sua vontade expor-se? Dá-me tu novas suas, ó lua dos três rostos[3], que talvez a estejas agora mirando com inveja... a ela, que, passeando por algumas galerias dos seus suntuosos paços, ou debruçada do peitoril de alguma varanda talvez esteja considerando como há de, ressalvada a sua honestidade e grandeza, acalmar a tormenta que por ela este meu atribulado coração padece, que glória há de dar às minhas penas, que sossego ao meu cuidado, e finalmente que vida à minha morte, e que prêmio aos meus serviços. E tu, sol, que já deves estar à pressa enfreando os teus cavalos para madrugar e sair a ver a minha deidade, logo que a vejas suplico-te que da minha parte a saúdes; mas livra-te de que, ao vê-la e saudá-la, lhe dês ósculo no rosto, que terei mais zelos de ti do que tu mesmo os tiveste daquela ágil ingrata que te fez suar e correr pelos plainos de Tessália, ou pelas margens do Peneu[4], que me não recordo bem por onde é que então correste, zeloso e enamorado.

A este ponto chegava então Dom Quixote com o seu tão lastimoso arrazoamento, quando a filha do vendeiro o começou a chamar de manso e a dizer-lhe:

— Senhor meu, chegue-se cá Vossa Mercê, se for servido.

A estes sinais e a esta voz volveu Dom Quixote a cabeça, e viu, à luz da lua, que estava então em plena claridade, que o chamavam da fresta que lhe pareceu janela, e ainda de mais a mais com reixas de ouro, segundo as devem de ter tão ricos castelos, como o que ele imaginava que era a venda em que se achavam. E logo no mesmo instante se lhe representou, na louca fantasia, que desta vez, como da outra, a formosa donzela, filha do senhor daquele castelo, tornava a solicitá-lo, e, com este pensamento, para se não mostrar descortês e desagradecido, voltou a rédea a Rocinante, e chegou-se à fresta, e, apenas viu as duas raparigas, disse:

— Lastimo, formosa senhora, que logo fôsseis pôr a vossa

---

[3] "Lua dos três rostos": cheia, crescente e minguante.

[4] Alusão à fábula de Apolo e Dafne. Esta foi transformada em loureiro por Peneu, seu pai.

mente amorosa em quem não pode corresponder-vos, conforme merecem o vosso grande valor e gentileza, de que não deveis culpar este mísero cavaleiro andante, a quem Amor impossibilitou de poder entregar a sua vontade a outra que não seja aquela que, no momento em que os seus olhos a viram, logo ficou senhora absoluta da sua alma. Perdoai-me, boa senhora, e recolhei-vos ao vosso aposento, e não queirais, com o significar-me tanto os vossos anelos, que eu me mostre mais desagradecido: e se, pelo amor que me tendes, acheis em mim coisa que não seja amor, com que possa satisfazer-vos, pedi-ma, que vos juro, por aquela doce e ausente inimiga minha, que incontinenti vo-la darei, ainda que seja uma guedelha dos cabelos de Medusa, que eram todos cobras, ou os próprios raios do sol encerrados numa redoma.

— De nada disso há mister a minha senhora, senhor cavaleiro — disse neste momento Maritornes.

— Pois de que há mister a vossa senhora, discreta dona?

— Só de uma das vossas lindas mãos — disse Maritornes —, para poder desafogar com ela o grande desejo que a trouxe a esta fresta, com tanto perigo da sua honra, que, se seu pai a pressentir, em tantos pedaços a há de cortar, que o maior de todos será a orelha.

— Quisera eu ver isso — respondeu Dom Quixote —; ele que se livre de tal praticar ou terá o mais desastrado fim que nunca teve no mundo um pai por haver posto as mãos nos delicados membros de sua enamorada filha.

Pareceu a Maritornes que Dom Quixote daria a mão que lhe pedira, e, tendo no pensamento o que havia de fazer, desceu da fresta e foi à cavalariça, onde tomou o cabresto do jumento de Sancho Pança, e com muita presteza volveu a tempo que Dom Quixote se pusera em pé sobre a sela de Rocinante para chegar à janela gradeada, onde imaginava estar a perdida donzela; e, ao dar-lhe a mão, dizia:

— Tomai, senhora, essa mão, ou, para melhor dizer, esse verdugo dos malfeitores do mundo; tomai, senhora, essa mão, em que não tocou mão de mulher alguma, nem a daquela que tem inteira posse de todo o meu corpo. Não vo-la dou para que a beijeis, mas para que lhe mireis a contextura dos nervos, a travação dos músculos, a grossura e espaçado das suas veias, por onde vereis que tal será a força do braço que uma tal mão possui.

— Agora o veremos — disse Maritornes.

E dando uma lançada numa das pontas do cabresto, deitou-lhe ao pulso, e, descendo da fresta, amarrou fortissimamente a outra ao ferrolho da porta do palheiro. Dom Quixote, que sentiu no pulso a aspereza da corda, disse:

— Mais parece que Vossa Mercê me está arranhando do que afagando a mão; não a trateis tão mal, porque ela não tem culpa do desgosto que a minha vontade vos causa, nem bem parece que em tão pequena parte vos vingueis do todo do vosso dissabor... vede que quem bem quer não se vinga tão mal.

Porém, todas estas razões de Dom Quixote já não as ouvia ninguém, porque, logo que Maritornes o amarrou, tanto ela como a outra se foram embora a morrer de riso, e deixaram-no de tal modo preso que lhe foi impossível soltar-se.

Estava, pois, como se disse, de pé em cima de Rocinante, com o braço todo metido pela fresta, e amarrado pelo pulso ao ferrolho da porta, com grandíssimo temor e cuidado para que não se mexesse o cavalo, porque ficaria então pendurado pelo braço, e assim não ousava fazer movimento algum, ainda que do raciocínio e mansidão de Rocinante bem se poderia esperar que estaria sem se mover um século todo. Afinal, vendo-se Dom Quixote amarrado e vendo também que as damas se tinham ido embora, começou a imaginar que tudo aquilo se fazia por encantamento, como da outra vez, quando naquele mesmo castelo o moeu de pancadas aquele mouro encantado do arrieiro, e maldizia entre si a sua pouca discrição e pouco discorrer, pois, tendo-se saído tão mal da primeira vez, se aventurara a entrar ali de novo, sendo regra de cavaleiros andantes que, em tentando uma aventura e não se saindo bem dela, sinal é de que não está para eles guardada, mas sim para outro, e não precisa de tentá-la segunda vez. Com tudo isto, puxava pelo braço a ver se podia soltar-se, mas estava tão bem atado, que todas as suas tentativas foram baldadas. Certo é que puxava com tento, para que Rocinante se não movesse, e, ainda que quisesse sentar-se ou cavalgar nele, não podia senão ou estar de pé, ou arrancar a mão.

Ali foi o desejar a espada de Amadis, contra a qual não tinha força encantamento algum; ali foi o maldizer a sua fortuna, exagerar a falta que faria no mundo a sua presença, durante o tempo em que ali estivesse encantado, que assim sem a mínima dúvida se julgava; ali o recordar-se da sua querida Dulcinéia del Toboso, ali o chamar pelo seu bom escudeiro Sancho Pança, que sepultado no sono e estendido sobre a albarda do seu jumento, não se recordava naquele instante nem da mãe que o deu à luz; ali chamou pelos sábios Lirgandeu e Alquife, para que o ajudassem; ali invocou a sua boa amiga Urganda, para que o socorresse, e finalmente ali o encontrou a manhã, tão desesperado e confuso, que bramia como um touro, porque já não esperava que com o dia se remediasse a sua aflição, considerando-a eterna, e julgando-se encantado: e fazia-lhe acreditar ver que Rocinante nem pouco nem muito se movia, e julgava que daquela forma, sem comer nem beber nem dormir, haviam de estar ele e o cavalo, até que passasse aquele mau influxo das estrelas, ou até que outro mais sábio nigromante o desencantasse.

Porém, enganou-se muito na sua suposição, porque apenas principiou a amanhecer chegaram à venda quatro homens a cavalo, mui bem-postos e trajados, com a sua escopeta nos arções. Bateram à porta da venda, que ainda estava fechada, com grandes aldrabadas, e, vendo isto Dom Quixote do sítio onde continuava a fazer sentinela, com voz arrogante e alta lhes disse:

— Cavaleiros ou escudeiros ou quem quer que sejais, não tendes para que chamar às portas deste castelo, que bem claro é que a tais horas, ou os que estão lá dentro dormem, ou não é costume abrir as fortalezas antes do sol ir já alto: desviai-vos para fora, e esperai que o dia aclare, e então veremos se será justo ou não que vos abram a porta.

— Que diabo de fortaleza ou de castelo é este, para nos obrigar a ter essas cerimônias todas? Se sois o estalajadeiro, mandai que nos deixem entrar, porque somos caminhantes que só queremos dar cevada às nossas cavalgaduras e passar adiante, que vamos com pressa.

— Parece-vos, cavaleiros, que tenho figura de estalajadeiro? — respondeu Dom Quixote.

— Não sei que figura tendes, mas o que sei é que dizeis um disparate, chamando castelo a esta venda.

— É castelo — respondeu Dom Quixote —, e até dos melhores desta província toda, e tem gente lá dentro que já empunhou cetro e cingiu diadema.

— Melhor fora às avessas — disse o viandante —, que cingisse o cetro e empunhasse a coroa; e decerto estará aí alguma companhia de representantes, que a miúdo usam ter essas coisas que dizeis, porque numa venda tão pequena, e tão silenciosa como esta, não creio eu que se alojem pessoas dignas de coroas e cetros.

— Sabeis pouco do mundo — replicou Dom Quixote —, visto que ignorais os casos que costumam acontecer na cavalaria andante.

Cansaram-se os companheiros do perguntador do colóquio, e tornaram por isso a bater com grande fúria à porta, e de modo que o vendeiro despertou, e acordaram também todos os que na venda estavam, e assim se levantou, a perguntar quem chamava. Sucedeu a este tempo que uma das cavalgaduras em que vinham os quatro se chegou a cheirar a Rocinante, que, melancólico e triste, de orelhas derrubadas, sustentava, sem se mover, o seu esguio senhor, e, como afinal era de carne, apesar de parecer de pau, não pôde deixar de ressentir-se e tornar a cheirar também a quem se lhe chegava a afagá-lo, e, apenas se moveu um pouco, logo se afastaram os pés de Dom Quixote, e escorregando dariam com ele no chão, a não ficar suspenso do braço, o que lhe causou tanta dor; que julgou ou que lhe cortavam o pulso, ou que a mão se lhe arrancava, porque ficou tão próximo do chão que com os bicos dos pés pisava a terra, o que mais o molestava, porque como sentia que lhe faltava pouco para pôr as plantas dos pés no solo, estirava-se quanto podia, como os que sofrem o tormento da polé[5], que eles próprios acrescentam a sua dor com o afinco que põem em estirar-se, enganados, com a esperança que se lhes representa de que, logo que se estirem um pouco mais, chegarão a terra firme.

[5] Tormento que consistia em pendurar o torturado com uma grossa corda de cânhamo, pelos pulsos e pelas mãos, com uns pesos de ferro presos nos pés.

CAPÍTULO XLIV

Onde prosseguem os inauditos sucessos da venda

Efetivamente, tantos e tais foram os brados de Dom Quixote que, abrindo logo as portas da venda, saiu o estalajadeiro espavorido a ver quem dava esses gritos, e os que estavam fora fizeram o mesmo. Maritornes, que já despertara com os brados, imaginando o que podia ser, foi ao palheiro, e desatou, sem que ninguém a visse, o cabresto que sustinha Dom Quixote, que deu logo consigo no chão, à vista do estalajadeiro e dos viandantes, que, chegando-se a ele, lhe perguntaram o que tinha, que tais vozes dava. Ele, sem responder palavra, tirou a corda do pulso, e, pondo-se de pé, montou em Rocinante, embraçou o escudo, enristou a lança e, tomando campo, volveu a meio galope, dizendo:

— A quem disser que eu estive, com justo motivo, encantado, se a Princesa Micomicona, muito senhora minha, me der licença para isso, desde já o desminto, e repto e desafio para batalha singular.

Admirados ficaram os novos viandantes das palavras de Dom Quixote, mas o vendeiro tirou-os daquela admiração, dizendo-lhes quem ele era, e que não havia que fazer caso dele, porque não tinha juízo.

Perguntaram ao vendeiro se por acaso chegara àquela venda um rapazito dos seus quinze anos de idade, vestido de arrieiro, com tais e tais sinais, dando os mesmos que tinha o amador de Dona Clara. O vendeiro respondeu que havia tanta gente na venda que não reparara nessa pessoa por quem perguntavam; mas, tendo visto um deles o coche em que viera o ouvidor, disse:

— Aqui deve estar sem dúvida, porque é este o coche que dizem que ele segue; fique um de nós à porta, e entrem os demais a procurá-lo: e seria bom também que outro desse volta à venda para que ele se não safe pelas traseiras das cavalariças.

— Assim se fará — respondeu um deles.

E entrando dois, o terceiro ficou à porta e o quarto foi rodear a venda. Tudo isso via o estalajadeiro, e não podia atinar com o motivo por que se faziam essas diligências, ainda que supôs que procuravam o moço cujos sinais lhe tinham dado.

Já a esse tempo aclarara o dia; e tanto por isso, como pelo barulho que Dom Quixote fizera, estavam todos despertos e levantados, e com especialidade Dona Clara e Dorotéia, que, uma com o sobressalto de ter tão próximo o seu namorado, e a outra com o desejo de o ver, mal tinham podido dormir aquela noite. Dom Quixote, que viu que nenhum dos quatro viandantes fazia caso dele, nem lhe respondia à sua pergunta, rabeava de despeito e de fúria; e se achasse nas ordenações da sua cavalaria que licitamente podia o cavaleiro andante tomar e encetar outra empresa, depois de ter dado a sua fé e a sua palavra de não começar outra sem acabar a que prometera, investiria com todos e os obrigaria a responder, malgrado seu; mas por lhe parecer que lhe não convinha nem lhe estava bem tentar empresa nova antes de restabelecer no seu reino Micomicona, teve de se calar e permanecer quedo, esperando para ver em que paravam as diligências daqueles viandantes, um dos quais achou o mancebo que procurava a dormir ao lado de um arrieiro, muito descuidoso de que ninguém o buscasse, e ainda menos de que o encontrasse. O homem travou-lhe do braço e disse-lhe:

— Por certo, Senhor Dom Luís, que diz bem com quem sois o fato que vestis, e a cama em que vos acho com o regalo com que vossa mãe vos criou.

Esfregou o moço os olhos sonolentos e encarou fito o que o segurava, e logo conheceu que era criado de seu pai, o que lhe deu tamanho sobressalto que não acertou ou não pôde dizer-lhe palavra por grande espaço de tempo. E o criado prosseguiu dizendo:

— Aqui não há outra coisa que fazer, Senhor Dom Luís, senão ter paciência e voltar para casa, se Vossa Mercê não deseja que seu pai e meu senhor faça a viagem do outro mundo, porque se não pode esperar outra coisa do pesar que lhe causa a vossa ausência.

— Pois como soube meu pai — disse Dom Luís — que eu vinha por este caminho e com este trajo?

— Um estudante — respondeu o criado —, a quem destes conta dos vossos pensamentos, foi quem o descobriu, compadecido das lástimas que vosso pai fazia quando deu pela vossa falta; e logo enviou quatro dos seus criados em vossa busca, e todos aqui estamos ao vosso serviço, mais contentes do que se pode imaginar, pelo bom despacho com que tornaremos, levando-vos à presença de quem tanto vos quer.

— Isso será se for da minha vontade, ou se o céu o ordenar — respondeu Dom Luís. — O céu ordena que regresseis a casa, nem outra coisa é possível.

Todas estas razões as ouviu o arrieiro junto de quem estava Dom Luís; e levantando-se dali foi contar o que se passava a Dom Fernando e a Cardênio e aos outros que já se tinham vestido, e a quem disse que o homem que viera dava "dom" ao rapaz, e queria que ele voltasse a casa de seu pai, e que o moço não queria. Com isto e com o que sabiam já, da boa voz que o céu lhe tinha dado, vieram todos com grande desejo de saber mais particularmente quem era, e também de o ajudar, se alguma violência lhe quisessem fazer, e assim foram ter ao sítio onde ele ainda estava falando e porfiando com o seu criado. Nisto, saiu Dorotéia do seu aposento e atrás dela Dona Clara, toda turbada, e, chamando Dorotéia de parte a Cardênio, lhe contou em breves razões a história do músico e de Dona Clara, e Cardênio referiu-lhe que tinham vindo a buscar Dom Luís uns criados de seu pai; e não o disse tão de manso que Dona Clara o não ouvisse, com que ficou tão fora de si que, se Dorotéia não corresse a ampará-la, daria consigo no chão. Cardênio disse a Dorotéia que volvessem ao aposento, que ele procuraria remediar tudo, e elas obedeceram.

Já estavam todos os quatro que vinham procurar Dom Luís dentro da venda, e rodeavam-no, persuadindo-lhe que logo, sem mais detença, voltasse a consolar seu pai. Respondeu ele que de nenhum modo o podia fazer sem dar fim a um negócio em que lhe iam a existência, a honra e a alma. Apertaram-no então os criados, dizendo-lhe que não voltariam sem ele, e que o levariam por vontade ou por força.

— Isso o não fareis vós — redargüiu Dom Luís —, senão matando-me primeiro, ainda que, de qualquer modo que me leveis, sem vida sempre eu irei.

Já a este tempo tinham acudido à porfia todos os outros que na venda estavam, especialmente Cardênio, Dom Fernando, os seus amigos, o ouvidor, o cura, o barbeiro e Dom Quixote, que entendeu enfim não haver necessidade de continuar com a guarda do castelo. Cardênio, como já sabia a história de Dom Luís, perguntou aos criados o que os movia a querer levar aquele moço contra sua vontade.

— Move-nos a isso — respondeu um dos quatro — dar a vida a seu pai, que, pela ausência deste cavalheiro, fica em perigo de a perder.

A isto disse Dom Luís:

— Não há motivo para que se dê conta aqui das minhas coisas; eu sou livre, e voltarei se quiser, se não quiser nenhum de vós me obrigará.

— Será a razão quem o obrigue — respondeu o homem —, e quando ela nada possa com Vossa Mercê, poderá conosco bastante para que não deixemos de fazer aquilo a que viemos e a que somos obrigados.

— Saibamos ao certo o que isto vem a ser — acudiu o ouvidor. Mas o homem, que o conhecera por vizinho de sua casa, disse:

— Não conhece Vossa Mercê, senhor ouvidor, este cavalheiro, que é filho do seu vizinho, que se ausentou de casa de seu pai em trajos tão pouco decorosos, como Vossa Mercê pode ver?

Encarou-o então o ouvidor mais atentamente, e conheceu-o, e disse-lhe abraçando-o:

— Que criancices são estas, Senhor Dom Luís, ou que motivos tão poderosos, que vos obrigam a vir desta maneira, com trajo que diz tão mal com a vossa qualidade?

Vieram as lágrimas aos olhos a Dom Luís, e não pôde dar palavra ao ouvidor, que disse aos quatro que sossegassem, que tudo se faria por bem; e, pegando a Dom Luís pela mão, afastou-o para um lado, e perguntou-lhe que desatino fora aquele. E, enquanto lhe fazia estas e outras perguntas, ouviram à porta da venda grande alarido, motivado por dois hóspedes que naquela noite ali tinham pousado, e que, vendo toda a gente ocupada em saber o que os quatro homens procuravam, tinham intentado ir-se sem pagar o que deviam, mas o vendeiro, que atendia mais ao seu negócio que aos alheios, agarrou-os ao sair da porta, e lhes pediu a sua paga, afeando-lhes a má tenção com palavras tais, que os levou a responderem-lhe a murros: e assim começaram a dar-lhe tamanha sova, que o pobre do vendeiro teve de gritar e de pedir socorro. A estalajadeira e sua filha não viram pessoa desocupada que o pudesse socorrer, a não ser Dom Quixote, a quem a rapariga disse:

— Socorra Vossa Mercê, senhor cavaleiro, pela virtude que Deus lhe deu, a meu pobre pai, que o estão moendo dois maus homens como se fosse pimenta.

A que Dom Quixote respondeu, muito descansado e com muita fleuma:

— Formosa donzela, não tem lugar por agora a vossa petição, porque não posso meter-me em outra aventura, enquanto não der fim a uma em que está empenhada a minha palavra. Mas o que eu poderei fazer para vos servir é o seguinte: correi a dizer a vosso pai que sustente a sua batalha o melhor que puder, e que de nenhum modo se deixe derrotar, enquanto eu vou pedir licença à princesa Micomicona para o poder socorrer em sua aflição, que, se ela ma der, tende a certeza que o salvarei desde logo.

— Mau pecado — disse nisto Maritornes, que estava presente; — antes de Vossa Mercê alcançar essa licença que diz, estará meu amo no outro mundo.

— Consenti, senhora, que eu a alcance — respondeu Dom Quixote —, que, logo que a tenha, pouco importa que ele esteja no outro mundo, que eu de lá o irei tirar, ou pelo menos tal vingança vos darei dos que para lá o tiverem mandado, que ficareis amplamente satisfeitas.

E, sem dizer mais, foi-se pôr de joelhos diante de Dorotéia, pedindo-lhe com palavras cavalheirescas que fosse servida sua grandeza dar-lhe licença de acudir ao castelão daquele solar, que estava em grande míngua. Deu-lha a princesa de bom grado, e logo ele, embraçando o escudo e empunhando a espada, correu à porta da venda, onde ainda os dois hóspedes continuavam a maltratar o vendeiro; mas, assim que ali chegou, ficou de todo quedo, apesar de Maritornes e a vendeira lhe dizerem por que é que se detinha, que socorresse seu amo e marido.

— Detenho-me — disse Dom Quixote — porque não me é lícito desembainhar a espada contra quem não for cavaleiro; mas ide chamar o meu escudeiro Sancho, que a ele toca e pertence esta defesa e vingança.

Passava-se isto à porta da venda, onde ferviam os murros, tudo com grande prejuízo do vendeiro e raiva de Maritornes, da vendeira e de sua filha, que se desesperavam ao ver a covardia de Dom Quixote e os maus-tratos que sofria seu marido, amo e pai.

Mas deixemo-lo, que não faltará quem o socorra, ou senão que sofra calado quem a mais se atreve do que ao que as suas forças lhe permitem, e volvamos cinqüenta passos atrás a ver o que foi que Dom Luís respondeu ao ouvidor, que lhe perguntara o motivo da sua vinda a pé, e vestido com trajos tão vis. O mancebo, agarrando-lhe fortemente as mãos, como em sinal de que alguma grande dor lhe pungia o coração, derramando lágrimas em grande abundância, disse-lhe:

— Senhor meu, não sei outra coisa dizer-vos, senão que, desde o momento em que o céu quis e a nossa vizinhança facilitou que eu visse a minha Senhora Dona Clara, vossa filha, desde esse instante lhe submeti a minha vontade; e, se a vossa, meu vendeiro pai e senhor, a não impedir, hoje mesmo há de ser minha esposa. Por ela deixei a casa de meus pais, e revesti este trajo, para a seguir fosse aonde fosse, como a seta ao alvo e o marinheiro ao norte. Ela dos meus desejos não sabe mais do que o que pôde entender algumas vezes, que de longe via chorar meus olhos. Já sabeis, senhor, a riqueza e a nobreza de meus pais, e de como sou o seu único herdeiro; se vos parecer que são partes estas para que vos arrisqueis a fazer-me em tudo venturoso, recebei-me logo por vosso filho; que se a meu pai, levado por outros desígnios, não agradar este bem que eu procurei para mim, mais força terá o tempo para desfazer e mudar as coisas do que a vontade humana.

Calou-se ao dizer isto o enamorado mancebo, e o magistrado ficou de o ouvir suspenso, confuso e admirado, tanto pelo modo e discrição como Dom Luís lhe descobriu o seu pensamento, como por não saber a resolução que havia de tomar em tão repentino e inesperado negócio, e assim é que respondeu que por então sossegasse, e entretivesse os seus criados para que não o levassem nesse dia, e ele houvesse tempo para considerar o que a todos ficaria melhor. Beijou-lhe Dom Luís à viva força as mãos, e banhou-lhas de lágrimas que enterneceriam um coração de mármore, quanto mais o do ouvidor, que, como discreto, logo conhecera quanto à sua filha convinha aquele matrimônio; posto que, se possível fosse, o quisera antes efetuar com o consentimento do pai de Dom Luís, de quem sabia que pretendia obter uma titular para seu filho.

Já a esse tempo estavam os hóspedes em boa paz com o vendeiro, pois que Dom Quixote, com boas razões, mais do que com ameaças, os persuadira a pagarem-lhe tudo quanto ele pedia, e os criados de Dom Luís aguardavam o fim da prática do ouvidor e a resolução de seu amo; quando o Demônio, que não dorme, ordenou que naquele mesmo instante entrasse na venda o barbeiro a quem Dom Quixote tirara o elmo de Mambrino, e Sancho Pança o aparelho do burro, que trocou pelo do seu; o barbeiro, ao levar o jumento para a cavalariça, viu Sancho Pança a arranjar não sei o que na albarda, e logo que a viu conheceu-a, e atreveu-se a arremeter com Sancho, dizendo:

— Ah! Dom Ladrão, que aqui vos apanho; venha a minha bacia e a albarda, e o aparelho que me roubastes.

Sancho, que se viu acometido tão de improviso, e ouviu os vitupérios que lhe diziam, com uma das mãos agarrou a albarda, e com a outra ferrou no barbeiro tamanho murro, que lhe banhou os dentes em sangue; mas nem por isso o barbeiro largou a albarda, antes levantou a voz de modo tal, que todos os da venda acudiram ao ruído e pendência, e dizia ele:

— Aqui del-rei e da justiça, que este ladrão e salteador de estradas, sobre o roubar-me a fazenda, ainda me quer matar.

— Mentis! — exclamou Sancho — que eu não sou salteador de estradas, e estes despojos ganhou-os em guerra leal o meu Senhor Dom Quixote.

Já Dom Quixote estava presente, e muito folgava de ver o modo como o seu escudeiro se defendia e ofendia, e teve-o daí por diante como homem de prol, e ficou-lhe na mente o armá-lo cavaleiro na primeira ocasião que se lhe deparasse, por lhe parecer que ficaria bem empregada em Sancho a ordem de cavalaria. Entre outras coisas que o barbeiro ia dizer no decurso da pendência, veio a exclamar:

— Senhores, esta albarda é tão minha, como a morte que devo a Deus, e conheço-a como se a tivesse parido, e aí está na manjedoura o burro, que não me deixará mentir; ponham-lha, e se lhe não ficar ao pintar, que me tenham por infame. E mais ainda, no mesmo dia em que ma tirou, tiraram-me também uma bacia de cobre, nova, que ainda não fora estreada, e que custara um bom escudo.

Aqui não se pôde conter Dom Quixote, e, metendo-se entre os dois e apartando-os, pondo a albarda no chão para a ter manifesta até se aclarar a verdade, disse:

— Para que Vossas Mercês vejam, clara e manifestamente, o erro em que está este bom escudeiro, basta dizer que chama bacia ao que foi, é, e será o elmo de Mambrino, que eu lhe conquistei em guerra leal, e de que fiquei lícito e legítimo possuidor. No caso da albarda não me intrometo, porque o que sei dizer é que o meu escudeiro Sancho me pediu licença para tirar os jaezes do cavalo deste vencido covarde, e com eles adornar o seu: dei-lha, ele tomou-a, e do jaez se ter convertido em albarda não saberei dar outra razão a não ser a do costume, a saber: que essas transformações se vêem nos casos da cavalaria; para confirmação disso, vai, meu filho Sancho, buscar o elmo que este bom homem chama bacia.

— Com a breca! — disse Sancho — se só temos essa prova da nossa intenção, tão bacia é o elmo de Malino como é albarda o jaez.

— Faze o que te mando — disse Dom Quixote —, que nem todas as coisas deste castelo hão de ser guiadas por encantamento.

Sancho foi buscar a bacia, e, assim que Dom Quixote a viu, tomou-a nas mãos e disse:

— Vejam Vossas Mercês com que cara pode dizer este escudeiro que isto é bacia e não o elmo que eu disse, e juro, pela ordem de cavalaria que professo, que foi este elmo que eu lhe conquistei, sem lhe ter tirado ou acrescentado coisa alguma.

— Nisso é que não há dúvida — acudiu Sancho —, que desde que meu amo o ganhou até hoje só entrou numa batalha, quando livrou os desventurados galeotes; e se não fosse este bacielmo não passaria então muito bem, porque apanhou naquele transe pedradas com fartura.

CAPÍTULO XLV

Onde se acaba de averiguar a dúvida do elmo de Mambrino e da albarda, e de outras aventuras sucedidas, com toda a verdade

— Que lhes parece a Vossas Mercês, senhores — disse o barbeiro —, o que afirmam estes homens de prol[1], que ainda porfiam que esta bacia é elmo?

— E a quem o contrário disser — acudiu Dom Quixote — lhe farei eu conhecer que mente se for cavaleiro, e se for escudeiro, que mente e remente mil vezes.

O nosso barbeiro, que tudo presenciava, e que conhecia perfeitamente o gênio de Dom Quixote, quis espertar o seu desatino, e levar por diante a burla, para que todos rissem, e exclamou, falando com o seu colega:

— Senhor barbeiro, ou quem sois, sabei que também sou do vosso ofício, e tenho há mais de vinte anos carta de exame, e conheço muito bem os instrumentos barbeiris, sem faltar um só, e, além disso, fui também soldado, na minha mocidade, e também sei o que é elmo, e morrião e celada de encaixar[2], e outras coisas que tocam à milícia, digo, aos gêneros de armas dos soldados, e afirmo,

---

[1] Nome que se soía dar àqueles a quem não se podia chamar de senhor cavaleiro nem de senhor fidalgo.

[2] "Elmo era a armadura completa da cabeça. Elmete, diminutivo de elmo, o mesmo que celada, a qual, se era de encaixar, entrava na parte superior, que cobria a boca e a barba e descansava nos ombros; morrião era peça superior do elmo"; segundo anota Clemencín.

salvo melhor parecer, que este objeto que aqui está diante de nós, nas mãos daquele bom senhor, não é bacia de barbeiro, mas está tão longe de sê-lo como está longe o branco do negro, e a verdade da mentira; e também digo que este elmo, apesar de o ser, não é elmo inteiro.

— Não, decerto — disse Dom Quixote; — falta-lhe metade, que é a babeira.

— Assim é — afirmou o cura, que já entendera a intenção do seu amigo barbeiro.

E o mesmo asseveraram Cardênio, Dom Fernando e os seus companheiros; e até o ouvidor, se não estivesse tão pensativo com o negócio de Dom Luís, ajudaria pela sua parte a mentira.

— Valha-me Deus! — disse então o barbeiro burlado. — Pois é possível que tanta gente honrada diga que isto não é bacia e que é elmo? É caso para fazer pasmar uma universidade, por mais discreta que seja. Basta; mas, se esta bacia é elmo, também deve ser esta albarda jaez de cavalo, como aqui disse este senhor.

— A mim parece-me albarda — observou Dom Quixote —, mas já disse que em tal coisa me não intrometo.

— Que seja albarda ou jaez — acudiu o cura —, só o Senhor Dom Quixote o pode dizer, que, nestas coisas de cavalarias, todos estes senhores e eu lhe damos a primazia.

— Por Deus, meus senhores — disse Dom Quixote —, são tantas e tão estranhas as coisas que neste castelo, das duas vezes que aqui tenho estado, me hão sucedido, que me não atrevo a dizer afirmativamente coisa alguma do que se perguntar acerca do que nele se contém, porque imagino que tudo o que aqui se trata é por via de encantamento. Da primeira vez muito me derreou um mouro encantado, e Sancho não se deu muito bem com outros, seus sequazes, e esta noite estive pendurado por um braço cerca de duas horas, sem saber como vim a cair em semelhante desgraça. De forma que pôr-me eu agora em coisa tão confusa a dar o meu parecer seria cair em juízo temerário. Pelo que toca ao dizerem que isto é bacia e não elmo, já respondi; mas, enquanto a declarar se isso é albarda ou jaez, não me atrevo a dar sentença definitiva, e exclusivamente o deixo ao bom parecer de Vossas Mercês; talvez, por não terem sido armados cavaleiros como eu, não hajam que ver com Vossas Mercês os encantamentos deste lugar, e tenham livres os entendimentos, e possam julgar as coisas deste castelo como elas são, real e verdadeiramente, e não como a mim me pareçam.

— Não há dúvida — respondeu Dom Fernando — que o Senhor Dom Quixote disse muito bem que hoje a nós outros toca a definição deste caso; e para que vá com mais fundamento, eu tomarei em segredo os votos destes senhores, e do que resultar darei inteira e clara notícia.

Para os que sabiam a mania de Dom Quixote era isto matéria de muito riso; mas para os que a ignoravam parecia-lhes o maior disparate do mundo, especialmente aos quatro criados de Dom Luís e a Dom Luís também, e a outros três viandantes, que por acaso tinham chegado à venda, e que pareciam ser quadrilheiros[3], como efetivamente eram. Mas quem mais se desesperava era o barbeiro, cuja bacia ali diante dos seus olhos se transformara em elmo de Mambrino, e cuja albarda já não tinha dúvida que se lhe havia de tornar em rico jaez de cavalo; e uns e outros riam de ver como Dom Fernando andava tomando os votos, falando ao ouvido dos circunstantes para que em segredo declarassem se era jaez ou albarda aquela jóia sobre a qual tanto se pelejara; e, depois de tomar os votos de todos os que a Dom Quixote conheciam, disse em alta voz:

— O caso é, bom homem, que já estou cansado de tantos pormenores, porque vejo que a ninguém pergunto o que desejo saber, que me não diga que é disparate dizer-se que isto seja albarda de jumento, quando bem se vê que é jaez de cavalo, e até de cavalo fino, e assim haveis de ter paciência, porque, em que vos pese e ao vosso jumento, isto é jaez e não albarda, e foram péssimas pela vossa parte as alegações e provas.

— Não tenha eu lugar no céu — exclamou o pobre barbeiro — se Vossas Mercês todos se não enganam, e tão bem pareça a minha alma aos olhos de Nosso Senhor, como esta albarda me parece albarda; mas lá vão leis...[4] e mais não digo; o que posso afirmar é que não estou bêbado, que ainda não quebrei o jejum, a não ser de pecar.

---

[3] Quadrilheiros da Santa Irmandade, providos de sua meia vara. No Gusmão de Alfrache se lê (parte I, livro I, cap. VII): "Os santos quadrilheiros são gente nefanda e desalmada, e muitos por bem pouco jurariam contra ti o que não fizeste, nem eles viram, mais pelo dinheiro que lhes dessem. São, em resumo... ladrões passantes ou ainda menos..."

[4] "Lá vão leis, onde querem reis"; segundo diz o refrão.

Não causavam menos riso as necedades do barbeiro do que os disparates de Dom Quixote, que nisto acudiu:

— Aqui não há mais que fazer do que tomar cada qual o que lhe pertence, e a quem Deus a deu, São Pedro que a benza.

Um dos quatro disse:

— Se isto não é de caso pensado, não me posso persuadir que homens de tão bom entendimento, como são ou parecem ser todos os que aqui estão, se atrevam a dizer e afirmar que isto não é bacia e aquilo albarda; mas, como vejo que o afirmam e dizem, dá-me isto a entender que não deixa de ter mistério o porfiar numa coisa tão contrária à verdade; porque voto a tal que ninguém que hoje vive no mundo me pode fazer acreditar que isto não é bacia de barbeiro, e aquilo albarda de burro.

— Pode muito bem ser de burra — disse o cura.

— Tanto monta — tornou o criado —; que o caso não está nisso, mas em ser ou não ser albarda, como Vossas Mercês dizem.

Ouvindo isto um dos quadrilheiros que tinham entrado, que ouvira a pendência, cheio de enfado e cólera, bradou:

— É tão albarda como meu pai é meu pai, e quem outra coisa disse ou disser é porque está bêbado como um cacho.

— Mentis como um velhaco e vilão — respondeu Dom Quixote.

E levantando a lança, que nunca largava das mãos, descarregou-lhe tal golpe na cabeça, que, se o quadrilheiro se não desviasse, deixara-o ali estendido; a lança fez-se pedaços no chão, e os outros quadrilheiros, que viram maltratar o seu camarada, ergueram a voz pedindo auxílio à Santa Irmandade.

O vendeiro, que pertencia à corporação, correu a ir buscar a vara[5] e a espada, e veio colocar-se ao lado dos seus companheiros; os criados de Dom Luís rodearam-no para que não aproveitasse o alvoroto para se safar; o barbeiro, vendo o rebuliço, tornou a deitar mão à albarda, e o mesmo fez Sancho; Dom Quixote desembainhou a espada e arremeteu com os quadrilheiros; Dom Luís bradava aos seus criados que o largassem a ele e socorressem Dom Quixote, e Cardênio e Dom Fernando, que se tinham colocado todos ao lado do ilustre manchego; o cura bradava, gritava a vendeira, a filha

---

[5] A vara, ou seja, a meia vara, como se disse em nota anterior.

afligia-se, Maritornes chorava, Dorotéia estava confusa, Lucinda suspensa e Clara desmaiada. O barbeiro desancava Sancho, Sancho moía o barbeiro; Dom Luís, a quem um criado se atreveu a agarrar no braço para que se não fosse embora, deu-lhe um murro que lhe pôs os dentes em sangue; o ouvidor defendia Dom Luís; Dom Fernando metera debaixo de si um quadrilheiro e cosia-o a pontapés; o vendeiro tornava a levantar a voz pedindo auxílio à Santa Irmandade; de modo que em toda a venda não havia senão prantos, brados, gritos, confusões, temores, sobressaltos, desgraças, cutiladas, sopapos, pauladas, coices e efusão de sangue. E, no meio deste caos, o que havia de imaginar Dom Quixote? Imagina-se engolfado na discórdia do campo de Agramante, e diz, com voz que atroa toda a venda:

— Tenham mão todos, embainhem as espadas, sosseguem e ouçam-me, se não querem perder a vida.

A este brado, todos pararam, e ele prosseguiu dizendo:

— Não vos disse já, senhores, que este castelo era encantado, e que alguma legião de demônios deve habitar nele? Em confirmação do meu dito, quero que vejais com os vossos olhos como para entre nós passou e se trasladou a discórdia do campo de Agramante. Vede como além se pugna pela espada, aqui pelo cavalo, acolá pela águia e ali pelo elmo, e todos pelejamos e ninguém se entende: venha, pois, Vossa Mercê, senhor ouvidor, e Vossa Mercê, senhor cura, e sirva um de Rei Agramante[6], e outro de El-Rei Sobrinho, e ponham-nos em paz; porque, por Deus todo-poderoso, é grande loucura matar-se por coisas tão fúteis, gente tão principal como todos os que aqui estamos.

Os quadrilheiros, que não entendiam o fraseado de Dom Quixote, e se viam maltratados por Dom Fernando, Cardênio e os seus companheiros, não queriam aquietar-se; o barbeiro, sim, porque na pendência lhe tinham arrepelado as barbas e a albarda; Sancho, à primeira voz de seu amo, obedeceu como bom criado; os quatro servos de Dom Luís também ficaram quedos, vendo que de pouco lhes servia o barulho; só o vendeiro porfiava que se haviam de castigar as insolências daquele louco, que a cada momento lhe alvorotava a estalagem. Finalmente, o barulho se apaziguou por então,

[6] A peleja de Agramante se acha no canto XXVII do *Orlando furioso*.

a albarda ficou passando por jaez até ao dia do juízo, e a bacia por elmo, e a venda por castelo, na imaginação de Dom Quixote.

Postos, pois, já em sossego, e feitos amigos todos por persuasão do ouvidor e do cura, voltaram os criados de Dom Luís a insistir para que os acompanhasse, e enquanto estava com eles em avenças, o ouvidor aconselhava-se com Dom Fernando, Cardênio e o cura, sobre o que havia de fazer naquele caso, contando-lhes tudo o que Dom Luís lhe pedira. Enfim, acordou-se que Dom Fernando dissesse aos criados de Dom Luís quem era, e como desejava que Dom Luís o acompanhasse à Andaluzia, onde pelo marquês seu irmão seria estimadíssimo, e assim se faria a vontade a Dom Luís, que naquela ocasião não tornava para casa de seu pai, nem que o despedaçassem. Assim se apaziguou toda aquela pendência, graças à autoridade de Agramante e cordura de El-Rei Sobrinho; mas, vendo-se o inimigo da concórdia e o êmulo da paz menosprezado e burlado, e o pouco fruto que tirara de os haver posto a todos em tão confuso labirinto, quis provar outra vez a mão, ressuscitando novas pendências e desassossegos.

É, pois, o caso, que os quadrilheiros sossegaram, por ter entreouvido a qualidade dos que com eles se tinham batido, e retiraram-se da pendência, por lhes parecer que sempre haviam de levar o pior na batalha; mas um deles, que fora desancado e pisado aos pés por Dom Fernando, lembrou-se de súbito de que entre alguns mandados que trazia para prender delinqüentes, vinha um contra Dom Quixote, que a Santa Irmandade mandara prender pela liberdade que dera aos galeotes, e como Sancho, com muita razão, temera. Lembrando-se, pois, disto, quis certificar-se e diziam bem com as feições de Dom Quixote os sinais que lhe tinham dado, e, tirando do seio um pergaminho, sucedeu ser esse logo o que procurava, e pondo-se a lê-lo com todo o vagar, porque não era grande ledor, a cada palavra que lia punha os olhos em Dom Quixote, e ia cotejando os sinais com as feições do seu rosto, e viu que sem dúvida alguma era a ele que o mandado se referia. E, apenas se certificou, dobrou logo o pergaminho, e, pondo o mandado na mão esquerda, com a mão direita agarrou a Dom Quixote pelo pescoço, que nem o deixava respirar, e com grandes brados dizia:

— Auxílio à Santa Irmandade, e, para que se veja que deveras e com razão o peço, leia-se este pergaminho onde se ordena que se prenda este salteador de estradas.

Pegou o cura no mandado, e viu que era verdade tudo o que o

quadrilheiro dizia, e que os sinais eram realmente os de Dom Quixote, o qual, vendo-se maltratado por aquele vilão malandrino, no auge da cólera, e com os ossos a rangerem-lhe, agarrou-se com ambas as mãos à garganta do quadrilheiro, com tal ânsia, que, se o infeliz não fosse socorrido pelos seus camaradas, mais depressa ali deixaria a vida do que Dom Quixote a presa. O vendeiro, que por força havia de favorecer os da sua corporação, veio logo acudir-lhe. A vendeira, que viu de novo seu marido em pendências, de novo começou a gritar, procedendo logo pelo mesmo teor Maritornes e a filha, que imploravam a misericórdia do céu e dos que ali estavam. Sancho exclamou, ao ver o que se passava:

— Por vida de Nosso Senhor, que é bem verdade tudo quanto meu amo diz dos encantamentos deste castelo, que se não pode aqui estar uma hora em sossego.

Dom Fernando apartou o quadrilheiro e Dom Quixote, com grande alívio de ambos, desenclavinhando-lhes as mãos com que mutuamente se afogavam; mas nem por isso deixavam os quadrilheiros de reclamar o seu preso, e de pedir que os ajudassem a amarrá-lo, porque assim convinha ao serviço de el-rei e da Santa Irmandade, de cuja parte de novo lhes pediam socorro e auxílio para prenderem aquele roubador e salteador de estrada. Ria-se Dom Quixote de ouvir estas razões, e com muito sossego disse:

— Vinde cá, gente soez e malcriada: chamais assaltar nas estradas dar liberdade aos algemados, soltar os presos, socorrer os míseros, levantar os caídos, remediar os necessitados? Ah! gente infame, dignos, por vosso baixo e vil entendimento, de que o céu vos não comunique o valor que se encerra na cavalaria andante, nem vos dê a entender o pecado e ignorância em que estais, não reverenciando a sombra, quanto mais a presença de qualquer cavaleiro andante! Vinde cá, ladrões de quadrilha, e não quadrilheiros, salteadores com licença da Santa Irmandade, dizei-me, quem foi o ignorante que assinou mandado de prisão contra um cavaleiro tal como eu sou? Quem era esse que não sabia que são isentos de todo o foro judicial os cavaleiros andantes, e que sua lei é a sua espada, foros os seus brios, pragmáticas a sua vontade? Quem foi o mentecapto, torno a dizer, que não sabe que não há foro de fidalgo com tantas preeminências e isenção como o que adquire um paladino andante no dia em que calça as esporas de ouro e se entrega ao duro exercício da cavalaria? Que cavaleiro andante pagou nunca peitas nem alcavalas, chapim de rainha, moeda foreira, portagem, nem barcagem[7]? Que alfaiate lhe levou o feitio da roupa que lhe fez? Que castelão o acolheu no seu castelo, fazendo-lhe pagar o escote? Que rei o não assentou à sua mesa? Que donzela se lhe não afeiçoou e se lhe não entregou rendida, com todas as veras da sua alma? E, finalmente, que cavaleiro andante houve, há, ou há de haver no mundo que não tenha brio, para dar ele só quatrocentas pauladas a quatrocentos quadrilheiros que se lhe ponham diante?

[7] Diversos impostos que se pagavam naquela época; entre eles o de chapim, que se pagava por ocasião das bodas reais.

CAPÍTULO XLVI

Da notável aventura dos quadrilheiros, e da grande ferocidade do nosso bom cavaleiro Dom Quixote

Enquanto Dom Quixote dizia isto, estava o cura convencendo os quadrilheiros de que ele era falto de juízo, como viam pelas suas obras e palavras, e não tinham motivo para ir com esse negócio por diante, porque, ainda que o prendessem e levassem, logo teriam de o deixar como louco; ao que respondeu o do mandado que lhe não competia julgar da loucura de Dom Quixote, mas fazer o que lhe ordenavam, e que, preso uma vez, podiam-no soltar trezentas.

— Com tudo isso — acudiu o cura —, desta vez não o levareis, nem ele se deixará levar, pelo que eu vejo.

Efetivamente, o cura tanto lhes disse, e Dom Quixote tantas loucuras fez, que mais doidos seriam do que ele os quadrilheiros, se lhe não conhecessem a falta de siso, e assim houveram por bem apaziguar-se, e até servir de medianeiros para se fazerem as pazes entre Sancho Pança e o barbeiro, que ainda insistiam, com grande rancor, na sua pendência. Finalmente, eles, como membros da justiça, se fizeram árbitros da causa e partiram a contenda ao meio, mandando que se trocassem as albardas, mas não o resto do aparelho, ficando assim as duas partes não de todo contentes, mas alguma coisa satisfeitas; e, enquanto ao elmo de Mambrino, o cura, à socapa, e sem que Dom Quixote o percebesse, deu ao barbeiro oito reais, e em troca lhe passou ele recibo e promessa de o não demandar em tempo algum, amém. Sossegadas, pois, estas duas pendências, que eram as principais e de mais tomo, restava que os criados de Dom Luís se resignassem a separar-se, indo-se três embora e ficando um para o acompanhar ao sítio aonde Dom Fernando o levava; e como já a boa sorte e melhor fortuna começara a aplanar dificuldades, e a favorecer os enamorados e os valentes da estalagem, quis levar ao termo essa boa obra, e dar a tudo feliz êxito, porque os criados fizeram quanto quis seu jovem amo, e com isso tão contente ficou Dona Clara, que bastava olhar para o seu rosto para se conhecer o regozijo daquela alma. Zoraida, ainda que não entendia bem todos os sucessos que tinha visto, alegrava-se e entristecia-se conforme a expressão que lia no semblante de cada um, principalmente no do seu espanhol, em quem tinha sempre pregados os olhos e a alma. O dono da venda, a quem não passou despercebida a recompensa que o cura dera ao barbeiro, pediu que lhe pagassem o estrago que Dom Quixote fizera nos odres e no vinho, jurando que não deixaria sair nem Rocinante, nem o jumento, se não se lhe satisfizesse até ao último maravedi. Tudo o cura apaziguou, e tudo Dom Fernando pagou, ainda que o ouvidor de muito boa vontade se oferecera também para pagar, e assim ficaram todos em paz e sossego, de forma que a venda já não parecia o campo de Agramante, como Dom Quixote dissera, mas antes ali reinava a paz otaviana[1]; e foi opinião comum que se deviam dar graças à boa intenção e muita eloqüência do senhor cura, e à incomparável liberalidade de Dom Fernando.

Vendo-se, pois, Dom Quixote livre e desembaraçado de tantas pendências, suas e do seu escudeiro, pareceu-lhe que seria bom prosseguir na começada viagem, e dar fim àquela grande aventura, para que fora chamado e escolhido, e, assim, com absoluta determinação, foi-se pôr de joelhos diante de Dorotéia, a qual lhe não consentiu que dissesse uma só palavra sem que se levantasse, e por lhe obedecer Dom Quixote se pôs em pé e lhe disse:

— É provérbio vulgar, formosa senhora, ser a diligência mãe do bom êxito, e em muitas e graves coisas tem mostrado a experiência que a solicitude do demandista leva a bom fim o pleito duvidoso; mas em nenhuma se mostra tanto esta verdade como nas coisas da guerra, onde a celeridade e presteza previnem as deliberações do

---

[1] Otávio Augusto, segundo a lenda, fechou três vezes o templo de Jano, em sinal de completa paz.

inimigo e alcançam a vitória antes que o contrário se ponha em defesa. Tudo isso digo, alta e preciosa senhora, porque me parece que a nossa estada neste castelo já é sem proveito, e poderia ser de tanto dano que algum dia o sentiríamos, porque quem sabe se por ocultos espias não terá sabido já o gigante vosso adversário que vou destruí-lo, e, dando-lhe lugar o tempo, se tenha fortificado nalgum inexpugnável castelo e fortaleza, contra o qual pouco valessem as minhas diligências e a força do meu incansável braço? Assim, pois, senhora minha, previnamos, como disse, com a nossa diligência os seus desígnios, e partamos desde já a procurar a fortuna, que logo Vossa Mercê a terá como deseja, apenas eu chegue a ver o vosso opositor.

Calou-se Dom Quixote, e esperou com muito sossego a resposta da formosa infanta, a qual, com ademã senhoril e acomodado ao estilo de Dom Quixote, lhe respondeu desta maneira:

— Agradeço-vos, senhor, o desejo que mostrais de favorecer-me na minha grande angústia, como cavaleiro que tem por alta missão proteger os órfãos e necessitados; e queira o céu que se cumpra o vosso desejo e o meu, para que vejais que há no mundo mulheres agradecidas. E, enquanto à minha partida, seja presto, que eu não tenho mais vontade que a vossa; disponde de mim a vosso bom talante, que aquela que uma vez vos entregou a defesa da sua pessoa e pôs nas vossas mãos a defesa dos seus senhorios não há de querer ir contra o que ordenar a vossa prudência.

— Nas mãos de Deus e não nas minhas — acudiu Dom Quixote —, mas, quando uma senhora se me humilha, não quero perder o ensejo de a levantar e pô-la no seu herdado trono. Partamos, pois, já, porque o desejo e o caminho me esporeiam, e costuma dizer-se que o perigo está na tardança; e que já o céu não criou, nem viu o inferno nenhum que me espante ou acovarde. Vai selar o Rocinante, Sancho, e aparelha o teu jumento e o palafrém da rainha, e, depois de nos despedirmos do castelão e destes senhores, partamos sem demora.

Sancho, que a tudo estava presente, disse abanando a cabeça:

— Ai, senhor, senhor! nem tudo o que luz é ouro; com perdão seja dito das toucas honestas[2].

— Que tem isso com o que se passa aqui, vilão?

---

[2] Ou seja, com permissão das senhoras que escutavam.

— Se Vossa Mercê se enfada — respondeu Sancho —, eu calo-me e deixo de dizer aquilo a que sou obrigado como leal escudeiro, e como deve um bom criado dizer a seu amo.

— Dize o que quiseres — redargüiu Dom Quixote —, conquanto que as tuas palavras se não dirijam a assustar-me, que se tu tiveres medo procedes como quem és, e se eu o não tenho procedo como quem sou.

— Não é isso, mau pecado — respondeu Sancho —, mas o que eu digo é que tenho por averiguado e certo que esta senhora, que se diz ser rainha do grande reino de Micomicão, é-o tanto como minha mãe, porque, se o fosse, não andaria decerto a cada canto e a cada instante aos beijinhos com um sujeito cá da roda.

Fez-se Dorotéia muito corada com as palavras de Sancho, porque era verdade que seu esposo Dom Fernando algumas vezes colhera furtivamente nos seus lábios parte do prêmio que os seus desejos mereciam, o que fora visto por Sancho, parecendo-lhe a ele que semelhante desenvoltura era mais de loureira que de rainha de tão grande reino. Não quis ou não pôde Dorotéia responder palavra a Sancho, mas deixou-o prosseguir na sua prática, e ele foi dizendo:

— Isto digo eu, senhor; porque, se depois de termos corrido por montes e vales, e passado más noites e piores dias, há de vir a colher o fruto dos nossos trabalhos quem está folgando na venda, não há motivo para que me apresse a selar o Rocinante, albardar o jumento e aparelhar o palafrém, e será melhor que fiquemos quedos, e as marafonas que fiem[3] e nós que vamos comendo.

Ah! Deus Santíssimo, que fúria que teve Dom Quixote ao ouvir as descompostas palavras do seu escudeiro! Digo só que bradou com voz atrapalhada e língua tartamuda, lançando vivo fogo pelos olhos:

— Ó velhaco e vilão, descomposto e ignorante, estúpido, desbocado, murmurador e maldizente, que semelhantes palavras ousaste dizer na minha presença e na presença destas ínclitas senhoras, como é que ousaste pôr na tua confusa imaginação semelhantes desonestidades e atrevimentos? Vai-te da minha presença, monstro da natureza, repositório de mentiras, armário de embustes,

---

[3] Ou seja, quando correm maus tempos. "Quando a puta fia, o rufião trabalha, e o escrivão pergunta qual é o dia do mês, com mal andam todos três"; diz o provérbio.

inventor de maldades, publicador de sandices, inimigo do decoro que se deve às pessoas reais; vai-te, e não apareças diante de mim, sob pena da minha ira.

E, dizendo isto, franziu as sobrancelhas, intumesceu as faces e deu com o pé direito uma grande patada na chão, tudo sinais da cólera que lhe refervia nas entranhas. A estas palavras e furibundo ademã, ficou Sancho tão encolhido e medroso, que folgaria que naquele instante se abrisse debaixo de seus pés a terra e o tragasse; não fez mais do que voltar as costas e tirar-se da presença de seu enfadado amo. Mas a discreta Dorotéia, que já conhecia perfeitamente o gênio de Dom Quixote, disse, para lhe moderar a ira:

— Não vos despeiteis, Senhor Cavaleiro da Triste Figura, com as sandices que o vosso bom escudeiro proferiu, porque talvez não as diga sem motivo, nem do seu bom entendimento e consciência cristã se deve esperar que levante testemunhos a ninguém: e assim se há de acreditar, sem se lhe pôr dúvida, que como neste castelo, segundo dizeis, senhor cavaleiro, tudo sucede por obra de encantamento, poderia suceder, repito, que Sancho visse por arte diabólica o que ele diz que viu, tanto em ofensa da minha honestidade.

— Juro pelo Deus Onipotente — acudiu Dom Quixote — que bateu no ponto a vossa grandeza, e que alguma visão má se pôs diante deste pecador de Sancho, que lhe fez ver o que seria impossível ver-se de outro modo que não fosse por encantamento, que eu bem sei, pela bondade e inocência deste desgraçado, que não sabe levantar testemunhos a ninguém.

— Assim é e assim será — disse Dom Fernando —; pelo que deve Vossa Mercê, Senhor Dom Quixote, perdoar-lhe e reduzi-lo ao grêmio da sua graça, *sicut erat in principio*[4], antes que as tais visões lhe ourassem o juízo.

Dom Quixote respondeu que o perdoava, e o cura foi buscar Sancho, que veio muito humilde e, pondo-se de joelhos, pediu a mão a seu amo, e este deu-lha, e, depois de lha ter deixado beijar, deitou-lhe a bênção, dizendo:

— Agora acabarás de conhecer. Sancho filho, ser verdade o que tantas vezes te disse que todas as coisas deste castelo são feitas por via de encantamento.

---

[4] Fórmula para levantar a condenação ao excomungado.

G. Doré

— Assim creio — disse Sancho —, exceto o caso do mantear, que esse, realmente, sucedeu por via ordinária.

— Não creias — respondeu Dom Quixote —; que, se assim fosse, eu te vingaria então e ainda agora; mas nem então pude, nem agora vi pessoa de quem tirasse vingança do teu agravo.

Desejaram saber todos o que era isso de mantear, e o vendeiro lhes contou por miúdo os vôos de Sancho, com o que todos riram, e Sancho bastante se correria, se de novo lhe não assegurasse seu amo que era encantamento, ainda que nunca chegou a tanto a sandice de Sancho que acreditasse não ser verdade pura e averiguada, sem mescla de engano algum, o de ter sido manteado por pessoas de carne e osso, e não por fantasmas sonhados e imaginados, como seu amo acreditava e afirmava. Havia já dois dias que toda aquela ilustre companhia estava na venda; e, parecendo-lhes que já era tempo de partir, imaginaram o modo como o cura e o barbeiro poderiam levar Dom Quixote para a sua terra, e ali guarecê-lo das suas loucuras, sem ser necessário que Dorotéia e Dom Fernando o acompanhassem à aldeia, com as tais invenções da liberdade da Rainha Micomicona. E o que imaginaram foi o combinarem-se com um carreiro, que por ali acertou de passar com seu carro de bois, para o levarem da seguinte forma: fizeram uma jaula de paus encruzados em feitio de grade, capaz de nela caber folgadamente Dom Quixote, e logo Dom Fernando e os seus amigos, juntamente com o vendeiro, com os criados de Dom Luís e com os quadrilheiros, por ordem e parecer do cura, taparam o rosto e se disfarçaram, uns dum modo, outros de outro, de feitio que a Dom Quixote parecesse que era outra gente, e não a que vira naquele castelo. Feito isto, com grandíssimo silêncio entraram no aposento onde ele estava dormindo e descansando das passadas refregas.

Chegaram-se a ele, que dormia bem livre e bem seguro de tal acontecimento, e, agarrando-o com força, amarraram-lhe muito bem os pés e as mãos, de forma que, quando ele despertou em sobressalto, não pôde mexer-se, nem fazer outra coisa senão ficar admirado e suspenso de ver diante de si tão estranhos rostos, e logo foi para o que lhe representava continuamente a sua tresvariada imaginação, e supôs que todas aquelas figuras eram fantasmas desse castelo encantado, e que, sem dúvida alguma, estava ele já encantado também, pois que não podia nem mexer-se nem defender-se, tudo exatamente como pensara que sucederia o cura, inventor da tramóia. De todos os presentes, só Sancho estava em seu juízo e na sua figura; e, ainda que pouco lhe faltava para ter as mesmas enfermidades que seu amo, não deixou de conhecer quem eram todos aqueles vultos disfarçados, mas não ousava abrir boca sem ver em que parava aquele assalto e prisão de seu amo, que também não dizia palavra, esperando para ver em que viria a dar a sua desgraça; e em que veio a dar tudo aquilo foi em trazerem ali a jaula, meterem-no a ele para dentro, e pregarem os paus com tanta força, que se não arrancariam nem com fortes empuxões.

Levaram-no depois em charola e, ao sair do aposento, ouviu-se uma voz temerosa, tanto quanto o barbeiro, não o da albarda, mas o outro, a pôde fazer, e que dizia:

— Ó Cavaleiro da Triste Figura, não te aflija a prisão em que vais, porque assim convém para que mais depressa acabe a aventura em que o teu grande esforço te meteu; a qual terminará quando o furibundo leão manchego com a branca pomba tobosina se unir em doces laços, já depois de humilhada a nobre cerviz ao jugo matrimonial. Desse inaudito consórcio sairão à luz do orbe os bravos cachorros, que hão de imitar as mortíferas garras do valoroso pai; e isto acontecerá antes que o seguidor da fugitiva ninfa[5] por duas vezes visite as lúcidas imagens, com o seu curso rápido e natural. E tu, o escudeiro mais nobre e mais obediente que jamais teve espada à cinta, barbas no rosto e olfato nas ventas, não te aflija nem te descontente o ver que levam assim, diante dos teus olhos, a flor da cavalaria andante, que bem presto, se aprouver a quem moldou o mundo, te verás tão alto e tão sublimado, que te não conhecerás a ti próprio, e não sairão defraudadas as promessas que te fez o teu bom amo; e asseguro-te, da parte da sábia Mentironiana[6], que o teu salário te será pago, como poderás ver por obras; e segue as pisadas do valoroso e encantado cavaleiro, porque necessário é que vás ao sítio onde ambos haveis de parar; e porque me não é lícito dizer outra coisa, ficai com Deus, que eu me vou para onde sei.

E, ao acabar a profecia, levantou a voz a tal ponto, e abaixou-a depois com tão terno som, que até os sabedores da burla estiveram quase a acreditar que era verdade o que ouviam.

Ficou Dom Quixote consolado com a profecia, porque logo

---

[5] Alude novamente à fábula da ninfa Dafne e Apolo.

[6] Nome fantástico.

coligiu a significação de toda ela, e viu que lhe prometiam ver-se unido, em santo e justo matrimônio, com a sua querida Dulcinéia del Toboso, de cujas felizes entranhas sairiam outros leões, que eram seus filhos, para glória perpétua da Mancha; e, acreditando isto e bem firmemente, levantou a voz e, dando um grande suspiro, disse:

— Ó tu, quem quer que sejas, que tanto bem me prognosticaste, rogo-te que peças da minha parte ao sábio nigromante que tem as minhas coisas a seu cargo que me não deixe perecer nesta prisão, onde agora me levam, enquanto não vir cumpridas tão alegres e incomparáveis promessas, como são as que aqui se me fizeram; que, sendo assim, terei por glória as penas do meu cárcere e por alívio estas algemas que me cingem, e não por duro campo de batalha este leito em que me recostam, mas por macia cama e tálamo ditoso. E, no que diz respeito a Sancho Pança, meu escudeiro, confio da sua bondade e bom proceder, que não me deixará nem na próspera, nem na adversa fortuna, porque ainda que não suceda, por tua ou minha má ventura, poder-lhe dar a ilha ou outra coisa equivalente que tem prometida, pelo menos o seu salário não poderá perder-se, porque no meu testamento, que já está feito, deixo declarado o que se lhe há de dar, não conforme os seus muitos e bons serviços, mas conforme as minhas limitadas posses.

Inclinou-se-lhe Sancho Pança com muito comedimento e beijou-lhe ambas as mãos, não podendo beijar uma só, por estarem as duas amarradas.

Logo aquelas visões tomaram a jaula aos ombros, e meteram-na no carro de bois.

CAPÍTULO XLVII

Do modo estranho como foi encantado Dom Quixote de la Mancha, com outros famosos sucessos

Quando Dom Quixote se viu daquela maneira engaiolado, e em cima do carro, disse:

— Muitas e mui graves histórias tenho eu lido de cavaleiros andantes; mas nunca li, nem vi, nem ouvi, que aos cavaleiros encantados os levem desta maneira, e com a demora que prometem estes preguiçosos e tardios animais; porque sempre os costumam levar pelos ares com estranha ligeireza, encerrados nalguma parda e densa nuvem, ou nalgum carro de fogo, ou sobre algum hipogrifo ou outro animal semelhante; mas que me levem a mim num carro de bois, viva Deus, que me põe em confusão. Talvez a cavalaria e os encantamentos dos nossos tempos devam de seguir outro caminho do que seguiram antigamente; e também pode ser que, como eu sou cavaleiro único no mundo, e o primeiro que ressuscitei o já olvidado exercício da cavalaria aventurosa, também novamente se hajam inventado outros gêneros de encantamento e outros modos de levar os encantados. Que te parece, Sancho, filho?

— Não sei o que me parece — respondeu Sancho —, por não ser tão lido como Vossa Mercê nas escrituras andantes; mas, com tudo isso, ousaria afirmar e jurar que estas visões, que por aqui andam, não são de todo católicas.

— Católicas! pai do céu! — tornou Dom Quixote — como hão de ser católicas se são todos demônios, que tomaram corpos fantásticos para virem fazer isto e pôr-me neste estado? E, se quiseres ver esta verdade, toca-lhes e apalpa-os, e verás que os seus corpos são ar, e que não têm mais que as aparências.

— Por Deus, senhor — redargüiu Sancho —, já lhes toquei; e este diabo, que aqui anda tão solícito, é roliço de carnes e tem outra propriedade muito diferente da que eu ouvi dizer que têm os demônios, porque, segundo se conta, todos tresandam a enxofre e outros maus cheiros, mas este a meia légua se conhece que recende a âmbar.

Dizia isto Sancho por Dom Fernando, que, como tão fidalgo que era, devia de estar enfrascado em aromas.

— Não te maravilhes disso, Sancho amigo — respondeu Dom Quixote —, porque te devo dizer que os diabos sabem muito, e, ainda que tragam aromas consigo, eles a nada cheiram, porque são espíritos, ou se cheiram coisas boas não podem recender senão más e hediondas. E o motivo é que, estando o inferno onde quer que esteja, e não podendo eles receber alívio algum em seus tormentos, e a fragrância é deleite e consolação, não podem ter fragrâncias; e, se a ti te parece que esse demônio que dizes cheira a âmbar, ou te enganas, ou ele te quer enganar, para fazer que o não tenhas por demônio.

Todos estes colóquios se passaram entre amo e criado, e, temendo Dom Fernando e Cardênio que Sancho viesse a descobrir a sua invenção, em cujo encalço já andava, resolveram abreviar a partida, e, chamando de parte o vendeiro, ordenaram-lhe que selasse Rocinante e albardasse o jumento de Sancho, o que ele fez com muita presteza. Já nisto o cura ajustara com os quadrilheiros para que o acompanhassem até a sua aldeia, dando-lhes um tanto por dia. Pendurou Cardênio do arção da sela de Rocinante o escudo e bacia, e, por gestos, mandou a Sancho que montasse no burro e levasse de rédea Rocinante, e colocou de cada lado do carro um quadrilheiro com a sua escopeta; mas, antes que se pusesse o carro em movimento, saiu a vendeira com sua filha e Maritornes, fingindo que choravam com pena da desgraça de Dom Quixote, e este disse-lhes então:

— Não choreis, minhas boas senhoras, que todas estas desventuras andam inerentes à minha profissão; e, se tais calamidades me não acontecessem, nunca eu me considerara famoso cavaleiro andante, porque aos cavaleiros de pouco nome e fama nunca esses infortúnios sucedem, porque não há no mundo quem se lembre deles; aos valorosos sim, que têm, por inveja de sua virtude e valentia, muitos príncipes e outros cavaleiros, que procuram por más vias destruir os bons. Mas, com tudo isso, a virtude é tão poderosa, que por si só, apesar de toda a nigromancia que soube o seu primeiro inventor Zoroastes[1], sairá vencedora de todos os transes, e irradiará luz na terra, como o sol no firmamento. Perdoai-me, formosas senhoras, se, por descuido, algum desaguisado convosco pratiquei, que, por vontade e de ciência certa, nunca a ninguém os fiz; e rogai a Deus que me tire destas prisões, onde me colocou um mal intencionado encantador; que, se delas me vejo livre, não me sairão da memória as mercês que neste castelo me fizestes, para vos agradecer, recompensar e servir como bem mereceis.

Enquanto isto se passava entre as três damas do castelo e Dom Quixote, o cura e o barbeiro despediram-se de Dom Fernando e dos seus companheiros, e do capitão e de seu irmão, e de todas aquelas contentíssimas senhoras, especialmente de Dorotéia e Lucinda. Todos se abraçaram, e ficaram de dar notícia, uns aos outros, do que lhes sucedesse, dizendo Dom Fernando ao cura para onde lhe havia de escrever a contar-lhe o que acontecesse a Dom Quixote, assegurando-lhe que não haveria coisa que mais gosto lhe desse do que sabê-lo; e que ele também lhe contaria tudo que visse que lhe poderia interessar, tanto o seu casamento, como o batismo de Zoraida, e os sucessos de Dom Luís, e a volta de Lucinda para sua casa.

O cura prometeu fazer pontualmente tudo o que lhe mandava. Novamente se abraçaram e se fizeram novos oferecimentos. O vendeiro chegou-se ao cura, e deu-lhe uns papéis, dizendo-lhe que os achara num forro da maleta onde se encontrou a *Novela do curioso impertinente*, e que os levasse todos, visto que o dono nunca mais ali tornara, e por ele não saber ler, não os queria. O cura agradeceu, e, abrindo-os, viu que no princípio do escrito diziam: "Novela de Rinconete e Cortadilho", e, vendo que era novela, coligiu logo que, sendo boa a do *Curioso impertinente*, esta o seria também, pois talvez até fossem ambas do mesmo autor; e guardou-a, fazendo tenção de a ler, assim que tivesse ensejo.

Montou a cavalo, e o mesmo fez o barbeiro seu amigo, com as suas máscaras, para que não fossem logo conhecidos por Dom Quixote, e partiram atrás do carro. E a ordem que levavam era a seguinte: primeiro ia o carro com o dono a guiá-lo, ao lado os qua-

---

[1] Zoroastro, rei persa, inventor da magia.

drilheiros com as suas escopetas, como já se disse; seguia-se Sancho Pança no seu jumento, levando de rédea a Rocinante; atrás de tudo cavalgavam o cura e o barbeiro nas suas possantes mulas, com os rostos cobertos, com grave e descansado porte, não andando mais do que permitia o passo vagaroso dos bois. Dom Quixote ia sentado na jaula, de mãos atadas, pés estendidos, e encostado às grades, com tanta mudez e paciência como se não fosse homem de carne, mas estátua de pedra. E, assim, naquele vagar e silêncio, andaram duas léguas, até que chegaram a um vale, que o carreiro entendeu que era lugar acomodado para dar aos bois descanso e pastagem; e, depois de conferenciar com o cura, foi o barbeiro de parecer que andassem um pouco mais, porque sabia que por trás de uma encosta que dali se divisava havia outro vale mais arrelvado, e muito melhor do que esse em que queriam parar. Aceitou-se o parecer do barbeiro, e prosseguiram no seu caminho.

Nisto o cura voltou o rosto, e viu que atrás dele vinham seis ou sete homens a cavalo, bem postos e ajaezados, que depressa os alcançaram, porque caminhavam, não com a pachorra e descanso dos bois, mas como quem montava em boas mulas de cônegos e desejava chegar depressa à venda, que ficava dali a menos de uma légua, para dormir a sesta. Chegaram os diligentes a par dos preguiçosos, e cumprimentaram-se cortesmente; e um deles, que era cônego de Toledo e amo dos outros que o acompanhavam, ao ver a concertada procissão do carro, quadrilheiros, Sancho, Rocinante, o cura e o barbeiro, Dom Quixote engaiolado e preso, não pôde deixar de perguntar o que queria dizer levarem aquele homem daquele modo, ainda que já percebera, ao ver as insígnias dos quadrilheiros, que devia de ser algum salteador facínora, ou outro delinqüente, cujo castigo tocasse à Santa Irmandade. Um dos quadrilheiros, a quem foi feita a pergunta, respondeu.

— Senhor, o que significa ir este cavaleiro deste modo, ele que o diga, porque nós não sabemos.

Ouviu Dom Quixote a conversa, e disse:

— Por fortuna serão Vossas Mercês, senhores cavaleiros, versados e peritos nisto de cavalaria andante? Porque, se o são, eu lhes comunicarei as minhas desgraças, e, se o não são, não há motivo para que me canse a dizê-las.

A este tempo, já tinham chegado o cura e o barbeiro, vendo que os viandantes estavam em prática com Dom Quixote de la Mancha, para responderem de modo que o seu artifício se não descobrisse.

O cônego, ao que Dom Quixote perguntou, respondeu:

— Em boa verdade posso dizer-vos que sei mais de livros de cavalaria do que das *Súmulas de Villalpando*[2], de forma que, se não está em mais do que isso, podeis seguramente comunicar-me o que quiserdes.

— Louvado seja Deus — redargüiu Dom Quixote —, pois, sendo assim, quero que saibais, senhor cavaleiro, que vou encantado nesta jaula, por inveja e fraude de maus encantadores, porque a virtude mais é perseguida pelos maus do que amada pelos bons. Cavaleiro andante sou, e não daqueles de cujo nome nunca a fama se recordou para os eternizar, mas dos que, a despeito e pesar da própria inveja, e de quantos magos criou a Pérsia, e brâmanes a Índia, e gimnossofistas[3] a Etiópia, hão de pôr o seu nome no templo da imortalidade, para que sirva de exemplo e ditado nos séculos futuros, onde os cavaleiros andantes vejam os passos que hão de seguir, se quiserem chegar à mais elevada glória que as armas podem dar.

— Diz bem verdade o Senhor Dom Quixote de la Mancha — acudiu o cura —, porque ele vai encantado nesta carreta, não por suas culpas e pecados, mas pela má tenção daqueles a quem a virtude enfada e a valentia incomoda. Este é, senhores, o Cavaleiro da Triste Figura, que talvez tenhais ouvido nomear, e cujas valorosas façanhas e grandiosos feitos serão escritos em duros bronzes e em eternos mármores, por mais que se canse a inveja em escurecê-los, e a malícia em ocultá-los.

Quando o cônego ouviu falar em semelhante estilo, esteve para se benzer de admirado, e nem podia imaginar o que lhe acontecera, e na mesma admiração caíram todos os que com ele vinham. Nisto, Sancho Pança, que se aproximara para ouvir a prática, exclamou:

— Agora, senhores, quer me queiram bem, quer me queiram mal pelo que eu disse, a verdade é que o Senhor Dom Quixote vai aí tão encantado como minha mãe que Deus haja; ele está em todo o seu juízo, come e bebe, faz todas as suas necessidades, como os

---

[2] *Summa summalarum*, livro escrito pelo segoviano Gaspar de Villalpando (catedrático da Universidade de Alcalá), publicado em 1557.

[3] Filosofia da Índia, praticada por homens que andavam nus e viviam em despovoados.

outros homens, e como as fazia ontem antes que o engaiolassem. Sendo isto assim, como querem meter-me na cabeça que ele vai encantado? Pois não tenho ouvido dizer a muitas pessoas que os encantados não comem, nem dormem, nem falam, e meu amo, se lhe não forem à mão, é capaz de falar mais do que trinta advogados?

E, voltando-se para o cura, prosseguiu:

— Ah! senhor cura, senhor cura! pensará Vossa Mercê que não sei quem é? e pensará que não me calo e não adivinho onde vão ter estes novos encantamentos? Pois saiba que o conheço, por mais que tape a cara, e que o percebo, por mais que dissimule os embustes. Enfim, onde reina a inveja, não pode viver a virtude, nem onde há escassez, a liberalidade. Diabos levem o Diabo, que, se não fosse Vossa Reverência, já a estas horas meu amo e senhor estaria casado com a Princesa Micomicona, e eu seria conde, pelo menos, pois outra coisa se não podia esperar, tanto da bondade do meu senhor da Triste Figura, como da grandeza dos meus serviços; mas já vejo que é verdade o que por aí se diz, que a roda da fortuna anda mais depressa que a roda de um moinho, e que os que ontem estavam nas grimpas hoje se acham estirados por terra. Pesa-me por meus filhos e por minha mulher, pois quando podiam e deviam esperar ver entrar seu pai pelas portas dentro, feito governador ou vice-rei de alguma ilha ou reino, o hão de ver entrar sota-cavalariço. Tudo o que eu digo não é senão para encarecer a Vossa Paternidade que tenha consciência de como está sendo maltratado meu amo, e repare bem, não lhe vá Deus pedir contas, na outra vida, desta prisão, e do bem que meu Senhor Dom Quixote deixar de fazer, durante o tempo que estiver preso.

— Aduba-me essa lamparina![4] — acudiu o barbeiro — também vós, Sancho, sois da confraria do vosso amo? O Senhor nos valha! vou vendo que lhe haveis de lhe ir fazer companhia na jaula, e de ficar tão encantado como ele, por assim participardes do seu gênio e das suas cavalarias. Em hora má vos embutiu ele tantas promessas, e em má hora se vos meteu nos cascos a ilha que tanto desejais.

— Eu não tenho cá embutidos, nem sou homem que viva de lérias — respondeu Sancho —, e, ainda que pobre, sou cristão-velho, e não devo nada a ninguém; e se desejo ilhas, outros desejam

---

[4] "Aduba-me essa lamparina", expressão para motejar a quem fala porque diz um despropósito.

coisas piores e cada qual é filho das suas obras; e sendo homem, posso vir a ser papa, quanto mais governador de uma ilha, podendo meu amo ganhar tantas, que lhe falte a quem as dê. Vossa Mercê veja como fala, senhor barbeiro, que nem tudo é fazer barbas, e não há só basbaques no mundo; digo isto, porque todos nos conhecemos, e a mim não me impinge gato por lebre; e, a respeito do encantamento de meu amo, Deus sabe onde estará a verdade, e fiquemos por aqui, que o melhor é não lhe mexer.

Não quis o barbeiro responder a Sancho, para que este não descobrisse com as suas simplicidades o que ele e o cura tanto procuravam encobrir; e, com este mesmo receio, dissera o cura ao cônego que se adiantasse um pouco, para ele lhe contar o mistério do engaiolado, com outras coisas que o divertiriam. Acedeu o cônego, e adiantou-se com ele e com os seus criados; ouviu atentamente tudo quanto o cura lhe disse da condição, vida, loucura e costumes de Dom Quixote, contando-lhe brevemente o princípio e a causa dos seus desvarios, e o que lhe sucedera até ser metido naquela jaula, e a tenção que tinham feito de o levar para a sua terra, a fim de ver se, por algum meio, achavam remédio à sua loucura. Admiraram-se de novo o cônego e os criados, ao ouvir a peregrina história de Dom Quixote, e, quando acabaram de a ouvir, disse o cônego:

— Eu por mim, senhor cura, acho, na verdade, que são prejudiciais na república estes livros a que chamam de cavalaria; e ainda que li, arrastado por um gosto errado e vão, o princípio de quase todos os que estão impressos, nunca pude conseguir ler nenhum até o fim, porque me parece que pouco mais ou menos são todos a mesma coisa. E, no meu entender, este gênero de composição assemelha-se ao que chamam fábulas milésias, que são esses contos disparatados que só tratam de deleitar e não de instruir, ao contrário do que sucede com as fábulas apologais[5], que justamente deleitam e instruem; e, ainda que o principal intento de semelhantes livros seja deleitar, não sei como possam consegui-lo, estando cheios de tantos e de tão desaforados disparates; que o deleite, que na alma se gera, deve resultar da formosura e harmonia que vê ou fantasia nas coisas que os olhos ou a imaginação apresentam, e tudo quanto é feio ou desconcertado não nos pode causar satisfação

---

[5] As fábulas milésias, originárias de Mileto, na Jônia, eram disparatadas e absurdas; as apologais tendiam a dar exemplos com suas narrações.

alguma. Pois que formosura ou que proporção pode haver num livro ou numa fábula em que um moço de dezesseis anos vibra uma cutilada a um gigante como uma torre, e o racha de meio a meio como um alfenim? Como havemos de acreditar que numa batalha, em que está de um lado um milhão de combatentes, e do outro o herói do livro, este alcance a vitória só pelo valor do seu braço forte? E que diremos da facilidade com que uma rainha ou imperatriz presuntiva se deixa cair nos braços de um cavaleiro andante e desconhecido? Que espírito, a não ser de todo bárbaro ou inculto, poderá ficar deliciado ao ler que uma grande torre cheia de cavaleiros vai por esses mares adiante, como navio com vento de feição, e anoitece na Lombardia, e amanhece nas terras do Preste João das Índias, ou em outras que nem foram descritas por Ptolomeu, nem vistas por Marco Pólo? E, a isto se me responder que os autores desses livros os escrevem como obras de imaginação, e não ficam por isso obrigados a atender a delicadezas e verdades, direi que a mentira é tanto mais saborosa quanto mais verdadeira se afigura, e agrada tanto mais quanto mais se aproxima do possível. Hão de se casar as fábulas mentidas com o entendimento dos que as lerem, escrevendo-se de forma que, facilitando os impossíveis, nivelando as grandezas, suspendendo os ânimos, espantem, suspendam, alvorocem e entretenham de modo que andem juntas a admiração e a alegria, e estas coisas todas não as poderá fazer quem fugir da verossimilhança e da imitação, em que consiste a perfeição do que se escreve. Nunca vi um livro de cavalarias com unidade de ação, mas compõem-se de tantos membros, que mais parece que o autor quis formar uma quimera ou um monstro do que fazer uma figura proporcionada. Além disso, são duros no estilo, incríveis nas façanhas, lascivos nos amores, desjeitosos nas cortesias, prolixos nas batalhas, néscios nas razões, disparatados nas imagens e, finalmente, alheios a todo o artifício discreto, e, por isso, dignos de serem desterrados da república cristã como coisa inútil.

O cura estava-o escutando com grande atenção, e pareceu-lhe homem de bom entendimento, e que tinha razão em tudo quanto dizia; e redargüiu-lhe que, por ser do mesmo pensar e ter ódio aos livros de cavalaria, queimara todos os de Dom Quixote, que eram muitos. Contou-lhe a revista que lhes passara, e os que deitara ao lume, e os que deixara com vida, com o que muito se riu o cônego, e alegou que, apesar de ter dito mal desses livros, achava neles uma coisa boa, que era darem assunto para se poder manifestar um vivo engenho, porque tinham vasto e espaçoso campo, por onde podia correr a pena sem o mínimo obstáculo, descrevendo naufrágios, tormentas, recontros e batalhas, pintando um capitão valoroso, com todas as partes que para isso se requerem, já estratégico prudente, prevenindo as astúcias dos seus inimigos, já eloqüente orador, persuadindo ou dissuadindo os seus soldados, avisado no conselho, pronto na determinação, tão valente em esperar como em acometer; narrando, ora um sucesso trágico e lamentável, ora um acontecimento alegre e impensado; ali uma dama formosíssima, honesta, discreta e recatada; aqui um cavaleiro cristão, valente e comedido; além um bárbaro, fanfarrão e desaforado; acolá um príncipe cortês, valoroso e gentil, representando a bondade e a lealdade dos vassalos, a grandeza e a liberalidade dos senhores. Ora se pode ostentar astrólogo, ora cosmógrafo excelente, ora músico, ora perito em assuntos de governo, e talvez lhe apareça ensejo de se manifestar nigromante, se quiser. Pode apresentar as astúcias de Ulisses, a piedade de Enéias, a valentia de Aquiles, as desgraças de Heitor, as traições de Sinon, a amizade de Euríalo, a liberalidade de Alexandre, o valor de César, a clemência e verdade de Trajano, a fidelidade de Zópiro, a prudência de Catão[6] e, finalmente, todas aquelas ações que fazem perfeito um varão ilustre, ou pondo-as num só, ou dividindo-as por muitos. E, sendo isto feito com aprazível estilo e engenhosa invenção, que se aproxime da verdade tanto quanto for possível, há de compor sem dúvida uma fina tela, entretecida de fios formosíssimos, que, depois de acabada, se revele tão perfeita e linda, que consiga o fim melhor a que se aspira nesses escritos, que é ensinar e deleitar juntamente, como já disse; porque a solta contextura destes livros dá lugar a que o autor possa mostrar-se épico, lírico, trágico, cômico, com todas as partes que encerram em si as dulcíssimas e agradáveis ciências da poesia e da oratória — que a epopéia tanto pode escrever-se em prosa como em verso.

[6] Ulisses, Enéias, Aquiles e Heitor são célebres por estarem imortalizados nas epopéias gregas e latinas; Sinon foi quem induziu os troianos a aceitar o cavalo de madeira; Euríalo foi célebre por sua amizade com Niso; Trajano, modelo de piedade; Zópiro foi fiel a Dario, rei da Pérsia, quando a Babilônia se rebelou.

CAPÍTULO XLVIII

Onde prossegue o cônego a matéria dos livros de cavalaria, com outras coisas dignas do seu engenho

— Assim é como Vossa Mercê diz, senhor cônego — acudiu o cura —, e por esse motivo são mais dignos de repreensão os que até hoje têm composto semelhantes livros, sem discrição nem respeito por arte e regras, que os podiam guiar e fazer famosos em prosa, como o são em verso os dois príncipes da poesia grega e latina.

— Eu pelo menos — redargüiu o cônego — tive certas tentações de escrever um livro de cavalarias, guardando todos os preceitos que apontei; até, para confessar a verdade, tenho já escritas mais de cem folhas, e, para ver se correspondiam à minha estimação, confiei-as a homens apaixonados por esta leitura, doutos e discretos, e a outros ignorantes, que só atendem ao gosto de ouvir disparates, e de todos obtive agradável aplauso; mas, com tudo isso, não prossegui, não só por me parecer que me ia metendo em coisas alheias à minha profissão, como por ver que é maior o número dos simples de espírito do que dos cordatos, e que, ainda que é melhor ser louvado pelos poucos sábios que fustigado pelos muitos néscios, não quero sujeitar-me ao confuso juízo do vulgo, que lê semelhantes livros. Mas o que mais me impediu de o acabar foi um argumento que tirei das comédias que hoje se representam, dizendo comigo: se as comédias da voga, tanto as de pura imaginação, como as que se fundam na história, são todas, ou a maior parte, verdadeiros disparates e coisas que não têm pés nem cabeça, e, com tudo isso, o vulgo as ouve com gosto, e as considera e aprova como boas, estando tão longe de o ser; e os autores que as compõem e os atores que as representam dizem que estão muito bem assim, porque assim as quer o vulgo, e não de outra maneira; e que as que seguem os preceitos da arte servem só para quatro discretos que as entendem, e todos os outros ficam em jejum, sem compreender o seu artifício; e que a eles lhes fica melhor ganhar o pão com muitos, do que fama com poucos, acontecerá o mesmo ao meu livro, depois de eu ter queimado as pestanas a guardar os referidos preceitos, e virei a ser como o "alfaiate do cantinho"[1]; e, ainda que algumas vezes procurei persuadir aos atores que se enganam em seguir a opinião que seguem, e que mais gente hão de atrair, e hão de ganhar mais fama, representando comédias em que se não viole a arte, em vez de peças disparatadas, já tão aferrados estão ao seu parecer, que não há razão nem evidência que os demova. Lembro-me que um dia observei a um desses pertinazes: "Dizei-me, não vos recordais que há poucos anos se representaram na Espanha três tragédias que compôs um famoso poeta destes reinos[2], que foram tais, que alegraram e suspenderam todos os que as ouviram, tanto os simples, como os entendidos, tanto os do vulgo como os da flor do público, e deram só essas três mais dinheiro aos comediantes do que trinta das melhores que de então para cá se têm feito?" "Decerto Vossa Mercê se refere", tornou o ator, "à *Isabel*, à *Filis* e à *Alexandra*?" "A essas mesmas", repliquei eu, "e vede se não guardavam perfeitamente os preceitos da arte, e se por guardá-los deixaram de parecer o que eram, e de agradar a todos: de forma que a culpa não é do vulgo, que não reclama disparates, e dos que não sabem representar uma coisa. Não tinham disparates nem *A ingratidão vingada*, nem *A Numância*, nem *O mercador amante*, nem *A inimiga favorável*[3], nem outras que foram compostas por alguns poetas entendidos,

---

[1] Alfaiate do cantinho, ou seja, do canto ou da esquina. "O alfaiate do cantinho cose de graça e dá o fio"; diz o provérbio.

[2] Lupércio Leonardo de Argensola.

[3] *A ingratidão vingada* é de Lope de Vega; *A Numância*, inédita até 1784, de Cervantes; *O mercador amante*, do valenciano Gaspar de Aguilar; e *A inimiga favorável*, do Cônego Francisco Agostinho Tárrega.

para seu renome e fama, e para lucro dos que as representaram." E outras coisas juntei a estas, deixando-o confuso, mas não convencido nem disposto a arredar-se do seu errado pensamento.

— Tocou Vossa Mercê num assunto, senhor cônego — acudiu o cura —, que despertou em mim um antigo rancor, que tenho contra as comédias que se usam agora e que iguala o que voto aos livros de cavalarias, porque, devendo ser a comédia, segundo a opinião de Túlio[4], espelho da vida humana, exemplo dos costumes e imagem de verdade, as que hoje se representam são espelhos de disparates, exemplos de necedades e imagens de lascívia. Pois que maior disparate pode haver no assunto de que tratamos do que aparecer uma criança no primeiro ato envolta nas faixas infantis, e aparecer no segundo feito já homem barbado? E que maior desatino do que pintar-nos um velho valente e um moço covarde, um lacaio retórico, um pajem conselheiro, um rei jornaleiro e uma princesa criada de servir? E que direi do modo como observam o tempo em que podem ou podiam suceder as ações que representam, senão que já vi comédias em que a primeira jornada principiou na Europa, a segunda na Ásia e a terceira acabou na África, de modo que, se houvesse quatro jornadas, a quarta findaria na América, e assim se teria passado em todas as quatro partes do mundo? E se a imitação deve ser o fim principal da comédia, como é possível que se satisfaça qualquer mediano entendimento com o assistir a uma ação, que, fingindo que se passa na época do Rei Pepino e de Carlos Magno, apresenta ao mesmo tempo, como personagem principal, o Imperador Heráclio, entrando com a cruz em Jerusalém, e, ganhando a Casa Santa como Godofredo de Bulhões[5], havendo infinitos anos que separam um do outro; e, fundando-se a comédia em coisas fingidas, atribuir-lhe verdades históricas e misturar-lhe pedaços de outras, acontecidas a diferentes pessoas e em diferentes eras, e isto, não com traços verossímeis, mas com erros patentes e

---

[4] Cícero não disse que a comédia é o espelho da vida, mas que é "imitatio vitae, speculum consuetudinis, imago veritatis". Aludindo a Cícero, diz Lope de Vega na sua *Arte de fazer comédias*: "Por isso Túlio as chamava espelho dos costumes e uma viva imagem da verdade".

[5] Heráclio e Godofredo de Bulhões, citados por sua empresa em favor da cristandade.

de todo o ponto indesculpáveis? E o pior é que há ignorantes que dizem que isto é que é a perfeição, e tudo o mais é desacerto. E se falarmos agora das comédias divinas? Que milagres se fingem nelas! Que coisas apócrifas e mal-entendidas, atribuindo-se a um santo os milagres de outro! E até nas humanas se atrevem a fazer milagres, sem mais respeito e consideração que parecer-lhes que ali ficará bem o tal milagre e aparência, como eles chamam, para que gente ignorante pasme e concorra à comédia; tudo isto é em prejuízo da verdade e em menoscabo da história, e até em opróbrio dos engenhos espanhóis; porque os estrangeiros, que observam com muita pontualidade as leis da comédia, têm-nos na conta de bárbaros e ignorantes, vendo os absurdos e disparates das que fazemos. E não será bastante desculpa para isto dizer que o principal intento que têm as repúblicas bem-ordenadas, permitindo que se representem comédias, é o entreter o povo com algum honesto recreio, e distraí-lo às vezes dos maus humores que sói gerar a ociosidade; e que, visto que isto se consegue com qualquer comédia, boa ou má, não há motivos para pôr leis, nem obrigar os que compõem e representam a que as façam como deviam fazer-se, pois, como disse, com qualquer se consegue o que com elas se pretende. Ao que responderei eu que este fim se conseguiria muito melhor, sem comparação alguma, com as comédias boas, do que com as que o não são, porque de ter ouvido a comédia engenhosa e bem-ordenada, sairia o ouvinte alegre com as mentiras, ensinado com as verdades, admirado dos sucessos, discreto com as razões, avisado com os embustes, sagaz com os exemplos, irado contra o vício e namorado da virtude; que todos estes afetos há de despertar a boa comédia no ânimo do que a escutar, por muito rústico e torpe que seja, e é completamente impossível deixar de alegrar e entreter, satisfazer e contentar, a comédia que tiver todos estes predicados, muito mais do que outra que deles carecer, como pela maior parte carecem estas que ordinariamente agora se representam. E não têm culpa disto os poetas que as compõem, porque alguns há que conhecem perfeitamente aquilo em que erram, e sabem extremadamente o que devem fazer; mas, como as comédias se transformaram em mercadoria vendável, dizem, e dizem com razão, que os comediantes não lhas comprariam se não fossem daquele jaez; e assim o poeta procura acomodar-se ao que lhe pede o comediante que lhe há de pagar a obra. E que isto é verdade, vê-se nas muitas e infinitas comédias que compôs um felicíssimo engenho destes reinos[6], com tanta gala, tanto donaire, tão elegante verso, tão boas razões, tão graves sentenças, e finalmente, tão resplandecentes de elocução e alteza de estilo, que está o mundo cheio da sua fama; e, por querer acomodar-se ao gosto dos comediantes, não chegaram todas, como chegaram algumas, ao auge da perfeição que requerem. Outros as compõem, tanto sem olhar ao que fazem, que, depois de representadas, vêem-se os atores obrigados a fugir e ausentar-se receosos de ser castigados, como o têm sido muitas vezes, por terem representado coisas em desabono de reis e desonra de linhagens; e todos estes inconvenientes cessariam, e muitos mais ainda que não digo, se houvesse na corte uma pessoa inteligente e discreta, que examinasse todas as comédias antes que se representassem; não só as que se fizessem na corte, mas todas as que se quisessem representar em Espanha, sem cuja aprovação, selo e firma, nenhum alcaide, nos diversos lugares, deixasse representar comédia alguma; e, desta forma, os atores teriam cuidado de enviar as comédias à corte, e com segurança poderiam representá-las, e aqueles que as compõem olhariam com mais cuidado e estudo para o que faziam, receosos por terem de passar as suas obras pelo rigoroso exame dos entendedores. E, desta forma, se fariam boas comédias, e se conseguiria felicissimamente o que nelas se pretende, tanto o entretenimento do povo, como a boa opinião dos talentos espanhóis, o interesse e a segurança dos atores, e a poupança do cuidado de os castigar. E se se encarregasse outro, ou este mesmo, de examinar os livros de cavalarias que de novo se compõem, sem dúvida poderiam aparecer alguns com a perfeição que Vossa Mercê disse, enriquecendo a nossa língua com o precioso e agradável tesouro da eloqüência, dando ocasião a que os livros velhos se escurecessem à luz dos novos, que se publicassem para honesto passatempo, não só dos ociosos, mas dos mais ocupados, pois não é possível que esteja continuamente o arco retesado, nem que a condição e fraqueza humana se possa sustentar sem algum lícito recreio.

Chegavam a este ponto do seu colóquio o cônego e o cura quando, adiantando-se o barbeiro, dirigiu-se a eles e disse ao cura:

— Aqui, senhor licenciado, está o lugar que eu disse que era bom, para que, dormindo nós a sesta, pudessem ter os bois fresco e abundante pasto.

---

[6] Alusão a Lope de Vega.

— Parece-me bem — respondeu o cura.

E, dizendo ao cônego o que tencionava fazer, também este quis ali ficar, enlevado na vista do formosíssimo vale. E tanto para gozar essa amenidade, como para saborear a conversação do cura, e para saber mais por miúdo as façanhas de Dom Quixote, ordenou a alguns dos seus criados que fossem à venda, que estava dali perto, e trouxessem para todos o que houvesse de comer, porque resolvera passar naquele lugar a sesta: ao que respondeu um dos criados que a azêmola do repasto, que já havia de estar na estalagem, trazia provisões bastantes para não ser necessário comprar outra coisa que não fosse cevada.

— Pois, se assim é — disse o cônego —, levem daqui todas as cavalgaduras, e tragam a azêmola.

Enquanto isto se passava, vendo Sancho que podia falar a Dom Quixote sem ser em presença do cura e do barbeiro, que tinha por suspeitos, chegou-se à jaula onde ia seu amo e disse-lhe:

— Senhor, para descargo da minha consciência, quero-lhe dizer o que se passa acerca do seu encantamento; e é que estes dois que aqui vêm com os rostos encobertos são o cura e o barbeiro do nosso lugar, e suponho que tramaram levá-lo deste modo, de pura inveja que têm, por ver que Vossa Mercê pratica tão famosas façanhas. Sendo assim, claro se vê que não vai encantado, mas sim embaído e logrado. E, para prova disso, lhe quero perguntar uma coisa e, se me responder como espero, tocará com a mão neste engano e verá que não vai encantado, mas curado do juízo.

— Pergunta o que quiseres, Sancho, meu filho — tornou Dom Quixote —, que eu te satisfarei e responderei, como tu desejas; e, em quanto ao que dizes desses que aí vão serem o cura e o barbeiro, nossos compatriotas e conhecidos, poderá muito bem ser que pareça que são eles mesmos; mas não creias que realmente o sejam; o que hás de crer e entender é que, se o parecem, como dizes, será porque os que me encantaram tomaram esse aspecto, porque é fácil aos nigromantes tomarem a figura que querem, e talvez tomassem a desses nossos amigos para te darem ensejo de pensares o que pensas e meterem-te num labirinto de imaginações, que não conseguirias sair dele, nem que tivesses o novelo de Teseu[7]; e também o

[7] É o fio de Ariadne, com o qual Teseu saiu do labirinto.

fariam, talvez, para eu vacilar no meu entendimento, e não poder atinar donde é que me vem este dano; porque, se por uma parte me dizes que me acompanham o cura e o barbeiro da nossa povoação, e por outra me vejo engaiolado, e de mim sei que forças humanas, não sendo sobrenaturais, não seriam bastantes para cativar-me, que queres que diga ou que pense, senão que o modo do meu encantamento excede quantos tenho lido em todas as histórias que tratam de cavaleiros andantes que foram encantados? Assim, bem podes ficar em paz e sossego, quanto a serem os que tu dizes, porque tanto são eles como eu sou turco; e pelo que toca a quereres-me perguntar alguma coisa, fala, que eu te responderei, ainda que estejas a fazer perguntas até amanhã.

— Valha-me Nosso Senhor — respondeu Sancho, dando um grande brado —, pois é possível que seja Vossa Mercê tão duro de cabeça e tão falto de miolo que não veja que é a pura verdade o que eu digo, e que nesta sua prisão e desgraça entra mais a malícia do que o encantamento? Mas, se assim é, quero-lhe provar evidentemente que não vai encantado; senão diga-me, assim Deus o livre deste tormento, e assim se veja nos braços da minha Senhora Dulcinéia, quando menos pensar...

— Acaba de esconjurar-me — tornou Dom Quixote — e pergunta o que quiseres, que já te disse que te responderei com toda a pontualidade.

— Isso peço — redargüiu Sancho —, e o que desejo é que me responda, sem aumentar nem tirar coisa alguma, mas com toda a verdade, como se espera que digam e hão de dizer todos os que professam as armas, como Vossa Mercê professa, debaixo do título de cavaleiros andantes.

— Estou farto de te dizer que não mentirei em coisa alguma — respondeu Dom Quixote —; vês se perguntas, que, na verdade, me fatigas com tantos rogos e precauções, Sancho.

— Digo eu que estou certo da bondade e verdade de meu amo, e assim pergunto, falando com o devido respeito, porque faz muito ao caso do nosso conto, se depois que Vossa Mercê está engaiolado e encantado, como diz, já lhe deu vontade de fazer águas maiores e menores como se costuma dizer?

— Não entendo isto de "fazer águas", Sancho; explica-te melhor, se queres que te responda direito.

— Será que não entende Vossa Mercê o que seja fazer águas menores ou maiores? Pois na escola desmamam-se os meninos com isto. Saiba, pois, que quero dizer que se lhe veio vontade de fazer o que não se escusa.

— Já, já te entendo, Sancho! E muitas vezes; e ainda agora a tenho. Tira-me deste perigo que já não saio limpo de todo!

CAPÍTULO XLIX

Onde se trata do discreto colóquio que Sancho Pança teve com seu Senhor Dom Quixote

— Ah — disse Sancho — apanhei-o; era isso o que eu desejava saber, tanto como à alma e como à vida. Ora venha cá, meu senhor; pode negar o que por aí se costuma dizer vulgarmente quando uma pessoa está maldisposta: "Não sei o que tem fulano que não come, nem bebe, nem dorme, nem responde com acerto ao que lhe perguntam, que não parece senão que está encantado?" Donde se conclui que os que não comem, nem bebem, nem dormem, nem fazem as obras naturais que eu digo, estão encantados, mas que o não está quem tem a vontade que Vossa Mercê tem agora, quem bebe quando lhe dão de beber, e come quando tem de comer, e responde a tudo o que lhe perguntam.

— Dizes a verdade, Sancho — respondeu Dom Quixote —, mas eu já te disse que há muitos gêneros de encantamentos, e que pode ser que se mudassem com o tempo de uns para outros, e que se use agora fazerem os encantados tudo o que eu faço, apesar de não o fazerem antes. De maneira que contra o uso dos tempos não há que argüir, nem que tirar conseqüências. Sei e tenho para mim que estou encantado, e isto me basta para segurança da minha consciência, que ficaria sobressaltada se eu pensasse que o não estava, e me deixasse ir nesta jaula, preguiçoso e covarde, desfraudando o amparo que poderia dar a muitos necessitados, que devem ter a estas horas extrema urgência do meu auxílio e valimento.

— Pois com tudo isso — redargüiu Sancho — entendo que,

para maior sossego e satisfação bom seria que Vossa Mercê experimentasse sair deste cárcere, que eu me obrigo a facilitar-lhe saída até onde eu puder, e que experimentasse montar no bom Rocinante, que também parece encantado, de melancólico e triste que vai; e, feito isto, que tentássemos de novo a sorte, a procurar mais aventuras, e, se nos não saíssemos bem, sempre seria tempo de voltar à jaula, em que prometo à fé de bom escudeiro, encerrar-me juntamente com Vossa Mercê, se Vossa Mercê for tão desditoso e eu tão pateta, que não consigamos o que acabo de dizer.

— Estou pronto, Sancho — redargüiu Dom Quixote —, e, quando vires, conjetura de pores por obra a minha liberdade, obedecer-te-ei em tudo e por tudo; mas verás, Sancho, como te enganas no que respeita à minha desgraça.

Nestas práticas se entretinham o cavaleiro andante e o mal andante escudeiro, até que chegaram onde já os esperavam apeados o cura, o barbeiro e o cônego. Logo o carreiro tirou os bois do carro, e deixou-os andar à vontade, por aquele verde e aprazível sítio, cuja frescura era convidativa, não para as pessoas tão encantadas como Dom Quixote, mas para sujeitos tão avisados e discretos como o seu escudeiro, que pediu ao cura que consentisse na saída de seu amo por um instante porque, se o não deixavam sair, não iria tão asseada a sua prisão, como requeria o decoro de tão famoso cavaleiro. Entendeu-o o cura, e disse que de muito boa vontade consentiria, se não receasse que, logo que Dom Quixote se visse em liberdade, desatasse a fazer das suas, e fosse para onde nunca mais se lhe pusesse a vista em cima.

— Fio por ele — respondeu Sancho.

— E eu também — disse o cônego —, e basta que ele me dê a sua palavra de cavaleiro de se não apartar de nós, senão por nossa vontade.

— Dou — respondeu Dom Quixote, que tudo estava escutando —, tanto mais que quem está encantado, como eu estou, não tem liberdade para fazer o que quiser, porque a pessoa que o encantou pode fazer que ele se não mova donde está nem em três séculos, e o fará andar em polvorosa se ele fugir. — E acrescentou que, sendo isto assim, podiam perfeitamente soltá-lo, de mais a mais, sendo tanto em proveito de todos, e que não o soltando lhes protestava que não poderia deixar de lhes melindrar o olfato, se eles se não desviassem.

O cônego tomou-lhe as mãos, apesar de amarradas, e soltaramno debaixo de palavra, alegrando-se ele imenso por se ver fora da jaula; e a primeira coisa que fez foi estirar todo o corpo, correu logo ao sítio onde estava Rocinante, e, dando-lhe duas palmadas nas ancas, disse:

— Ainda espero em Deus e na sua benta mãe, flor e espelho dos cavalos, que depressa nos havemos de ver ambos como desejamos; tu com teu amo às costas, e eu em cima de ti exercitando o ofício para que Deus me deitou ao mundo.

E, dizendo isto, apartou-se Dom Quixote com Sancho para um sítio desviado, donde voltou com mais alívio e mais desejos de pôr por obra o que o seu escudeiro ordenasse.

Olhava para ele o cônego, e admirava-se de ver a estranheza de sua grande loucura e de que em tudo o que dizia mostrava ter boníssimo entendimento, perdendo as estribeiras, como já se notou quando se falava de cavalarias. E assim, movido de compaixão, depois de se terem sentado todos na verde relva, à espera da refeição do cônego, disse-lhe este:

— É possível, senhor fidalgo, que tanto pudesse com Vossa Mercê a insípida e ociosa leitura dos livros de cavalarias, que lhe desse volta ao miolo, chegando a imaginar que vai encantado com outras coisas desse jaez, tão longe de serem verdadeiras, como está longe a mentira da verdade. E é possível que haja entendimento humano que suponha que houve no mundo aquela infinidade de Amadises, e tantos famosíssimos cavaleiros, tanto imperador de Trapisonda, tanto Félix de Hircânia, tanto palafrém, tanta donzela andante, tantas serpes, tantos endríagos, tantos gigantes, tantas inauditas aventuras, tanto gênero de encantamentos, tantas batalhas, tantos recontros despropositados, tanta extravagância de trajos, tantas princesas enamoradas, tantos escudeiros condes, tantos anões graciosos, tanto bilhete, tanto requebro, tantas mulheres valentes, e finalmente tantas e tão disparatadas coisas como encerram os livros de cavalarias? Eu de mim sei dizer, que, quando os leio, enquanto não ponho na mente que são tudo fábulas e leviandades, algum prazer me dão; mas quando entro na conta do que valem, bato com o melhor de todos eles na parede, e ainda os atirara ao lume se o tivesse próximo ou presente, como merecedores de tal pena, por serem falsos e embusteiros, como inventores de novas seitas e de novo modo de vida, e como quem dá ocasião a que o vulgo ignorante venha a crer e ter por verdadeiras tantas necedades como as que eles encerram. E também tanto atrevimento têm que ousam turbar os engenhos dos fidalgos discretos e bem-nascidos, como se mostra pelo que lhe fizeram a Vossa Mercê, que o levaram a termo de ser forçoso metê-lo numa jaula, e transportá-lo sobre um carro de bois, como quem transporta de lugar para lugar algum leão ou tigre, para o mostrar por dinheiro. Eia! Senhor Dom Quixote, doa-se de si próprio, e volte ao grêmio da discrição, e saiba usar da muita que o céu foi servido dar-lhe, empregando o seu felicíssimo talento noutra leitura que redunde em proveito da sua consciência e acrescentamento da sua honra. E, se ainda levado da sua natural inclinação, quiser ler livros de façanhas e de cavalarias, leia na Sagrada Escritura o dos Juízes, que ali achará verdades grandiosas e feitos tão reais como denodados. Teve Lusitânia um Viriato, Roma um César, Cartago um Aníbal, Grécia um Alexandre, Castela um Conde Fernão González, Valência um Cid, Andaluzia um Gonçalo Fernández, Estremadura um Diogo García de Paredes, Xerez um Garci Pérez de Vargas, Toledo um Garcilaso, Sevilha um Dom Manuel de Leão, e a lição dos seus valorosos feitos[1] pode entreter, ensinar, deleitar e assombrar os mais altos engenhos que os lerem. Esta sim, esta é que será leitura digna do bom entendimento de Vossa Mercê, Dom Quixote senhor meu, de que sairá erudito na história, enamorado da virtude, ensinado na bondade, melhorado nos costumes, ousado sem temeridade, prudente sem covardia, e tudo isto para honra de Deus, proveito seu e fama da Mancha, donde, segundo soube, tira Vossa Mercê o seu princípio e origem.

Atentissimamente esteve Dom Quixote escutando as razões do cônego, e quando viu que terminara, e depois de o ter estado contemplando por largo espaço, disse:

— Parece-me, senhor fidalgo, que a prática de Vossa Mercê encaminhou-se a querer-me dar a entender que não houve cavaleiros andantes no mundo, e que todos os livros de cavalarias são falsos, mentirosos, danosos e inúteis para a república, e que fiz mal em lê-los, pior em acreditá-los, e pessimamente em imitá-los, dando-me a

---

[1] Esta enumeração é uma verdadeira galeria de homens e guerreiros célebres: Gonçalo Fernández, o Grão-Capitão; Garcilaso de La Vega é um cavaleiro da guerra de Granada, que não se deve confundir com o poeta homônimo; Manuel de Leão, cavaleiro que entrou na jaula de um leão para recolher a luva de uma dama. Os demais já foram citados no decorrer desta história.

seguir a duríssima profissão de cavaleiro andante que eles ensinam, e negou, além disso, que tivesse havido no mundo Amadises de Gaula ou da Grécia, e todos os outros aventurosos cavaleiros de que andam cheios os livros.

— Tal como Vossa Mercê vai relatando — interrompeu o cônego.

— Acrescentou também Vossa Mercê — continuou Dom Quixote — que me tinham feito grande dano tais livros, porque me tinham dado volta ao juízo e metido numa jaula, e que melhor seria que eu me emendasse, mudando de leitura e lendo outros mais verdadeiros, e que melhor deleitem e ensinem.

— Exato — tornou o cônego.

— Pois eu — replicou Dom Quixote — sustento que quem não tem juízo e quem vai encantado é Vossa Mercê, pois desatou a dizer tantas blasfêmias contra uma coisa tão bem acolhida no mundo, e tida por tão verdadeira, que aquele que a negasse, como Vossa Mercê a nega, merecia a mesma pena que Vossa Mercê diz que dá aos livros, quando os lê e o enfadam; porque querer dizer que Amadis não existiu neste mundo, nem existiram todos os outros aventurosos cavaleiros de que estão cheias as histórias, será querer persuadir que o sol não alumia, nem o gelo arrefece, nem a terra pode conosco; pois diga-me, que engenho pode haver no mundo que persuada a outrem que não foi verdade o caso de Floripes com Gui de Borgonha, e o de Ferrabrás com a ponte de Mantible[2] que sucedeu no tempo de Carlos Magno? E voto a tal que é tão verdade como ser agora dia; e se é mentira, também mentira será a existência de Heitor e de Aquiles, como a guerra de Tróia e dos doze pares de França, e do Rei Artur de Inglaterra, que tem andado transformado em corvo e a cada instante o esperam no seu reino; e também se atreverão a dizer que é mentirosa a história de Guarino Mezquino, a da demanda do Santo Graal, e que são apócrifos os amores de Tristão e da Rainha Iseu[3] como os de Ginevra e Lançarote, apesar

[2] Esses feitos são relatados em *A história do Imperador Carlos Magno e os doze pares de França* (Alcalá, 1589). A moura Floripes se enamorou de Gui de Borgonha e protegeu aos doze pares. A ponte de Mantible foi defendida pelo gigante Falafre, que fazia pagar caro a passagem. Um provérbio diz: "É possível que a ponte de Mantible seja de madeira? Possível é e possível era".

[3] Ou Isolda.

de existirem pessoas que quase se recordam de ter visto a Dona Quintanhona, que foi a melhor copeira de vinhos que teve a Grã-Bretanha. E é isto tão certo, que me recordo de me dizer à minha avó paterna, quando via alguma dona com reverendas toucas: "Aquela, meu neto, parece a Dona Quintanhona"; donde concluo que ou a conheceu, ou viu algum retrato dela. Pois quem poderá negar que seja verdadeira a história de Pierres e da formosa Magalona, quando ainda hoje se vê na armaria dos reis a manivela com que se voltava o cavalo de madeira em que ia montado por esses ares o valente Pierres, e que é um pouco maior que uma lança de carreta? E junto da manivela está o selim de Babieca, e em Roncesvalles está a trompa de Roldão, que é do tamanho duma grande viga; donde se infere que houve doze pares, que existiu Pierres, que houve Cides e outros cavaleiros semelhantes, destes que diz o vulgo, que andam à cata de aventuras. Senão diga-me também que não é verdade ter sido cavaleiro andante o valente lusitano João de Merlo[4], que foi a Borgonha, e bateu na cidade de Arrás com o famoso Senhor de Charny, chamado Mossém Picrres; e depois na cidade de Basiléia com Mossém Henrique de Remestán, saindo de ambas as empresas vencedor e senhor de honrosa fama; e as aventuras e desafios que também tiveram em Borgonha os valentes espanhóis Pedro Barba e Gutierre Quijada (de cuja estirpe descendo por linha direta de varonia), vencendo os filhos do Conde de São Polo[5]. Neguem-me também que Dom Fernando de Guevara fosse buscar aventuras a Alemanha, onde combateu com Micer Jorge, cavaleiro da casa do Duque de Áustria. Diga que foram mentiras as justas de Suero de Quinhones, o do Passo; as empresas de Mossém Luís de Falces contra Dom Gonçalo de Guzmán[6], cavaleiro castelhano, e outras muitas façanhas praticadas por cavaleiros cristãos, destes reinos e dos estrangeiros, tão autênticas e verdadeiras que, quem as negasse, careceria de razão e de bom discorrer.

Ficou admirado o cônego de ver a misturada que Dom Quixote

---

[4] João de Merlo, cavaleiro lusitano que serviu a João II. É citado por Mena em *As trezentas*.

[5] Pedro Barba e Gutierre Quijada foram dois cavaleiros castelhanos do século XV.

[6] São personagens da crônica de João II.

fazia de mentiras e de verdades, e por ver o conhecimento que ele tinha de todas as coisas tocantes e concernentes aos feitos dos seus cavaleiros andantes, respondeu-lhe da seguinte maneira:

— Não posso negar, Senhor Dom Quixote, que alguma coisa do que Vossa Mercê disse é verdade, especialmente no que toca aos cavaleiros andantes espanhóis; e também quero conceder que houve doze pares de França; mas não quero acreditar que fizessem tudo o que deles diz o Arcebispo Turpim; porque a verdade é que foram cavaleiros escolhidos pelos reis de França, a quem chamaram "pares", por serem todos iguais em valor, em fidalguia; pelo menos, a não o serem, era de razão que o fossem; e constituíam como que uma dessas ordens religiosas que hoje se usam de Santiago ou de Calatrava, que se pressupõe que os que a professam hão de ser ou devem ser cavaleiros valentes e bem-nascidos; e assim como dizem agora cavaleiro de São João ou de Alcântara, diziam naquele tempo cavaleiro da ordem dos doze pares, porque foram doze iguais os que para esta religião militar se escolheram. Que existiu Bernardo não há dúvida, Bernardo del Carpio também; mas não acontece o mesmo com todas as grandes façanhas que se diz que fizeram. Em quanto à manivela do Conde Pierres, a que Vossa Mercê alude, e que está junto do selim de Babieca na armaria dos reis, confesso o meu pecado, e que sou tão ignorante ou tão curto de vista que, tendo reparado no selim, não dei pela manivela, apesar de ser tamanha como Vossa Mercê disse.

— Pois lá está sem dúvida alguma — redargüiu Dom Quixote —, e por sinal que dizem que está metida numa funda de vaqueta para não criar mofo.

— Tudo pode ser — tornou o cônego —, mas, pelas ordens que recebi, não me recordo de a ter visto; porém, ainda que conceda que lá está, nem por isso me obrigo a acreditar nas histórias de tantos Amadises, nem nas de semelhante turbamulta de cavaleiros, como por aí nos contam que tem havido, nem é razão que um homem como Vossa Mercê, tão honrado e de tão boas partes, e dotado de tanto entendimento, queira dizer que são verdadeiras tais e tão estranhas loucuras como as que estão escritas nos disparatados livros de cavalarias.

CAPÍTULO L

Das discretas altercações que Dom Quixote e o cônego tiveram, com outros sucessos

— Boa vai ela — respondeu Dom Quixote —; os livros que estão impressos com licença dos reis, e com aprovação daqueles a quem se enviam, e que com gosto geral são lidos e celebrados por grandes e pequenos, pobres e ricos, letrados e ignorantes, plebeus e cavaleiros, e, finalmente, por todo o gênero de pessoas de qualquer estado e condição que sejam, haviam de ser mentirosos, tendo de mais a mais tanta aparência de verdade, pois nos dizem quem foram os pais e as mães, os parentes e a pátria e a idade dos cavaleiros, e dia-a-dia minuciosamente as façanhas que praticaram, e o sítio onde as praticaram? Cale-se Vossa Mercê, não diga semelhante blasfêmia, e creia-se, que nisto lhe aconselho o que deve fazer como discreto; senão, leia-os, e veja o prazer que a sua leitura lhe dá. Pois diga-me, há maior contentamento do que dizermos: aqui se nos mostra agora, como se o estivéssemos vendo, um grande lago de piche a ferver em borbotões e a nadarem nesse lago serpentes, cobras e lagartos e outros muitos animais ferozes e espantosos, e sair do meio do lago uma voz tristíssima, que diz: "Quem quer que sejas, cavaleiro, que o temeroso lago estás mirando, se queres alcançar o bem que debaixo destas negras águas se encobre, mostra o valor do teu forte peito, e arroja-te ao meio do negro e inflamado líquido; porque, se assim o não fizeres, não serás digno de ver as altas maravilhas que em si encerram e contêm os sete castelos das sete fadas, que debaixo desta negrura jazem", e que, apenas o cavaleiro acaba de ouvir a voz, sem mais reflexões, e sem considerar o perigo a que se arrisca, e até sem despir as fortes e pesadas armas, encomendando-se a Deus e à sua dama, se arroja ao meio do refervente lago, e quando mal se precata e mal sabe onde irá parar, se encontra no meio duns floridos campos, que deixam os elísios a perder de vista? Ali lhe parece que é mais transparente o céu e que o sol brilha com mais vívida luz; oferece-lhe aos olhos uma aprazível floresta composta de viçosas e frondosas árvores, que lhe alegra a vista com o seu verdor, e lhe afaga os ouvidos com o doce e não ensinado canto dos infinitos, pequenos e matizados passarinhos, que volteiam na intrincada ramaria. Aqui descobre um arroio, cujas frescas águas, que parecem líquidos cristais, correm sobre tênues areias e brancas pedrinhas, que se assemelham a ouro em pó e a puríssimas pérolas. Acolá vê uma fonte artisticamente construída com mármore liso e pintalgado jaspe; outra mais adiante ordenada a brutesco, onde as conchinhas dos mariscos e as retorcidas casas brancas e amarelas dos caracóis, engastadas em aparente mas bem-disposta desordem, e mescladas com luzentes cristais e finíssimas esmeraldas, formam um variado lavor; de maneira que a arte, imitando a natureza, parece aqui vencê-la. Eis de súbito se lhe descobre um forte castelo ou um vistoso alcáçar, cujas muralhas são de ouro maciço, de diamantes as ameias, e as portas de jacintos, e, finalmente, de tão admirável arquitetura que, apesar de serem diamantes, escarbúnculos[1], ouro, pérolas, rubins e esmeraldas os materiais que o formam, ainda o feitio é o de mais estimação; e depois de ter visto tamanhas maravilhas, não é dobrado encanto ver sair pela porta do castelo um grande número de donzelas cujos trajos vistosos e gentis, se eu me pusesse agora a descrevê-los como as histórias os contam, me dariam largo assunto; e vir logo a principal de entre elas tomar pela mão o ousado cavaleiro que se arrojou ao lago fervente, levá-lo, sem dizer palavra, para dentro do rico alcáçar ou castelo, e despi-lo, e banhá-lo de tépidas águas, e depois ungi-lo com as mais preciosas essências, e vestir-lhe uma camisa de finíssimo cendal, toda recendente e perfumada, e virem outras donzelas e deitarem-lhe um manto aos ombros, manto que, pelo menos, costuma valer uma cidade e ainda mais? E quando em seguida nos contam que, depois disto, o levam para outra sala, onde

---

[1] Pedra preciosa.

acha as mesas postas com tanto gosto, que ele fica suspenso e admirado? e deitarem-lhe às mãos água destilada de âmbar e de fragrantes flores? e fazerem-no sentar numa cadeira de marfim? e todas as donzelas a servirem-no, guardando maravilhoso silêncio? e trazerem-lhe tanta variedade de manjares, tão saborosamente guisados, que não sabe o apetite qual há de escolher? e ouvir a música que soa enquanto ele come, sem imaginar donde vem a voz e o mavioso acompanhamento? e depois de acabada a comida e levantada a mesa, ficar o cavaleiro recostado na cadeira e talvez espalitando os dentes, como é costume, e entrar a desoras pela porta da sala outra donzela muito mais formosa do que nenhuma das primeiras, e sentar-se ao lado do cavaleiro, e começar a dar-lhe conta que castelo é aquele, e de como se acha ela ali encantada, com outras coisas que o suspendem e enchem de admiração os que lêem a sua história? Não quero alargar-me mais nisto, pois daqui se pode coligir que qualquer parte que se leia de qualquer história de cavaleiro andante há de causar gosto e maravilha a quem a ler. Creia-me Vossa Mercê, e, como já lhe disse, leia estes livros, e verá como lhe desterram a melancolia e lhe melhoram a condição, se acaso a tiver má. Eu de mim sei que depois de me ter metido a cavaleiro andante, sou bravo, comedido, liberal, bem-criado, generoso, cortês, audaz, brando, paciente, sofredor de trabalhos, de prisões, de encantamentos, e ainda que há tão pouco tempo me vi metido dentro de uma jaula, como se fosse doido, espero, pelo valor do meu braço, ser dentro de poucos dias rei de algum reino, onde possa mostrar o liberal agradecimento que o meu peito encerra; que, por minha fé, senhor, está inabilitado o pobre de poder mostrar com pessoa alguma a virtude da generosidade, ainda que em sumo grau a possua, e a gratidão que só consiste no desejo é coisa morta, como é morta a fé sem obras. Por isso quereria que a fortuna me oferecesse depressa alguma ocasião de ser imperador, para mostrar o meu ânimo, fazendo bem aos meus amigos, especialmente a este pobre Sancho Pança, meu escudeiro, que é o melhor homem do mundo, e quereria dar-lhe um condado que há muitos dias lhe trago prometido, mas receio que não tenha habilidade para governar o seu Estado.

Sancho, ouvindo estas últimas palavras, disse para seu amo:

— Trabalhe Vossa Mercê, Senhor Dom Quixote, por me dar esse condado que há tanto tempo me promete, e eu espero, e lhe juro, que me não faltará habilidade para governá-lo; e, se faltar, tenho ouvido dizer que há homens no mundo que tomam de arrendamento os Estados dos senhores, e lhes dão um tanto por ano, tratam do governo, e os senhores verdadeiros estão de perna estendida, gozando a renda que lhes dão, sem se importarem com mais nada; e é o que eu hei de fazer, e não hei de reparar muito na quantia mas desisto logo de tudo, e passo a gozar da minha renda como um duque, e os outros que lá se avenham[2].

— Isso, irmão Sancho — disse o cônego —, é bom enquanto ao gozar a renda; mas no administrar da justiça há de intervir o senhor do Estado, e aqui é que são necessários o bom juízo e a habilidade, e principalmente a boa intenção de acertar, que, se esta for errada nos princípios, irão sempre errados os meios e os fins; e assim costuma Deus ajudar o bom desejo do simples e desfavorecer o mau do discreto.

— Não sei lá dessas filosofias — respondeu Sancho Pança —, mas o que sei é que, assim que apanhasse o condado, logo o saberia reger, que eu tenho tanta alma como outro qualquer, e tanto corpo como quem o tiver maior, e tão rei seria eu do meu Estado como cada qual do seu, e sendo-o faria o que quisesse, e fazendo o que quisesse faria a minha vontade, e fazendo a minha vontade estaria contente, e uma pessoa, em estando contente, não tem mais que desejar, e não tendo mais que desejar, acabou-se, e venha o Estado, e adeus, e vejamo-nos, como dizia um cego a outro.

— Não são más filosofias essas como tu dizes, Sancho — observou o cônego —, mas apesar de tudo, há muito que dizer nesse assunto de condados.

Ao que respondeu Dom Quixote:

— Não sei que mais haja de dizer; guio-me apenas pelo exemplo que me dá o grande Amadis de Gaula, que fez o seu escudeiro Conde da Ilha Firme; e assim posso, sem escrúpulo de consciência, fazer conde a Sancho Pança, que é um dos melhores escudeiros que nunca teve um cavaleiro andante.

Ficou admirado o cônego dos acertados disparates que Dom Quixote dissera, do modo como pintara a aventura do Cavaleiro do Lago, da impressão que lhe tinham feito as desvairadas fábulas dos livros que lera, e finalmente pasmava da necedade de Sancho, que com tanto afinco desejava alcançar o condado que seu amo lhe

---

[2] "E não há mais que dizer."

prometera. Já nisto voltavam os criados do cônego, que tinham ido à venda buscar a azêmola do repasto, e fazendo mesa dum tabuleiro da verde relva do prado, sentaram-se à sombra dumas árvores, e ajantaram ali, para que o carreiro não desaproveitasse a amenidade daquele sítio, como já fica dito. E, mal começaram a jantar, ouviram barulho e o som duma campainha, que vibrava de dentro dumas sarças e densas matas que ficavam perto, e no mesmo instante viram sair da espessura uma bonita cabra, malhada de negro, branco e pardo; e atrás dela vinha um cabreiro, dando-lhe brados e dizendo-lhe palavras meigas, para que se detivesse ou voltasse para o rebanho. A cabra fugitiva, temerosa e espavorida, veio para a gente que ali estava, como a pedir-lhe favor, e parou. Chegou o cabreiro e, agarrando-lhe nas pontas, como se ela fosse capaz de entendimento e de discorrer, disse-lhe:

— Ah! serrana, serrana; Malhada, Malhada; por que foges tu? e como andas estes dias coxeando! Que lobos te espantam, filha? Não me dirás que é isto, linda? Mas que pode ser, senão que és fêmea, e não podes estar sossegada? Mal haja a tua condição e a de todas aquelas a quem imitas. Volta, volta, amiga, que, se não estiveres tão satisfeita, pelo menos estarás segura no teu aprisco ou com tuas companheiras, que se tu, que as hás de guiar e encaminhar, andas tão desencaminhada e tão sem juízo, onde pararão elas?

Deram contentamento as palavras do cabreiro aos que as ouviram, especialmente ao cônego, que lhe disse:

— Sossegai um pouco, irmão, por vida vossa, e não vos azafameis a fazer voltar tão depressa a cabra para o rebanho, que, se ela é fêmea, como dizeis, há de seguir o seu natural instinto, por muito que vos ponhais a estorvá-la. Tomai este bocado e bebei uma vez de vinho, com que abrandareis a cólera, e entretanto a cabra descansará.

E, ao dizer isto, estendeu-lhe na faca uma perna de coelho. O homem recebeu-a, agradeceu, bebeu, sossegou e disse:

— Não queria que, por eu ter falado tanto a sério com este animal, me tivessem Vossas Mercês por homem parvo, que em verdade não deixam de ter o seu mistério as palavras que lhe eu disse. Sou rústico, mas não tanto que não entenda como se há de tratar com os homens e com os brutos.

— Isso acredito eu — disse o cura —, que já sei, por experiência, que os montes criam letrados, e que as cabanas dos pastores encerram filósofos.

— Pelo menos, senhor — acudiu o cabreiro —, acolhem homens

escarmentados; e, para que acrediteis esta verdade e lhe toqueis com a mão, ainda que pareça que, sem ser rogado, me convido, se vos não enfadais, e quereis, senhores, atender-me um breve espaço, contar-vos-ei uma verdade que prove a minha, e o que aquele senhor disse — apontando para o cura.

E a isto respondeu Dom Quixote:

— Como vejo que este caso tem umas sombras de aventura de cavalaria, eu, pela minha parte, vos ouvirei, irmão, com muito boa vontade, e da mesma forma todos estes senhores, pelo muito que têm de discretos e de serem amigos de curiosas novidades, que suspendam, alegrem, e entretenham os sentidos, como penso, sem dúvida, que há de fazer o vosso conto. Começai, pois, amigo, que todos escutaremos.

— Eu ponho-me de fora — disse Sancho —, que vou com esta empada para a beira daquele regato, onde tenciono fartar-me por três dias, porque tenho ouvido dizer ao meu Senhor Dom Quixote que um escudeiro de cavaleiro andante deve comer quando se lhe oferecer ocasião, até não poder mais, porque às vezes têm de se meter por uma selva tão intrincada, que não podem sair dela nem em seis dias, e se um homem não vai farto, ou de alforjes bem fornecidos, ali poderá ficar, como muitas vezes fica, mudado em múmia.

— Tens razão, Sancho — disse Dom Quixote —; vai aonde quiseres e come o que puderes, que eu já estou satisfeito, e só me falta dar à alma a sua refeição, como lha darei, escutando o conto deste bom homem.

— E o mesmo faremos nós — disse o cônego.

E logo pediu ao cabreiro que principiasse. O cabreiro deu duas palmadas no lombo da cabra, que segurava pelos chifres, dizendo-lhe:

— Recosta-te junto de mim, Malhada, que temos tempo de sobra para voltar ao nosso aprisco.

Parece que a cabra o entendeu, porque apenas ele se sentou, estirou-se-lhe ao lado, com muito sossego, e olhando-lhe para a cara, parecia estar atenta ao que ia dizendo o cabreiro, que principiou a sua história desta maneira:

CAPÍTULO LI

Que trata do que contou o cabreiro a todos os que levavam Dom Quixote

A três léguas deste vale fica uma aldeia que, apesar de pequena, é uma das mais ricas que há por todos estes contornos, e onde havia um lavrador muito estimado, e tanto, que, apesar de andar a estimação quase sempre anexa à riqueza, mais o era ele pela virtude que tinha que pela opulência que alcançara. Mas o que o fazia mais ditoso, segundo dizia, era ter uma filha de tão extremada formosura, rara discrição, donaire e virtude, que aquele que a conhecia e contemplava se admirava de ver os dons opimos com que o céu e a natureza a tinham enriquecido. Sendo menina, já era formosa, e sempre foi crescendo em beleza, até que, na idade de dezesseis anos, chegou a ser formosíssima. A fama do seu gentil aspecto principiou-se a estender por todas as aldeias circunvizinhas: que digo? mais ainda chegou às remotas cidades e entrou até pelas salas dos reis e pelos ouvidos de toda a casta de gente, que de todas as partes a vinham ver como coisa rara ou como imagem maravilhosa. Guardava-a seu pai, e guardava-se ela a si, que não há cadeados, guardas, nem fechaduras, que defendam melhor uma donzela que as do próprio recato.

A riqueza do pai e a formosura da filha moveram muitos, tanto da povoação como forasteiros, a que a pedissem em casamento; mas o pai, como pessoa a quem tocava dispor de tão rica jóia, andava confuso, sem saber resolver-se a qual a entregaria dos infinitos que o importunavam; e, entre os muitos que tão bom desejo tinham, um fui eu, a quem deram muitas e grandes esperanças de bom êxito o ver que o pai sabia quem eu era, o ser natural da mesma aldeia, de sangue limpo e de idade florescente, de cabedais avultados e dotado de certo engenho. Com estas mesmas partes a pediu também outro do mesmo lugar que foi causa de se suspender e hesitar a vontade do pai, a quem parecia que em qualquer de nós estava sua filha bem empregada; e, para sair desta confusão, resolveu dizê-lo a Leandra (assim se chama a opulenta que em tanta miséria me tem posto), advertindo que, visto sermos ambos iguais, era bom deixar à vontade de sua querida filha o escolher a seu gosto; coisa digna de ser imitada por todos os pais que querem casar suas filhas. Não digo que lhes deixem escolher pessoas más e ruins, mas que lhas proponham boas, e entre essas que escolham a seu gosto. Não sei qual foi o de Leandra; só sei que o pai nos foi entretendo a ambos, falando-nos na pouca idade de sua filha e com generalidades, que nem o obrigavam, nem nos desobrigavam a nós. Chama-se o meu competidor Anselmo, e eu Eugênio, e digo-vos isto, para que tenhais conhecimento dos nomes dos personagens que entram nesta tragédia, cujo fim ainda está pendente, mas que bem se deixa ver que há de ser desastroso.

Por este tempo veio ao nosso povoado um tal Vicente de la Roca, filho de um pobre lavrador do mesmo lugar e que estivera servindo como soldado por essas Itálias e outras várias partes. Levou-o da nossa terra, sendo criança de menos de doze anos, um capitão que com a sua companhia por ali passou e voltou o moço dali a outros doze anos, vestido à militar, matizado de mil cores, cheio de mil dixes de cristal e sutis cadeias de aço. Hoje punha uma gala e amanhã outra; mas todas falsas e leves, de pouco peso e menor valor. A gente lavradora, que é de si maliciosa, e, dando-lhe o ócio lugar, é a própria malícia, reparou nisso, contou minuciosamente as suas galas e donaires, e notou que os fatos eram só três, de cores diferentes, com as suas ligras e meias, mas ele por tal forma os combinava, que, se os não contassem, havia de haver quem jurasse que eram mais de dez trajos diversos, e mais de vinte plumas, e não pareça impertinência e prolixidade isto que dos vestuários narrei, porque representam grande papel nesta história.

Sentava-se num banco de pedra, que fica debaixo de um grande álamo, na nossa praça, e ali nos tinha todos de boca aberta, suspensos das façanhas que ia contando. Não havia terra em todo o orbe que não tivesse visto, nem batalha em que se não houvesse achado;

matara mais mouros do que há em Marrocos e em Túnis, e entrara em mais singulares duelos do que Luna e Gante, Diogo García de Paredes e outros mil que nomeava, e de todos saíra vencedor, sem que lhe houvessem tirado nem uma gota de sangue. Por outro lado mostrava cicatrizes que, apesar de se não descobrirem, dizia ele que eram de arcabuzadas recebidas em vários recontros e facções[1]. Finalmente, com arrogância nunca vista, tratava por "vós" os seus iguais e os próprios que o conheciam, e dizia que o seu pai era o seu braço, a sua linhagem as suas obras, e que, sendo soldado, não ficava a dever nada ao próprio rei. Além destas fumaças, era um pouco músico, tocava guitarra com desembaraço, de modo que diziam alguns que a fazia falar; mas não paravam aqui as suas prendas que também era poeta, e de qualquer puerilidade fazia um romance de légua e meia. Este soldado, pois, que eu aqui pintei, este Vicente de la Roca, este bravo, este galã, este músico, este poeta, foi visto e contemplado muitas vezes por Leandra, de uma janela que deitava para a praça. Enlevou-se no donzel, nos seus vistosos trajos; encantaram-na os seus romances, que, de cada um que compunha, dava este vinte cópias; chegaram aos seus ouvidos as façanhas que de si próprio referira; e, finalmente, que assim o Diabo o determinara, veio a namorar-se dele, e ainda antes dele pensar em solicitá-la. E como nos casos de amor não há nenhum que com mais facilidade se cumpra do que aquele que tem pela sua parte o desejo da dama, com facilidade se combinaram Leandra e Vicente; e, antes que nenhum dos seus muitos pretendentes desse notícia do seu desejo, já ela o cumprira, tendo deixado a casa de seu extremoso pai, porque era órfã de mãe, e ausentando-se da aldeia com o soldado, que mais triunfara nesta empresa do que em todas as outras muitas de que se vangloriava. Admirou-se toda a aldeia de tão estranho caso, e não só a aldeia, mas todos os que dele tiveram conhecimento; eu fiquei suspenso, Anselmo atônito, o pai triste, os parentes afrontados, a Justiça solícita, os quadrilheiros alerta; tomaram-se os caminhos, esquadrinharam-se os bosques e tudo quanto havia, e ao cabo de três dias foram encontrar a caprichosa Leandra numa caverna de um monte, em camisa, sem os muitos dinheiros e as preciosíssimas jóias que de sua casa levara.

---

[1] Feitos.

Trouxeram-na à presença do aflito pai, perguntaram-lhe pela sua desgraça, confessou, sem pressão, que Vicente de la Roca a enganara, e debaixo da palavra de ser seu esposo, lhe persuadiu que deixasse a casa de seu pai, que ele a levaria à mais rica e esplêndida cidade que havia no mundo, que era Nápoles; que ela, mal avisada e ainda pior enganada, o acreditara, e, roubando seu pai, fugiu com o fanfarrão, e que ele a levou a um áspero monte, e a encerrou na caverna em que a tinham achado. Também disse que Vicente, sem lhe tirar a sua honra, lhe roubou tudo quanto tinha e a deixou naquela caverna e se foi embora: sucesso que de novo causou espanto a todos. Difícil foi de acreditar a continência do moço; mas ela tão deveras o afirmou que, afinal, o aflito pai se foi consolando, não fazendo caso das riquezas que lhe levaram, desde o momento que tinham deixado a sua filha a jóia que, em se perdendo, não há esperança de que nunca mais se recupere. No mesmo dia em que apareceu Leandra, sumiu-a seu pai, e foi encerrá-la num mosteiro de uma vila aqui perto, esperando que o tempo em parte desfaça a má fama com que sua filha ficou. Os poucos anos de Leandra serviram de desculpa ao seu erro, pelo menos para aqueles que nenhum interesse tinham em que ela fosse má ou boa, mas os que conheciam a sua discrição e muito entendimento não atribuíram à ignorância o seu pecado, mas à sua desenvoltura e natural inclinação das mulheres, que costuma ser em geral desatinada e descomposta.

Enclausurada Leandra, ficaram cegos os olhos de Anselmo, ou pelo menos sem terem objeto que mirar que lhes desse contentamento; os meus em trevas, sem luz que para coisa de gosto os encaminhasse. Com a ausência de Leandra crescia a nossa tristeza, apoucava-se a nossa paciência, maldizíamos das galas do soldado, e abominávamos o pouco recato do pai da donzela. Finalmente, Anselmo e eu combinamos deixar a aldeia e vir para este vale, onde ele, apascentando uma grande quantidade de ovelhas que lhe pertencem, e eu um numeroso rebanho de cabras também minhas, passamos a vida entre as árvores, desabafando as nossas mágoas ou cantando juntos, ora os louvores, ora os vitupérios da formosa Leandra, ou suspirando a sós, comunicando ao céu sentidas queixas. A nosso exemplo, vieram para estes ásperos montes muitos outros dos pretendentes de Leandra, fazendo o mesmo que nós fazemos, e são tantos, que parece que este sítio se converteu na pastoril Arcádia, por tal forma está cheio de pastores e de apriscos, e não há aqui um recanto em que se não ouça o nome da formosa

Leandra. Este a maldiz, chamando-lhe caprichosa, vária e desonesta; aquele a condena como leviana e fácil; há tal que a absolve e a perdoa, ou que a justiça a vitupere; um celebra a sua formosura, outro renega da sua condição e, enfim, todos a infamam e todos a adoram, e essa loucura a tanto se estende, que há quem se queixe dos seus desdéns, sem nunca lhe ter falado, e até quem se lamente e sinta a furiosa enfermidade dos zelos, que ela nunca a ninguém causou, porque, segundo eu já disse, soube-se do seu pecado antes de se saber do seu desejo. Não há concavidades de rochedos, margens de arroio ou sombras de árvores que não estejam ocupadas por pastores que refiram aos ventos as suas desventuras; o eco, em todos os pontos em que pode formar-se, repete o nome de Leandra; Leandra, ressoam os montes; Leandra, murmuram os regatos, e Leandra a todos nos tem suspensos e encantados, esperando sem esperança e temendo sem saber o que tememos. Entre todos estes insensatos, o que se mostra a um tempo mais avisado e mais louco é o meu rival Anselmo, que, tendo tantas outras coisas de que se queixar, só se queixa da ausência e, ao som dum arrabil, que toca admiravelmente, com versos que mostram o seu engenho, a cantar se vai lamentando. Eu sigo outro caminho mais fácil e no meu parecer mais acertado, que é dizer mal da leviandade das mulheres, da sua inconstância, da sua doblez, das suas promessas descumpridas, de sua fé quebrantada e, finalmente, do pouco discorrer com que empregam os seus pensamentos e inclinações; e foi este o motivo, senhores, das palavras e razões que disse a esta cabra, quando aqui cheguei, que, por ser fêmea, pouco a prezo, apesar de ser a melhor do meu rebanho. É esta a história que prometi contar-vos. Se fui prolixo em narrá-la, não o serei menos em servir-vos; perto daqui tenho a minha choça e nela fresco leite e saborosíssimo queijo, variadas e maduras frutas, que não são menos agradáveis à vista que ao paladar.

CAPÍTULO LII

Da pendência que teve Dom Quixote com o cabreiro, com a rara aventura dos penitentes, a que felizmente deu fim à custa do seu suor

Causou prazer geral o conto do cabreiro a todos os que o tinham escutado. Com prazer mais especial o acolheu o cônego, que notou com estranheza e curiosidade o modo como ele o contara, menos de cabreiro rústico do que de discreto cortesão; e observou que acertara o cura dizendo que os montes criavam letrados. Todos ofereceram os seus serviços a Eugênio, mas quem se mostrou mais liberal foi Dom Quixote, que lhe disse:

— Decerto, cabreiro mano, que, se eu me não achasse impossibilitado de poder encetar qualquer aventura, logo me poria a caminho para vos fazer feliz, indo arrancar Leandra do mosteiro (onde, sem dúvida, deve estar contra sua vontade), apesar da abadessa e de quantos quisessem estorvá-lo, e pô-la-ia nas vossas mãos, para que dela fizésseis o que vos aprouvesse, guardando, porém, as leis da cavalaria, que ordenam que a nenhuma donzela se faça desaguisado algum, ainda que espero em Deus Nosso Senhor que não há de poder tanto a força de um malicioso nigromante, que a não vença a de outro muito melhor intencionado, e, para então, vos prometo favor e ajuda, que a isso me obriga a minha profissão que não é outra senão socorrer os desvalidos e necessitados.

Olhou para ele o cabreiro, e vendo a triste figura de Dom Quixote, admirou-se, e perguntou ao barbeiro, que estava ao pé dele:

— Senhor, quem é este homem, que tem semelhante catadura e de tal modo fala?

— Quem há de ser — respondeu o barbeiro —, senão o famoso Dom Quixote de la Mancha que desfaz agravos e é o amparo das donzelas, o assombro dos gigantes e o vencedor das batalhas?

— Isso assemelha-se — respondeu o cabreiro — ao que se lê nos livros dos cavaleiros andantes, que faziam tudo o que deste homem Vossa Mercê me diz, ainda que tenho para mim, ou que Vossa Mercê zomba, ou que este fidalgo tem aduela de menos.

— Sois um grandíssimo velhaco — bradou Dom Quixote —, e vós é que tendes míngua de miolos, que eu tenho mais do que nunca teve nem há de ter a vossa patifa geração.

E, fazendo seguir às palavras as obras, ferrou com um pão na cara do cabreiro, com tamanha fúria, que lhe esmurrou o nariz; mas o homem, que não era para graças, vendo que assim o maltratavam, sem respeitar nem os que jantavam nem a improvisada mesa, saltou em cima de Dom Quixote e, agarrando-se-lhe ao pescoço com ambas as mãos, sem dúvida alguma o afogava, se Sancho Pança acudindo, o não segurasse pelos ombros e o não fizesse cair de costas em cima da mesa, quebrando pratos e copos, e espalhando e entornando vinhos e manjares. Dom Quixote, apenas se viu livre saltou no cabreiro, que, com o rosto cheio de sangue, moído com socos e pontapés de Sancho procurava, de gatinhas, alguma faca para tirar sanguinolenta vingança; mas estorvaram-lhe o cônego e o cura, e o barbeiro arranjou as coisas de modo que pôde Eugênio meter Dom Quixote debaixo de si, fazendo chover sobre ele tantos murros que do rosto do pobre cavaleiro pingava tanto sangue como do seu. Rebentavam de riso o cônego e o cura, davam pulos de contentamento os quadrilheiros, e uns e outros açulavam os combatentes, como se faz aos cães; só Sancho Pança se desesperava porque se não podia descartar de um criado do cônego, que o impedia de ajudar seu amo.

Enfim, estando todos em regozijo e festa, menos os dois que se desancavam e se carpiam, ouviram o som de uma trombeta tão triste, que lhes fez voltar as vistas para o sítio donde lhe pareceu que soava; mas quem se alvoroçou ao ouvi-lo foi Dom Quixote, que, apesar de estar debaixo do cabreiro muito constrangido e derreado, lhe disse:

— Demônio mano, que outra coisa não pode ser, pois que tiveste valor e forças para subjugar as minhas, rogo-te que façamos tréguas só por uma hora, porque o plangente som daquela trombeta que aos nossos ouvidos chega, parece-me que me chama a alguma nova aventura.

O cabreiro, que já estava cansado de moer e de ser moído, largou-o logo, e Dom Quixote pôs-se de pé, voltando o rosto para o sítio donde vinha o som, e viu que por uma encosta desciam muitos homens, vestidos de branco e negro, à moda dos penitentes.

E era o caso que, naquele ano, tinham as nuvens negado à terra o seu benfazejo orvalho, por todos os lugares daquela comarca se faziam procissões, preces e penitências, pedindo a Deus que abrisse as mãos da sua misericórdia e lhes desse chuva; e, para isso, a gente de próxima aldeia vinha em procissão a uma devota ermida, que havia na encosta do vale. Dom Quixote, que viu os estranhos trajos dos penitentes, sem lhe passarem pela memória as muitas vezes que os havia de ter visto, imaginou que era coisa de aventura, e que a ele só tocava, como a cavaleiro andante o tentá-la: e mais o confirmou nesta fantasia pensar que uma imagem que traziam, coberta de luto seria alguma dama principal, que levavam à viva força aqueles refeces e desleais malandrins. E apenas isto lhe entrou no pensamento, arremeteu com grande ligeireza a Rocinante, que andava pastando, enfreou num momento, montou a cavalo, embraçou o escudo, pediu a Sancho a espada e disse em alta voz a todos os que estavam presentes:

— Agora, valorosa companhia, vereis quanto importa que haja no mundo quem professe a ordem da cavalaria andante; agora digo que vereis na liberdade daquela boa senhora que ali vai cativa se se hão de ou não estimar os andantes cavaleiros.

E, dizendo isto, aperta os ilhais a Rocinante, que esporas não as tinha, e vai a todo o trote (porque lá galopada, não se lê em toda esta verdadeira história que Rocinante a desse uma vez só) encontrar-se com os penitentes; e ainda que o cura, o barbeiro e o cônego correram a detê-los, já lhes não foi possível, e menos ainda o detiveram os brados que Sancho dava, dizendo:

— Aonde vai, Senhor Dom Quixote? Que demônios leva no peito, que o incitam a ir contra a nossa fé católica? Repare, mal haja eu, que essa procissão é de penitentes e que aquela senhora que levam na peanha é a imagem bendita da Virgem Imaculada; veja o que faz, senhor, que desta vez se pode dizer que não é o que sabe.

Debalde se fatigou Sancho, porque Dom Quixote ia tão ansioso de chegar aos embiocados, e de livrar a senhora enlutada, que não ouviu uma palavra só, e ainda que a ouvisse, de nada serviria, porque não tornava atrás nem que lho mandasse el-rei. Chegou, pois, à procissão, e sofreou Rocinante, que já ia com vontade de descansar o seu pedaço, e com voz turbada e rouca disse:

— Vós outros, que talvez por não serdes bons, encobris os rostos, atendei e escutai o que dizer-vos quero.

Os primeiros que se detiveram foram os que levavam a imagem, e um dos quatro clérigos que cantavam as ladainhas, vendo a estranha catadura de Dom Quixote, a magreza de Rocinante e outras circunstâncias que descobriu no cavaleiro, e que moviam a riso, respondeu dizendo:

— Irmão e senhor, se nos quer dizer alguma coisa diga-a depressa, porque vão estes nossos irmãos penitentes flagelando as carnes e não podemos, nem é de razão, que nos detenhamos a ouvir coisa alguma, a não ser tão breve que em duas palavras se diga.

— Di-la-ei numa só — replicou Dom Quixote —, e é a seguinte: que deixeis livre imediatamente essa formosa senhora, cujas lágrimas e triste semblante dão claras mostras de que a levais contra sua vontade, e que algum notório desaguisado lhe tereis feito: e eu, que vim ao mundo para desfazer semelhantes agravos, não consentirei que avanceis nem mais um passo, sem lhe dardes a desejada liberdade que merece.

Por estas razões, entenderam todos os que as ouviram que Dom Quixote havia de ser louco, e desataram a rir com vontade. Esse riso foi o mesmo que deitar pólvora na cólera de Dom Quixote, porque, sem dizer mais palavra, arrancando da espada, arremeteu ao andor. Um dos que o levavam, deixando a carga aos seus companheiros, saiu ao encontro de Dom Quixote, arvorando uma forquilha ou bordão, em que assentava o andor nos descansos, e, aparando com ele uma grande cutilada que lhe atirou Dom Quixote, e que lho fez em dois pedaços, com o troço que lhe ficou desfechou tamanha bordoada no ombro de Dom Quixote, do lado oposto ao do escudo, que, não podendo apará-la, o pobre cavaleiro caiu no chão em muito maus lençóis. Sancho Pança, que todo esbofado viera correndo atrás de seu amo, bradou ao desancador que lhe não desse mais bordoada, porque era um pobre cavaleiro encantado, que nunca em sua vida fizera mal a ninguém. Mas o que deteve o vilão não foram os brados de Sancho, foi ver que Dom Quixote não bulia nem mão nem pé; e, assim, julgando que o matara, a toda a pressa arregaçou a túnica até à cintura, e largou a correr pela campina, que nem um gamo.

Nisto chegaram todos os da companhia de Dom Quixote; mas

os da procissão, que os viram vir correndo e, com eles, os quadrilheiros armados, recearam algum desatino, agruparam-se em torno da imagem, e, levantando os capuzes, empunhando os penitentes as disciplinas, e os clérigos os tocheiros, esperaram o assalto, resolvidos a defender-se, e até se pudessem, a ofender os seus agressores; mas a fortuna tudo fez pelo melhor, porque Sancho não pensou em outra coisa senão em atirar-se para cima do corpo de seu amo, supondo que estava morto, e fazendo sobre ele o mais doloroso e divertido[1] pranto deste mundo. O cura foi conhecido pelo seu colega, que ia na procissão, e este conhecimento bastou para dissipar todos os sustos. O primeiro cura deu conta ao segundo, em breves palavras, de quem era Dom Quixote; e tanto ele, como toda a turma de penitentes, foram ver se o pobre cavaleiro estava morto, e ouviram que Sancho Pança dizia com lágrimas nos olhos:

— Ó flor da cavalaria! que só com uma paulada acabaste a carreira dos teus anos, tão bem empregados! Ó honra da tua linhagem, glória e maravilha da Mancha, e até de todo o mundo, que, faltando-lhe tu, ficará cheio de malfeitores, sem receio de serem castigados pelas suas malfeitorias! Ó tu, mais liberal que todos os Alexandres, pois só por oito meses de serviço me tinhas dado a melhor ilha que o mar cinge e rodeia! Ó humilde com os soberbos, e arrogante com os humildes, afrontador de perigos, sofredor de injúrias, namorado sem causa, incitador dos bons, açoite dos maus, inimigo dos ruins, enfim, cavaleiro andante, que é o mais que se pode dizer!

Com os brados e gemidos de Sancho reanimou-se Dom Quixote, e as primeiras palavras que disse foram:

— Quem de vós está ausente, dulcíssima Dulcinéia, a maiores misérias do que estas anda sujeito. Ajuda-me, Sancho amigo, a meter-me no carro do encantamento, que não estou para oprimir a sela de Rocinante, porque tenho este ombro todo alanhado.

— Isso farei com muito boa vontade, meu senhor — respondeu Sancho — e voltemos à minha aldeia, em companhia destes senhores, que só desejam o seu bem, e ali daremos ordem a nova saída, que nos dê mais proveito e fama.

— Falas com acerto, Sancho — respondeu Dom Quixote —, e será grande prudência deixar passar o mau influxo das estrelas, que vai correndo agora.

---

[1] "Doloroso" para ele, "divertido" para os demais.

O cônego, o cura e o barbeiro afirmaram-lhe que procederia muito bem fazendo o que dizia; e assim, tendo-se divertido muito com as simplicidades de Sancho Pança, meteram Dom Quixote no carro, como antes vinha: a procissão voltou a ordenar-se e a prosseguir no seu caminho; o cabreiro despediu-se de todos; os quadrilheiros não quiseram ir mais adiante; o cônego pediu ao cura que lhe desse parte do que sucedia a Dom Quixote, se sarava da sua doidice, ou se prosseguia com ela, e com isso pediu licença de seguir a sua viagem. Enfim, todos se dividiram e apartaram, ficando só o cura e o barbeiro, e Dom Quixote e Sancho Pança e o bom do Rocinante, que, em tudo isto, não mostrara menos paciência do que o seu dono.

O carreiro jungiu os bois e acomodou Dom Quixote em cima de um molho de feno, e, com a sua costumada fleuma, seguiu o caminho que o cura quis, e ao cabo de seis jornadas chegaram à sua aldeia, onde entraram no pino do dia, que aconteceu ser domingo, e estava toda a gente na praça, por meio da qual atravessou o carro de Dom Quixote. Acudiram todos a ver o que ali vinha, e, quando conheceram o seu compatriota, ficaram maravilhados, e um rapaz foi logo correndo dar à ama e à sobrinha a notícia de que o seu tio e patrão vinha magro e amarelo, em cima de um molho de feno, dentro de um carro de bois. Foi grande lástima ouvir os gritos que as duas pobres senhoras soltaram, as bofetadas que deram nas faces e as maldições com que de novo fulminaram os endiabrados livros de cavalarias, o que tudo se renovou quando viram entrar Dom Quixote pela porta dentro.

Às novas da vinda do fidalgo, acudiu a mulher de Sancho Pança, que já sabia que seu marido fora com ele servindo-lhe de escudeiro e, assim que viu Sancho, a primeira coisa que lhe perguntou foi se o burro vinha bom. Sancho respondeu que vinha melhor que o dono.

— Louvado seja Deus — redargüiu ela —, que tanto bem me tem feito; mas conta-me agora, que lucraste com as tuas escudeirices? que saiote me trazes? que sapatos para teus filhos?

— Não trago nada disso, mulher — disse Sancho —, mas trago coisas de mais consideração e valor.

— Muito me apraz o que dizes — tornou a mulher; — mostra-me essas coisas de mais consideração e valor, meu amigo, para que se me alegre este coração que tão triste e desconsolado esteve sempre, durante os séculos da tua ausência.

— Em casa tas mostro, mulher — disse Pança —, e por, agora

sossega, que, sendo Deus servido que outra vez saiamos de viagem, à cata de aventuras, ver-me-ás bem depressa conde, ou governador de uma ilha, e não das que por aí há, mas das melhores que se possam encontrar.

— Deus o queira, marido, que bem o precisamos. Mas dize-me o que vem a ser isso de ilhas, que eu não entendo.

— Não é o mel para a boca do asno — respondeu Sancho —; a seu tempo o verás, mulher, e então pasmarás de ouvir todos os teus vassalos a darem-te senhoria.

— Que é o que dizes, Sancho, de senhorias, ilhas e vassalos? — respondeu Joana Pança, que assim se chamava a mulher de Sancho, apesar de não serem parentes, mas porque é costume na Mancha tomarem as mulheres o apelido dos maridos.

— Não queiras saber tudo tão depressa, Joana; basta conheceres que eu digo a verdade, e dá um ponto na boca: só te direi, assim de passagem, que não há coisa mais saborosa neste mundo do que ser um homem honrado escudeiro de um cavaleiro andante, que sai à cata de aventuras. É bem verdade que a maior parte das que se acham não vêm tanto ao nosso gosto como uma pessoa quereria, porque, de cem que se encontram, noventa e nove costumam ser avessas e torcidas. Sei-o eu por experiência, porque de algumas saí manteado e de outras moído; mas, com tudo isso, é linda coisa esperar os acontecimentos, atravessando montes, esquadrinhando selvas, calcando penhas, visitando castelos, pousando em estalagens, à discrição, sem pagar um maravedi só que seja.

Todas estas práticas se passaram entre Sancho Pança e Joana Pança, sua mulher, enquanto a ama e a sobrinha de Dom Quixote o receberam e o despiram, e o meteram na sua antiga cama. Olhava-as ele de revés, e não podia perceber onde é que estava. O cura disse à sobrinha que tivesse todo o desvelo com seu tio, e o animasse bem, e que estivessem alerta, para que outra vez se lhes não escapasse, contando o que fora mister para o trazer para casa. Aqui levantaram ambas de novo brados ao céu, ali se renovaram as maldições aos livros de cavalarias, ali pediram a Deus que confundisse, no centro do abismo, os autores de tantas mentiras e disparates. Finalmente, ficaram confusas e receosas de se verem outra vez sem seu amo e tio, assim que ele se sentisse melhor, e assim aconteceu como imaginavam elas.

Mas o autor desta história, apesar de ter procurado com diligência e curiosidade os feitos que praticou Dom Quixote na sua terceira saída, não pôde achar notícias deles, pelo menos por escritores autênticos: só a fama guardou, nas memórias da Mancha, que Dom Quixote, a terceira vez que saiu de sua casa, foi a Saragoça, onde se achou numas famosas justas que naquela cidade se fizeram, e ali lhe aconteceram coisas dignas do seu valor e bom engenho. Nem do seu fim e acabamento alcançaria ou saberia coisa alguma, se a sua boa sorte lhe não houvesse deparado um médico antigo que tinha em seu poder uma caixa de chumbo, que, segundo ele disse, se achara no derrocado cimento duma velha ermida que se renovara: nessa caixa se tinham encontrado uns pergaminhos, escritos em letras góticas, mas com versos castelhanos, que continham muitas das suas façanhas, e davam notícia da formosa Dulcinéia del Toboso, da figura de Rocinante, da fidelidade de Sancho Pança e da sepultura do próprio Dom Quixote com diferentes epitáfios e elogios da sua vida e costumes, e os que se puderam ler e tirar a limpo foram os que aqui põe o fidedigno autor desta nova e nunca vista história. O qual autor não pede aos que a lerem, em prêmio do imenso trabalho que lhe custou investigar e revolver todos os arquivos manchegos, para a dar à luz, senão que lhe dêem o mesmo crédito que costumam dar aos livros de cavalarias, que tão benquistos são por esse mundo; que com isso se dará por bem pago e satisfeito, e se animará a procurar e a dar à luz outras, se não tão verdadeiras, pelo menos de igual invenção e recreio.

As primeiras palavras que estavam escritas no pergaminho, que se encontrou dentro da caixa de chumbo, eram estas:

OS ACADÊMICOS DE ARGAMASILHA[2], LUGAR DA MANCHA, SOBRE A VIDA E MORTE DO VALOROSO DOM QUIXOTE DE LA MANCHA, *HOC SCRIPSER UNT*[3]

[2] São acadêmicos puramente imaginários, apesar da tentativa de identificá-los.

[3] "Isto escreveram".

O Monicongo, acadêmico de Argamasilha, à sepultura de Dom Quixote

EPITÁFIO

O tresloucado que adornou a Mancha
De mais despojos que Jasão[4] de Creta;
O juízo, que teve a grimpa inquieta
Bicuda, quando fora melhor ancha;

O braço que a sua força tanto ensancha,
Que chegou do Catai[5] até Gaeta,
A Musa mais horrenda e mais discreta
Que versos foi gravar em brônzea prancha;

Quem bem longe deixou os Amadises,
E em pouco os Galaores avaliou,
Estribado no amor, na bizarria:

Quem soube impor silêncio aos Belianises,
Quem, montado em Rocinante, vagueou,
Jaz morto, enfim, sob esta lousa fria.

---

[4] Personagem da tragédia *Medéia*, que foi em busca do velocino de ouro.

[5] Catai, China; Gaeta, porto da Itália.

Do apaniguado, acadêmico de Argamasilha, *in laudem dulcineae del Toboso*[6]

Soneto

Esta que vês de rosto amondongado[7],
Alta de peitos, e ademã brioso,
É Dulcinéia, rainha del Toboso,
De quem esteve o grão Quixote enamorado.

Pisou por ela um e o outro lado
Da grande serra Negra[8], e o bem famoso
Campo de Montiel, e o chão relvoso
De Aranjuez, a pé e fatigado.

Culpa de Rocinante! Ó dura estrela!
Que esta manchega dama, a este invicto
Andante cavaleiro, em tenros anos

Ela deixou, morrendo, de ser bela,
Ele, ainda que em mármores inscrito,
Não evitou o amor, iras e enganos.

---

[6] "Em elogio de Dulcinéia del Toboso."

[7] De mondongo, ou mundongo.

[8] Serra Morena.

Do caprichoso, discretíssimo acadêmico de Argamasilha, em louvor de Rocinante, cavalo de Dom Quixote de la Mancha

Soneto

No alto e soberbo trono diamantino,
Quem com sangrentas plantas pisa Marte,
O manchego frenético o estandarte
Tremula, com esforço peregrino.

Pendura as armas e o aço fino,
Com que assola, destroça, racha e parte!
Novas proezas! mas inventa a arte
Um novo estilo ao novo paladino.

Se do seu Amadis se orgulha a Gaula,
Por cuja prole a Grécia gloriosa
Mil vezes triunfou e a fama ensancha;

Cinge a Quixote um diadema a aula
A que preside a deusa belicosa[9],
E orgulha-se dele a altiva Mancha.

Nunca as suas glórias o olvido mancha,
Pois que até Rocinante em ser galhardo
Excede a Brilhadoro, vence a Baiardo[10].

---

[9] Fortuna.

[10] Cavalos de Orlando e Reinaldo de Montalbán. Este é um soneto com estrambote. Recorde-se que estrambote é o conjunto de versos que se acrescentam ao final de uma composição poética, especialmente do soneto.

Do burlador, acadêmico argamasilhesco, a Sancho Pança

SONETO

Pobre de corpo, de bravura rico,
Sancho Pança aqui jaz: é coisa estranha!
Escudeiro mais simples, mais sem manha,
Não teve o mundo, juro e certifico!

Pra ser conde faltou-lhe só um nico,
Se não conspira contra ele a sanha
Desta idade mesquinha, vil, tacanha,
Que nem sequer perdoa a um burrico.

No burro andou (e com perdão se diga!)
Este manso escudeiro, atrás do manso
Rocinante e do seu dono bisonho.

Ó vãs esp'ranças! e mais vã fadiga!
Nunca deixais de prometer descanso,
E tudo acaba em sombra, em fumo, em sonho.

Do cachidiabo[11], acadêmico de Argamasilha, na sepultura de Dom Quixote

EPITÁFIO

Aqui jaz o cavaleiro
Bem moído e mal andante,
Que, montado em Rocinante,
Percorreu senda e carreiro.

Sancho Pança, o malhadeiro,
Jaz também neste local,
Escudeiro o mais leal,
Que houve em trato de escudeiro.

---

[11] Cachidiabo é o nome de um valente corsário argelino, de nacionalidade turca, da primeira metade do século XV, muito temido na costa do reino de Valência.

Do Tiquitoc, acadêmico de Argamasilha, na sepultura de Dulcinéia del Toboso

Epitáfio

Repousa aqui Dulcinéia,
Que, sendo gorda e corada,
Em cinza e pó foi mudada
Pela morte horrenda e feia.

Foi de castiça raleia,
E teve assomos de dama,
Do grão Quixote foi chama,
E foi glória da sua aldeia.

Foram estes os versos que se puderam ler; os outros, por estar mais carcomida a letra, entregaram-se a um acadêmico, para que por conjeturas os decifrasse. Consta que o fez, à custa de muitas vigílias e de muito trabalho, e que tenciona dá-los à luz, com esperança na terceira saída de Dom Quixote.

Forse altri canterà con miglior plettro[12].

Fim do volume I

[12] Verso do *Orlando furioso*, XXX, estrofe 16: "Outro cantará talvez com melhor plectro".

Sumário

O Objetivo, a filosofia e a missão da Editora Martin Claret

O principal objetivo da Martin Claret é contribuir para a difusão da educação e da cultura, por meio da democratização do livro, usando canais de comercialização habituais, além de criar novos.

A filosofia de trabalho da Martin Claret consiste em produzir livros de qualidade a um preço acessível, para que possam ser apreciados pelo maior número possível de leitores.

A missão da Martin Claret é conscientizar e motivar as pessoas a desenvolver e utilizar o seu pleno potencial espiritual, mental, emocional e social.

O livro muda as pessoas. Revolucione-se: leia mais para ser mais!

MARTIN CLARET

Relação dos Volumes Publicados

1. **Dom Casmurro**
Machado de Assis
2. **O Príncipe**
Maquiavel
3. **Mensagem**
Fernando Pessoa
4. **O Lobo do Mar**
Jack London
5. **A Arte da Prudência**
Baltasar Gracián
6. **Iracema / Cinco Minutos**
José de Alencar
7. **Inocência**
Visconde de Taunay
8. **A Mulher de 30 Anos**
Honoré de Balzac
9. **A Moreninha**
Joaquim Manuel de Macedo
10. **A Escrava Isaura**
Bernardo Guimarães
11. **As Viagens - "Il Milione"**
Marco Polo
12. **O Retrato de Dorian Gray**
Oscar Wilde
13. **A Volta ao Mundo em 80 Dias**
Júlio Verne
14. **A Carne**
Júlio Ribeiro
15. **Amor de Perdição**
Camilo Castelo Branco
16. **Sonetos**
Luís de Camões
17. **O Guarani**
José de Alencar
18. **Memórias Póstumas de Brás Cubas**
Machado de Assis
19. **Lira dos Vinte Anos**
Álvares de Azevedo
20. **Apologia de Sócrates / Banquete**
Platão
21. **A Metamorfose/Um Artista da Fome/Carta a Meu Pai**
Franz Kafka
22. **Assim Falou Zaratustra**
Friedrich Nietzsche
23. **Triste Fim de Policarpo Quaresma**
Lima Barreto
24. **A Ilustre Casa de Ramires**
Eça de Queirós
25. **Memórias de um Sargento de Milícias**
Manuel Antônio de Almeida
26. **Robinson Crusoé**
Daniel Defoe
27. **Espumas Flutuantes**
Castro Alves
28. **O Ateneu**
Raul Pompéia
29. **O Noviço / O Juiz de Paz da Roça / Quem Casa Quer Casa**
Martins Pena
30. **A Relíquia**
Eça de Queirós
31. **O Jogador**
Dostoiévski
32. **Histórias Extraordinárias**
Edgar Allan Poe
33. **Os Lusíadas**
Luís de Camões
34. **As Aventuras de Tom Sawyer**
Mark Twain
35. **Bola de Sebo e Outros Contos**
Guy de Maupassant
36. **A República**
Platão
37. **Elogio da Loucura**
Erasmo de Rotterdam
38. **Caninos Brancos**
Jack London
39. **Hamlet**
William Shakespeare
40. **A Utopia**
Thomas More
41. **O Processo**
Franz Kafka
42. **O Médico e o Monstro**
Robert Louis Stevenson
43. **Ecce Homo**
Friedrich Nietzsche
44. **O Manifesto do Partido Comunista**
Marx e Engels
45. **Discurso do Método / Meditações**
René Descartes
46. **Do Contrato Social**
Jean-Jacques Rousseau
47. **A Luta pelo Direito**
Rudolf von Ihering
48. **Dos Delitos e das Penas**
Cesare Beccaria
49. **A Ética Protestante e o Espírito do Capitalismo**
Max Weber
50. **O Anticristo**
Friedrich Nietzsche
51. **Os Sofrimentos do Jovem Werther**
Goethe
52. **As Flores do Mal**
Charles Baudelaire
53. **Ética a Nicômaco**
Aristóteles
54. **A Arte da Guerra**
Sun Tzu
55. **Imitação de Cristo**
Tomás de Kempis
56. **Cândido ou o Otimismo**
Voltaire
57. **Rei Lear**
William Shakespeare
58. **Frankenstein**
Mary Shelley
59. **Quincas Borba**
Machado de Assis
60. **Fedro**
Platão
61. **Política**
Aristóteles
62. **A Viuvinha / Encarnação**
José de Alencar
63. **As Regras do Método Sociológico**
Émile Durkheim
64. **O Cão dos Baskervilles**
Sir Arthur Conan Doyle
65. **Contos Escolhidos**
Machado de Assis
66. **Da Morte / Metafísica do Amor / Do Sofrimento do Mundo**
Arthur Schopenhauer
67. **As Minas do Rei Salomão**
Henry Rider Haggard
68. **Manuscritos Econômico-Filosóficos**
Karl Marx
69. **Um Estudo em Vermelho**
Sir Arthur Conan Doyle
70. **Meditações**
Marco Aurélio
71. **A Vida das Abelhas**
Maurice Materlinck
72. **O Cortiço**
Aluísio Azevedo
73. **Senhora**
José de Alencar
74. **Brás, Bexiga e Barra Funda / Laranja da China**
Antônio de Alcântara Machado
75. **Eugênia Grandet**
Honoré de Balzac
76. **Contos Gauchescos**
João Simões Lopes Neto
77. **Esaú e Jacó**
Machado de Assis
78. **O Desespero Humano**
Sören Kierkegaard
79. **Dos Deveres**
Cícero
80. **Ciência e Política**
Max Weber
81. **Satíricon**
Petrônio
82. **Eu e Outras Poesias**
Augusto dos Anjos
83. **Farsa de Inês Pereira / Auto da Barca do Inferno / Auto da Alma**
Gil Vicente
84. **A Desobediência Civil e Outros Escritos**
Henry David Toreau
85. **Para Além do Bem e do Mal**
Friedrich Nietzsche
86. **A Ilha do Tesouro**
R. Louis Stevenson
87. **Marília de Dirceu**
Tomás A. Gonzaga
88. **As Aventuras de Pinóquio**
Carlo Collodi
89. **Segundo Tratado Sobre o Governo**
John Locke
90. **Amor de Salvação**
Camilo Castelo Branco
91. **Broquéis/Faróis/ Últimos Sonetos**
Cruz e Souza
92. **I-Juca-Pirama / Os Timbiras / Outros Poemas**
Gonçalves Dias
93. **Romeu e Julieta**
William Shakespeare
94. **A Capital Federal**
Arthur Azevedo
95. **Diário de um Sedutor**
Sören Kierkegaard
96. **Carta de Pero Vaz de Caminha a El-Rei Sobre o Achamento do Brasil**
97. **Casa de Pensão**
Aluísio Azevedo
98. **Macbeth**
William Shakespeare

99. **Édipo Rei/Antígona**
Sófocles

100. **Lucíola**
José de Alencar

101. **As Aventuras de Sherlock Holmes**
Sir Arthur Conan Doyle

102. **Bom-Crioulo**
Adolfo Caminha

103. **Helena**
Machado de Assis

104. **Poemas Satíricos**
Gregório de Matos

105. **Escritos Políticos / A Arte da Guerra**
Maquiavel

106. **Ubirajara**
José de Alencar

107. **Diva**
José de Alencar

108. **Eurico, o Presbítero**
Alexandre Herculano

109. **Os Melhores Contos**
Lima Barreto

110. **A Luneta Mágica**
Joaquim Manuel de Macedo

111. **Fundamentação da Metafísica dos Costumes e Outros Escritos**
Immanuel Kant

112. **O Príncipe e o Mendigo**
Mark Twain

113. **O Domínio de Si Mesmo Pela Auto-Sugestão Consciente**
Émile Coué

114. **O Mulato**
Aluísio Azevedo

115. **Sonetos**
Florbela Espanca

116. **Uma Estadia no Inferno / Poemas / Carta do Vidente**
Arthur Rimbaud

117. **Várias Histórias**
Machado de Assis

118. **Fédon**
Platão

119. **Poesias**
Olavo Bilac

120. **A Conduta para a Vida**
Ralph Waldo Emerson

121. **O Livro Vermelho**
Mao Tsé-Tung

122. **Oração aos Moços**
Rui Barbosa

123. **Otelo, o Mouro de Veneza**
William Shakespeare

124. **Ensaios**
Ralph Waldo Emerson

125. **De Profundis / Balada do Cárcere de Reading**
Oscar Wilde

126. **Crítica da Razão Prática**
Immanuel Kant

127. **A Arte de Amar**
Ovídio Naso

128. **O Tartufo ou O Impostor**
Molière

129. **Metamorfoses**
Ovídio Naso

130. **A Gaia Ciência**
Friedrich Nietzsche

131. **O Doente Imaginário**
Molière

132. **Uma Lágrima de Mulher**
Aluísio Azevedo

133. **O Último Adeus de Sherlock Holmes**
Sir Arthur Conan Doyle

134. **Canudos - Diário de uma Expedição**
Euclides da Cunha

135. **A Doutrina de Buda**
Siddharta Gautama

136. **Tao Te Ching**
Lao-Tsé

137. **Da Monarquia / Vida Nova**
Dante Alighieri

138. **A Brasileira de Prazins**
Camilo Castelo Branco

139. **O Velho da Horta/Quem Tem Farelos?/Auto da Índia**
Gil Vicente

140. **O Seminarista**
Bernardo Guimarães

141. **O Alienista / Casa Velha**
Machado de Assis

142. **Sonetos**
Manuel du Bocage

143. **O Mandarim**
Eça de Queirós

144. **Noite na Taverna / Macário**
Álvares de Azevedo

145. **Viagens na Minha Terra**
Almeida Garrett

146. **Sermões Escolhidos**
Padre Antonio Vieira

147. **Os Escravos**
Castro Alves

148. **O Demônio Familiar**
José de Alencar

149. **A Mandrágora / Belfagor, o Arquidiabo**
Maquiavel

150. **O Homem**
Aluísio Azevedo

151. **Arte Poética**
Aristóteles

152. **A Megera Domada**
William Shakespeare

153. **Alceste/Electra/Hipólito**
Eurípedes

154. **O Sermão da Montanha**
Huberto Rohden

155. **O Cabeleira**
Franklin Távora

156. **Rubáiyát**
Omar Khayyám

157. **Luzia-Homem**
Domingos Olímpio

158. **A Cidade e as Serras**
Eça de Queirós

159. **A Retirada da Laguna**
Visconde de Taunay

160. **A Viagem ao Centro da Terra**
Júlio Verne

161. **Caramuru**
Frei Santa Rita Durão

162. **Clara dos Anjos**
Lima Barreto

163. **Memorial de Aires**
Machado de Assis

164. **Bhagavad Gita**
Krishna

165. **O Profeta**
Khalil Gibran

166. **Aforismos**
Hipócrates

167. **Kama Sutra**
Vatsyayana

168. **O Livro da Jângal**
Rudyard Kipling

169. **De Alma para Alma**
Huberto Rohden

170. **Orações**
Cícero

171. **Sabedoria das Parábolas**
Huberto Rohden

172. **Salomé**
Oscar Wilde

173. **Do Cidadão**
Thomas Hobbes

174. **Porque Sofremos**
Huberto Rohden

175. **Einstein: o Enigma do Universo**
Huberto Rohden

176. **A Mensagem Viva do Cristo**
Huberto Rohden

177. **Mahatma Gandhi**
Huberto Rohden

178. **A Cidade do Sol**
Tommaso Campanella

179. **Setas para o Infinito**
Huberto Rohden

180. **A Voz do Silêncio**
Helena Blavatsky

181. **Frei Luís de Sousa**
Almeida Garrett

182. **Fábulas**
Esopo

183. **Cântico de Natal/ Os Carrilhões**
Charles Dickens

184. **Contos**
Eça de Queirós

185. **O Pai Goriot**
Honoré de Balzac

186. **Noites Brancas e Outras Histórias**
Dostoiévski

187. **Minha Formação**
Joaquim Nabuco

188. **Pragmatismo**
William James

189. **Discursos Forenses**
Enrico Ferri

190. **Medéia**
Eurípedes

191. **Discursos de Acusação**
Enrico Ferri

192. **A Ideologia Alemã**
Marx & Engels

193. **Prometeu Acorrentado**
Ésquilo

194. **Iaiá Garcia**
Machado de Assis

195. **Discursos no Instituto dos Advogados Brasileiros / Discurso no Colégio Anchieta**
Rui Barbosa

196. **Édipo em Colono**
Sófocles

197. **A Arte de Curar pelo Espírito**
Joel S. Goldsmith

198. **Jesus, o Filho do Homem**
Khalil Gibran

199. **Discurso sobre a Origem e os Fundamentos da Desigualdade entre os Homens**
Jean-Jacques Rousseau

200. **Fábulas**
La Fontaine

201. **O Sonho de uma Noite de Verão**
William Shakespeare

202. **Maquiavel, o Poder**
José Nivaldo Junior

203. **Ressurreição**
Machado de Assis

204. **O Caminho da Felicidade**
Huberto Rohden

205. **A Velhice do Padre Eterno**
Guerra Junqueiro

206. **O Sertanejo**
José de Alencar

207. **Gitanjali**
Rabindranath Tagore

208. **Senso Comum**
Thomas Paine

209. **Canaã**
Graça Aranha

210. **O Caminho Infinito**
Joel S. Goldsmith

211. **Pensamentos**
Epicuro

212. **A Letra Escarlate**
Nathaniel Hawthorne

213. **Autobiografia**
Benjamin Franklin

214. **Memórias de Sherlock Holmes**
Sir Arthur Conan Doyle

215. **O Dever do Advogado / Posse de Direitos Pessoais**
Rui Barbosa

216. **O Tronco do Ipê**
José de Alencar

217. **O Amante de Lady Chatterley**
D. H. Lawrence

218. **Contos Amazônicos**
Inglês de Souza

219. **A Tempestade**
William Shakespeare

220. **Ondas**
Euclides da Cunha

221. **Educação do Homem Integral**
Huberto Rohden

222. **Novos Rumos para a Educação**
Huberto Rohden

223. **Mulherzinhas**
Louise May Alcott

224. **A Mão e a Luva**
Machado de Assis

225. **A Morte de Ivan Ilicht / Senhores e Servos**
Leon Tolstói

226. **Álcoois e Outros Poemas**
Apollinaire

227. **Pais e Filhos**
Ivan Turguêniev

228. **Alice no País das Maravilhas**
Lewis Carroll

229. **À Margem da História**
Euclides da Cunha

230. **Viagem ao Brasil**
Hans Staden

231. **O Quinto Evangelho**
Tomé

232. **Lorde Jim**
Joseph Conrad

233. **Cartas Chilenas**
Tomás Antônio Gonzaga

234. **Odes Modernas**
Anntero de Quental

235. **Do Cativeiro Babilônico da Igreja**
Martinho Lutero

236. **O Coração das Trevas**
Joseph Conrad

237. **Thais**
Anatole France

238. **Andrômaca / Fedra**
Racine

239. **As Catilinárias**
Cícero

240. **Recordações da Casa dos Mortos**
Dostoiévski

241. **O Mercador de Veneza**
William Shakespeare

242. **A Filha do Capitão / A Dama de Espadas**
Aleksandr Púchkin

243. **Orgulho e Preconceito**
Jane Austen

244. **A Volta do Parafuso**
Henry James

245. **O Gaúcho**
José de Alencar

246. **Tristão e Isolda**
Lenda Medieval Celta de Amor

247. **Poemas Completos de Alberto Caeiro**
Fernando Pessoa

248. **Maiakósvski**
Vida e Poesia

249. **Sonetos**
William Shakespeare

250. **Poesia de Ricardo Reis**
Fernando Pessoa

251. **Papéis Avulsos**
Machado de Assis

252. **Contos Fluminenses**
Machado de Assis

253. **O Bobo**
Alexandre Herculano

254. **A Oração da Coroa**
Demóstenes

255. **O Castelo**
Franz Kafka

256. **O Trovejar do Silêncio**
Joel S. Goldsmith

257. **Alice na Casa dos Espelhos**
Lewis Carrol

258. **Miséria da Filosofia**
Karl Marx

259. **Júlio César**
William Shakespeare

260. **Antônio e Cleópatra**
William Shakespeare

261. **Filosofia da Arte**
Huberto Rohden

262. **A Alma Encantadora das Ruas**
João do Rio

263. **A Normalista**
Adolfo Caminha

264. **Pollyanna**
Eleanor H. Porter

265. **As Pupilas do Senhor Reitor**
Júlio Diniz

266. **As Primaveras**
Casimiro de Abreu

267. **Fundamentos do Direito**
Léon Duguit

268. **Discursos de Metafísica**
G. W. Leibniz

269. **Sociologia e Filosofiia**
Émile Durkheim

270. **Cancioneiro**
Fernando Pessoa

271. **A Dama das Camélias**
Alexandre Dumas (filho)

272. **O Divórcio / As Bases da Fé / e outros textos**
Rui Barbosa

273. **Pollyanna Moça**
Eleanor H. Porter

274. **O 18 Brumário de Luís Bonaparte**
Karl Marx

275. **Teatro de Machado de Assis**
Antologia

276. **Cartas Persas**
Montesquieu

277. **Em Comunhão com Deus**
Huberto Rohden

278. **Razão e Sensibilidade**
Jane Austen

279. **Crônicas Selecionadas**
Machado de Assis

280. **Histórias da Meia-Noite**
Machado de Assis

281. **Cyrano de Bergerac**
Edmond Rostand

282. **O Maravilhoso Mágico de Oz**
L. Frank Baum

283. **Trocando Olhares**
Florbela Espanca

284. **O Pensamento Filosófico da Antiguidade**
Huberto Rohden

285. **Filosofia Contemporânea**
Huberto Rohden

286. **O Espírito da Filosofia Oriental**
Huberto Rohden

287. **A Pele do Lobo / O Badejo / o Dote**
Artur Azevedo

288. **Os Bruzundangas**
Lima Barreto

289. **A Pata da Gazela**
José de Alencar

290. **O Vale do Terror**
Sir Arthur Conan Doyle

291. **O Signo dos Quatro**
Sir Arthur Conan Doyle

292. **As Máscaras do Destino**
Florbela Espanca

293. **A Confissão de Lúcio**
Mário de Sá-Carneiro

294. **Falenas**
Machado de Assis

295. **O Uraguai / A Declamação Trágica**
Basílio da Gama

296. **Crisálidas**
Machado de Assis

297. **Americanas**
Machado de Assis

298. **A Carteira de Meu Tio**
Joaquim Manuel de Macedo

299. **Catecismo da Filosofia**
Huberto Rohden

301. **Rumo à Consciência Cósmica**
Huberto Rohden

302. Cosmoterapia
Huberto Rohden

303. Bodas de Sangue
Federico García Lorca

304. Discurso da Servidão Voluntária
Étienne de la Boétie

305. Categorias
Aristóteles

306. Manon Lescaut
Abade Prévost

307. Teogonia / Trabalhos e Dias
Hesíodo

308. As Vítimas Algozes
Joaquim Manuel de Macedo

309. Persuasão
Jane Austen

Série Ouro
(Livros com mais de 400 p.)

1. Leviatã
Thomas Hobbes

2. A Cidade Antiga
Fustel de Coulanges

3. Crítica da Razão Pura
Immanuel Kant

4. Confissões
Santo Agostinho

5. Os Sertões
Euclides da Cunha

6. Dicionário Filosófico
Voltaire

7. A Divina Comédia
Dante Alighieri

8. Ética Demonstrada à Maneira dos Geômetras
Baruch de Spinoza

9. Do Espírito das Leis
Montesquieu

10. O Primo Basílio
Eça de Queirós

11. O Crime do Padre Amaro
Eça de Queirós

12. Crime e Castigo
Dostoiévski

13. Fausto
Goethe

14. O Suicídio
Émile Durkheim

15. Odisséia
Homero

16. Paraíso Perdido
John Milton

17. Drácula
Bram Stocker

18. Ilíada
Homero

19. As Aventuras de Huckleberry Finn
Mark Twain

20. Paulo – O 13º Apóstolo
Ernest Renan

21. Eneida
Virgílio

22. Pensamentos
Blaise Pascal

23. A Origem das Espécies
Charles Darwin

24. Vida de Jesus
Ernest Renan

25. Moby Dick
Herman Melville

26. Os Irmãos Karamazovi
Dostoiévski

27. O Morro dos Ventos Uivantes
Emily Brontë

28. Vinte Mil Léguas Submarinas
Júlio Verne

29. Madame Bovary
Gustave Flaubert

30. O Vermelho e o Negro
Stendhal

31. Os Trabalhadores do Mar
Victor Hugo

32. A Vida dos Doze Césares
Suetônio

34. O Idiota
Dostoiévski

35. Paulo de Tarso
Huberto Rohden

36. O Peregrino
John Bunyan

37. As Profecias
Nostradamus

38. Novo Testamento
Huberto Rohden

39. O Corcunda de Notre Dame
Victor Hugo

40. Arte de Furtar
Anônimo do século XVII

41. Germinal
Émile Zola

42. Folhas de Relva
Walt Whitman

43. Ben-Hur — Uma História dos Tempos de Cristo
Lew Wallace

44. Os Maias
Eça de Queirós

45. O Livro da Mitologia
Thomas Bulfinch

46. Os Três Mosqueteiros
Alexandre Dumas

47. Poesia de Álvaro de Campos
Fernando Pessoa

48. Jesus Nazareno
Huberto Rohden

49. Grandes Esperanças
Charles Dickens

50. A Educação Sentimental
Gustave Flaubert

51. O Conde de Monte Cristo (Volume I)
Alexandre Dumas

52. O Conde de Monte Cristo (Volume II)
Alexandre Dumas

53. Os Miseráveis (Volume I)
Victor Hugo

54. Os Miseráveis (Volume II)
Victor Hugo

55. Dom Quixote de La Mancha (Volume I)
Miguel de Cervantes

56. Dom Quixote de La Mancha (Volume II)
Miguel de Cervantes

58. Contos Escolhidos
Artur Azevedo

59. As Aventuras de Robin Hood
Howard Pyle